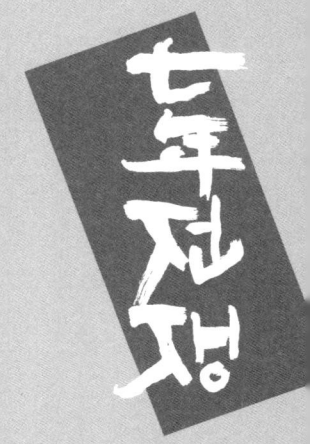

7·년·전·쟁

七年
戰爭

비밀과 거짓말

4

김성한 역사소설

산천재

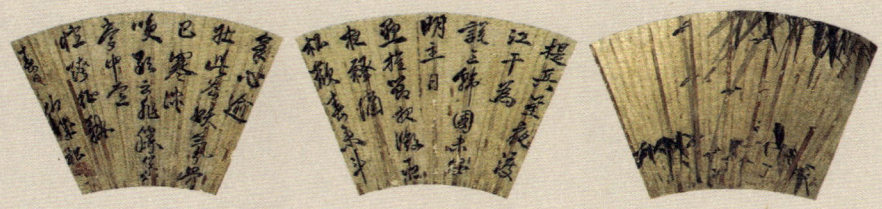

당장시화첩 唐將詩畵帖
임진왜란 때 원군으로 참전한 명나라 장수 이여송이 부채에 쓰고 그려 류성룡에게 선물로 준 시와 그림을
첩으로 만든 것이다.
보물 제160-8호

석성 초상 石星肖像
임진왜란 때 명나라 병부상서이던 석성의 초상화. 조선에 지원군을 파견하는 데 앞장섰고 후에는 심유경을 기용하여 강화회담을 주도하였다. 그러나 회담이 실패하면서 몰락의 길을 걸었다. 이후 후손들이 조선으로 건너와 정착하였다.
국립중앙박물관 소장

선무사 편액 宣武祠扁額
원군을 이끌고 온 명나라의 형개와 양호를 제사 지낸 선무사의 편액. 선무사는 1598년 태평관(서울 서소문동)에 건립되어 형개를 제사 지냈고, 1604년에는 양호를 배향하였다.
국립고궁박물관 소장

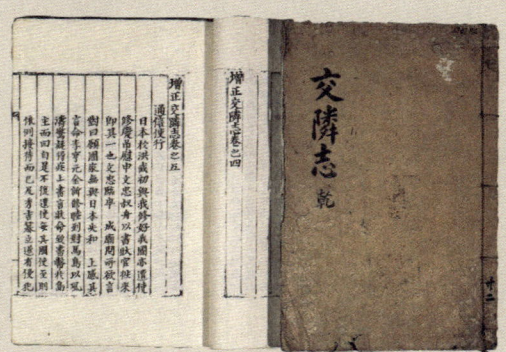

증정교린지 增正交隣志
1802년 사역원의 역관 김건서가 주도하여 편찬한 책으로 일본을 비롯한 이웃 나라들과의 관계와 관련한 자료를 수록하였다.
국립중앙박물관 소장

충무공팔사품도 忠武公八賜品圖
임진왜란 때 이순신의 뛰어난 무공이 전해지자 명나라 신종이 이순신에게 내린 8종류의 선물을 그림으로 그린 것이다.
국립중앙박물관 소장

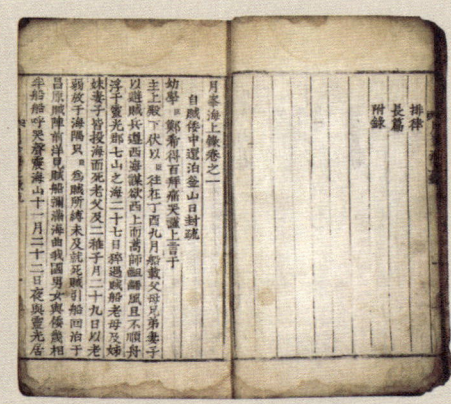

월봉해상록 月峯海上錄
정유재란 때 일본으로 끌려갔다가 1599년에 귀환한 정희득의 포로생활 체험기. 당시 일본의 상황과 조선인 포로의 규모 및 생활상을 기록하고 있어 자료적 가치가 높다.
국립중앙박물관 소장

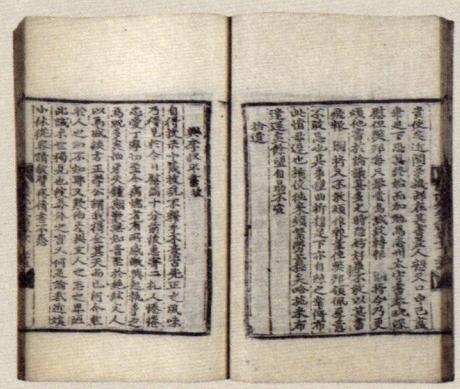

한음집 漢陰集
이덕형의 문집. 주로 임진왜란과 관련된 것이 많아 당시의 국내 실정이나 전쟁 상황, 그리고 삼국의 관계를 이해하는 데 중요한 사료적 가치를 지니고 있다.

프로이스 서간집 Frois 書簡集
예수회 소속 포르투갈 신부 루이스 프로이스가 일본의 여러 사실을 교황청에 알린 보고서. 여기에는 나가사키에서 조선인 포로들에게 세례를 준 일을 비롯하여 임진왜란과 관련한 많은 사실들이 기록되어 있다.

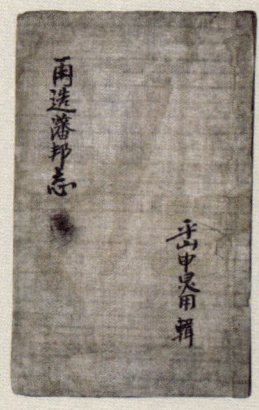 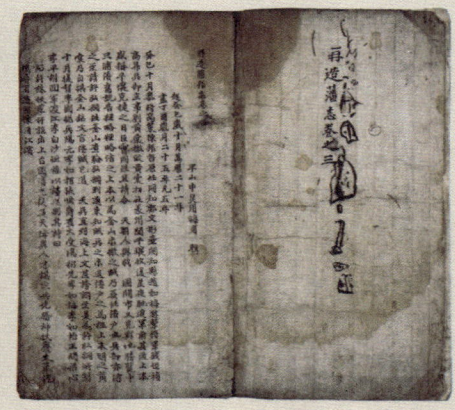

재조번방지 再造藩邦志
학자 신경(1613~1653)이 1577년부터 1607년까지 임진왜란 전후 30년 동안에 걸친 조선과 명나라의 관계에 대해 적은 책으로, 임진왜란 전후의 정세를 이해하는 데 도움이 되는 자료다.

一等
　李霽臣
　權憘
　元均
二等
　申點
　權應銖
　金時敏
　李廷馣
　李億祺
三等
　鄭期遠
　權悏
　柳思瑗
　高𡧤伯
　李光岳
　趙儆
　權俊
　李純信
　奇孝謹
　李雲龍

萬曆　年　月　日

二等
　申點
　權應銖
　金時敏
　李廷馣
　李億祺

教

嘉善大夫慶尙右道兵馬節度使兼晉州牧
使贈效忠仗義協力宣武功臣資憲大夫兵曹
判書兼知義禁府事上洛君金時敏敎書

王若曰守孤城捍大敵院盡徇國之忠嘉乃
績報甫義旦擧縟之典茲循公議
用予殊恩惟卿車氣雄豪早事弓
馬登名虎榜以忠義自任於身陳力王
家慮勇險不貳其操項緣國運之否
塞而値島夷之陸梁百年承平之餘
萬姓莫有固志八路望風而潰一間未
見男兒特卿通判晉陽乃獨此如砥柱
自請方伯重率鳥健之兵屡所列營
逐去蜂屯之賊軍聲日之自振隣邑
侍以為安方官軍出戰在外迄時聞
唐騎來屋薄城之報倍通馳入本鎭
視死如歸員石重修女墻以身先卒絶
甘少能得人歡心飲血登陴誓以死
守固無外援宜晝夜督戰出智計益奇偏
師多設石百計殫強終始効忠者若
苟故前後行貴之非一初陞牧伯卿表
布宜料夫一中流矢意壞于萬里長
城生為良將死為忠臣在卿何憾興
共患難未共安樂若己蒲膊贈玆
卿

萬曆三十―年十月　日

김시민 선무공신교서 金時敏宣武功臣敎書

진주성 전투를 이끈 진주목사 김시민에게 내린 선무공신교서. 선무공신은 임진왜란 때 큰 공을 세운 사람에게 내린 공신 칭호로, 1등에 이순신, 권율, 원균 등 3명, 2등에 김시민, 권응수 등 5명 등 모두 18명이 이 칭호를 받았다. 이 교서에는 김시민을 선무공신 2등에 녹훈한다는 것과 공적에 대한 찬양 등이 기재되어 있다.

보물 제1476호

사자철인 獅子鐵印
곽재우가 사용하던 인장으로 손잡이 윗부분에
사자상이 조각되어 있다.
보물 제671-4호 | 충익사 소장

• 조선·일본·명 삼국 관계도

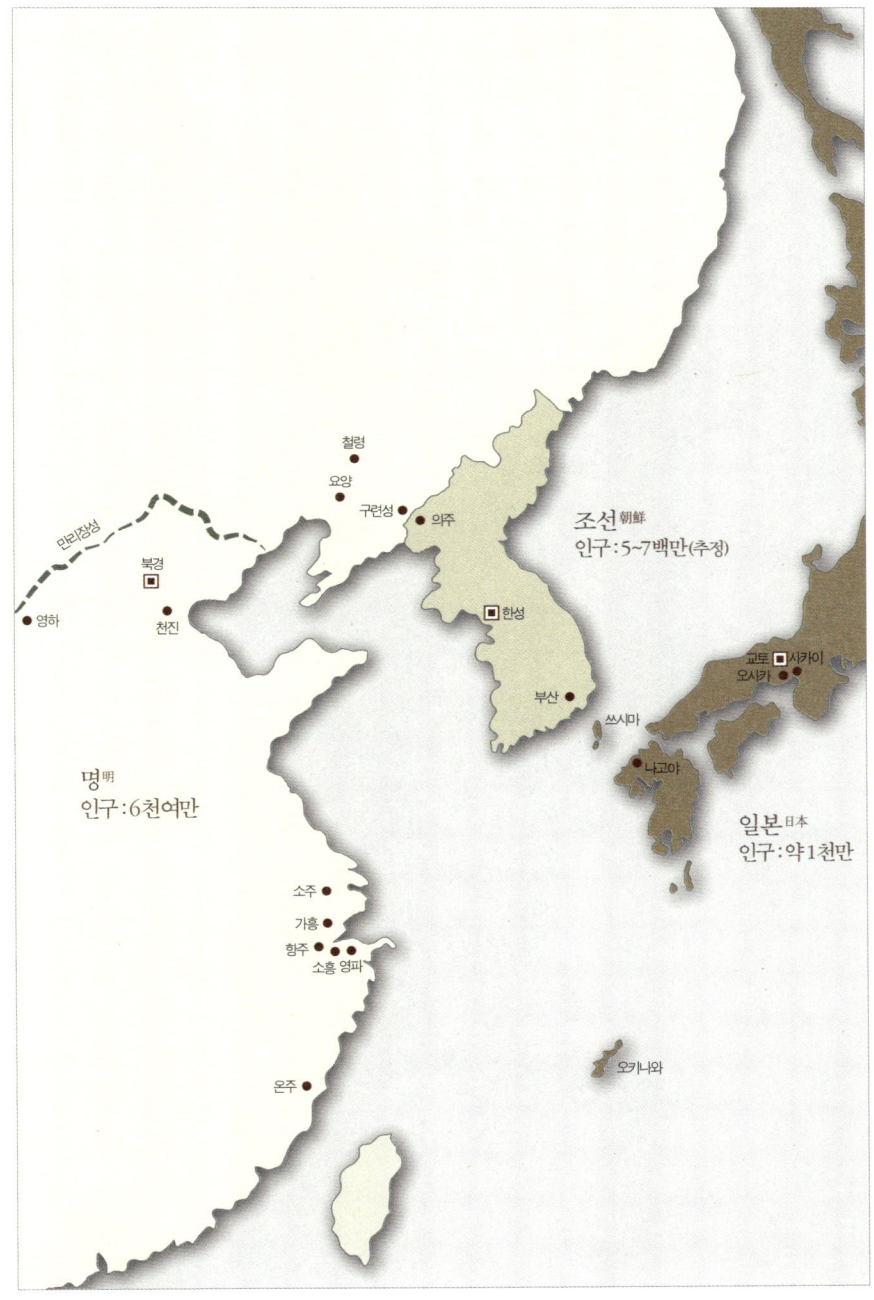

• 조선 군사 배치도

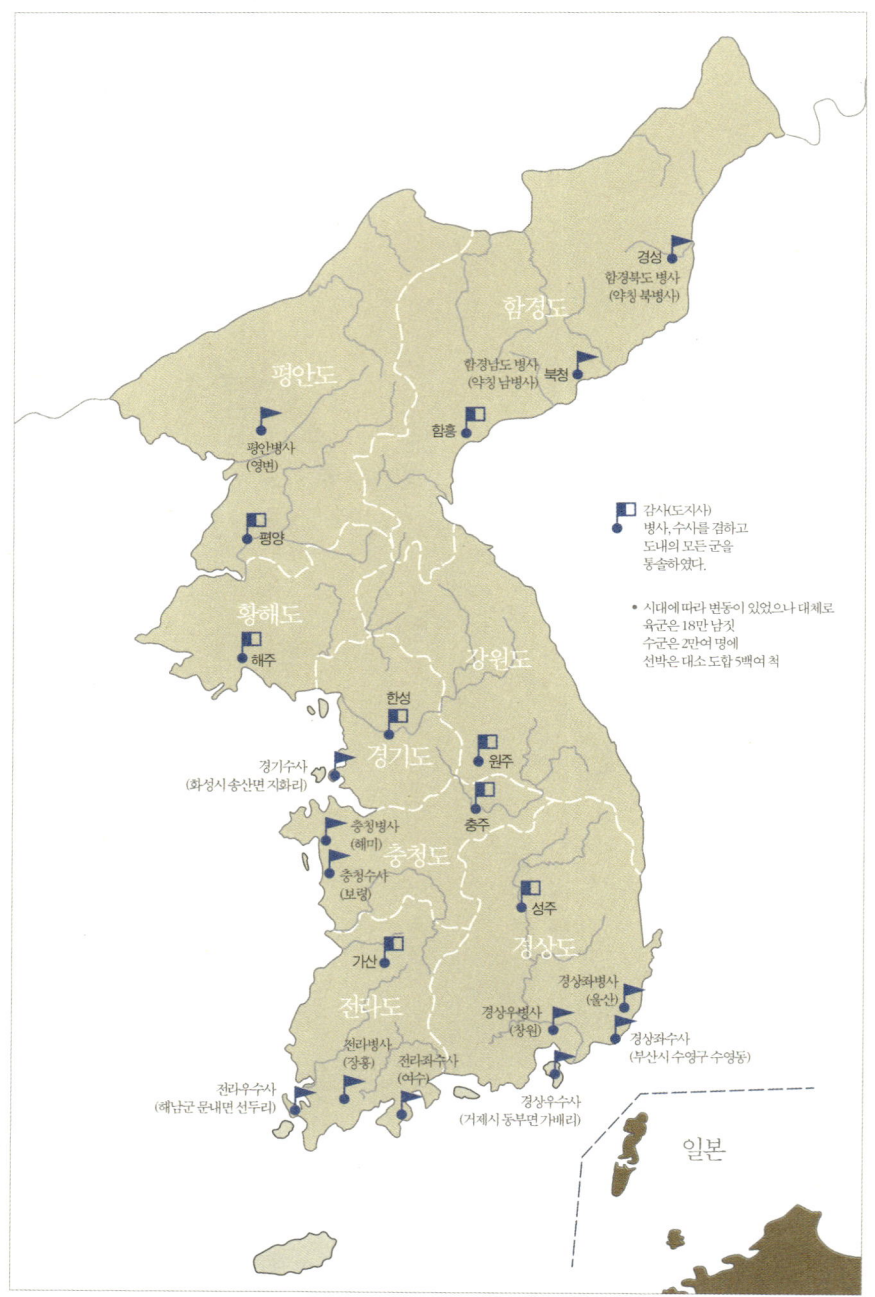

• 일본군 침공 경로

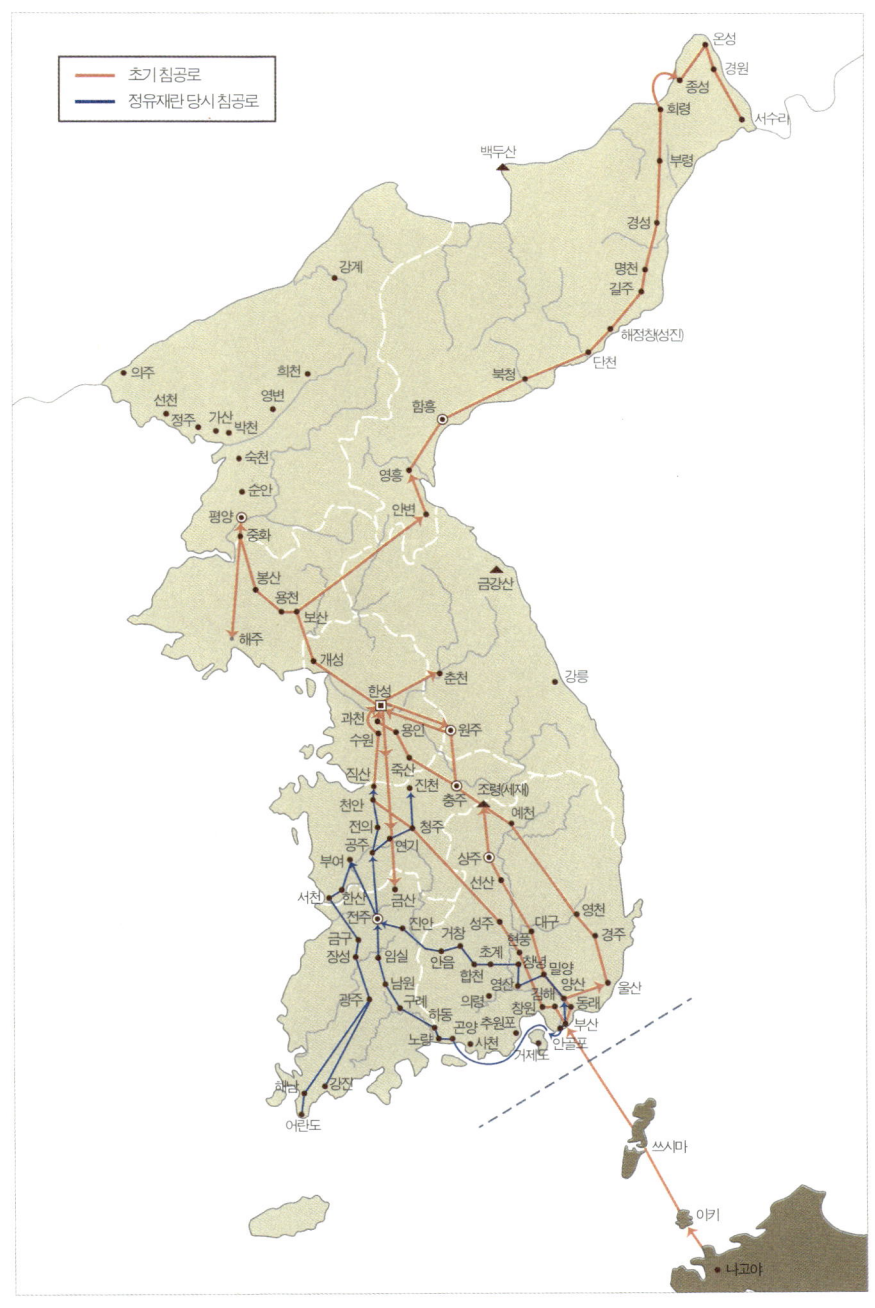

• 의병 및 관군 활동 지역

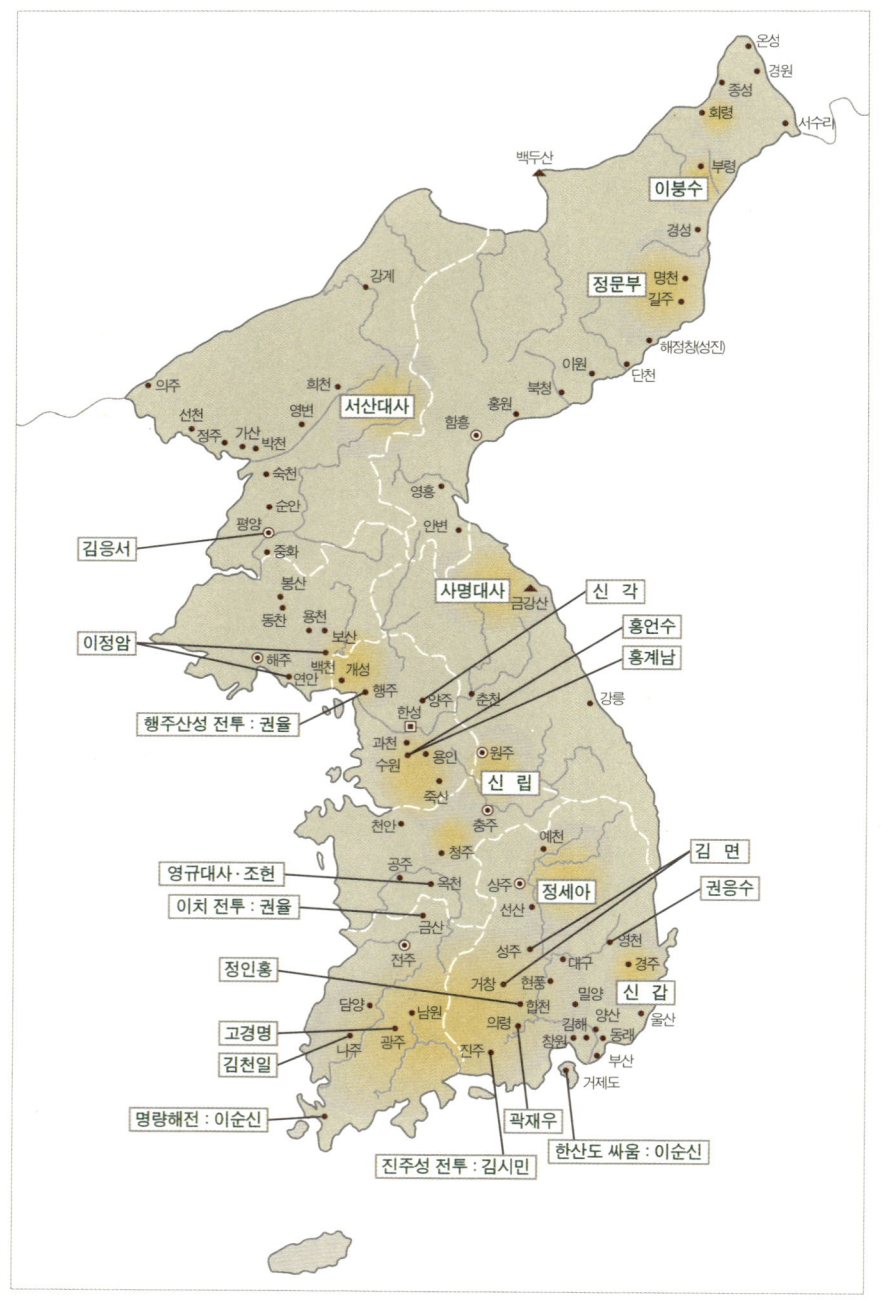

무능한 통치자는 만참(萬斬)으로도 부족한
역사의 범죄자다.

4권 비밀과 거짓말
차례

황해도초토사 이정암 21
농성전과 유격전 29
조여드는 적의 대군 36
화공火攻 44
이순신의 부산포해전 53
'흰 여우' 원호 61
앞잡이들 75
대장의 그릇, 정문부 81
역적 국세필의 독백 91
함경북도를 회복하고 98
호걸 김시민 106
진주성 전투 – 한 폭의 지옥도 114
북경의 하늘 아래 123
개선장군 이여송 131
평양의 유키나가는 잠 못 이루고 139
누르하치의 제안 148
조선을 반쯤 갈라 준들 156
외교의 천재들 165
우리는 수모를 받아 마땅하다 174
비밀회담 183
천병天兵을 맞을 준비 192
탄로 난 거짓말 201
제독 이여송 209
가짜 칙사 217
계책은 실패하고 226
티 없는 얼굴의 두 스님 235
평양성 탈환 작전 243
총공격 252
일본군의 대탈출 261

아비지옥 269
무차별 학살 278
윤두수의 눈물 286
아름다운 얼굴 295
광해군의 분조를 폐지하고 304
일본군의 서울 집결 313
벽제관 전투 321
명군 제독의 도망 329
수도 탈환은 조선의 손으로 337
적의 길을 끊다 346
행주산성 전투 354
진퇴양난의 일본군 362
만나서 화평을 의논하자 371
임해군의 편지 380
화평을 구걸하는 적 389
적중의 거인, 이신충 397
조선은 모르는 비밀 접촉 406
심유경과 유키나가의 재회 414
삼국의 다른 처지 422
선조 임금의 헛걸음 430
조선군을 막는 볼모 442
서울은 수복되었건만 450
명군의 훼방 459
융숭한 대접 472
진주를 치는 목적 481
일본군 총동원령 490
김천일의 진주 사수 결의 499
우뚝 솟은 거인, 황진 508
끝없는 전투 517

일러두기

- 이 작품은 1990년 《임진왜란》(전7권, 행림출판) 제하로 출간된 소설을 《7년전쟁》으로 제목을 바꾸고 5권으로 새로 묶은 것이다.
- 이 작품은 단행본으로 출간되기 전 〈동아일보〉에 1984년부터 1989년까지 5년 동안 연재되었으며, 단행본에서는 신문 연재 당시 지면 사정으로 다 싣지 못했던 정유재란 부분이 작가의 원래 구상대로 복구되었다.
- 신문 연재 당초에 이 작품의 제목은 '7년전쟁'이었으나 도중에 '임진왜란'으로 바뀌었다. 그러나 최초의 제목 '7년전쟁'이 작가의 의도에 더 가까울 뿐 아니라 임진왜란의 성격을 더 정확하게 드러내 준다고 판단하여 '7년전쟁'을 이 작품의 제목으로 되살렸다.
- 내용의 가감, 수정은 원칙적으로 하지 않았다. 다만, 작가가 생존시 챙겨 두었던 일부 수정 내용은 반영했다. 또 읽기 쉽도록 소제목을 추가했다.
- 일본의 인명과 지명은 종전에 한자음대로 표기되었던 것을 현지음에 기반한 일본어 표기법에 따라 고쳤으며, 중국의 인명과 지명은 종전의 한자음대로 표기하는 것을 원칙으로 했다. 다만, 일본의 인명과 지명도 현지음이 확인되지 않은 몇몇 경우는 한자음대로 표기했다.
- 본문의 지도 중 내용이 유사한 지도는 일부 없애고 책 서두에 전체 상황을 알려주는 지도를 추가했다.

황해도초토사 이정암

　대교촌에 모였던 사람들은 연명으로 이천에 있는 광해군의 분조에 의병을 일으킨 사실을 고하고, 각기 자기 고장에 돌아가 청년들을 규합하는 데 밤낮을 가리지 않았다.
　가족을 강화도로 보낸 이정암(李廷馣)은 배천과 연안 고을, 동네에서 동네로 옮겨 다니면서 민심을 진정시키고 그들을 항전 조직으로 묶어 세우는 데 정성을 다했다. 어디를 가나 소문을 듣고 달려온 사람들은 힘을 얻고 협력을 다짐하였다.
　또 지금까지 은밀히 몇 사람씩 모여 의병을 모의하고, 때로는 길을 잃고 헤매는 적병을 치고 다니던 사람들도 이정암의 산하로 모여들었다. 이들은 그가 있는 곳을 수소문하여 찾아와서는 복종을 맹세하고 지시를 받고 돌아갔다.
　그동안 이정암은 주위 사람들과 의논하여 '의병 약속(義兵約束)', 즉 임시 군법을 만들어 의병들에게 배포하였다.

의병도 불완전한 인간의 집단이었다. 불완전한 인간이 무기를 들고 나서는데 법이 없으면 무법천지를 연출하기 십상이었다.

1. 적과 싸우는 도중에 도망치는 자는 참한다(臨賊退北者斬).
2. 백성들에게 폐를 끼치는 자는 참한다(民間作弊者斬).
3. 한때라도 주장의 영을 어기는 자는 참한다(違主將一時之令者斬).
4. 군사기밀을 누설하는 자는 참한다(漏洩軍機者斬).
5. 처음에 약속하고 나중에 배신하는 자는 참한다(始約終背者斬).
6. 상을 내릴 때에는 적을 쏘아 죽인 자를 으뜸으로 치고, 머리를 벤 자를 다음으로 친다(論賞時 射殺爲首斬首者次).
7. 적의 재물을 얻은 경우에는 남김없이 상으로 지급한다(得敵人財物者 無遺賞給事).
8. 남의 공을 뺏은 자는 공이 있더라도 상을 주지 않는다(奪人之功者 雖有功不賞事).

의병조직은 마른 풀밭에 불이 붙듯이 사방으로 퍼져 나갔다. 이를 지켜보던 이천의 광해군 분조에서는 8월에 들어 이정암을 황해도초토사(招討使)로 임명하였다.

이것은 황해도 내에서 군사를 초모(招募 : 모집)하고 적을 토벌(討伐)하는 총책임자, 즉 총사령관의 직책이었다. 의병은 물론, 이미 유명무실하게 되기는 했으나 관군도 법도상으로는 그의 지휘를 받아야 했다. 또 군사상의 필요에 따라 물자를 징발할 수도 있고, 지방관의 임면(任免)에도 관여할 수 있었다.

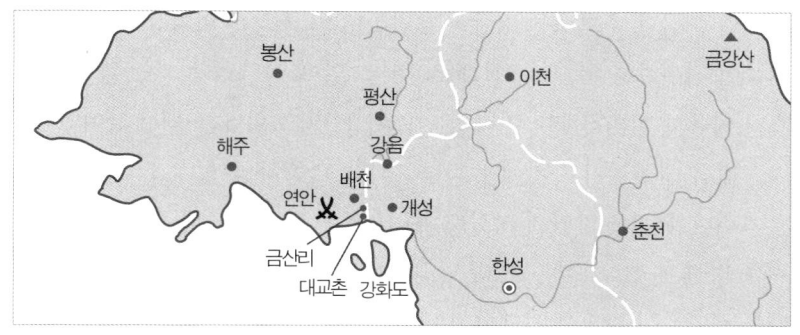

이정암의 연안성 전투 관계 지도

황해감사 조인득(趙仁得)이 제구실을 못하자 조정에서는 그를 해임하고 유영경(柳永慶)을 후임으로 보냈다. 그러나 신임 감사 유영경도 멀리 북쪽 평안도 접경의 수안(遂安)에 엉거주춤 주저앉아 더 이상 움직일 기색을 보이지 않았다. 이런 상황에서 초토사로 임명되었으니 황해도에서의 생사여탈의 권한을 도맡은 것이나 다름없었다.

원래 이정암은 배천, 연안, 해주 등 황해도 남해안 일대를 무대로 자기 역량에 알맞은 소규모 유격전으로 적과 싸울 생각이었다. 뜻밖에 일이 커지니 속으로 당황하지 않을 수 없었다.

그러나 그의 뜻과는 달리 백성들도 크게 일어섰다. 예전의 연안부사 이정암, 그 어진 원님도 나섰다는데 별것도 못 되는 우리가 죽치고 숨어 다닌다는 것은 도리가 아니라고 했다.

가까운 산음(山陰)은 물론, 평산(平山), 문화(文化), 봉산(鳳山), 제령(載寧), 신계(新溪), 장련(長連), 송화(松禾), 은율(殷栗), 서흥(瑞興) 등 먼 고장에서도 의병이 일어났다.

황해도에는 24개의 고을(牧, 府, 郡, 縣)이 있었다. 이상 10개 고을에 배천, 연안, 해주를 합치면 24개 고을 중 13개 고을, 절반 이상이 일어선 것이다.

이들 고을에서 보내온 명단을 종합하니 크고 작은 의병장이 1백88명, 그들이 지휘하는 군졸이 5천1백30명, 그 밖에 의원 등 무기는 들지 않았으나 싸움에 협력하겠다고 나선 인원이 27명, 도합 5천3백45명이었다.

그만큼 백성들이 자기에게 거는 기대는 막중하였다.

그러나 현실은 만만치 않았다. 관이 맥을 쓰지 못하니 어디나 무법천지를 방불케 했고, 적은 이 무법천지를 휩쓸고 다니면서 이리 떼가 양떼를 짓밟듯이 살상을 자행하고 다녔다.

그 위에 이미 가을이었다. 사나운 적이 날뛰는데 추위마저 닥쳐오면 백성들이 살아남을 길은 있을 것 같지 않았다.

앞으로 어떻게 할 것인가? 그는 궁리를 거듭했다.

이정암은 무심코 문 밖에 눈길을 던졌다. 남루한 입성에 피골이 상접한 노인이 사립문으로 들어서고 있었다. 어디서 본 듯도 한 얼굴이었으나 얼른 짐작이 가지 않았다.

"누구시더라?"

노인은 툇마루에 걸터앉으면서 얼굴을 방 안으로 들이밀었다.

"이 전현룡(田見龍), 합천군수 전현룡을 몰라본다? 난리 통에 형도 머리가 돌아 버렸구나."

이정암은 그를 잡아 끌어들이고 반가워 어쩔 줄을 몰랐다.

전현룡은 개성 사람이었다. 선대부터 집안끼리 가까이 지낸 관계로 어려서부터 지금까지 개성을 지나는 길에는 으레 그의 집에 묵었고, 그가 서울에 오면 이정암의 집을 찾게 마련이었다. 나이도 비슷해서 전현룡은 이정암보다 한 살 연하로, 금년에 51세, 죽마고우였다.

조선 왕조에서는 서북 출신과 마찬가지로 개성 사람들도 좋게 보지 않았다. 여간해서는 벼슬길에 나가기 어려웠고, 어쩌다 나가도 공연히 입방아에 올라 시들어 버리기가 십상이었다.

　전현룡은 이 어려운 관문을 뚫고 과거에 오른 수재였다. 자신의 처지를 잊지 않고, 책 잡힐 일을 조심하다 보니 만사 법도대로 하는 수밖에 없었다. 법도대로 하다 보니 인정머리가 없다는 소리도 들었고, 간혹 원한을 품는 사람도 없지 않았다.

　이정암은 이것이 걱정이었다. 평소에는 숨을 죽이고 있다가도 무슨 기회에 폭발하면 걷잡을 수 없는 것이 원한이었다.

　부친 이탕(李宕)은 아들 정암이 과거에 급제하여 세상에 나가게 되자 이렇게 타이른 일이 있었다.

　"인간세상의 기본은 사람을 아끼는 인정이다. 그것은 마음과 마음을 맺어 주는 훈훈한 기운이다."

　"사람은 물론 정직해야 한다. 그러나 인정이 없는 정직보다는 인정이 있는 거짓이 낫다."

　"법도는 원래 사람을 보호하기 위해서 있는 것이다. 그러나 인정사정 없는 법도의 시행은 사람을 보호하기보다는 다칠 염려가 있다."

　이정암은 이 말씀을 잊지 않았다. 연안 백성들이 많은 세월이 흘러간 후에도 자기를 잊지 않는다는 것은 따지고 보면 자기가 풍긴 인정이라는 기운이 아직도 남아 있는 것이다.

　앞서 전현룡이 군수의 직첩(職牒 : 사령장)을 받고 경상도 합천으로 내려갈 때에는 어쩐지 안심이 안 되어 지나가는 이야기처럼 부친의 말씀을 화제에 올렸다. 그러나 전현룡의 반응은 신통치 않았다.

　"나도 그럴 수 있으면 오죽 좋겠소?"

　그리고 떠나간 전현룡이 이제 알아볼 수 없을 정도로 초라한 모습, 나이보다도 10년은 더 늙어 보이는 모습으로 눈앞에 나타났다. 적에게 잡했다가 도망쳐 나온 것일까?

"어떻게 된 일인가?"

"쫓겨 왔소."

"왜놈들한테 쫓겼단 말인가?"

"백성들한테 쫓겼단 말이오."

전현룡은 냉수를 한 사발 들이켜고 엮어 내려갔다.

합천에 가서도 법대로 백성을 다루고, 법대로 부하를 대했다. 그것만이 자신을 지키는 방패라는 신념에 변함이 없었다.

이 전쟁이 터지자 경상감사 김수의 명령대로 산에 들어가 숨었다. 그런데 합천에는 적이 들어오지 않았다.

그대로 있기도 민망해서 산에서 내려와 보니 난장판이었다. 주먹깨나 쓰는 건달들이 작당하여 마을마다 결딴을 내고 돌아갔다. 그중에서도 의령에 사는 곽재우라는 자는 사방을 돌아다니며 관고의 무기며 식량을 몽땅 털어 갔다. 전현룡은 상부에 보고하고, 법대로 이 날강도들에게 체포령을 내렸다.

그런데 곽재우는 날강도가 아니고 의병장이라고 했다. 당시만 해도 의병이니 의병장이니 하는 것은 듣지도 못하던 소리였다. 법대로 잡아 죽인다고 했더니 적반하장으로 곽재우가 들고 일어났다. 군수 전현룡을 죽이고 감사 김수도 없애 버린다고 야단이었다.

문제는 백성들이었다. 그들이 이쪽 편을 들어주면 곽재우가 나대도 두려울 것이 없었으나 모두 그쪽에 붙어 버렸다. 평소에 법대로 한 것을 가지고 자기들을 못 살게 굴었다고 이를 간다는 소문이었다.

"이대로 있다가는 죽을 터이니 잘 생각해서 처신하라."

초유사 김성일이 으름장을 놓는 바람에 벼슬을 내놓고 그날부터 걷기 시작했다. 경상도 합천에서 이 황해도 연안까지 적을 피해서 이리저리 험한 산을 타고 더듬어 온 길은 3천 리를 넘으면 넘었지 덜 되지는 않았다.

"지금부터 어떻게 할 작정인가?"

잠자코 그의 이야기를 듣고 있던 이정암이 물었다.

"나도 그 의병이란 것을 해야 쓰겠는데 축에 끼워 주겠소?"

오는 도중 인적이 끊긴 산길에서 몇 차례 소나무 가지를 어루만졌다. 목을 맬 생각이었으나 그때마다 울컥 분이 치밀어 죽지 못했다. 이대로 죽는다면 전현룡은 만고에 웃음거리밖에 될 것이 없으리라.

"이제 죽는 것은 무섭지 않소. 전현룡이라는 인간의 진가를 보여 주지 않고는 죽을 수도 없다, 이런 말씀이오."

그의 두 눈에는 불꽃이 이글거렸다.

세상은 묘해서 악인이 아니면서 악인이 되고, 역적도 아니면서 역적이 되는 경우도 없지 않았다. 법도만 내세우던 전현룡, 이 세상과 아귀가 약간 안 맞았다 뿐이지 그는 악인도 비겁한 인간도 아니었다. 더구나 그는 행정관으로서는 아주 유능한 인재였다.

"내 종사관으로 일하면 어떨까?"

종사관은 비서 겸 참모로, 이정암 부대의 핵심이었다. 김덕함, 조종남 등 이미 8명이 종사관으로 지명되었고, 전현룡까지 합치면 9명이 되는 셈이었다.

"무엇이든 마다할 처지가 못 되지마는 남이 싫어하는 일, 제일 위험한 일을 맡겨 주시오."

"제일 알맞은 일을 맡겨야지."

"무언데?"

"종사관의 직책과 함께 연안 고을을 맡아 주게."

이정암은 이제 황해도 전체의 적을 상대로 싸워야 할 위치에 있었다.

소규모 유격전과는 달리 뚜렷한 거점이 있어야 하고, 만일의 경우 적을 피해 오는 백성들을 맞아들일 준비도 있어야 했다.

그는 이 같은 거점으로 연안성을 염두에 두고 있었다. 위치로는 배천도 좋았으나 성이 반이나 무너지고 민가도 대개 불타 없어졌다.

그러나 연안은 성이 완전하고, 민가도 그대로 있었다. 주변의 농사도 괜찮아 추수만 제대로 하면 식량도 걱정이 없었다.

뿐만 아니라 연안은 해변이어서 남으로 호남의 우군과 통하고, 북으로 의주의 조정과 통하는 요지였다. 전체적인 전략상으로도 연안은 반드시 우리 수중에 있어야 했다.

문제는 흩어진 백성들을 끌어들이고 추수를 제때에 하고 군의 작전을 지원하는 데 있었다. 전현룡의 뛰어난 행정능력이 필요했다.

"좋소."

전현룡도 동의했다.

다만 몸을 사리고 슬슬 피해 다니기는 해도 연안부사 김대정(金大鼎)이 아직 살아 있으니 그를 임명한 조정의 체면도 생각하지 않을 수 없었다. 전현룡의 직함은 연안참모관(延安參謀官)으로 하였다. 부사를 돕는 보좌관 같은 이름이었으나 사실상 전권을 가진 연안 고을의 책임자였다.

농성전과 유격전

연안을 확보하려면 주변 고을 중에서 아직 적이 들어오지 않은 고장도 민심을 수습하고 질서를 잡을 필요가 있었다.

평산부사 유극(柳諿)은 산에 숨어 떨기만 한다는 소문이었다. 이사례(李嗣禮)를 조방장이라는 직함으로 현지에 보냈다. 현감 최승휘가 적에게 술대접을 하고 자취를 감춰 버린 강음에는 종사관 조종남을 가관(假官)이라는 이름으로 보냈다. 다 같이 유능한 전직 행정관들이었다.

마음에 걸리는 것은 배천군수 남궁제(南宮悌)였다. 처음에 적이 온다는 소문을 듣고 밤중에 자기 식구들만 끌고 몰래 자취를 감추고 말았다. 원님과 더불어 법도 사라지고 난장판이 벌어졌다. 힘깨나 쓰는 건달들이 돌아가면서 사람을 치고 물건을 훔치고 불을 질렀다. 백성들은 피를 흘리고, 재산을 뺏기고, 산으로 줄달음쳤다.

그러나 배천 접경에 들어왔던 적은 무슨 영문인지 읍내까지는 오지 않고 발길을 돌려 북으로 가버렸다.

백성들은 하나 둘 집으로 돌아오고 남궁제도 다시 나타났다.

"남궁 아무개는 사람도 아니다."

백성들은 그에게 등을 돌렸다. 풀이 죽은 남궁제는 여러 차례 이정암을 찾아왔다.

"의병에 참가해서 속죄할 기회를 주시오."

한때 실수는 누구에게나 있는 것이다. 더구나 지금은 어린아이의 힘도 보태야 할 때가 아닌가. 이정암은 그를 받아들이자고 타일렀으나 배천 사람들이 듣지 않았다.

"그가 들어온다면 우리가 나가지요."

이정암은 하는 수 없이 본인을 불렀다.

"백성들에게 죄를 짓는 것은 하늘에 죄를 짓는 것이라, 일이 쉽지 않군요."

오래도록 고개를 떨어뜨리고 앉았던 남궁제가 얼굴을 들었다.

"더 이상 여지가 없겠지요?"

"여지라……. 고향이 어디시오?"

"전라도 함열(咸悅)이올시다."

"고향에 가보시오. 고향에는 언제나 여지가 있는 법이오."

"무슨 낯을 들고 고향에 가겠소이까."

남궁제는 그날 밤으로 또 자취를 감췄다. 바다에 몸을 던졌다는 사람도 있고, 산에 가서 목을 맸다는 사람도 있었으나 딱히 행방을 아는 이는 아무도 없었다.[1]

이정암은 개성 사람 김자헌(金自獻)을 조방장에 임명하여 배천에 보냈다. 전에 도사를 지낸 52세의 진중한 인물이었다.

북에서 밀고 내려오던 적은 8월에 들어 해주 – 강음선에서 일단 정지하고 휴식에 들어갔다. 황해도의 거의 전역을 점령한 적이 10분의 1도 안 되는 지역을 남기고 발을 멈춘 속셈은 무엇일까? 그들이 마음만 먹으면 하루 이틀에도 능히 밟아 버릴 수 있는 지역이었다.

이 땅은 연안에서 배천에 걸친 평야, 세상에서 연백평야(延白平野)라고 부르는 고장으로 오곡이 잘 익는 농업지대였다.

추수를 앞둔 이 들판을 짓밟는 것은 잘하는 일이 못 되고 농부들이 타작을 해서 곡식 부대들을 쌓아 올린 연후에 들이치는 것이 순서가 아니겠는가? 일 년 식량은 되고도 남으리라.

적의 의도를 이렇게 읽은 이정암은 8월 12일, 당시 머물고 있던 연안의 남해안 식척촌(食尺村)을 떠나 연안성으로 들어왔다. 적이 제공하는 이 유예 기간을 거꾸로 이용해서 농성 준비를 끝낼 생각이었다.

종사관들과 소수의 호위 병사들만 거느리고 들어온 이정암은 관고부터 점검했다. 무기도 식량도 남아 있지 않았다.

남산으로 말을 달려 성내를 내려다보았다. 소문에 들은 대로 성도 쓸 만하고 집들도 성한 대로 있었으나 오가는 백성은 눈에 들어오지 않았다. 저마다 가족들과 함께 산에 숨어 살면서 낮이면 들에 내려와 일하다가도 밤이 오면 다시 산으로 돌아간다고 했다.

말없이 바라보는 이정암의 눈에 큰 연못이 두 개, 대낮의 햇살에 반짝이고 있었다. 지난 5월 양주 게너미고개[蟹踰嶺]에서 크게 이기고도 억울하게 사형을 받은 신각(申恪)이 이곳 부사로 있을 때 북문 밖의 샛물을 끌어다 파놓은 것들이었다.

농성을 하려면 식량 다음으로 중요한 것이 물이었다. 신각은 병법을 아는 장수로 여기 물을 마련해 놓고 갔다. 뿐만 아니라 그는 성문마다 옹성(甕城)도 쌓아 놓았다. 옹성은 성문 밖에 또 하나 성같이 둥글게 쌓은 것으로, 적의 직격(直擊)으로부터 성문을 보호하고, 성의 경비에 사각지대를 없애는 장치였다.

이정암은 자기의 계획을 중의에 부쳤다.

"여기서 농성하는 것이 어떻겠소?"

그러나 찬동하는 사람은 아무도 없었다. 농성을 하면 적의 대병력이 와서 포위할 터인데 언제까지 버틸 수 있을 것인가? 스스로 함정에 빠져 죽음의 길을 재촉하는 것과 무엇이 다른가? 유격전으로 맞서야 한다.

그러나 이정암은 굽히지 않았다.

"내가 유격전을 반대하는 것은 아니오. 유격전도 활발히 해야지요. 그러나 위치에 따라 온갖 희생을 무릅쓰고 지켜야 할 요지가 있소. 이 연안이 바로 그런 요지요."

당시 호남은 의주의 조정에 식량, 무기를 비롯한 물자와 병력을 보급하는 유일한 기지였다. 호남을 떠난 보급선들은 강화도를 거쳐 황해도 해변을 북상하여 청천강이나 압록강으로 들어가고 있었다.

범선(帆船)의 항해 능력에는 한계가 있어 도중 몇 군데 기착지가 필요했다. 식수의 보급도 받아야 하고, 특히 역풍을 만났을 때는 즉시 피난해 들어갈 포구가 있어야 했다. 황해도에서 해주가 이미 적의 수중에 들어간 마당에 연안은 놓칠 수 없는 중간 기착지였다.

그런데 유격전은 일정한 근거지가 없는 전술이었다. 어느 지역에 눌러 있다가도 힘에 겨운 강대한 적이 오면 서슴없이 내주고 다른 지역으로 이동하여도 무방하였다. 이정암이 염려한 것은 이 점이었다. 유격전술의 원칙에 따라 연안을 적에게 내준다면 호남에서 의주에 이르는 해상 보급로는 그날로 차단되고 말 것이다.

이치는 그렇다 하더라도 이름이 농성이지 사실은 외로운 성에 갇히는 일이었다. 그것은 죽으라는 말이지 살라는 말은 아니었다. 당하는 사람으로서는 심기가 좋을 리 없었다.

"농성이라고 우리만 포위를 당해서 불리하다고 생각하는 것은 잘못이오. 성을 포위한 적진의 외곽에서는 우리 우군이 또 그들을 포위하고 공격할 터이니 적은 안팎으로 협격을 당하는 것이오. 불리한 것은 오히려 적이오."

그러나 아들 준이 찬성했을 뿐 다른 사람들은 여전히 시무룩한 얼굴들이었다.

저녁에 이정암은 전현룡과 단둘이 마주 앉았다.

"연안 고을을 책임지고 있는 자네는 왜 말이 없는가?"

"일부러 말하지 않았소."

"일부러라니?"

볼멘소리가 목구멍까지 나왔으나 상처를 입은 그의 심정을 생각하고 참았다. 그런데 전현룡은 더욱 엉뚱하게 나왔다.

"형은 죽을 생각이오, 아니면 살 생각이오?"

"죽느니 사느니, 그런 생각을 할 틈이 어디 있는가?"

"그러면 됐소. 형 요량대로 하시오."

"……?"

"나는 요즘 죽을 생각뿐이오. 이런 때 살 궁리만 하는 인간도 곤란하지마는 죽을 궁리만 하는 인간도 정상일 수 없지요. 냉정한 판단을 내리지 못한단 말이오. 그래서 입을 다물었소."

"…….."

"지금이 얼마나 중대한 순간이오? 이런 때 생사가 염두에 없는 형 같은 사람이 우두머리로 앉은 것이 다행이오. 판단이 흐리지 않을 터이니 말이오."

이정암은 이 총명한 사나이를 받아들인 것은 역시 잘한 일이라고 생각했다.

그는 계속 연안성내에 머물면서 여러 사람들과 만났다. 찾아오는 사람들이 태반이고, 이쪽에서 불러들인 축도 적지 않았다. 불러들인 사람들 중에는 이 연안부의 관원들도 있었다. 부사가 피해 다니니 그들도 흩어져 산에 숨기도 하고, 갑갑하면 들에 내려와 서성거리기도 했다.

"나도 해보았지마는 피란 생활은 못할 일이더라."

이렇게 운을 뗀 이정암은 한 사람 한 사람 살아가는 형편을 묻고 자기의 속을 털어놓았다.

"그런 피란 생활도 무한정 할 수 있는 것이 아니다. 벌써 아침저녁으로 싸늘한데 겨울이 멀지 않았다. 겨울에 노인과 어린아이들을 데리고 산을 헤매다가는 모두 얼어 죽고 말 것이다. 어떻게 할 생각이냐?"

"소인들도 그것이 걱정이올시다. 그렇다고 달리 방책은 없고……."

"한 가지 길밖에 없다. 여기 들어와서 이 성을 지키는 일이다. 성도 집도 성하고, 들에 있는 곡식을 거둬들이면 먹을 것도 풍족할 것이 아니냐?"

"과연 지킬 수 있을까요?"

관원들은 도통 자신이 없는 얼굴들이었다. 그렇다고 이정암은 큰소리는 치지 않았다.

"성을 지키지 않고 산을 헤매다가는 백발백중으로 죽는 것이고, 성을 지키는 것도 쉬운 일은 아니다. 만에 하나쯤 가망이 있을까? 만에 하나라도 살 길은 그것밖에 없으니 어쩔 것이냐?"

"……."

"그것마저 서두르지 않으면 기회를 놓칠 것이다. 적이 선수를 쳐서 성을 점령해 버리면 그만이 아니겠느냐? 너희들은 나가 산에 있는 백성들에게 내 뜻을 전해라. 여기 돌아와서 나와 함께 성을 지키자고 말이다.

백성들이 돌아오면 나는 즉시 군사들을 이끌고 성내로 들어올 생각이다."

연안이 중하다고 황해도의 모든 병력을 연안에만 투입할 수는 없었다. 그들은 각기 자기 고장을 버릴 수 없고 거기 주둔하는 적과 싸워야 했다. 연안성은 연안과 그 인근 고을의 병력으로 지킬 수밖에 없었다.

제한된 인원으로 적과 싸우자면 무기를 만들고 식량을 보급하고, 사상자와 병자를 돌보고, 들에서 곡식을 거둬들이는 일은 백성들에게 의지할 수밖에 없었다. 흩어진 백성들을 끌어들이는 일은 시급한 과제였다.

며칠 동안 연안성에서 부지런히 움직이던 이정암은 전현룡에게 뒷일을 부탁하고 성에서 나왔다. 또다시 배천과 연안 일대를 옮겨 다니면서 의병장들을 만나 지시를 내리고 무기를 모으고 ― 바쁜 나날을 보냈다.

마침 강화도에는 의병장 김천일 외에 전라병사 최원(崔遠)이 9천 병력으로 주둔해 있었고, 충청수사 변양준(邊良俊)은 수군을 이끌고 강화 교동(喬桐) 용매도(龍媒島) 일대의 해역을 초계 중이었다. 이들은 여기서 무시로 서울 방면의 적에게 도전하여 압력을 가하고 있었다.

이정암은 이들에게 사람을 보내 무기를 부탁했다. 여기서 얻은 활과 살, 화약과 총통 등은 쪽배에 실어 연안성으로 가져왔다.

또 남에게만 의지하지 않고 의병들은 각자 힘닿는 대로 자기가 쓸 무기를 마련하였다. 투박하나마 칼과 창도 두드려 맞췄다.

그러나 연안성으로 들어오는 백성은 흔치 않았다.

"어찌 된 일인가?"

전현룡에게 물었더니 예기치 않은 대답이 돌아왔다.

"누구를 믿고 들어갈 것이냐? ― 이것이 백성들의 공론이오."

빈 성에 백성들부터 들어가라고 한 것은 자기의 실수였다. 오늘밤이라도 적이 쳐들어오면 어쩔 것이냐?

나부터 들어가자. 이정암은 결심했다.

조여드는 적의 대군

 8월 22일. 이정암은 연안별장(別將) 장응기(張應祺)가 지휘하는 5백여 명의 군사들을 이끌고 연안성으로 들어왔다. 그는 처음에 각처에서 일어난 의병장들에게 매복장(埋伏將)이라는 이름을 붙였다가 얼마 안가 별장으로 통일하였다. 의병을 일으킨 사람은 누구나 별장이어서 많은 고을에는 10여 명, 적은 고을에는 1, 2명, 거느리는 부하도 수십 명에서 수백 명에 이르기까지 각양각색이었다.
 별장 중에는 선비도 없지는 않았으나 대개는 무관 출신들이었다. 장응기도 만호를 지낸 사람으로 금년에 27세, 특히 활 솜씨가 뛰어나 백발백중이라는 평을 듣는 사람이었다.
 무과에 급제하려면 병법과 무술에 소양이 있어야 함은 물론 몸집도 좋고 완력도 있어야 했다. 특히 장응기는 18세에 무과에 오를 만큼 체구가 늠름하고 남달리 힘도 센 청년이었다.

이 젊은 장수가 나서자 사처에서 청년들이 모여들고, 흩어졌던 관군 병사들도 그의 산하에 달려와서 황해도에서는 제일 강력한 의병 집단으로 등장하였다. 자연히 이정암의 신임이 두터웠고, 그의 전력의 핵심을 이루게 되었다.

먼저 성내에 들어온 전현룡도 기대에 어긋나지 않았다. 어려운 가운데서도 군량미 수백 섬을 모아 곳간에 쌓아 놓았고, 군대가 들어갈 건물이며 취사 시설까지 마련해 놓고 있었다.

연안에는 장응기 외에 별장이 또 한 사람 있었다. 역시 무과 출신으로 첨사를 지낸 송덕윤(宋德潤)이라는 사람이었다. 그도 3백여 명의 부하를 이끌고 뒤따라 들어왔다.

해질 무렵에는 그동안 모습을 보이지 않던 연안부사 김대정이 관군 수십 명을 이끌고 나타났다. 흰눈으로 보는 사람들도 없지 않았으나 남궁제와는 달리 드러내 놓고 마다하는 사람은 없었다.

"반갑소. 이제부터 우리 일을 잘해 봅시다."

이정암은 앞장서 그를 맞아들였다. 김대정도 무과 출신으로 무관직을 전전하다가 나이 들어 연안부사로 부임해 온 사람이었다. 군사 경험이 있는 지휘관이 귀한 이때 과거를 놓고 시비할 처지가 못 되었다.

이로써 연안부 관내의 병력은 모두 성내에 들어온 셈이었다. 이정암은 연안성을 몇 갈래로 구분하여 이들에게 배정하고, 각기 자기가 맡은 구역의 방위를 책임지도록 하였다. 병사들은 무기를 정비하고, 성가퀴를 손질하고 총통에 기름을 치고, 부산하게 움직이기 시작했다.

분위기가 이렇게 바뀌자 산에 갔던 백성들도 줄을 이어 성내로 돌아왔다. 열에 1, 2명도 돌아올까 말까 하던 것이 불과 이틀 사이에 열에 7, 8명은 자기 집으로 돌아왔다. 썰렁하던 성내는 오래간만에 사람 사는 동네같이 활기가 일기 시작했다.

그들도 한가할 틈이 없었다. 전쟁, 특히 농성전은 외부와 차단된 상황에서 사생을 결판짓는 싸움인지라 스스로 목숨을 부지하고, 혹은 적의 목숨을 뺏는 데 필요한 온갖 물자를 될수록 빨리, 될수록 많이 모아들여야 했다.

남자들은 성 밖에 나가 곡식을 걷고, 나무를 찍어 오고, 여자들은 물을 길어 항아리마다 채우고, 아이들은 돌을 모아다 성벽 위에 쌓아 올렸다.

그동안 해안을 수색하여 찾아낸 배들이 16척 있었다. 배들도 쉬지 않고 육지와 섬, 섬과 섬 사이를 누비고 다니면서 무기와 식량을 날라다 바닷가에 부리면 사람들은 혹은 등짐으로, 혹은 마소에 실어 연안성으로 옮겨 쌓았다.

앞으로 보름이면 적어도 이 겨울 동안 농성할 준비는 마칠 수 있으리라 — 이정암은 속으로 계산하고 있었다.

그러나 성으로 들어온 지 5일, 8월 27일의 동이 트면서 사태는 일변했다.

멀리 산 너머 새벽하늘에는 처처에 불길이 치솟고, 사방에서 급사가 달려왔다. 해주와 강음을 각각 출발한 적의 대군이 동서 두 방면에서 연안을 목표로 진격하여 오는 중이라고 했다.

적은 어디서나 그랬듯이 이번에도 지나는 동네마다 불을 질러 잿더미로 만드는 모양이었다 — 남산에 올라 이 광경을 바라보고 동헌으로 돌아온 이정암은 관원들과 장수들, 그리고 연안의 유지들을 불렀다.

"길게 말하지 않겠소. 이제부터 우리는 이 연안성과 운명을 같이할 것이오. 살아남으면 남는 대로 죽으면 죽는 대로, 다 같이 뜻이 있을 것이오. 마지막으로 혹시 의견이 있으면 말씀들을 하시지요."

무거운 침묵이 계속되는 가운데 종사관 우준민(禹俊民)이 잔기침을 하고 말문을 열었다.

"이 왜적은 역사에 없는 독종들입니다. 불과 달포 사이에 삼도(三都 : 서울, 개성, 평양)를 공략한 무적의 강병들로, 그들과 대결하여 성을 지킨 자는 한 사람도 없습니다. 지금 이 연안성으로 말하자면 군대도, 식량도, 무기도, 제대로 된 것이 하나도 없습니다. 이 세 가지가 없는데 맨손으로 어떻게 적을 막을 것입니까? 더구나 영감께서는 황해도 전체의 초토사이지 연안성 하나만의 책임자가 아니십니다. 성을 버리고 나가서 유격전을 시작하는 것이 좋겠습니다."

우준민도 서울에서 내려온 피란민이었다. 과거에 올라 여러 벼슬을 거친 사람으로, 하는 말도 이치에 들어맞았다.

그러나 목숨을 걸고 연안성을 지키자고 앞장서 외친 것도 그였다. 지금 저기 남산에 펄럭이는 대장기(大將旗)의 글씨를 쓴 것도 우준민이었다.

충성을 다하여 적을 쳐부수자(奮忠討賊).

한구석에 쭈그리고 앉아 있던 연안 선비 3명이 앞으로 나왔다.

"영감께서는 성을 지키자고 이 고을 백성들을 타일러 성내에 들어오게 하였습니다. 그런데 이제 적이 다가온다고 해서 성을 버리고 가신다면 이것은 백성을 속이는 일이 안 되겠습니까?"

이유 있는 항변에 이정암은 고개를 끄덕였다.

"옳은 말씀이오. 나는 일찍이 성상을 지척에서 모시고 경서(經書)를 강론한 신하, 이른바 경악노신(經幄老臣)이오. 도리로 말하자면 이 위급한 때에 서쪽으로 피란하시는 성상을 지켜 드렸어야 옳지요. 그러지 못한 것이 늘 마음에 걸리던 차에 이번에는 왕세자께서 군사들을 모아 적을 치라는 영지(令旨)를 내리셨소. 도리를 다하지 못한 이 늙은 신하에게 말이오. 이렇게 황송하고 고마울 데가 어디 있겠소? 목숨을 바쳐서 이 은혜에 보답할 뿐이지 구차하게 살 생각은 없소."

그는 냉수로 목을 축이고 말을 이었다.

"나는 이 고장 백성들에게 약속한 대로 연안성을 지킬 것이고, 생사 지간에 떠날 생각은 없소. 그러나 사람마다 생각하는 바가 있을 터이니 반드시 나를 따를 것은 없소. 남을 사람은 남고 떠날 사람은 떠나도 무방하오."

그는 전현룡을 돌아보았다.

"지금 이야기한 취지대로 성내에 방을 써 내붙이시오. 다만 떠날 사람은 속히 성에서 나가 달라고 해주시오."

회의가 파하자 이정암은 붓을 들었다.

성부(成否)는 하늘에 맡기고 이 성을 지킬 생각입니다. 영감들께서는 군을 이끌고 본토에 올라 외곽에서 성원하여 주시오.

강화도에 있는 의병장 김천일과 전라병사 최원에게 편지를 발송하였다.

아무리 굳은 바위도 치고 또 치면 결국은 부서지듯이, 아무리 굳게 지킨다 하더라도 지키기만 하는 성은 종당에는 떨어지게 마련이다. 성을 포위한 적을 그 배후에서 공격하는 우군의 외원부대가 있어야 했다.

편지를 가진 두 사람(韓詗, 李臣甲)이 대문 밖으로 사라지자 말없이 옆에서 지켜보던 장응기가 그를 바라보고 머뭇거렸다. 할 말이 있을 때의 버릇이었다.

"무슨 일이오?"

"바다처럼 변덕이 심하고 못 믿을 것도 없습니다. 지금은 잠잠합니다마는 오늘밤이라도 풍랑이 일 수 있고, 풍랑이 일면 강화도의 군대는 못 오는 것이 아니겠습니까?"

"그렇다고 달리 방도가 있겠소?"

"배천 진영을 외원으로 돌리면 어떨까요?"

이정암은 지금까지 연안과 배천, 두 고을을 내왕하면서 의병을 조직하였다. 명색은 황해도초토사였으나 그의 직할부대는 이 두 고장의 의병들이었다. 그런 만큼 배천의 의병들도 연안성으로 불러들여 함께 농성할 생각이었다.

강화도의 지원이 확실치 못하다면 배천의 의병들을 외원으로 돌릴 수밖에 없었다. 그러나 성내의 수비가 너무 미약하지 않을까?

"기백 명 더 있고 없고, 크게 다를 것이 없습지요. 더구나 적의 배후에서 제대로 싸워만 준다면 성내에 들어오는 것보다 열 배의 효과는 있을 것입니다."

장응기의 의견에 이정암은 다시 붓을 들어 배천 별장들에게 편지를 썼다.

> 요지에 웅거하여 적을 교란하고, 항시 도전하여 그들에게 쉴 틈을 주지 말라.

배천에는 별장이 3명 있었다. 훈련봉사를 지낸 민인로(閔仁老)는 2백여 명, 급제(及第) 조응서(趙應瑞)는 3백30여 명, 한량 변염(邊濂)은 3백여 명을 거느려서 도합 8백30여 명의 병력, 성내의 연안 병력과 비등하였다.[2]

배천에 편지를 보내고, 다른 고장 별장들에게도 각각 사람을 파송하여 연락을 마치니 해가 서산에 기울기 시작했다.

"영감 긴히 말씀드릴 일이 있습니다."

성내를 순시하려고 대문을 나서다가 밖에서 돌아오는 우준민과 마주쳤다.

"무언데?"

우준민은 그의 옆에 따라붙은 장웅기에게 시선을 던지고 머뭇거렸다.

"괜찮소. 장 만호에게 비밀로 할 일이 무엇이겠소?"

우준민은 한 걸음 다가서 나지막이 속삭였다.

"아시다시피 소인의 부모가 배천 땅에 피란해 계십니다. 잠깐 뵈오러 다녀와도 괜찮겠습니까?"

"……."

"부친께서 해소병이 심해서……."

"가보시오."

"꼭 돌아오겠습니다."

"형편대로 하시오."

발길을 돌려 반이나 뛰어가는 우준민의 뒷모습을 바라보던 장웅기가 물었다.

"돌아올 것 같습니까?"

"안 올 것이오."

"그럼 왜 보내시지요?"

"뜻이 없는 자는 쌀에 뉘 같은 것이 아니겠소? 방해는 되어도 보탬은 안 되는 법이오."

나이 사십에 재주와 겁을 반반씩 빚어 만든 사나이 우준민, 하늘은 때로 묘한 배합(配合)을 즐기는 모양이었다.

성내는 조용했다. 스스로 마음이 내켜서건, 남의 눈총이 두려워서건, 어제와 마찬가지로 백성들과 병사들은 부지런히 움직이고 있었다. 성내를 한 바퀴 돌고 남산에 오르니 어둠이 깔리기 시작했다.

피곤한 하루였다. 이정암은 호상에 앉은 채 잠시 졸다가 숱한 말굽소리에 잠이 깼다.

"소인 민 봉사올시다."

어둠 속에 말에서 뛰어내린 것은 배천 별장 민인로였다.

"내 편지를 못 받았소?"

"받았습니다. 그러나 편지가 당도하기 전에 이미 탈이 났습니다."

엄청난 적군이 몰려오는 것을 보고 배천의 의병들은 태반이 흩어져 도망쳤다. 별장마다 얼마 남지 않은 군사들을 묶어 세우느라고 애를 쓰는 중이라고 했다.

"일단 겁에 질린 군사들을 다시 일으켜 세우는 것은 쉬운 일이 아닙니다. 차라리 성내에 들어와 영감 휘하에서 싸우려고 소인은 1백 명도 안 되는 나머지 병사들을 이끌고 입성했습니다."

먼 하늘 아래, 적이 지른 불길은 아침보다도 훨씬 가까이, 월등 선명하게 타오르고 있었다. 아마 저런 것이 뭇 생명을 삼키는 지옥의 겁화이리라. 계획이 크게 뒤틀렸으나 자신이 생각해도 이상할 정도로 마음은 흔들리지 않았다.

"잘 왔소."

이정암은 민인로의 두 손을 잡았다.

화공 火攻

이튿날은 8월 28일.

성 위의 초병들은 간밤을 뜬눈으로 지새우고, 오래간만에 집에 돌아온 백성들도 엎치락뒤치락 열에 아홉은 잠을 이루지 못했다. 산에 그냥 있을 것을 공연히 서두른 것은 아닐까?

그들은 젊은 장수 장응기를 기다리고 있었다. 가부간 그가 돌아오면 판가름 날 일이었다.

장응기는 먼동이 트자 적정을 살피러 홀로 말을 타고 들을 가로질러 산 너머로 사라져 갔다. 부하 몇 명은 거느리고 가라. 혼자는 위험하다 — 이정암이 타일렀으나 듣지 않았다. 혼자가 편하고 많을수록 짐이 된다고 했다.

"왜놈들은 대충 4천이올시다."

숨 가쁜 시간이 흐르는 가운데 날이 밝고, 햇살이 온 산과 들에 퍼진 연후에야 다시 들을 가로질러 돌아온 장응기의 첫마디였다. 그는 대답을 기다리지 않고 안장에서 적의 머리 한 쌍을 끌러 땅바닥에 내던졌다. 사람들은 말이 없고, 이정암이 물었다.

"그래 적은 어디까지 왔소?"

"현죽(玄竹)입네다."

현죽은 서쪽으로 10리. 장응기는 한마디 던지고 우물에 가서 두레박으로 물을 퍼올렸다.

사람들은 웃통을 벗고 물을 끼얹는 그를 바라보다가 흩어져 자기 위치로 돌아갔다. 용감한 것일까, 아니면 둔한 것일까?

해가 중천에 오르면서 말 탄 적의 척후들이 나타나고, 이어 숱한 인마가 들을 뒤덮고 서서히 다가들었다.

그들은 먼발치로 성을 포위하고 서문 밖의 야산과 남문 밖의 외남산(外南山)에 각각 장막을 치고 진영을 설치하였다. 연안에는 남산이 둘 있었는데 성안에 있는 것을 그저 남산, 성 밖에 있는 것을 외남산이라고 불렀다.

여러 겹으로 성을 에워싼 적은 교대로 몰려나와 총을 쏘고는 들어가고, 다시 나오고 ─ 같은 동작을 되풀이했다. 맞아 쓰러지는 모습은 보이지 않았으나 콩 볶듯 울리는 폭음. 처음 겪는 신병들에게는 하늘과 땅을 온통 뒤집는 듯한 무시무시한 광경이었다.

이것은 사람을 살상하기보다는 혼을 잡아 빼는 수법이었다. 지금까지 이 수법에 걸려 겁을 먹은 조선군은 싸우기 전에 도망쳤고, 일본군은 싸우지도 않고 이긴 경우가 적지 않았다.

성안의 남산에서 이 광경을 바라보는 이정암의 눈에는 사리(事理)가 그림을 보듯 잘 보였다. 두려운 것은 적이 아니라 마음속의 겁이었다. 겁을 몰아내는 순간이 이기는 순간이었다.

지금 당장 급한 것은 병사들의 마음속에 도사리고 앉은 겁을 몰아내는 일이었다. 그는 일어서 천천히 성 위를 돌았다.

대개가 성가퀴 뒤에 얼굴을 파묻고 활을 당기고 있었다. 맞거나 말거나, 겁결에 마구잡이로 쏘는 활이었다.

이정암은 가끔 병사들 옆에 앉아 활을 집어 들었다.

"활이란 것은 보고 생각하고, 다음에 당겨야지."

그리고 모범으로 쏘면 어김없이 적병에게 맞고, 적병은 고꾸라져 버둥거리고 울부짖었다.

"우리, 화살을 아끼자."

이런 말도 했다.

미소를 잃지 않는 얼굴, 총알이 날아오는 속에서도 덤덤하게 걸어오고 걸어가는 이 노인의 모습은 병사들에게 말없는 감동을 주었다. 사람이 저럴 수도 있구나.

성을 지키는 병사들의 진영에는 냉정(冷靜)이 찾아들고 헛되이 날아가는 화살도 눈에 띄게 줄어들었다.

대낮에 시작된 전투는 밤이 깊어 자정을 지나자 저절로 끝났다. 적의 사상자는 10여 명, 우리 측은 한 명의 부상자도 없었다. 이런 것이 전쟁이라면 못할 것도 없다 — 처음으로 전투를 경험하는 병사들은 한숨을 내쉬었다.

그러나 동쪽에서 어둠을 뚫고 파도같이 밀려오는 그림자가 있었다. 강음을 떠난 적 2천 명이 당도했다는 소문이었다.

황해도에 들어온 구로다 나가마사의 총병력은 1만 1천 명, 이미 점령한 여러 지역에 수비군으로 배치한 5천 명을 제외하고, 나머지 6천 명이 모두 당도하였다.[3]

일본 사람들은 성미가 급한 족속이었다. 급한 나머지 목적지에 당도하면 하루의 유예도 없이 총력으로 공세를 펴는 것이 지금까지 그들이 보인 수법이었다.

아마 내일은 아주 밀어붙이려고 덤빌 것이다 — 속으로 계산한 이정암은 방비 태세를 점검하고 새벽에야 잠시 눈을 붙였다.

8월 29일.

먼동이 트면서부터 적은 부산하게 움직이기 시작했다. 외남산 정상, 빽빽이 들어선 소나무 사이로 통나무들을 이리저리 가로질러 덕[飛樓]을 매고, 덕에는 판자를 둘러 방벽같이 만들었다. 이 방벽에 구멍을 뚫고, 구멍으로 총구를 내밀고 마구 쏘아붙였다.

성안을 내려다보는 높은 위치에서 총탄을 퍼부으니 성벽의 조선 군사들은 도무지 머리를 들 수 없었다.

이 틈에 적은 산과 들에서 풀이며 나무를 베어다 참호를 메우고, 개미떼같이 몰려왔다. 그들은 성 위의 조선군에게 총탄을 퍼붓고 일부는 연장으로 성 밑을 파기 시작했다.

"총이라는 건 소리만 요란했지 아무것도 아니다."

장응기는 움츠린 병사들 사이를 누비면서 닥치는 대로 큰 돌을 굴리고, 마른 섶에 불을 붙여 훨훨 타는 불기둥을 내리 던졌다. 기세가 등등하던 적중에서 비명이 치솟아올랐다.

힘을 얻은 병사들이 그를 따라 우박같이 퍼붓는 돌과 불기둥 세례에 성 밑의 적은 쓰러지고, 흩어지고, 죽어 가는 자들의 비명이 벌판에 퍼져 나갔다.

성내의 백성들도 모두 나섰다. 남자와 여자, 노인과 어린아이를 가릴 것 없이 돌과 섶을 날라 오고, 물을 길어다 끓이고, 밥을 짓고, 주먹밥을 만들어 싸우는 병사들에게 가져갔다.

그러나 적은 굴하지 않았다. 숱한 사상자를 내면서도 1진이 무너지면 2진이 달려들고, 2진이 무너지면 3진이 달려들었다. 새벽에 시작된 전투는 날이 저물어서야 잠잠해지는 듯했다.

그러나 잠잠한 것도 잠시였다. 어둠 속에 숱한 그림자들이 길쭉한 사다리들을 맞들고 사방에서 성으로 조여들고 있었다. 일거에 성을 넘어 쏟아져 들어올 기세였다.

조선군은 숨을 죽이고 적이 사다리를 올라 성벽 위에 머리를 내밀 때까지 꼼짝하지 않았다. 성 위로 머리를 처들면 몽둥이로 후려치고, 혹은 끓는 물을 퍼부었다. 백이면 백이 다 곤두박질해서 죽거나 병신이 되어 한 명도 넘어온 자가 없었다.

그믐밤은 깊어가고 적진은 고요했다. 종일 계속된 전투에 그들도 지친 모양이다. 성 위의 조선군 병사들도 곤히 잠들었다.

밤 사경(四更 : 새벽 2시), 별안간 서문 쪽이 떠들썩했다. 적의 결사대 10여 명이 옹성으로 기어 올라온 것이다. 급히 달려간 장응기가 두 손에 칼을 들고 난도질을 퍼부어 가까스로 무찌르기는 했으나 일은 심상치 않았다.

적은 6천 명으로 예비 병력이 넉넉하여 얼마든지 교대할 수 있었으나 조선군은 그렇지 못했다. 전원이 항시 싸워야 하니 고단하기 이를 데 없고, 이런 상태가 오래 계속되면 저절로 무너질 수밖에 없었다.

적을 분산시킬 필요가 있었다. 분산을 시키자면 계획대로 외원 부대가 적의 배후를 교란해 줘야 하는데 강화도에서도 소식이 없고, 배천에 남은 의병들도 움직이지 않았다.

강화도 장수들은 자기 휘하가 아니니 어쩔 수 없다 하더라도 괘씸한 것은 이 배천 별장들이었다. 부하들 태반이 흩어졌다기에 차라리 성내에 들어와 함께 싸우자고 사람까지 보냈으나 오지 않았다. 오지도 않고 밖에서 싸워 주지도 않고 — 사람의 도리가 어찌 이럴 수 있는가?

어떻게 하면 이 외로운 싸움에 숨통을 틀 수 있을까? 동헌에 홀로 앉아 생각을 가다듬는데 장응기가 종이를 한 장 들고 들어섰다.

"묘한 투서가 들어왔습니다."

적은 연안성을 포위하면서부터 밤낮으로 성을 넘어 돌팔매질이었고, 그때마다 던지는 돌에는 편지가 달려 있었다. 대개 욕설, 협박, 투항 권고였으나 이것은 달랐다. 적진에 포로로 잡혀 있는 일본말 통역관 김선경(金善慶)이 던져 보낸 밀서였다.

적은 총알이 거의 떨어졌습니다. 4, 5일을 넘기지 못하고 물러갈 터이니 한사코 버티십시오.

이정암은 오십여 평생에 이렇게 반가운 소식은 처음이었다.

김선경은 일본말에 능통한 청년으로, 연전에 이정암이 동래부사로 있을 때 휘하에서 잠시 통역을 맡은 일이 있었다. 그것이 인연이 되어 명절이면 찾아왔고 이쪽에서도 알게 모르게 힘이 되어 주었다.

일전에도 몰래 글을 보내왔었다. 도저히 일본군은 당하지 못할 터이니 몸을 피하는 것이 좋겠다는 사연이었다. 이정암은 그것도 자기를 걱정하는 정성에서 나온 것임을 알고 있었다.

"이제 앞이 보이는군요."

장응기가 웃자 이정암은 맞장구를 쳤다.

"나도 그렇게 생각하오."

9월 1일.

오늘이야말로 성을 짓뭉갤 듯이 적은 이른 아침부터 몰려와서 성을 에워쌌다. 그들은 총을 쏘면서 전원이 고래고래 고함을 질렀다. 고함은 주위의 산들에 부딪고 산울림으로 돌아와 천지가 온통 떠나갈 듯이 떠들썩했다.

조선군의 기를 꺾을 모양이었다.

그러나 조선군도 지지 않고 맞고함을 질렀다.

무서운 것은 적의 조총이었다. 그 조총의 총알이 떨어져 간다고 했다. 총알이 없는 총은 단순한 몽둥이와 무엇이 다를 것이냐? 무서울 것이 없었다.

지금 할 일은 적으로 하여금 나머지 총알을 모두 쏘아 버리게 하는 일이었다.

약을 올릴 필요가 있었다. 이정암은 동래에 있을 때 얻어들은 일본 욕설들을 가르치고, 병사들은 오물, 구정물과 함께 이것을 성 아래로 퍼부었다.

"아호도모(멍텅구리들아)."

"후누케도모(얼간이들아)."

화가 나서 쏘아붙이던 총소리도 오정이 지나고부터 차츰 쇠잔해지고 어쩌다 한 번씩 울릴 뿐이었다. 동시에 적의 고함소리도 들리지 않았다. 총알도 기운도 다한 모양이었다.

장응기가 1백여 기(騎)를 이끌고 남문으로 달려 나갔다. 조총 덕에 나대던 일본군, 조총 없이는 자기들도 별것이 못 된다는 것을 가르쳐 줄 필요가 있었다.

그들은 폭풍같이 바로 성 밑에 포진한 적진으로 뛰어들었다. 칼을 휘둘러 적을 난도질하고, 깃발을 짓부수고, 무기와 갑옷을 뺏고 ― 적에게는 눈코 뜰 틈조차 주지 않았다.

적은 대낮에 조선군이 이렇게 나오리라고는 생각조차 못했고, 그런 선례도 없었다. 정신을 차릴 겨를도 없이 짓밟히고 피를 흘렸다.

바람같이 적진을 휩쓴 그들은 말고삐를 틀어 바람같이 성내로 들어왔다.

이 전투에서 장웅기는 왼쪽 턱을 적의 칼에 찔렸으나 한 손으로 상처를 막고, 한 손으로 창을 휘둘러 수없이 쓰러뜨리고 돌아왔을 때에는 온몸이 피투성이였다.

해가 떨어지면서 세찬 동풍이 불기 시작했다. 자고로 눈으로 볼 수 없고, 귀로 들을 수 없는 이런 밤은 야습에 적합하다고 했다. 성 위에서는 처처에 우등불을 피워 대낮같이 사방을 밝히고 기다렸다.

예상대로 어둠 속에서 적이 몰려나왔다. 성난 적장 구로다 나가마사는 이 밤중에 휘하 병력을 총동원하여 일거에 성을 넘어온다는 소문이었다.

성벽에서는 구멍마다 불을 지르니 서쪽의 적은 연기와 불꽃에 눈을 뜨지 못했다. 이 틈에 성 위에서 활을 쏘거나, 돌을 던지거나, 맞지 않는 경우가 드물고 적은 연거푸 쓰러져 갔다.

그동안에도 이정암은 동쪽 하늘을 바라보고는 무엇인지 기다리는 듯 오랜 시간 눈을 떼지 않았다.

마침내 멀리 동쪽 어둠 속 처처에 반딧불같이 반짝이는 것이 나타났다. 바싹 마른 풀밭에서 불꽃은 삽시간에 불길로 타오르고 서로 어울려 불의 바다를 이루면서 바람과 함께 무서운 속도로 다가왔다.

불은 온 벌판을 삼키고 성으로 접어들었다. 적은 앞을 다투어 서쪽으로 몰려가고 뒤에 처진 자들은 불 속에서 아우성치고 죽어 갔다.

불은 성을 할퀴고 빙 둘러싸고 서쪽으로 번져 갔다. 서쪽의 적도 불길에 쫓겨 사방으로 흩어지면서 밟고 밟히고 혹은 죽어 갔다.

9월 2일의 새벽 하늘이 희멀겋게 밝아 왔다. 사방에 포진했던 적진에서는 타다 남은 나무에서 연기가 오를 뿐 사람은 볼 수 없고 벌판을 휩쓸고 간 불길은 주변의 여러 산을 태우고 있었다.

적은 많은 무기와 식량을 불 속에 잃고, 동북방 배천 방면으로 후퇴하는 중이었다.

일거에 적을 쓸어버린 이 화공(火攻) 계획은 이정암의 머리에서 나왔고, 병사들을 이끌고 밤중에 성을 넘어 실지로 불을 지른 것은 전현룡이었다.

원래는 장응기가 나가기로 되어 있었다. 그러나 전현룡은 한사코 그를 가로막고 스스로 이 위험한 일에 나섰다.

"젊은 장수들은 앞으로 할 일이 태산 같소. 나는 오십을 넘기고 살 만큼 살았으니 나한테 맡기시오."

이리하여 연안성은 보전되었고, 그로 해서 호남과 의주를 연결하는 남북의 해상통로도 계속 유지될 수 있었다.

이순신의 부산포해전

황해도 연안성에서 이정암이 적과 혈투를 거듭하던 9월 1일. 경상도 부산에서는 이순신 함대가 일본 수군과 대결하고 있었다.

여수에 본영을 둔 전라좌수사 이순신이 세 번째로 출동하여 7월 8일 한산도 앞바다에서 역사적인 대승을 거두고 여수로 돌아온 것은 7월 13일이었다.

이로써 가덕도 이서의 남해안에 출몰하던 일본 수군은 완전히 소탕되었고, 패잔 함정들은 부산에 몰려 있었다.

이제 부산은 조선에서 일본군이 출입할 수 있는 유일한 항구였다. 여기 몰려 있는 적의 나머지 수군을 쳐부수고 그들의 내왕을 차단한다면 조선에 올라와 있는 일본군은 본국으로부터 보급을 받지 못하고 연락도 끊겨 고립무원 상태에서 말라 죽을 수밖에 없을 것이다.

조선 수군의 당면한 과제는 부산을 치는 일이었다. 그러나 부산의 중요성은 적도 모르지 않을 것이고, 대비책을 강구하지 않을 리 없었다. 실지로 부산 방면에서 빠져나온 피란민들의 이야기를 종합하면 적은 부산항 주변의 산에 온통 토굴을 파서 방어 태세를 갖추고, 본국으로부터 새로운 함정들을 들여다 수군을 재건하고 있는 것이 분명했다.

여수에서 부산까지는 물길로 4백30리였다. 이 먼 거리를 항해하여 낯선 지형에서 적과 싸운다는 것은 쉬운 일일 수 없고, 비상한 결의와 준비가 있어야 했다.

한산해전에서 돌아온 지 보름 남짓 되는 8월 1일, 전라좌우도의 수군은 전원 여수 앞바다에 집결하였다. 전선 74척, 협선 92척, 도합 1백66척이었다. 그동안 한편에서는 싸우면서도 한편에서는 배를 만드는 데 힘을 기울여 처음보다 훨씬 많은 함정을 보유하는 강력한 수군으로 성장하였다.

이날부터 이순신은 이억기와 함께 맹렬한 훈련으로 들어갔다.

우선 함대운동에 주력하였다. 많은 함정들이 지휘관의 명령에 따라 일사불란하게 회전하고, 혹은 종횡으로 대형을 바꾸는 함대운동은 해전에는 필수적인 요건이었다. 함대운동이 자유롭지 못한 수군은 자유로이 몸을 움직이지 못하는 인간과 마찬가지여서 조금만 민첩한 적을 만나도 얻어맞게 마련이었다.

다음으로 사격 연습에 주력하였다. 부산과 비슷한 지형을 찾아 가상적 함대를 설정하고, 낮에는 물론, 밤에도 거리를 재고 포를 쏘아 맞히는 연습을 되풀이했다.

여러 차례 실전의 경험이 있는 데다 이처럼 날마다 갈고 닦으니 병사들은 눈에 보이게 정병으로 성장하여 갔다.

압도적인 적을 상대로 힘겨운 싸움을 거듭하고 있는 본토의 어두운 분위기와는 달리 남해의 조선 수군 사이에는 낙관적인 분위기가 감돌고 있었다.

무엇보다도 연전연승한 그들의 눈에는 도시 일본 수군이라는 것은 볼 것이 못 되었다. 게다가 요즘 들리는 소문으로는 육지에서도 적은 처처에서 조선군에게 짓밟히는 중이라고 했다. 이대로 간다면 머지않아 부산이 떨어지게 되었다. 그들이 정신이 나갔다면 몰라도 그렇지 않은 이상 단 하나 남은 이 항구가 우리 손에 들어오기 전에 배를 타고 본국으로 도망가는 것이 순서일 것이다. 그것은 많은 조선 사람들의 소망이기도 했다.

소망은 소망에 지나지 않았으나 때로는 어김없는 현실인 양 구구전승되는 것이 인간세상의 생리여서 이 무렵에도 묘한 소문이 떠돌아다녔다. 북으로 올라갔던 일본군이 마구 도망쳐 내려온다고.

이 소문을 뒷받침이라도 하듯이 경상우도순찰사 김수(金睟)는 이순신에게 이런 공문을 보내왔다.

 북으로 쳐 올라갔던 적들은 낮에는 숨고 밤이면 행군하여 양산(梁山), 김해강(金海江) 등처로 잇따라 내려오는 중이오. 짐을 가득 실은 것을 보니 도망가는 흔적이 역력하오.

소문이라는 것을 별로 믿지 않는 이순신도 생각을 달리하지 않을 수 없었다. 뜬소문이 아니라 사실인 모양이다.

이때를 놓치면 일본군을 칠 기회는 영원히 가고 말 것이다. 남의 땅에 밀고 들어와서 온갖 행패를 다 부린 이 날강도들이 살아서 돌아간다는 것은 될 말이 아니었다.

8월 24일. 쾌청한 날씨에 바다는 잠자듯 고요했다. 아침부터 순풍을 기다렸으나 바람이 불 기척은 아무 데도 보이지 않았다.

그렇다고 무한정 바람만 기다릴 수는 없었다. 오후 4시, 마침내 이순신, 이억기의 연합함대 1백66척은 격군들이 총동원하여 노를 젓는 가운데 여수를 떠나 동으로 항진을 시작했다.

노량을 거쳐 다음 날 사량 앞바다에서 경상우수사 원균의 함대와 합류한 이들이 가덕도에 당도한 것은 4일 후인 28일이었다.

29일, 가덕도에서 낙동강구에 이르는 해역을 청소한 함대는 가덕도 북쪽 포구에서 밤을 지내고, 다음 날인 9월 1일, 첫닭이 울자 마침내 부산을 목표로 일제히 노를 젓기 시작했다.

도중 몇 차례 적과 마주쳤으나 그때마다 적은 배를 버리고 육지로 도망쳐 숨어 버렸다. 이 같은 배들은 모두 불에 태우고 전진하였는데 그 수가 도합 22척에 이르렀다.

절영도에서는 적의 복병선을 염려하여 전 함대가 일단 정지하고 수색에 들어갔다. 무작정 부산 항구로 들어갔다가 이 섬에 복병선이 있어 배후로부터 공격하면 당할 길이 없었다.

여기서 해안에 숨어 있던 적의 전선 2척을 쳐부수고 달리 복병선이 없는 것을 확인한 이순신은 척후선을 항구로 들여보냈다.

그러나 항구를 정탐하고 돌아온 척후선의 보고는 뜻밖이었다.

"초량항(草梁項)에 적함 4척이 대기하고, 그 저쪽 항구에는 5백 척도 넘는 함정들이 정박해 있습니다."

초량항은 부산과 영도 사이의 좁은 물길로, 소수의 함정이라도 이 대목을 막아서면 뚫고 들어가기가 여간 어려운 것이 아니었다. 그러나 그 정도는 예기치 못한 일이 아니었다. 문제는 5백여 척이라는 엄청난 적함의 숫자였다. 적이 집결한다는 소식은 들었어도 이렇게 많을 줄은 몰랐다.

보통 공격군은 수비군의 세 배라야 한다는 것이 병법의 상식이었다. 편히 앉아 활을 겨누고 있는 수비군과 먼 길을 허덕이고 온 끝에 생소한 고장에서 싸워야 하는 공격군의 전력은 같을 수 없고, 적어도 3 대 1의 차가 난다는 것이다.

그런데 적이 5백 척이라면 2백 척도 될까 말까 한 이쪽과는 거꾸로 3 대 1이라는 계산이 나왔다. 아무리 일본 수군이 변변치 못하다 하더라도 이것은 무모한 싸움이었다.

장수들 사이에는 일단 후퇴하는 것이 좋겠다는 의견이 지배적이었다. 그러나 이순신은 반대였다. 지금까지 적의 기세를 꺾어 놓았는데 여기서 발길을 돌리면 적은 우리를 우습게 볼 것이고 우리의 기세가 도리어 꺾일 것이다. 그런 일은 못한다.

이순신의 좌선에서 기라졸들이 흔드는 오색 깃발이 바람에 나부끼자 그의 함대는 서서히 북으로 움직이고, 그 뒤에 이억기, 원균의 함대가 차례로 따라붙었다.

최전방. 녹도만호 정운(鄭運)을 선두로 한 돌격함대 5척은 곧바로 초량항으로 진입하였다. 척후의 보고대로 적의 함정 4척이 기다리고 있었다.

적은 조총을 마구 쏘아붙였으나 돌격 함대는 활과 포로 응사하면서 그대로 돌진하였다. 무서운 기세로 달려드는 조선 함정들의 기세에 혼이 나간 듯 적은 뱃머리를 돌려 도망치려고 들었다. 순간 돌격 함정들은 적함에 부딪치고, 적함들은 부서지면서 한쪽으로 기울었다.

타고 있던 적병들은 대개 물에 빠져 죽고 나머지는 헤엄쳐 육지로 도망쳐 올라갔다. 돌격 함대는 부서진 적함에 불을 질러 초량항의 물길을 청소하였다.

이 물길을 따라 조선 함대는 깃발을 휘날리고 북을 치며 드디어 부산

항으로 진입하였다. 적의 심장부에 들어온 것이다.

이순신은 주위를 둘러보았다. 5리쯤 떨어진 동쪽 산기슭 바닷가에 정박한 숱한 적함들이 눈에 들어왔다. 세 군데에 따로따로 모여 있는 함정들, 아마 3명의 적장이 각기 지휘하는 함대들이리라.

그는 눈으로 대충 세었다. 5백 척은 못 되고 대소 4백70여 척. 그러나 예상과는 달리 꼼짝하지 않았다.

조선 함대는 이들을 목표로 진격을 개시했다.

놀랍게도 이 숱한 적함 중 단 한 척도 맞아 싸우는 자가 없고, 타고 있던 적병들은 총이며 활을 들고 모두 산으로 뛰었다. 배에 있던 자들뿐만 아니라 부산성에 있던 자들, 산중턱 토굴에 있던 자들도 모조리 산꼭대기로 올라갔다.

무슨 곡절일까? 조선 수군을 만나면 싸우지 말고 도망쳐라 — 도요토미 히데요시의 밀령(密令)이 내린 것을 이순신이 알 까닭이 없었다.

마침내 조선 수군 3개 함대는 저마다 적 1함대씩 분담하고 돌진했다.

산으로 올라간 적은 6개 처의 진지에서 접근하는 조선 함대를 향해 총알과 화살을 마구 퍼부었다. 어떻게나 맹렬한 사격이었던지 이순신은 이것을 '비 오듯, 우박이 쏟아지듯(如雨如雹)' 했다고 적고 있다.

그뿐이 아니었다. 적은 전쟁 중에 노획한 우리 대포로 큰 화살이며 쇳덩이, 돌멩이를 잇따라 날려 보냈다. 이것은 전에 없던 일로, 우리 함정에 맞아 사상자가 속출했다. 혹시 포로로 잡힌 조선 사람들이 쏘는 것은 아닐까? 잡힌 몸이라도 어찌 이럴 수 있단 말인가?

노한 우리 수군은 돌진하면서 일제히 대포와 활을 쏘아붙였다. 이날 종일 전투에서 적의 함정 1백여 척을 짓부수고, 산에 있던 적의 사상자는 이루 셀 수가 없었다.

바다에 어둠이 내리기 시작했다. 생각 같아서는 육지에 올라 저들을 섬멸하고 싶었으나 수군으로서는 인원이나 장비 모두 부산 천지에 들끓는 적의 육군을 당할 길이 없었다. 근처에서 밤을 지내고 다음 날 다시 공격하고 싶어도 주위는 모두 적지로 닻을 내리고 배를 세울 곳이 없었다.

가덕도까지 돌아가는 수밖에 없었다.

함대는 뱃머리를 돌리기 시작했다. 바로 그 순간 지금까지 선두에서 싸우던 정운이 이마에 적탄을 맞고 통나무 쓰러지듯이 쓰러졌다. 즉사였다.

이순신보다 3년 연하인 45세, 전라도 영암 태생이었다. 거산찰방(居山察訪), 웅천현감(熊川縣監), 제주판관(濟州判官) 등 지방관을 역임했으나 옳지 못한 일은 상관이라도 거침없이 직언하는지라 곱게 보일 리 없었다. 파면과 복직을 거듭하는 사이에 벼슬은 제자리걸음을 하여 45세에 겨우 만호였다. 그러나 곧은 성품은 여전해서 이 전쟁이 일어나자 누구보다도 먼저 이순신에게 경상도 출전을 주장한 것도 정운이었다.

용감한 장수였다. 지금까지 치른 어느 전투에서도 항상 선봉으로 나섰고, 퍼붓는 총탄 속에서도 언제나 성난 사자같이 싸웠다.

이순신의 슬픔은 이만저만이 아니었다.

다시 초량항을 빠져 서쪽으로 항진하는데 하늘도 그의 죽음을 통곡하는 듯 바람이 휘몰아치고 풍랑이 일기 시작했다. 풍랑은 갈수록 드세게 일어 함정들은 서로 부딪치고 깨어지고 자칫하면 뒤집힐 판국이었다.

어느 포구든 긴급히 피난해야 하였다. 그러나 적지에 피난할 포구는 아무 데도 없었다. 파도와 싸우면서 자정에야 겨우 가덕도로 돌아왔다. 많은 배들이 부서지고 병사들은 지쳐 그 자리에 쓰러졌다.

네 번째로 출동한 이번 부산해전에서 이순신은 정운 외에도 전사 5명, 부상 26명의 희생자를 내기도 했으나 1백20여 척의 적 함정을 격파하고 많은 적을 살상하여 과거 어느 때보다도 큰 전과를 올렸다. 또한 적이 해상 전투는 포기 상태에 있음을 확인한 것도 큰 성과였다.

동시에 귀중한 교훈도 얻었다. 수군만으로 멀리 부산까지 원정하는 것은 무모한 일이었다. 발을 붙일 곳이 없는 적지에서 조금만 거센 폭풍을 만나도 함대는 바다에서 파도와 싸우다 전멸하고 말 것이다.

바다와 육지에서 서로 협조하면서 착실히 전진하는 외에는 길이 없었다. 수륙병진(水陸竝進) ― 가덕도에서 여수로 돌아오는 선상에서 이순신은 골똘히 생각했다.

'흰 여우' 원호

이순신이 남해에서 적의 수군과 혈투를 거듭하고 있던 1592년 여름에서 겨울까지, 그의 대선배인 원호(元豪)는 산이 많은 북쪽 경기도, 강원도 일대에서 육지의 적과 줄기차게 싸우고 있었다.

금년에 60세, 머리고 수염이고 검은 올이 하나 없는 노인으로, 적은 그를 '늙은 여우' 또는 '흰 여우'라고 불렀다. 그만큼 노회(老獪)하고 능수능란하여 적으로서는 감당하기 어려운 상대였다.

이 전쟁 중 조정에서 요직을 맡고 있던 좌의정 윤두수, 예조판서 윤근수 형제, 그리고 대사간 이해수(李海壽)와는 함께 자랐고 같은 스승 밑에서 공부하였다. 특히 윤두수와는 동갑으로 절친한 사이였다.

26세 되던 해에 윤두수가 과거에 급제하고, 이어 윤근수, 이해수가 다 같이 과거에 올라 남이 부러워하는 벼슬길로 나아가도 원호는 움직이지 않았다. 글이 못한 것도 아니고 인물이 모자라는 것도 아니었다.

왜 과거를 보지 않느냐 — 누가 물으면 그는 언제나 같은 대답이었다 — 생각 중이다.

그는 차츰 유교의 경서보다 병서를 가까이하고, 산이며 들에 말을 달리고, 수백 리 밖까지 사냥을 나가는 일이 잦아졌다. 입과 붓으로 행세하는 선비들의 모습은 어쩐지 구미에 맞지 않고 칼로 생사를 겨루는 무(武)의 세계가 자기의 갈 길이라고 자각하게 되었다.

세월이 흘러 35세가 되던 해에 원호는 무과(武科)에 급제하여 무관으로 나섰다. 문을 숭상하고 무를 천시하는 시대에 이것은 당치도 않은 일이었다.

"자네 재주로 말하자면 문과에 급제하고도 남을 터인데 이것이 웬일인가? 다시 생각하게."

친구 윤두수가 말려도 듣지 않았다.

"사람은 저마다 갈 길이 있는 법이다."

하급 장교로 시작한 원호는 승진을 거듭하여 만포첨사(滿浦僉使), 단천군수(端川郡守), 여주목사(驪州牧使)를 역임하고, 전라수사를 끝으로 벼슬에서 물러났다. 늦게 발신한 탓으로 크게 출세한 것은 아니었다.

고향 원주로 돌아와 치악산 기슭에서 조용히 여생을 보내는데 이 전쟁이 일어났다. 위기를 맞아 젊은 남자들은 다 같이 병정으로 끌려가고 나이 들어 이미 물러났던 장수들도 다시 군복을 입게 되었다. 원호도 강원감사 유영길(柳永吉)의 부름을 받고 감영으로 달려갔다.

"본도의 조방장으로 일해 주시오."

적의 진격은 예상 외로 빨라 부산, 동래, 밀양, 상주를 짓밟은 적은 북상하여 충주에서 신립이 지휘하는 8천 명의 조선군을 대파하였다. 이제 충주에서 서울에 이르는 2백80리 길에는 아무런 방비도 없고, 원주는 그 길목이었다. 원호는 병사들을 훈련하고 성을 수축하고 방위 계획을 짜나갔다.

그러나 충주를 떠난 적의 선봉은 원주에는 들르지 않고 여주 방면으로 북상하여 곧바로 서울로 향하였다. 이어 이루 헤아릴 수도 없는 대병력이 그 뒤를 따라 속속 서울에 집결하였다. 아무리 적게 보아도 10만은 훨씬 넘는 숫자였다.

신립이 충주에서 패한 것은 당연한 일이었다. 신립이 아니라 어떤 명장이라도 패할 수밖에 없었다. 조선에는 이 같은 대적을 막을 준비가 아무 데도 없었다.

다행히 원주에는 적이 들어오지 않아 한때 피란을 떠났던 백성들도 집으로 돌아오고, 불안하나마 평온한 나날이 계속되었다.

그러나 서울에 집결한 적은 언제라도 사방으로 흩어져 나올 수 있고, 이쪽에는 그들을 막을 힘이 없었다. 북방 여진족을 막던 수법으로 상대할 수 있는 적이 아니었다.

나라는 그들에게 짓밟히는 대로 내맡길 수밖에 없고 결국 유일한 대책은 유격전밖에 없었다. 유격전이 벌어지면 말할 수 없는 재난이 따를 것이고 전쟁은 세월없이 오래 끌 것이다 — 원호는 잠을 이루지 못하는 밤이 계속되었다.

원주 치악산 남쪽 사면에는 영원산성(鴿原山城)이 있었다. 지세가 험준하여 지키기 좋은 지형이었다. 원호는 감사 유영길과 함께 백성들을 동원하여 성을 수축하고 한편에서는 병사들을 단련하여 적침에 대비하였다.

서울에 집결하였던 적은 각 군단마다 한 도(道)씩 맡고, 제각기 자기들이 맡은 지역으로 떠나간다는 소식이 들어왔다. 강원도는 모리 요시나리(森吉成)가 지휘하는 적 제4군 1만 4천 명이 들어온다고 하였다.

6월에 들어 소문대로 제4군은 강원도를 침공하기 시작했다. 시마즈 요시히로(島津義弘) 등이 지휘하는 1만 1천 명의 병력은 동북방 철원(鐵原), 김화(金化) 방면으로 진격하고, 사령관 모리 요시나리는 3천 병력을 이끌고 감영(監營 : 도청)이 있는 원주를 향해 남으로 내려온다는 기별이 왔다.

의논 끝에 원주목사 김제갑(金悌甲)과 종사관 조인(趙嶙)은 4천 명의 주력 부대로 영원산성을 지키고, 감사 유영길은 급히 북상하여 춘천(春川)을 지키고, 원호는 3백 명의 유격 부대를 이끌고 여주로 나가 남하하는 적을 도중에서 맞아 싸우기로 되었다.

작별에 앞서 김제갑은 이렇게 부탁했다.

"여주에 가시면 남하하는 적을 사흘만이라도 막아 주시오. 그동안에 미진한 것을 보충하고 성을 사수하리다."

원주를 떠난 원호는 여주 서북 45리 구미포(龜尾浦) 숲 속에 복병을 매설하고 기다렸다.

적장 아키즈키 다네나가(秋月種長)와 다카하시 모토타네(高橋元種)가 각각 5백 명씩 지휘하는 적의 선봉 도합 1천 명이 다가왔다. 숲 속의 조선군은 숨을 죽이고, 적의 척후병 2명은 눈치를 채지 못한 듯 그대로 지나가 버렸다.

연전연승으로 간이 커진 적은 별로 경계하는 기색도 없이 떠들썩하고 전진해 왔다. 조선군은 기침소리 하나 없이 기다리다 그들이 바로 눈앞에 다가들자 양쪽 숲 속에서 일제히 화살을 퍼부었다.

불의의 공격을 받은 적은 서로 밀고 당기고 아우성치다 50여 구의 시체를 남기고 북으로 도망쳤다. 지난 4월 적이 부산에 상륙한 이후 처음 맞는 완전한 승리였다.

다음 날은 적의 사령관 모리 요시나리의 직접 지휘하에 3천 명의 적이 총력으로 공격해 왔다. 원호는 접전에 앞서 병사들을 불러 모았다.

"싸움에서 가장 중요한 것은 무엇이냐?"

대답은 가지각색이었다.

"활입네다."

"아닙네다. 칼입네다."

"창입네다."

미소를 지은 원호는 손자 같은 젊은 병사들을 둘러보았다.

"다 맞는 말이다. 그러나 더 중요한 것이 있다. 그것은 너희들의 목숨이다. 목숨을 잃으면 활이고 칼이고 혹은 창이고 무슨 소용이 있겠느냐?"

"……."

"그런즉 어떤 경우에도 목숨 이상으로 소중한 것은 없다. 목숨을 아껴라."

지형에 익숙한 조선군은 숲과 내, 바위와 노목 등 지형지물을 이용하여 적의 측면, 후방, 어디고 자재로 출몰하였다. 결코 정면으로 대결하는 일이 없고, 요리조리 몸을 감추고는 활로 대항하였다.

원호는 이 지역에서 김제갑이 부탁하던 3일보다 배가 넘는 7일간 적을 막아 냈다. 그러나 이쪽에도 사상자가 적잖이 생기고 식량도 떨어져 더 이상 지탱할 형편이 못 되었다. 그는 서쪽으로 이천(利川) 땅에 후퇴하여 부사 변응성(邊應星)을 찾았다.

"우리 힘을 모아 함께 싸웁시다."

변응성은 남루한 입성에 지칠 대로 지친 병사들에게 먹을 것과 입을 것을 지급하고 이렇게 제의하였다. 이로부터 원호는 그와 함께 남한강 일대에서 적의 보급과 연락을 끊고 소부대를 기습하고 — 본격적인 유격 활동에 들어갔다.

원호가 사라지자 모리 요시나리는 곧바로 원주로 밀고 내려가 영원산성을 포위하였다. 분풀이로 밤낮을 가리지 않고 병사들을 험준한 산 옆대기로 올리몰았다. 성벽에서 내려다보고 쏘는 조선군의 화살에 무수한 사상자를 냈으나 모리 요시나리는 공격을 늦추지 않았다.

 조선군은 잘 싸웠으나 역시 단련이 덜 된 농민군이었다. 3일 만에 성은 떨어지고 김제갑과 조인은 전사하였다.

 김제갑의 부인 이씨와 아들 시백(時佰)은 스스로 목숨을 끊어 순사(殉死)하고, 뜻있는 선비들과 많은 부녀자들이 벼랑에 몸을 던져 이승을 하직하였다.

 8월이 오자 유영길이 지키던 춘천의 봉산성(鳳山城)도 적의 수중에 들어가고 그로부터 급사가 달려왔다 ― 춘천 탈환에 나서 달라.

 원호는 그에게 답장을 보냈다.

 작은 적이 큰 적과 대결하면 백전백패하게 마련입니다. 봉산성에 대한 미련을 버리고 소양강(昭陽江) 일대에서 유격전을 벌이십시오. 한 마리의 모기는 대단한 것이 못 될지라도 수천, 수만 마리가 물어뜯으면 큰 사자도 능히 쓰러뜨릴 수 있을 것입니다. 많은 사람들이 도처에서 유격전에 나서면 마치 모기가 사자를 잡듯이 이 강대한 적도 마침내 잡을 수 있지 않겠습니까?

 그러나 이번에는 유영길이 직접 찾아왔다 ― 백성들과 군사들의 사기를 위해서도 봉산성은 탈환해야겠소.

 원호는 하는 수없이 적의 눈을 피해 원주를 거쳐 강원도 산지대로 들어갔다.

박혼(朴渾)이라는 선비가 있었다. 원주 사람으로 어려서 원호와 함께 자란 죽마고우였다. 세상을 등지고 낮에는 농사를 짓고 밤이면 등잔 밑에서 책을 읽으며 육십 고개에 들어선 사람이었다.

원호는 수소문해서 영월(寧越) 땅에 피란해 있는 그를 찾았다. 후덕한 인물로 고향 원주는 물론 인근 고을에서도 박혼이라면 알아주고 그의 말이라면 대개는 순종하는 처지였다.

전쟁, 더구나 지는 전쟁에 사람을 끌어들이는 것은 쉬운 일이 아니었다. 박혼 같은 덕이 있는 사람의 지원이 필요했다.

"나 같은 늙은이도 소용에 닿는다면 나서지."

박혼은 두말이 없었다.

"자네더러 나서 달라는 것이 아니고 젊은 장정들을 모아 주기만 하면 되네."

"남을 내몰고 자기는 뒷전에 앉아 있는다? 그런 경우는 없지."

그는 말려도 듣지 않았다. 두 사람은 협력하여 일대에서 2천 명의 장정들을 모집하고 훈련에 들어갔다.

10월 초, 준비가 끝나자 그들은 유영길과 함께 2천 병력을 이끌고 춘천으로 북상하여 밤중에 봉산성을 급습하였다. 성을 지키던 5백 명의 적병은 거의 전멸하고 적장 시마즈 도요히사(島津豊久)는 겨우 빠져 영평(永平 : 포천시 영중면)에 있는 숙부 시마즈 요시히로에게 달려갔다.

요시히로의 휘하에는 1만 명의 대군이 있었다. 더구나 그들은 백전연마의 정병들이었다. 그들이 가만있을 리 없고 어김없이 반격하여 올 터인데 이쪽은 그들을 당할 마련이 없었다.

"이제 할 데까지 했으니 성을 비우고 산으로 들어갑시다."

원호가 권했으나 유영길은 듣지 않았다.

"모처럼 탈환했으니 조정에 아뢰고, 처분을 기다립시다."

그는 한마디 남기고 임시 감영을 설치한다고 강릉으로 떠나갔다.

조정은 의주에 피란 가 있었다. 보고가 가고 회답이 오려면 적어도 한 달은 잡아야 할 터인데 촌각을 다투는 이 시기에 그런 여유가 어디 있느냐?

원호는 가타부타 입을 열지 않았다. 며칠 동안 병사들을 쉬게 하고 때가 오면 빠져나가리라.

반격은 예상 외로 빨리 왔다. 3일 후, 요시히로는 8천 명의 대군으로 춘천에 진격하여 봉산성을 포위하였다. 포위했을 뿐 주변에 천막을 치고 휴식으로 들어갔다. 다리를 저는 병정, 들것에 실려 오는 병정들이 적지 않고 훨씬 뒤에는 낙오병들이 줄을 잇고 있었다. 먼 길을 강행군한 모양이었다.

이들이 피곤을 풀기 전에 움직여야겠다. 원호는 박혼과 의논하고 밤중에 탈출하기로 하였다.

자정이 지나 주위의 적병들이 곤히 잠들자 봉산성의 북문이 소리 없이 열리고 마상에서 잠시 적진을 바라보던 원호가 말에 채찍을 퍼부어 내달리기 시작했다. 2천 병력은 그의 뒤를 따라 홍수같이 성문에서 쏟아져 나왔다.

눈앞의 적진을 강행 돌파한 그들은 어둠 속에 희멀겋게 비치는 소양강을 따라 동북으로 달렸다. 그러나 혼란 속에서도 정신을 차린 적의 일부 수천 명은 거리를 두고 뒤를 쫓으면서 활이며 조총을 있는 대로 쏘아붙였다.

원호는 전군(殿軍)으로 돌아 이들 적을 막으면서 탈출을 지휘하였다.

"산으로 오르라!"

먼동이 트고 피아의 모습이 드러나자 원호는 부하들을 이끌고 산으로 올라갔다. 숲 속에서 활을 쏘고 돌을 굴리는 데는 적도 어쩔 도리가 없는 듯 추격을 멈추고 조총으로 사격을 퍼부었다.

'헉' 소리와 함께 옆에서 병사들의 항전을 지휘하던 박혼이 쓰러졌다. 원호는 얼른 두 팔로 안아 올렸다. 가슴에서 피가 용솟음치고 있었다.

"원호—."

희미한 외마디와 함께 한 손으로 더듬는 시늉을 하다 그대로 모로 기울면서 운명하고 말았다. 원호는 잠시 그를 품에 안은 채 전투를 지휘하였다.

"사격을 멈추라. 적이 바싹 눈앞에 다가오면 쏘라!"

한동안 전투는 계속되었으나 오래지 않아 적은 물러가고 주위는 잠잠해졌다.

원호는 부하들과 함께 박혼의 시신을 그 자리에 묻고, 큰 바위를 여섯 개 굴려다 무덤을 덮었다. 바위 하나는 10세씩, 도합 60세의 박혼을 의미하였다.

"전쟁이 끝나면 너를 데리러 오마."

원호는 말을 잇지 못했다.

적의 점령 지역에서 1천 명 이상의 큰 부대를 장기간 유지한다는 것은 거의 불가능한 일이었다. 무엇보다도 쉬 눈에 뜨이고 적의 목표가 되게 마련이었다. 인원이 많은 만큼 무기와 식량도 많은 양이 필요한데 제한된 지역에서 이것을 구하는 것도 쉬운 일이 아니었다.

원호는 2천 명의 병사들을 1백 명 이내의 소부대로 분할 편성하여 강원도 내 여러 고을에 흩어 보냈다. 유격전으로 광범하게 도내의 적을 괴롭힐 수 있고, 인원이 적으니 보급도 수월할 것이었다.

그 자신이 직접 지휘하는 부대는 그들보다 많은 2백 명이었다. 그는 이들을 이끌고 영평으로 향하였다. 사령관 시마즈 요시히로의 본영을 교란할 생각이었다.

원호는 이 2백 명을 10명 이내의 작은 부대로 세분하여 주변의 여러 산에 분산 배치하였다. 적에게 기습을 감행하고 보급을 교란하는 외에 그는 묘한 방법으로 적을 괴롭혔다.

밤이면 퉁소를 부는 일이었다. 서산에서 소리가 나고, 적이 쫓아가면 씻은 듯이 그치고 이번에는 동산에서 울려왔다. 남산에서 나다가도 북산에서 울리고, 때로는 동서남북에서 동시에 수많은 퉁소 소리가 한꺼번에 울리기도 했다. 가냘프게, 혹은 우렁차게 가락이 울릴 뿐, 사람의 인기척은 없었다.

형체가 없이 소리만 들리는 것은 귀신이나 도깨비지 사람일 수 없었다. 장수들이나 대가 센 병정들은 웃어넘겼으나 심약한 병정들은 그렇지 못했다. 밤만 되면 어김없이 울려오는 이 소리는 귀신이 곡하는 것 같고 겁이 나서 잠을 이룰 수 없었다.

동네를 감싸 주는 성이라도 있으면 어느 정도 마음의 의지라도 될 터인데 영평현(縣)은 작은 고을로 성이 없었다. 마치 귀신이며 도깨비들이 우글거리는 벌판에 버림을 받은 것 같고 언제 어둠 속에서 이들이 불쑥 나타날지 알 수 없었다.

실제로 원호의 부대는 야음을 타고 본영에 잠입하여 닥치는 대로 들부수고는 흔적도 없이 사라지는 일이 적지 않았다. 제대로 먹지 못하는 데다 잠마저 자지 못하니 병정들은 갈수록 수척해지고 개중에는 아주 머리가 돌아 널름널름 춤을 추는 병정도 심심치 않게 나타났다.

두 달 가까이 도깨비 소동에 시달리다 못해 사령관 시마즈 요시히로는 북동으로 1백 리 올라간 김화로 본영을 옮겼다. 겉으로 내세우기는 영평현은 경기도 관내여서 자기 담당인 강원도로 들어가는 것이라고 하였다.

사실은 김화 읍내에서 북으로 4리밖에 안 떨어진 지점에 성산성(城山城)이라고 하는 굳건한 성, 돌로 쌓은 산성이 있었다. 여기 수용하고 성벽 위에 파수병들을 조밀하게 세우면 심약한 병정들도 마음이 가라앉을 것이었다.

요시히로가 옮겨 가는 것을 보고 원호도 김화로 이동하였다.

김화 읍내에서 동쪽으로 15리 떨어진 고장에 갈동리(葛洞里)라는 마을이 있었다. 밤중에 여기 당도한 원호는 장막을 치고 부하들과 함께 콩떡을 씹기 시작했다. 돌같이 얼어붙은 것이 이빨도 들지 않고, 섣달의 살을 에는 추위에 모두들 덜덜 떨었다.

나이 육십에 성한 이보다 빠진 이가 더 많았다. 콩떡을 옆으로 밀어 놓고 구석에 웅크린 채 잠이 들었는데 밖에서 떠들썩하는 소리가 들렸다. 오랜 경험으로 이런 때 이런 소리는 불길한 징조였다. 그는 장막을 헤치고 밖으로 나섰다.

새로 들어온 병사 5, 6명이 우등불을 피우다가 고병(古兵)들에게 야단을 맞는 길이었다.

"느으들 죽을라구 환장했느냐?"

10여 명의 고병들이 피어오르는 불길을 나뭇가지로 두드리고 혹은 발로 비비고, 분주히 돌아갔다.

한밤의 불길은 1백 리 밖에서도 보이고, 적을 불러들이는 신호나 다름이 없었다. 군에서는 범할 수 없는 금기사항이었고, 특히 유격부대에서는 신병이 들어오면 제일 먼저 가르치는 주의사항이기도 하였다. 모를 까닭이 없었으나 미숙한 신병들이 추위를 이기지 못하여 몰래 피운 모양이었다.

원호는 젊은 군관 김식(金湜)을 불렀다. 의주에 가 있는 좌의정 윤두수가 특별히 보내 준 유능한 장교로, 박혼이 전사한 후 유일한 의논 상대였다.

"이동해야겠다. 서둘러라."

원호는 여기서 10리 동쪽에 있는 적근산(赤根山)으로 들어갈 생각이었다. 병사들은 즉시 움직이기 시작했으나 어둠 속에서 무기를 챙기고 풀었던 짐을 다시 싸는 것은 간단치 않았다. 거기다 병자도 적잖이 생겼다. 밤중에 먹은 언 콩떡에 체해서 배를 쥐고 돌아갔다. 종군의(從軍醫)가 침을 놓고 환약을 먹이고 그럭저럭 진정시켰을 때에는 먼동이 틀 무렵이었다.

마침내 줄을 지어 출발하려는 순간, 사방에서 잇따라 총소리가 울리고 병사들이 헉헉 쓰러졌다.

적장 시마즈 요시히로는 영평에 있을 때부터 원호를 잡으려고 무진 애를 썼다. 원호 때문에 그의 부하들은 숱하게 죽고, 피가 마르고, 머리가 돌고, 이대로 가면 열에 한둘은 폐인이 될 형편이었다.

그는 특별부대를 창설했다. 아들 히사야스(久保)를 대장으로 하고, 기병 20기(騎), 조총수 2백 명으로 구성된 부대였다. 이들의 임무는 단 한 가지, 원호의 목을 따오는 일이었다.

그러나 원호는 무시로 거처를 이동하니 종적을 알 수 없었다. 자기들 일본군이 김화로 이동하면 원호도 이동하리라는 것은 누구나 짐작할 수 있는 일이었다. 요시히로는 수천 명의 병사들을 풀어 김화 주변의 산과 들, 광범한 지역에 잠복시키고 철저히 감시하도록 하였다.

드디어 갈동리 산속으로 들어갔다는 보고가 왔다. 요시히로의 명령으로 히사야스는 부하들을 이끌고 현지로 달렸다.

그러나 밤은 깊고 산은 험하고 도무지 어디가 어딘지 분간이 서지 않았다. 오랜 시간을 헤매다 히사야스는 부하들을 불러 모았다.

"그 애들이 봤다는 것은 원호가 아니고 허깨비일 것이다. 돌아가자!"

한참 산을 내려오는데 그다지 멀지 않은 산에서 불이 피어오르다 꺼지고 잠시 고함도 울렸다. 어김없는 원호의 부대였다.

히사야스는 어둠 속을 그 방향으로 접근하여 갔다.

원호는 주위를 둘러보았다. 수백 정의 조총이 불을 뿜고 총알은 우박같이 날아드는데 우군은 미처 등에 멘 활을 내릴 여유조차 없었다. 완전무결한 포위섬멸전이었다.

그는 부하들과 함께 몇 번이고 적진에 뛰어들어 정면 돌파를 시도했으나 그때마다 희생자만 늘고 어찌할 도리가 없었다. 피할 수 없는 종말이 다가오고 있었다.

원호는 구구전승으로 병사들에게 전했다.

"그동안 수고는 고마웠다. 나를 따를 사람은 따르고 그렇지 않은 사람은 각기 자기 길을 찾아가거라."

그는 자기를 따르는 김식 이하 50여 명의 병사들과 함께 적진에 뛰어들어 종횡무진으로 창을 휘둘렀다.

그러나 이쪽은 지칠 대로 지친 데다 조총을 당할 무기가 없었다. 많은 사상자를 낸 끝에 원호는 어깨에 총을 맞고 쓰러졌다. 주위에 적병들이 모여들자 그는 용수철같이 튀어 일어서면서 부하들에게 외쳤다.

"너희들은 젊었다. 살아서 왜놈들이 망하는 것을 지켜보아라!"

그는 달려드는 적병들을 뿌리치고 앞으로 내달려 허공에 몸을 날렸다. 그 밑은 천 길 절벽이었다.

김식 이하 나머지 병사들도 그의 소망과는 달리 살아남을 형편이 못 되었다. 목숨이 끊어지지 않은 병사들도 화살은 다하고 칼은 부러지고 저마다 피를 쏟고 비틀거렸다.

하나 둘, 시간이 감에 따라 삶을 단념하고 원호의 뒤를 따라 절벽으로 몸을 내던지는 병사들이 늘어만 갔다. 해가 중천에 오를 무렵 만신창이가 된 김식이 몸을 날린 후로는 더 이상 절벽에는 사람의 그림자가 보이지 않고 살아서 움직이는 조선 병사도 없었다.

이리하여 원호는 이 산속에서 60년의 생애를 마치고, 일본에서도 강병으로 이름을 날리던 시마즈 요시히로의 휘하 1만 명을 괴롭힐 대로 괴롭히던 그의 부대는 흔적도 없이 사라졌다.

일본 사람들의 기록에 의하면 그들이 절벽 밑에서 수용한 조선군의 시체는 29구였다. 그중 그들이 밤낮으로 이를 갈던 '흰 여우' 원호의 시체는 빈틈없이 칼탕을 치고, 머리는 베어다 김화 읍내에 효수를 하였다.

앞잡이들

연안에서 이정암이 적을 화공으로 몰아붙이고, 부산에서 이순신이 적 함대를 크게 쳐부수고 있던 이해 9월. 북쪽 함경도에서는 정문부(鄭文孚)가 두만강까지 올라갔던 가토 기요마사의 적 제2군을 남으로 밀어낼 채비를 서두르고 있었다.

7월 24일 국경인 일당의 안내로 회령(會寧)에 들어온 가토 기요마사는 조선의 땅끝까지 왔으니 이 나라는 완전히 자기들의 수중에 들어온 것으로 생각했다. 이제부터 무엇을 할 것인가?

연내에는 조선을 확보하는 데 주력하고 명나라에는 들어가지 않는다는 것이 그들 사이의 약속이었으나 그는 도대체 이 약속이 마음에 들지 않았다. 왜 들어가서는 안 된다는 말이냐? 모두가 비겁한 고니시 유키나가의 잔꾀다.

지금같이만 진격한다면 넉넉잡고 두 달이면 명나라의 북경으로 들어갈 수 있을 것이다. 평안도로 올라간 유키나가가 앉아 뭉개는 사이에 함경도로 올라온 이 기요마사가 3천 리를 우회하여 불쑥 북경에 나타난다면 어떻게 될 것인가? 온 천하가 떠들썩할 것이고 태합 전하께서는 기뻐 어찌할 바를 모를 것이다.

전하의 신임은 백 배로 늘 것이고, 북경 주변 사방 천 리를 봉토(封土)로 받는다고 해도 감히 입을 놀릴 자는 아무도 없을 것이다. 있으면 그 입을 문질러 버릴 것이고, 영화는 무궁토록 이어질 것이다.

그는 8월에 들어서자 신변을 정리하고 경비병 1천 명을 붙여 사로잡은 두 왕자 내외와 수행원들을 경성(鏡城)으로 압송하였다. 그리고는 국경인에게 함경북도병마절도사, 약칭 북병사(北兵使)의 직함을 내리고 한 말씀 했다.

"나는 그대만 믿노라."

아전이 훌쩍 뛰어 종2품 병사에 오른다는 것은 천지가 다시 개벽한다면 몰라도 그러기 전에는 도무지 꿈도 꾸지 못할 일이었다. 한동안 머리가 아찔해서 정신을 차리지 못하던 국경인은 기요마사 앞에 부복하고 손등으로 눈물을 훔쳤다.

"뼈가 으스러지는 한이 있어도 장군의 은혜는 잊지 않을 것입네다."

그는 휘하의 모모한 건달들에게 우후(虞侯)니 만호(萬戶)니 권관(權管)이니 하는 직책을 내리고 무리를 모아 군대의 모양을 갖췄다. 그들 역시 벼락출세에 감격하여 국경인에게 목숨을 바치겠다고 저마다 팔뚝질을 되풀이하고 입에 거품을 물었다.

8월 초, 기요마사는 이 국경인의 건달 군단을 앞세우고 두만강을 가로질러 간도(間島)로 들어갔다. 북경으로 가는 첫걸음이었다.

간도는 명목상은 명나라의 영토였으나 그들의 세력은 1백 년도 더 전에 물러가고, 여진족이 누구의 구속도 받지 않고 자기들 나름대로 살고 있는 땅이었다.

　기요마사의 군대는 조선에서 하던 버릇 그대로 닥치는 대로 사람을 죽이고 동네마다 불을 지르면서 서북으로 진격했다.

　그러나 간도는 조선과는 달랐다. 조선은 농업을 소중히 여기는 나라여서 어디 가나 논과 밭이 있고, 창고에는 곡식이 쌓여 있었다. 식량 때문에 걱정한 일은 별로 없었다.

　여진족은 그렇지 않았다. 노예들을 시켜 조, 보리, 수수 같은 잡곡을 조금 심을 뿐 이들은 원래 농사를 싫어하는 족속이었다. 주인은 사냥을 주업으로 하고, 사냥에서 잡은 짐승들의 모피(毛皮)와 산삼(山蔘), 송이버섯, 잣[松實], 진주(淡水眞珠) 등을 가지고 서쪽의 요양(遼陽), 심양(瀋陽) 방면에 가서 중국 사람들에게 팔고, 그 값으로 곡식을 받아다 먹는 처지였다.

　식량을 보물처럼 아끼는 여진 사람들은 얼마 안 남은 것을 싸가지고 멀리 도망쳐 버렸다. 갈수록 식량은 고사하고 사람의 그림자조차 보기 어렵고, 남은 것은 끝없이 이어지는 잡목의 구릉지대와 그 사이사이에 인사치레로 얼굴을 내미는 손바닥만 한 농토들 — 삭막한 풍경뿐이었다.

　그 위에 날씨도 문제였다. 8월도 중순에 접어들자 서리가 내리고 조석으로는 완연히 초겨울이었다. 얼마 안 있어 9월이 오면 눈이 내리고 얼음도 언다고 했다. 도무지 일본에서는 생각도 못하던 일이었다.

　더구나 그들은 아직도 여름옷이었고, 겨울옷은 마련이 없었다. 얼마 못 가 굶주림과 추위로 죽어 넘어지는 외에 달리 도리가 없었다.

　그뿐이 아니었다. 초기에 불의의 습격을 받고 멀리 도망쳤던 여진 사람들이 반격에 나섰다.

　이들은 사냥을 주업으로 하는 만큼 말을 잘 타고, 활솜씨가 뛰어난 용감한 족속이었다. 밤이고 낮이고 외진 대목에 숨어 있다가 바람같이 달려

들어 닥치는 대로 짓밟고 다시 바람같이 사라지는 그들의 기마집단은 도무지 어쩔 도리가 없었다. 일본군은 소수의 기마병에 태반이 보병이었다.

기요마사는 10여 일 동안 간도의 산야를 헤맨 끝에 많은 피를 흘리고 8월 중순 다시 두만강을 건너 종성(鍾城)에 당도했다. 여기서 강을 따라 서수라(西水羅)까지 내려갔다가 발길을 돌려 경성으로 들어왔다.

북경까지 간다는 것은 턱도 없는 일이고, 조선에서 겨울을 날 일부터 생각해야 하였다.

사라미(=조선 사람)들의 옷이고 이불이고 닥치는 대로 뺏어 오라.

기요마사가 휘하에 영을 내리자 일본군은 숨어 있는 조선 사람들을 찾아 산과 들을 뒤졌다. 못된 자들은 옷을 뺏기 전에 목을 치고, 심약한 자들은 뺏은 연후에 알몸뚱이 엉덩이들을 걷어찼다.

"기에테 우세로(꺼져 버려)!"

그러나 좁은 고장에서 약탈해 보아야 태반이 누더기로, 쓸 만한 것은 별로 없었다.

식량도 무한정 있는 것은 아니었다. 먹으면 없어지는 것이 식량인지라 날이 갈수록 창고의 곡식은 줄어들기만 했다. 그 위에 백성들이 피란 가는 바람에 그들의 점령 지역에서는 금년 농사는 없는 것이나 마찬가지여서 보충할 길도 막연했다.

기요마사는 휘하 장수들과 대책을 의논한 끝에 병력을 재배치하기로 결정하였다. 넓은 지역에 분산하면 식량과 의복을 구하는 일도 그만큼 쉬울 것이고, 또 각처에서 조선 사람들이 심상치 않은 조짐을 보인다는 소식이 들어왔으니 전략상으로도 요지에 분산 배치할 필요가 있었다.

8월 그믐, 두 왕자를 끌고 경성을 떠난 가토 기요마사는 남으로 내려오면서 길주(吉州)에서 안변(安邊)에 이르는 8백80여 리에 걸쳐 요지마다 다음같이 병력을 재배치하고, 자신은 9월 중순 안변에 이르자 여기 눌러앉았다.

길주(吉州)	1천5백 명
해정창(海汀倉 : 성진)	5백 명
단천(端川)	5백 명
이원(利原)	5백 명
북청(北靑)	1천 명
홍원(洪原)	5백 명
함흥(咸興)―덕원(德源)	1만 2천 명
안변(安邊)	3천여 명

식량 기타 물자가 풍부한 함흥 이남에 병력을 집중하고, 추운 것이 질색인 기요마사 자신은 서울과의 연락도 생각해서 제일 남쪽인 안변을 택했다.

길주를 북방 한계선으로 하고 그 이북은 특수지역으로 구분하였다. 땅이 척박하고 인구도 얼마 안 되어 물자가 여간 귀한 고장이 아니었다. 그 위에 여진족의 보복이 두려웠다. 뭣도 모르고 섣불리 건드린 것이 잘못이었다. 피를 보았으니 가만있지 않을 것이고 반드시 쳐내려올 것이다.

일본 사람들의 피는 아끼고, 조선 사람들의 피를 흘리게 하는 것이 상책이었다. 그러기 위해서는 조선 사람들을 북쪽에 남겨 두고 일본 사람들은 멀리 남으로 후퇴할 필요가 있었다.

기마집단의 행동반경은 보병과 댈 것이 아니었다. 안전을 위해서 4백50리도 넘는 길주까지 후퇴하고 그 이북은 조선 사람들에게 내맡겼다.

여진족의 칼받이가 되라. 그들이 피를 뿌리는 사이에 대책을 세우면 되는 것이고, 기습을 받을 염려가 없어 좋았다.

이를 위해서 몇 가지 조치를 취했다.

누구보다도 열성적인 북병사 국경인을 최전선인 회령에 배치하고, 그의 숙부 국세필(鞠世弼)은 경성부사(鏡城府使), 일당 정말수(鄭末守)는 명천현감(明川縣監)으로 임명하여 각기 그 고을을 다스리게 하였다. 군대도 조직하고 무기도 대주었다.

모두들 엄청난 출세에 호기가 등등해서 군왕처럼 관내를 호령하는 모습은 볼만했다.

"염려 놓으시라."

여진족이 쳐들어오면 한사코 싸울 뿐만 아니라 즉시 길주의 일본 진영에 알리겠다고 수없이 맹세도 하였다.

한 번 배반한 자는 두 번 배반할 수 있다고 걱정하는 사람들도 있었으나 기요마사는 웃어넘겼다.

"지은 죄가 있으니 또다시 배반하지는 못한다."

자기 나라의 왕자를 잡아 적에게 넘긴 죄는 하늘도 용서하지 않을 것이다. 일본을 배반하고 도로 조선에 붙는다는 것은 생각조차 할 수 없는 일이었다. 그는 국경인 이하 세 사람의 어깨를 두드렸다.

"너희들의 뒤에는 이 가토 기요마사가 있다. 일이 생기면 언제든지 달려올 것이다."

소수의 연락병과 함께 믿음직한 말씀을 남기고 남으로 내려온 기요마사는 안변에 정착하면서부터 술을 퍼마시는 버릇이 생기고, 취하면 가끔 중얼거렸다.

"이것은 잘못된 전쟁이 아닐까?"

그의 가슴에도 전쟁에 대한 회의가 고개를 쳐들기 시작했다.

대장의 그릇, 정문부

바깥의 적보다 몇 곱절 무서운 것이 안에 도사리고 있는 적이었다.

적이 밖에 있는 경우에는 적과 동지의 구분이 분명해서 비밀을 유지하고 대책을 세울 수도 있었으나 안에 있는 경우에는 그렇지 못했다. 적과 동지를 구분할 수 없으니 비밀은 무시로 적에게 새어 나가고, 도시 대책을 세울 길이 없었다.

함경도에서는 같은 동족이 적의 총대를 메고 앞장을 서니 이처럼 난감한 일도 없었다. 앞잡이의 또 앞잡이들은 도처에 숨어들어 동포의 비밀을 염탐하고 적에게 고하는 것을 업으로 삼았다. 동포들은 피를 보고 이들은 그 피값으로 쌀되나 얻어먹고 나면 세상이 가소롭기 이를 데 없었다.

"도망간 임금이 너희들을 먹여 준다더냐?"

그렇다고 앞잡이라고 써붙이고 다니는 것도 아니었다. 누가 누구인지 알 수 없고, 서로 의심하고, 미워하고, 조선 사람들은 모래알같이 갈라섰다.

경성 고을 무계(武溪).
동해를 면한 아름다운 마을이었다. 아득한 옛날부터 마을 사람들은 밭을 갈아 농사를 짓고 바다에서 고기를 잡아 배불리 먹고, 바깥세상과는 별다른 내왕 없이 평온한 세월을 엮어 왔다. 해변의 백사청송(白沙靑松)과 더불어 세월은 잠자듯 발을 멈추고, 태고나 지금이나 별로 다를 것이 없는 풍경이었다.
이 깊이를 알 수 없는 평온을 깬 것이 전쟁이었다. 하도 외진 고장이라 일본 사람들은 여기까지는 들어오지 않았으나 그들이 언제 들이닥칠지 알 수 없고, 들이닥치면 말로 형언하지 못할 참극이 벌어질 것이다. 몇 번이고 짐을 싸고, 몇 번이고 산에 들어갔다가 다시 돌아오고, 고요하기만 하던 세월은 별안간 불안과 공포의 바람을 일으키고 밤낮으로 소용돌이를 쳤다.
이 마을에 이봉수(李鵬壽)라는 선비가 살고 있었다. 별로 집을 비우는 일이 없던 이봉수는 적이 경성에 들어왔다는 소식을 듣고부터 밤이면 말없이 나갔다가 새벽이면 또 말없이 돌아오곤 했다.
무슨 일일까? 물어도 대답이 없고, 부인은 뜬눈으로 지새우는 밤이 늘어 갔다.

이봉수는 선비라도 남도의 선비들과는 처지가 달랐다.
남도의 선비들은 과거를 목표로 공부에 전념하고, 과거에 오른 후에는 벼슬길에서 종생하기로 되어 있었다. 그러므로 시종 붓으로 행세하고 흙을 만질 기회는 없었다.

그러나 국초부터 아예 벼슬길이 막혀 버린 북도의 선비들은 살기 위해서는 다른 길을 찾을 수밖에 없었다.

아주 넉넉한 집안은 몰라도 그렇지 않은 이상, 북도에서는 선비의 집안에 태어나도 글만 공부하는 것이 아니라 연장을 들고 농사를 짓는 일도 배워야 했다. 과거를 보기 위한 공부가 아니니 급할 것도 없고, 기한이 있는 것도 아니었다.

이봉수도 낮에는 땅을 파고 밤에 책을 보면서 잔뼈가 굵은 선비였다. 금년에 45세. 햇볕에 그을린 얼굴에 농사로 단련된 건장한 체구, 보통 사람 두세 명쯤은 별로 힘을 안 들이고 때려누일 완력도 있었다.

그는 어려운 속에서도 같은 고을에 사는 친구 최배천(崔配天), 지달원(池達源), 두 사람과 함께 의병을 모집하였다. 국경인 일당의 앞잡이들이 눈을 밝히고 있으니 마음대로 움직일 수 없고, 주로 어두운 밤에 은밀히 돌아다녔다. 공포 분위기 속에서 선뜻 나서는 백성은 흔치 않고, 일은 지지부진할 수밖에 없었다.

대장으로 내세울 인물도 문제였다. 같은 동네 사람들은 그의 사람됨을 믿어 주었으나 산을 하나 넘어도 '이봉수'를 알아주는 이는 없었다. 네가 무언데 대의니 충성이니, 큰소리를 치고 나대느냐?

벼슬을 거친 사람을 내세워야 우러러볼 터인데 그것이 쉽지 않았다. 이 고장 출신은 대대로 벼슬이라면 근처에도 못 가보았으니 논할 것이 못 되고, 서울 조정에서 내려온 관원들을 찾는 수밖에 없었다.

그들 중 용감한 사람들은 적과 싸우다 전사했고, 어중간한 사람은 포로로 적에게 잡혀 있고, 나머지는 숨어 다닌다는 소문이었다. 이들 숨어 다니는 사람들을 찾아야 했다.

적은 짐승을 사냥하듯이 산에 숨어 있는 조선 사람들을 수색하고 다녔는데 그중에는 특히 '조칸가리(上官狩リ)'라 하여 관원들을 잡아들이

는 특수작전이 있었다. 자기들이 직접 점령지를 다스리기는 어렵고 이들을 앞세우는 것이 편리하다고 판단하였다.

관원들은 적극 나서 싸울 용기는 없어도 적의 주구가 되기는 싫었다. '조칸가리'를 피하기 위해서는 되도록 허름하게 변장하고, 되도록 깊은 산으로 숨어들 수밖에 없었다.

이붕수는 사방으로 수소문하여 이런 관원을 찾고 있었으나 좀처럼 나타나지 않았다.

적지 않은 시일이 흐른 연후에 북으로 2백 리 떨어진 용성(龍城) 고을에서 소식이 왔다.

그런 관원을 구했으니 찾아가라.

그 고장의 점쟁이, 한인간(韓仁侃)이라는 사나이가 전한 기별이었다.

최배천과 지달원이 달려가서 데리고 온 것은 땟국이 흐르는 얼굴에 누더기를 걸친 거렁뱅이였다. 이 거렁뱅이가 정문부로, 금년에 28세, 얼마 전까지 경성에 좌정한 북병사 밑에서 병마평사(兵馬評事)로 근무하던 청년이었다.

부친은 대사간을 지낸 정신(鄭愼), 유서 깊은 명문으로, 문부 자신도 24세에 과거에 오른 처지였다.

한성부(漢城府) 참군(參軍)을 거쳐 경성으로 부임한 지 얼마 안 되어 전쟁이 터지고, 적이 이 고장으로 몰려들었다. 거지 행색으로 문전걸식을 하면서 숨어 다니다 그의 얼굴을 아는 점쟁이에게 들켰고, 그 결과 무계까지 끌려온 셈이었다.

"나는 남으로 가야 하오."

이붕수는 그를 자기 집에 묵게 하고, 대접도 할 대로 하면서 의병대장이 되라고 권했으나 듣지 않았다. 난리 통에 부모의 생사조차 모르고 있으니 배를 구해 달라, 고향으로 가보아야겠다.

한 달이 지나도 하는 소리는 마찬가지였다.

"내, 사람을 잘못 보았군. 대장부가 어찌 이럴 수 있소?"

윽박질러도 안 듣고, 달래도 안 들었다.

"의병이고 뭐고 그만둡시다."

한자리에 있던 최배천이 사립문 밖으로 나오면서 투덜거렸다.

"왜?"

"이 조선이라는 나라가 들어선 후, 우리가 입은 은혜가 뭐요?"

"……."

"있으면 말해 보시오."

"없지."

"저 자들은 이 왕조하에서 대대로 벼슬하고, 호의호식하지 않았소?"

"……."

"덕을 본 자들은 몸을 사리고 천대나 받던 우리가 안달을 하니 세상에 이런 법도 있소?"

"좀 우습기는 우습지."

"그래도 의병을 해야 하오?"

"해야지요."

"이 형은 밸도 없소?"

"밸이 있고 없고 간에 이런 때 팔짱을 지르고 가만히 있는 것은 모양이 좋지 않소."

"……."

이붕수는 사이를 두고 중얼거렸다.

"아름답지 못하단 말이오."

그들은 걷다가 길가 느티나무 밑에 쭈그리고 앉았다.

"그런데 왜 하필이면 애송이 같은 저 정문부라야 하오?"

최배천이 물었다.

요즘 와서는 무슨 벼슬에 있던 아무개가 어디 나타났다는 소문이 심심치 않게 들려왔으나 이붕수는 귀를 기울이지 않았다.

"내력이 있는 집안이니까."

"내력이라니?"

"저 사람은 정종(鄭悰) 대감의 집안이오."

노산군(魯山君), 훗날 다시 임금으로 추존된 단종(端宗)의 슬픈 사연은 대대로 전승되어 지금도 많은 사람들을 울리고 있었다. 이른바 단종애사(端宗哀史)가 화제에 오르면 으레 나오는 것이 성삼문(成三問)을 비롯한 사육신(死六臣)과 정종·정미수(鄭眉壽) 부자였다. 이들도 1백여 년이 흐르는 동안 단종과 함께 전설의 인물로, 백성들의 가슴속에 좌정하여 사랑과 동정과 추앙을 받고 있었다.

정종은 단종의 매부였다. 단종을 다시 왕위에 앉히려다 세조의 손에 죽었고, 그의 유복자 정미수는 궁중에서 쫓겨나 구박과 가난에 허덕이던 단종의 부인 송씨의 양자로 들어가서 부인이 82세로 종생할 때까지 극진히 모신 사람이었다.

정종의 해주 정씨라면 다른 족속은 몰라도 조선 백성들은 범연히 보지 않았다. 방계일망정 그 정종의 집안 ― 이붕수는 정문부가 지닌 이 전설의 후광이 필요했다.

"내, 거기까지는 생각이 미치지 못했소."

최배천도 이론이 없었다.

두만강에서 멀지 않은 이 일대는 조선 전국에서도 아주 외지고, 길도 험한 고장이었다. 그만큼 바깥세상과는 동떨어지고, 소식도 늦게 마련이었다. 바깥소식을 모르니 자기들이 사는 이 고장의 기막힌 형편 그대로, 나라는 망한 것으로 치부할 수밖에 없었다.
 그러던 것이 9월에 들어서자 그렇게도 기승을 부리던 일본군은 길주 이남으로 물러가고, 의주의 피란 조정으로부터도 소식이 있었다.

　　팔도의 의병과 관군이 처처에서 적을 토벌하는 중이다. 또한 중국 군사 10만 명이 곧 평양을 치기로 되어 있는바 그중 일부는 설한령(薛罕嶺 : 雪寒嶺)을 넘어 함경도로 들어갈 것이다.

 의주에서 왔다는 거지 행색의 사나이는 동네마다 돌아다니면서 조정에서 보낸 이 방문을 읽어 내려갔다. 국경인의 앞잡이들을 경계해서 속삭이듯 목소리는 낮았으나 사람들의 가슴에는 걷잡을 수 없는 파도가 일어났다. 도대체 세상은 어떻게 되는 것일까?
 "전국에서 충신열사들이 피를 흘리고 있는 이 마당에 당신들은 무엇을 하고 있소?"
 사나이의 이 한마디는 천근의 무게로 사람들의 가슴을 쳤다. 아무 것도 한 것이 없고 그저 죽어지냈을 뿐이다.
 더구나 중국에서 대군이 들어왔고, 그 일부는 당장 이 함경도에도 넘어온다고 했다. 중국은 이 세상에서 제일 크고 제일 강한 나라, 그 중국이 우리 편에 섰다면 결과는 볼 것도 없었다. 왜놈들은 밟혀 죽을 것이고 우리는 이길 것이다.
 승리에 대한 믿음은 희망과 아울러 용기를 주었다. 우리도 일어서야 한다.
 많은 청년들이 이붕수의 주위에 몰려들었다.
 세상 공기가 달라지자 숨어 다니던 관원들도 생각이 달라졌다. 이대로 몸만 사리다가 적이 물러가는 날 무슨 낯으로 세상을 대할 것이냐?

관원들은 산을 내려 이붕수를 찾았다. 그중에는 종성부사 정현룡(鄭見龍), 경원부사 오응태(吳應台), 고령첨사 유경천(柳擎天) 같은 사람들도 있었다.

이붕수는 다시 한 번 정문부와 담판을 지었다.

"나서 주시오."

정문부도 전과는 태도가 달라졌으나 여전히 나설 생각은 없었다.

"나는 나이도 젊고 벼슬도 낮지 않소? 정현룡을 내세우시오."

부사는 종3품, 평사는 정6품, 벼슬은 댈 것이 못 되고, 나이도 정현룡은 오십 고개를 바라보는 처지였다.

그러나 이 혼란 통에 벼슬의 높고 낮음을 따질 계제가 못 되었다. 모든 사람이 정종 대감의 집안인 정문부가 좋다는 데는 도리가 없었다. 정현룡도 오응태도 대중의 뜻에 따라 정문부에게 복종을 맹세하였다.

정문부는 하는 수 없이 의병대장으로 나섰다.

임진왜란에 의병대장으로 나온 인물도 수백 명에 달했으나 이처럼 어렵게 결정된 경우는 없었다.

정문부는 정현룡, 오응태, 유경천을 비롯한 주요 인사들을 각각 장수로 임명하여 모여든 청년들을 배정하고, 이붕수를 참모로 측근에 두고 매사를 의논하였다.

무계의 작은 동네는 활을 쏘고 말을 달리는 병사들로 들끓고, 노인에서 아녀자들에 이르기까지 집집마다 화살을 깎고, 처처에서 무기를 불리는 망치 소리가 요란했다.

모든 일이 차질 없이 진행되고 사람들은 말을 달리는 정문부를 보면 하는 소리가 있었다. 타고난 장수로다. 그 자신이 몰랐을 뿐 정문부는 대장의 그릇이었다.

당면한 목표는 경성에 좌정한 국세필을 치고 이 성을 회복하는 일이었다. 경성이 손에 들어오면 여기 본영을 설치하고, 대대적으로 군사를 모아 남으로 밀고 내려갈 작정이었다.

2만여 명의 대군이 몰려다니던 전쟁 초기와는 달리 그들은 지금 길주에서 안변에 이르는 8백여 리에 걸쳐 여기저기 분산 배치되어 있었다. 각개로 격파하면 충분히 승산이 있었다.

경성으로 진격할 부대를 편성하고 있는데 놀라운 소식이 들어왔다. 훈융(訓戎)에서 조산보(造山堡)에 이르는 두만강 하류 일대에 여진족이 대대적으로 침공해 들어왔다는 것이다.

왜놈들을 인도해서 자기들의 땅을 침범한 국경인 일당을 토벌한다고 했다.

그러나 국경인 일당과 그렇지 않은 조선 사람들을 구분할 여진족이 아니었다.

그들은 남녀노소를 막론하고 눈에 뜨이는 대로 학살하고 돌아갔다.

어떻게 할 것인가? 사람들이 모여들고, 공론이 벌어졌다.

무력으로 쫓아 버리는 것이 제일 간편했으나 국세필과 대치하고 있는 형편에 그럴 여력이 없었다.

금은보화를 주면 물러가지 않을까?

그들이 좋아하는 말[馬]과 젊은 여자를 바치면 어떨까?

의견이 구구했으나 적이 휩쓸고 지나간 이 지역에 금은보화가 있을 리 없었다. 또 일본군의 약탈을 면한 마필이 전혀 없는 것은 아니었으나 장차 적과 싸우지 않는다면 몰라도 싸우는 이상 여진족에게 내줄 형편이 못 되었다.

남의 귀한 딸자식을 바치고 목숨을 구걸하겠다는 것은 어떤 인간이냐? 아낙네들이 들고 일어나는 바람에 발설한 사람이 도망치는 촌극도 벌어졌다.

시종 잠자코 듣기만 하던 정문부가 단을 내렸다.

"국세필과 손을 잡는 수밖에 없소."

장내가 웅성거렸다.

"역적과 손을 잡는다는 말인가?"

"이기기 위해서는 도척과도 손을 잡을 것이오."

정문부는 선언했다.

진다는 것이 얼마나 비참한 일인가 — 누구나 몸소 체험한 일이었다. 우선 이기고, 다음에 벌어질 일은 그때에 가서 생각하는 것이 순서였다.

장내가 조용해지는 것을 보고 정문부는 말에 올랐다.

"경성에 가서 국세필을 만나고 오리다."

흉악한 국세필이 무슨 짓을 할지 누가 아느냐? 모두들 말렸으나 그는 못 들은 양 말에 채찍을 내리쳤다.

"가야 하오."

역적 국세필의 독백

일행은 정문부 외에 이붕수와 힘깨나 쓰는 청년 한 명. 동해를 우로 끼고 북으로 1백50리를 달려 해질 무렵 경성에 당도했다.

"반갑소."

그들을 내아(內衙 : 관사)로 맞아들인 국세필의 첫마디였다.

제도상 경성에 본영을 둔 북병사는 경성부사를 겸하기로 되어 있었다. 그런 관계로 북병사 밑에서 병마평사로 일하던 정문부는 경성부의 아전 국세필을 조석으로 대했고, 오늘이 초면은 아니었다.

그러나 예전의 국세필은 아니었다. 홀로 저녁상을 앞에 하고 반주를 찔끔 마시고는 정문부를 아래위로 훑었다.

"그래, 무슨 일로 왔소?"

평사와 아전은 하늘과 땅의 차는 못 되더라도 고양이와 쥐 정도의 차는 있었다. 턱으로 부리는 처지였는데 오늘은 저쪽에서 턱을 쳐들었다.

"의논하러 왔소."

정문부는 한참 후에야 대답이 나왔다. 뒤죽박죽으로 뒤집힌 세상, 그를 무어라고 불러야 할지, 어떤 말씨를 써야 할지조차 판단이 서지 않았다.

"말씀해 보시오."

국세필은 또 찔끔 마시고 눈을 가늘게 떴다.

정문부는 두만강을 건너온 야인(野人 : 여진족)들의 행패를 역설하고 제안했다.

"모두들 당신을 도원수(都元帥 : 총사령관)로 생각하고 있소. 우리와 힘을 합쳐 이 야인들을 물리치는 것이 어떻겠소?"

오합지중이라도 국세필의 휘하에는 1천 명을 넘는 병력이 있었다. 여기다 무계에 있는 3백 명의 의병을 합치면 그럭저럭 군대의 모양을 갖출 수 있을 것이고 어느 정도 싸울 수 있음 직했다. 그러나 국세필은 대답이 없었다.

"그렇게 해서 공을 세우면 나라에서는 과거를 묻지 않음은 물론, 오히려 상을 내릴 것이오."

국세필은 한 손으로 반백의 수염을 내리 쓰다듬고 정문부를 똑바로 보았다.

"나는 생각이 없소."

"돌아가는 물세는 당신도 모르지 않을 것이오. 세상은 다시 뒤집혀서 제자리로 돌아올 것이 뻔한데 싸워서 속죄하는 외에 살 길이 있을 것 같소? 있으면 말해 보시오."

"나는 천민, 당신들이 말하는 아전이었소. 기막히게 짓밟혔지요."

"……."

"왜놈들이 들어오자 짓밟힌 분풀이를 좀 했소. 그랬더니 역적이라

……. 당신들의 처지로는 분명히 역적이지요. 그러나 내 처지를 생각해 본 일이 있소? 죽으나 사나 짓밟히고, 꼼짝 말라 — 이것이 우리들 천민이 타고난 팔자요. 어딘가 잘못되지 않았소?"

"……."

"형세가 나아질 기미가 보이자 나를 꼬시러 온 모양인데 사람을 잘못 보았소. 나는 손을 털고 물러날 것이오."

"……."

"당신네가 바라는 것은 이 국세필이 아니라 내 밑에 있는 1천여 명의 군사들일 것이오. 고스란히 넘겨드리지요."

"……."

"당신이 옛날 나한테 먹여 준 쌀밥 한 그릇. 내 육십 평생에 처음이자 마지막 쌀밥이었소. 고맙게 가슴에 간직해 왔는데 그 보답쯤으로 생각하시오."

서울에서 처음으로 이 고장에 내려왔을 때 신기한 듯 바라보기에 밥 한 그릇을 떠준 일이 있었다. 아득하게 잊고 있었는데 하찮은 일이 묘하게 인연을 엮고 있었다.

"그러지 말고 우리 같이 일합시다."

정문부는 진정으로 일렀으나 국세필은 듣지 않았다.

"반역이다, 충성이다, 조선이다, 야인이다 — 다 좋소. 그러나 이것은 산 사람들의 구분이지 한 걸음 이 세상을 벗어나면 부질없는 일이 아니겠소? 어서 가보시오."

정문부는 말없이 일어섰다.

일단 무계로 돌아갔던 정문부는 3백 명의 병력을 이끌고 다시 북상하여 다음 날 밤늦게 경성에 당도했다.

선봉으로 진격하여 오던 이붕수 휘하 1백 명은 남문을 들어서자 번개같이 객관을 포위하고 사방에서 불을 질렀다.

9월 16일의 달이 밝은 밤이었다. 잠결에 놀란 군상은 맨발로 불길 속을 달려 나오다 기다리고 있던 병사들의 칼탕을 맞고 비명과 함께 곤두박질을 했다. 모두 일본군이었다.

경성은 요지여서 가토 기요마사는 남으로 물러갈 때 90명의 요원을 남겨 두었었다. 이 일대의 감시와 연락을 맡은 이들은 항시 몽둥이를 들고 다니면서 국세필의 병정들을 패는가 하면 공연히 지나가는 백성을 윽박지르고, 심심풀이로 사람의 배를 갈라 염통을 집어 들고는 자기들끼리 희희낙락했다.

이들이 묵는 객관은 공포의 아성이었다. 지금 그 아성이 불 속에 무너지는 순간이었다.

뒤이어 나머지 병력을 이끌고 입성한 정문부는 관청, 창고, 감옥을 접수하였다. 파수를 보던 초병들은 순순히 물러가고 한마디 불평도 없었다. 국세필이 이미 지시를 내린 모양이었다.

정문부는 요소에 병력을 배치하고 내아로 발길을 돌렸다.

국세필은 홀로 대문간에 서서 불타는 객관을 바라보고 있었다.

"모든 일이 이처럼 순조로이 진행되는 것은 당신의 공이오. 내 그 공을 잊지 않을 것이오."

그러나 달빛에 비친 국세필의 얼굴에는 표정이 없었다.

"잊으시오."

"당신을 어떻게 대접하면 좋겠소?"

"대접이라……. 나를 구경꾼으로 생각하고 이 한 밤만이라도 가만 둘 수 없겠소?"

정문부는 돌아서는 수밖에 없었다.

이튿날은 아침부터 성 밖에 나가 병사들이 기거하는 막사들을 접수하였다. 행여 분란이라도 있을까 염려했으나 별다른 사고는 없었다. 도도하다느니 그렇지 않다느니, 병사들 사이에 사소한 입씨름과 팔뚝질은 간혹 있었으나 분란이랄 것도 없었다.

접수라고 하지마는 그들을 몰아내는 것은 아니었다. 국세필의 휘하에서 정문부의 휘하로 편입하는 작업이었다.

말깨나 하는 병사들 중에는 역적의 손아귀를 벗어나 의병에 참가하게 되니 가슴이 어떻다고 목청을 돋우는 축도 있었다. 그러나 대개는 자기들과는 무관한 일인 양 도시 말이 없고 멍청하니 허공을 쳐다보기 일쑤였다. 이리저리 끌려다니는 데 지친 농부들이었다.

별안간 성내에서 화약이 터지는 소리에 이어 북이 울리고 사람들의 고함과 비명이 터져 나왔다. 웬일일까? 누구나 가슴이 철렁했다.

성문으로 말을 달려 나오는 병사가 있었다. 그는 정문부 앞에서 말을 내리고, 흰 봉서를 전하면서 말을 더듬었다.

"국세필이 죽었습니다."

봉서는 그의 유서였다.

우리 같은 천민은 인간이 사는 세상에서는 어느 하늘 아래에도 설 땅이 없다는 것을 알았소. 아마 이 지상에는 인간이 없는 땅도 있을 것이오. 그런 고장을 찾을 생각도 해보았소마는 이미 늙어서 그럴 만한 기력이 없소. 정문부, 당신은 아직 젊었으니 앞으로 많은 세월을 살 것이고, 많은 천민을 대할 것이오. 그들도 짐승이 아니고, 당신과 꼭 같이 기쁜 일에 웃고 서러운 일에 눈물을 짓는 인간이 아니겠소? 과히 매질을 마시오. 이 역적 국세필에게 침을 뱉으시오. 그러나 당신들이 무슨 낯으로 우리 같은 천민에게 충성을 기대하는 것이오? 침을 뱉은 다음에 한번쯤 생각하는 것도 해롭지 않을 것이오.

약을 마시고 목숨을 끊었다고 했다.
삽시간에 소식이 퍼지고 성내에 있던 그의 심복들이 난동을 시작했다는 것이다.
"어떻게 하면 좋겠소?"
모두들 국세필의 병정들에게 눈길을 던지고 중얼거렸으나 이붕수는 가볍게 넘겼다.
"지금까지 너무 순조로웠소. 큰일에 이 정도의 말썽은 있게 마련이지요."
우선 일부 병력을 급히 성내로 파송하고 의논에 들어갔다.
무엇보다도 걱정되는 것이 눈앞에 도열한 병정들의 동요였다. 그러나 다행히 그들의 손에는 무기가 없고, 무기가 들어 있는 창고는 이쪽 병사들이 이미 점령하고 있었다.
감추거나 주저하면 일을 그르칠 염려가 있었다. 이붕수는 장대(將台)에 나아가 사실을 고하고 한마디 덧붙였다.
"우리는 결코 너희들을 억지로 붙잡지 않는다. 갈 사람은 가도 무방하다. 다만 항거하는 자는 용서가 없으니 그 점은 명심해 두는 것이 좋겠다."
눈치를 보아 가면서 슬금슬금 뒤로 빠져나가는 자들이 있었다. 모두 합쳐 삼사십 명 될까, 많은 숫자는 아니었다.
성내의 난동도 곧 진압되고, 몇 명 안 되는 잔당은 성을 넘어 도망쳤다는 전갈도 왔다.
그러나 일은 그것으로 끝나지 않았다. 밤에 정문부가 묵고 있던 동헌

이 습격을 받았다. 파수병 2명이 살해되고 정문부 자신도 아슬아슬하게 화살을 피하고 죽음을 면했다.

몇 군데 큰 방화 사건도 일어났다.

다음 날부터 이붕수의 주재로 일제 수색이 벌어졌다. 붙잡힌 범인들은 모두가 국세필의 은고를 입은 심복들이었다. 그의 죽음에 충격을 받고 물불을 가리지 않는 자들, 죽어도 좋다고 했다. 그들은 그들대로의 세계가 있고, 도리(道理)가 있었다.

피를 보지 않으려고 다짐했으나 하는 수 없었다. 모든 병사들을 남문 밖에 모아 놓고 주모자 13명을 참형에 처했다.

"세상에 순탄한 일이 없군요."

남문 다락 난간에 대롱거리는 13개의 머리를 쳐다보고 정문부가 탄식하자 이붕수의 무뚝뚝한 대답이 돌아왔다.

"전쟁은 풍월을 짓는 것과는 좀 다르지요."

경성에서 이런 일 저런 일로 제자리걸음을 하는 사이에 두만강을 건너온 여진족은 계속 남하하여 북으로 1백 리, 부령(富寧)에 들어왔다.

더 이상 지체할 겨를이 없었다. 이붕수를 선봉으로, 전군은 경성을 떠나 북으로 진격을 시작했다.

한 가지 걱정은 회령의 국경인이었다. 여진족은 그를 원수로 공언하고 있지마는 전장(戰場)처럼 변덕이 심한 곳도 없었다. 무슨 바람이 불어 이들이 손을 잡는다면 걷잡을 수 없는 사태가 벌어질 것이다.

그런데 얼마 안 가 기막힌 소식이 왔다.

함경북도를 회복하고

북으로 20리, 나북천(羅北川)을 건너는데 간밤에 보낸 척후병이 돌아왔다.

"부령의 야인들은 잔치를 벌이고 있습니다."

여진족은 사냥을 하거나 약탈을 하거나 얻은 물건은 꼭 같이 나누는 전통이 있었다. 높은 사람이라고 더 차지하고, 낮은 사람이라고 덜 차지하는 법이 없었다. 분배가 끝나면 며칠이고 양껏 먹고 마시고 춤추다 지치면 쓰러져 잤다.

원래는 일을 마치고 자기들의 땅에 돌아온 연후에 잔치를 벌이는 것이 순서였으나 이번은 경우가 달랐다.

일본 사람들이 휩쓸고 지나간 땅에 값진 물건이 남아 있을 리 없고, 얻은 것은 농부들이 기르던 소와 돼지들이었다. 이런 짐승들을 끌고 다니자니 짐스럽기 짝이 없고 행군속도는 지지부진하게 마련이었다.

차라리 잡아서 먹고 가자. 이래서 시작된 잔치였다.

어떻든 조선 사람은 아예 없는 것으로 치부하는 태도였다. 만심하고 취해서 흐느적거리는 지금이 기회가 아닐까?

그러나 의심도 생겼다. 행여 국경인과 짜고 우리를 유인하는 술책은 아닐까? 이붕수는 생각하고 있는데 척후병이 한마디 더 했다.

"아무래도 회령에 무슨 변고가 생긴 것 같습니다."

그리고 뒤에 서 있던 청년을 앞으로 불러냈다. 허리띠에 도끼를 비스듬히 지른 청년은 두 손을 모아 쥐고 이붕수에게 굽신했다.

"무슨 일이냐?"

"국경인이 죽었소다."

이붕수는 얼른 말이 나오지 않았다. 경성의 국세필이나 명천의 정말수는 별것이 못 되고, 반도의 괴수는 국경인이었다. 지금 이 순간까지도 마음 한구석에 걱정으로 남아 있는 것이 국경인의 움직임이었는데 그가 죽었다는 것이다.

"죽었소다?"

"병정들이 달려들어 때려죽였소다."

"때려죽여?"

"때리고, 밟기도 했소다."

"네 눈으로 보았느냐?"

"보았소다."

여기서 멀지 않은 바닷가에서 어부를 했다는 청년. 얼떨결에 휩쓸려 가서 국경인의 병정 노릇을 하다가 고향으로 돌아가는 길이라고 했다. 캐어물어도 전후 사정은 알 길이 없었으나 국경인이 죽고 그의 군대가 무너진 것은 십중팔구 사실인 듯했다.

국경인이 패망했다면 이 지역에는 달리 적대세력이 없으니 안심하고 부령의 여진들을 칠 수 있으리라.

　정문부 이하 장수들은 의논 끝에 급사를 회령으로 보내고, 군은 북상하여 그날 밤으로 부령성을 포위하였다.

　성내에는 처처에 우등불이 타오르고 있었다. 우등불 주위에는 노래를 부르며 윤무(輪舞)를 추고 돌아가는 군상이 수없이 눈에 들어왔다. 추다가는 마시고, 마시고는 또 추고 — 밤이 깊도록 그칠 줄을 몰랐다.

　사경(四更 : 새벽 2시). 타오르던 우등불들은 주저앉고 부령성에는 또다시 고요와 어둠이 찾아들었다. 춤추고 노래 부르던 야인들도 각기 잠자리를 찾아든 듯 기척이 없었다.

　그믐을 며칠 앞둔 조각달이 동쪽 쌍계산(雙溪山) 정상에 나타나기 시작했다. 초승달과는 달리 그믐달은 잠시 얼굴을 내밀었다 곧 사라지게 마련이었다. 길어야 두 식경(食頃 : 한 식경은 약 30분) 남짓, 그 사이에 번개같이 결판을 내야 하였다. 아니면 어둠 속에서 동지상격(同志相擊)으로 걷잡을 수 없는 혼란에 빠질 염려가 있었다.

　성남 5리, 석막산(石幕山) 정상에 위치한 본영에서 정문부가 횃불로 천천히 원을 그리자 성 밑에서 기다리던 결사대 1백 명은 사방에서 성을 넘어 안으로 몰려 들어갔다. 어쩌다 성문을 지키던 초병들이 달려와도 모른 체하고, 시끄럽게 굴면 칼로 가슴을 찌르거나 목을 졸라 소리 없이 처치하고 전진했다.

　그들은 성내의 모든 관가와 모든 민가에 무작정 불을 지르고 돌아갔다. 일본군이 물러가자 피란 갔던 백성들이 돌아왔으나 이번에는 여진들이 온다는 바람에 아예 멀리 흩어지고 성내에는 조선 사람이라고는 아무도 없었다. 여진들에게 붙들려 시달림을 받는 여인들이 수십 명 있다는 소문은 들었으나 개의할 겨를이 없었다.

　그들은 불을 지르고는 다시 성을 넘어 자취를 감췄다.

바싹 마른 초가들은 우지끈 소리와 함께 타오르고 온 성내는 삽시간에 불바다로 이글거렸다. 불바다 속에서 사람과 말들, 그리고 내일이 아니면 모레쯤 죽어서 여진들의 배 속에 들어가기로 되어 있던 소와 돼지들의 비명과 아우성이 뒤범벅이 되어 밤하늘에 퍼져 나갔다.

사람은 사람대로, 짐승은 짐승대로 — 매우 취한 자와 굼뜬 자들은 불 속에서 타고, 덜 취한 자와 재빠른 자들은 살 길을 찾아 이리저리 뛰었다. 그들은 서로 뒤엉켜 사방의 성문을 박차고 봇물이 터지듯 성 밖으로 터져 나왔다.

어려서부터 기마를 습관으로 하는 자들은 체격부터 달랐다. 오랜 기마생활에 두 다리는 바깥으로 휘어 안짱다리가 되어 버리고, 안짱다리는 게걸음으로 엉기적거리게 마련이었다.

성 밖 요소요소에 숨어 있던 조선군 1천여 명은 달빛 아래 엉기적거리는 안짱다리 군상을 활과 창, 그리고 칼로 처치하고 발로 짓밟았다. 급한 김에 여진들은 말을 챙기지 못했을 뿐 아니라 태반이 무기도 버리고 도망쳐 나왔다.

조각달이 다시 봉우리를 넘어가고 산과 들에는 지척을 분간할 수 없는 어둠이 내리깔렸다. 줄잡아 2천 명이라는 안짱다리들은 대개 벌판에 쓰러져 피를 뿌리고, 간혹 용케 도망친 자들도 있었으나 앞장서 전투를 지휘하던 이봉수는 뒤쫓는 병사들을 말렸다.

"내버려 두지."

그는 대범한 인물이었다.

이튿날부터 병사들은 북새통에 달아난 여진 말들을 찾아 산과 들을 누비고 다녔다. 말은 원래 군서(群棲)동물이어서 도망치는 길에도 떼를 지어 몰려다녔다. 그만큼 찾기 쉽고, 며칠 사이에 1천여 필을 얻었다.

회령에 갔던 사람도 돌아왔다.

의병들이 경성을 수복했다는 소식은 회령 사람들에게 말할 수 없는 충격을 주었다. 이대로 있다가는 사람의 축에도 끼지 못할 것이다. 젊은 선비들이 병정들과 합세하여 밤중에 국경인을 때려죽이는 소동이 벌어졌다.

국경인은 국세필과는 달리 후덕한 인물이 못 되었다. 애석하게 생각하는 사람은 하나 없고, 휘하의 병정들도 흐지부지 흩어지고 말았다.

경성으로 돌아온 정문부와 이붕수는 백방으로 의병을 모집하고 마필과 무기를 거둬들이는 데 총력을 기울였다. 여진들로부터 뺏은 말들도 큰 몫을 하여 10월 중순에는 보기(步騎) 반반씩 총 3천 명의 군대로 성장하였다.

경성의 국세필, 회령의 국경인은 스스로 패망했고, 부령의 여진족은 힘으로 물리쳤다. 일이 뜻같이 되기는 했으나 주적인 일본군과 싸워야 할 판국에 쓸데없는 희생이었다.

그러나 아직도 명천에는 정말수가 버티고 있었다. 이 마지막 남은 장애물을 없애야 일본군과 대결할 수 있을 것이었다.

그들은 남으로 1백50리, 명천을 목표로 경성을 떠났다. 떠나면서 정문부는 영을 내렸다.

"서두를 것은 없다. 쉬면서 천천히 가라."

이미 겨울이었다. 가다가도 우등불을 피워 몸을 녹이고, 빈집에 들어가 낮잠을 잤다. 하루에 20리도 좋고, 30리도 무방했다.

정말수는 어쩔 수 없다 하더라도 그 밑에 있는 병사들은 대개 죄 없는 백성들이었다. 일단 전투가 벌어지고 피를 보게 되면 적과 동지가 있을 뿐, 동족의식은 별로 맥을 못 쓰는 것이 싸움터의 생리였다. 피는 흐를

대로 흐르고야 말 터이니 이처럼 어리석은 일도 없었다.

　다행히 대세는 이미 기울었다. 대세에 민감한 것이 백성들인데 명천 사람들이라고 돌아가는 물세를 모를 리 없었다. 국경인의 경우처럼 그들이 안에서 결말을 지어 주면 더 바랄 나위가 없었다.

　명천 사람들의 동요는 정문부가 생각하는 몇 곱절이었다. 정문부군 3천 명이 내려온다는 소식에 갖가지 풍문이 떠돌고 온 성내가 공포에 떨었다. 명천 사람은 모두 역적으로 몰아 목을 조른다더라.

　역적은 정말수가 아닌가. 그 한 사람 때문에 숱한 사람이 죽을 수는 없다. 선비들과 일꾼, 병정들 ― 도합 2백 명이 은밀히 모여 밤중에 정말수의 처소를 들이쳤다.

　그러나 정말수는 어둠을 타고 담을 넘어 도망치고 말았다.

　낭패였다. 정말수를 놓쳤다면 누가 곧이들을 것이며 누가 용서할 것인가. 눈보라 속을 수백 명이 기를 쓰고 찾아 헤맨 끝에 동남으로 바다를 향해 말을 달려 가는 것을 끌어왔다. 배로 멀리 안변에 있는 기요마사의 진영으로 도망칠 계획이었다.

　부하들을 이끌고 성내에 들어온 정문부는 정말수와, 아주 못되게 놀았다는 그의 졸당 한 명만 목을 베고 선언했다.

　"더 이상 죄인은 없소. 이제부터는 남의 죄를 논하는 자가 죄인이오."

　사람들은 가슴을 내리 쓰다듬고 명천은 평온을 되찾았다.

　추위가 짙어 가면서 길주의 일본군은 이 겨울을 날 일이 걱정이었다. 무엇보다도 식량이 없었다. 일본에서 가져온다는 것은 말도 안 되는 일이고 현지에서 약탈하는 수밖에 없었다. 그들은 수백 명씩 떼를 지어 시골에 나가서는 곡식과 채소, 가축 등, 사람의 입에 넣을 수 있는 것은 닥치는 대로 뺏어 길주성으로 날라 왔다.

사람의 약탈도 끊임없이 되풀이했다. 젊은 남자는 종으로 부리기 위해서, 여자들은 노리개로 삼기 위해서, 뒷짐을 묶고, 때로는 목에 밧줄을 감아 끌고 왔다.

통곡은 그칠 날이 없고 피는 쉬지 않고 흘렀다.

명천에서 적의 움직임을 지켜보던 정문부는 10월 29일, 드디어 진격을 시작했다. 남으로 40리, 고참역(古站驛)은 대체로 명천과 길주의 중간지점이었다. 군은 여기서 일단 정지하고 어둡기를 기다려 길주성 주변 각처에 척후를 보내고 하회를 기다렸다.

다음 날인 10월 30일 아침, 길주성 동쪽 5리 장덕산(長德山)에 나갔던 척후가 달려왔다.

"이른 새벽에 적 1천 명이 성문을 나와 남동쪽 해정창 방향으로 떠나갔습니다."

길주에는 적 1천5백 명이 있었다. 그 3분의 2가 약탈을 나간 것이다.

군은 즉시 남으로 이동하였다. 정문부는 보병 1천5백 명으로 길주성을 포위하고, 이붕수는 기병 1천5백을 이끌고 남으로 10리 남촌(南村)에 포진하였다.

살을 에는 북풍이 휘몰아치는 날이었다. 해가 기울자 아침에 나갔던 일본군 1천 명이 약탈한 물건을 마소에 싣고 사로잡은 남녀를 끌고 나타나기 시작했다. 추위에 몸을 웅크리고 땅만 보고 걷고 있었다. 이들은 겨울에도 얼음조차 얼지 않는 일본 규슈(九州) 출신들로 추위에는 도무지 기를 펴지 못했다.

일본군이 포위망에 들어오자 이붕수의 기병들은 일제히 돌진하였다. 영하 30도의 추위도 예사로 겪은 이들에게 오늘의 추위는 대단한 것이 못 되었다.

그들은 불의의 습격에 어쩔 줄을 모르는 적에게 활을 쏘다가 칼과 창으로 짓이기고, 말굽으로 짓밟았다. 밟히다 남은 자들이 성으로 도망쳤으나 대개 정문부의 보병들에게 맞아 쓰러졌다.

성내에 있던 5백 명이 몇 차례 반격에 나섰으나 그때마다 피를 흘리고 도망쳐 들어갔다.

이날 조선군이 벤 적의 머리만도 8백, 그 밖에 찾지 못한 시체와 부상하고 도망친 숫자를 감안하면 길주의 적은 다시는 일어설 수 없는 참패를 당하였다. 실지로 성내에 살아남은 기백 명의 적은 그 후 쥐죽은 듯 꼼짝하지 않았다.

그러나 조선군은 해정창과의 연락을 차단하고, 성을 먼발치로 포위한 채 겨울을 나기로 했다. 버려두어도 맥을 쓸 것들이 못 되었다.

이로써 북쪽의 광범한 지역, 지금의 함경북도 일대가 우리 손으로 돌아왔다.

호걸 김시민

같은 10월.

경상도 진주성(晋州城).

목사 김시민(金時敏)은 노도같이 몰려드는 대적을 상대로 밤이나 낮이나 숨 막히는 혈투를 거듭하고 있었다.

진주성은 남부 경상도에서 전라도로 통하는 길목에 위치한 요지였다. 그것은 전라도를 넘보는 적을 감시하는 파수꾼이며 동시에 그들의 진격을 가로막는 요새였다. 진주성이 무너지면 적은 일사천리로 서진하여 전라도를 짓밟을 것은 삼척동자도 짐작할 수 있는 일이었다.

당시 도(道) 단위로 일본군의 침공을 면한 고장으로는 오직 전라도가 있을 뿐이었다. 옛날 백제 시대부터 이 지역은 기름진 농업지대여서 의주의 피란 조정에 제대로 군량미와 그 밖에 필요한 물자를 제공하는 것도 전라도였다.

행정의 기능도 살아 있어 전라도에서는 물자뿐만 아니라 병력도 조직적으로 보충할 수 있었다. 권율, 정담 등 두드러진 장수들의 휘하 병력은 이 같은 행정조직을 통해서 징집한 장정들이었다. 특히 이순신 장군의 수군만 하더라도 장수들의 태반이 전라도 출신이었고, 병사들은 전원이 전라도 남해안 태생이었다.

말하자면 조선은 전라도가 있음으로 해서 아직도 죽지 않고 숨을 쉬고 있었다. 그 전라도가 적에게 짓밟힌다면 어떻게 될 것인가? 생각만 해도 가슴이 터지는 일이었다.

이와 같은 이치는 장수에서 병사들에 이르기까지 모르는 사람이 없었다. 그러나 김시민은 내색을 하는 일이 없고 병사들과 마주치면 언제나 웃는 얼굴이었다.

"왜놈 애들 잘 만났다. 피래미 같은 것들을 남강 물에 쓸어 넣자."

병법에서 장수들이 경계할 것은 적을 얕보는 일이고, 병사들의 금기사항은 적을 두려워하는 일이었다. 김시민은 병법에 정통한 장수로, 병사들의 용기를 북돋는 데 남달리 용심하고 있었다.

김시민은 당년 39세. 키가 훤칠하게 큰 거인으로 성품이 괄괄한 호걸형이었다.

대대로 괴산(槐山)에 살다가 선대에 목천현 백전촌(木川縣 柏田村 : 충남 천안시 동남구 병천면 가전리)으로 이사하여 여기가 고향이 되었고, 김시민도 여기서 태어났다.

선비의 집안으로 조부 석(錫)은 진사, 부친 충갑(忠甲)은 사헌부 지평(持平)을 지낸 인물이었다. 자식들도 집안의 내력대로 문과에 급제하여 문관으로 출세하기를 바라고 공부도 시킬 대로 시켰다.

충갑에게는 아들이 6형제 있었다. 모두들 부친의 뜻을 받들어 열심히 과거 공부를 했으나 셋째 시민은 달랐다. 방구석에서 글을 흥얼거리고 붓을 놀리는 것은 따분해서 견딜 수 없고, 산야에 말을 달리고 활을 쏘아 짐승을 잡는 것이 일과처럼 되었다.

그 위에 큰소리를 탕탕 치고, 세상에 대수롭게 보이는 것도 없었다. 담대하다면 담대하고 허풍선이라면 이런 허풍선이도 드물었다. 인간 구실을 하기는 다 틀렸다 — 동네 사람들은 웃어 주었다.

도무지 선비와는 거리가 먼 이 아들을 타이르다 못해 부친은 그를 버린 자식으로 치부하고 아예 상종을 하지 않았다.

그러던 부친이 그가 22세 때에 세상을 떠나고 말았다. 부친의 중압에서 벗어난 김시민은 삼년상이 끝난 25세에 무과(武科)를 보아 무관의 길로 나섰다. 모친 이씨는 돌아간 남편의 뜻을 거역한 이 자식에게 등을 돌리고 일체 만나 주지도 않았다.

그러는 동안에도 세월이 흐르고 김시민의 벼슬도 올라 몇 해 후에는 훈련판관(訓鍊判官 : 종5품)이 되었다.

하루는 병조판서가 순시를 나왔다. 김시민은 군량이며 피복, 무기 등 현황을 보고하고 건의를 했다.

"힘이 있는 자들은 힘으로 병역을 모면하고, 돈이 있는 자들은 돈으로 병역을 모면하는 풍조가 만연하고 있습니다. 결국 군대에 들어오는 것은 허약한 노약자들이 태반이니 이래 가지고는 일단 변란이 일어나면 대처하기 어려울 것입니다."

"그래서?"

판서는 눈을 치뜨고 그를 노려보았다.

"이런 폐단은 시정해야 할 것입니다."

"종5품 판관이 나라의 정사를 논하는 것인가?"

"사실을 말씀드리는 것입니다."

"주제넘도다!"

그쯤에서 물러서는 줄 알았으나 성미가 불같은 김시민은 할 말이 있었다.

"병정들을 단련해서 정병으로 만드는 것이 소인의 책무올시다. 그런데 지금과 같은 노약자들로는 정병을 만들지 못합니다."

판서는 안색이 달라졌다.

"너, 글씨를 잘 쓰는 사람은 붓을 가지고 시비하지 않는다는 말을 들었지?"

"들었습니다."

"마찬가지 이치다. 똑똑한 장수는 병정의 강약을 가지고 논하는 법이 아니다."

"글씨를 쓰는 것과 병정을 단련하는 것은 같은 이치가 아닙니다."

"하, 저런. 제갈량을 보아라. 사천(四川) 구석의 어중이떠중이들을 모아 가지고도 백전백승해서 천하를 통일하려고 들지 않았느냐?"

주위에서 눈짓을 하고 옆구리를 찌르는 바람에 김시민은 한발 물러섰다.

"듣고 보니 지당한 말씀이십니다."

판서는 콧수염을 비틀었다.

"요즘 군관들은 도통 공부를 하지 않으니 아는 것이 있어야지."

도열한 군관들을 한 바퀴 훑어보고 말을 이었다.

"제갈량의 이야기가 나왔으니 한마디 묻겠는데 제갈량을 제갈무후(諸葛武侯)라고 부르는 것은 무슨 까닭인고?"

아무도 대답하는 사람이 없었다.

"제갈량은 고금을 통틀어 으뜸가는 무신(武神)인데 무관이라는 자들이 그것도 모른다는 말이냐?"

고함을 질렀다.

그래도 대답이 없자 느닷없이 김시민을 지목했다.

"아까 그 판관, 말해 봐!"

김시민은 말할 기분이 아니었으나 하는 수 없이 입을 열었다.

"제갈량의 시호가 충무후(忠武侯)로, 무후는 그 약칭이올시다."

그런데 무슨 착각을 했는지 판서는 삿대질을 하고 발을 굴렀다.

"이 무식한 것아! 시호가 다 뭐냐? 무후는 그가 생전에 받은 작호 무향후(武鄕侯)의 약칭이다. 그것도 모르고 무슨 무관이냐, 응?"

"……."

참고 있는데 판서는 또 삿대질이었다.

"너는 그 전립을 머리에 얹을 위인이 못 된다. 덩치만 커가지고."

김시민의 두 눈에서 불꽃이 튀었다.

"그래요?"

그는 전립을 벗어 땅바닥에 내동댕이치고 발로 비벼 부수었다.

"대감, 조심하시오. 역사에는 턱없는 수모를 퍼붓다가 목숨을 잃은 예가 얼마든지 있으니까요."

그는 뒤도 안 돌아보고 대문 밖으로 나가 버렸다.

이렇게 벼슬을 내던진 김시민은 한동안 여기저기 떠돌아다니다가 그의 사람됨을 아는 인사들의 천거로 군기시(軍器寺)의 판관으로 다시 관에 돌아왔다.

그가 진주판관(晉州判官)으로 전임되어 서울을 떠난 것은 이 전쟁이 일어나기 2년 전, 37세 때였다. 그는 25세에 무과에 급제한 후 12년이 지난 이때까지도 모친을 뵙지 못했다. 가풍도 엄하고 모친도 엄한 성품이었다.

진주로 부임하는 도중 고향 목천을 지나게 되었다. 이때 멀리서 그의 행렬을 바라보던 모친은 비로소 아들을 용서하고 10여 년 만에 만나 주었다.

"문관만 벼슬인 줄 알았더니 무관도 괜찮구나."

임진왜란이 일어나자 진주판관 김시민은 경상감사 김수의 명령에 따라 목사 이경(李璥)을 모시고 지리산으로 들어갔다. 숨으라니 숨을 수밖에 없었다.

경상도에서는 관원이고 백성이고 다 같이 덮어놓고 숨다 보니 적은 무인지경을 가듯 강산을 휩쓸고 북상하였다.

일시 후퇴하여 어디 집결하라는 것도 아니고 어디를 친다는 것도 아니었다. 군이고 민이고 무작정 뿔뿔이 흩어 버렸으니 적을 기쁘게 하고 우리만 맥을 못 쓰게 만들어 놓았다.

세상에 이런 일도 있을까? 고금에 없는 해괴한 명령이었다.

김시민은 이때처럼 문관을 멸시한 일도 없었다. 입만 까진 문관들, 풍월이나 홍얼거리는 자들이 우습게 놀더니 급기야 나라를 이 꼴로 만들었다. 그러나 고을의 보잘것없는 판관에게 무슨 힘이 있는 것도 아니었다.

지리산 속의 암자에서 정세를 관망하고 있는데 서울로 붙들려 갔던 경상우병사 김성일이 초유사라는 새로운 직함을 띠고 다시 내려왔다는 소식이 들렸다. 도망가라고 외치던 김수와는 달리 김성일은 싸우자고 외친다는 소문이었다.

낯살 먹은 목사 이경은 감기에 걸린 데다 등창으로 꼼짝을 못했다. 암자에 그대로 두고 김시민은 병사들만 몇 명 거느리고 진주로 말을 달려왔다.

지레 겁을 먹고 도망친 셈이었다. 적이 지나간 것은 경상도의 동반부였고 서반부에는 들어오지도 않았다.

"이제부터 슬슬 여기 서쪽으로 쳐들어올 것이오. 목사가 병중이라니 판관이 대신해서 잘 싸워 주시오."

진주에서 만난 김성일은 이런 부탁을 남기고, 김수가 피해 있는 거창으로 가버렸다.

김성일의 권유에 따라 주변 고을의 관원들도 대개 제자리로 돌아왔다. 김시민은 이들과 함께 적의 서진을 막을 계책을 의논하였다. 또 흩어진 무기와 식량을 다시 거둬들이고 새로 무기를 만들고 병사들을 모아 단련하는 데 온갖 정력을 쏟았다.

부산의 적은 예측대로 서진하여 우병영(右兵營)이 있던 창원을 거쳐 진해, 고성을 점령하고 마침내 남으로 30리, 사천(泗川)에까지 들어왔다.

김시민은 그동안 단련한 보기(步騎) 1천여 명을 거느리고 진주성을 나섰다.

기동력이 빠른 그의 기병들은 사천 교외에서 적을 기습 공격하여 결정적 타격을 주고, 성내로 도주하는 잔적을 추격하여 성을 포위하였다. 밤낮으로 퍼붓는 맹렬한 공격에 적은 견디지 못하고 밤중에 성을 넘어 고성으로 도망쳐 버렸다.

이 전투에서 김시민은 많은 무기를 노획했는데 그중에는 특히 적의 조총도 여러 자루 들어 있었다.

사천을 수복한 김시민은 한숨 돌리고 동으로 고성을 포위 공격하였다. 이번에도 적은 밤중에 도망쳐 진해로 들어갔다가 거기 있던 우군과 함께 다음 날 창원으로 후퇴하여 버렸다.

사람들은 전광석화(電光石火) 같은 전법이라고 칭송이 자자했다. 그의 부하들도 김시민을 우러러보고 물불을 가리지 않는 강병으로 성장하여 갔다.

　승전 소식이 의주에 전해지자 김시민은 진주목사로 승진되었다. 전 목사 이경은 그동안 등창이 도져 지리산에서 세상을 떠났었다.

　적은 진주에 나타난 김시민이라는 이 새로운 인물을 눈여겨보았다. 이대로 두었다가는 이미 점령한 고을을 하나하나 다시 뺏길 염려가 있었다. 차라리 대군을 동원하여 진주를 쳐부수고 일거에 전라도까지 밀고 들어가자. 그들은 이렇게 합의를 보고 출전 준비를 서둘렀다.

　김시민도 앉아만 있지 않았다. 여러 갈래로 부산 방면에 세작(細作 : 첩자)을 파송하여 적의 움직임을 정탐하고 있었다. 더욱 큰 전투를 예상한 그는 특히 무기의 정비에 정성을 기울였다.

　그중에서도 그는 전투 중에 노획한 적의 조총에 주목하였다. 그는 자나 깨나 조총을 옆에 두고, 분해하였다가는 조립하고, 다시 분해하고 ─ 침식을 잊고 연구에 몰두했다.

진주성 전투 — 한 폭의 지옥도

조선의 승자총통이나 일본의 조총이나 다 같이 개인화기로, 기본구조는 크게 다를 것이 없었다. 납으로 만든 총알을 총구로 밀어 놓고, 밑부분에 화약을 채운 다음 화승(火繩)에 불을 붙여 발사하는 것은 마찬가지였다.

그런데 실지로 쏘아 보면 달랐다. 승자총통은 고작 4, 50보를 가고, 폭발음도 그저 '펑' 할 뿐 대단할 것이 없었다. 그러나 조총은 그 배도 더 가고 폭발음도 우렁차서 심약한 사람은 가슴이 두근거릴 지경이었다.

김시민은 다른 점을 찾았다. 승자총통은 무쇠로 만든 반면 조총은 쇠[鍛鐵]로 만들었다. 승자총통은 총신이 짧고 구멍이 얕은 대신 조총은 총신이 길고 구멍이 깊었다.

그는 총신의 길이에 주목하였다. 천자(天字)니 지자(地字)니 하는 대포도 포신이 길고, 따라서 구멍이 깊으면 멀리 가게 마련이었다. 김시민은 야장(대장장이)들과 함께 궁리를 거듭한 끝에 조총의 주형(鑄型)을 만들어 내는 데 성공했다.

무쇠를 부어 조총을 만들고 드디어 시험 발사에 들어갔다. 성공이었다. 쇠로 만든 일본 것에는 미치지 못했으나 사정거리도 비슷하고 폭발음도 승자총통보다 월등 드높았다.

쇠를 두드려 일본 총과 꼭 같은 것을 만들고 싶었으나 당장 눈앞에 적을 두고 그럴 여유가 없었다. 그것은 훗날 한숨 돌린 연후에 다시 연구하리라. 그는 진주 관내에 사람을 풀어 무쇠를 거둬들이고 야장들은 누구를 막론하고 성내에 집결시켜 조총을 만드는 데 전력을 다했다.

이렇게 만들어 낸 일본식 조총이 1백70정이었다.

동시에 그는 혼란 중에 흩어진 대포들을 다시 거둬들여 수십 문(門)을 성 위에 비치하고 진천뢰(震天雷)·질려포(蒺藜砲) 같은 폭탄도 만들고, 화약의 제조에도 힘써 1백50근을 비축하기에 이르렀다.

김시민은 기교를 싫어하고 대경대도(大徑大道)를 가는 선이 굵은 전략가였다. 다수는 소수를 이기고, 강한 자는 약한 자를 이긴다는 평범한 사리가 그의 전략의 기본이었다. 그러기에 그는 온갖 수단을 다해서 힘을 기르는 데 정성을 쏟았다.

진주성 내에는 김시민의 휘하 병력이 3천7백, 여기 곤양군수 이광악(李光岳)이 지휘하는 1백 명을 합쳐 도합 3천8백 명이 있었다.

이광악은 같은 충청도의 충주 태생으로, 김시민보다 3년 연하인 36세, 무과 급제로는 6년 후배였다. 김시민과 마찬가지로 병법의 정도를 신봉하는 그의 충실한 추종자였다.

이 무렵 부산을 중심으로 경상도 남부지방에서 조선군을 상대한 것은 일본 본토에 남아 있던 적 제10군에서 제16군에 이르는 예비병력 중에서 추려 보낸 크고 작은 부대들이었다. 처음에 건너온 적 제1군에서 제9군에 이르는 15만 8천여 명의 대군이 북으로 진격하고 공백이 생기자 그 공백을 메우고 그들이 치지 못한 지역을 쳐서 점령하는 것이 이들의 임무였다.

앞서간 우군에 지지 않도록, 한 걸음 나아가 될 수만 있으면 그들보다도 더 큰 공을 세우려는 욕심이 생겼다. 그렇지 않고는 장차 히데요시를 볼 면목이 없을 것이었다.

큰 공을 세우자면 큰 병력을 동원하여 압도적인 힘으로 대적을 짓밟아야 했다. 당면한 대적은 진주의 김시민이었다.

9월에 들어서자 적은 김해에 대대적으로 병력을 집결하기 시작했다. 동시에 자기들의 기도를 감추기 위해서 창원에 남아 있던 병력도 멀리 김해까지 철수하여 갔다.

함안군수로 있다가 경상우병사로 승진한 유숭인(柳崇仁)은 창원으로 들어가 예전의 병영에 좌정하고, 이 일대에는 잠시나마 평온이 다시 찾아들었다. 적은 겁을 먹고 도망간 모양이다. 산으로 피란 갔던 백성들도 남의 눈치를 보아 가며 하나 둘 집으로 돌아왔다.

9월 하순까지 김해에는 2만 명의 병력이 집결하였는데, 이들은 적장 미쓰야스(加藤光泰), 다다오키(長岡忠興), 가쓰모토(片桐且元) 등 13명의 장수가 지휘하는 연합부대였다. 이 연합부대는 김해를 출발하여 9월 24일에는 창원 동북 10리 노현(露峴)에서 유숭인군을 대파하고, 한숨 돌린 연후에 27일에는 재차 창원을 점령했다.

겨우 기천 명에 불과하던 유숭인군은 이 두 번 전투에서 전사자만도 1천4백여 명을 내고 나머지는 부상하거나 흩어지고 말았다.

적은 승세를 타고 10월 2일에는 함안을 점령하고, 3일 후인 5일에는 드디어 그 선봉 기병대 1천 명이 진주 교외에 당도했다.

적에게 쫓긴 유숭인은 사천현감 정득열(鄭得說), 가배량권관 주대청(朱大淸) 이하 1백여 기를 이끌고 진주성 동문에 나타났다.

"문을 열어라!"

그러나 아무도 문을 열어 주는 사람은 없었다. 김시민은 자기의 명령 없이는 어떤 경우에도 문을 열지 말라는 엄명을 내리고 있었다.

"내 말이 안 들리느냐? 문을 열란 말이다."

유숭인은 재차 호통을 쳤다. 소식을 듣고 달려온 김시민이 문루(門樓) 난간에 상반신을 내밀었다.

"이 진주성은 소인에게 맡기시고, 영감께서는 밖에서 도와주시지요."

"밖에서 돕다니?"

"적의 보급을 차단해 주시면 더욱 좋고, 이 주변 산에 출몰하면서 소리만 질러 주셔도 됩니다. 적을 현혹시킬 수 있으니까요."

김시민은 환영하는 눈치가 아니었다.

유숭인은 한동안 치뜬 눈으로 그를 노려보다가 말없이 돌아섰다. 병사는 종2품, 목사는 정3품, 전시에는 상하관계에 있었다. 부하인 김시민이 상사인 유숭인을 문전박대하여 쫓아 버리는 순간이었다.

함안―진주 길을 메우고 구름같이 달려드는 일본군. 누구의 눈에도 진주성은 무사할 수 없었다. 유숭인은 차라리 목숨을 건졌다는 안도감과 함께 분노를 참을 길이 없었다.

"너 김시민, 하늘이 실수를 해서 너를 살려 준다 해도 이 유숭인이 그냥 두지 않을 것이다."

남강을 건너 남으로 사라지는 그들의 뒷모습을 지켜보던 이광악은 김시민에게 언짢은 눈길을 던졌다.

"어린애 힘도 빌려야 할 판국에, 잘하시는 일 같지 않습니다."

들었는지 못 들었는지 김시민은 응대가 없었.

그러나 그는 생각할 것은 다 생각하고 있었다. 성내의 수비군은 자기가 길렀고 여러 차례 싸움에 함께 출전하여 모두 이겼다. 손발이 맞는 장수와 병사들. 서로 정이 들었고, 자기의 말이라면 물불을 가리지 않는 강병들이었다.

그런데 유숭인이 성내에 들어오면 어떻게 될 것인가? 그는 가만히 있을 사람이 아니었다. 병사의 권위를 내세워 이래라저래라 하는 날에는 이 김시민은 허수아비가 될 것이고 그가 사실상 지휘관이 될 것이다. 잘 단합된 이 집단에 금이 가고 틈이 벌어지고 오합지중으로 전락하여 패망하는 수밖에 없을 것이다. 원래 전투를 앞두고 장수를 바꾸는 것은 병법의 금기사항이었다.[4]

이튿날은 10월 6일. 동쪽 10리. 임연대(臨淵臺)에서 간밤을 보낸 적은 이른 아침부터 움직이기 시작했다. 갖가지 깃발을 바람에 나부끼고 진주로 몰려드는 이들은 해가 중천에 오를 무렵에는 먼발치로 성을 완전히 포위하였다.

2만 명이 한꺼번에 함성을 지르고 수천 명의 조총수들이 일제히 조총을 쏘면서 다가드는 품이 일거에 성을 짓밟을 기세였다.

그러나 성벽에는 사람은 그림자도 보이지 않고 기침소리 하나 들리지 않았다. 조선놈들, 기겁을 하고 도망친 것은 아닐까? 그들은 더욱 목청을 가다듬고 멋대로 총질하면서 성 밑으로 바싹 조여 들어왔다.

고요하던 성내 처처에서 북이 울리고, 별안간 성 위에 나타난 조선군은 콩 볶듯 총탄을 퍼부었다.

성 밑에서 복작거리던 일본군은 피를 뿌리고 흩어져 도망쳤다.

이변이었다. 조선군에게 총이 있다는 것은 생각도 못한 일이었다. 활을 쏘는 것이 고작이었다. 그런데 그들은 한두 자루도 아닌 숱한 총기로 비 오듯 총탄을 퍼부어 왔다. 이 전쟁이 시작된 이후 처음으로 겪는 이

변이었다.

흩어진 적은 여기저기 민가로 밀고 들어가더니 대문짝을 부수고 마루의 판자를 뜯고 기둥뿌리까지 뽑아 들고 야단법석이었다.

그들은 이들 재목으로 방패를 만들어 성 밖 1백 보 거리에 늘어세우고 그 뒤에 엎드려 총을 쏘는 한편 나머지 병력은 민가를 헐고 대[竹]와 나무를 찍어다 기둥을 세우고 장막을 쳤다. 이렇게 세운 막사는 5백 개도 넘을 듯 산기슭을 따라 6, 7리나 뻗치고 있었다.

기가 질리는 광경이었다. 성 위에서 이를 바라보던 김시민은 날이 어둡자 문루에 악공을 불렀다.

"너 퉁소를 불어라."

흥겨운 가락이 밤하늘로 퍼져 나갔다. 포위된 절박한 상황에서는 누구나 마음이 격하기 쉽고, 격하면 일을 그르칠 염려가 있었다. 풍악은 사람의 마음을 진정시키는 효과가 있었다.

그는 또 우리 병력이 적다고 걱정하는 병사들을 이렇게 타일렀다.

"우리에게는 성이 있다. 활용하기에 따라 성은 10만 병력도 될 수 있고, 1백만 병력도 될 수 있다."

새날은 10월 7일. 먼동이 트는 새벽하늘 아래 김시민의 나지막한 구령이 울렸다.

"가자!"

그를 선두로 동문을 박차고 나온 기병 5백 기는 저마다 장창(長槍)을 꼬나들고 즐비한 적의 막사로 돌진하였다. 미처 잠을 깨지 못한 적병들은 그들의 창에 찔리고 말굽에 밟히고, 막사들은 태반이 무너지고, 불길에 휩싸이고 말았다.

적진을 짓밟은 김시민은 적이 손을 쓸 여유를 주지 않고 바람같이 후퇴하여 성내로 들어왔다.

성난 적은 하루 종일 성 밖 수십 리에 걸쳐 민가와 관가, 사당과 절간을 막론하고 집이라고 이름이 붙은 것은 닥치는 대로 부수고 불을 질러 잿더미로 만들어 버렸다.

이날부터 적은 갖은 계책을 다 동원하였으나 김시민의 전술에는 어쩔 도리가 없었다. 낮에는 안 되니 어둠을 타고 야금야금 성 밑으로 다가들면 모르는 체하고 있다가도 불시에 조총과 대포를 퍼붓고 진천뢰며 질려포를 내리 던져 몰살해 버렸다.

적은 밤중에 일제히 운제(雲梯)를 성벽에 걸치고 개미 떼처럼 기어오르기도 했다. 선두가 성 위에 닿을 만하면 조선군은 우선 돌이 아니면 몽둥이로 머리를 까고 진천뢰를 살짝 던지곤 했다. 대개 사다리 중간에서 폭발하여 적들은 죽거나 병신이 되어 땅에 떨어졌다.

통나무를 우물 정(井) 자형으로 엮어 올라가는 산대(山臺)도 만들었다. 그 위에 올라 성안을 내려다보면서 총을 쏘자는 것이었다. 내버려 두었다가 다 될 만하면 조선군은 현자총통을 비롯한 대포를 쏘아 한꺼번에 부서 버리고 말았다.

적은 더 이상 계책이 없었다. 그 위에 비봉산(飛鳳山)을 비롯한 진주의 주변 산지대에는 의병들이 나타났다.

"야아!"

"어어!"

그들은 큰 소리로 성내의 병사들과 서로 호응하고, 밤에는 무수한 횃불을 들고 시위를 하는가 하면, 때로는 야습을 감행하여 적을 괴롭혔다. 이 무렵 경상우감사(右監司)로 직책을 바꾼 김성일의 요청으로 모여든 사람들이었다. 곽재우 휘하 심대승 등 경상도 의병들뿐만 아니라 최경회(崔慶會)같이 멀리 전라도에서 온 의병들도 있었다.[5]

성을 포위한 적은 겁을 먹기 시작했다.

"우리가 거꾸로 포위된 것은 아닐까?"

보급이 차단된 데다 퇴로마저 잃고 몰살을 당할 염려가 있었다.

그들은 10일 밤, 최후의 총공격을 퍼부었다. 이번에도 성을 빼앗지 못하면 물러가는 수밖에 없었다.

피차 모든 인원과 모든 무기를 동원한 피나는 싸움이 벌어졌다.

적은 떼를 지어 파도같이 몰려오고 몰려가고, 조총과 대포의 포성, 진천뢰와 질려포의 폭음은 밤하늘을 진동하고, 주변 산들을 수놓은 의병들의 횃불과 명멸하는 화약의 섬광, 호통과 비명과 아우성 — 진주성 안팎은 그대로 한 폭의 지옥도(地獄圖)였다.

그러나 성 밑에는 갈수록 적의 시체와 부상자들이 늘어 갈 뿐 어둠 속의 성은 괴물같이 꿈쩍도 하지 않았다.

숨 막히는 한밤이 가고, 10월 11일의 먼동이 트기 시작했다.

김시민은 동문 북쪽 성 위에서 전투를 지휘하고 있었다.

희미한 새벽하늘 아래 도처에서 시체를 화장하는 불길, 즐비하게 쓰러진 부상자들의 아우성, 휘청거리는 병정들의 발걸음과 쇠잔한 함성 — 성 밖에 벌어진 이 광경을 바라보던 김시민은 대충 판단이 섰다. 싸움은 오래지 않아 끝날 것이다.

어쩌면 오늘 안으로 결말이 나지 않을까? 고개를 돌려 동녘 하늘을 바라보는 순간, 그는 왼쪽 이마에 적탄을 맞고 그대로 쓰러졌다. 단 한마디,

"아아."[6]

얼마 떨어지지 않은 데서 손수 대포를 쏘던 이광악이 달려오고, 김시민은 들것에 실려 내아(內衙)로 옮겨졌다. 의원들이 상처에 고약을 붙이고 탕약을 입으로 흘려 넣었으나 그는 종시 정신을 차리지 못했다.

이광악이 대신 전군을 지휘하였다. 적은 이 변고를 알았음인지 죽을

힘을 다하여 동문으로 몰려들었으나 이광악은 이를 잘 막아 내고 적장 나가오카(長岡玄蕃之允)까지 무찔러 버렸다.

사시(巳時 : 오전 11시)에 이르자 적은 김시민이 짐작한 대로 드디어 동북 함양 방면으로 물러가기 시작했다.

고달프고 숨 막히는 낮과 밤들을 보낸 병사들의 눈에는 눈물이 고일 뿐 환성은 오르지 않았다. 성은 온전했으나 장군이 인사불성으로 누워 있는 것이다.

북경의 하늘 아래

조선에서 뜻 있는 사람들이 수없이 피를 흘리고 처처에서 적과 대결하고 있던 1592년 9월.

보름이 지나면서부터 명나라 수도 북경에는 학수고대하던 소식들이 차례로 날아들었다.

우선 조선에 나갔던 심유경(沈惟敬)이 평양에서 일본 장수 고니시 유키나가를 만나 50일간의 휴전에 합의하고 돌아왔다. 그는 일본 사람들과 주고받은 문서와 함께 그들로부터 받은 갖가지 선물도 내놓았다. 그 중에는 어김없는 일본도와 함께 저들의 비장의 무기라는 조총도 한 자루 들어 있었다.

협잡꾼은 아닐까? 그를 이상한 눈으로 보던 조정의 일부 고관들은 말문이 막히고 병부상서 석성은 수염을 내리 쓰다듬었다.

"역시 내 눈에 틀림이 없었다."

당장이라도 일본군이 압록강을 넘어 요동을 휩쓸고 북경까지 쳐들어올 듯이 조바심을 하던 백성들은 요란했다.

"심 아무개는 물건이다."

말 한마디로 수십만 일본군을 50일이나 묶어 두고 왔다는 심유경. 거리의 화제는 온통 심유경으로 들끓었다.

영악한 일본 사람들도 사족을 쓰지 못했다는 이 인물이 다시 한 번 마음먹고 나선다면 이 전쟁은 저절로 해결되지 않을까? 그렇게만 되면 우리 집 맏아들이며 큰댁의 막둥이는 싸움에 나가지 않아도 되는 것이다. 그는 거리의 영웅이었다.

심유경의 열풍이 가시기도 전에 이번에는 서북 변경에서 더욱 희한한 소식이 날아왔다. 보바이(哱拜)의 난리가 평정되었다는 것이다. 지난 2월 18일. 영하(寧夏)에서 일어난 이 난리로 그동안 숱한 사람들이 목숨을 잃었다. 물자는 홍수처럼 쏟아져 갔어도 현지에서는 부족하다는 아우성뿐이었다.

그런데 9월 17일, 아들 승은(承恩)이 관군에게 체포되자 보바이는 스스로 목숨을 끊고 말았다. 이로써 만 7개월 동안 세상을 진동하던 난리도 끝난 것이다.[7]

"만세!"

백성들은 거리에 몰려나와 덮어놓고 만세를 외치고, 조정의 고관대작들은 어전에서 축배를 들었다.

"폐하 성덕의 소치로소이다."

승전에는 영웅이 없을 수 없었다. 그중에서도 총사령관 이여송은 역사에도 드문 명장이다 ─ 만조백관의 칭송이 자자했다. 입을 헤벌리고 옥좌에 앉아 있던 황제 주익균(朱翊鈞)이 석성을 불렀다.

"이여송이 개선하는 대로 백작을 내릴까 하는데 어떻게 생각하오?"

석성은 굽신했다.

"참으로 영명하시고도 시의적절하신 결단이십니다."

"작호에는 연고지의 이름을 붙이기로 되어 있지, 아마?"

"그렇습니다. 여송의 부친 성량(成梁)은 영원(寧遠) 땅에서 달단(韃靼)을 크게 무찌른 연고로 영원백(寧遠伯)이라 부르고 있습니다."

"여송은 영하(寧夏)에서 이겼으니 영하백(寧夏伯)이 어떻겠소?"

"진실로 합당한 호칭이올시다."

"부자가 다 같이 백작이라, 흔한 일은 아닐 것이오."

"그렇습지요. 폐하와 같은 성주(聖主)가 계시니 이런 경사도 일어나는 것이 아니겠습니까?"

"여송은 그렇게 하고, 그 밖에 공이 있는 사람들은 대신들이 의논해서 적절한 포상을 내리도록 하시오. 또 부상자들을 치료하고 전사자들의 유족을 위로하는 일도 잊어서는 안 될 것이오."

석성이 황제의 뜻을 전하자 신하들은 엎드렸다.

"하해와 같은 성은에 만백성이 감읍할 것입니다."

눈물이 헤픈 축은 정말 찔끔거리기도 했다.

"다음은 왜놈들 차례다."

또다시 술이 돌아가고, 큰소리가 나오기 시작했다.

"이여송이 가기만 하면 까짓 것들, 단박 바다에 쓸어 넣을 것이다."

심지어 이런 말을 하는 사람들도 있었다.

"지저분하게 심유경은 왜 평양에 보냈지?"

이것은 조정의 대신들뿐만 아니라 요즘 명나라 천지를 뒤덮은 분위기였다.

승리라는 것은 묘해서 사람을 미치게 하는 일면이 있었다. 어제까지 전쟁이라면 머리를 흔들던 백성들이 더욱 기승을 부렸다.

"이번에야말로 왜땅에 들어가서 그놈들 씨를 말려 버려야 한다."

온 천하가 전쟁을 외치고 나선 형국이었다.

병부상서 석성은 이것이 걱정이었다. 천하의 공론이 일치하는 것은 좋으나 극단으로 흘러 일을 그르치지 않을까?

어느 시대나 흐름이라는 것이 있었다. 흐름을 잘 조정하면 흥하고, 흐름이 사람의 힘을 벗어나 극으로 달릴 때에는 망하거나 적어도 쇠퇴하는 수밖에 없었다.

석성은 온건론자였다. 하는 수 없이 일본과의 전쟁을 준비하고 있었으나 될 수만 있으면 협상으로 해결하고 싶었고, 적어도 국지전(局地戰)으로 끝낼 생각이었다. 그런데 전쟁의 열기가 이처럼 극으로 달리면 어떻게 될 것인가?

그러나 오늘 같은 날은 입 밖에 낼 형편이 못 되었다. 그런데 젊은 황제도 전쟁의 열기에 들뜬 듯 이여송의 공을 극구 칭송하다가 상기한 얼굴로 그를 돌아보았다.

"일전에 평양에 다녀온 그 사람, 이름이 무어더라?"

"심유경이올시다."

"그렇지, 심씨였지. 50일간의 휴전이 끝나면 어떻게 할 것이오?"

"심유경을 몇 번이고 계속 보내서 화평을 논하다가 정 안 되면 그때에 가서 무력을 발동하는 것이 좋지 않을까, 이렇게 생각하고 있습니다."

"내 여러 사람의 의견을 들었는데 화평은 안 된다는 것이 일치된 공론이오. 생각해 보시오. 저들이 조선에서 순순히 물러가겠소?"

석성이라고 자신이 있을 리 없었다.

"신도 그것이 걱정이올시다."

"내 이런 말도 들었소. 심유경이 잘해서 일본군이 진격을 멈춘 것이 아니라 저들이 진격할 힘이 없다는 것이오."

"네……."

석성은 얼른 대답이 나오지 않았다. 어떤 인간이 황제의 귀에 이런 소리를 불어넣었을까?

"이미 조선에서 기진맥진했다는 것이오."

조정의 신하로 제일 금물은 황제를 거스르는 일이었다.

"신이 어리석어서 거기까지는 알지 못했습니다. 충분히 그럴 수도 있을 것입니다."

"저들이 기진맥진한 이때에 총력으로 치면 쉽게 이길 수 있지 않겠소?"

이 철없는 황제를 앞세우고 공을 탐하는 축이 있는 모양이다. 자기가 알기로는 일본군은 그처럼 녹록한 상대가 아니다. 이렇게 되면 자기가 나서는 수밖에 없었다.

"참으로 신묘한 계책이십니다."

"상서도 그렇게 생각하오?"

"생각합니다. 그런데 폐하."

"뭐요?"

"신을 보내 주십시오. 신의 손으로 이 왜적들을 무찌르고 성은에 보답하고자 합니다."

황제는 조금 떨어진 자리에 앉은 송응창(宋應昌)에게 잠시 눈길을 던지고 대답했다.

"지난달이지 아마. 저기 앉은 송 시랑(宋侍郎)을 경략(經略)으로 임명해서 이 전쟁에 관한 모든 일을 맡기지 않았소?"

"그 당시는 영하의 반란이 계속 중이어서 신은 북경을 떠날 형편이 못 되었습니다. 그러나 이제 영하는 평정되고 달리 분란도 없습니다. 이 기회를 놓치면 노신(老臣)은 영영 성은에 보답할 기회가 없을까, 걱정입니다."

황제는 잠시 사이를 두고 대답했다.

"그 충정은 알겠소마는 경은 역시 내 곁에 있어 줘야겠소. 경이 떠나면 내 의논할 사람이 있어야지."

석성은 황제의 신임이 고맙기도 하고, 더 이상 주장할 계제도 못 되었다.

"황공하오이다."

황제는 송응창을 불렀다.

"경략은 언제 떠날 것이오?"

"어명이 내리시면 언제든지 떠날 채비가 되어 있습니다."

"나한테 할 말이 있으면 서슴없이 하시오."

"중론도 그렇고, 신의 생각도 그렇고, 이여송을 신의 휘하에 주시면 더 바랄 것이 없겠습니다."

"돌아오는 대로 보낼 것이오."

황제는 두말없이 승낙했다.

세상인심처럼 변덕스러운 것도 없었다. 영하에서 승전 소식이 오면서부터 '거리의 영웅' 심유경은 거들떠보는 사람도, 화제에 올리는 사람도 없었다. 무력으로 밀어붙일 판국에 휴전은 하나마나 한 것이고, 또다시 평양으로 가라는 사람도 없었다.

단 며칠간의 영웅, 세상에 이런 영웅도 있을까?

다만 석성은 신의가 있는 사람이어서 대접이 소홀하지 않았다. 그의 주선으로 먹을 것도 풍족하고, 몇 해 쓰고도 남을 용돈도 생겼다.

장차 그럴 듯한 벼슬도 준다고 했다.

적진에 들어가는 것은 결코 유쾌한 일이 아니었다. 차라리 잘됐다.

심유경은 늘어지게 자고, 늘어지게 먹고, 진담여에게 물었다.

"오늘은 무얼 하지?"

"서산(西山)의 단풍 말이에요. 한번 구경할 수 없을까요?"

서산은 경치 좋은 고장으로, 9월이면 특히 단풍이 아름다웠다. 그러나 귀한 사람들의 유원지로, 무위무관의 백성들은 출입할 곳이 못 되었다.

"왜 없어?"

나귀를 타고 집을 나선 두 사람은 북경성의 서대문인 평칙문(平則門)을 지나 서쪽으로 나란히 달리기 시작했다.

"쥐구멍에도 햇볕이 드는 날이 있기는 있군요."

"왜?"

"기생 진담여가 이렇게 나귀 타고 서산으로 단풍 구경 가게 될 줄을 누가 알았겠어요?"

아주 감격한 목소리였다.

9월 26일. 송응창은 휘하 참모들을 거느리고 북경을 떠났다.

조선에 쳐들어오건, 중국에 쳐들어오건, 일본군의 침략을 막는 모든 책임은 그에게 있었다. 그는 우선 천진(天津)에 머물면서 그동안 모집한 수만 병력 중 일부는 요동으로 보내고, 나머지로 북경에 가까운 발해(渤海) 연안의 방비 태세를 강화하였다. 일본군이 발해만으로 상륙하여 곧바로 북경을 칠까 걱정이었다.

그러나 북경에 있는 석성의 걱정은 딴 데 있었다. 10월 20일이면 일본군과의 휴전이 끝나지 않는가? 그때까지 회답이 없으면 압록강을 건너 요동으로 쳐들어올 것이 뻔한데 송응창은 9월이 다 가고 10월에 들어서도 천진에서 꾸물거리고 있으니 이렇게 답답할 수가 없었다. 그는 대궐에 들어가서 또다시 어전에 청을 드렸다.

"경략(송응창)은 요동에 가지 않고, 변방에서는 보고가 날아들고 있습니다. 적이 압록강에 다가오고 있다는 것입니다. 길에서 세월을 보내다 필경 일을 그르칠까 걱정입니다. 바라옵건대 신으로 하여금 오늘 당장 떠나게 하여 주십시오. 가서 싸우건 지키건 간에 한 사람의 일본군도 명나라 땅에는 못 들어오게 할 것입니다. 그런 연후에 개선하여 돌아오겠습니다. 만약 성과를 올리지 못하면 기꺼이 군법의 처단을 받겠습니다. 일을 함께 할 무신으로는 영원백 이성량을 주시고, 아울러 경영(京營)의 병사 1천여 명을 선발하여 수행케 하여 주십시오."

황제는 즉석에서 천진의 송응창에게 사람을 보내 진격을 독촉하고 석성을 타일렀다.

"그런 소리는 두 번 다시 꺼내지 마시오."

소식을 전해 들은 심유경은 쓴웃음을 지었다.
"이 심유경을 몰라보았겠다. 또다시 머리를 숙이고 부탁할 날이 올 것이다."

개선장군 이여송

어명이었다. 송응창은 하는 수 없이 측근 참모들과 함께 산해관을 지나 요동으로 말을 달리기는 했으나 마음은 편할 리가 없었다.

"길에서 세월을 보내다 필경 일을 그르칠까 걱정입니다(道傍之謀恐終誤事)?"

그는 석성이 황제에게 고해 바쳤다는 말을 되씹었다. 가라는 싸움터에는 가지 않고 길에서 세월을 보낸다면 군율로 다스릴 일이고, 죽어 마땅한 죄목이었다. 동료들 간에도 함부로 해서는 안 될 이런 말을 어찌 감히 어전에서 한다는 말인가?

식충을 약간 면했을까. 술을 들이켜고 여자를 희롱하는 외에는 아무 짝에도 쓸모가 없는 청년 ― 이것이 황제라는 인간이었다.

그러나 아무리 시원치 않아도 그의 손에는 생사여탈의 모든 권한이 쥐어 있었다. 사람의 목숨 하나쯤 살리고 죽이는 것은 아무것도 아니었다.

더구나 전에는 술과 여자에 파묻혀 조정에는 좀처럼 얼굴도 내밀지 않던 것이 요즘은 좀 달라졌다. 영하에서 승전 보고가 들어오고부터는 신명이 나서 어쩌다 조정에 나오는 수도 있고, 이래라저래라 잔소리를 하는 경우도 있었다.

그런 황제의 귀를 붙잡고, 송 아무개는 이러저러하게 고약하다고 속삭여 놓았으니 심상한 일이 아니었다. 이번에는 그럭저럭 죄를 면했다 하더라도 언제 변덕을 부리고 구죄(舊罪)를 쳐들지 누가 아느냐?

문제는 수군이었다.

일본 수군은 조선의 남해안에서 이순신 함대에 거의 전멸을 당했다 — 석성은 조선 조정의 이야기를 그대로 믿었다. 수군이 없어졌으면 일본군이 명나라를 침공할 수 있는 길은 하나밖에 없었다. 조선에서 압록강을 건너오는 길이었다.

자연히 그의 관심은 압록강에 집중되었다.

그러나 송응창은 달랐다. 이순신이라는 이름도 듣지 못하던 자가 일본 수군을 어쨌다는 것은 도무지 믿을 수 없는 소리였다. 수군이 그렇게 똑똑하다면 어째서 일본군을 바다에서 막지 못했는가? 전멸했다는 것은 일본 수군이 아니고 조선 수군일 것이다. 그러지 않고는 일본군이 대거 조선에 상륙한 사실을 설명할 길이 없었다.

일본 수군은 어딘가 숨어 있다가 불시에 중국 본토를 들이칠 것이다. 지리적으로 보아 북경에 가까운 발해만이 제일 위험한 고장이다. 돌대가리 석성은 이런 이치를 모르고 나를 모함했겠다.

"두고 보자."

송응창은 가슴에 접어 두었다.

같은 10월.

영하의 난리를 평정한 이여송은 승은과 그 아우 승총(承寵), 혼대(渾代)를 비롯한 적장들을 함거(檻車)에 실어 가지고 북경으로 돌아왔다. 조정의 백관은 교외에 나가 개선장군의 예로 맞아들이고, 백성들은 거리에 쏟아져 나와 합장 배례하였다.[8]

흰 전포(戰袍)에 검은 두건을 두른 44세의 이여송은 백마를 천천히 몰아 그들의 앞을 지나면서 잔잔한 미소로 답하여 주었다. 햇볕에 그을렸으면서도 윤기를 잃지 않은 얼굴, 생김새며 행동거지며 아무리 뜯어보아도 인물이었다.

"아―."

군중 속에서는 간간이 탄성도 들렸다. 그는 서북의 전란을 평정하였고, 장차 조선에 쳐들어온 일본군을 무찔러 이 지상에 영원한 평화를 가져올 영웅이었다.

황제는 예정대로 그에게 백작에 도독(都督)의 벼슬을 내리고, 상은(賞銀)과 토지, 저택, 옥이며 산호며 갖가지 진귀한 하사품은 이루 헤아릴 수도 없었다.

대신들은 돌아가며 연회를 베풀고, 백성들은 하릴없이 그의 집 앞을 서성거리다가도 출입하는 이여송이 눈에 들어오면 밀고 당기고 아우성이었다. 아우성이 지나가고 나면 그때마다 거리에는 말도 많았다.

"이 장군은 키가 8척이다."

"아니다. 이 눈으로 똑똑히 보았다. 9척이다."

"키도 키지만서도 수염과 눈이 근사하더라."

여러 날이 지나도 북경의 화제는 여전히 이여송의 주변을 맴돌았다.

10월 15일. 궁중으로 들어간 이여송은 다음과 같은 길쭉한 직함을 받았다.

'제독 계·요·보정·산동등처군무, 방해어왜총병관(提督薊遼保定山東等處軍務, 防海禦倭總兵官).'

약칭 제독이었다.

계는 북경 지방, 요는 요동, 즉 만주 지방, 보정은 북경의 서남방, 산동은 산동반도 일대. 요컨대 북경을 중심으로 한 지역으로부터 만주에 이르는 일대의 군무를 통괄하고, 일본군의 침공을 막으라는 직책이었다.

명나라는 철저한 문관 우위여서 무관은 총병관에 그치고, 제독, 총독 등 그보다 높은 사령관직에는 반드시 문관을 임명하였다. 이것을 문수(文帥)라고 불렀다.

그런데 영하에서 보바이의 반란이 일어나자 관군은 연전연패하였다. 조정은 생각 끝에 특히 산서총병관(山西總兵官), 선부총병관(宣府總兵官) 등을 지낸 이여송을 '제독섬서토역군무총병관(提督陝西討逆軍務總兵官)'으로 임명하여 현지로 보냈다. 이것이 무관으로 제독에 임명된 시초였다.

영하는 청대(淸代)에 들어와서 감숙성(甘肅省)에 편입되었으나 명나라 당시는 섬서성(陝西省)에 속해 있었다.

제독에 임명하였으나 전권은 주지 않고 문관인 위학증(魏學曾)을 총독, 즉 최고사령관으로 임명하여 그 지휘를 받게 하였다.

이번에도 제독에 임명하였으나 문관인 송응창을 경략으로 앉히고 그 휘하에 들어가도록 하였다. 공이 있으니 대접은 하되 어디까지나 문관 우위의 원칙을 고수하고 비록 전쟁이라 하더라도 군인의 전횡은 용서하지 않았다.

"경을 두고 이 흉악한 왜적을 물리칠 사람이 어디 또 있겠소?"

요즘 부쩍 살이 오른 황제는 둥글넓적한 얼굴을 쳐들고 이여송을 바라보다가 시립한 석성에게 눈길을 돌렸다.

"다음은 무어더라?"

석성이 속삭이자 황제는 말을 이었다.

"맞았소. 내 은 10만 냥을 내릴 터이니 떠날 때 갖고 가시오. 공이 있는 장병들에게 상으로 나눠 주시오."

"망극하오이다."

이여송이 머리를 숙이자 석성은 한 걸음 앞으로 나와 종이에 적은 것을 보고 설명했다.

"출정군의 사기를 돋우기 위해 성상께서는 특히 아래와 같은 분부를 내리셨으니 제독은 명심하여 주시오. 1) 원흉 히데요시(秀吉) 또는 모주(謀主) 겐소(玄蘇)를 잡아 오거나 목을 잘라 오는 자에게는 후작(侯爵)과 아울러 최고상을 내린다. 2) 히데쓰구(秀次)의 경우도 같다. 3) 히데이에(秀家), 유키나가(行長), 요시토시(義智), 시게노부(鎭信) 등을 베는 자는 은 5천 냥에 지휘사의 벼슬을 세습토록 한다. 이와 같은 고마우신 성지를 받들어 출정군은 용기백배하여 싸울 줄 믿습니다."

이어서 벌어진 간단한 주연에서 황제는 술이 몇 잔 들어가자 아주 기분이 좋았다.

"이 제독, 나는 조선을 아주 좋아하오. 그런 조선에 왜적들이 쳐들어왔다는데 어찌 보고만 있을 수 있겠소."

"지당한 말씀이십니다."

"제독도 조선을 좋아하오?"

"좋아합니다."

"가마 ─ㄴ 있자. 내 듣자 하니 제독의 조상은 조선에서 왔다지?"

"그렇습니다."

이여송의 5대조 이영(李英)은 평안도 이산(理山 : 초산) 사람이었다.

살인을 하고 겁결에 압록강을 건너 요동으로 도망친 것이 일의 시초였다. 그가 철령(鐵嶺)에 발을 붙인 후 자자손손 여기 정착하여 다시는 조선에 돌아오지 않았다.

이제 와서는 조선의 피보다 중국 피가 월등 짙은 집안, 중국 사람이 다 되어 버린 처지였으나 굳이 따진다면 이여송은 교포 6세에 해당되는 셈이었다.

고생의 연속이었으나 이여송의 조부가 군대에 들어가 유격장군으로 오르면서부터 가세가 펴기 시작했다. 부친 성량은 타고난 장수로, 여진족, 몽고족을 토벌하는 데 큰 공을 세웠고, 오랫동안 요동총병(遼東總兵)으로 있다가 나이 들자 은퇴하여 북경에 살고 있었다.

여송을 비롯하여 여백(如柏), 여정(如楨), 여장(如樟), 여매(如梅) 등, 아들 5형제도 다 같이 뛰어난 장수로 그의 일가는 요동의 명문으로 소문이 나 있었다.

"그렇다면 조상의 나라, 조선의 환란을 구하러 가게 되었으니 감개무량하겠소."

그는 석성이 불어넣은 대로 토해 냈다.

족보를 밝히고, 핏줄을 따지기로는 세상에서 조선 사람들이 으뜸이었다.

희미해도 이여송의 혈관에는 조선의 피가 흐르는 것이 틀림없고, 어느 계기가 오면 그 피가 요동을 칠 수도 있으리라. 그를 이번에 조선으로 보내는 이면에는 이런 계산도 있었다.

"무량합니다. 기필코 적을 무찔러 이 일을 맡겨 주신 폐하의 깊으신 뜻에 보답하겠습니다."

교포 6세쯤 되고 보니 감개가 무량할 것도 없었으나 아니라고 할 수도 없었다.

어젯밤 부친 성량이 부르기에 갔더니 이런 말을 했다.

"우리는 여사여사해서 조선과 무관한 처지가 아니다. 기왕 가게 되었으니 잘해 보아라."

부친이 말씀하신 그 정도로 생각하면 과히 틀리지 않을 것이다. '감개'니 '무량'이니는 좀 과하고.

연회가 파하자 석성은 함께 걸어 나오면서 그에게 말을 걸었다.

"언제쯤 떠날 수 있겠소?"

"피곤이 풀려야지요."

이여송은 시원한 대답이 아니었다. 표면상으로는 자진해서 나가는 것으로 되어 있었으나 사실은 여러 차례 사양하다가 마지못해 맡은 일이었다.

"자칫하면 적이 압록강을 넘어올 염려가 있소. 사태가 급박하단 말이오."

"넘어와도 할 수 없지요. 장수 한 사람이 간다고 싸움이 되는 것이 아니고, 군사들을 모아야 할 것이 아니오?"

송응창의 보고도 그렇고, 병부 실무자들의 이야기도 그렇고, 충분한 병력이 요양에 모이는 것은 11월 15일경이 될 것이라고 했다. 아직도 한 달 후의 일이다.

중국은 넓은 땅이었다. 황하 연변은 물론, 멀리 양자강 연변의 절강(浙江), 사천(四川) 등 수천 리 밖에서도 와야 하고, 영하에 출전했던 병사들이 돌아오는 데도 시일이 걸렸다.

그렇다고 요동에 전혀 병력이 없는 것은 아니었다. 조승훈이 패하자 압록강의 방비를 위해서 기천 명을 배치해 놓고 있었다. 명장으로 이름 난 이여송이 가기만 하면 이쪽에서 공격은 못하더라도 압록강을 넘어오는 적은 능히 막으리라고 생각했다. 그런데 그가 이렇게 나오니 달리 방법이 없었다.

이런 경우를 생각해서 그동안 심유경을 다시 평양으로 보낼 계획도 해보았다. 50일을 끌었으니 다시 한 번 50일을 끌면 되는 것이다. 그러나 대신들이 시큰둥하고, 개중에는 얄궂은 소리를 하는 축도 있었다.

"그 심유경이라는 자의 정체를 아시오? 행여 왜놈들한테 돈이나 받고 이쪽 기밀을 누설하면 어쩔 것이오?"

이러지도 저러지도 못하는 사이에 시일은 흘러 휴전의 마감날인 10월 20일은 5일 후로 박두하였다. 성미가 급한 일본 사람들, 마감날만 지나면 그냥 있지 않을 것이다.

석성은 발길을 돌려 다시 궁중으로 들어갔다.

"그렇다면 진작 보낼 것이지 지금까지 무얼 했소?"

이야기를 들은 황제는 역정을 냈다. 그도 초조한 빛이 역력했다.

집으로 돌아온 석성은 이웃에 사는 심유경을 불렀다.

"선생, 수고스럽지만 다시 한 번 평양에 다녀와 주시오."

급한 사정을 설명하고 부탁했으나 심유경은 조금도 급한 눈치가 아니었다.

"글쎄올시다."

평양의 유키나가는 잠 못 이루고

석성은 사이를 두고 물었다.

"무슨 일이 있었습니까?"

"제가 평양에 다녀온 것은 실수였습니다. 저 같은 사람이 나설 계제가 아니었지요."

"무슨 말씀이오? 조정의 소망대로 적의 진격을 늦추게 하신 것만도 큰 공이신데."

"그것이 어찌 저의 공이겠습니까? 일본군은 힘이 없어 진격을 못한 것이고, 저같이 정체가 희미하지 않고 지체가 높은 사람이 갔더라면 이 전쟁을 아예 마감하고 돌아왔을 것입니다."

대신들 사이에 오가는 이야기를 다 전해 들었구나. 석성은 그의 손을 잡았다.

"선생, 조정도 인간의 집단이올시다. 여러 사람이 모이다 보면 이 말저 말 나오게 마련이고, 그중에는 당치도 않은 소리도 없지 않지요. 일일이 개의할 것은 없습니다."

"천한 것이 조정이 돌아가는 내막을 어찌 알겠습니까? 다만 저는 평양에 가는 일은 사양하겠습니다."

"왜 그러시오?"

"실수는 한 번으로 족하고, 두 번 되풀이하는 것은 천치나 할 일이지요."

아무리 타일러도 심유경은 듣지 않고, 나중에는 두 주먹으로 양쪽 어깨를 번갈아 쳤다.

"게다가 저는 요즘 몸이 아파서요. 조정에는 귀하신 분들이 얼마든지 계신데 그중에서 골라 보내시지요."

그의 말대로 귀하신 분들은 얼마든지 있고, 개중에는 입으로는 백만 대군도 문제없이 요리하는 재간바치들도 적지 않았다. 그러나 정작 위험을 무릅쓰고 적진으로 들어갈 사람, 심유경만큼 배포가 있고 머리의 회전이 빠른 사람도 없었다.

"선생, 국가 대사올시다. 요동부녀(妖童浮女)들의 잡소리는 치지도외(置之度外)하고, 한 번 더 나서 주시오."

심유경은 잔기침을 여러 차례 되풀이하고 한 손으로 수염을 만지작거렸다.

"일본군의 진격을 좀 더 늦춰 드릴 터이니 그 사이에 알맞은 사람을 고르십시오."

"어떻게 말입니까?"

"고니시 유키나가에게 쪽지를 써보내지요."

"쪽지를요?"

석성은 잘못 들은 것이 아닌가, 반문했으나 심유경은 거침없이 계속했다.

"이 심유경은 몸이 불편하다, 만나는 것을 좀 연기하자. 이렇게 적어 보내는 것입니다."

"들을까요?"

"들을 겁니다. 며칠 빠르고 더딘 것이 무슨 큰일이라고 안 듣겠습니까?"

"안 듣고 쳐들어오면 낭패가 아닙니까?"

"이 심유경은 천한 백성이올시다마는 허튼소리는 안 합니다. 저들은 듣습니다."

그는 더욱 큰소리를 쳤다.

헐렁한 여름 입성에 내복이라는 것을 모르고 지내는 일본군 — 적어도 겨울 동안은 압록강을 건너오지 못한다는 것이 평양에서 그들의 모습을 직접 목격한 심유경의 결론이었다. 만에 하나라도 그들이 이 겨울에 압록강을 건너온다고 하자. 명나라 군사들은 싸울 것도 없고, 그냥 팽개쳐 두어도 그들은 요동의 강추위에 깨끗이 얼어 죽고 말 것이다. 고니시 유키나가는 똑똑한 사람이었다. 정신이 나가지 않은 이상 그런 짓은 안 할 것이고, 압록강을 건너온다면 그것은 내년 봄 이후의 일이리라.

석성은 허풍기를 느끼면서도 믿을 수밖에 달리 방도가 없었다. 누가 무어래도 심유경은 용기와 능력을 갖춘 인물이었다. 또 지금 중국 천지에서 적을 직접 만나 보고, 이야기를 주고받은 사람도 심유경 외에는 없었다.

"쪽지는 어떻게 보내지요?"

"조정에서 마땅한 사람을 보내시면 더욱 좋고, 어려우시면 지난번에 저와 동행했던 심가왕(沈嘉旺)을 보내지요."

"좋습니다마는 심가왕만으로는 어쩐지 안심이 안 되는군요."

이에 그들은 의논 끝에 힘깨나 쓰는 사람을 한 명 딸려 보내기로 했다. 이름은 누국안(婁國安). 전에 심유경이 강남에서 장사를 할 때 부리던 청년으로, 말하자면 그의 가정(家丁)이었다. 나랏일로 가는 터에 무위무관으로는 곤란하다 — 심유경이 우겨서 천총(千摠)의 계급을 주었다. 위관급에 해당되는 하급 장교였다.

황제의 윤허가 내렸으니 만사 그대로 시행하여도 대놓고 무어라고 할 사람은 없었다. 그러나 폐하의 신임을 믿고 혼자 잘난 체 조정을 좌지우지한다고 뒷공론이 일 것이고, 훗날 어떤 모양으로 모략중상을 당할지 알 수 없었다.

석성은 이 사람 저 사람, 조정의 대신들을 붙잡고 양해를 구하는 데 또 며칠을 소비했다.

이럭저럭 시일이 흐르고, 심가왕이 북경을 떠난 것은 휴전 마감날을 하루 앞둔 추운 겨울날 새벽이었다.

"나라의 운명이 그 쪽지에 달려 있으니 죽을힘을 다해서 달려 주시오."

심유경이 심가왕과 누국안에게 쪽지를 넘겨주는 것을 옆에서 지켜보던 석성은 이렇게 당부하였다.

두 사람은 5, 6명의 호위 병사들을 거느리고 북경성을 빠져 동북으로 말을 달렸다.

하루 사이에 2천6백여 리를 달려 평양까지 간다는 것은 귀신도 못할 일이었다. 그러나 한시라도 빨리 가면 그만큼 말썽은 덜하리라.

그들은 연거푸 채찍을 내리쳤다.

평양의 고니시 유키나가는 요즘 술이 아니고는 잠을 이루지 못했다. 뜻같이 되는 일은 하나 없고, 날이 갈수록 모든 방면에 망조만 짙어 갔다.

재난은 지난 6월 평양에 들어오면서부터 시작되었다. 무더위에 염병

(染病 : 전염병)이 돌고 학질마저 기승을 부려 숱한 병사들이 죽어 갔다. 약 한 첩 제대로 써주지 못했고, 주님께 기도를 드리는 것이 단 하나 대책이었다.

식량도 문제였다. 처음에 조선군이 버리고 간 것이 10만 섬이나 된다고 하여 몇 해 먹고도 남겠다고 생각했으나 그렇지 않았다. 달포를 지나고 보니 쌀은 동이 나고 남은 것은 조와 수수뿐이었다.

장도 간장도 소금도 없었다. 채소도 없고, 육류라고는 간혹 대동강에서 낚아 올리는 물고기가 고작이었다. 수토가 다른 데다 제대로 먹지 못하니 병사들은 맥을 추지 못하고, 가을이 와도 매일같이 죽음은 그치지 않았다.

그 위에 조선의 의병들 때문에 편한 날이 별로 없었다.

평안도에 들어온 유키나가는 평양성과 그 남방 40리, 서울로 통하는 길목인 중화(中和)를 점령한 외에는 다른 고을은 침범하지 않았고, 부하들의 살인, 약탈도 금했다. 화평을 촉진하고 전쟁을 조기에 끝내기 위해서 그가 조선 측에 보일 수 있는 최대한의 성의였다.

자연히 보급과 연락을 위해서 평양과 중화 사이를 내왕하는 것이 유일한 군사 행동이 되었다. 이 단순한 행동의 반복은 평안도의 의병대장 조호익(曺好益)의 좋은 공격목표가 되었다.

조호익은 경상도 창원 사람으로 금년에 48세. 벼슬을 한 것도 아니었다. 퇴계 선생의 제자로, 선생이 세상을 떠난 후에는 고향에 파묻혀 학문의 길을 정진하는 독실한 학자였다.

그런데 삼십을 갓 넘긴 어느 해의 일이었다. 관에서 턱없는 트집을 잡아 귀양을 보내는 바람에 평양 동북 1백여 리, 강동(江東)까지 흘러오고 말았다.

창원에서 강동은 2천 리 길이었다. 억울하게 먼 고장으로 쫓겨 왔으니 곧 풀려 고향으로 돌아갈 것으로 생각했으나 달이 가고 해가 바뀌고 10년이 지나도 풀리지 않았다. 그러나 그는 평생을 두고 자기의 신상에 대해서 한마디도 불평을 말한 일이 없고, 그의 억울한 사정을 들어 위로하면 한마디로 응대할 뿐이었다.

"운명이지요."

그는 학문이 깊고 덕이 있는 사람이었다. 평안도 각처에서 저절로 사람들이 모여들고, 그는 정성으로 이들을 가르쳤다. 많은 세월이 흐르는 동안 그는 이제 경상도 사람이라기보다 평안도 사람이 되었고, 이 고장의 스승으로 추앙을 받았다.

귀양을 온 지 17년, 임진왜란이 일어났다. 임금과 함께 평양으로 피란을 내려온 류성룡의 주선으로 귀양이 풀리고 실로 오래간만에 자유의 몸이 되었다.

17년 동안 가르친 수많은 제자들과 그 친지들을 규합한 것이 조호익의 의병집단이었다. 이들은 중화와 그 남방 상원(祥原) 사이 산골짜기에 본영을 두고 무시로 출격하여 고니시 유키나가의 부대를 괴롭혔다.

큰 적을 상대할 힘은 없었다. 그러나 숨어 있다가도 작은 적이 나타나면 불시에 냅다 치고 다시 숨어 버리는 데는 유키나가로서도 어쩔 도리가 없었다.

그렇다고 매양 큰 부대만 움직일 수도 없고, 사상자는 날로 늘어 갔다.

먹을 것이 떨어져 가고, 병에 쓰러지고, 간단없는 의병들의 공격에 시달리고, 게다가 추위는 날로 더해 가는데 여름 입성으로 떨 수밖에 없고 — 이것은 고니시 유키나가의 평안도뿐만 아니라 조선에 들어온 모든 일본군이 겪는 고통이었다.

고통은 병사들에 국한된 것이 아니었다. 경상도의 제7군 사령관 모리 데루모토(毛利輝元)는 수토병(水土病)으로 몸져누웠다. 병이 중해 히데요시는 일본에서도 이름난 명의 무네시게(宗茂)를 파송하는 한편 일본으로 돌아와서 치료에 전념하라고 권유했다.

더구나 안된 것은 제9군 사령관 하시바 히데카쓰(羽柴秀勝)가 역시 수토병으로 지난 9월 임지인 거제도에서 죽은 일이었다. 그는 히데요시의 후계자로 지금 일본의 수도 교토(京都)에 좌정하고 있는 관백 히데쓰구의 아우였다.

타고난 애꾸에 지능이 약간 모자라는 20대 청년이었으나 히데요시의 조카, 관백의 아우로, 일본으로서는 아주 귀한 몸이었다. 이렇게 귀한 분이 전쟁 현지에서 죽었다는 것은 보통 일이 아니었다. 어김없이 병으로 죽었으나 벼락을 맞았다느니 밤중에 쳐들어온 의병들의 손에 죽었다느니, 심지어 물귀신에게 잡혀갔다는 소문까지 나돌았다.

파죽지세로 조선 왕국을 휩쓸고, 연내에 명나라 북경으로 들어간다던 일본군은 이제 중병을 앓는 병자같이 축 늘어진 형국이었다. 소생의 길은 일본에서 제대로 보급을 받는 외에는 달리 없었으나 남해에 이순신의 수군이 버티고, 육지에서 의병들이 움직이고 있는 한, 그것은 될 일이 아니었다.

이런 형편에 명나라까지 개입하면 큰일이었다.

"차라리 서울까지 후퇴하는 것이 어떻겠소?"

히데요시의 명령을 받고 현지시찰을 온 구로다 조스이(黑田如水)는 이런 제안까지 했다.

일본 제일가는 전략가인 그는 제3군 사령관으로 황해도를 점령한 구로다 나가마사(黑田長政)의 부친이기도 했다.

그의 생각으로는 평안도, 황해도, 함경도에서 모두 철수하여 전선(戰

線)을 축소하고, 병력을 집결하여 서울 이남을 확보하는 것이 상책이었다. 그러지 않고 지금 같은 상황에서 명나라의 대군이 압록강을 건너오면 일사천리로 밀리는 수밖에 없었다.

그러나 유키나가가 반대하고 나섰다.

"그것은 명나라에 약점을 보이고, 도리어 그들을 불러들이는 결과가 될 것이오."

이런 형편에서 심유경은 구세주나 다름이 없었다. 10월 20일 그가 돌아오면 모든 일이 잘될 것이었다. 그러나 그날이 와도 개미 한 마리 얼씬하지 않았다.

"속은 것은 아닐까?"

장수들은 술을 퍼마시고, 중 겐소마저 곤드레가 되어 휘청거렸다.

"말법말세(末法末世)로다."

피골이 상접한 얼굴들은 술과 더불어 검게 시들어 갔다.

심유경의 쪽지를 가지고 북경을 떠난 심가왕은 역참마다 말을 갈아타고 밤낮으로 달렸다. 휘몰아치는 눈보라로 하는 수 없이 지체하는 수도 있었으나 날만 걷히면 하루에 3백 리도 더 달려 10월 그믐께는 평양 북방 순안(順安)에 당도하여 평안도순찰사 이원익(李元翼)의 마중을 받았다.

"일행이 함께 적진으로 들어가신다? 만일의 경우도 생각해야지요."

이원익의 충고에 따라 심가왕은 누국안을 순안에 남겼다.

"사흘이 지나도 안 돌아오면 손을 써주시오."

다음 날 심가왕은 남으로 60리를 달려 평양성으로 들어갔다.

"심 유격(沈遊擊 : 심유경)은 병환이시라? 언제쯤 오실 수 있다고 했소?"

쪽지를 읽은 고니시 유키나가가 두 눈을 치뜨고 심가왕을 바라보았다.

"병이라는 것은 어느 날 어느 시에 낫는다고 단정할 수는 없고, 하여튼 낫는 대로 곧 오신다고 했습니다."

"……."

"답신(答信)을 주시면 갖다 전해 드리겠습니다."

아무리 기다려도 유키나가는 대답이 없었다.

"답신이 없으시면 저는 이만 돌아가겠습니다."

유키나가의 입에서 냉랭한 대답이 흘러나왔다.

"심 유격이 오실 때까지 우리와 함께 여기 있어 주실까?"

그는 대답을 기다리지 않고 방에서 나가 버렸다. 갇히는 것이로구나. 심가왕은 가슴이 내려앉았다.

이 순간부터 2명의 감시병이 따라붙고, 뒷간에 가도 떨어지지 않았다.

누르하치의 제안

북경. 11월 초.

병부상서 석성은 요즘 심기가 매우 불편했다.

무엇보다도 병력의 집결이 지지부진하였다. 송응창은 11월 15일경까지 요양에 10만 대군을 집결하여 조선으로 진격할 생각이라고 하였다. 그러나 지금 같아서는 그때까지 10만의 절반도 모일 것 같지 않았다.

군사 행정을 맡은 지방의 도사(都司 : 都指揮使司)에 독촉하면 안 되는 핑계만 쏟아져 나왔다. 날씨가 추워서 안 되고, 염병으로 많은 장정들이 죽어서 안 되고, 흉년이 들어서 안 되고. 건국한 지 2백24년, 늙고 병든 노인같이 명나라도 제대로 작동하는 구석이 흔치 않았다.

이런 때에 요동의 여진족장(女眞族長) 누르하치(奴兒哈赤 : 老乙可赤)라는 자가 맹랑한 소리를 해서 온 조정에 소동을 일으키고 사람을 난처하게 만들었다.

원래 명나라는 만주에 진출하자 본토와 마찬가지로 위소제도(衛所制度)를 실시하였다. 즉, 지역과 부족을 감안하여 만주 전역을 몇 개의 위(衛)로 구분하고 위에 지휘사(指揮使)를 두었는데 지휘사는 여진족의 부족장으로 세습이었다.

그러나 여진족이 사는 곳은 동부 지역이고, 서부 지역에는 한족, 몽고족 등 다른 족속들이 살고 있었다. 이 지역도 위소제도를 실시하고 지휘사를 두기는 마찬가지였다.

이들 모든 지휘사들을 통제하는 명나라의 군사행정 관청이 요양에 위치한 요동도지휘사사(遼東都指揮使司), 약칭 요동도사(遼東都司)였다.

여진족의 지휘사들도 전시에는 명나라가 시키는 대로 휘하의 천호(千戶), 백호(百戶) 등 장교들이 지휘하는 병력을 이끌고 전투에 참가하였다.

그러나 이 무렵에는 만주 동반부에서는 이미 명나라의 세력은 맥을 쓰지 못하고, 위마다 독립된 부족국가로 행세하고 있었다.

그중 무순(撫順) 동방 흥경(興京)을 중심으로 한 건주좌위(建州左衛)의 족장이 누르하치였다.

그의 조부 교창가(覺昌安), 부친 다쿠시(塔克世)는 무역의 이점(利點)을 아는 사람들이었다. 내륙에서 모은 녹용, 산삼이며 모피(毛皮) 등을 가지고 무순관(撫順關)에 가서 곡물, 직물, 철기(鐵器) 등, 명나라의 상품과 바꿔다 자기 백성들의 살림을 꾸려 나갔다. 당시 무순은 여진 땅과 명나라의 경계선에 위치한 관문이었다.[9]

이를 위해서는 명나라의 비위를 거슬러서는 안 되었다. 그들은 요동 총병 이성량에게 순종하고, 그의 지시에 따라 전투에도 참가하였다. 그 대신 이성량도 무역을 비롯하여 여러모로 그들의 편의를 보아주었다.

9년 전 이들 부자는 이성량 휘하에서 싸우다 한꺼번에 전사하고, 뒤를 이은 것이 누르하치였다. 그는 걸출한 인물로 주변의 부족을 통합하

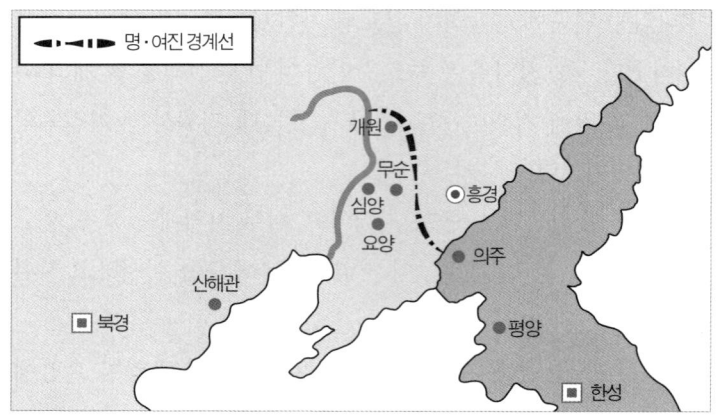

명과 여진 관계 지도

여 세력을 확장하면서도 명나라에 순종하고, 이성량에게는 이를 데 없이 공손했다.

이성량도 이런 누르하치가 마음에 들지 않을 리 없었다. 3년 전에는 명나라 조정에 이야기해서 그에게 도독첨사(都督僉事)의 벼슬을 내리게 하고 이어 용호장군(龍虎將軍)이라는 칭호도 받게 했다.

이성량은 작년에 총병을 사임하고 북경으로 은퇴하였으나 여전히 누르하치를 돌보아 주었고, 누르하치 또한 철따라 문안을 드리고 진귀한 선물을 보내는 등 인사를 잊지 않았다.

이런 관계로 누르하치는 이성량뿐만 아니라 여송(如松)을 비롯한 그의 자식들과도 가까운 사이가 되었고, 특히 10여 년 연상인 여송에게는 막둥이가 맏형을 모시듯 깍듯하였다.

이여송이 조선으로 출전한다는 소식이 들리자 누르하치는 요양으로 도지휘사 장삼외(張三畏)를 찾았다.

"이 일은 소인에게 맡겨 주시오."

"어떻게 말인고?"

"소인 휘하에는 3만 군이 있습니다. 조선에 내려가서 왜놈들을 깨끗이 쓸어버릴 것입니다."

장삼외는 몇 대 안 되는 콧수염을 배틀었다.

"어쩌다 그런 생각을 하게 됐는고?"

"소인은 대대로 조정의 특별한 은혜를 입었습니다. 지금같이 나라가 어려운 때에 몸을 사리고 구경만 하고 있다면 어찌 신자(臣子)의 도리이겠습니까?"

"가상하도다."

장삼외는 급사를 띄워 북경 조정에 보고했다.

누르하치의 편지를 가진 사람도 앞서거니 뒤서거니 북경으로 달렸다.

이성량 대인. 저의 생부는 다쿠시입니다마는 오늘날이 있게 하여 주신 대은인, 사실상의 부친은 대인이올시다. 듣자 하니 맏아드님이신 여송 장군께서 영하의 전진(戰塵)을 털어 버릴 겨를도 없이 조선으로 출전하신다니 참으로 민망한 일입니다. 여송 장군께서는 잠시 쉬시고 저에게 이 일을 맡기도록 주선하여 주십시오. 이 기회에 대인 일가의 은혜를 갚을 생각입니다.

"기특하다."

온 조정이 떠들썩했다. 오랑캐로 하여금 오랑캐를 치게 하고, 자기들은 구경만 하다가 실속을 채우면 되는 것이다. 청하지도 않았는데 일이 이렇게 되었으니 '하늘의 뜻'이라는 사람도 있고, 언제나 하는 버릇대로 '폐하 성덕의 소치'라는 사람도 있었다. 어떻든 경사스럽고 기쁜 일이 아닐 수 없었다.

"영원백(寧遠伯 : 이성량)이 오랫동안 요동에 계시면서 길을 잘 들인

덕이지요."
　대신들의 칭송에 이성량도 누르하치의 편지를 내보이고 한마디 했다.
　"하기야 누르하치는 내 말이라면 죽는 시늉까지는 하지요."
　이여송도 두말없이 찬성이었다.
　"그 애라면 내 어릴 때부터 알지요. 앉으라면 앉고 서라면 서고."
　결국 누르하치의 여진군을 이여송군의 선봉으로 편입하기로 하였다. 그가 잘 싸워서 일본군을 물리치면 전쟁은 그것으로 끝나는 것이고, 거기까지는 못 가더라도 일본군도 상당한 상처를 입을 터이니 그때에 이여송이 슬슬 치면 크게 힘을 안 들이고 저들을 밟아 버릴 수 있을 것이다.
　석성은 흡족했다. 병력의 집결이 지지부진하여 속을 태우던 차에 이렇게 고마울 데가 없었다. 그는 요양에 가 있는 경략 송응창에게 조정의 결정을 알리고 누르하치를 잘 쓰다듬어 십분 이용하라고 일러 보냈다.
　석성뿐만 아니라 조정의 어느 누구도 누르하치의 본심을 의심하는 사람은 없었다. 도대체 미개한 누르하치에게 본심이라는 것이 있어 보아야 무엇이 대단할 것이냐?
　누르하치는 요동에 와 있는 명나라 관원이라면 누구에게나 머리를 숙이는 젊은 여진족장(族長), 순종으로 정평이 나 있었다. 이해에 34세, 멀리 떨어진 북경 조정에는 중키에 말상의 얼굴을 떠메고 다니는 이 이민족의 청년을 아는 사람은 별로 없고, 간혹 알아도 대수롭게 보는 사람은 아무도 없었다.
　더구나 그가 머지않아 여진의 여러 부족을 통일하고, 장차 명나라를 뒤집어엎을 청(淸)나라의 태조가 되리라고는 꿈에도 생각하지 못했다.
　누르하치에게는 항상 머리를 떠나지 않는 숙제가 하나 있었다. 그것은 식량 문제였다.
　여진 지역의 식량 생산은 보잘것없고 만주의 식량은 대체로 요하(遼

河)의 하류 지역에서 고려의 이주민과 중국 사람들의 손으로 생산되고 있었다. 애써 산삼과 녹용을 구하고 짐승을 잡아 모피를 마련해도 무순관에 가서 중국 사람들로부터 식량을 무역해 오면 태반이 없어지고 남는 것으로 옷감이니 연장을 사고 나면 그만이었다.

그나마 중국 사람들이 식량을 팔지 않으면 굶는 수밖에 없었다. 그들이 잘나서 머리를 숙이는 것이 아니라 먹는 일 때문에 숙이지 않을 수 없었다. 이 식량 문제를 해결하지 않고는 여진은 더 이상 발전할 여지가 없고, 항상 중국 사람들에게 죽어지내리라.

그런데 조선은 남쪽에 위치한 따스한 나라로 쌀을 위시하여 오곡이 잘되는 고장이었다. 이 조선을 어떻게 할 수 없을까? 생각은 조선을 떠나지 않았다.

그 조선이 일본의 침공으로 신음하고 있었다. 그러나 일본은 명나라를 당할 힘이 없고, 결국은 물러가지 않을 수 없을 것이다.

이 기회에 피를 흘려 두는 것도 해롭지 않으리라. 피에는 공짜가 없다. 일본이 물러간 후 피값을 요구한다고 나무랄 사람은 아무도 없을 것이다. 조선에서 기름진 땅을 갈라 영구히 차지하는 방안도 있고, 해마다 우리가 필요한 식량을 받아 내도 좋을 것이다.

누르하치의 제의로 들떠 있던 명나라 조정에 제일 먼저 찬물을 끼얹은 것은 조선이었다.

"중국이 그렇게 허약한 줄은 몰랐다. 기껏 한다는 짓이 누르하치의 힘을 빌려 왜적을 물리친다는 것이냐."

"일본에 망하나 여진에 망하나, 망하기는 매일반이다."

"중국은 돕지 못하겠으면 가만히나 있으라."

조선에서 달려온 급사들은 거침없이 본국의 여론을 토해 냈다. 온건한 정곤수(鄭崑壽), 지난가을 진주사(陳奏使)로 군사원조를 요청하러 와서 아직도 북경에 머물고 있는 정곤수마저 하는 소리가 달라졌다.

"아무리 중국이라도 없는 힘이야 낼 수 있겠습니까? 그만두시지요."

조선은 자고로 남쪽의 일본, 북쪽의 여진에 시달려 왔다. 둘이 다 강도들이었다. 강도 하나만으로도 죽을 지경인데 나머지 강도마저 울타리 안에 들여놓으라니 말이 되느냐?

더구나 여진은 일본보다도 더 고약한 미개인들이었다. 일본은 그래도 글을 알고 시를 읊는 중들도 적지 않았다.

그러나 여진은 아예 글과는 담을 쌓은 미개인들, 짐승과 별로 다를 것이 없는 종자들이었다. 연전에도 산삼을 캐러 압록강을 건너간 우리 백성들이 참변을 당한 일이 있었다. 시퍼런 칼로 가죽을 벗기고는 그 시체를 뗏목에 실어 돌려보냈다. 사람으로서는 도저히 못할 일을 감히 하는 물건들이었다.

이런 무리들이 조선에 쏟아져 들어온다면 아무도 살아남지 못할 것이고, 나라는 아주 결딴이 나고 말 것이다.

그러나 명나라 조정은 저마다 삿대질이었다.

"조선놈들, 죽어 가는 판에 더운밥 찬밥 가리게 됐느냐?"

"싫으면 그만두라지."

며칠을 두고 빈정대는데 요양의 송응창으로부터 사람이 달려왔다.

"누르하치도 오랑캐올시다. 그를 키워 주었다가 제2의 보바이가 되면 어떻게 하지요?"

석성은 역정을 냈다.

"경략은 어째서 내가 하는 일이라면 사사건건 시비냐? 키워 주기는 뭘 키워 줘? 부하들이 전쟁에 나가 죽고 다치면 도리어 쇠약해지는 것이 아니냐?"

그러나 사나이는 송응창을 대신해서 반문했다.

"누르하치가 전쟁에 나간다면 그가 요구하는 무기며 피복, 식량은 다 대줘야 하지 않습니까?"

석성은 거기까지는 생각하지 못했다.

"그래야겠지."

"누르하치도 계산이 있을 터인데 죽고 다치고 허약해질 때까지 싸울 것 같습니까, 아니면 적당히 싸우는 척하면서 자기 힘을 키울 것 같습니까?"

"누르하치는 그런 능구렁이가 아니다."

"전쟁이 끝난 후에 대가는 요구하지 않을까요?"

"벼슬이나 한 등 올려 주면 될 것이 아니냐?"

"누르하치를 그렇게 보지 마십시오."

"조선놈들, 경략을 아주 구워삶아 놓았구나."

사나이는 대답하지 않았다. 조선 사신들, 특히 예조판서 윤근수(尹根壽)의 조리 있는 설명에 송응창이 공감한 결과였다.

석성은 하는 수 없이 조정의 공론에 부쳤다.

들고 보니 누르하치가 제2의 보바이로 변신하지 말라는 법도 없었다. 앞날을 누가 아느냐?

"무어니 무어니 해도 현지에 가 있는 경략이 제일 잘 알 터이니 그의 의견대로 합시다."

대신들은 원만히, 그리고 만일의 경우에도 책임을 회피할 수 있는 방안에 의견의 일치를 보았다.

병부상서 석성은 무안만 당하고 말았다.

그러나 그에게는 또 난처한 일이 기다리고 있었다.

조선을 반쯤 갈라 준들

다음 날 양광총독(兩廣總督) 소언(蕭彦)의 상소문이 날아든 것이다.

> 섬라(暹羅 : 타이)는 극서(極西)에 위치하여 일본과의 거리는 만 리, 어찌 능히 바다를 건너올 수 있겠습니까? 말로는 할 수 있어도 실천할 수는 없는 이야기입니다. 또한 섬라는 야만종의 나라올시다. 만에 하나라도 그 군사들이 온다면 남쪽 변경에 소동이 일어날 것이며 외방(外邦)이 상국(上國)을 넘보는 선례가 될 것이니 이 일은 그만두는 것만 같지 못하겠습니다(《일본전사 조선역》).

섬라로 떠나간 정붕기(程鵬起)의 일 때문에 올린 글이었다.
정붕기는 전에 조선에 쳐들어온 일본군을 물리칠 계책을 현상모집할 때 이에 당선된 사람이었다. 멀리 남방 섬라의 수군을 동원하여 일본 본토를 치도록 하면 조선에 들어온 일본군은 물러가지 않고는 배기지 못할 것이다. 이것이 그의 계책이었다.

탄복한 병부상서 석성은 그에게 심유경의 유격장군보다 한 등 높은 참장(參將) 벼슬을 주고 수만금에 20여 명의 부하를 거느리고 섬라로 가게 하였다. 심유경이 처음 평양으로 향하던 지난가을의 일이었다.

그러나 정붕기는 도중 복건(福建), 광동(廣東) 지역에 이르자 어명을 빙자하여 금품을 강요하고, 배를 만들어 해상을 떠돌아다니면서 못할 짓이 없었다.

보다 못한 소언은 위에 적은 글을 조정에 올리고 석성에게도 편지를 보냈다.

정붕기는 알짜 협잡꾼이올시다.

세상 인간들은 멋대로 입을 놀렸다.
"석성이 하는 일은 하나같이 이 지경이다. 누르하치의 일도 그렇고. 요즘 심유경이라는 자도 평양 가기가 겁나서 꾀병을 한다지?"
심지어 항간에는 이런 말도 돌아다녔다.
"심유경이 고니시 유키나가를 만나고 왔다는 것은 말짱 거짓말이다. 평양 근처까지 가기는 갔으나 기겁을 하고 내빼 왔단다."
그가 일본 사람들로부터 받아 왔다는 선물도 사실은 선물이 아니고 조선 사람들이 적으로부터 뺏은 노획품들을 몰래 훔쳐 온 것이라고 했다.

당시 북경은 내성(內城)과 외성(外城)으로 갈려 있었다. 북쪽의 내성에는 궁성과 관청, 병영 그리고 관리들의 주택이 들어서고, 일반 백성들은 남쪽의 외성에 살고 있었다. 내성은 점잖은 사람들이 기거하고 내왕하는 조용한 구역이고, 외성은 상점들이 즐비하고 우시장에서 생선시장에 이르기까지 온갖 시장들이 열리는 고장, 잡다한 인간들이 외치고 팔뚝질을 하는 시끄러운 구역이었다.

내성 주민들은 입을 놀리는 데 그쳤으나 외성의 백성들은 주먹을 휘둘러야 직성이 풀리는 버릇이 있었다. 그들은 대낮에 공공연히 내성으로 몰려와서 정붕기의 집에 불을 지르고 심유경의 집으로 몰려왔다.

"사기꾼 나오라, 죽여 버린다!"

돌팔매질에 문짝이 부서지고 기와가 날아가고, 법석이 일어났다. 군대가 출동하여 난동분자들을 잡아가는 바람에 사태는 일단 진정되었으나 일은 심상치 않았다. 도대체 외성의 천한 백성들이 감히 내성으로 쳐들어온다는 자체가 건국 2백여 년에 전례 없는 일이었다.

외성의 무지막지한 것들은 여전히 벼르고 있다는 소문이었다.

"심유경 너, 외성으로 나오는 날은 너의 제삿날이다."

심유경은 생각이 많았다. 이대로 북경에 있다가 맞아 죽든가, 멀리 도망가서 숨든가 — 길은 두 가지 중에 하나였다.

죽기는 아직 이르고, 숨는 것도 쉬운 일이 아니었다. 고향 가흥(嘉興)에서 장사를 하다가 빚을 지고 숨어 다닌 일이 있었다. 폐일언하고 못할 일이었다.

더구나 당시는 빚쟁이 몇 명만 피하면 되었으나 이번에는 대명(大明)의 백성 6천여만 명이 모두 눈을 박아 볼 터인데 어떻게 피한단 말이냐?

밖에 나갔던 부인 진담여가 뛰어들었다.

"큰일 났어요. 정붕기를 잡아 올리라고 어명이 내렸대요. 벌써 군사들이 떠나갔다나 봐요."

정붕기와 심유경 — 세상에서는 석성이 천거한 이 두 사나이를 한데 묶어 생각하고, 한통속으로 보게 마련이었다. 정붕기가 그 지경이 되었다면 이 심유경도 무사할 리가 없었다.

"누구한테 들었어?"

"지금 원씨(袁氏)를 만나고 오는 길이에요."

원씨는 석성의 소실, 조정의 움직임을 알 만한 위치에 있었다.

그의 귀띔에 의하면 석성은 요즘 대신들의 집중성토를 받고 맥을 쓰지 못한다고 했다. 정붕기를 사기 협잡으로 잡은 대신들은 이제 심유경을 잡으려고 조여든다는 것이다.

"나는 무슨 죄목이래?"

"반역죄래요."

반역죄라면 사기 협잡에 비할 일이 아니었다. 사지를 찢고 삼족을 멸하는 중죄였다.

"반역이라니?"

"당신, 쪽지 있잖아요?"

"쪽지?"

"고니시 유키나가에게 보낸 쪽지 말이에요."

"……"

"적장과 쪽지를 주고받는 처지라면 알조가 아니냐? 내통한 것이 분명하다, 반역죄로 다스려야 한다는 거예요."

석성더러 보라는 듯이 쪽지 어쩌고, 호기를 부린 것이 실수였다. 후에 생각하니 어린애 같은 치기의 소치였고, 후회는 되었으나 지난 일을 어쩔 수는 없었다. 그러나 그것이 반역죄로까지 번지리라고는 상상도 못했다.

"그래 나는 언제쯤 잡아간대?"

"잡힐 생각만 하세요? 그 전에 손을 써야지요."

심유경은 이래저래 죽는 수밖에 없다고 가슴이 싸늘했으나 진담여는 맑은 두 눈이 팬들거리고 있었다.

"원씨가 그러는데 반역자를 천거하고도 무사한 대신은 역사에 없대요. 석 상서도 제정신이 아닌가 봐요."

"……."

"이제 그분과 당신은 한배에 탄 신세가 아니겠어요? 석 상서를 찾아뵙고 살 길을 열어야지요."

길을 여는 것도 힘이 있어야 했다. 이러니저러니 해도 석성은 아직도 병부상서, 힘이 있다면 그에게 있지 이 심유경은 별것이 못 되었다.

그는 일어섰다.

석성은 역시 거물이었다. 아무런 내색도 없고, 자리를 권하고는 조용히 물었다.

"심가왕이 평양성에 갇혔다는데 들으셨습니까?"

"못 들었는데요."

심유경은 가슴이 철렁했다. 일이 더욱 꼬여 가는구나.

"그러시겠지요. 나도 오늘 아침에야 들었으니까요."

심유경은 할 말이 없었다. 큰소리를 치고 보낸 처지에 석성을 보기가 민망했다.

"어전에도 말씀드렸습니다마는 심가왕을 구할 사람은 선생밖에 없는데, 가주시겠습니까?"

길은 묘한 방향으로 열리고 있었다.

"제가 보냈으니 제가 가서 구해야지요."

"장한 일이외다."

석성은 서랍에서 봉서를 한 통 꺼내 그의 앞으로 밀어 놓았다. 병부상서의 명의로 일본 장수들에게 보내는 편지였다.

유격장군 심유경이 여러 장수들과 여러 스님들이 조정에 바치는 글과 선물들을 전하고, 아울러 표문(表文)을 올려 조공을 바치려는 그대들의 뜻을 전하기에 본부(本部 : 兵部)는 비로소 그대들이 군사를 일으킴은 원래 조선의 실신(失信)에 있고 다른 연고가 없음을 알았노라.

이에 다시 유경으로 하여금 그대들에게 이르노니 신의를 지키고, 화목에 힘씀은 이웃 간에 서로 사귀는 근본이며 자비를 베풀고 살생을 하지 않음은 불가(佛家)의 제일가는 가르침이니라. (……) 이제 그대들은 무리를 동원하여 먼 고장에서 약탈과 능욕을 일삼고, 왕경과 평양을 점령하고, 임금의 자녀를 사로잡고, 종사를 부수고, 그 신민을 학살하였도다. (……) 조선에서 긴급히 와서 고하니 성천자께서는 이를 측은하게 여기사 병부에 칙어(勅語)를 내리시니 이에 각처에서 수륙 1백10만 명의 대군을 동원하게 되었느니라. 또한 해외의 여러 나라를 독려하여 밖에서 호응토록 하고, 함께 그대들의 소굴을 엎어 버리도록 하였으니 누가 이익이고 누가 해로움을 말하지 않아도 알 것이니라(《선조실록》).

심유경은 읽다가 머리를 쳐들었다. 어쩌자는 것일까? 그러나 석성은 아무렇지도 않은 얼굴로 턱을 쳐들었다. 계속해서 읽으라는 신호였다.
심유경은 대충 훑어 내려갔다.

일본이 진실로 조공을 바칠 생각이라면 하필 조선을 통할 것은 무엇이냐? 옛날 일본의 조공 사절들이 내왕하던 길, 영파(寧波 : 상해 남쪽)를 거치는 길도 있지 않은가. 그 길을 다시 열 수도 있고, 장수 한 명을 일본 국왕, 스님들을 일본 국사(日本國師)로 봉해 줄 수도 있다.

　그러나 이 모든 것은 그대들의 성의에 달려 있은즉 사로잡은 임금의 자녀들과 점령한 땅을 모두 조선에 돌려주고 본국으로 돌아가라. 그렇게만 하면 1백10만의 대군으로 그대들을 치는 일은 보류할 것이며 조선으로 하여금 돌아가는 길을 방해하는 일도 없게 할 것이니 천재일우의 이 기회를 놓치지 말라.

아주 크게 나온 글, 이여송이 가기만 하면 일본 아이들은 뼈도 못 추린다고 생각하는 요즘 조정의 분위기를 그대로 나타낸 글이었다.
　심유경도 돌아가는 물세를 조금은 알고 있었다. 10만을 모으기도 어렵다고 들었는데 1백만도 아니고, 1백10만, 거기다 해외 여러 나라에서도 온다고 해놓았으니 도대체 이런 허풍이 어디 있는가.
　원래 중국 글에서 허풍을 빼면 간장에서 짠맛을 빼듯이 맛이라고는 아무것도 없는 맹탕일 수밖에 없었다. 그러나 이것은 해도 너무했다.
　그렇다고 자기가 무어라고 할 처지는 못 되었다.
　"이번 길에는 심가왕만 빼어 오면 되는 것입니까?"
　"휴전을 50일쯤 더 끌어 주시오."
　"1백10만이면 저들 따위는 어린애 팔 비틀기가 아닙니까?"
　석성은 사이를 두고 대답했다.
　"다 아시면서."
　"……."
　"입 밖에 낼 일은 못 되지마는 요즘 같아서는 조선을 반쯤 갈라 주고라도 화평을 하는 것이 어떨까, 이런 생각도 듭니다."
　"하기야 우리가 조선 애들을 위해서 피를 흘릴 것은 없고, 중국이 위협을 느끼지 않는 선에서 화평을 하는 것도 무방하지 않겠습니까?"

"타의는 없고, 실정을 말하자면 그렇게 답답하다는 뜻입니다. 조심해서 다녀오시오."

물러 나오는데 석성이 불러 세웠다.

"조선 사람들은 속이 깊지 못한 족속입니다. 깊지 못하니 귀로 들어간 말을 오래 간직하지 못하고 곧 입으로 토해 내는 버릇이 있지요. 비밀스러운 이야기는 삼가는 것이 좋을 것입니다."

북경을 떠난 심유경은 11월의 찬바람을 가르고 산해관을 넘어 요동벌을 달렸다. 지난번에는 가을철의 맑은 날씨에 바람도 상쾌하였으나 이번에는 살을 에는 강추위의 연속이었다. 그러나 지옥에서 빠져나온 듯 마음은 후련하기만 했다.

"미안하지만 함께 가주실까요?"

광녕(廣寧 : 요양 서북)을 지나는데 병정들이 길을 막아섰다.

"어디로 간단 말이냐?"

"경략께서 부르십니다."

경략 송응창의 본영은 요양이었으나 시찰차 잠시 여기 들렀다고 했다.

넓은 방, 상좌에 송응창이 좌정하고 좌우에 장수들이 몇 명 서성거리고 있었다.

"뒈진 줄 알았더니, 껍죽거리고 어디 가는 거냐?"

송응창은 처음부터 시비였다. 자기를 죽인다는 소문은 여기까지 퍼진 모양이었다.

"평양으로 가는 길입니다."

그는 일본 장수들에게 보내는 석성의 편지를 내보이고 두 손을 모아 쥐었다.

"너, 지난번에 왜놈들하고 대동강을 경계로 책정했다지?"

"그것이 아니라……."

송응창은 다 듣지도 않고 고함을 질렀다.

"웬 말대꾸냐, 응?"

"죄송합니다."

"이번에는 압록강을 경계로 할 것이냐?"

"그것은 오해십니다……."

"쌍놈의 새끼, 또 말대꾸야?"

"……."

"분명히 말해 두지마는 왜놈들이 조선에서 깨끗이 물러가면 화평을 해도 무방하다. 그러나 단 한 고을, 한 치의 땅에라도 남아 있는 한 화평은 안 된다."

"……."

"왜 대답이 없어?"

"알았습니다."

"우습게 놀다간 내 손에 죽을 줄 알아."

심유경은 차 한 잔은 고사하고 앉아 보지도 못한 채 쫓겨났다.

외교의 천재들

"오늘은 여기서 쉬고 가자."

한길에 나선 심유경은 기다리고 있던 10여 명의 일행과 함께 객관으로 말을 몰았다. 해는 아직 중천에 있었으나 맥이 풀리고 더 이상 움직이기 싫었다.

"이거, 심 대인이 아니오?"

객관 대문을 들어서는데 마주 나오던 초로의 사나이가 서툰 중국말로 반색을 했다. 지난번 조선에 갔을 때 여러 번 만난 일이 있는 예조판서 윤근수였다.

이 전쟁이 터진 후 일이 있을 때마다 요동으로 달려오는, 말하자면 조선의 얼굴이었다. 수모도 고생도 말없이 삼키고 언제나 부드러운 얼굴로 나오는 그의 인품은 중국 사람들 사이에서도 화제가 되고 있었다.

"윤 판서, 이거 웬일이오?"

심유경의 반문에 윤근수는 빙긋이 웃었다.

"요즘은 그 휴전인가 하는 것이 행방불명이라, 찾아 나서지 않았겠소? 마침 잘 만났소. 휴전은 지금 어디를 헤매고 있소?"

"허허······."

심유경은 너털웃음을 치고 함께 방으로 들어갔다.

10월 20일로 50일의 휴전기간이 흐지부지 끝나자 불안한 것은 평양의 고니시 유키나가나 북경의 석성뿐이 아니었다. 오히려 그들보다도 더욱 불안한 것이 의주의 조선 조정이었다.

조선 사람들과는 의논도 없이 심유경과 고니시 유키나가가 멋대로 맺은 휴전이었으나 그런대로 그 기간 중에는 안심이 되는 일면도 있었다. 적어도 이 50일 동안은 마음 놓고 잠을 잘 수 있었다.

이제 그 휴전이 끝났으니 평양의 일본군은 이 의주까지 밀고 올라오지 않을까? 더구나 심유경은 약속을 제대로 지키지 않았다. 무슨 변이 일어날 것만 같은 예감에 임금과 신하들은 걱정이 머리를 떠나지 않았다.

그런데 여러 날을 지나도 일본군은 움직이지 않았다. 곰곰이 생각하니 움직이지 않는 것도 이상했다. 50일 휴전은 속임수에 불과하고, 심유경과 고니시 유키나가 사이에는 조선 사람들이 모르는 꿍꿍이속이 있는 것은 아닐까? 그렇지 않고는 성급하기로 이름난 일본 사람들이 가만히 있을 리가 없었다.

"요동에 가서 알아보고 오라."

윤근수는 임금의 분부를 받고 여기까지 찾아온 길이었다. 경략 송응창, 요동총병 양소훈(楊紹勳)을 비롯한 고관들을 만나 이야기하고, 이야기로 부족할 듯싶어 글을 써 보내기도 했다.

그러나 중국 사람들은 누구나 하는 소리가 비슷했다.

"백만 대군으로 왜놈들을 쳐부술 터이니 안심하고 돌아가라."

휴전에 대해서도 약속이라도 한 듯이 같은 대답이었다.
"그것은 조정에서 하는 일이고, 나는 모르겠소."
이들이 모를 까닭이 없었다. 그러나 모른다는 데는 도리가 없었다.
돌아가려는데 휴전 당사자인 심유경이 나타난 것이다.
"심 대인, 단도직입으로 물읍시다. 휴전을 둘러싸고 우리 조선에 감추는 대목은 없소?"
자리에 앉자 윤근수는 정색을 하고 물었다. 그러나 심유경은 두 손을 허공에서 마주 잡고 흔들었다.
"우리 대명과 조선은 이렇게 형제의 나라, 무엇을 감추겠소? 혹시 잡음이 들리더라도 귀를 기울이지 마시오."
"……."
"내 말을 믿으시오."
"다시 평양으로 가시는 길이지요?"
"그렇소."
"어떤 모양으로 화평을 논할 것이오?"
"분명히 말해 두겠소. 왜적이 두 왕자와 사로잡은 귀국 남녀를 남김없이 돌려보내고, 점령한 땅을 모조리 돌려줘야 하고, 그중 어느 한 가지라도 내 말을 안 들으면 화평은 안 되는 것이오."
심유경은 손짓을 섞어 가며 큰소리를 쳤다.
"지난번에도 그렇게 말씀하셨는가요?"
"물론이오."
"……."
윤근수는 잠자코 있었다. 심유경의 말투에는 여전히 허풍기가 있고 어딘가 믿음성이 없었다.
"미심쩍은 대목이라도 있소?"

"지금 말씀하신 것은 명나라 조정의 생각인가요, 아니면 심 대인의 생각인가요?"

"하, 저런. 조정의 생각이 곧 내 생각이고, 내 생각이 곧 조정의 생각이오. 이 심유경으로 말하자면 석 상서의 뜻을 받들고 온 사람이고, 석 상서는 황상(皇上)의 뜻에 따라 나를 보낸 것이 아니겠소? 그런즉 내 생각은 곧 황상의 생각이자 조정의 생각이오."

윤근수는 일어섰다. 개운치 않았으나 그 이상 물을 수도 없고, 물었다고 실토할 심유경도 아니었다.

"의주에 오시면 또 만나게 되겠지요."

그는 이 길로 송응창에게 하직인사를 하고 조선으로 돌아갈 참이라고 했다.

이튿날 아침 광녕을 떠난 심유경은 연거푸 채찍을 퍼부어 동남으로 말을 달렸으나 부글거리는 가슴은 좀체로 가라앉지 않았다. 송응창 너, 무엇이 잘났다고 여러 사람 앞에서 그다지도 수모를 주고, 사람을 잡으려고 드느냔 말이다.

너는 왜구를 토벌할 계책을 책으로 써내고 세상없는 전략가로 행세하지마는 너, 한 번이라도 전쟁에 나가 본 일이 있느냐? 하다못해 창으로 강아지 한 마리라도 찔러 본 역사가 있느냐? 너는 탁상전략가, 서 푼짜리 재사에 불과하다.

네가 석성과 앙숙이라는 것도 알고 있다. 그러나 내가 석성과 가깝다고 무조건 깔아뭉개려는 네 심보는 무엇이냐? 너도 알다시피 내가 석성을 알게 된 것은 우연이었다. 너는 항주, 나는 가흥, 같은 절강이 아니냐? 석성은 멀리 북쪽 위현(魏縣 : 河北)이고, 네가 심술만 부리지 않는다면 나는 석성보다도 너하고 더 가까울 수 있는 처지가 아니냐.

가마—ㄴ 있자, 조선 아이들의 농간은 아닐까?

무어니 무어니 해도 조선 사람들은 외교의 천재였다. 그들은 과거에서 사람을 뽑을 때부터 글뿐만 아니라 행동거지며 생김새까지 중히 여긴다지마는 그중에서도 특히 중국에 드나드는 사신들은 한 군데도 나무랄 데 없는 인물들이었다.

어제 만난 윤근수를 비롯하여 신점, 정곤수, 이덕형 등 모두 잘난 사람들이었다. 이들이 들락거리더니 흐느적거리던 명나라는 마침내 참전으로 기울고 말았다. 털어놓고 말이지 늙고 병든 명나라가 남의 일에 참견하게 되었는가? 건국 2백여 년에 강토 밖으로 군대를 내보기도 이번이 처음이 아닌가? 조선 사람들은 예사로운 족속이 아니었다.

이 외교의 명수들이 송응창에게 무어라고 한 것은 아닐까? 그들은 전에도 송응창을 움직여 누르하치의 개입을 막은 일이 있었다.

겉으로는 은근 정중하면서도 의심의 눈초리로 이 심유경의 일거일동을 지켜보던 조선 사람들……. 그들의 농간이 틀림없다. 심유경은 단정하였다.

아무렴 내가 너희들을 위해서 발 벗고 나설 줄 알았더냐? 손가락 하나 움직일 의리도 없다. 산전수전 다 겪은 이 심유경을 건드렸겠다.

광녕에서 동으로 2백 리, 얼어붙은 요하를 건너는데 강 건너 멀리 말을 달려오는 5, 6명의 사나이들이 시야에 들어왔다. 모두들 눈여겨보면서 빙판을 가로질러 대안에 오르는데 일행 중 젊은 병사가 외쳤다.

"심 첨사(沈僉事)다!"

심가왕이 받은 직함이 지휘첨사(指揮僉事)여서 그는 보통 심 첨사로 통했다.

일행은 내달리고, 저쪽에서도 알아본 듯 채찍을 내리쳐 전속력으로 달려왔다. 평양에 갇혀 있어야 할 심가왕, 예삿일로는 놀라지 않는 심유경도 가슴이 뛰었다.

"살아 있었구나."

손을 마주 잡고 몇 마디 주고받은 그들은 얼마 떨어지지 않은 역관으로 들어갔다. 요하를 건너 동서로 떠나가는 관원들이 말을 갈아타고, 혹은 묵어가는 곳이었다.

따끈한 술이 돌아가고 모두들 얼었던 몸이 풀리자 심유경이 물었다.

"그래 어떻게 된 사연인가?"

심가왕과 옆에 앉은 누국안은 생각보다는 기가 죽지도 않고 번갈아 가며 그동안 겪은 일을 신이 나서 엮어 내려갔다.

평양에 들어간 심가왕은 일본군의 엄중한 감시를 받았으나 학대를 받은 것은 아니었다. 음식도 푸짐하고 잠자리도 포근한 것이 저들로서는 융숭한 대접을 하는 눈치였다. 그러나 마음은 편할 리가 없었다. 웃으면서 사람의 목을 치는 것이 일본 사람들이 아니냐?

밤에도 잠이 오지 않고, 음식도 목을 넘어가지 않았다.

순안에 남은 누국안은 약속한 3일이 지나도 심가왕이 돌아오지 않자 이원익이 시키는 대로 평양으로 달려가서 우선 겐소를 만났다.

"저는 병부의 관원으로, 심 유격을 모시고 오다가 고니시 장군께서 기다리시겠다, 가보라고 해서 먼저 달려왔습니다."

겐소는 그를 쏘아보았다.

"심 유격은 병이라고 들었는데 다 나았소?"

"나아서 저와 함께 길을 떠났습지요."

"그럼 함께 올 것이지 왜 당신 혼자 왔소?"

"아시다시피 심 유격은 나이가 든 데다 병후라 몸이 쇠약합니다. 거기다 지금은 겨울철로 춥고 해도 짧지 않습니까? 하루에 겨우 50리를 가면 많이 가는 편입니다."

그는 수달피 한 장을 내놓고 말을 이었다.

"심 유격께서도 여간 송구스럽게 생각하는 것이 아닙니다. 이것을 고니시 장군께 정표로 보내십디다."

겐소는 한마디 남기고 일어섰다.

"고약한 것들!"

그날 밤은 조밥을 한 덩이 먹고 헛간에서 떨었다. 죽이는 것은 아닐까? 그러나 이튿날 그들의 태도가 일변했다. 닭도 잡고 술까지 곁들인 자리에 고니시 유키나가 이하 여러 장수들이 나타나고, 심가왕도 들어왔다.

"내 당신의 말을 믿겠소."

유키나가는 술을 권하고 심가왕에게는 일본도(日本刀) 한 자루, 누국안에게는 은 한 덩이를 선물로 내놓았다.

"셰셰."

두 번, 세 번 머리를 숙이는데 유키나가가 물었다.

"그런데 심 유격은 언제쯤이면 여기 도착하실 것 같소?"

"늦어도 이달 20일까지는 도착하실 겁니다."

누국안이 대답하자 유키나가는 혼자 중얼거렸다.

"약속보다 꼭 한 달 늦는 셈이군."

"죄송합니다."

두 사람은 한꺼번에 굽신했다. 유키나가는 봉서를 한 통 내놓고 심가왕에게 일렀다.

"속히 가서 이 편지를 심 유격에게 전하고 속히 함께 돌아오시오. 기다리겠소."

그는 말을 끊고 한동안 심가왕을 뚫어지게 바라보고 나서 다시 계속했다.

"내 소문에 들으니 조선 측에서 수만 병을 동원하고, 심 유격도 수십만 군대를 이끌고 온다는데 사실이오?"

"그럴 리 있겠습니까?"

심가왕이 머리를 숙이자 누국안도 떨리는 목소리로 한마디 했다.

"천만 없는 일입니다."

"아무래도 좋소. 화평할 생각이면 화평을 하고, 싸울 생각이면 얼마든지 상대해 드릴 터이니 끝까지 싸워 봅시다."

일어서 나가는 유키나가의 두 눈에서 불꽃이 번뜩였다.

심가왕과 누국안은 보통문까지 따라 나온 겐소, 소 요시토시 등 일본 사람들의 전송을 받고 평양을 떠나 북으로 길을 재촉했다.

심유경은 유키나가의 편지를 훑어보고 주머니에 쑤셔 넣었다.

"무어라고 썼습니까?"

심가왕이 물었으나 그는 시답지 않은 얼굴이었다.

"늘 하는 소리지. 그보다도 가고 오는 길에 조선 아이들, 우습게 놀지 않았소?"

"왜놈들과 무슨 얘기를 했느냐, 만나는 사람마다 알아내려고 기를 쓰더군요."

"그래서?"

"별것이 없다, 잡아뗐지요."

"잘했소."

하룻밤을 역관에서 보낸 일행은 다시 길을 떠나 추위와 눈보라 속을 남으로 말을 달렸다. 날씨가 험하고 몸이 고달플수록 심유경은 가슴속에 접어 두었던 분노가 치밀었다.

제일 안된 것이 송응창이었다. 그러나 경략과 유격장군은 사자와 강아지의 차이는 있었다. 어째 볼 도리가 없고, 다음으로 안된 것이 조선 사람들이었다.

"이것들을 어떻게 한다?"

11월 17일, 압록강을 건너 의주에 들어오면서 심유경은 골똘히 생각했다.

우리는 수모를 받아 마땅하다

"그 허풍선이가 또 왔구만."

임금 선조는 심유경이 바친 문서를 만지작거리고 신하들을 둘러보았다. 명나라 병부에서 우리 조정에 보낸 공문으로, 심유경의 화평교섭에 협조해 달라는 내용이었다.

임금은 심유경이라면 이름만 들어도 언짢았다. 무성한 수염에 유들유들한 얼굴 — 지난번에 본 그의 모습은 지금도 선명하게 머리에 남아 있었다.

"네, 또 왔습니다."

좌의정 윤두수가 머리를 숙였다. 영의정 최흥원과 우의정 유홍은 지난 6월 이곳 의주로 피란 오는 도중 영변(寧邊)에서 왕세자 광해군의 분조(分朝)가 설치되고, 거기 배치되는 바람에 광해군과 행동을 같이하고 있었다.

분조를 이끌고 적중을 돌파하여 한때 강원도 이천(伊川)까지 진출한 광해군은 강화도로 건너가서 그 고장에 서울을 수복할 발판을 마련할 계획이었다.

그러나 적의 대군이 진로를 차단하고 이천으로 진격하여 오는 바람에 평안도 성천(成川)으로 옮겨 여기서 전국의 관군과 의병들의 전투를 독려하다가 도내 여러 고을을 거쳐 이 무렵에는 평양 서남 1백 리 용강산성(龍岡山城)에 포진하고 있었다.

이리하여 3정승 중에서 임금을 따라 의주까지 온 것은 윤두수 한 사람뿐이었고, 그는 처음부터 이곳 피란 조정을 주관하고 있었다.

윤두수는 소탈한 성품으로, 자칫하면 침울하기 쉬운 조정에 활기를 불어넣고, 근심 걱정으로 지새우는 임금에게 무언중에 희망을 북돋워 주었다.

자연히 임금의 신임이 두터웠고, 오늘 기밀을 요하는 이 자리에 임금의 부름을 받고 들어온 것도 윤두수와 무시로 요동에 드나드는 그의 아우 윤근수였고, 다른 사람은 기록을 맡은 유근(柳根 : 行都承旨) 한 명뿐이었다.

"좌상(左相)은 심유경을 어떻게 보시오?"

"신이 알기로는, 심유경은 겉으로 적과 화평하는 척하면서 두 분 왕자를 돌려받고, 평양성 안에 있는 우리 백성들이 모두 빠져나오게 한 연후에 우리 군사들이 성으로 들어가도록 하자는 것입니다."

"아 — 니, 심유경이 한마디 했다고 저들이 군사를 걷어 가지고 물러갈 것 같소?"

"하도 명분 없는 전쟁을 일으킨 자들이니, 행여 옳은 소리를 들으면 개과천선하지 않을까, 답답한 나머지 그런 생각도 해보았습니다."

"내 생각에는 적이 화평 운운하는 것은 이 겨울을 무사히 넘겨 보자는 술책이오. 화평을 내걸고, 이러쿵저러쿵하다 보면 어느덧 겨울이 가고 봄이 올 것이 아니오? 봄은 저들이 움직이기 좋은 계절이오."

"신 등은 거기까지는 생각이 미치지 못했습니다. 참으로 깊은 통찰이 십니다."

"심유경이 혼자 똑똑한 체하지마는 사실은 고니시 유키나가의 꾀에 넘어가고 있는 것이오."

임금은 윤근수에게 눈길을 던졌다.

"예판(禮判), 나는 도무지 알다가도 모를 것이 중국 사람들의 뱃속이오. 오는 사신마다 염려 말라 도와준다. 더구나 지난 9월에는 황제가 친히 글을 보내 금시라도 군대를 보낼 것처럼 큰소리를 치지 않았소? 그런데 한편으로는 심유경을 보내서 화평이 어쩌고, 휴전이 어쩌고 하니 이게 무슨 장난이오?"

"중국 사람은 원래 속이 깊은 족속입니다. 겉으로 하는 말과 속으로 생각하는 것이 다른 경우가 허다합니다. 또 그들은 의리가 깊습니다. 한 번 약속한 것은 반드시 지키는 사람들이니 좀 시일이 지연되는 일은 있어도 약속을 어기는 일은 없을 것입니다."

"나는 모르겠소. 요즘 들으니 중국은 왜적에게 자기네 땅을 한 모퉁이 떼어 주고 화평을 한다는 소문도 있지 않소?"

전란의 암담한 상황 속에서 의주에는 근거를 알 수 없는 갖가지 풍문이 난무했는데 이것도 그중의 하나였다. 시일이 흐름에 따라 중국에 걸었던 기대는 차츰 실망으로 변하고 요즘은 아예 멸시해 버리는 풍조마저 나타나고 있었다. 중국 애들, 왜놈이라면 슬슬 긴다니까.

"그것도 헛소문이고, 중국은 반드시 원군을 보내올 것입니다."

윤근수는 단언했다.

"그럴까…… 하여튼 심유경을 만나 따져 봅시다."

임금과 신하들은 함께 일어섰다.

성내 용만관.
"누차 먼 길을 오시느라고 수고가 많소이다."
맞절이 끝나고 임금이 노고를 치하하자 심유경은 한바탕 헛기침을 하고 큼직하게 나왔다.
"황상의 명령을 받들고 귀국 백성들을 위해서 이렇게 온 것이오. 수고랄 것도 없지요."
그의 거동을 지켜보던 임금이 정색을 했다.
"병부의 차부(箚付 : 편지)는 잘 보았소. 그런데 적과 화평할 의사가 있다고 하니 참으로 딱한 일이오. 우리 조선으로서는 이 적은 만 대를 두고라도 반드시 원수를 갚아야 할 것들이오. 앞서 50일간의 휴전 약속을 지키면서 중국군이 오기를 기다렸는데 군대는 오지 않고, 이제 와서 왜적과 화평할 의사가 있다니 이게 무슨 짓이오? 당당한 중국이 보잘것 없는 왜적을 당하지 못해서 화평을 한다는 말이오?"
"오해가 있으신 모양인데 내 말을 들어 보시오. 당초에 내가 50일 휴전을 한 것은 왜적을 위한 것이 아니오. 가만히 보니 우리 군대가 진군할 길은 온통 진흙투성이란 말이오. 그래서 논에 물이 마르고 추수도 끝난 연후에 군대를 움직일 계획으로 휴전을 한 것이오."
"그렇다면 오늘은 11월 17일. 추수가 끝나고 땅이 얼어붙은 지도 오래 되는데 중국군이 움직인다는 소식은 없으니 이것은 어찌 된 일이오?"
"아직도 할 일이 있소. 귀국의 백성과 재산, 그리고 두 왕자를 모두 돌려받은 연후에 서서히 대군을 움직여 일거에 처부수자는 것이오."
이미 윤두수로부터 들은 이야기였다.
임금은 오랜 시간 그를 바라보고 침을 삼켰다.

"언제 얼마만 한 군사를 움직인다는 것이오?"

"도합 7만인데……."

임금 선조는 그를 가로막았다.

"지난번에는 70만이라더니 이제 와서 7만이란 무슨 말씀이오?"

"처음에는 70만을 움직일 생각이었소. 그러나 자세히 알아보니 왜군은 별것도 아니고, 7만이면 족할 것이오."

"……."

"그것도 7만이 한꺼번에 오는 것은 아니오. 아시다시피 중국은 큰 나라요. 가까운 고장에서는 빨리 오고, 먼 고장에서는 더디 오게 마련이 아니겠소? 그런즉 먼저 도착한 1만 2천 군으로 우선 냅다 칠 것이오."

그는 주먹으로 내지르는 시늉을 했다. 그때까지 요동에 모인 숫자가 겨우 1만 2천, 그는 무의식중에 실토를 하고 있었다.

이 녀석이 사람을 놀리는 것은 아닐까. 임금은 기가 막혔다.

"그거 참."

"네?"

"중국 사람들은 입만 열면 백만 대군, 심 대인 자신도 70만이라더니 이제 7만, 그것도 앉은 자리에서 1만 2천으로 줄어들었으니 종잡을 수가 있어야지요. 어린애 장난도 아니고, 당신네 본심은 도대체 뭐요?"

"우리 중국을 못 믿겠다 이거요?"

"어떻게 믿을 수 있겠소? 이렇게 된 바에는 죽든 살든 우리 힘으로 결판을 내고 말 것이오."

심유경의 코가 벌름거렸다.

"흥."

"흥이라?"

"말리지 않을 테니 어서 해보시오. 당신네 군대로 적을 멸한다면 얼마나 좋겠소?"

임금은 천천히 일어서 심유경을 노려보고 입술을 떨었다.

"고얀 것 같으니라구."

임금이 문을 열고 나가자 윤두수 이하 신하들은 일제히 그 뒤를 따랐다.

방안에는 잠시 중국 사람들만 남았으나 곧 예조판서 윤근수가 통역 홍순언(洪純彦)과 함께 제자리로 돌아왔다.

"지금 당신네 임금이 한 소리, 무슨 뜻이오?"

심유경이 다그쳤으나 홍순언은 대수롭지 않게 넘겼다.

"머리가 아프다고 하셨소."

"아니오. 내 조선말은 모르지만 눈치는 있소. 분명히 나를 욕했소."

"할 일이 없어 남을 욕하겠소? 공연히 오해를 마시오."

심유경은 윤근수에게 삿대질을 했다.

"당신네 군대로 결판을 낸다고? 도대체 당신네 군대라는 것은 기강도 명령 계통도 서지 않고, 농군들을 억지로 휘몰아다 군대랍시고 허울만 갖춘 것이 아니오? 이런 것들이 어떻게 전쟁을 한단 말이오? 내, 기가 차서."

싸움에 지고, 원조를 요청하는 처지에 할 말은 없었다. 그러나 이것은 너무하지 않은가?

더구나 지금은 초기와는 달리 각처에서 의병과 관군이 일어나고, 수군이 바닷길을 차단하여 적의 목을 조르는 형국으로 전환하고 있었다. 중국이 돕지 않으면 시일이 천연되고, 그만큼 희생은 클 것이지마는 결국 적은 물러가지 않을 수 없을 것이고, 우리는 살아남을 수 있을 것이다.

중국에 남다른 호감을 갖고 있던 윤근수도 노기가 치밀었다.

"대인……."

말문을 여는데 문간을 지키던 병사가 쪽지를 들이밀었다.

춤으로.

형 윤두수의 친필, 그것도 중국 사람들의 눈을 염려하여 순 한글로 적은 것이었다.

윤근수는 분노를 삼키고 말머리를 돌렸다.

"대인, 먼 길에 피곤하실 터인데 오늘은 주무시지요."

그러나 심유경은 못 들은 양 탁자를 내리쳤다.

"사람의 공을 이렇게도 모를 수가 있소? 내, 지난여름에는 혼자 적중에 들어가서 휴전 조약을 맺고 돌아오지 않았소? 생사를 돌볼 겨를도 없이 말이오."

윤근수는 애써 부드러운 얼굴을 지었다.

"우리 성상께서도 대인의 수고를 고맙게 생각하고 계시오."

"내가 고생을 마다 않고 이렇게 내왕하는 것은 오직 당신네 나라를 위함이오."

"다 알고 있소."

"석야(石爺 : 石星)께서는 귀국을 위해서 잠을 이루지 못하고, 음식도 목을 넘어가지 않는 형편이오. 나는 석야의 마음을 내 마음으로 삼고 전심전력을 다하고 있단 말이오."

"고마우신 일이지요."

"그런데 당신네 임금은 뭐냔 말이오?"

그는 주먹으로 가슴을 두 번 세 번 두드렸다. 심유경뿐만 아니라 그와 자리를 같이했던 심가왕과 누국안도 덩달아 들고일어났다.

"돼먹지 않았다."

"배은망덕이다."

"조선놈들, 두고 보자."

윤근수는 눈에서 불꽃이 튀는 홍순언의 옆구리를 찔렀다.

"참아요."

두 사람은 벌 떼같이 일어서는 중국 사람들을 달래고, 붙들어 앉히고, 밤이 깊도록 함께 술을 마시고, 침실로 모시고, 의주에서 제일 젊고 아름다운 기생 홍련(紅蓮)을 심유경의 방에 들여보낸 연후에야 별당에 물러나 잠시 눈을 붙였다.

이튿날.

느지막이 잠자리에서 일어난 심유경은 또 한바탕 소동을 부렸다.

"천자의 어명을 받들고 온 이 심유경을 어떻게 보고 하는 수작들이냐!"

행궁(行宮) 별채에 모여든 높고 낮은 관원들은 주먹으로 방바닥을 치고 떠들썩했다.

"심유경은 그대로 둘 수 없다."

"명나라에 사람을 보내 따질 것은 따지고 밝힐 것은 밝히자."

흥분한 관원들이 들고 일어났으나, 상좌에 앉은 좌의정 윤두수는 시종 말이 없었다.

"대감, 이 수모는 도저히 참을 수 없다는 것이 중론이올시다."

옆에 앉은 공조판서 한응인(韓應寅)이 좌중을 대표하여 한마디 하자 윤두수는 사이를 두고 조용히 입을 열었다.

"우리는 수모를 받아 마땅하오."

"……."

"스스로 지키지 못하고, 남에게 도움을 구걸하는 이 처지가 창피하지 않소? 뼈에 사무치도록 수모를 받고 남에게 손을 내미는 버릇이 떨어진다면 오히려 고마운 일이 아니겠소?"

아무도 대답하는 사람이 없었다.

숨 가쁜 침묵이 흐른 끝에 한응인이 물었다.

"우리는 참는다 치고, 길길이 뛰는 저 심유경은 어떻게 하지요?"

"이번 수모는 내 혼자 당하리다. 모두들 이 일은 잊어버리고 맡은 일들을 돌보시오."

그는 관원들을 물러가게 하고 유근을 불렀다.

비밀회담

"유 참판, 내 이름으로 심유경에게 편지를 한 장 써주시오."

유근은 임시로 도승지의 직무를 보고 있을 뿐, 이즈음 본직은 예조참판이었다.

"심유경은 유격장군입니다. 판서의 명의도 과할 터인데 정승 대감의 이름으로 하시면 체통에 관계되십니다."

"나는 숱한 사람들이 죽어 가는 이때 살아 있는 것만도 부끄럽소. 벼슬이다, 체통이다 ─ 우리 모두 이승의 하찮은 탈을 벗어던지고, 있는 그대로 나서지 않고는 다시 일어서기 어려울 것이오."

"대감, 우리는 참을 수 없는 수모를 받았습니다."

"우리는 우리가 수모를 받았다, 심유경은 자기가 수모를 받았다 ─ 서로 이렇게 생각하고 있소. 우리가 받은 수모는 없던 것으로 치면 그만이고, 지금 할 일은 심유경이 받은 수모를 처리하는 일이오."

"상감의 말씀대로 심유경은 허풍선이올시다."

"아마 그렇겠지요. 허나 남을 잘되게 하는 일은 성인도 어렵지마는 남을 망하게 하는 일은 허풍선이도 할 수 있는 법이오."

"어떻게 쓸까요?"

"저간의 경위는 참판도 아는 터이니 알아서 써주시오."

유근은 문장가였다.

붓을 들자 단숨에 써 내려간 편지를 윤두수는 대강대강 훑어 내려갔다.

　　우리나라 군신은 어른의 천금 같은 말씀에 힘입어 지난 몇 달 동안 안전하게 지낼 수 있었습니다. 갖은 고초를 겪으면서도 감히 한마디 불평도 없음은 진실로 하루하루의 생명을 어른께서 주신 선물이라 생각하고 있기 때문입니다.

이렇게 심유경의 공을 하늘 끝까지 치켜세운 유근은 조정에서 걱정하는 문제를 하나하나 거론하여 나갔다.

　　당초에 어른께서 적에게 화평을 허락하신 것은 적의 진격을 늦추는 데 있지 않았습니까? 그런데 이 화평을 끝까지 밀고 나가실 모양인데 적이 화평에 동의하고 서서히 물러간다면 어떻게 되겠습니까? 보복할 기회는 영영 없어질 것이 아닙니까? 무참히 당하고도 보복은 못한다― 우리 임금께서는 이것을 안타까이 생각하시는 것입니다.

　　근자에 적중으로부터 탈출해 온 사람들의 이야기를 들으면 적은 홑옷으로 추위에 떨고, 우등불을 피우는 외에는 도리가 없고,

동상에 걸려 벌겋게 부어오른 것들이 몸을 오그리고 있답니다.

　우리나라 형편도 전과는 크게 달라졌습니다. 관군이나 의병들이나 다 같이 사기가 오르고, 부녀자들까지 싸울 각오로 있고, 적과 화평하는 것은 수치로 생각하고 있습니다.

　지금 급히 치지 않는다면 배 속에 사갈(蛇蝎)을 기르는 것이나 다름없는 결과가 될 것입니다(이상《선조실록》).

윤두수는 말없이 고개를 끄덕이고 편지를 접었다.
"이런 글을 받았다고 심유경의 분이 풀릴까요?"
"안 풀릴 것이오."
"네?"
"분을 풀자는 것이 아니고 실마리를 주자는 것이오."
"무슨 말씀이지요?"
"심유경은 지금 칼을 빼어 든 어린애 같은 형국이오."
"네……."
"손가락을 자른다고 큰소리를 치는 어린애, 말리지 않으면 어떻게 되겠소? 체면에 못 이겨서도 일을 저지르지 않겠소?"
"네……."
"못 이기는 체, 물러설 실마리를 줘야지요."
"그러신 줄 알았으면 좀 달리 쓸 것을 그랬습니다."
"이러나저러나 마찬가지요."

"으─ㅁ."

유근으로부터 윤두수의 편지를 전해 받은 심유경은 심가왕과 누국안에게 돌려 보이고 찡그렸던 얼굴을 폈다.

"조선에도 사람 비슷한 것이 있기는 있군."

그는 들으라는 듯이 중얼거리고 본국에서 가지고 온 술병을 내놓았다. 술잔이 오가고 취기가 돌면서 심유경은 차츰 말이 많아졌다.

"좌의정이라고 내가 크게 볼 줄 알았더냐?"

차츰 누그러지더니 나중에는 혀 꼬부랑 소리가 나왔다.

"모르겠다. 한 번이다. 두 번은 못 봐준다."

다음 날인 19일 의주를 떠난 심유경은 지나는 고을마다 관원들이 바치는 성찬에 술을 찔끔 마시고는 가슴을 폈다.

"내가 이 엄동설한에 왜 이 고생인가? 모두가 죽어 가는 조선의 창생들을 살리기 위함이다."

7일 후인 11월 26일 이른 아침에 순안을 떠난 심유경 일행은 오정 못 미처 멀리 성 밖까지 마중 나온 고니시 유키나가 이하 1백여 명의 일본군 장병들이 호위하는 가운데 평양성으로 들어왔다.

"명나라 사람들이 왔다."

그것은 길가에 몰려나와 그들 일행을 바라보는 일본 사람들에게는 감동적인 광경이었다. 지난가을 이 평양에서 북으로 15리, 강복원(降福院)까지 와서 평화를 논하고 돌아갔던 심유경이 마침내 명나라 조정의 회답을 가지고 오는 것이다.

어김없이 평화일 것이다. 전쟁이라면 이렇게 다시 올 리가 없었다. 시종 웃음을 잃지 않는 저 심유경의 얼굴만 보아도 알 만하지 않은가.

살상과 추위, 굶주림, 그리고 갖가지 질병에 시달리던 그들은 가슴이 트이는 기분이었다. 머지않아 고향으로 돌아갈 수 있지 않을까.

평양성 내에는 쓰시마 병정들도 수천 명이 있었다. 이들은 대개 조선 말을 하고, 개중에는 한글을 쓰는 사람도 적지 않았다. 말이 통하면 마음도 통하게 마련이었다. 그들은 다른 고장의 일본군과는 달리 조선 사람들에게 비교적 부드럽게 대했고 억울한 조선 사람들을 옹호하고 나서는 경우도 흔히 있었다.

이들 쓰시마 사람들을 통해서 평양의 조선 사람들도 평화교섭을 전해 듣고 있었다.

"전쟁이 끝나면 예전같이 또 무역하러 올 터이니 그때는 모른다고 하지 마시오."

쓰시마 사람들은 농반 진반으로 이런 말도 걸었다.

어떤 모양으로 끝날지는 알 길이 없으나 어떻든 전쟁이 끝나고 평화가 온다는 데는 조선 사람들도 흥분이 되지 않을 수 없었다. 고달픈 세월이 가고 흩어졌던 가족도 다시 모일 수 있지 않을까. 그들도 골목마다 웅크리고 서서 심유경 일행을 지켜보았다.

"좋은 소식을 가지고 오셨겠지요?"

미리 마련한 오찬 석상에서 무탈한 이야기를 주고받다가 식사가 끝나자 고니시 유키나가는 우선 이렇게 본론을 시작했다. 그도 평양성 내에 감도는 평화의 바람에 약간 취했고, 그로 해서 부하들을 이끌고 멀리까지 마중도 나갔었다.

"그렇지요. 봉공(封貢)을 바라는 일본의 소원이 성취될 터이니 어찌 좋은 소식이 아니겠소?"

심유경은 앞서 석성이 주던 편지를 내놓았다.

유격장군 심유경이 여러 장수들과 여러 스님들이…….

옆에 앉은 겐소가 눈알을 아래위로 굴리면서 일본말로 읽어 내려가자 일본 사람들의 얼굴에서는 차츰 웃음이 사라지고 저마다 붉게, 혹은 희게 안색이 변해 갔다.

낭독이 끝나고도 한동안 침묵이 흐른 연후에 유키나가는 해쓱한 얼굴로 심유경을 건너다보았다.

"조선에서 깨끗이 물러가라. 그러면 봉공을 고려할 수도 있고, 모모한 사람들에게 벼슬을 줄 수도 있다 — 이런 말씀이오?"

"아, 문면으로 보자면 그렇지요."

심유경은 긴장했다. 자기는 지금 적중에 있고, 분노에 이글거리는 유키나가의 눈길로 보아 무슨 변을 당할지 알 수 없었다.

"전에는 대동강을 경계로 하자고 하지 않았소?"

"내 말을 들어 보시오. 대동강 문제는 장군이 제안했고, 내가 동의한 것은 사실이오. 그러나 조정의 허락을 받아야 하기 때문에 북경까지 갔다가 지금 돌아온 것이 아니겠소?"

"대동강은 언급도 없이 깨끗이 물러가라? 안 물러가면 어쩔 것이오?"

이 대목에서 심유경은 헛기침을 몇 번 하고 온 낯이 웃음이 되었다.

"실례가 될지 모르겠소이다마는 장군께서는 예전에 장사를 하셨다지요?"

"했소. 그런 건 왜 묻소?"

"나도 해보았는데 장사에는 흥정이라는 것이 있지 않소?"

"……?"

유키나가는 이상한 얼굴로 그를 바라보았다.

"나라와 나라 사이의 교섭도 흥정이 아니겠소? 5백 금(金)을 받을 것도 1천 금을 내라고 하듯이 속으로는 5백 리를 생각하면서도 겉으로는 1천 리를 물러가라고 요구하는 것이 교섭이요 절충이라고 듣고 있소."

"그렇다면 이 석 상서의 편지도 그렇게 해석하라는 뜻이오?"

유키나가는 약간 누그러들고, 심유경은 용기를 얻었다.

"하, 그렇게 말씀하시면 내 처지가 곤란하구만."

"깨끗이 물러가라고 했지마는 사실은 어지간히 물러가도 된다, 이런 뜻이오?"

"……."

심유경은 대답하지 않고 씩 웃었다.

"물러가는 이야기가 나왔으니 말이지만 당신네 중국은 어디까지 물러갈 것이오?"

"하 저런, 우리 중국이야 조선 땅에 한 치라도 들어왔어야 물러가지요? 제자리에 앉아 있는 우리가 어디로 물러가겠소?"

"으—ㅇ, 그렇다 치고 우리더러 어쩌라는 것이오?"

"우선 사로잡은 조선의 두 왕자를 돌려보내시오."

두 왕자 임해군과 순화군은 지금 함경도 안변, 가토 기요마사의 진영에 있었다. 원수지간인 기요마사가 자기 말을 들을 리가 없고, 더구나 두 왕자를 세상없는 전리품으로 생각하는 기요마사. 도요토미 히데요시의 명령이라면 몰라도 그 밖에는 누가 뭐래도 놓아 주지 않을 것이다.

"그것은 함경도를 맡은 장수의 소관으로, 내가 이래라저래라 할 처지가 못 되오."

"정 안 되겠소?"

"안 되겠소."

"그렇다면 그 문제는 추후로 미룹시다. 대동강을 고집하지 말고 좀 물러가는 것은 어떻겠소? 조금이라도 성의를 보여야 타협이 되지 않겠소?"

"어떻게 말이오?"

"일본군은 이 평양에서 철수하여 남으로 내려가시란 말이오. 한강을 경계로 합시다. 그 이남은 일본이 차지해도 무방하오."

"그것은 중국 조정의 생각이오?"

유키나가의 다짐에 심유경은 큰소리를 쳤다.

"물론이오. 이같이 중대한 일을 내 마음대로 발설할 수 있겠소?"

"조선 조정도 동의했소?"

"조선에서야 동의할 리가 있겠소? 조선과의 관계는 당신네가 알아서 할 일이고, 일본군이 한강까지 물러가면 우리 중국은 더 이상 상관하지 않겠소."

일본 사람들은 별실로 물러가서 자기들끼리 장시간 토의하고 나서 다시 자리로 돌아왔다.

"평안도는 내 소관이라 이 평양성 하나만은 반환할 수도 있소. 그러나 대동강에서 서울까지는 5명의 장수들이 분할 점령하고 있으니 내 마음대로 안 되오."

"그렇다면 일은 틀렸구만. 한 치의 양보도 없는데 어찌 타협이 될 수 있겠소?"

심유경이 일어서려고 하자 유키나가는 손을 저어 말렸다.

"잠깐, 내 마음대로 안 된다고 했지 못하겠다고는 안 했소. 장수들을 타일러 물러가게 하자면 그만한 구실이 있어야 하지 않겠소? 그 구실을 달란 말이오."

"어떻게 말이오?"

"중국 조정에서 우리 일본에 봉공을 허락하고, 중국에 바칠 공물(貢物)을 실은 일본 배가 영파(寧波)에 도착했다는 소식이 오면 한강까지 물러가지요. 이것은 내 장담할 수가 있소."

심유경은 못 이기는 체 동의했다.

"시일이 걸리겠구만. 하여튼 그렇게 해봅시다. 다만 봉공은 천자께서 하시는 일이니 가서 조칙(詔勅)을 받아 가지고 와야지요. 이번에도 50일의 여유를 주시오."

"오늘이 11월 26일, 50일이면 내년 1월 15일이오."

"그때까지는 틀림없이 돌아오리다."

"왔다갔다 시일만 천연되는데 기왕 결정된 일이니 이번에는 천자의 조칙만 받아올 것이 아니라 책봉사(册封使)도 함께 모시고 올 수 없겠소?"

"뭐 안 될 것도 없지요. 아까 이 평양성 하나만은 장군의 재량으로 반환할 수 있다고 하셨는데 믿어도 되겠소?"

"북경에 가서 오늘 이 자리에서 합의된 대로 조정의 승낙을 얻어 오시면 우선 평양성부터 내드리지요."

유키나가로서는 평양성에 있으나 남으로 40리, 중화성(中和城)으로 옮기나 별반 다를 것이 없었다.

"좋소."

심유경은 일어섰다.

유키나가는 이 겨울을 무사히 넘길 수 있어 좋았고, 심유경은 또다시 50일의 여유를 얻어 좋았다. 유키나가로서는 지금 형편으로 조선의 반을 차지하는 것도 큰 수확이었고, 심유경은 정말 이대로 시행되어도 무방하다고 생각했다. 일본군이 한강까지 물러가면 중국에 위협이 될 것도 없고, 조선이야 어떻게 되건 알 바가 아니었다.

그는 올 때와 마찬가지로 많은 일본 사람들의 전송을 받고 해지는 평양성을 나와 북으로 말을 달렸다.

천병天兵을 맞을 준비

평양을 떠난 심유경이 의주에 당도한 것은 7일 후인 12월 3일이었다.

"내 체면을 보아 고니시 유키나가는 평양성을 명나라에 넘기고 남으로 물러가기로 했다."

그는 객관인 용만관에 좌정하고 연거푸 큰소리를 토해 냈다.

"평양성에 있는 일본군은 2만 명 이상 3만 명 이하로, 이것들이 일본군의 최정예부대다. 이들만 가버리면 평양에서 서울까지는 휘파람을 불고 갈 수 있다. (……) 서울에 있는 10만 적군은 어떻게 하느냐고? 그들은 헝겊막대들이다. 조선군으로도 족히 치고 남을 것이다. (……) 두 왕자와 일본군이 점령하고 있는 모든 땅을 돌려주지 않으면 조선은 목숨을 걸고 어쩐다고? 해볼 테면 해보라. 변변치도 못한 주제에 사람을 웃긴다."

도무지 알 수 없는 소리들이었다. 전에는 일본군에 사로잡힌 사람은 남김없이 돌아와야 하고, 조선 땅에 단 한 명의 일본군이 남아 있어도 화평은 안 된다고 단언하던 심유경이 태도가 달라졌다.

도대체 거의 전 국토를 점령한 일본군이 평양성을 하나 달랑 돌려준다? 말이 이상하지 않은가? 무엇인가 우리에게 숨기는 내막이 있구나. 밤새 잠을 이루지 못하고 궁리를 거듭하던 좌의정 윤두수는 날이 밝자 용만관으로 심유경을 찾아갔다.

"적이 평양성 하나만 내놓고 다른 데서는 움직이지 않을 모양인데, 그렇다면 명군이 출동하게 되는 것인가요?"

"일본군을 치고 안 치고는 송야(宋爺 : 宋應昌)의 소관 사항이오. 나는 모르겠소."

"평양성은 우리 조선에 돌려주는 것이 아니고 명나라에 넘기는 것이 분명하오?"

"분명하오. 내 이제부터 요동에 가서 평양성을 지킬 병력을 끌고 올 것이오."

"이 추위에 숱한 인원이 먼 길을 내왕하신다면 그 수고가 오죽하겠소? 차라리 평양성은 우리 조선군에 넘기시오. 일본군이 물러가면 그날로 접수할 수 있소."

"안 되오. 약속이 그렇지 않소."

심유경의 판단으로는 평양성은 명군이 점령할 필요가 있었다. 조선이 이 평화안에 반대하고 나서더라도 평양 같은 요지를 틀어쥐고 무력으로 압력을 가하면 별도리가 없을 것이었다.

윤두수가 잠자코 대답이 없자 심유경은 목소리를 낮췄다.

"전에 조승훈의 선례도 있는지라 우리 명군이 행패를 부릴까 걱정이오? 하기야 못된 것들이 오면 조선 백성들이 피를 보지요. 내 훌륭한 장수에 착한 병정들을 골라 가지고 올 터이니 염려 마시오."

듣기만 하던 윤두수가 다시 입을 열었다.

"적이 평양에서 물러나면 어디로 가는 것이오?"

"결국은 서울까지 물러가지 않겠소?"

말을 더듬는 것이 수상했다. 윤두수는 한동안 그를 바라보다가 다시 물었다.

"명군은 평양에 들어가고, 일본군은 서울까지 물러갔다고 가정합시다. 일본군이 그 이상 움직이지 않으면 어쩔 것이오?"

심유경은 버럭 화를 냈다.

"그건 그때 가서 논할 일이오. 내 더 하고 싶은 말이 있어도 비밀이 샐 염려가 있어 말하지 않겠소."

"……."

"도대체 당신네 조선 사람들은 왜 그렇게 조급하오 응? 밥 한 그릇 먹는 데도 조금씩 먹어야 넘어가지, 한입에 다 먹으려고 해보시오. 목구멍에 걸려서 넘어가지 않는다는 말이오."

"……."

"나, 바빠서 가야 하겠소."

윤두수는 떠나가는 심유경을 압록강까지 전송하고 돌아섰다. 일은 틀렸구나.

명나라가 대군을 보낸다기에 그동안 조선은 그들을 맞을 준비에 온 나라가 소동이었다. 특히 그 숱한 인원에게 먹일 식량이 큰 문제였다.

전쟁에 흉년까지 겹친 나라에 농사가 제대로 되었을 리 없었다. 더구나 조정의 영이 제대로 서고, 세공을 받아들일 수 있는 곳은 적의 침공을 면한 평안도의 북반부, 충청도의 서반부, 그리고 전라도 일원이었다. 그나마 젊은 장정들은 모두 싸움터에 나가고 노인과 아녀자들이 짓는 농사였다.

조선군의 군량미를 대는 것만으로도 허리가 휠 지경인데 명군까지 먹인다는 것은 난감하기 그지없는 일이었다. 관원들은 가가호호 돌아다니며 방마다 뒤져 양식이라고 이름이 붙은 것은 모조리 압수하고, 심지어 새봄에 뿌릴 종곡(種穀)까지 빼앗는 경우도 적지 않았다.

그래도 10만이라고도 하고, 1백만이라고도 하는 명군의 식량으로는 턱도 없었다.

여기서 생각한 것이 의곡(義穀)이었다. 자진해서 적과 싸우는 사람을 의병(義兵)이라고 하듯이 자진해서 바치는 곡식을 의곡이라고 불렀다.

아무리 의곡이라도 대가가 없을 수 없었다. 화폐 경제가 시행되는 사회라면 돈으로 보상할 수 있겠으나 조선은 아직도 물물교환 경제였다. 물건으로 보상할 수밖에 없는데 의주의 피란 조정은 아무것도 가진 것이 없었다.

고심 끝에 생각해 낸 것이 공명첩(空名帖 : 空名告身)이었다. 조정에서 벼슬을 내리는 사령장으로, 이름만 공란으로 남겨 놓은 것이었다.

의곡을 독려하러 나선 관원들은 이 공명첩을 무더기로 가지고 다녔다. 의곡을 바치는 사람마다 이 사령장에 그의 이름을 적어 넣어 주면 양곡의 다과에 따라 즉석에서 참봉(參奉)도 되고 찰방(察訪)도 되는 제도였다.

공명첩 외에도 부역이나 군역을 면제해 주는 면역첩(免役帖), 천인의 신분을 면하고 양민으로 인정하여 주는 면천첩(免賤帖)도 널리 활용하였다.[10]

이처럼 인간이 생각할 수 있는 모든 수단을 동원하여 이때까지 모은 알곡이 5만 섬, 콩이 4만 섬이었다. 이것은 명군 5만 명에 군마 2만 6천 필이 온다 치고 겨우 2개월의 식량이었다. 그 이상 어떻게 한다는 계획은 세울 수조차 없었다.

그나마 곡식만 모였다고 될 일이 아니었다. 솥에 넣어 끓여야 사람이고 말이고 먹을 수 있을 것이었다. 관원들은 어느 집이고 불시에 부엌으로 밀고 들어가 솥을 잡아 빼었다.

솥뿐이 아니었다. 밥을 지으려면 물이 있어야 했다. 관원들은 솥과 아울러 물을 담을 수 있는 독이며 항아리를 닥치는 대로 끌고 나왔다.

그것으로 족한 것은 아니고 솥에 불을 때려면 장작도 있어야 했다. 말은 콩만 먹으면 되는 것이 아니고 짚이나 풀도 먹어야 하는 동물이었다. 이래저래 관의 요구는 끝이 없었다.

명군을 대접할 이 모든 물건들은 의주에서 평양에 이르는 대로 연변에 모여들었다. 양곡은 비나 눈을 안 맞도록 민가에 보관하고 알맞은 민가가 없는 고장에서는 새로 곳간을 짓기도 했다.

외양간도 문제였다. 구름같이 몰려온다는 명군의 군마들. 엄동설한에 한데서 재울 수는 없고, 양곡을 간수한 고장에는 빠짐없이 군마를 수용할 외양간들을 세웠다.

아예 자기 집에서 쫓겨나는 백성들도 적지 않았다. 명군의 숙소로 쓴다고 했다.

모두가 고마운 천병(天兵 : 명군)을 맞을 준비였다. 양곡을 감추거나, 집을 비우지 않거나, 꾀병으로 부역을 피하거나 못 살겠다고 투덜거리거나 — 좋지 않게 나오는 인간은, 그것이 노인이건 부녀자들이건 흠씬 볼기를 맞아야 하고, 운수가 불길하면 목이 잘리는 경우도 드물지 않았다.

적지 않은 백성들이 유랑민으로 고향을 등지고, 그중 대부분은 떼거지, 혹은 떼도둑으로 전락하는 신세가 되었다.

명의 지원군을 맞기 위해서 조선은 실로 못할 일이 없었다. 그런데 이

제 와서 적과 내통하고 배신을 한다?

"장차 어떻게 할 것이오?"

윤두수의 보고를 받은 임금은 신하들을 모아 놓고 대책을 물었다.

"공자님도 용서하지 않을 것입니다."

"남을 믿은 우리가 잘못입니다."

대책 아닌 분노와 한탄이 뒤섞여 나오는 가운데 병조판서 이항복이 제안했다.

"성상을 모시고 조정을 전라도 전주(全州)로 옮기는 것이 어떻겠습니까……?"

전라도는 조선에서 제일가는 곡창지대로 옛날 백제가 여기서 흥성했고, 견훤(甄萱)의 후백제(後百濟)도 이 고장을 발판으로 한때 크게 위세를 떨쳤다. 그 전라도가 적의 침공을 받지 않고 온전하다는 것은 하늘의 뜻이 아닐 수 없었다.

더구나 전주는 조선 왕실로서는 잊지 못할 고장이었다. 태조 이성계(李成桂)의 고조부 이안사(李安社)가 함경도로 옮길 때까지 그 집안이 대대로 살던 고장이었다. 함흥(咸興)이나 영흥(永興) 다음으로 유서 깊은 조종발상지지(祖宗發祥之地)로, 왕실의 본관을 전주로 한 것도 그 때문이었다.

"그것이 좋겠소."

이항복의 설명을 들은 신하들은 찬동하고, 임금도 반대하지 않았다.

"명나라가 돕지 않는다는 말이 나오면 백성들이 낙심할 터이니 조정을 옮기는 일은 은밀히 추진하시오."

병선(兵船) 수십 척으로 서해를 남하하여 전주로 들어가기로 하고, 병조판서 이항복과 호조판서 이성중(李誠中)이 준비를 맡기로 했다.

"전주로 옮기는 일은 마지막 수단으로, 물론 준비해야지요. 그러나 신이 보기에는 심유경의 의견이 반드시 명나라 조정의 의견 같지는 않습니다. 명나라에 대한 교섭은 끊지 말고 당분간 계속하는 것이 좋겠습니다."

요동을 수없이 내왕하며 명나라 관원들과 접촉이 많은 예조판서 윤근수의 의견이었다. 전후가 맞지 않는 심유경의 횡설수설을 감안하면 일리 있는 생각이었다.

윤근수의 제의를 받아들여 명과의 교섭은 계속하되 가망이 없을 때에는 최후수단으로 임금이 압록강을 건너 요양에 가서 송응창을 직접 만나기로 했다. 그래도 명군이 움직이지 않으면 전라도로 옮기자 — 이렇게 합의를 보았다.

어느 경우를 막론하고 평안도의 방위태세를 정비할 필요가 있었다. 지금 안주(安州)에서 모병(募兵), 모곡(募穀)을 지휘하고 있는 류성룡을 평안도도체찰사로 임명하여 이 방면의 군사와 외교를 총괄하도록 하였다. 다행히 명군이 나오면 조선군의 총수로 그들과 협동 작전을 펼 것이고, 그들이 나오지 않고 조정이 전라도로 옮겨 가면 왕세자 광해군을 모시고 독자적인 작전으로 북에서 남으로 적에게 압력을 가할 계획이었다.

"어떻게 될까?"

물러 나오면서 대사헌 이덕형은 이항복의 어깨를 쳤다. 그러나 이항복은 한 손으로 하늘을 가리키고 웃지도 않았다.

"하늘에 물어보시오."

묻는 사람이나 대답하는 사람이나 캄캄한 심정은 매일반이었다.

의주를 떠나 북경으로 돌아가던 심유경은 요양에서 송응창을 만났다. 만나고 싶지 않았으나 그대로 지나치면 무슨 불호령이 떨어질지 알 수 없었다.

"너, 고니시 유키나가와 만난 자초지종을 숨김없이 털어놔 봐."

납죽하게 인사를 드렸으나 송응창은 수고했다는 말 한마디 없이 대뜸 이렇게 나왔다.

"놀랐습니다."

심유경은 두 손을 마주 잡고 아주 감격한 얼굴을 했다. 사실을 말하면 너는 나를 잡으려고 들 것이다. 적당히 주물러 주고 북경에 가면 석 상서는 나를 알아주리라.

"어째서 놀랐느냐?"

"경략 어른께서 요동에 오셨다는 소문을 듣고 왜놈들은 지금 벌벌 떨고 있습니다."

아첨을 시작할 참이었으나 송응창은 세모꼴 눈을 치뜨고 노려보았다.

"내가 요동에 왔다는 것을 저들이 어떻게 알았느냐? 네가 입을 놀렸지?"

아뿔싸 무심했다. 그러나 이미 나간 말을 도로 거둬들일 수는 없었다.

"제가 누설했을 리 있습니까? 입이 가벼운 조선 애들이 헤프게 종알거린 것이 평양까지 날아갔을 것입니다."

사실은 송응창이 경략으로 임명된 것도, 명나라 군대가 이동하는 것도 고니시 유키나가는 전혀 모르고 있었다.

"떨다니 어떻게 떨더냐?"

"우선 평양성을 우리 대명에 바치고 대동강 이남으로 물러가겠다고 했습니다."

"이 멍텅구리야. 명군이 내리밀면 평양의 적은 강을 등지고 배수진을 칠 수밖에 없지 않으냐? 지키기 쉽도록 대동강을 건너 진을 치겠다는 것이다."

송응창은 조금도 감격하지 않았다.

"그뿐이 아닙니다. 평양을 넘긴 다음에 기회를 보아 대동강에서 서울에 이르는 지역을 모두 대명에 바치겠다고 했습니다."

"조선에 돌려주는 것이 아니고?"

"아닙니다. 고니시 유키나가는 헝겊막대 같은 조선 애들은 안중에도 없고, 오직 어른의 성망에 떨고 있는 것입니다."

돌같이 찬 송응창도 기분이 나쁘지 않았다.

"그거 참. 그래 언제쯤 조선에서 완전히 물러간다더냐?"

"조정에서 봉공만 허락하시면 그날로 깨끗이 물러간답니다."

"수고했다. 이여송 장군이 금명간 당도할 터이니 그때까지 여기서 기다려라. 의논해야겠다."

싸우지 않고 이기게 되었다. 송응창은 급사를 띄워 이 기쁜 소식을 북경에 보고하고 심유경을 극구 칭찬했다. 너는 물건이다.

탄로 난 거짓말

심유경은 역시 자기의 판단이 옳았다고 생각했다. 자기가 평양에 다녀오는 동안 본국에서 병력의 증원이 있기는 했으나 별것이 못 되었다.

이곳 군관들의 이야기를 들으니 3만이 될까 말까 하다고 했다. 전부터 와 있던 인원을 모두 합쳐도 5만 명이 못 되는 병력이었다. 딱히는 알 수 없으나 조선에 건너온 일본군은 15만이라고도 하고 20만이라고도 했다. 어른과 어린애의 싸움, 질 것이 뻔한 전쟁이었다.

그런 전쟁을 피 한 방울 흘리지 않고 그 정도로 끝낸다면 더 이상 무엇을 바랄 것인가.

이여송은 다음 날인 12월 8일, 참모들과 수백 명의 호위 기병들을 거느리고 요양성으로 들어왔다. 심유경도 다른 관원들 틈에 끼어 성 밖까지 마중을 나갔다. 늠름한 장수였다.

아무리 늠름해 봐야 싸움은 장수 혼자 하는 것이 아니다. 죽지 않고 목숨을 부지하려면 너는 내 말을 듣는 것이 좋으리라.

"수고가 많았다."

만찬 석상에서 이여송은 심유경에게 술까지 따라 주고 반겼다. 평양에 다녀온 일행을 이여송에게 소개할 겸 송응창이 마련한 조촐한 자리였다.

송응창으로부터 이미 이야기를 들은 이여송은 더 물을 것도 없이 심유경이 고맙기만 했다.

"전쟁의 참혹함은 누구보다도 우리들 무인(武人)이 잘 안다. 그런 전쟁을 하지 않고도 적을 물러가게 하였으니 네 공이 크다."

"감사합니다."

"감사할 사람은 나다. 엄동설한에 싸움터로 나갈 생각을 하니 기가 막혔는데 네 덕분에 싸움이 없어졌으니 이렇게 고마울 데가 어디 있느냐?"

"황송합니다."

"너는 언제 북경으로 돌아가느냐?"

심유경은 송응창의 눈치를 살피고 대답했다.

"곧 돌아가게 될 것입니다."

"조정에서 큰 포상이 있을 것이다. 나도 회군하여 북경에 돌아가면 말씀을 드리겠다."

옆에 앉은 송응창도 맞장구를 쳤다.

"나도 조정에 글을 올릴 생각이오."

어쩌면 처음 현상모집할 당시의 조건대로 백작에 1만 냥의 은을 받게 되는 것이 아닐까. 아내 진담여(陳澹如)와 함께 늘어지게 여생을 보내야겠다 — 심유경은 앞날이 훤히 트이는 기분이었다.

그러나 변고는 그 밤으로 일어났다.

심유경 덕분에 천총(千摠)의 벼슬을 얻고 항시 그와 행동을 같이한 누국안은 불안해서 견딜 수 없었다. 그는 평양에서 심유경과 고니시 유키나가가 만나는 자리에도 있었고, 심유경이 이곳 요양에 와서 송응창에게 보고하는 자리에도 있었다. 심유경은 생판 거짓말도 눈 하나 까딱하지 않고 늘어놓는 인간이었다.

"어쩌자고 이런 엄청난 허풍을 떠는 것이오?"

한마디 했으나 그는 씩 웃었다.

"잔말 말고 기다려. 너도 영화를 누리게 된다."

송응창은 심유경이 말한 대로 이미 조정에 보고했고, 이여송도 그의 말을 믿고 회군할 기세였다. 어차피 사실은 밝혀질 것이고, 그 결과는 생각만 해도 머리가 아찔했다.

심가왕에게 속삭여 보았으나 그는 태평이었다. 나야 통역한 죄밖에 더 있느냐?

그러나 누국안은 소심한 인물이었다. 송응창은 경략으로 요동에 와 있으나 병부우시랑(右侍郞)의 현직도 그대로 띠고 있는, 그에게는 무시무시한 어른이었다. 협잡배와 짜고 자기를 속였다고 나오면 무슨 화를 당할지 알 수 없었다.

"심유경은 믿을 사람이 못 됩니다."

만찬이 끝나고 객관에 돌아온 누국안은 모두들 잠들고 주위가 고요해지자 슬그머니 일어나 송응창의 처소로 달려갔다.

"무슨 말이냐?"

"자초지종을 말씀드리겠습니다."

누국안은 심유경이 북경을 떠나 평양에서 고니시 유키나가를 만나고 여기 돌아올 때까지의 대소사를 그림을 보듯 설명했다.

"저런 죽일 놈이 있나. 나라를 욕되게 하고 임금을 욕되게 하는 이런 무리는 살려 둘 수 없다."

송응창의 영이 떨어지고, 병정들은 객관으로 몰려갔다.

그러나 아무도 없었다.

각처에 긴급히 연락하고, 중요한 길목을 차단한 가운데 산과 들을 뒤졌으나 도무지 행방을 알 수 없었다. 날이 밝자 송응창은 이여송을 비롯하여 순안어사(巡按御史) 학걸(郝杰), 요동총병 양소훈, 요동도사 장삼외(張三畏) 등 문무 고관들을 불러들였다.

"처음부터 못마땅하게 보고 있었는데 우리가 동병하지 않고도 왜적이 물러가게 된다는 바람에 그만 깜빡 속았소. 나라를 상대로 협잡질을 하는 이런 터무니없는 인간이 나타날 줄을 누가 알았겠소? 하여튼 내 불찰이오."

그는 이번 사건의 경위를 설명하고 정색을 했다.

"역시 이 왜적은 무력으로 치는 외에 달리 방도가 없소. 예정대로 조선으로 진격합시다."

모두들 흩어져 나오는데 그는 장삼외를 따로 불렀다.

"장 도사(張都司 : 장삼외)는 즉시 떠나 조선으로 가시오. 의주에서 조선 사람들과 동병에 대한 협의를 마치고 순안에 가서 병력과 식량, 무기의 수송을 독려하시오."

평양에서 북으로 60리에 위치한 순안은 평양 공격을 위한 전진기지였다.

"그런데 말이오."

송응창은 한 등 목소리를 낮추고 말을 이었다.

"내 땅끝까지 쫓아가서라도 심유경을 반드시 잡고야 말 것이오."

"그런 놈은 잡아 죽여야 합지요."

"곰곰이 생각하니 저 못된 것이 조선으로 도망쳤을지도 모르겠소."

"조선에요?"

"평양으로 도망가서 우리 기밀을 적에게 내통하면 이거 큰일이 아니겠소? 심유경은 그러고도 남을 인간이오."

"듣고 보니 과연 그렇습니다. 경략께서는 참으로 범인이 못 보는 것을 보시고, 범인이 생각도 못하는 것을 훤히 내다보십니다."

장삼외는 듣기 좋은 말을 늘어놓고 요양을 떠나 남으로 달렸다.

심유경은 산전수전 다 겪은 인물이었다. 평소에 누국안을 눈여겨보았고, 심복들로부터 그가 한밤중에 송응창의 처소로 들어갔다는 보고를 받자 즉시 요양성을 떠났다.

야간에 성문으로 나갈 수는 없고, 모두들 성벽을 기어 넘어 사잇길을 따라 서쪽으로 뛰었다. 북경에 가서 석 상서를 만나기만 하면 이 심유경은 하늘로 올라가고, 송응창 너는 납죽하게 찌그러들 터이니 두고 보라.

12월 11일. 압록강을 건너 의주에 들어온 요동도사 장삼외는 객관인 용만관에 여장을 풀고 조선 대표들과 마주 앉았다. 예조판서 윤근수, 병조판서 이항복, 공조판서 한응인, 호조판서 이성중, 호조참판 윤우신(尹又新) 등. 그동안 은밀히 전라도로 옮길 차비를 하던 조선 사람들은 입을 다물고, 주로 장삼외가 떠들었다.

"드디어 우리 명군이 평양으로 진격하게 됐소. 조선군은 대부대로 편성할 것이 아니라 1천 명 내지 3천 명씩 7, 8개 부대로 편성해 주시오. 그래야 저마다 우리 부대들과 합쳐 단일부대로 작전을 펴기가 쉬울 것이오. 미리 일러두지마는 당신네 조선군은 지리에 밝을 터이니 앞장을 서야 하오."

"조선에 식량이 부족한 것은 우리도 잘 알고 있소. 그래서 요동에 우선 모은 것이 8만 섬인데 알곡과 콩이 반반씩이오. 그중 압록강변에 당도한 것이 2만 섬이니 관원들을 보내서 내일부터 받아 오시오."

조선 사람들은 거꾸로 섰던 세상이 별안간 제자리로 돌아오고 막혔던 숨통이 트이는 느낌이었다.

장삼외는 목소리를 더듬었다.

"입 밖에 내기도 부끄럽소마는 심유경이 혹시 이 조선 땅에 나타나지 않았소? 나타나면 알려 주시오."

놀라운 소식이었다. 저들 내부에 무슨 일이 일어난 것은 분명한데 캐어묻는 것은 인사가 아니었다. 궁금한 대로 듣기만 하고 일어섰다.

그런데 궁금증은 다음 날 풀렸다.

심유경에게 체포령이 내렸다는 것이다.

요양에 연락관으로 가 있던 이호민(李好閔)의 보고였다. 며칠 전까지만 해도 임금에게까지 삿대질을 하던 심유경의 서슬을 생각하면 기가 막힌 일이었다.

이호민은 이여송과도 만났는데 이여송은 이렇게 말하더라고 했다.

"우리 부친께서는 왜놈들을 쓸어버리고 조선을 회복하는 데 목숨을 아끼지 말라고 하셨소……. 나는 조선을 회복하는 데 그치지 않고 차제에 일본까지 진격해서 쳐부술 것이오."

이 자리에서 이여송은 심유경과 고니시 유키나가가 주고받은 흥정의 내막도 알려 주었다.

대동강이 어떻고, 한강이 어떻다고?

비로소 흑막을 알게 된 조선 사람들은 가슴이 떨렸다. 그 허풍선이의 농간에 하마터면 나라가 결딴날 뻔했다.

이튿날인 13일 장삼외는 윤근수, 이항복, 한응인에게 특별히 면담을 요청하고 간곡히 부탁했다.

"경략의 진노가 대단하고 독촉이 성화같소. 심유경은 어김없이 조선으로 도망친 것 같다는 것이오. 적과 손을 잡으면 큰일이니 협조해 주시오……. 당신네들은 병력만 대주시면 되오. 있다는 소식만 들리면 내일이라도 내가 직접 쫓아가서 잡을 것이오."

이 사건 이후 명군은 1천여 명씩 심심치 않게 압록강을 넘어오더니 14일에는 선봉으로 4천 명의 대부대가 건너오고, 17일에는 마침내 경략 송응창의 명의로 정식 출병(出兵) 통고가 왔다.

> 이제 대군으로 압록강을 건너 평양, 서울 등지를 공격하여 수복할 터이니 (……) 임금께서는 안심하고, 유언비어에 현혹되지 마시라.

조선은 전라도로 수도를 옮기려던 계획을 중지하고 총력으로 명군과의 협동작전을 준비하기 시작했다.

살을 에는 추위에 1천5백 리를 걸어 북경까지 간다는 것은 쉬운 일이 아니었다. 심유경은 여러 날 동안 눈이 쌓인 오솔길을 헤맨 끝에 가까스로 요하에 당도했으나 초병들에게 발각되어 곧바로 요양으로 끌려왔다.
"나도 할 말이 있습니다."
심유경이 항변했으나 송응창은 막무가내였다.
"할 말이 있을 수 없지. 적은 당장 망하게 돼 있거늘 네 어찌 감히 허튼소리로 나를 속인단 말이냐? 저놈을 매우 처라!"
오랏줄에 묶인 심유경은 곤장 1백 대를 맞았다.
"저놈을 죽여 버려야겠는데 장군의 생각은 어떻소?"
송응창은 옆자리에 앉은 이여송에게 물었다.

"응당 죽여야지요."

이여송은 두말없이 동의했다.

이때 뒤에 앉았던 이여송의 참모 이방춘(李芳春 : 字는 應時)이 앞으로 나섰다.

"그래서는 안 됩니다."

그는 하북성 대명(大名) 사람으로 벼슬은 참장(參將), 무술에 능하고 부하들의 신임이 두터워 이여송의 진영에서는 무게 있는 장수로 알려진 인물이었다.

"심유경은 석 상서가 보낸 사람입니다. 그를 죽이면 두 분과 석 상서 사이에 틈이 생길 것이고, 틈이 생기면 일을 그르칠 염려가 있습니다."

송응창은 전에 심유경에게 의심을 품고 석성에게 질문서를 보낸 일이 있었다. 이에 대해서 석성은 간단명료하게 쪽지를 보내왔다.

> 심유경의 화평교섭에 대해서는 개의할 것이 없으니 소신대로 하고, 필요한 경우 그를 죽여도 좋고 살려도 무방하다.

송응창은 말없이 이 쪽지를 내보였다. 그러나 이방춘은 물러서지 않았다.

"말로야 그렇게 하겠지요. 그렇다고 자기 사람이 두 분의 손에 죽는다면 마음이 편할 리가 있겠습니까."

"……."

"심유경은 또한 적진에 내왕하여 그들과 아는 처지에 있습니다. 앞으로 소용될 때가 있을 것입니다."

결국 심유경은 목숨을 부지하고 이여송의 군영에 갇히게 되었다.

제독 이여송

1592년 12월 25일. 마침내 제독 이여송이 지휘하는 명나라의 대군이 얼어붙은 압록강을 가로질러 조선 땅으로 접근하여 왔다. 지난 4월 13일 일본군이 부산에 들어온 지 8개월 12일이 되는 날이었다.

12월 8일 북경으로부터 요양에 당도하여 조선의 전황(戰況)을 검토하던 이여송이 요양을 떠난 것은 8일 후인 16일이었다. 그는 의주 대안 통원보(通遠堡)에서 후속 부대들의 도착을 기다리다 전원이 집결하자 이날 보기(步騎) 3만 명의 대군을 이끌고 행동을 개시하였다.

이미 선발대로 조선에 건너온 7천 명과 지난가을 조승훈이 평양에서 패전한 후 긴급히 압록강 연변에 배치한 사대수·낙상지 휘하 6천 명을 합쳐 이제 그의 휘하 병력은 4만 3천 명이었다.

대충 20만 안팎으로 추산되는 일본군에 비하면 이것은 말도 안 되는 숫자였다. 적을 압도하려면 압도할 만한 병력이 있어야 했다.

이여송은 이것을 염려하여 몇 번이고 조정의 다짐을 받았고 그때마다 조정은 장담을 했다. 염려 말라. 40만이고 50만이고 필요한 병력은 얼마든지 줄 것이다.

그러나 날이 갈수록 조정은 허약한 소리를 더해 갔다. 이래서 안 되고 저래서 안 되고. 50만에서 차츰 줄더니 나중에는 8만까지 내려갔다. 이 이상 단 한 명도 어쩔 수 없다고.

아무리 안돼도 10만은 넘어야 하지 않겠는가. 3만을 더해서 11만을 달라.

"기다리라."

기다린 끝에 12월 초까지 이리저리 뜯어 맞춘 것이 4만 3천, 더 이상 모일 가망도 없고, 기다릴 계제도 못 되었다.

남방의 따뜻한 고장에서 장성한 일본군 병사들은 겨울을 맞아 조선의 무서운 추위에 기를 펴지 못하고 오그리고 있는 중이라고 했다. 봄이 와서 다시 활개를 치기 전에 손을 쓸 필요가 있었다.

일본군은 보병을 주축으로 하고 개인화기인 조총을 주 무기로 하는 반면 중국군은 기병을 주축으로 하고 마차나 우차로 운반하는 대포를 주 무기로 하였다. 조선은 수전(水田)이 많은 고장이었다. 대포를 움직이고 기병집단이 자유로이 행동하려면 땅이 얼어붙은 겨울을 넘기지 말아야 했다.

이미 12월. 한 달 후 새해 1월 중순이면 우수(雨水), 우수에는 대동강의 얼음도 녹기 시작한다고 했다. 폐일언하고 행동할 때가 왔다. 이여송은 북경을 떠나 요양으로 달려왔다.

시간에 쫓긴 요양의 명군 수뇌부는 의논을 거듭했으나 아무리 계산해도 병력이 너무 부족했다. 그러나 적은 병력으로 대적(大敵)을 치는 방법이 없는 것은 아니었다. 몰래 접근하여 적의 숨통(심장부)을 강타하는 일이었다.

이여송은 압록강을 건너면 평양으로 향하지 않고 사잇길로 은밀히 남하하여 서울의 일본군 총본영을 기습 공격할 계획을 세웠다. 그러나 이것은 조선 사람들이 길을 인도하고, 비밀을 지켜 주고, 필요한 보급을 제공해야 성공할 수 있는 계책이었다.

그는 조선에서 사신으로 건너온 이조판서 이산보(李山甫)를 만난 자리에서 그의 의견을 물으려다 말고, 직접 중국말로 통할 수 있는 그의 통역 남호정(南好正)을 따로 불렀다. 극비사항이라 한 사람이라도 더 알면 그만큼 비밀이 샐 염려가 있었다.

"네 생각은 어떤고?"

남호정은 유능한 통사일 뿐만 아니라 글도 잘하고 식견도 있는 사람이었다.

"그것은 곤란합니다."

"어째서 곤란한고?"

"장군께서 서울로 내려가신 사이에 평양의 고니시 유키나가가 북상하여 의주를 치면 도리어 이쪽이 숨통을 얻어맞는 형국이 되지 않겠습니까?"

"응."

"또 있습니다."

"무엇인고?"

"지금 명군에 제공할 식량이며 마량(馬糧)은 모두 의주에서 평양에 이르는 대로 연변에 집결되어 있습니다. 사잇길로 가시더라도 사람이고 말이고 먹기는 먹어야 하지 않겠습니까? 의주에서 서울은 1천1백16리, 사잇길로 도신다면 1천5백 리는 잡아야 할 것입니다. 먹을 것을 사잇길로 옮기려면 적지 않은 시일이 걸릴 것이고, 자연히 비밀도 샐 염려가 있습니다."

"응."

"이것은 저의 어리석은 생각이고, 저기 계신 우리 판서 어른의 소견도 물으시고, 의주에 건너가시면 우리 조정과 의논하여 결정하시지요."

"아니다. 네 생각이 맞다."

이 계책은 중지되고, 송응창, 이여송 이하 여러 장수들이 최종적으로 합의를 본 것이 각별격파(各別擊破 : 各個擊破)의 계책이었다.

적이 20만 안팎이라 하더라도 한군데 모여 있는 것은 아니고, 많아야 몇 만씩 조선 각처에 퍼져 있었다. 적이 집결하여 대병력을 이루기 전에 하나하나 무찌르면서 번개같이 전진한다면 4만 3천의 병력으로도 못할 바는 아니었다.

이리하여 그들이 마련한 일정은 늦어도 다음 달인 1월 안에 평양을 수복하고, 2월 안에 서울을 수복하고, 3월 안에 조선 전토를 수복한다는 것이었다.

대안의 넓은 벌판을 뒤덮고 전진하던 대기병 집단은 무수한 깃발을 바람에 나부끼고 압록강의 빙판을 그대로 가로지르고 있었다. 선두의 이여송은 흰 복장에 검은 두건, 백마의 고삐를 틀고 마침내 조선 땅으로 올라섰다.

임진왜란의 전세가 크게 전환되는 순간이었다. 문무백관을 거느리고 강변에서 기다리던 좌의정 윤두수가 다가서자 이여송은 말에서 내렸다.

"우리 조선을 위해서 이처럼 근로(勤勞)하시니 고마운 말씀, 어찌 이루 다 여쭐 수 있겠소이까."

윤두수의 인사에 이여송은 그의 두 손을 잡았다.

"조선은 내 조상의 나라, 조상의 나라는 곧 내 나라가 아니겠소? 우리 힘을 합쳐 일을 잘해 봅시다."

소문보다는 겸손한 사람이었다. 영하의 반란을 진압할 때에는 상관인 총독 위학증(魏學曾)을 무시한다 해서 말썽이 있었고, 요즘 요동에 다녀온 사람들의 이야기를 들으면 역시 경략 송응창을 대수롭게 보는 눈치가 아니더라고 했다. 이런 인물인지라 조선에서 건너간 사신쯤은 우습게 보고 측근과 바둑을 두면서 거들떠보지 않는 일까지 있었다.

걱정했는데 그렇지 않았다.

"참으로 고마우신 말씀입니다."

윤두수가 읍하고 눈짓을 하자 공조판서 한응인, 한성판윤 이덕형, 동부승지 심희수(沈喜壽)가 앞으로 나왔다. 이여송의 접대를 맡은 접반사(接伴使)들이었다. 명군이 오기로 결정되자 조정에서는 윤두수의 지휘 하에 접대도감(接待都監)을 설치하고, 그들의 장수마다 한 명 내지 세 명의 접반사를 배정하였다. 접반사의 휘하에는 통역관, 숙수(熟手 : 요리사)에서 심부름꾼에 이르기까지, 생활에 불편이 없도록 각종 인원이 구비되어 있었다.

"이제부터 제독 어른을 모실 관원들이올시다."

윤두수의 소개에 이여송은 말없이 고개만 끄덕였다.

이어 부대마다 지정된 숙소를 향해 떠나갔다. 성 밖의 민가들을 징발하고, 그것으로는 부족해서 의주벌 곳곳에는 백성들을 동원하여 급히 세운 막사들이 즐비하게 서 있었다.

그중 유달리 조선 사람들의 눈길을 끈 것은 조승훈과 심유경이었다. 평양에서 참패하고 책임을 조선에 뒤집어씌우던 조승훈. 군에서 쫓겨나 빌어먹는다는 소문과는 달리 1천 병력의 장수로 선두에서 말을 달려가고 있었다.

못 볼 것은 심유경이었다. 말을 타기는 했으나 여러 기병들에게 둘러

싸여 죄인같이 끌려가고 있었다. 크게 앓은 사람같이 광대뼈가 튀어나온 것이 머리도 제대로 들지 못하고 말이 발을 옮길 때마다 상을 찌푸리곤 했다. 곤장을 맞은 볼기의 상처가 채 아물지 않은 모양이었다. 저런 것은 왜 끌고 왔을까.

부하들의 이동을 지켜보던 이여송도 윤두수 이하 조선 관원들의 인도로 다시 움직이기 시작했다.

의주성 남문에는 임금 선조가 친히 나와 이여송을 영접하고, 성내에 들어와 그의 숙소로 지정된 용만관에서 다시 마주 앉았다.

"황상께서는 안녕하신지요?"

임금이 격식대로 인사를 건네자 이여송도 격식대로 대답했다.

"안녕하십니다. 황상의 명령으로 이제 대군이 와서 흉악한 적을 치게 되었으니 임금께서는 안심하시오."

"고맙고도 황송하기 그지없는 일이올시다."

"평양성내에는 조선 백성들이 적지 않다고 들었소. 우리가 들이치면 적과 함께 도살을 당할 터이니 이것은 가긍한 일이 아니겠소? 그런즉 임금께서는 몰래 그들에게 알려 성으로부터 나오는 방도를 강구해 주시오."

"그렇게 하지요."

이어 다례(茶禮)가 시작될 차례였다.

"세 분 대장도 모셔다 합석하면 어떨까요?"

임금이 물었으나 이여송은 대답이 없었다.

이여송의 주력은 3개 군단으로 편성되었는데 제1군 사령관(左協大將)이 이여백(李如柏), 제2군 사령관(中協大將)이 양원(楊元), 제3군 사령관(右協大將)이 장세작(張世爵)이었다. 각군은 1만 1천여 명으로 편성되었고, 이 밖에 이여송의 직속으로 1천여 명씩의 별동대가 여러 개 있었다.

총 병력 4만 3천 중에서 보병은 5천 명, 나머지는 모두 기병들이었다.

3군의 사령관은 다 같이 부총병(副總兵)으로, 그중 제1군 사령관 이여백은 이여송의 아우였다. 임금이 세 분 대장이라고 한 것은 이들을 가리킨 것이었다.

못 들은 것일까? 통역을 맡은 홍순언이 되물었다.

"세 분 대장 말씀입니다······."

그러나 이여송은 그의 말이 끝나기 전에 가로막았다.

"이 방에서 합석하신다고? 저들은 내가 물러간 다음에 만나시지요. 그 밖에 여기 온 장수들이 한 50명 되는데 그들은 내일 만나시고."

못마땅한 얼굴이었다.

그럭저럭 다례를 마치고 주례(酒禮)가 시작되자 이여송은 두 잔째 받아 마시고는 언성을 높였다.

"지금이 어느 땐데 이런 술자리를 베푼단 말이오? 적을 치고 돌아올 때라면 몰라도(此何等時 而設宴乎 勦滅還時 俺當不辭)."

찬바람이 지나가고, 주례는 저절로 중단되었다.

"내 변변치 못한 예물을 마련했으니 사양 말고 받으시오."

어색한 분위기 속에서도 임금은 예정대로 예단을 내놓았다. 그러나 이여송은 그것도 받지 않았다.

"천자의 명령으로 귀국을 구하러 왔으니 성심을 다할 뿐 예물은 필요 없소. 또한 임금께서 나를 이처럼 후히 대해 주시니 예물이 아니더라도 있는 힘을 다해 적을 칠 것이니 염려 마시오."

정중한 체하면서 남의 간장을 뒤집어 놓는 야릇한 말투. 역시 이것이 그의 본연의 모습이었구나. 난처해 하는 임금의 얼굴을 바라보던 윤두수가 화제를 돌렸다.

"아까 보니 조야(祖爺 : 조승훈)와 심야(沈爺 : 심유경)도 동행하셨더군요."

"조승훈은 공을 세워 죗값을 하라고 데리고 왔소. 백의종군이지요. 심유경은 내 좀 생각하는 바가 있어 끌고 왔는데 소용이 되겠는지 모르겠소."

약간 누그러드는 기미였다. 이 기회에 임금은 환도(環刀 : 軍刀) 한 쌍을 선물로 남겨 놓고 물러 나왔다.

행궁(行宮)에 돌아온 임금은 한숨 돌리고 다시 행차하여 세 대장을 숙소로 찾았다. 이미 소문을 들은 듯 그들도 환도만 받고 예단은 굳이 사양하였다.

그날 밤. 죽었다 살아난 듯 들뜬 분위기 속에서 신하들의 의견은 좋은 방향으로 일치하였다.

"까다롭기는 해도 강직한 장수들이 왔으니 나라의 복이다."

그러나 늙은 윤두수의 의견은 달랐다.

"저들은 피를 흘리러 왔소. 자고로 피값은 헐한 법이 없으니 나는 그것이 걱정이오."

가짜 칙사

　이여송이 압록강을 건너오던 12월 25일. 그보다 먼저 건너온 선발대 7천 명은 줄을 이어 남으로 내려가는 중이었는데 그중 유격장군 전세정(錢世楨)이 지휘하는 보병 1천 명은 이날 숙천(肅川)에 당도하였다. 숙천은 평양에서 북으로 1백10리가 조금 넘는 지점이었으나 평양의 일본군은 이 같은 군사 이동을 전혀 모르고 있었다.
　고니시 유키나가는 심유경과 휴전 협정을 맺었으나 그것으로 안심한 것이 아니었다. 조선의 가난한 백성들을 붙들어다 간첩으로 고용하여 순안, 강서(江西), 숙천, 안주(安州), 심지어 임시 수도 의주에까지 파송하였다.
　별로 비용이 드는 것도 아니었다. 곡식 몇 말, 천 한두 필, 또는 소나 돼지 한두 마리면 족하였다. 목숨을 이어 가기 어려운 전시인지라 모두들 고맙게 받고, 시키는 대로 길을 떠나갔다. 이렇게 고용한 간첩이 40명이었다.

그러나 일단 적의 손아귀에서 벗어나면 생각이 달라졌다. 그들도 조선 사람이었다. 대개는 그대로 멀리 도망쳐 버리고 1, 2명 우둔하게 놀던 자들은 도체찰사 류성룡의 손에 붙들려 목이 떨어지고 말았다.

이런 관계로 고니시 유키나가는 평양 이북의 움직임은 알 길이 없었다.

이여송이 건너온 후부터 의주에서 남으로 뻗은 길은 갈수록 혼잡을 더하였다. 흙먼지를 일으키고 질주하는 기병집단들과 그 사이사이를 개미 떼같이 움직여 가는 보병부대들, 대포를 실은 우마차의 행렬, 등짐으로 식량이며 마초를 지어 나르는 조선 백성들의 남루한 모습들.

그중에서 하나 색다른 것은 가마를 메고 달리는 병정들의 행렬이었다. 가끔 포장을 헤치고 밖을 기웃거리다가는 얼굴을 찌푸리는 심유경. 곤장을 맞은 볼기에 장독이 심해서 더 이상 말을 탈 수 없다는 소문이었다.

그의 앞뒤에는 1천 병력이 호위하고, 지휘를 맡은 장수 사대수는 선두를 가다가도 가끔 말을 달려 뒤로 돌아와서는 가마에 대고 속삭였다.

"괜찮소?"

청심환을 들이밀기도 하고 고약을 넘겨주기도 했다.

사대수는 이여송과 같은 철령 출신으로 그도 이여송의 부친 이성량의 가정(家丁)으로 들어가서 공을 세우고 부총병까지 지낸 사람이었다. 나이 들어 은퇴하였다가 이번 전쟁에 다시 군복을 입고 지난가을부터 압록강 연변의 경비를 담당하고 있었다.

이여송도 그의 말이라면 무겁게 듣고, 남에게 못할 말도 터놓고 의논하는 처지였다. 자연히 이여송의 휘하에서는 무게 있는 장수로 손을 꼽혀 왔다. 그런 인물이 죄인 심유경을 깍듯이 모시고 어디로 가는 것일까?

호위하고 따라가는 병사들도 영문을 알지 못했다.

12월 28일. 3일 동안 용만관에 머물던 제독 이여송이 드디어 의주를 떠나 전선으로 향하는 날이었다.

임금은 접반사 심희수를 용만관으로 보내 친히 성 밖까지 전송하겠다고 전했으나 이여송은 사양했다.

"그렇게까지 노동(勞動)하실 것은 없소."

출전하는 대장군을 앉아서 보낸다는 것은 송구스러운 일이라고 거듭 주장하였더니 나중에는 역정을 냈다.

"싫다면 그런 줄 알 것이지 왜 말이 많소?"

심희수가 대문을 나서는데 유여복(劉餘福)이라는 염소수염의 사나이가 쫓아왔다. 이여송을 따라다니는 점바치였다.

"섭섭하게 생각 마시오. 당신네 임금은 임자생(壬子生), 우리 제독은 기유생(己酉生), 오늘의 일진은 갑인(甲寅)이오. 역법(易法)에 전송은 금기(禁忌)라, 이런 말씀이야."

대문을 닫아걸고 향을 피운 가운데 유여복과 함께 하늘을 우러러 승전을 기도한 이여송은 마침내 밖에 나와 기다리고 있던 백마에 올라 채찍을 내리쳤다.

그는 어명으로 남문 밖까지 전송을 나온 병조판서 이항복 이하 조선 관원들을 보고 잠시 한 손을 쳐들었을 뿐 멈춰 서지는 않았다.

"세세."

이항복은 흙먼지를 일으키고 멀리 말을 달려가는 일행을 바라보다가 발길을 돌렸다. 이 봄이 가기 전에, 3월 안으로 조선 전토를 수복한다?

어쩐지 마음이 놓이지 않았다.

해가 바뀌어 1593년 1월 4일(일본력 3일).

숙천.

명군의 주력은 숙천 일대에 집결을 완료하고, 의주에서 정주, 안주를 거쳐 이날 오후 숙천 지경에 당도한 이여송은 성 밖 숙녕관(肅寧館)으로 들어갔다. 숙녕관은 숙천성 서교에 있는 역관이었다.

그는 의주에서부터 동행한 접반사 한응인·이덕형, 안주에서 합류한 도체찰사 류성룡, 전부터 이곳 숙천에 머물고 있던 도원수 김명원과 자리를 같이하고 적정이며 조선군의 현황을 물었으나 정신은 딴 데 가 있고, 멍하니 혼자 생각에 잠기기 일쑤였다.

"순안에서 무슨 소식이 없소?"

느닷없이 김명원에게 묻는 품이 무엇인가 기다리는 눈치였다.

이여송의 특기는 기병을 주축으로 하는 야전이었다. 부친 이성량을 따라 요동에서 여진족을 토벌할 때도 그랬고, 산서총병(山西總兵)으로 북방의 몽고족과 싸울 때도 그랬고, 모두가 넓은 벌판에서 벌어진 기병전이었다. 20여 년 경험한 전법이어서 야전이라면 자신이 있었다.

그러나 적이 성을 굳게 지키고 나오지 않는 전법, 즉 농성전이 벌어지면 아무리 용감한 기병들도 어쩔 도리가 없었다. 기병이라고 높은 성을 뛰어넘을 수 있는 것도 아니고 성벽을 뚫을 수 있는 것도 아니었다.

좋은 예가 영하에서 일어난 보바이의 난리였다.

그는 조정의 특명을 받고 영하로 떠날 때만 해도 보바이를 대수롭게 보지 않았다. 고작 기천 명의 기병을 이끌고 사막에서 나대는 건달 녀석, 단박 쓸어버릴 생각이었다.

그러나 이여송이 영하에 도착할 무렵부터 보바이는 야전에서 농성전으로 전환하였다. 성문을 닫아걸고 나오지 않는 데는 기병도 소용이 없었다.

결국 성을 포위하고 양도(糧道)를 끊는 한편 수공(水攻)으로 괴롭혔어도 보바이는 3개월이나 지탱하였다.

조선의 일본군도 그런 전법으로 나오면 큰일이었다. 그들이 점령한 그 많은 성들을 일일이 그런 식으로 상대할 수도 없고, 또 시일을 끌면 조선 각처에 분산 배치되어 있는 일본군이 집결하여 대병력을 이룰 염려가 있었다. 그들의 몇 분의 1밖에 안 되는 명군은 짓밟힐 수밖에 없으리라.

속전속결로 결판을 내야 하였다. 여기서 그가 구상한 것이 휘하에 있는 3만 8천 기의 대기병 집단으로 폭풍같이 밀어붙이는 전략이었다.

그러자면 적을 성 밖으로 끌어내야 하였다. 우선 평양의 적부터 끌어내고 보자.

이를 위해서 심유경이 필요했고, 사대수에게 비밀 사명을 주어 먼저 순안으로 떠나보냈다.

지금쯤은 소식이 올 만도 한데……. 이여송은 어둠이 짙어가는 창밖을 바라보다가 김명원에게 물었다.

"이 숙천에서 순안까지 몇 리요?"

"정확히 56리올시다."

같은 시각, 순안.

유시(酉時 : 오후 6시). 지축을 울리면서 숱한 말굽소리가 다가왔다. 고니시 유키나가의 측근 다케우치(竹內吉兵衞)를 대표로 하는 일본 사절단 일행 22명. 통역 장대선(張大膳)을 포함하여 총 23명이었다.

이여송의 심복 이영(李寧)이 멀리까지 나와 그들을 마중하였다. 이영도 사대수와 마찬가지로 이성량의 가정에서 참장까지 오른 사람이었다. 그는 객관까지 인도하고, 객관에서는 지팡이를 짚은 심유경이 대문간에서 기다리다가 안으로 맞아들였다.

"북경에서 오신 칙사 어른이시오."

넓은 방, 상좌에 앉은 반백의 고관 앞에 이르자 일행은 심유경의 소개로 인사를 드리고, 용건을 고했다.

"고니시 장군의 분부로 어른을 모시러 이렇게 찾아뵈었습니다."

"하오(好)."

칙사는 고개를 끄덕이고 매우 흡족한 얼굴이었다.

사대수는 길을 재촉하여 어제 이 순안에 도착하였다. 만일을 염려하여 이여송이 뒤따라 보낸 이영 휘하 1천 명을 합쳐 도합 2천 병력을 요소에 배치하고 심유경의 친필 편지를 고니시 유키나가에게 보냈었다.

우리 황상께서는 그대들의 소원대로 일본에 봉공(封貢)을 허락하기로 하셨소. 내 특히 청을 드려 이번 길에 책봉칙사(册封勅使)를 모시고 여기까지 왔으니 장군께서도 앉아서 기다릴 것이 아니라 예를 갖추어 영접하는 것이 도리가 아니겠소? 우선 예모에 밝은 사람들을 이 순안에 보내 정중히 모시도록 하고, 장군께서는 막료들과 휘하 병력을 이끌고 도중까지 나와 위의를 갖춘 가운데 호위하여 평양성으로 들어가는 것이 예법에 맞을 것이오. 나는 중도에 말에서 떨어져 제대로 걷지도 못하는 형편이나 큰일을 위해 들것에 실려 여기까지 왔소. 우리 합심하여 평화를 이룩하도록 합시다.

순안에는 김자귀(金子貴)라는 파발꾼[擺撥兒]이 있었다. 파발꾼은 역참에 소속된 심부름꾼으로 공문을 가지고 역과 역 사이를 뛰어다니는 건장한 사나이들이었다.

　적이 평안도에 들어오자 김자귀는 장사꾼으로 가장하고 평양성내에 들어가 물세를 정탐하는 일을 맡아 왔다. 적도 눈치를 챈 듯하였으나 그에게 편지를 부탁하면 조선군에 전달되고, 조선군도 행여 이중간첩으로 변한 것은 아닐까, 의심하면서도 일본군에 통할 일이 있으면 그에게 부탁하면 되었다. 말하자면 두 적대 진영 사이를 오가는 연락원 같은 존재여서 어느 쪽도 그를 해치지는 않았다.

　심유경의 편지도 김자귀에게 부탁했고 김자귀는 즉시 평양으로 달려가서 일본군 진영에 전달하였다.

　편지를 받은 고니시 유키나가는 휘하 장수들과 참모들을 모아 놓고 돌려 보았다. 어김없는 심유경의 친필, 의심할 여지가 없었다.

　지난번 심유경이 다녀간 직후인 12월 9일, 고니시 유키나가는 서울에 있는 총대장 우키타 히데이에게 요청하여 개성에서 일본군 장수들의 회의를 열었다. 이 자리에서 장수들은 유키나가와 심유경 사이에 합의를 본 평화안을 만장일치로 승인하였고, 일본에 있는 도요토미 히데요시에게도 보고하였다.

　이제 명나라도 이 안에 동의하여 칙사까지 보내왔으니 평화는 눈앞에 다가왔다.

　그들은 밤사이에 칙사의 환영 절차를 결정하고 오늘 아침 답장을 주어 다케우치 일행을 떠나보냈다.

　"칙사의 교자는 너희들이 메고 오너라."

　고니시 유키나가는 떠나가는 그들에게 당부했다.

　"이것을 잊지 말고 심 유격에게 전하시오."

　뒤늦게 달려나온 중 겐소도 봉서 한 통을 건네주었다. 이 경사스러운 일을 읊은 한시(漢詩) 한 수가 들어 있다고 했다.

북으로 말을 달리는 다케우치 일행도 가슴이 부풀기는 매일반이었다. 단오에는 고향에 돌아갈 수 있지 않을까?

이런 경위로 순안을 찾은 일본 사람들.
그들에 대한 대접은 융숭하였다. 갖가지 음식에 본국에서 가지고 온 중국술도 나오고, 비단이며 은덩이 등등, 선물도 푸짐했다.
그중에서도 다케우치와 통역 장대선은 딴 방에서 특별대접을 받았다. 마주 앉은 것은 칙사와 심유경. 다케우치는 가슴이 뛰었다. 자기 같은 일개 하급무사가 대명(大明)의 칙사와 자리를 같이한다는 것은 꿈조차 꿀 수 없는 영광이었다. 그런데 칙사가 겸손하고 친절하기 이를 데 없었다.
"이걸 들어 보시오."
가끔 젓가락으로 진귀한 중국 요리를 집어 주기도 했다.
칙사로 분장한 것은 사대수 자신이었다. 부드럽게 대해야 마음을 터놓고 이야기할 것이었다. 알 까닭이 없는 다케우치는 더욱 감격하였다.
"우리 고니시 장군께서는……."
용건을 꺼내려고 해도 칙사는 말렸다.
"시장하실 텐데 식사부터 드시오. 이야기는 천천히 들어도 늦지 않을 것이오."
급할 것이 없는 인물, 역시 중국 사람들은 대인지풍이 있었다. 식사가 끝나고 차를 들면서도 칙사는 항시 웃음을 잃지 않고, 다케우치와 심유경이 주고받는 이야기에 귀를 기울였다.
"우리 겐소 스님께서 심 대인께 전하라는 시가 있습니다."
심유경은 다케우치가 바치는 봉서를 뜯어보고 칙사에게 바쳤다.

일본이 전쟁을 중지하고 중국에 복종하니
온 누리가 한집안이 되었네.
이 반가운 기운에 먼 외지의 눈도 녹으니
봄은 아직 일러도 태평화가 피었네.
(扶桑息戰服中華 四海九州同一家 喜氣忽消寰外雪 乾坤春早太平花)

"호오 — 이런 웅대한 시는 우리 대명에서도 나오기 어려울 것이오."
칙사는 시를 심유경에게 도로 넘기면서 칭송이 자자했다.

계책은 실패하고

"겐소 스님은 인물이 출중하신 분이라 시도 뛰어난가 봅니다."
심유경이 맞장구를 치자 다케우치는 신이 났다.
"평양에서는 지금 칙사 어른을 맞아들일 준비로 법석이 났습니다."
심유경은 사대수의 눈치를 살피고 고개를 끄덕였다.
"그럴 테지요."
"성 안팎의 대로를 말끔히 쓸고, 소를 잡고, 대동강 얼음에 구멍도 뚫고 말입니다."
"구멍을요?"
"낚시를 하는 거지요."
심유경은 여전히 사대수의 눈치를 살피면서 아직 치기가 덜 빠진 이 젊은 무사의 비위를 맞췄다.
"성의가 대단하군요."

"그뿐이 아닙니다. 고니시 장군께서는 내일 아침 마쓰라(松浦鎭信), 아리마(有馬晴信), 오무라(大村喜前), 우쿠(宇久純玄) 등 휘하의 모든 장수들과 겐소, 소이쓰(宗逸), 산겐(三玄) 등 모든 스님들을 거느리고 평양을 떠나 강복원(降福院)에서 칙사 어른을 영접하시기로 되어 있습니다."

"호오……."

"강복원에서 평양성에 이르는 연도에는 병사들이 도열하여 엄중히 경비를 펴구요."

옆에서 말없이 듣고 있던 칙사가 일어섰다.

"내일 그대의 인도로 평양성에 들어갈 생각을 하니 즐겁기 한이 없소. 우리 일찍 자고 아침에 또 만납시다."

"하핫."

다케우치는 탁자에 두 손을 짚고 머리를 조아렸다.

명군의 진영은 얼마 떨어지지 않은 안정역(安定驛)에 있었다. 그 길로 진영에 달려온 칙사 아닌 사대수는 이영과 잠시 의논하고 숙천에 있는 이여송에게 급사를 보내 사실을 고하였다.

그는 비단옷을 벗어던지고 군복으로 갈아입기가 바쁘게 부대마다 말을 달려 출동을 독려했다. 계책이 맞아떨어져도 이처럼 신통하게 맞으리라고는 생각을 못했다. 강복원은 전에 심유경과 고니시 유키나가가 처음 만나던 곳으로 평양성에서 북으로 15리. 여기 일본군 장수들이 전부 나오고, 그 이남 평양성에 이르는 길가에는 병정들이 늘어선다? 소원대로 적을 모두 성 밖으로 끌어내게 되는 셈이었다.

욕심을 부릴 것도 없었다. 강복원에 모인다는 장수들만 일망타진해도 나머지는 저절로 무너질 것이다.

그러나 서둘러야 했다. 순안에서 강복원까지는 40리가 넘는 길이었다. 이 추위에, 그것도 캄캄한 밤, 험한 길을 달려 내일 날이 밝기 전에 복병의 배치를 끝낸다는 것은 쉬운 일이 아니었다.

명군 단독으로 될 일도 아니고 지리에 밝은 조선군의 안내가 필요했다. 마침 순안에는 순변사 이일(李鎰)의 본영이 있는지라 사대수는 그에게 안내원들을 부탁했다.

고요하던 순안 일대는 삽시간에 횃불이 이리저리 달리고, 인마(人馬)가 북적거리고 — 소동이 벌어졌다.

눈으로 뒤덮인 길을 파도같이 남으로 움직여 가는 검은 대열. 밤눈이 밝은 사대수는 흡족한 마음으로 바라보았다. 이제 평양의 적은 없어진 것이나 진배없는 것이다.

별안간 객관 쪽에서 온 동네가 부서질 듯 법석이 일어났다. 호통, 고함, 비명 — 일본말과 중국말이 뒤범벅이 되어 밤하늘에 울려 퍼지고 쇠와 쇠가 부딪치는 소리가 찢어질 듯이 귓전을 울렸다.

사대수는 가슴이 철렁했다. 일이 틀어지는 것은 아닐까? 내일 아침 저들을 앞세우고 강복원에 닿을 때까지는 일체 분란이 없어야 했다.

비밀이 샌 것일까? 그러나 비밀을 아는 것은 이영과 나 사대수밖에 없는데 어떻게 샌다는 말이냐?

그렇지, 심유경이 있다. 변고가 났다면 이 흉물이 적과 내통한 것이 분명하다.

사대수는 말을 달리면서도 분을 참을 길이 없었다. 이번에야말로 이 물건을 처치해 버려야겠다.

현장에서는 객관을 지키던 1백 명의 명군 병사들과 20여 명의 일본군 사이에 난전(亂戰)이 벌어지고 있었다. 어둠 속에서 치고 찌르고 도무지 갈피를 잡을 수 없었다.

이영이 수십 명의 횃불을 든 병사들을 앞세우고 달려왔다.

"이거 큰일 났습니다. 저것들이 도망을 치는 바람에 이 소동이 벌어졌답니다."

다케우치와 장대선이 오랏줄에 묶여 나왔다.

"저놈을 끌어오너라."

사대수는 병정들을 시켜 장대선을 끌고 진영으로 돌아왔다.

"네 얘기는 이미 듣고 있다. 할 일이 없어 왜놈들의 통역을 하고 다니느냐?"

장대선은 이상한 눈으로 쳐다볼 뿐 대답이 없었다.

"왜 말이 없느냐?"

"역시 사실이군요."

"무슨 뜻이냐?"

"장군은 칙사가 아니시지요?"

사대수는 창졸간에 대답이 나오지 않았다.

"저들은 이쪽 계책을 알아차렸습니다."

사대수는 이제 와서 숨길 것도 없었다.

"심유경이 내통했지?"

"아닙니다."

그는 순순히 사실을 털어놓았다.

장대선은 잠자리에 들어 잠을 청하는데 옆방에 들었던 다케우치가 슬그머니 기어 들어왔다.

"아무래도 이상하단 말이야."

"뭐가?"

"대명 천자의 칙사라면 얼굴이 하얀 귀골일 터인데 저 친구는 얼굴이

시꺼먼 것이 소도둑 같지 않아? 무사가 아닐까?"

"무사라고 척사는 안 된다는 법이 없지."

"그럴까."

잠시 대화가 끊어졌는데 바깥이 시끄러웠다. 뭇 발자국 소리가 지나가고, 끊어지고, 또 지나가고 — 분명히 부대 이동이었다.

그런데 지나갈 때마다 와자지껄 떠드는 소리는 모두 중국말이었다. 유심히 귀를 기울이던 다케우치가 정색을 했다.

"저건 대명의 군대가 아냐?"

아니라고 할 수 없었다. 장대선 자신도 명군이 여기까지 온 줄은 몰랐고, 가슴이 떨릴 정도로 놀랐다.

몇 사람만 모여도 냄비에 콩을 볶듯이 떠들고 요란한 것이 중국 사람들의 병통이다 — 생각하고 있는데 다케우치가 갑자기 마당으로 내리뛰면서 외쳤다.

"속임수다. 가자!"

소동은 이렇게 시작되었다.

이영이 문을 열고 들어섰다.

"이거 큰일 났습니다. 아무리 맞춰도 숫자가 맞지 않습니다."

죽은 자와 다친 자, 그리고 살아서 뒷짐을 묶인 자들을 모두 합쳐도 18명. 5명이 자취를 감췄다는 것이다.

이들이 살아서 이 밤으로 평양에 닿기만 하면 모든 계책은 수포로 돌아가는 것이다. 무슨 일이 있어도 잡아야 했다.

순안은 현령(縣令)이 다스리는 작은 고을로 읍내에는 목책을 둘렀을 뿐 성은 없었다. 어둠 속으로 스며들기만 하면 성벽을 넘는 수고조차 없이 동서남북 어디든지 도망칠 수 있는 고장이었다.

사대수는 더 이상의 병력 이동을 중지시키고, 이일의 조선군에도 협조를 요청하여 양국군 6천여 명으로 수색을 시작했다.

큰길은 그런 대로 얼어붙기라도 했으나 산과 들에는 눈이 쌓여 무릎까지 빠지는 대목도 적지 않았다. 큰길을 갈 수는 없을 것이고, 신발도 제대로 못 신고 밤중에 내뺀 쪽발이들, 가면 10리를 가겠느냐?

대수롭게 생각하지 않았다. 그러나 삭풍이 몰아치는 데다 지척도 잘 보이지 않는 어두운 밤, 찾는 사람들도 죽을 지경이었다.

밤 사경(四更 : 새벽 2시), 숙천에서 이여송이 당도했다. 그는 급사로부터 소식을 듣는 즉시 류성룡, 김명원은 물론 접반사 등 조선 사람들에게는 일체 알리지 않고 호위병 18명과 제1군 사령관인 아우 이여백이 지휘하는 친병(親兵) 1천5백 기만 거느리고 전속력으로 달려왔다.

숙천 일대에 집결하여 있던 나머지 명군도 전원 그들의 뒤를 따라 남으로 내려오는 중이라고 했다.

수색은 이때까지도 계속되었고, 도망간 일본인 5명 중 2명이 붙들려 목이 떨어졌다. 그러나 나머지 3명은 종적을 알 길이 없었다.

"2명은 어떻게 잡았소?"

"바위 밑에 오그리고 있다가 수색하던 병정들의 발에 걸렸습지요."

이여송의 물음에 사대수는 이렇게 대답했다. 이 캄캄한 밤, 그처럼 발에 걸려 주면 몰라도 눈으로 찾아낸다는 것은 불가능한 일이었다.

성공 한 걸음 앞에서 실패로 돌아간 계책. 무슨 일을 그렇게 어설프게 하느냐? 이여송은 화가 치밀었으나 참았다. 실패자를 윽박지르는 것처럼 어리석은 일도 없었다. 그것은 동지를 적으로 돌리는 어리석음이었다.

"수색은 중지하지."

이여송이 일렀다. 이대로 계속하면 많은 병사들이 동상에 걸릴 염려가 있었다.

"죄송합니다."

"운수라, 할 수 없지요."

이여송은 몸 둘 바를 몰라 하는 사대수를 위로하고 이영을 돌아보았다.

"이 장군은 즉시 떠나시오."

급히 가서 예정대로 강복원 주변에 복병을 매복하라고 했다.

도망친 3명은 평양까지 갈 수도 있고, 도중에 얼어 죽을 수도 있었다. 만에 하나의 가능성이라도 희망을 걸 수밖에 없었다.

1월 5일의 동이 트고 사람과 산천이 윤곽을 드러내면서 북에서는 명군의 대부대들이 순안으로 몰려왔다. 그러나 잠시 발길을 멈췄을 뿐, 행렬은 또다시 움직여 남으로 사라져 가고 새로운 부대들이 당도했다.

동산에 첫 햇살이 솟을 무렵 강복원의 이영으로부터 전령이 달려왔.

"적은 움직이는 기색이 없습니다."

순안에서 일어난 일을 모른다면 그들은 당연히 움직여서 강복원까지 마중을 나와야 했다. 그러나 그런 기척이 없었다.

해가 어지간히 치솟아 눈으로 뒤덮인 벌판에 퍼질 무렵, 드디어 낙심천만한 보고가 왔다.

"평양성 밖 멀리까지 적의 척후들이 출몰하고, 성안의 적은 성벽에 바위와 목재를 올리고, 병사들을 배치하고, 농성 준비를 서두르고 있습니다."

도망친 3명은 살아서 평양까지 돌아간 것이 확실하고, 그들의 입을 통해서 이쪽의 계책이 탄로 난 것도 짐작이 갔다.

3명은 비상한 사람도, 비상한 계책을 쓴 것도 아니었다. 다만 붙들려서 목이 떨어진 다른 2명과는 달리 뿔뿔이 흩어지지 않고 뭉쳐서 숨어 있었다. 숨어 있다가 어둠 속에서 지나가는 명나라 병사를 하나씩 때려 누이고 그들의 입성을 뺏어 입고는 명군 대열에 끼어 그들과 함께 남하하였다.

추위에 자기 몸을 간수하기도 힘겨운 병사들은 누구 하나 말을 거는 사람도 없고, 그저 웅크리고 길을 재촉하는 것이 고작이었다.

강복원 가까이 이르자 세 사람은 슬쩍 길옆으로 빠졌다가 엎어지며 자빠지며 평양성으로 달려가서 고니시 유키나가에게 자초지종을 고했다.

"이럴 수도 있는가!"

유키나가는 이를 갈고 전투 준비에 들어갔다.

적을 성 밖으로 끌어내어 기병집단으로 밟아 버리려던 계책은 사라지고, 이제 정면으로 평양성을 들이치는 도리밖에 없었다. 이여송은 장수들을 자기 처소로 불러들였다.

"전군은 오늘 해가 떨어지기 전에 부산원(斧山院)까지 진출하고, 명 6일은 해돋이와 함께 행동을 개시하여 평양성을 사면에서 포위하도록 합시다."

그에게는 안주에서 류성룡으로부터 받은 평양성 일대의 지도가 있었다. 그는 이 지도를 펴놓고 장수들에게 각기 담당 구역과 공격 목표를 배정하였다.

부산원은 전에 심유경과 고니시 유키나가가 조선군과 일본군 사이의 휴전선을 획정하고 팻말을 박아 놓은 고장이었다. 순안에서 30리, 거기서 30리를 더 가면 평양성이었다. 하루의 행군을 30리의 짧은 거리로 잡은 것은 총공격을 앞두고 병사들로 하여금 과로를 피하고 마지막 준비를 하도록 하자는 것이었다.

때를 같이하여 조선군도 순안으로 집결하고, 이일 이하 장수들은 도착하는 대로 이여송이 좌정한 안정역을 찾았다.

　그중에서 특히 뭇사람의 시선을 끈 것이 가사를 바람에 나부끼고 말을 달려오는 두 사람의 스님이었다. 한 사람은 백발의 노승, 또 한 사람은 초로의 건장한 대장부.

티 없는 얼굴의 두 스님

서산대사(西山大師)와 사명대사(四溟大師)였다. 서산은 이미 74세의 고령, 사명도 50세로, 노경에 들어서고 있었다. 순안에서 북동으로 50리, 법흥사(法興寺)에서 승군(僧軍)들을 이끌고 오는 길이었다.

"앉으시지요."

이여송은 서산에게 자리를 권하고 유심히 뜯어보았다.

압록강을 건너 조선 땅을 밟은 이후로 아직 제대로 펴진 얼굴을 보지 못했다. 임금에서 밑바닥 백성들에 이르기까지 대개는 근심 걱정이 아물거리는 얼굴, 죽어 가는 눈초리가 아니면 살기가 번뜩이는 눈초리들이었다.

이것은 조선뿐만 아니라 전쟁이 있는 고장에서는 어디서나 볼 수 있는 풍경이었다. 지난번 난리가 일어난 영하만 하더라도 사람들은 얼굴이 일그러지고 갈수록 사나워져서 하는 행동마다 짐승이나 별반 다를 것이 없었다. 이 이여송도 한꺼번에 수백 명씩 수장(水葬)을 하고, 혹은 불에 태워 죽여도 눈 하나 까딱하지 않았고, 그 숫자가 많을수록 상쾌하였다.

평시에는 생각도 못할 발작 증세였다. 북경에 돌아와서 얼마간 사람 사는 동네의 공기를 마신 연후에야 이런 증세가 가라앉고 얼굴에 화기도 돌았다. 전쟁에 시달리는 조선 사람들이 정상이 아니라고 이상할 것은 없었다.

이상한 것은 눈앞에 앉은 이 늙은 중이었다. 전쟁의 소용돌이에 앉아 있으면서도 전쟁과는 담을 쌓은 듯 티 없는 얼굴 — 어느 싸움터에서도 보지 못한 얼굴이었다.

"내 한 가지 모를 것이 있는데, 스님들이 무기를 들고 살생을 해도 괜찮은가요?"

이여송은 안주에서 도체찰사 류성룡으로부터 승군에 대한 이야기는 이미 듣고 있었다. 금산에서 전사한 영규(靈圭)의 이야기도 들었고, 지금 자기를 찾아온 이 두 사람의 내력도 알고 있었다.

"무기 나름이지요."

서산은 짤막하게 대답했다.

"무슨 말씀이오?"

"가령 창은 애써 사람을 해치자는 무기요, 방패는 애써 사람을 구하자는 무기가 아니겠소이까? 우리 중들이 드는 무기는 방패라고 생각하시면 과히 틀리지 않을 것입니다."

"어떻든 살생은 살생이지요."

"산돼지가 사람을 물었다고 합시다. 이 짐승을 찌르고 사람을 살려야 할까요, 아니면 살생이 두려워 보고만 있어야 할까요?"

"……"

"지금 도요토미 히데요시의 몸에서는 사람의 혼이 빠져나가고 짐승의 혼이 들어앉아 있는 것입니다. 그 무리들이 바다를 건너와서 사람을 물고 찢고 돌아가는데 중이라고 목탁이나 두드리고 앉아서야 쓰겠소이까?"

"알아듣겠습니다. 이제부터 평양성을 치기로 되었는데, 스님의 승군은 어떤 일이 합당할까요?"

"쓴 일, 단 일을 가릴 계제가 못 되지요."

이여송은 오래도록 평양 지도를 더듬어 보고 나서 모란봉(牧丹峯)을 가리켰다.

"여기, 이 북쪽 기슭에 포진해 주실까요?"

"그렇게 하지요."

서산은 천성으로 군소리가 없는 사람이었다. 왜 하필이면 성에서 동떨어진 모란봉이냐? 의문도 있을 만했으나 묻지 않았다.

이여송은 붓을 들어 종이에 적어 내려갔다.

공명이니 이익이니 뜻을 둠이 없이
전심으로 도를 닦으시더니
이제 나라가 위급함을 듣고
총섭께서는 산마루에서 내려오셨네.
(無意圖功利 專心學道仙 今聞王事急 總攝下山巔)

"정표로 받아 주시지요."

그는 시를 선물로 건네고, 그때까지 잠자코 서산의 옆에 앉아 있던 사명에게 눈길을 던졌다.

"조선은 반드시 다시 일어설 것입니다."

"그럴까요?"

"정신이 살아 있으니까요."

사명의 두 눈이 빛을 발하고 살아서 약동하고 있었다.

두 사람은 문간까지 나온 이여송의 전송을 받고 다시 말에 올랐다. 명나라 황제와 자기 부친 이성량 외에는 머리를 숙이는 일이 드물고, 상사인 송응창도 우습게 본다는 이여송으로서는 흔한 일이 아니었다.

이 전쟁이 일어날 당시 서산은 평안도의 묘향산 보현사(普賢寺)에 있었고, 사명은 강원도 금강산의 유점사(楡岾寺)에 있었다.

서산은 작년 초가을 임금의 부름을 받고 의주에 가서 8도 16종 도총섭(八道十六宗都總攝), 즉 조선 불교의 총수로 임명을 받았다. 이에 그는 전국의 모든 사찰에 격문을 보내 궐기하도록 호소하는 한편 자신은 순안의 법흥사로 옮겨 여기서 승군을 조직하였다.

사명은 30대 초에 묘향산으로 서산을 찾아 그 밑에서 3년 동안 공부한 서산의 제자였다. 금강산에서 수백 명의 승병(僧兵)을 규합하여 일본군과 대치하다가 스승 서산의 편지를 받고 평안도로 옮겨 도총섭인 서산 밑에서 부총섭(副總攝)의 직책을 맡았다. 서산은 이미 칠십을 넘은 고령이어서 자연히 그가 실무를 총괄하게 되었다.

이때 전국에서 일어난 승군은 도합 5천, 그중 법흥사에 모인 승군은 1천 명이었다.

마침 법흥사에는 방어사 정희운(鄭希雲)의 본영이 있었다. 서산과 사명은 군사에 밝은 정희운의 도움으로 승병들을 단련하여 강병으로 양성하여 갔다.

서산과 사명이 이처럼 전국의 중들을 통솔하고 중들도 그들에게 순종한 데에는 그럴 만한 연유가 있었다.

원래 우리나라에서는 중도 마음대로 될 수 있는 것이 아니고, 국가의 관리들과 마찬가지로 과거에 급제해야 하였다. 유교를 국교로 삼은 조선 왕조에서도 처음에는 고려의 선례에 따라 과거의 한 종목으로 승과(僧科)를 그대로 두었다. 자연히 4년에 한 번씩 실시하는 문무과(文武科)와 함께 승과의 과거도 있게 마련이었고, 이에 급제한 사람들이 주지 등 요직을 차지하였다. 일반 과거에 급제한 사람들이 고급 관리로 등용되는 것이나 마찬가지 절차였다.

　변고는 말썽 많은 연산군 때에 일어났다. 승과의 시험 장소였던 흥천사(興天寺 : 禪宗)와 흥덕사(興德寺 : 敎宗)를 철폐하여 마구간으로 만들어 버리는 바람에 시험장이 없어지고, 승과의 시험도 유야무야로 없어지고 말았다.

　연산군이 쫓겨나고 중종이 왕위에 올랐으나 승과는 부활되지 않았다. 그러지 않아도 없애지 못해 안달하던 유신(儒臣)들이 기왕 없어진 승과를 되살릴 리가 만무하였다. 유교, 그중에서도 주자학(朱子學) 유일 사상의 시대로, 다른 종교나 철학은 발도 붙일 여지가 없었다.

　1545년 인종(仁宗)이 재위 1년도 못 되어 세상을 떠나고 이복 아우 명종(明宗)이 12세 소년으로 왕위에 오르자 그의 생모 문정왕후(文定王后)가 섭정을 보게 되었다.

　왕후는 독실한 불교신자였다. 덕망이 있는 스님을 찾던 중 강원감사가 천거한 설악산 백담사(百潭寺)의 중 보우(普雨)가 제일 출중하고 믿을 만하였다.

　"스님이라면 뭇사람들의 마음에 안정을 주고 세상인심을 순화하는 데 모범이 되어야 할 터인데 요즘 공론을 들어 보면 그렇지 못한 듯하오. 어찌 된 일이지요?"

　왕후의 물음에 보우는 이렇게 대답했다.

"고려조에서는 물론이고 국초까지도 점잖은 집안의 자제들이 출가하여 불문에 들어오는 일이 적지 않았습니다. 자질이 좋은 중들이 많았지요. 중도에 불교를 억누르는 바람에 중들의 질도 날로 떨어지고, 사찰이라면 건달이나 거렁뱅이들의 소굴같이 되어 버렸습니다. 근년에 못된 짓을 하는 범법자들을 잡고 보면 머리를 깎은 중들이 태반입니다. 세상 공론이 좋지 못한 것도 당연한 일입지요."

"어떻게 하면 좋겠소?"

"방책이 하나 있지요. 더욱 철저히 짓밟아서 조선 천지에 한 채의 절간도, 한 명의 중도 남기지 않고 쓸어버리는 것입니다."

"업화(業火: 지옥의 불)가 두렵지 않소? 어찌 그런 말씀을 하시오?"

"또 하나 방책은 중들에게도 길을 열어 주고, 제구실을 할 수 있도록 환경을 조성하는 것입니다. 원효대사(元曉大師)나 대각국사(大覺國師) 같은 분인들 못 나오겠습니까?"

"그렇게 되면 오죽 좋겠소?"

"그러나 어려울 것입니다."

"어려운 연고를 말씀해 보시오."

"조정의 모든 신하들과 전국의 수만 유생들이 벌 떼같이 일어설 터인데 무슨 힘으로 그들의 기를 꺾겠습니까?"

"왕권으로도 안 된다는 말씀이오?"

"왕권으로 안 될 일이 세상에 어디 있겠습니까? 그러나 섣불리 시작했다가 중도에 물러서면 안 하느니만 못할 뿐더러 도리어 큰 화를 부를 것입니다."

"염려 마시오."

보우는 한강 건너 광주 봉은사(奉恩寺)에 좌정하여 불교 중흥을 위한 갖가지 시책을 추진하였다. 봉은사를 선종의 수사찰(首寺刹), 양주(楊州)

의 봉선사(奉先寺)를 교종의 수사찰로 지정하고, 전국의 절들을 정비하고, 승려들을 독려하여 수도에 힘쓰도록 권장하였다.

예상한 대로 전국에서 온갖 방해가 일어났으나 문정왕후의 단호한 대응으로 보우는 뜻대로 일을 추진할 수 있었고, 1552년(명종 7)에는 마침내 승과의 과거를 부활하기에 이르렀다. 1504년(연산군 10) 승과가 폐지된 지 48년 만의 일이었다. 선종은 봉은사, 교종은 봉선사에서 과거를 보았는데 급제한 사람이 도합 4백여 명이었다.

서산대사는 이 부활된 승과의 제1기생, 사명대사는 9년 후인 1561년에 급제한 제4기생이었다. 국가시험에 합격한 떳떳한 승려의 신분인 데다 인품과 학식이 다 같이 뛰어나 불교 중흥의 지주로 숭앙을 받았다.

그러나 1565년 4월 문정왕후가 세상을 떠나자 부활되었던 승과도 5회로 막을 내리고, 보우는 제주도로 끌려가서 목사 변협(邊協)에게 몽둥이로 맞아 죽는 참변을 당했다.

조선 불교는 다시 서리를 맞고, 전보다도 더욱 쇠잔해 갔다. 서산이나 사명 같은 걸출한 인물들도 중앙에서 활동할 여지를 잃고 깊은 산에 들어가 도를 닦는 외에 달리 길이 없었다. 승려들은 누구나 현실을 한탄하고 보우가 활약하던 명종 시대를 그리워한 것도 인지상정이었다.

나라를 아끼고 종사를 걱정함에
산승 또한 임금의 신하가 아닐쏘냐.
장안은 어디던가
돌아보면 눈물이 수건을 적시네.
(愛國憂宗社 山僧亦一臣 長安何處是 回望淚沾巾)

서산대사가 명종이 묻혀 있는 강릉(康陵)을 지나다 읊은 시로, 자기들만 나라를 걱정하고, 중이라면 무슨 역적이라도 되는 듯이 짓밟고 돌아가는 유신들 — 그들이 와글거리는 서울 장안을 바라보는 그의 심정이 그대로 나타난 글이었다.

보우가 맞아 죽고 중들이 다시 천대를 받기 시작한 지 27년, 임진왜란이 터졌다.

불교에서는 호국삼경(護國三經)이라 하여 인왕경(仁王經), 법화경(法華經), 금광명경(金光明經)에 바탕을 둔 호국사상이 있었고, 조선에서도 삼국 이래로 나라가 어려운 때에는 승려들도 무기를 들고 일어서는 전통이 있었다.

임진왜란에 많은 승려들이 궐기한 것은 이와 같은 호국의 전통에 연유한 것이었다. 동시에 그 밑바탕에는 이 기회에 생사를 초월하는 불교의 진면목을 발휘하여 승려들도 마땅히 차지해야 할 자기들의 위치를 되찾고 이 땅에 부처님의 나라를 건설하려는 비원이 깃들어 있었다.

그들은 서산과 사명을 중심으로 일어섰다.

이여송의 영문에서 물러 나온 서산과 사명은 여기저기 흩어져 쉬고 있던 승병들을 집결하고 출동 준비를 서둘렀다.

"제독도 만나셨으니 스님께서는 법홍사로 돌아가시지요."

"스님께서는 이제 쉬셔야 합니다."

여러 사람들이 걱정하는 가운데 늙은 서산은 말에 올라 미소를 지었다.

"고맙소."

그러나 법홍사가 아닌 평양 방향으로 말고삐를 틀고 채찍을 내리쳤다.

평양성 탈환 작전

 서산·사명 휘하의 승군 외에 이 당시 평양 주변의 조선군은 순변사 이일의 총지휘하에 다음같이 배치되어 있었다.

1. 순안 : 이일의 직할부대 4천4백 명
2. 법흥사 : 방어사 정희운 휘하에 1천 명
3. 용강(龍岡)에 본영을 두고 삼화(三和)·강서(江西)·증산(甑山) 고을 20여 개처에 포진한 별장 김응서(金應瑞) 휘하 7천 명과 조방장 이사명(李思命) 휘하 1천 명
4. 대동강 하류 : 김억추(金億秋) 휘하 수군 3백 명

 이상 조선의 관군은 도합 1만 3천7백 명. 다만 수군은 대동강이 얼어붙어 움직일 수 없었다.

이와는 별도로 조호익(曺好益), 이주(李柱), 고충경(高忠卿) 등 의병장들이 거느린 의병 수백 명이 중화(中和), 상원(祥原), 임원(林原) 등지에서 유격전에 종사하고 있었다.

1월 5일 순안을 떠난 명군과 조선군 5만 7천 명은 그날 밤을 부산원 일대에서 보내고, 다음 날인 1월 6일, 먼동이 트자 일제히 남으로 움직이기 시작했다. 이들은 차례로 평양성 외곽에 당도하여 용강 방면에서 진격하여 온 김응서·이사명 휘하 8천 명과 합류하여 성을 에워싸기 시작했다.

명군과 조선군을 합쳐 도합 6만 5천 명, 이에 대치하는 성내의 일본군은 1만 5천 명이었다.

평양성은 동쪽 성벽에 인접하여 대동강이 흐르고 있었다. 자연히 이쪽에는 병력배치가 불가능하여 공격군은 남·서·북 삼면으로 포위하는 수밖에 없었다.

명군은 서북면에 집결하여 양원 휘하의 제2군과 장세작 휘하의 제3군 도합 2만여 명은 칠성문(七星門) 밖에 포진하고, 이여백 휘하 제1군 1만여 명은 보통문(普通門) 밖에 포진하였다. 총대장인 제독 이여송은 유군(遊軍 : 예비대) 9천 명을 이끌고 보통문 서북 야트막한 야산, 전군을 바라볼 수 있는 고지에 위치하였다.

조선군 1만 3천여 명은 평양성을 남으로부터 공격하기로 되어 있었다. 남대문에 해당되는 함구문(含毬門) 밖에는 김응서가 지휘하는 8천 병력이 포진하고, 그 서쪽 남소문에 해당되는 정양문(正陽門)에는 방어사 정희운 휘하 2천 명, 순변사 이일은 유군 3천 명을 이끌고 김응서의 후방 고지에 위치하였다.

조선군에는 조승훈(祖承訓)과 낙상지(駱尙志)가 각기 병력 1천 명씩

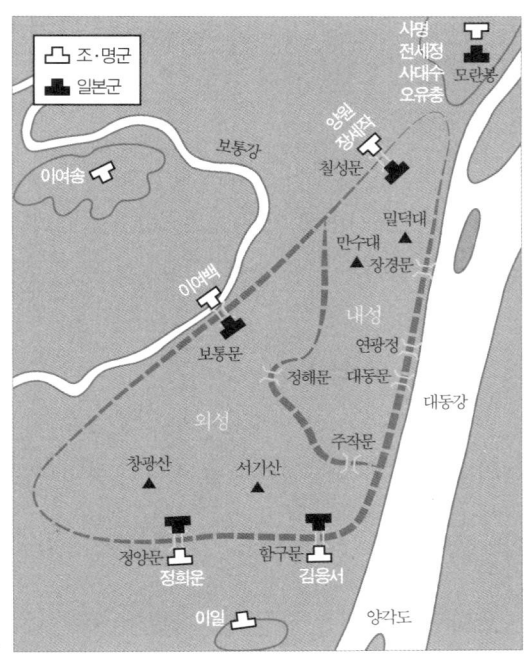

평양성 공방도

이끌고 배속되어 왔다. 이들은 조선군에 부족한 포 지원(砲支援)과 함께 독전(督戰)을 위해서 나온 부대들이었다.

전체 작전을 구상하면서 이여송이 특히 주목한 것은 모란봉이었다. 평양성 북단에 위치한 이 산에 적이 숨어 있다가 야음을 타고 몰래 내려와 우군의 배후를 기습공격하면 큰 혼란에 빠질 염려가 있었다.

그는 제1군에서 전세정(錢世楨), 제2군에서 사대수(查大受), 제3군에서 오유충(吳惟忠)을 뽑아 3천 병력으로 모란봉 북쪽 기슭에 배치하였다. 사대수는 요동 출신의 북병(北兵), 나머지 두 사람은 절강(浙江) 출신으로 남병(南兵)들을 거느리고 있었다. 이들과 함께 배치된 것이 서산·사명 휘하의 조선 승군 1천 명이었다.

성벽에는 어디나 적의 오색 깃발들이 즐비하게 나부끼고 병사들이

4권 비밀과 거짓말 245

웅성거리고 있었다. 그러나 성을 벗어나 그 북쪽에 솟은, 그다지 높지도 낮지도 않은 모란봉에는 노송들이 울창하게 들어섰을 뿐, 사람도 깃발도 보이지 않았다.

속을 모르는 명군 병사들은 말이 많았다.

"히이 ― 산신령께 치성(致誠 : 기도)을 드리라, 이런 말씀인가?"

본대와 떨어진 외딴 골짜기, 평시 같으면 조용히 기도를 드리기 알맞은 곳이었다.

"치성이 아니라 불공을 드리는 모양이다."

가사를 입은 조선 승병들에게 곁눈질을 보내고 빈정거리는 축이 있는가 하면 일부러 통역까지 끌고 와서 삿대질을 하는 축도 있었다.

"이봐 중들아. 자기 몸의 이도 못 죽이는 느으들이 왜놈들을 어째 보겠다고? 내 배꼽이 웃으신다."

손바닥으로 배를 두드리는 바람에 둘러선 명군들은 허리를 꺾고 웃었다.

"부처님의 말씀이 아니면 말하지 말고, 부처님의 행실이 아니면 행하지 말라(非佛之言不言 非佛之行不行也)."

승병들은 서산대사의 말씀을 되새기고 어금니를 깨물었다.

정오까지 공격군은 대체로 포위 태세를 끝냈다. 그러나 가끔 대포 소리와 조총 소리가 울릴 뿐 양군은 서로 대치한 채 더 이상 움직일 기미는 보이지 않았다.

이여송은 아무래도 모란봉이 마음에 걸렸다. 그는 호위병사 2백 기(騎)와 함께 서북 외곽을 돌아 현장으로 달려왔다.

"스님도 오셨습니까?"

그는 서산대사를 보고 놀라는 눈치였다.

"절간에 있기도 갑갑해서."

서산은 덤덤하게 대답했다.

"고령에 촉한(觸寒)을 하시면 안 될 텐데."

이여송은 부하들을 시켜 그를 멀리 후방에 보이는 외딴집으로 인도하게 하였다.

"차라도 드시면서 구경이나 하시지요."

서산이 물러가자 이여송은 모란봉을 턱으로 가리켰다.

"두드려 봐요."

대포들이 불을 뿜자 여태까지 잠잠하던 숲 속에서는 아름드리 노송들이 찢어지고 사람들의 비명이 울렸다. 남의 눈에 뜨이지 않도록 은밀히 두른 목책도 드러났다.

이여송의 짐작은 틀리지 않았다.

고니시 유키나가로서는 이 엄청난 포위군을 물리치는 데는 달리 도리가 없었다. 야간에 적의 배후에 병력을 투입하여 불시에 그 후방을 교란하고 안팎으로 적을 협격하는 길이 있을 뿐이었다. 이를 위해서 유키나가 자신이 2천 병력을 이끌고 이 산에 매복하여 밤을 기다리는 중이었다.

이제 그 계책이 드러나고 말았다. 드러난 이상 될 수 있는 대로 변변치 않게 보여 적으로 하여금 경계를 늦추고 안심하도록 하는 것이 상책이었다.

그는 2천 병력을 이끌고 산을 내려왔다.

그러나 이여송은 적이 다가오자 싸우는 시늉만 하다 후퇴를 명령하였다. 고니시 유키나가는 바싹 뒤를 쫓았으나 명군은 한정 없이 쫓기기만 했다.

적의 술책에 빠지는 것은 아닐까? 이번에는 유키나가가 후퇴를 명령했다.

적의 병력이 2천임을 확인한 이여송이 반격을 명령하자 유키나가의 일본군은 죽자 사자 도망쳐 산으로 숨어 버렸다.

왜놈들, 별것이 못 된다 — 명군 장병들은 적을 우습게 보았고, 이여송은 장수들에게 일렀다.

"적은 2천, 우리는 3천, 조선 승군까지 합치면 4천이오. 반밖에 안 되는 저들을 막지 못한대서야 장수라고 할 수 있겠소?"

그는 안심하고 보통문 밖의 본영으로 돌아갔다.

밤이 왔다.

일본군은 전면적인 야습을 준비하고 있었다. 고니시 유키나가는 전군의 지휘를 위하여 평양성 내로 들어가고 대신 모란봉에는 젊은 소 요시토시가 왔다.

"작년 7월에 봤지? 중국 놈들은 썩은 짚단 같은 시라소니들이다."

그는 지난 초가을 조승훈을 물리친 기억을 되살려 병사들을 격려하고 때가 오기를 기다리고 있었다.

그 아래 모란봉 기슭에는 사대수 휘하 1천 명이 포진하고, 오유충과 전세정 휘하 2천 명은 멀리 떨어진 여러 채의 장막에 들어가 장수들은 술을 마시고, 병사들은 투전을 하다 잠이 들었다.

사명대사의 승군은 아예 없는 것으로 치부하고 아무도 상대하는 사람이 없었다.

"이대로 괜찮을까요?"

사명은 오유충을 찾았다. 아무리 보아도 방비가 허술하기 이를 데 없었다.

"무어가 말이오?"

"밤중에 적이 오면 어떻게 하지요? 아무래도 한심한데."

"지금 무어라고 했소?"

"한심하다고 했소."

"중놈이 군사를 논한다?"

그는 술김에 주먹으로 사명의 가슴을 내질렀다. 그러나 사명은 잽싸게 그의 손목을 낚아채어 어둠 속으로 던져 버리고 돌아섰다. 사명대사는 거인으로 힘이 장사였다.

"어떻게 할까요?"

그는 외딴집으로 서산대사를 찾았다.

"이것은 저들의 나라가 아니고 우리나라요. 소신대로 하시오."

서산은 만사 사명에게 일임하였다.

사명이 보기에도 여기가 무너지면 심상치 않은 사태가 벌어질 것이 분명했다. 그는 1천 명의 승병들을 사대수 진영의 후방에 포진하고, 어둠 속에 나무를 베어 장애물을 설치하고, 땅을 파서 구멍을 만들고, 구할 수 있는 대로 새끼줄을 구해다 이리저리 치기도 했다.

뒤에 있는 외딴집에서는 서산대사가 마당에 우등불을 피우고 모탕에 걸터앉아 있었다. 승병들이 달려갔다.

"스님, 적의 목표가 됩니다."

불을 끄려고 했으나 듣지 않았다.

"무슨 소린고?"

"스님이 위험하십니다."

"나는 이제 늙었어. 위험이니 안전이니 생각할 때는 지났지."

할 수 없이 돌아서는데 스님이 한마디 덧붙였다.

"누구든 다치거든 이 불을 보고 찾아와요."

스님의 옆에 놓인 광목 뭉치가 눈에 들어왔다.

한숨 돌릴 겨를도 없었다. 살금살금 모란봉을 내려온 소 요시토시 휘하 적군 2천 명은 사대수의 진영에 이르자 별안간 조총을 난사하고 돌진하여 왔다.

낮에 본 일본군은 겁이 많고 형편이 없었다. 그들이 선수를 쳐서 공격해 오리라고는 생각도 못했다. 추위에 몸을 오그리고 졸다가 기습을 당한 명군 병사들은 기겁을 하고 비명, 신음, 아우성과 함께 뿔뿔이 흩어져 어둠 속으로 도망쳐 버렸다.

사명은 구구전승으로 승병들에게 전했다.

"움직이지 말라. 네가 있는 자리가 생지(生地), 떠나면 사지(死地)다."

어둠 속에서 적은 겨누지도 않고 겨눌 수도 없었다. 그저 어림짐작으로 무턱대고 총질을 하면서 다가왔다.

승병들은 앞을 응시하고 기다렸다. 어둠에 익숙해진 그들의 눈에는 적의 움직이는 형체가 완연히 보였으나 적은 두리번거리는 품이 이쪽을 보지 못하는 것이 분명했다.

그러나 대개 처음으로 경험하는 전투였다. 가슴이 두근거리고 손도 떨렸다. 그들은 소리를 내지 않기 위해서 떨리는 손으로 나뭇가지를 입에 물고 뒤를 돌아보았다. 외딴집 마당, 우등불 옆에는 서산대사가 지팡이를 짚고 앉아 있었다. 불빛과 스님의 모습은 어쩐지 그들에게 마음의 안정을 주었다.

마침내 백병전이 벌어졌다. 그러나 대낮과는 달리 일 대 일의 백병전은 아니었다.

다가오던 적이 장애물에 걸려 휘청거리거나 땅 구멍에 빠져 넘어지면 때를 놓치지 않고 소리도 없이 창으로 내지르는 전법이었다. 가끔 재빠른 적병이 있어 이쪽이 당하는 경우도 있었으나 십중팔구 비명과 함께 쓰러지는 것은 일본군이었다.

승군 진영에서 이리저리 움직이는 것은 단 하나, 사명대사의 그림자뿐이었다. 그는 무시로 진영을 돌다가도 우군과 맞붙어 싸우는 적병이 눈에 들어오면 칼로 내리치는 것이 일이었다.

전투에서 적은 반수인 1천 명을 잃고 다시 모란봉으로 도망쳐 올라갔다. 승군에도 1백여 명의 사상자가 있었다.

전세정과 오유충이 병정들을 이끌고 달려왔다.

"이거 큰일 났소."

오유충은 외면하고 전세정이 난처한 얼굴로 말을 걸었다.

"무슨 말씀이오?"

"제독께서 아시면 우리는 무사하지 못할 것이오."

"두 분께서는 한 명의 손실도 없이 적을 물리치셨는데 그럴 리가 있겠소?"

"빈정거리는 것이오?"

"생각해 보시오. 세상에 중이 무서워 도망가는 군사가 어디 있겠소? 적은 당신들이 겁나서 내뺀 것이오."

"정말 그렇게 생각하오?"

"그렇게 생각하오."

"훗날 공을 다투지는 않겠지요?"

"중에게 공이 무슨 소용이오."

"쎄쎄."

두 사람은 깊숙이 머리를 숙이고 발길을 돌렸다.

외딴집의 서산대사는 날이 밝도록 다친 사람들을 싸매고 침을 놓고 알약을 먹이고 잠시도 쉬지 않았다.

총공격

이날 소 요시토시와 교대하여 모란봉에서 성내로 돌아온 고니시 유키나가는 정병 3천 명을 선발하여 1천 명씩 3개의 특공대를 조직하였다. 모두가 조총과 단도만 휴대한 경보병들이었다.

밤이 깊어 자정이 되자 이들 3개 특공대는 소리 없이 성을 넘어 각각 칠성문 밖의 양원·장세작, 보통문 밖의 이여백 진영을 기습 공격하였다. 일거에 명군 심장부를 짓밟아 숨통을 끊어 버릴 생각이었다.

먼 길을 행군하여 온 명군은 곤히 잠들었다가 불시에 습격을 받고 어찌할 바를 몰랐다. 무엇보다도 조총 소리에 기겁을 한 병사들은 서로 밀고 당기고 짓밟고, 놀란 말들은 멋대로 뛰고 — 삽시간에 수라장이 되어 버렸다.

이여송은 재빨리 직할부대 9천 기로 저지선을 쳐서 흩어져 뛰는 병사들을 막고, 장수들을 독려하여 반격에 나섰다. 그러나 어둠 속에서 피아를 구분할 수 없고, 난전(亂戰)은 밤새 계속되었다.

결국 이 야간 전투는 동이 트고 적이 후퇴하여 성내로 도망쳐 들어간 후에야 결말이 났다. 만약 같은 시간에 행동을 개시한 모란봉의 소 요시토시 부대가 사명대사의 진영을 뚫고 이여송의 배후로 돌았다면 명군은 걷잡을 수 없는 혼란에 빠졌을 것이고, 지리멸렬하여 군대로서는 기능을 잃고 말았을 것이었다.

이날 밤 고니시 유키나가는 함구문 밖의 조선군 진영은 다치지 않았다. 명군이 무너지면 조선군은 저절로 흩어진다는 계산이었다. 그만큼 총력을 기울인 작전이었으나 계산에도 넣지 않았던 사명 휘하 조선 승군 때문에 일은 수포로 돌아가고 말았다.

같은 시기 같은 장소에서 동일한 전법은 두 번 통하지 않는다는 것이 병법의 철칙이었다. 적에게 드러난 전법은 이미 전법일 수 없었다.

야음을 이용한 기습이 더 이상 가망이 없다면 성을 굳게 지키고 우군이 오기를 기다리는 수밖에 없었다. 고니시 유키나가는 이미 황해도 배천에 주둔하고 있는 제3군 사령관 구로다 나가마사에게 급사를 보내 지원을 요청하고, 서울에 있는 총대장 우키타 히데이에(宇喜多秀家)에게도 급한 사정을 호소하고 있었다.

급사는 지금쯤 배천에나 닿았을까?

그러나 군대 이동은 생각처럼 손쉬운 일은 아니었다. 식량과 무기를 정비해야 하고, 허점만 보이면 공격해 오는 조선 의병들에 대한 대책도 세워 두어야 하였다. 그 위에 겨울 행군은 더디게 마련인데 배천에서 평양까지는 지름길로 와도 3백50리, 지원군이 오기까지는 앞으로 빨라야 5, 6일은 기다려야 하리라.

어떻든 구로다 나가마사 휘하 1만 군이 와서 평양성을 포위한 이 적의 배후를 교란해 주기만 하면 살 길은 트일 것이다.

그러나 과연 제때에 와줄까? 고니시 유키나가는 자신이 없었다.

새날은 1월 7일.

고니시 유키나가가 생각하는 것은 이여송도 생각하고 있었다. 적의 지원군이 오기 전에 이 평양성을 쳐서 손아귀에 넣어야 했다. 그는 내일을 총공격의 날로 지정하고 전군에 휴식령을 내렸다.

눈치를 챈 고니시 유키나가가 작은 부대들을 보통문으로 내보내 명군 진영에 총질을 하는 바람에 밀고 밀리는 실랑이는 몇 차례 있었으나 대체로 평온한 하루였다. 명군 병사들은 편히 쉴 수 있었다.

때를 같이하여 고니시 유키나가는 비상한 계책을 추진하고 있었다. 이여송의 목을 치자.

자정을 넘어 초승달이 서산으로 지자 그는 친히 8백 명의 결사대를 이끌고 소리 없이 보통문을 나섰다.

이여송의 본영 앞에는 이여백의 진영이 가로막고 있었다. 그들은 서남으로 멀리 우회하여 이여송의 배후로 돌 생각이었다.

밤하늘에 비치는 보통강(普通江)의 빙판을 길잡이로 조심조심 움직여 가는데 별안간 어둠 속에서 불쑥 일어나 앞을 가로막고 난도질을 퍼붓는 그림자들이 있었다. 김응서가 지휘하는 조선군 병사들이었다.

김응서의 눈에는 중국 사람들은 느리고, 어딘가 한 대목 빠진 데가 있었다. 그 때문에 어젯밤에도 기습을 당하지 않았는가?

오늘, 날이 어두워지면서부터 그는 조선 진영과 명군 진영을 막론하고 중요한 지점에 척후들을 보내 적의 움직임을 감시하고 있었다. 그들의 보고를 받고 여기 매복해 있는 길이었다.

기습을 하려다 도리어 기습을 당한 적은 삽시간에 숱한 사상자를 내고 성을 향해 뛰기 시작했다.

그들의 비명에 이여백의 진영이 움직이는 바람에 적은 퇴로를 잃고 갈팡질팡하다가 8백 명 거의 전원이 목숨을 잃고, 고니시 유키나가는 측근 10여 명과 함께 겨우 성으로 도망쳐 들어갔다.

적이 사라지자 김응서는 순변사 이일을 모시고 이여송의 진영을 찾았다. 내일 평양성을 들이친다는데 성동(城東) 대동강 쪽에는 아무런 대비가 없었다. 일본군이 야음을 타고 얼어붙은 대동강을 건너 도망쳐도 막을 병력은 한 명도 배치되어 있지 않았다.

이여송은 잠자리에 들었고, 참모 이영이 눈을 비비고 나와 짜증을 냈다.

"쓸데없는 소리 마시오. 적은 보병, 우리는 기병, 적이 성을 나와 도망쳐 주면 그 이상 고마운 일이 어디 있겠소? 쫓아가서 짓밟아 버릴 터인데 무엇이 걱정이오?"

말을 붙일 여지도 없었다.

진영으로 돌아온 이일은 장수들과 의논 끝에 자기 휘하의 유군 3천 명 중에서 호위병사 50여 명만 남기고 나머지는 전원 평양 남방 40리 중화로 옮겼다. 산길에 매복하였다가 후퇴하는 적을 칠 작정이었다.

1월 8일.

먼동이 트자 영내에 마련된 제단에 향을 피우고 하늘에 제사를 올린 이여송은 점바치 유여복을 돌아보았다.

"정말 괜찮겠는고?"

"네?"

"오늘 신수 말이로다."

"땡하오."

조반을 마친 조선군과 명군은 마침내 평양성에 총공격을 퍼붓기 시작하였다.

이 전투의 모습을 당시의 기록은 다음같이 적고 있다.

오유충과 사대수는 모란봉을 공격하고, 양원과 장세작은 칠성문을 공격하고 이여백과 이방춘은 보통문을 공격하고, 조승훈과 낙상지는 우리나라의 이일, 김응서와 함께 함구문을 공격하였다.

여러 군사들이 서차에 따라 전진하는데 멀리서 바라본즉 군마(軍馬)들은 빙판길을 달려 얼음 조각을 날리고 먼지마저 뒤섞이니 흰 안개가 하늘에 자욱한 듯하였다. 아침의 첫 햇살이 내리비치니 갑옷과 투구들은 은빛으로 반짝이고, 찬란하게 빛을 발하니 형형색색의 그 모습들에 눈이 부실 지경이었다. 적 또한 성가퀴에 오색 깃발들을 휘날리는 가운데 장창대도(長槍大刀)를 꼬나들고 그 칼날들을 밖으로 향하여 방어 태세를 취하고 있었다.

제독은 친병 1백여 기로 성에 다가가 장병들을 독려하였다. 별안간 대포 한 방을 발사하자 이것을 신호로 진영마다 일제히 대포를 쏘니 그 소리는 무수한 우레같이 울리고 산들도 진동하였다. 화전(火箭)을 마구 쏘니 연기와 불길은 수십 리에 걸쳐 지척을 분간할 수 없었다. 오직 병사들의 함성이 포성(砲聲)에 섞여 들릴 뿐 수없는 벌들[萬蜂] 이 외치는 듯하였다.

잠시 후 갑자기 서풍이 불어 포연(砲煙)이 걷히자 곧바로 성내에 공격을 퍼부었다. 불길은 세차고 바람도 세게 불어 우선 밀덕(密德)의 토굴까지 할퀴고, 붉은 화염은 하늘에 뻗쳐 거의 모든 것을 태워 버렸고, 성 위의 적의 깃발도 삽시간에 날려 버렸다.

제독은 성에 육박하여 여러 군사들을 독려하고 돌아다녔다.

적은 성가퀴에 숨어 총을 마구 쏘고 끓는 물과 큰 돌들을 퍼부으며 항전하니 군사들은 약간 뒷걸음을 쳤다. 이에 제독은 겁을 먹고 물러서는 병사 한 명을 손수 내리쳐서 그 머리를 진중에 돌렸다.
제독은 위험을 무릅쓰고 앞으로 나와 외쳤다.
"먼저 성에 오르는 자에게는 상으로 은 5천 냥을 주리라."
모란봉을 공격하던 오유충은 가슴에 총을 맞았으나 더욱 힘써 싸웠고, 낙상지는 함구문 방면에서 장창을 들고 마패(麻牌 : 방패)를 등에 진 모습으로 성벽을 오르다 적이 던진 돌에 발을 다쳤으나 굴하지 않고 그대로 오르자 군사들이 함성을 지르며 그 뒤를 따르니 적은 감당하지 못했다.
이에 절강병들이 먼저 성에 올라 적의 깃발을 뽑아 버리고 명군의 깃발을 세웠다.
제독이 장세작과 함께 칠성문을 공격하였다. 그러나 적이 문루(門樓)에 웅거하여 쉽사리 떨어지지 않았다. 제독의 명령으로 대포를 발사하니 그중 두 방이 문루에 명중하여 문루가 부서지고 땅에 쓰러져 타버렸다.
때를 놓치지 않고 제독이 측근 장병들을 이끌고 성안으로 들어가니 여러 군사들이 승세를 타고 앞을 다투어 전진하였다(《선조실록》).

이 평양전투에서 누구보다도 용감하게, 또 조직적으로 싸운 것이 김응서였다. 그는 평안도 용강 출신으로, 금년에 30세의 청년 장군이었다.
20세에 무과에 급제하여 이진(利津 : 대동강 하류)권관, 아이(阿耳 : 초산)만호를 거쳐 임진왜란이 일어날 당시에는 고산(高山 : 강계) 첨사로 있었다.
적이 평양을 점령하자 조정의 명령으로 별장이라는 임시 직함을 띠고 평안도 서부 일대의 군사들을 통괄하게 되었다. 7천 명의 신병들을 모집하여 단련하였고, 이 전투에는 순변사 이일로부터 1천 명을 더 받아 8천 병력으로 참전하였다.

이 전쟁이 일어나기 전의 일이다. 평양에 계월향(桂月香)이라는 아름다운 기생이 있었다. 김응서는 그의 아름다움에 이끌려 평양에 들를 때마다 그를 찾았고, 계월향도 김응서의 늠름한 모습에 취하니 주위에서도 모르는 사람이 없었다. 정분이 났다고.

평양이 적의 수중에 들어갈 때 계월향은 피하지 못하고 적에게 붙들려 그중 한 장수와 살림을 차리게 되었다.

계월향은 김응서에게 연락하여 평양성 내 자기 집으로 불러들이고 적장에게 소개했다.

"우리 오라버님이에요."

"호오 — 게워리한이노 오라부니까, 반가부습니다."

이날부터 김응서는 적장이 만들어 주는 출입증을 가지고 무시로 평양성에 드나들면서 적정을 탐지하였다.

그러나 오래갈 수 없는 것이 비밀이었다. 어느 날 밤 적장이 없는 틈에 그의 궤짝을 뒤적였다. 지도며 비밀문서들을 펼쳐 보는데 느닷없이 고함소리와 함께 적장이 흙발로 들어섰다.

"고노야로(이놈)!"

성급하게 내리치던 적장의 칼이 문지방에 걸렸다. 방바닥에 엎드렸던 계월향은 등잔불을 끄고 김응서는 단도로 적장의 옆구리를 난도질하였다.

"가자."

적장이 쓰러지자 김응서는 계월향의 손목을 잡고 냅다 뛰었다. 그러나 문간을 지키던 적병들이 앞을 가로막았다.

"맛테(기다려)!"

2명, 3명, 김응서는 칼질을 하고 어둠 속을 뛰었다. 적은 조총을 쏘면서 쫓아왔다.

"헉!"

계월향이 외마디 비명과 함께 축 늘어졌다. 총알이 잔등에서 앞가슴을 뚫고 피가 용솟음쳐 김응서의 옷까지 적셨다.

"버리고 가세요."

가까스로 속삭이는 소리가 들렸다.

성벽에 닿았을 때에는 비명도 숨소리도 들리지 않고, 그의 몸은 차츰 굳어 가기 시작했다.

평양성은 높이가 13척, 뒤에서는 적병들이 쫓아오고 ― 김응서는 하는 수 없이 계월향의 시체를 땅에 내려놓고 성을 기어올라 밖으로 내리뛰었다.

"저승에서 또 만나자."

계월향 덕분에 김응서는 적의 창고, 막사, 진지를 막론하고, 적정을 손에 쥔 듯이 알게 되었다. 그는 이것을 그림으로 그려 놓고 부하들에게 되풀이 가르치고, 비슷한 형체를 만들어 놓고 치는 연습도 반복하였다.

전투가 시작되자 함구문을 부수고 외성(外城)에 들어온 김응서 휘하 8천 명은 항거하는 적을 밀어붙이고, 주작문(朱雀門)으로 내성(內城)에 들어왔다. 적의 중요한 시설은 내성에 있었다.

김응서의 부대는 거침이 없었다. 병사들은 평소에 배정받은 목표를 향해서 평소에 단련을 받은 대로 공격하고, 점령하고, 또 다음 목표로 전진하였다. 적이 감춰 둔 식량, 무기도 무사할 수 없었고, 대개는 불에 타서 잿더미로 화해 버렸다.

해가 서쪽 하늘에 기울 무렵에는 중요한 지점을 거의 다 점령하고 선두는 대동문(大同門)까지 진출하였다. 이에 적의 주력은 연광정(練光亭) 이북 만수대(萬壽臺)와 밀덕대(密德臺) 일대로 후퇴하여 돌이나 흙으로 방벽을 쌓고 그 뒤에 숨어 조총으로 대항하여 왔다.

문제는 명군이었다. 이여송의 진두지휘로 칠성문까지는 부셨으나 더 이상 전진을 못했다. 더구나 이여백이 공격하는 보통문은 끄떡도 하지 않고 사상자만 늘어 갔다.

그 위에 이여송이 타고 있던 백마가 적의 총을 맞고 쓰러지는 바람에 하마터면 그 자신이 죽을 뻔했다. 해는 기울고, 병사들은 지치고, 적의 저항은 완강하고 — 이여송은 전군을 적의 사정거리 밖으로 후퇴시키고 장수들과 의논을 시작했다.

"어떻게 할 것인가?"

일본군의 대탈출

　무엇보다 걱정이 야간의 기습이었다. 일본 사람들은 도둑고양이들처럼 야금야금 다가와서 별안간 들이치는 데 능한 족속이었다.
　더구나 오늘밤은 고니시 유키나가 이하 전원이 칼을 들고 나온다는 소문이 돌았다. 벌써 이틀 밤을 연거푸 당했고, 오늘 하루 종일 계속된 전투에 병사들은 지친 데다 겁을 먹고 있었다.
　이러니저러니 의논이 분분한 가운데 이여송은 시종 말이 없는 제3군 사령관 장세작을 지목했다.
　"장 장군은 어찌 생각하오?"
　"적은 지금 대군에 포위된 궁병(窮兵)이올시다. 쥐도 궁하면 고양이를 문다고 하지 않습니까? 사생결단으로 전원이 나온다는 것도 헛소문만은 아닐 것입니다."
　장세작은 병법에 밝은 장수였다. 말해서 들어맞지 않는 일이 없는 인물 — 그의 한마디에 오늘밤 고니시 유키나가는 어김없이 성을 넘어오는 것으로 결론이 났다.

기백, 기천 명의 기습으로도 온 진중이 진동했는데 1만여 명이 사생결단으로 나오면 피해는 이루 헤아릴 수 없을 것이고, 자칫하면 수습할 수 없는 혼란에 빠질 염려도 있었다.

이여송이 다시 물었다.

"방책이 없겠소?"

"제일 좋은 방책은 유키나가에게 이야기해서 성을 넘어오지 않도록 하는 것입니다."

이여송도 웃고 다른 사람들도 웃었다.

"유키나가가 우리가 오라면 오고, 말라면 말 것 같소?"

"아까도 말씀드린 것처럼 적은 지금 길이 막힌 궁병입니다. 길을 열어 주면 생각이 달라지지 않겠습니까?"

이여송은 장세작의 제의로 해가 지기 전에 전군을 후퇴시켜 각기 자기 진영으로 돌아가게 하고, 순안에서 잡은 장대선(張大膳)을 고니시 유키나가의 진영으로 보내 편지를 전했다.

> 우리 병력으로 말하자면 일거에 그대들을 섬멸하고도 남을 것이오. 그러나 차마 인명을 몰살한다는 것도 못할 일이어서 잠시 후퇴하여 그대에게 살 길을 열어 주는 것이니 속히 장수들을 거느리고 나의 군문에 와서 분부를 들으시오. 목숨을 살려 줄 뿐만 아니라 후한 상이 있을 것이오.

편지를 받은 고니시 유키나가는 생각이 많았다.

지금까지 대수롭게 보지 않던 조선군 때문에 일이 이 지경이 되고 말왔다. 그들이 남쪽 성문들을 부수고, 혹은 성벽을 넘어 홍수같이 밀고 들어오는 바람에 무엇보다도 식량을 몽땅 잃어버렸다. 창고들이 열에 아홉은 불에 타버리고 나머지는 그들의 수중에 들어간 것이다.

화약도 문제였다. 싸움이 벌어질 때마다 제일 헤픈 것이 화살과 화약이었다. 화살은 그럭저럭 현지에서 보충할 수 있었으나 화약은 본국에서 가져오는 수밖에 없었다. 그런데 작년 6월 평양에 들어온 후로 길이 막혀 보급다운 보급을 받지 못했고, 어쩌다 서울이나 본국에 다녀오는 인편에 조금씩 얻어 왔을 뿐이었다.

아껴 썼으나 이제 동이 나고 없었다. 화약이 없으면 조총도 한낱 막대기에 불과하고, 조총을 쓰지 못하면 일본군의 전력도 별것이 못 되었다.

피할 길도 없었다. 중화에서는 간밤에 조선군 3천 명이 이동하여 왔다는 소식이 날아들었다. 험한 길목마다 지키고 있다는 보고였다.

앉아서 죽을 수는 없고 오늘밤 전원이 나가 싸우다 죽자고 밤이 깊어가기를 기다리는데 이여송의 편지가 왔다.

"저들을 어떻게 믿느냐?"

"함정이다."

"속임수다."

심유경을 앞장 세워 평화를 운운하면서 뒤에서는 몰래 대군을 휘몰고 나와 약속을 짓밟고 불시에 공격을 퍼부은 중국 사람들 — 못 믿겠다는 것이 장수들 태반의 의견이었다.

"속는 것을 염려할 필요는 없소."

유키나가는 그들을 타일렀다.

"지금까지는 믿고 방심한 탓으로 속았소. 그러나 미리부터 경계하고 대비하면 속이려야 속일 수 없을 것이오."

그래도 반박하고 나서는 축이 있었다.

"그렇다면 이 편지에 있는 대로 이여송의 군문에 가서 항복하자는 말이오?"

"항복하자는 것이 아니고 서울까지 후퇴하자는 것이오. 안 되면 그때 또 봅시다."

의논 끝에 문장에 능한 중 겐소(玄蘇)에게 회답을 쓰도록 했다.

"중론을 참작해서 잘 써주시오."

유키나가의 부탁에 겐소는 붓을 들었다.

　우리들은 진정으로 군을 이끌고 물러가고자 하오니 청컨대 후퇴하는 길을 막지 말아 주소서.

이렇게 서두를 뗀 겐소는 이여송의 항복 요구에는 일부러 언급을 피하고, 평양성내에 들어온 조선군과 중화의 조선군 복병들을 철수해 달라고 요청했다.

답장을 받은 명군 진영에서는 저마다 한마디씩 했다.

"와서 항복하라는데 무슨 엉뚱한 소리냐?"

그들도 적이 약하게 나오자 생각이 달라졌다.

"안심하고 물러갈 수 있도록 이렇게 해주고 저렇게 해달라? 세상에 이런 전쟁도 있는가?"

"폐일언하고 내일 들이쳐서 아주 없애 버리자."

말이 많았으나 이여송이 결론을 내렸다.

"적의 요구를 다 들어줍시다. 더 이상 싸우지 않고 이 평양성을 차지하게 됐으니 이보다 좋은 일이 어디 있겠소?"

적어도 중화의 조선군 복병은 그대로 두었다가 물러가는 일본군을 치게 하자는 주장도 나왔으나 이여송은 이것도 마다했다.

"적과 적 사이에도 신(信)이라는 것이 있는 법이오. 이번에 우리가 신을 지키지 않으면 앞으로 적은 우리를 믿지 않을 것이고, 그렇게 되면 경우에 따라서는 막심한 지장이 있을 것이오."

그는 장대선에게 회답을 주어 고니시 유키나가에게 보내고, 조선군 진영에는 군관들을 파송하였다.

"당장 철수하여 함구문 밖, 원위치로 돌아가라? …… 못 하겠소."

성내 허름한 민가에서 이여송의 군관을 맞은 김응서는 한마디로 거절했다.

"어째서 못 하겠소?"

군관은 눈을 부라렸다.

"한 치 한 치, 피를 흘리고 도로 뺏은 우리 땅이오. 당신 같으면 물러서겠소?"

"물러서라면 물러설 것이지……. 당신, 말 다 했소?"

"다 했소."

투덜거리고 발길을 돌린 군관은 얼마 떨어지지 않은 방어사 정희운의 진영을 찾았다.

"글쎄올시다."

정희운은 김응서같이 모는 나지 않았으나 태도가 분명치 않았다.

"물러가는 거요, 안 물러가는 거요?"

"글쎄올시다."

성 밖의 자기 막사에 돌아와 지도를 들여다보던 순변사 이일도 희미하기는 매일반이었다.

"중화 방면의 우리 복병을 철수하라(撤回中和一路我國伏兵)?"

"그렇소."

"생각해 봅시다."

"생각할 여유가 어디 있소? 당장 철수하라는 제독의 분부요."

"분부는 받들어야지요."

"그대로 시행하는 거지요?"

"생각해 봅시다."

군관은 얼굴을 붉히고 말을 달려 어둠 속으로 사라졌다.

이여송의 본영에서 밀덕대의 고니시 유키나가의 진영으로 가려면 조선군의 점령 지역을 거쳐야 했다. 백기와 횃불을 앞세우고 내왕하는 장대선 일행의 거동은 비밀일 수 없고, 그때마다 조선군의 검문을 받았으나 장대선의 대답은 언제나 한결같았다.

"느으들은 알 것이 없다."

나중에는 김응서가 직접 나서 물었으나 역시 대답은 신통치 않았다.

"나도 모르오."

"모르다니?"

"모르니까 모르오."

분명히 적과 명군 사이에는 곡절이 있었다. 우리와는 한마디 상의도 없이 자기들끼리 속삭이고는 느닷없이 후퇴하라? 될 말이 아니었다. 이일 이하 조선군 장수들은 이여송의 지시를 무시하기로 결정하였다.

명군 진영은 들끓었다.

"이일을 잡아다 볼기를 쳐야 한다."

"군율로 다스려야 한다."

장수마다 팔뚝질이었다. 김응서, 정희운도 고약하지마는 제일 안된 것이 이일이었다. 그가 고약하게 나오니 휘하 장수들도 덩달아 제독과 명군을 우습게 보는 것이 아니냐?

이여송은 이일을 불러들였다.

"순변사는 무슨 연고로 내 절제를 거역하는 것이오?"

"천만 없는 말씀이십니다."

"그렇다면 어째서 내가 시키는 대로 하지 않았소?"

"제독, 시키는 대로 하자면 졸병인들 못하겠습니까? 알고, 생각하고, 스스로 판단해서 시행하는 것이 장수라고 들었습니다. 저는 왜 성내에서 물러 나와야 하는지, 왜 중화의 복병을 철수해야 하는지 알지 못합니다."

전쟁 초에 패전을 거듭하였으나 이일은 이여송보다 11년 연상인 56세의 노장군으로 병법의 이치는 알 대로 알고 있었다.

"이것은 내 실수였소."

이여송은 역시 장수의 그릇이었다. 자초지종을 설명하고 그의 협력을 당부했다.

"우리 앞으로 일을 잘해 봅시다."

진영으로 돌아온 이일은 비로소 영을 내려 성내의 병력을 성 밖으로 철수시키고 중화에 급사를 보냈다.

"복병을 풀고 후퇴하는 적에게 길을 열어 주라."

일은 풀렸으나 명군 진영에는 쑥덕공론이 그치지 않았다.

"이일은 건방 맞다."

"주제넘다."

"그냥 둘 수 없다."

"기분 나쁘다."

이일과 명군 장수들 사이에는 눈에 보이지 않는 틈이 생기기 시작했다.

초승달 아래 장경문과 대동문으로 쏟아져 나온 일본군은 엎어지며 자빠지며 대동강의 얼음을 가로질러 남행길을 더듬었다. 눈에 덮인 길도 빙판이 져서 미끄럽기는 마찬가지였다. 마음만 급하고 발은 제대로 움직여 주지 않았다.

남을 생각할 여지가 없었다. 사자는 물론 병자와 부상자들도 일률로 평양성내에 팽개쳐 두고 오는 길이었다.

이여송이 복병을 철수한다고 했으나 어떻게 그대로 믿을 수 있겠는가? 이여송도 허풍선이 심유경과 같은 중국 종자가 아닌가? 누더기를 걸친 군상은 칼, 창, 조총을 꼬나들고, 전진하면서도 사방을 두리번거리는 두 눈에는 공포와 살기가 번뜩이고 있었다.

겁에 질릴수록 적은 더욱 커 보였다. 포위된 평양성의 일본 진영에서는 적의 숫자는 갈수록 늘어 명군은 1백만, 조선군은 20만이라는 소문이 그럴싸하게 퍼졌었다. 장수들이 그렇지 않다, 10만도 못 된다고 타이르면 이를수록 병사들은 더욱 곧이듣지 않았다. 안심을 시키기 위해서 거짓말을 한다고.

중화를 지날 무렵에는 달이 지고, 달이 지면서 공포는 한층 더해 갔다. 성내에 있을 때에는 성이라는 울타리라도 있었다. 이제 성을 나와 도망치는 길에 들어서고 보니 울타리 구실을 해줄 것은 아무것도 없고 주위는 어둠뿐이었다. 어둠 속에 도사리고 앉아 이쪽을 노려보고 있을 1백20만의 적병들. 허상(虛像)에 기겁을 해서 쓰러지는 자들이 속출하고, 머리가 돌아 고함을 지르면서 멋대로 뛰어 달아나는 경우도 심심치 않게 나타났다.

그러나 갈 길은 급하고, 자기 몸을 하나 주체하기도 힘에 겨웠다. 쓰러지면 쓰러지는 대로, 달아나면 달아나는 대로 버려 두고, 제각기 살 길을 찾아 남으로 걸음을 재촉하는 무수한 인간과 인간들 — 일본에 역사가 시작된 이래 처음 보는 참담한 대탈출행(大脫出行)이었다.

아비지옥

1월 9일.

동이 트면서 평양성내에서는 남루한 입성의 조선 백성들이 하나 둘 빠져나오기 시작했다.

"간밤에 왜놈들이 도망쳤소."

그들은 같은 입성에 같은 말을 하는 조선군 진영을 찾아 놀라운 소식을 전했다. 병사들은 대개 말문이 막히고, 그중 똑똑한 자들은 나름대로 의견이 없을 수 없었다.

"꿍꿍이속이 있는 것이 아니냐?"

"왜놈과 되놈의 작간이다."

내막을 모르는 병사들도 눈치는 있었다. 간밤에 내성으로 들어간 조선군을 성 밖으로 나오라고 하더니 이런 곡절이 있었구나. 그냥 내성에 있었던들 왜놈들은 이쪽 눈을 속이고 도망치지는 못했을 것이다. 떠들썩하는 가운데서도 그럴싸하게 전세를 내다보는 자칭 전략가도 있었다.

"아니다. 일부러 도망을 시켰을 것이다."

왜놈들은 기진맥진한 거렁뱅이들이다. 성 밖으로 도망쳐 나오는 것을 보고도 못 본 체 그냥 두었다가 날랜 기병들로 추격해서 짓밟아 버리는 오묘한 계책이라는 것이다.

"그것도 아니라면 이여송은 천하명장이 아니라, 천하에 없는 시러베아들이다."

소문은 명군 진영에도 퍼졌다.

"까오리들(조선놈들)이 멍청한 것은 알아줘야 한다."

일본군이 도망친 대동강에 제일 가까이 포진한 것은 조선군이었다. 그 조선군이 못 보았다면 세상없는 멍청이들이 아니면 천치 바보들이라고 와글거렸다.

"느으들 때문에 왜놈들을 놓쳤다."

성급한 병사들 중에는 조선 진영에 달려와서 삿대질을 하는 축도 적지 않고, 한차례 난투극까지 벌어졌다.

김응서는 한 귀로 듣고 한 귀로 흘려보내는 수밖에 없었다. 전술은 기밀이었다. 떠든다고 그 기밀을 말단 병사들에게까지 설명할 수는 없는 일이었다.

그보다도 급한 일이 있었다. 적이 도망간 성내에 들어가서 소탕전을 벌이는 일이었다. 잔적이 숨어 있으면 그들을 소탕하고, 아울러 적의 점령하에서 오랫동안 시달린 백성들을 구해 내야 하였다.

해돋이와 함께 일제히 성내에 진입하기로 되어 있었다. 휘하 8천 명 중에서 들어갈 부대와 남을 부대를 지정하고, 대기 중인데 이여송의 참모 이영이 말을 달려왔다.

"조선군은 성내로 들어갈 것이 없소. 제자리에서 움직이지 말라는 제독의 분부요."

조선의 평양성이었다. 누구보다도 먼저 들어가야 할 조선군이 못 들어간다는 것은 될 말이 아니었다.

"무슨 뜻인지 나는 모르겠소."

김응서의 시무룩한 얼굴에 이영은 부드럽게 나왔다.

"조선군은 어제 누구보다도 용감하게 싸웠으니 오늘은 편히 쉬라는 뜻이 아니겠소?"

"누구보다도 용감했다면 선두에서 입성하는 것이 전장(戰場)의 관례가 아니겠소?"

"그쯤 얘기했으면 알아들어야지. 모르겠소?"

"모르겠소."

"하, 저런. 주인은 손님에게 양보하는 것이 도리가 아니겠소?"

김응서는 알아들었다. 무력으로 점령한 적의 성처럼 희한한 것도 없었다. 그것은 갖가지 재물과 젊은 여자들—만인이 탐내는 진귀한 것들이 뒹구는 노다지판이었다.

"장군, 이것은 왜성이 아니오. 우리 조선 사람들의 성이란 말이오."

김응서의 항변에 이영은 쓴웃음을 지었다.

"그것은 아무래도 좋소. 한 가지 분명한 것은 이 성 때문에 우리 명군 장병들이 피를 흘렸다는 사실이오."

그는 대답을 기다리지 않고 말머리를 돌려 사라져 갔다.

"그렇게는 안 될 것이다."

동산에 해가 솟자 김응서의 선봉은 무너진 함구문의 돌무지를 넘어 입성을 시작했다.

그러나 사이를 두지 않고 장세작 휘하 제3군 1만여 명이 몰려와서 이미 성안에 들어간 김응서의 병사들을 붙잡고 시비를 걸었다—모두 성 밖으로 나가 해라(驅出我軍 使不得在城中)!

난투극이 벌어졌다. 그대로 두면 죽이고 살리는 칼 놀음으로 번질 기세였다. 김웅서는 하는 수 없이 전군을 양각도(羊角島)의 선까지 후퇴시키고 형세를 관망하였다.

그러나 명군의 행패는 거기서 그치지 않았다. 장교 인솔하에 10여 명씩의 사병들로 감시단을 조직하여 조선군 부대마다 파견하여 왔다. 말이 통하지 않는지라 손짓 발짓을 하다가도 걸핏하면 칼등으로 내리치고 (監制進退……以劍背毆打), 욕설을 퍼붓고 일본군으로부터 노획한 조총, 칼, 창 등 전리품을 탈취하였다. 불과 수십 명밖에 안 되는 순변사 이일의 본영에조차 장교 한 명에 사병 4명이 와서 안하무인으로 놀았다(류성룡《징비록》).

조선군의 손발을 묶어 놓고 평양성을 아주 잡아 버릴 기세였다.

"이대로 둘 것입니까?"

젊은 김웅서는 이일에게 달려가서 이를 갈았다.

"그렇다고 무슨 도리가 있겠소?"

김웅서는 진영으로 돌아오다 장세작과 마주쳤다.

"장군은 왜 성내로 안 들어가시오?"

김웅서는 말에서 내려 시비조로 나왔다.

"허허, 추운데 따끈한 차라도 한잔 하실까?"

장세작은 세상에 급할 것이 없다는 얼굴로 자기 장막을 가리켰다.

"중국군이 이럴 줄을 몰랐소."

김웅서는 차를 한 모금 마시고 그를 똑바로 보았다.

"그럴 것이오. 나도 그 꼴이 보기 싫어 여기 성 밖에 있지 않소?"

"그러면 왜 말리지 않소?"

"수천 년, 아니 수만 년인지도 모르겠소. 인간이 전쟁이라는 것을 시작하면서부터 생긴 버릇을 난들 어떻게 하겠소?"

"……."

"전쟁이라는 것은 안 하는 것이 제일이고, 하면 이겨야지요."

"……."

"그런데 내 한 가지 모를 것이 있소. 어제 보니 조선군은 대단한 강병이던데 왜 우리 중국군을 불러들였소? 자기 힘으로도 넉넉히 적을 물리칠 수 있었을 터인데 어쩌다 이 지경이 되었는지, 그 연유를 모르겠단 말이오(以如此之兵 何以引賊至此)."

평소에 준비가 없었기 때문이었다. 양병(養兵)은 하루아침에 되는 것이 아닌데 나라의 정사를 맡은 사람들은 도무지 이를 돌보지 않았다. 그런 형편에 별안간 대적이 쳐들어오니 누구의 말마따나 지혜가 있어도 계책을 세울 겨를이 없었고, 용기가 있어도 용기를 발휘할 여지가 없었다(使智不及謀 勇不及斷).

그리하여 용장 신립(申砬)도 지장(智將) 신각(申恪)도 비명에 갔다.

"평일에 대비가 없은 탓이지요."

김응서는 있는 그대로 대답했다.

"대비가 없으면 제갈량도 어쩔 도리가 없지요."

장세작은 잠시 망설이다 말을 이었다.

"내 젊은 장수에게 한마디 일러두겠는데 세상에 공짜는 없는 법이오. 조선은 대비를 하지 않아 이미 일본군에게 기막힌 값을 치렀소. 이제부터는 중국군 차례요. 중국군이라고 값을 안 받을 것 같소? 천만에요."

"……."

"먼 훗날 세상 사람들이 모두 성인이 된다면 그때는 다르겠지요. 그러나 지금은 피할 길이 없소."

김응서는 물러나 다시 말에 올랐다.

성내에서는 처처에 연기가 치솟고, 통곡, 비명, 아우성 ─ 인간의 슬픔과 아픔이 뒤범벅이 되어 하늘에 메아리치고 있었다.

값을 치르고 있는 것이다. 이쪽저쪽에 값을 치르는 이 백성들. 그러나 과연 그들이 치러야 할 값일까?

생각하는 것이 역겨웠다. 김응서는 채찍을 내리치고 무작정 말을 달렸다.

"조선군은 안 되오."

모란봉 방면에서도 명군 병사들은 창대로 가로막았다.

"어째서 안 되오?"

승병들이 따졌으나 막무가내였다.

"안 된다면 안 되오."

사명대사는 사대수를 찾았다.

"중도 안 되오?"

사대수는 얼른 대답을 못했다. 그가 받은 지시로는 조선군은 못 들어간다고 했지 중에 대해서는 가부간 말이 없었다.

"중도 칼을 들면 군사가 아니겠소?"

사대수는 한참 궁리 끝에 이렇게 대답했다.

"칼을 버리면 어떻게 되겠소?"

"그야 알짜 중이겠지요."

"칼이고 창이고 다 버리고, 알짜 중으로 들어갈 생각이오."

"숱한 사람들이 죽어 가는 저 소리가 안 들리시오?"

"중은 산 사람보다 죽는 사람의 벗이 되어야 하오."

"죽어 가는 것은 왜놈들일 것이오."

"부처님의 눈에는 왜니 조선이니 혹은 중국이니 하는 구분은 없소."

사대수는 마지못해 허락했다.

"가보시오."

사자와 부상자, 병자와 허약한 자들을 제외한 7백 명의 중들은 검은 가사를 바람에 휘날리고 성내로 들어왔다.

지옥이었다.

큰길이고 좁은 골목이고, 어디서나 무작정 인간 도살이 벌어지고 있었다. 이미 죽은 일본군 병사들의 시체와 부상자, 병자들을 길바닥에 끌어내다 발길로 걷어차고 칼탕을 쳤다.

살육은 조선 사람이라고 예외는 아니었다. 숨어 있다가 상투를 잡혀 나온 남자들은 저마다 몽둥이에 맞아 죽고, 아이들은 밟혀 죽었다.

여자들은 절차가 좀 더 복잡했다. 집안이고 헛간이고 혹은 타다 남은 집터를 막론하고, 어디서나 발견되는 그 자리에서 덮쳐 오는 명군 병사들에게 짓눌리고 바둥거리고 축 늘어졌다. 젊고 늙은 것을 가릴 계제가 못 되고, 한 여자에 5, 6명이 번갈아 덤비는 경우도 드물지 않았다. 그리고 일이 끝나면 그들도 목이 잘려야 했다.

일본군이고 조선 남녀들이고, 목을 자른 머리들은 달구지에 실어 보통문 밖에 내다 산같이 쌓아 올렸다.

약탈도 선풍같이 휘몰아쳤다. 집이고 사당이고 관가를 막론하고, 건물이라고 이름이 붙은 것은 샅샅이 뒤졌다. 쓸모 있는 물건은 챙기고 쓸모없는 것은 부수고, 자기들끼리 치고받는 풍경도 심심치 않게 벌어졌다.

"그 가락지는 내 거다."

"어째서 네 거냐? 차지하는 자가 임자지."

이 지옥의 소용돌이에서 사명과 그 휘하 7백 명의 중들은 10명 혹은 20명씩 몰려다니면서 애를 썼다.

"나무아미타불."

죽은 사람에게는 합장하여 명복을 빌고 산 사람을 내리치는 명군 병사들은 손을 잡고 말렸다.

"이러지 마시오. 용서하면 3세에 복을 받으리다."

달래기도 하고 때로는 협박도 했다.

"지옥의 겁화가 무섭지 않소?"

핀잔만 받고 쫓겨나기 일쑤였으나 때로는 합장하고 순순히 청을 들어주는 경우도 있었다. 말은 통하지 않았으나 중과 부처님의 소문쯤은 듣고 있는 눈치였다.

그들은 한 사람이라도 더 구하려고 부지런히 돌아다녔다.

대동문에서는 한 명이 늙은 노인의 상투를 잡고 4, 5명이 둘러서서 주먹으로 얼굴을 후려치고 있었다.

"이러지 마시오. 이 노인은 조선 사람이오."

사명이 두목으로 보이는 병사의 손목을 잡았다. 그런데 뜻밖에 조선말이 돌아왔다.

"그래서 어떻다는 거요?"

"댁은 조선 사람이오?"

"조선 사람이 아니고 고려 사람이오. 성은 왕씨구요."

국초에 왕씨들을 잡아 죽일 때 요동으로 몸을 피한 사람들도 있었다. 그들의 후손이 이 기회에 전주 이씨들을 그냥 두지 않는다고 벼른다는 소문이 돌고 있었다.

"그렇다고 죄 없는 백성을 이래서야 쓰겠소?"

"죄가 없어? 이놈은 전주 이가라고 자백을 했소."

"이러지 마시오."

"왕바딴(王八蛋 : 쌍놈의 새끼)."

사나이는 사명의 턱수염을 잡아 흔들었다.

"안 가면 너도 죽여 버린다."

발길을 돌리자 노인의 죽어 가는 외마디 비명이 들렸다. 헉.

"머리는 그만하고, 나머지는 숫자만 알리라."

이여송으로부터 전갈이 왔다. 더미로 쌓여 가는 머리에 그도 질린 모양이었다.

일일이 목을 치는 것도 쉬운 일이 아니고, 인원수가 많다 보니 부지하세월이었다. 일시에 대량으로 처치하는 방법을 생각해야 하였다.

집들을 부수고 장작을 실어 오고 ― 공터마다 불길의 바다를 일으켰다. 그리고는 끌려오는 자들을 무더기로 쓸어 넣고 몽둥이로 후려쳤. 살겠다고 버둥거리다가 불에 타서 검은 강아지들처럼 꼬부라지는 군상. 가슴이 후련했다.

그러나 냄새가 고약해서 틀렸다.

그들은 줄줄이 묶여 오는 어중이떠중이들을 그대로 끌고 대동강에 나가 얼음구멍에 쑤셔 넣었다. 선두에서 발버둥치는 자를 발길로 차서 구멍에 넣기만 하면 염주같이 잇따라 빠져 들어갔다. 별로 힘을 들일 것도 없고, 짧은 시간에 기백, 기천 명이 영원히, 그리고 깨끗이 사라졌다.

"쳐우뚱시(臭東西:더러운 자식들)."

병사들은 투덜거리고 침을 뱉었다.[11]

무차별 학살

이 북새통에 1만 명을 훨씬 넘던 평양성 내의 조선 백성들은 대개 불에 타서 재가 되었거나 대동강의 얼음 밑으로 사라지고, 그럭저럭 죽지 않고 성 밖으로 빠져나온 것은 1천2백25명이었다. 왜적들의 머리라고 보통문 밖에 내다 쌓아 올린 1천2백85개의 수급(首級)도 반수는 조선 사람들이었다. 명군으로서는 그럴 만한 연유가 몇 가지 있었다.

이 평양전투에서 그들은 3천 명의 사상자를 냈다. 조선이 제구실을 했으면 명군이 이 싸움에 말려들었을 리가 없고, 이렇게 많은 친구들이 죽거나 다칠 까닭이 없었다.

그런데 조선놈들은 살살 피해서 살아 움직이고, 중국 사람들만 죽는다? 될 말이 아니었다. 그들은 살아서 움직이는 조선 종자만 보면 눈에서 불이 나고 누가 무어래도 살려 둘 수 없었다.

죽일수록 실속도 있었다. 이 난장판에 왜놈이다 조선놈이다, 남자다 여자다, 따지고 돌아다닐 시러베아들이 어디 있느냐? 덮어놓고 죽이면 되는 것이고, 한 명보다 2명, 2명보다 3명, 머릿수가 많을수록 상금도 더 하게 마련이었다. 그들은 상금과 머릿수, 머릿수와 장차 고향에 돌아가 사들일 농토의 평수(坪數)를 계산하면서 칼질을 했다.

제독 이여송도 입장이 있었다. 평양성에 처들어가서 적의 머리 6백을 베었다 — 이렇게 허약한 보고서를 조정에 올릴 수는 없었다. 고작 6백이냐? 온 조정의 웃음거리가 될 것이다.

이여송이라는 이름값이 있었다. 기천 명도 초라하고 적어도 만 단위는 되어야 체면이 설 것이다. 안됐지만 조선 아이들, 좀 죽어 줘야 쓰겠다.

그는 싸움터의 심리를 아는 사람이었다. 부추길 것은 없고, 말리지만 않으면 되는 것이다. 실지로 평양성에 들어간 장병들은 이심전심으로 자기 마음을 헤아렸던지 잘 처신해서 소망한 숫자를 채우고도 남았다.

더구나 잘된 것은 대다수를 불에 태우거나 대동강의 얼음구멍에 처박아서 아주 흔적을 없애 버린 일이었다. 행여 말썽이 일어나도 무슨 근거로 왜적이 아닌 조선 사람들을 학살했다고 할 것인가?

해질 무렵에는 성내의 소동도 일단락을 지었다. 보통문 밖에 마련된 진망장졸(陣亡將卒)들의 위령제에 나간 이여송은 제단 앞에 쌓아 올린 머리들을 제물로 바치고 통곡과 함께 죽은 혼백들에게 예를 올렸다.

예가 끝나자 그는 일어서 눈물을 닦고 도열한 장병들을 향했다.

"아직도 피가 마르지 않은 이 머리들은 말할 것도 없고, 화장 또는 수장으로 떼죽음을 당한 수천, 수만의 왜적들. 여러분이 용감하게 싸워 이처럼 원수들을 깨끗이 쓸어버렸으니 혼백들도 한을 풀고 고이 잠들었을 것이오. 내 북경을 떠날 때 성상께서 주시는 은 10만 냥을 받들고 왔소. 여러분이 각자 처치한 왜적의 많고 적음에 따라 이것을 나눠 줄 것이오. 우리 대명의 힘은 막강하고 상은(賞銀)은 무궁한즉 서울을 거쳐 부산에 이르기까지, 아니 왜국에 들어가서 저들을 밟아 버릴 때까지 더욱 잘 싸워 주시오."

장병들은 우선 제단 앞에 쌓였던 적의 머리들을 실어다 대동강의 물구멍에 쓸어 넣었다. 그리고는 성내에 들어가 각각 지정된 장소에 장막을 치고, 혹은 지정된 건물에 들어가 자리를 잡았다. 이여송도 전에 임금 선조가 쓰던 평안감영에 좌정하였다.

그러나 문제는 먹을 것이었다. 이렇게 좋은 날은 하다못해 북어꼬리에 술 한잔이라도 있어야 격에 맞을 것이 아닌가? 그런데 술은 고사하고 조밥도 부족해서 한 사람에 계란보다 클 것도 없는 밥덩이 하나씩 돌아갔다.

역시 죽일 것은 조선 종자들이었다. 조선 땅에 들어온 후로는 식량은 조선의 책임이었다. 이 게을러빠진 것들이 어떻게 했길래 엄동설한에 싸우고 피를 흘린 용사들을 이렇게 굶긴다는 말이냐? 자기들은, 적어도 조선의 임금이니 대신들이니 하는 자들은 따뜻한 아랫목에서 계집의 엉덩이를 두드리고 술잔을 기울일 것이 아닌가?

생각할수록 부아가 치밀었다. 이대로 있을 것인가? 말깨나 하는 병사들은 장수들을 찾아 한마디 했다. 누구를 위한 전쟁이냐?

이여송도 마음이 편할 리가 없었다. 그는 평안도도순찰사 이원익을 불렀다. 그동안 평양과 순안 사이를 내왕하면서 식량 수송을 책임진 인물이었다.

"어째서 이 모양이오?"

이여송의 호통에 이원익은 할 말이 없었다.

"면목이 없습니다."

"약속은 지켜야 할 것이 아니오?"

조선 조정은 명군의 요구로 그들에게 일정한 급식을 약속하였다. 장군들에 대해서는 각각 접반사가 따라붙어 특별한 대접을 하는 외에 천총(千總), 파총(把總) 등 장교 이하 사병에 이르기까지 질서정연한 식단이 마련되어 있었다.

- 장교들에 대해서는 천자호반(天字號飯)이라 하여 고기[肉]·두부·채소·자반[塩魚] 각 한 접시, 밥 한 그릇, 술 석 잔.
- 각 관아에서 파송되어 온 연락관에 대해서는 지자호반(地字號飯)이라 하여 고기·두부·채소 각 한 접시에 밥 한 그릇.
- 일반 병사들에 대해서는 인자호반(人字號飯)이라 하여 두부와 소금에 절인 새우 각 한 접시에 밥 한 그릇.
- 그들이 타는 말에 대해서도 규정이 있어 한 끼에 콩 소두 한 말, 풀 한 단씩. 단 점심에는 삶은 콩을 소두로 4되(《선조실록》).

의주에서 평양에 이르는 길에는 연속부절로 그들의 관원과 군인들이 내왕하였는데 각 역참에서도 이에 준하여 그들을 대접하기로 되어 있었다.

강압에 못 이겨 약속은 했으나 실천할 형편은 못 되었다. 소금에 절인 생선이나 새우 같은 것은 전부터 호남의 해안지방에서 거둬다 병량(兵糧)으로 사용 중이었고, 또 비축하여 둔 것도 얼마간 있었다. 이것을 명군에게 돌릴 예정이었다.

그러나 우선 육류가 문제였다. 난리 통에 백성들은 흩어지고 제대로 가축을 기르는 집이 드물었다. 벽지를 돌아다니면서 돼지니 닭 같은 것을 애써 긁어모았으나 장군들을 대접하기도 빠듯했다. 장교들은 문서에만 있고 실지로는 상에 오르지 않는 고기반찬 때문에 불평이 그칠 날이 없었다.

두부도 쉬운 일이 아니었다. 백성들을 동원하여 말먹이 콩을 일부 갈라다 두부를 만들기도 했으나 이것은 오래가는 식품이 못 되고 제때에 먹지 않으면 쉬기가 일쑤였다. 4만여 명이 먹을 두부라면 양도 기차게 많고, 그것을 만들려면 맷돌도 어지간히 많아야 했다. 그렇게 많이 모을 수도 없고, 모은다 하더라도 그 숱한 맷돌을 메고 싸움터를 따라다닐 인력도 없었다.

명군 병사들의 행패도 문제였다. 식량을 나르는 인부나 달구지를 만나면 그냥 두지 않았다. 먹음직스러운 반찬을 뺏고, 말을 듣지 않으면 몰매를 주는가 하면 때로는 밟아 죽이는 일도 있었다. 인부들은 식량이고 달구지고 팽개치고 도망치기 일쑤였다.

명군은 지나가는 식량만 노리는 것이 아니었다. 역참에 쌓아 둔 것도 강탈하고 음식을 뺏어 먹고 역부(驛夫)들을 두들겨 패는 데 재미를 붙였다. 이 때문에 연락 수송기관인 역참의 기능이 반신불수를 면치 못했다.

행패는 졸병들에 국한된 것이 아니고, 장수들 중에도 못되게 노는 자들이 적지 않았다. 가령 유격장군 갈봉하(葛逢夏)는 의주에 있을 때부터 밤낮 술을 요구하며 주정으로 세월을 보냈고, 백의종군 중인 원임 부총병(原任 副總兵) 조승훈은 평양으로 진격하는 도중 술을 대접하지 않는다고 영변군수를 끌어내다 볼기를 쳤다.

또한 여자라면 사족을 못 쓰는 것이 명군 병사들이었다. 대낮의 행군에도 틈만 생기면 민가에 뛰어들고, 밤에 야영을 하면 개미 떼처럼 흩어져 인근 마을을 들쑤셨다.

장교들이라고 크게 다르지 않았다. 예를 들자면 이여송의 수행군관 이연경(李延慶)은 여자가 없이는 밤에 잠을 이루지 못하는 처지였다.

이런 관계로 연도의 백성들이 멀리 도망치는 바람에 수송을 담당할 인력은 갈수록 줄어들었다.

조선군의 전진기지였던 순안에서 의주에 이르는 길은 그동안 어느 정도 정비해서 달구지라도 통할 수 있었으나 순안에서 평양에 이르는 60리 길은 그렇지 못했다. 중립지대여서 아무도 손질하지 못한 관계로 오솔길을 면치 못했고, 식량과 무기는 사람의 등짐이나 마소에 실어 운반하는 수밖에 없었다.

명군은 순안에서 불시에 평양으로 남하하니 식량은 도저히 그들을 따를 길이 없었다. 이래저래 평양에 당도한 명군은 당초부터 제대로 먹지 못했고, 반찬은 고사하고 더운밥이라도 배불리 먹으면 좋은 편이었다.

이런 형편이므로 부상을 입고 의주를 거쳐 본국으로 송환되는 병사들은 들것에 누운 채 약보다도 밥을 달라는 축이 태반이었다. 이여송이 노한 것도 당연한 일이었다.

그러나 조선 측도 할 말이 있었다. 이원익은 위에 적은 난관들을 하나하나 설명하고 그를 쳐다보았다.

"그런즉 양해를 하여 주십시오."

이여송의 안색이 달라졌다.

"당신은 말끝마다 우리 명군의 트집을 잡는데, 그렇다면 너희들은 거둬 가지고 돌아가라, 이런 뜻이오?"

"아니, 천만 없는 말씀이십니다."

"난관이 있으면 극복할 생각은 안 하고, 시비만 걸어서 어쩌자는 것이오?"

"죄송합니다."

"도대체 조정에 앉은 당신네 대신들부터 하나같이 돼먹지 않았소. 술이나 마시고 풍월이나 흥얼거리고."

"……."

"그런 것들이 무슨 일을 하겠소?"

이여송은 이원익을 보내고 붓을 들었다.

지난 12월 25일 압록강을 건너온 이후 내 몸소 살펴보건대 조선국의 으뜸가는 대신[首臣] 류성룡, 윤두수 등은 와신상담의 일념으로, 치욕을 씻고, 흉악한 적을 물리칠 생각은 아니하고 사가에 편히 들어앉아 술을 퍼마시고 스스로 즐기는 터라. 이는 우리 중국을 업신여길 뿐만 아니라 자기 나라 임금을 속이는 것이니 패란멸교(悖亂蔑敎)함이 이보다 더한 자가 어디 있겠소. 우리 중국군은 들에 머물고 한데서 자고(野屯露宿) 신명을 바쳐 평양을 수복하였소. 이로써 그대들은 잃었던 나라를 찾았고 잃었던 집도 찾게 되었소. 만약 이 평양전투의 준비에 관해서 그 책임을 따진다면 그대들은 죄와 허물뿐이오. 식량은 부족하고 마초는 하나 없어도 그대들은 앉아서 보기만 하여 군기(軍機)에 대지 못하였소.
내 우리 천자에게 아뢰어 군을 이끌고 요동으로 돌아간다면 그대들은 다 죽게 될 것이고, 또다시 나라도 집도 없어질 것이오. (……) 이제 평양에 병을 주둔시켜 계책을 세우고 수시로 진격하여 기회를 놓치지 않고 그대들의 나라와 집을 안정케 할 터이니. (……) 조선의 으뜸가는 대신은 급히 나의 처소에 와서 의논을 듣고, 진격하는 시기에 맞춰 식량과 마초를 조달하되 또다시 정한 대로 하지 않고 태만하거나 위반할 경우에는 법을 참조하여 중형을 내림으로써 시범을 보일 것이니 결코 소홀히 생각해서는 안 될 것이오(《선조실록》).

편지를 의주의 조선 조정에 보내고 잠자리에 들려는데 바깥이 떠들썩하고 참모 이영이 들어섰다.

"큰일 났습니다. 조선군이 들고 일어났습니다."

"들고 일어나다니?"

이여송은 놀랐으나 이영은 조리 있게 사태를 설명했다.

목숨을 부지하고 평양성을 빠져나온 백성들은 성 밖의 조선 병사들에게 기막힌 소식을 전했다.

"성내의 조선 사람은 명군에게 몰살을 당했다."

평양은 서울 다음가는 큰 도시로 인구도 1만을 넘었는데 그 태반이 무차별 학살을 당했다는 것이다.

그것도 용서할 수 없는데 명군은 한 걸음 나아가 왜놈들을 빼돌렸다는 것이다. 왜놈들이 눈길을 엎어지며 자빠지며 기어가듯 도망쳐도 누구 하나 추격하지 않았고, 추격하라는 명령도 없었다.

이것이 짜지 않고 될 일이냐? 성 밖에 있던 조선군은 처처에서 성내로 밀고 들어와 명군 병사들과 치고받는 난장판이 벌어졌다.

"너희들은 우리를 구하러 왔느냐, 잡으러 왔느냐?"

양측 다 같이 몇 명 밟혀 죽고, 적지 않은 부상자도 났다.

명군 장수들은 그 부하들을 말리고, 조선 장수들은 조선군을 달랬다. 우군끼리 이래서야 쓰겠는가.

"그것은 오해다. 날이 밝으면 제독께서 속 시원한 해명이 있을 것이다."

조선군은 이여송의 아우 이여백으로부터 이런 다짐을 받고 일단 성 밖으로 물러났다. 분란은 끝난 것이 아니고 해명 여하에 따라서는 얼마든지 다시 터질 형편이었다.

이여송은 이영의 설명을 듣고도 한참 있다가 물었다.

"어떻게 하는 것이 좋겠소?"

윤두수의 눈물

"자칫하면 조선군을 적으로 돌릴 염려가 있습니다. 저들이 수긍할 수 있도록 처리해야 합지요."

이여송은 고개를 끄덕였다.

"그래서 제독인 내가 친히 조선군 앞에 나가 해명한다고 했구만."

"아닙니다. 해명하신다고만 했지 친히 조선군 앞에 나가신다고는 안 했습니다."

"……?"

"다중(多衆)을 상대로 해명한다든지 담판하는 것처럼 어리석은 일도 없습니다. 백이면 백, 천이면 천 명이 다 자기가 잘났다고 팔뚝질을 하고 나설 판이라, 감당할 수도 없고, 망신이나 면하면 고작입지요."

"그러면 어떻게 해명할 것이오?"

"조선 장수 몇 사람을 불러 놓고 말씀하시면 그것으로 족하지요."

"……."
"동시에 책임의 소재를 분명히 해야 합니다."
"조선 백성들을 학살한 우리 병사들을 일일이 처벌하라는 말이오?"
"학살이란 공연한 소리올시다."
"공연한 소리라니? 조금 전에 당신도 학살 운운하지 않았소?"
"하여튼 근거 없는 뜬소문입니다."
"이랬다저랬다. 이래 가지고 어떻게 해명한단 말이오?"
"죄송합니다."
"이 사건은 이 장군이 맡아 처리하시오. 나는 뭐가 뭔지 도무지 모르겠소."

이여백, 양원, 장세작 등 주요한 명군 장수들과 이일, 김응서, 정희운 등 조선 장수들이 불려 들어왔다.

조선군은 잘 싸웠다느니 용감하다느니, 이여송이 듣기 좋은 소리로 치하를 하자 곧이어 이영이 앞으로 나와 이일과 마주 앉았다.

"이제부터 제독 어른을 대신해서 물을 것은 묻고 해명할 것은 해명하겠소. 아시다시피 조선군이 성내로 쳐들어오는 바람에 큰 소동이 벌어지지 않았소? 어찌 된 일이오?"

"몰라서 묻소?"
"그야 모르니까 묻는 것이 아니겠소?"
"첫째로는 명군이 평양성의 수만 조선 백성들을 학살한 때문이오."
"첫째는 학살이고, 둘째는 무엇이오?"
"둘째는 명군이 일부러 왜군을 도망시켰기 때문이오."
"셋째는 없소?"
"없소."

"그러면 우리 첫째부터 얘기해 봅시다. 한 사람의 생명도 귀하기 이를 데 없는데 수만 명이 죽었다면 이거 심상한 일이 아니오."

"명군은 무엇으로 이것을 보상할 것이오?"

이일은 여기서 참았던 분노가 폭발하고 큰 소리가 나왔으나 이영은 여전히 냉정했다.

"수만이라고 해서는 막연하고, 단 한 사람이라도 좋소. 어느 동네에 사는 아무개가 명군의 손에 어떻게 죽었다. 이렇게 소상하게 말씀해주실 수 없겠소?"

조선군은 상하 다 같이 흥분해서 주먹으로 가슴을 치고 혹은 눈물을 흘리는 축도 적지 않았으나 그런 것을 챙긴 사람은 아무도 없었다.

"그걸 어떻게 알겠소?"

"그렇다면 모르고 하시는 말씀이군요."

"허허……."

이일은 말문이 막히고 둘러앉은 명군 장수들은 웃었다. 그러나 이영은 웃지도 않고 질문을 계속했다.

"이름은 잊었다 칩시다. 그렇게 많은 사람을 죽였다면 시체가 있을 것이 아니오? 한 구라도 좋소. 학살당한 조선 백성의 시체를 내놓으시오."

"그야 당신네가 불에 태우거나 대동강에 내다 물구멍에 쓸어 넣지 않았소?"

"이거 큰일 날 말씀을 하시누만. 우리는 적의 시체를 화장 또는 수장을 했지 조선 백성을 그런 일은 없소. 증거를 대시오."

증거가 있을 리 없었다. 이일이 붉으락푸르락할 뿐 말을 못하자 옆에 앉았던 김응서가 끼어들었다.

"불에 태우는 것은 성내에 들어갔던 우리 승병들이 보았고, 물구멍에 처박는 것은 성 밖에 있던 조선군 수천 명이 보았소."

그러나 이영은 눈 하나 까딱하지 않았다.

"젊은 장수, 생각해 보시오. 그렇게 엄청난 일이 어째서 조선군의 눈에만 보이고, 우리 명군의 눈에는 보이지 않았을까? 이거 이상하지 않소?"

김응서도 지지 않았다.

"장군, 세상에 스스로 도둑질을 했다는 도둑을 보았소?"

이영이 정색을 했다.

"이거 우리 명군을 도둑에 비유하는 것이오?"

"그런 뜻은 아니고, 말하자면……."

이영은 그를 가로막았다.

"내 한마디 일러두겠는데 어른들이 말씀하시는데 젊은 사람이 끼어드는 법이 아니오."

김응서는 할 말이 많았으나 입을 다물었다. 강자와 약자, 돕는 자와 도움을 받는 자는 애초부터 처지가 다르고 같은 말도 무게가 달랐다. 이영은 다시 이일을 향했다.

"다음으로 넘어갈까요? 우리더러 일부러 왜군을 도망시켰다는 것은 무슨 뜻이오?"

"그야 제독께서 친히 분부를 내리사 중화에 배치했던 우리 복병을 철수시키고 길을 열어 주라고 하시지 않았소?"

"맞았소. 나도 그 자리에 있었는데 제독께서는 분명히 그렇게 말씀하셨소."

"그렇다면 말은 다 하지 않았소?"

"그런데 순변사 어른, 8일 밤 조선군은 대동강 연변에 진을 치고 있었는데 왜군이 성을 나와 도망치는 것을 못 보았소? 초승달까지 떠 있었는데."

"그야 보았지요."

"그렇다면 왜 제독께 보고를 하지 않았소?"

"복병을 풀라, 길도 열어 주라 — 이런 판국에 무엇 때문에 보고할 것이오?"

"하 저런. 제독께서 그런 분부를 내리신 것은 비장의 계책이 있었기 때문이오. 밤새도록 조선군으로부터 보고가 오기를 기다리셨는데."

"……"

이일은 갈피를 잡을 수 없었다.

"아침에 적이 도망친 것을 알고 제독께서 얼마나 진노하셨는지 아시오?"

이 대목에서 여태까지 상좌에 잠자코 앉아 있던 이여송이 처음으로 입을 열었다.

"이제 모든 것이 명백해졌소. 순변사는 물러가 하회를 기다리시오."

이일 등 조선 사람들이 돌아간 후 이여송은 이영의 비상한 머리를 칭찬하고 휘하 장수들을 둘러보았다.

"근거 없는 소문을 퍼뜨린 책임과 적을 놓친 책임을 물어 이일을 참형에 처하는 것이 어떻겠소? 책임의 소재를 분명히 하자는 것이오."

장수들은 두말없이 찬동했으나 이영은 말이 없었다.

"이 장군은 생각이 다른 모양인데……."

이여송이 미소를 던지자 이영도 미소로 답했다.

"저라고 다를 것이 있겠습니까마는 참형에 처하더라도 조선 사람의 손으로 하는 것이 어떨까 생각했습니다."

옳은 말이었다. 그럭저럭 말꼬리를 잡아 저들의 입을 막기는 했으나 속으로는 부글거리고 있을 것이다. 이런 판에 그 장수까지 처단하면 어떻게 될 것인가? 이영의 계책을 받아들여 조선 조정에 공문을 보냈다.

이러저러해서 이일은 장수의 재목이 못 된다. 참형에 처하는 것이 합당하다고 생각하는데 그대들의 생각은 어떤가?

말이 많고 걸핏하면 들고 일어나는 조선 아이들. 이 정도로는 안 되고, 기를 꺾어 놓을 필요가 있었다. 그냥 두면 버릇이 되리라.

우리 명군이 숱한 피를 흘린 끝에 평양을 수복하였고, 머지않아 서울로 진격할 이 마당에 국왕은 그대로 의주에서 낮잠이나 잘 것인가?

뒤따라 이런 글도 보냈다. 한 족속의 기를 꺾는 데는 그 임금을 윽박질러 병신처럼 놀게 하는 것이 제일 빠른 길이었다.
병신에도 구분이 있었다. 아주 병신이냐, 약간 병신이냐. 협박의 효험을 시험해야 하였다.
이여송은 며칠 후 의주의 조정에 또 쪽지를 보냈다.

조선 국왕은 나에게 말을 한 필 구해 보낼 수 없겠소? 달라는 것이 아니고 빌리자는 것이오.

누구의 눈에도 이것은 사람을 우습게 보는 조롱이었고, 국왕이 타는 말을 내놓으라는 뜻이었다.
평양전투에서 자기가 타던 백마를 잃은 이여송은 도순찰사 이원익

등 조선 관원들에게 요구하였다.

"내가 서울로 타고 갈 준마 한 필을 구해 오라."

조선군에서 좋다는 말을 차례로 갖다 바쳐도 다 퇴짜를 놓고 나중에는 이렇게 핀잔을 주었다.

"그렇게도 눈치가 없소?"

"네?"

"조선 천지에서 제일가는 명마는 누가 타고 있소?"

그것은 임금의 말이었다. 이원익은 어김없이 이 대화를 자기네 임금에게 전하였을 터인데 가부간에 소식이 없었다.

병신이 덜 된 탓이 아닐까? 시험을 겸해서 보낸 쪽지였다.

잇따라 날아드는 이여송의 협박과 조롱에 임금 선조는 울컥했다.

"내가 뭐 이여송이 앉으라면 앉고, 서라면 서는 바지저고린 줄 알았더냐? 더러워서도 이 노릇을 그만둬야겠다."

그는 이여송의 기대와는 달리 기가 죽은 것이 아니라 한층 살아서 펄쩍 뛰었다.

"들어 보시오."

임금은 좌의정 윤두수, 예조판서 윤근수, 병조판서 이항복, 우참찬 성혼(成渾) 등 모모한 신하들을 불러 놓고 선언했다.

"나는 원래 병약하고 정신도 혼미한 사람이오. 거기다 근자에는 찬바람을 쏘이고 중국 관원들을 접대하느라고 한질까지 얻었소. 이런 형편에 어떻게 의주를 떠나 남으로 내려간단 말이오. 승지 편에 국새를 동궁에게 보내서 왕위를 이어받게 하는 것이 좋겠소. 그리하여 속히 안주까지 전진하여 이 제독과 서로 협력책응(協力策應)토록 하시오. 나는 추후에 천천히 내려갈 것이오."

이 무렵 동궁인 광해군은 분조(分朝)를 이끌고 의주와 평양의 중간 지점인 영변에 머물고 있었다. 임금이 그에게 왕위를 전하고 자신은 의주에 눌러앉는다는 것은 예삿일이 아니었다.

"이여송, 너는 내 아들이나 상대해라."

이런 형국이었다. 평양을 수복하고 수도 서울로 진격할 전국(戰局)의 중대한 고비에 이것은 외교상 대단한 졸수가 아닐 수 없었다. 임금이 화를 낸 만큼 이여송도 화를 낼 것이고, 장차 어떤 사태가 벌어질지 알 수 없었다.

그러나 임금은 아무리 말려도 듣지 않았다.

"지금이 어느 때라고 내 공연한 소리를 하겠소? 두말 말고 절차를 추진하고 선위교서(禪位敎書)도 마련하시오."

임금이나 신하들이나 공식석상에서는 공식적인 말밖에 할 수 없었다. 그렇다고 한 치 앞을 내다볼 수 없는 이 격동의 순간에 시일의 여유가 있는 것도 아니었다.

윤두수는 그 밤으로 조용히 임금을 만났다.

"신은 성상의 심정을 헤아리고도 남음이 있습니다. 좀 도왔기로서니 그토록 오만불손하게 나올 수 있겠습니까."

임금도 맞장구를 쳤다.

"이여송 그 녀석이 왜 이렇게 보채는지 모르겠소."

"식량의 수송이 제대로 안 되니 배가 고플 것이고, 적을 놓쳤으니 창피할 것이고, 우리 백성을 그렇게 학살해 놓았으니 장차 말썽이 두려울 것이고 ― 마음이 편치 못하니 이래저래 심술을 부리는 것이 아니겠습니까."

"……."

"이런 때에 성상께서 물러나시면 오히려 저들에게 책을 잡힐 염려가 있습니다. 자기들의 모든 잘못을 우리 측에 뒤집어씌울 구실을 삼을까 걱정입니다."

"내 임금으로 앉아서 그 숱한 백성들이 학살을 당해도 말 한마디 못 하고, 이렇게 갖은 수모를 당해도 참고 견뎌야 한단 말이오?"

"전하, 황공한 말씀입니다마는 우리 조선 사람들은 작게 똑똑하고 크게 어리석은 것이 흠이올시다. 이 전쟁만 하더라도 조정에 앉은 사람들이 하찮은 일은 잘 따지면서 대국을 판단하지 못한 데서 자초한 것이 아니겠습니까?"

"……."

"폐일언하고 국토를 수복해야 합니다. 대소사를 막론하고 이에 지장이 있는 일에는 미련한 체 어리석은 체 눈과 귀를 가리고 입을 다물어야 하지 않을까 ― 이것이 신의 생각이올시다."

늙은 윤두수의 눈에는 눈물이 고였다. 임금은 오래도록 생각하다가 침을 삼켰다.

"내 생각이 부족했소. 선위하는 일은 후일 다시 생각하기로 하고 당면한 문제는 어떻게 하는 것이 좋겠소?"

"이여송이 하자는 대로 할 수밖에 없습니다."

"모든 것을 좌상(左相)이 알아서 처리해 주시오."

이튿날 윤두수는 흰 수염을 바람에 나부끼고 평양으로 말을 달렸다.

아름다운 얼굴

평양의 이여송은 생각이 많았다. 바람같이 밀고 올라가 적의 대병력이 집결하기 전에 서울을 쳐야 하는데 아무리 보아도 뜻대로 될 것 같지 않았다.

정월 대보름을 앞두고 스쳐 가는 바람에는 희미하나마 이미 봄기운이 있었다. 도중의 강들이 풀리기 전에 행동을 개시해야 하는데 무엇보다도 식량이 문제였다.

평양에서 서울은 5백80리, 지금까지와는 달리 적의 점령하에 있던 지역이었다. 그러지 않아도 인력의 부족으로 식량수송에 애로가 많았는데 앞으로는 더욱 자심할 것이다. 군대만 멀리 나갔다가 식량이 뒤따르지 못하면 싸우기도 전에 주저앉고 말 것이다.

1월 11일, 이여송은 평안도도체찰사 류성룡을 불렀다. 그는 평양에서 북으로 1백70리, 안주에 좌정하여 평안도 내의 군사 관계 일체를 책임지고 있었다.

"이번 평양전투에서는 식량이 제때에 오지 않아 우리 명군은 여간 고생하지 않았소."

이여송은 첫마디에 불평이 나왔다.

"숙천에서부터 대군이 별안간 남하하는 바람에 치중(輜重 : 보급)이 따르지 못했지요. 미리 알았던들 그렇지는 않았을 것이외다."

"미리 알기만 하면 문제가 없다, 이런 말씀이오?"

"그렇지요."

태연한 대답이었다. 일전에 안주와 숙천에서 잠시 상종한 일이 있었으나 얼굴도 제대로 익힐 겨를이 없었고, 소문으로는 술을 마시는 외에는 아무짝에도 못 쓸 인간이라고 했다. 그러나 지금 눈앞에 앉은 류성룡은 잘생긴 얼굴에 두 눈에서 광채가 나고 있었다. 분명히 술꾼의 눈은 아니었다.

"우리가 서울로 진격한다는 것은 세상이 다 아는 일인데 어떻소, 제때에 식량을 댈 수 있겠소?"

"계책을 말씀하시오. 계책을 알아야 거기 따른 치중을 마련할 것이고, 경우에 따라서는 치중에 맞춰 계책을 수정할 수도 있지 않겠습니까?"

대군을 이끌고 조선에 들어온 이여송은 흡사 제왕이었다. 지금까지 그 앞에서 이처럼 당당하게 나오는 조선 사람은 아무도 없었다.

"맞는 말씀이오. 우리가 당장 할 일은 질풍같이 달려가서 서울로 모여드는 적을 그 외곽에서 밟아 버리는 것이오. 기병으로 말이오."

"……"

"적은 태반이 보병이오. 기병으로 보병을 밟는 것은 식은 죽을 마시는 수고와 별반 다를 것이 없소."

"……"

"그렇게 해서 외곽을 청소해 버리면 아마 성내의 적은 이 평양의 경우처럼 도망가게 해달라고 애걸할 것이오."

"……."

"애걸을 안 하면 모두 죽는 것이고."

이여송의 머리에는 앞으로 전개될 상황이 그림같이 펼쳐지는 모양이었다. 류성룡은 그칠 줄을 모르고 계속되는 그의 이야기를 가로막았다.

"그렇다면 당장은 보병이 필요 없겠소이다."

"옳게 보았소."

"언제부터 진군을 시작할 계획이신가요?"

"오늘보다 어제, 어제보다 그저께 시작했더라면 좋았겠소."

"식량은 염려 마시고 언제든지 진군하시지요."

류성룡은 조용하면서도 자신에 찬 목소리였다. 그에게는 그럴 만한 연유가 있었다.

적의 점령지에서도 조선의 행정 조직은 죽지 않고 살아 움직이고 있었다. 전에 감영(監營 : 도청)이 있던 도시들은 대개 적의 수중에 들어갔으나 감사(監司 : 도지사)들은 벽지를 옮겨 다니면서 관하의 군수, 현령과 백성들을 지휘하였고, 의주의 조정과 감영, 감영과 수령(守令)들 사이에는 적의 눈을 피하여 오솔길을 내왕하는 연락원들이 그치지 않았다.

가령 이 무렵 함흥을 잃은 함경감사는 갑산(甲山)의 별해보(別害堡)에 있었고, 강원감사는 인제(麟蹄), 경기감사는 삭녕(朔寧)에 있었고, 황해감사는 한때 잃었던 해주(海州)에 다시 돌아와 있었고, 경상좌도는 안동, 우도는 거창에 있었다.

그중 황해감사 유영경(柳永慶)은 나름대로 이 전쟁을 보는 눈이 있었다. 이것은 식량 싸움이다. 우리 수군과 의병들 때문에 적은 본국으로부터 보급을 받을 길이 막혔다. 우리가 식량만 주지 않으면 굶어 죽든지,

물러가든지 둘 중에 하나일 것이다. 그는 고을을 돌아다니면서 백성들에게 이 취지를 설명하고 이렇게 속삭였다.

"그런즉 지금 우리가 할 일은 무엇인가? 적에게 한 톨의 쌀도 뺏기지 않는 일이다."

백성이라야 젊은 장정들은 관군이나 의병으로 나가고, 모인 것은 노인과 아녀자들, 절름발이, 곰배팔이들이었다. 전쟁이 시작된 후 농사를 지을 일손도 이들밖에 없었다. 그들은 애써 지은 곡식을 깊은 산속에 실어다 악착같은 일본 사람들도 여간해서는 찾아내지 못하도록 감춰 버렸다.

지난겨울에 들어서면서 명나라 군사들이 온다는 소문이 파다하게 퍼졌다. 평양에서 황해도 접경은 50리, 그들이 평양을 수복하고 서울로 올라간다면 제일 먼저 지나갈 고장이 황해도였다.

우리를 구하러 오는 명군이 내 고장을 지나가는데 대접이 없어서야 쓰겠는가? 자기들은 지지리 못 먹으면서도 백성들은 유영경이 시키는 대로 겨울의 추위를 무릅쓰고 밤이면 몰래 서울·평양 간의 대로변, 후미진 곳에 양곡들을 옮겨 놓았다.

류성룡은 이들 양곡을 계산에 넣고 있었다.

다음으로 생각할 것이 수송 인력이었다. 지금도 평양에는 북에서 연속 부절로 양곡을 실어 오고 있었다. 부족한 것은 양곡이 아니고 남으로 가는 군대에 뒤지지 않도록 이들 양곡을 운반할 인력이었다.

당장은 필요 없다는 보병을 집중투입하면 되는 것이다. 이번 평양전투에서 성내에 들어간 조선군은 적과 백병전으로 싸웠기 때문에 많은 사상자를 냈다. 부상자들을 제외하고도 줄잡아 5천 명의 보병을 양곡 운반에 돌릴 수 있을 것이고, 그만하면 능히 이 일을 해낼 것이다.

류성룡으로부터 설명을 들은 이여송은 두말없이 찬동했다.

"좋소. 우리는 당장 진군을 시작할 터이니 류 정승도 당장 남으로 내려가서 식량을 변통하시오."

그는 성미가 급한 사람이었다.

류성룡은 숙소로 돌아와 조정에 장계를 올리고 도순찰사 이원익에게도 편지를 보내 병력 동원을 부탁했다. 준비를 마치고 밖에 나오니 명군의 선봉대는 벌써 대동강을 건너 남으로 진군하고 있었다.

류성룡 일행은 사잇길로 그들을 앞질러 남으로 말을 달렸다. 먼저 가서 대군을 맞을 채비를 해야 하였다.

의주를 떠난 지 3일, 밤늦게 평양에 당도한 윤두수 일행은 횃불로 인도하는 김응서를 따라 미리 마련된 장막으로 들어갔다.

"순변사."

그는 둘러앉은 사람들을 한 바퀴 훑어보고 이일을 지목했다.

"적을 놓친 죄가 막중한즉 당신은 감옥에 들어가야 하겠소."

윤두수를 따라온 금부도사는 그 자리에서 이일을 뒷짐으로 묶어 밖으로 끌고 나갔다. 이원익, 김응서, 정희운 등 동석한 사람들이 억울하다, 적을 놓쳤다는 것은 말도 안 되는 소리라고 사정했으나 윤두수는 한마디로 잘랐다.

"제독의 분부요."

참형에 처한다는 것이다.

해도 너무한다. 사람들은 명군의 행패를 되새기고 흥분했다.

"조선 사람은 버러지만도 못하다는 것입니까?"

젊은 김응서가 따졌으나 윤두수는 냉정했다.

"스스로 지키지 못하고 남에게 빌붙은 이 모양을 돌이켜 생각해 보시오. 버러지보다 나을 것 같소?"

"……."

"남의 도움을 받는다는 것이 어떤 것인지 우리는 뼈에 사무치도록 알아야 하고, 이 수모를 자자손손 전해야 하오."

일본의 침략을 예견하고 대책을 주장한 사람은 그다지 흔치 않았었다. 윤두수는 그 흔치 않은 중의 한 사람이었다. 화전 간(和戰間)에 대일 정책을 세울 때에는 불행히도 함경도, 이어 황해도에서 귀양살이를 하는 바람에 이에 참여하지 못했다. 전쟁이 터지자 후회막심한 임금은 누구보다도 먼저 그를 불러들여 다시 조정에 서게 하였다.

이번에는 명나라 군대를 불러들이는 데 반대하였다. 반드시 행패가 있으리라. 벅차더라도 우리 힘으로 싸우자.

역시 그의 예견은 맞았고, 그의 한마디 한마디에는 저절로 권위가 있었다.

이튿날 동이 트자 윤두수는 사방에 방을 써붙이라고 했다.

　　제독의 분부에 따라 오늘 오정, 순변사 겸 평안병사 이일을 보통문 밖에서 참형에 처할 터인즉 누구든지 구경하여도 무방하다.

성내 이여송의 처소에도 글을 보냈다.

　　제독의 분부에 따라 이일에게 참형을 시행하옵는바 머리를 벨까요[首斬], 아니면 허리를 벨까요[腰斬]?

병사들은 보통문 밖에 단을 마련하고 시신을 넣을 관도 메고 갔다.
평양성 안팎은 온통 제독의 분부로 들끓었다. 성 밖의 조선군은 가슴을 치고, 성안의 명군은 다투어 성 밖으로 뛰었다. 이일의 생피를 마시자. 사람의 생피를 마시면 불로장수한다고 했다.
　이여송의 처소에서 이영이 달려왔다.
　"의주에서 왔으면 제독부터 찾아뵐 것이지 이게 무슨 짓이오?"
　"제독께서 지목하신 죄인을 처단하기 전에 내 무슨 면목으로 제독을 뵙겠소?"
　윤두수는 움직이지 않고 이영은 물러갔다.

　성안으로 돌아갔던 이영이 달려왔다.
　"이일의 목을 베건 허리를 베건 당신네 마음대로 할 것이지 제독의 분부는 무엇이오?"
　"제독의 분부가 아니시던가요?"
　"그렇다고 이렇게 떠들썩하는 것은 무슨 까닭이오?"
　"떠들어서는 안 될 조목이라도 있습니까?"
　또다시 성내에 들어갔다 나온 이영이 엄숙한 표정으로 백지에 적은 이여송의 명령을 읽어 내려갔다.

　　이일의 죄를 사하노라.

　그리고는 흰눈으로 윤두수를 노려보았다.
　"구미호 같은 영감태기가……."
　중얼거렸으나 들었는지 못 들었는지 윤두수는 깊숙이 머리를 숙였다.
　"고맙소이다."

　윤두수와 마주 앉은 이여송은 자기의 가슴속을 훤히 들여다보고 재간을 부린 이 노인을 말없이 바라보다가 턱을 쳐들었다.

"당신네 임금, 말을 안 보냅디까?"

"어마(御馬) 말씀이지요? 끌고 왔습니다."

"달랑 한 마리요?"

윤두수는 이런 소리가 나올 줄을 짐작하고 있었다. 조선에 나온 명군 장수들의 버릇이었다.

"다섯 마리올시다."

이것도 외교였다. 외교에서 제일 어리석은 것은 기왕 양보할 것을 못 하겠다고 고집하다가 나중에 마지못해 굴복하는 일이었다. 기왕 양보할 것은 선선히, 그것도 적이 놀랄 정도로 듬뿍 양보하는 것이 상책이었다.

"내 마음에 들었소."

이여송은 흡족한 얼굴로 또 물었다.

"임금은 의주에서 움직일 것이오, 안 움직일 것이오?"

"며칠 안으로 의주를 떠나십니다. 제독께서 진격하시는 대로 남하하시면서 친히 인원과 물자의 동원을 독려하실 것입니다."

"그것도 내 마음에 들었소."

그는 차를 찔끔 마시고 계속했다.

"우리 명군은 이 평양에서 3천 명을 잃었소. 어떻게 보상할 것이오?"

"우리 조선군 3천 기(騎)를 드리지요."

"마음에 드는 소리만 하시누만."

이여송은 활짝 웃었다.

입과 붓이 앞서고 실천은 없거나 있어도 보잘것없는 인간들. 그러면서도 이치를 따지는 데는 천하에서 첫째 아니면 둘째, 아무리 헐하게 쳐도 셋째 이하는 아니다 — 이것이 이여송이 보는 조선의 선비들이었다.

그러나 윤두수는 그렇지 않았다. 금년에 환갑이라는 이 노인은 소박한 얼굴에 진실이 흐르고 있었다. 그것은 아름다운 얼굴이었다.

두 사람은 터놓고 이야기하게 되었고, 모든 절차에 합의를 보았다.

다음 날은 1월 18일. 이여송은 양원 휘하 제2군과 함께 평양을 떠나 남하하고, 이일 대신 순변사로 임명된 이빈이 조선 기병 3천 명을 이끌고 그 선두를 달렸다.

이빈은 작년 7월, 평안병사로 조승훈과 함께 평양을 공격한 장수였다. 용감하게 싸웠으나 패하고 돌아간 조승훈의 모함으로 지중추부사(知中樞府事)라는 한직으로 돌았다가 이번에 윤두수를 모시고 평양에 왔다.

광해군의 분조를 폐지하고

　이여송이 평양을 떠나던 1월 18일, 북에서는 임금 선조가 백관을 거느리고 의주를 떠나 남행길에 올랐다.
　"서울이 몇 리더라?"
　말고삐를 당기면서 임금이 혼잣말같이 중얼거리자 뒤에 따라붙은 병조판서 이항복이 대답했다.
　"정확히 1천1백86리올시다."
　"멀리도 왔구나."
　임금의 말이 달리자 전체 행렬이 파도치듯 움직이기 시작했다.
　일본군에 쫓겨 작년 6월 이곳 의주에 당도했을 때에는 살아서 다시 서울로 돌아가리라고는 생각도 못했다. 나라는 망했고, 압록강을 건너 중국 땅으로 망명할 궁리까지 했다.
　나라의 불행과 함께 그동안 임금 자신의 집안에도 재앙이 적지 않았다. 맏아들 임해군과 여섯째 순화군은 함경도에서 적에게 붙들린 채 지금도 그들의 수중에 있고, 넷째 신성군은 이 의주 땅에서 병으로 죽었다.

가슴에 한이 맺혔으나 적에게 쫓기기만 하다가 이제 돌아서 적을 후려치고 도망가는 그들을 쫓아가는 형국으로 전환하였다.

이 기세를 타고 우선 조정을 의주에서 남으로 2백80리, 정주로 옮기기로 하였다, 서울로 돌아갈 날도 머지않았다. 후련하기 이를 데 없고, 죽었다가 살아난다면 아마 이런 기분일 것이다.

이튿날인 1월 19일. 왕세자 광해군은 종묘사직의 신주들을 모시고 영변을 떠나 서쪽으로 말을 달렸다. 영의정 최흥원 이하 분조의 관원들과 호위 병사들이 이를 따르고 있었다. 정주에 가서 남하하는 임금을 맞을 참이었다.

작년 6월 14일, 이 영변에서 분조의 설치가 결정되자 최흥원 외에 좌찬성 정탁(鄭琢), 형조판서 이헌국(李憲國), 부제학 심충겸(沈忠謙) 등 관원들과 함께 신주를 모시고 영변을 떠났다.

한때 적중을 돌파하여 강원도 이천까지 진출하였던 광해군은 곡산(谷山), 성천(成川), 안주(安州), 자산(慈山), 순천(順川), 숙천(肅川), 영유(永柔), 증산(甑山), 함종(咸從), 용강(龍岡) 등지를 전전하다가 지난 12월 28일 다시 이곳 영변으로 돌아왔다.

위험을 무릅쓰고 최전방 지역까지 나가 군사들과 백성들에게 힘을 주고, 실패는 했으나 함경도에서 적에게 갇힌 두 왕자의 구출 작전을 지휘하고, 강화도로 건너가서 서울 탈환의 발판을 만들자고 주창하는 등, 젊은 왕세자의 용기와 활약은 이 암담한 시대의 희망이었다.

그동안 그는 한 번도 의주에 간 일이 없고, 때로는 허물어지는 민가에서도 자고, 비바람과 눈보라에 시달려도 싫은 얼굴 한 번 한 일이 없었다.

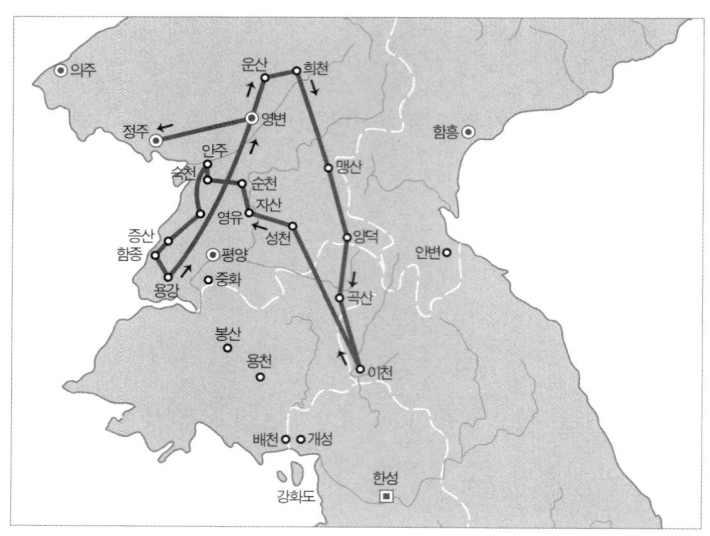

광해군 분조의 이동 경로

1월 20일, 정주.

한발 앞서 정주에 당도한 광해군은 해질 무렵 성 밖에 나와 북에서 내려오는 임금을 맞았다. 작년 여름 영변에서 헤어진 지 7개월 6일 만의 부자상봉이었다.

임금은 그 길로 성내에 들어와 문무백관을 거느리고, 여태까지 세자가 모시고 다니던 사직과 종묘의 신주들을 차례로 찾아뵙고, 사배(四拜)를 올렸다.

격식대로 호곡을 하면서도 이제 비로소 자식의 도리, 인간의 도리, 그리고 임금의 도리를 하는 듯 임금은 마음이 가벼웠다.

지금까지는 임금이 거느린 원조정(元朝廷)과 세자가 거느린 분조정(分朝廷), 즉 분조가 있어 조선에는 조정이 둘이었다. 그러나 두 조정이 한군데 모였으니 합치는 것이 순서였다.

2일 후인 22일 분조는 정식으로 폐지되었다. 비상시에 비상기구로

탄생한 분조가 없어지는 것도 정상화의 첫걸음으로, 좋은 일이었다.
정주로 옮긴 조정은 친위군의 일부까지 양곡 운반에 돌리고, 선전관들을 전국 각처의 관군과 의병 진영에 파송하여 영을 내렸다.

　　남으로 진격하는 군대에 호응하여 지체 없이 적을 협격하고 혹은 추격하여 이를 모두 쳐부수라.

멀리 남해에서 작전 중인 이순신, 이억기, 원균에게도 급사가 달려갔다.

　　수군을 모두 이끌고 해상에서 적을 요격하여 남김없이 섬멸토록 하라.

아무도 승리를 의심하는 사람은 없었으나 한 가지 걱정이 있었다.
평양에서 하는 짓을 보니 흉악하기로는 명군도 일본군보다 더하면 더했지 덜하지는 않았다. 앞으로 개성이나 서울, 그 밖에 크고 작은 고을에서 또 사람을 잡기 시작하면 감당할 길이 없었다. 그렇다고 타일러서 들을 명군도 아니었다.
걱정이 가시지 않는데 작년 7월 의주에 왔던 명나라의 황응양(黃應暘)이 두툼한 보따리를 들고 정주에 나타났다.
"제독은 요동 사람으로 흑백을 가리지 못하고 오직 살육을 좋아할 뿐입니다(提督遼東人 不辨皂白 只喜殺戮). 그래서 제가 면사첩(免死帖) 1만여 통을 가지고 왔는데 오로지 백성들을 살리기 위함이지요. 어리석은 백성들이 혹 죽음이 두려워 적에게 붙었다 하더라도 적극 앞잡이 노릇을 하지 않은 이상 이 면사첩을 주어 안심하고 집에 돌아가 생업에 종사할 수 있도록 할 작정입니다. 이 면사첩만 내보이면 누구를 막론하고 감히 다치지 못할 것입니다."

하늘은 무심한 듯하면서도 역시 무심하지 않았다. 행여 전쟁 수행에 지장이 있지 않을까, 명군의 행패에 조선은 입을 다물고 침묵을 지켰다. 자기들 내부에서 고발이 있은 모양이지마는 어떻든 하늘이 노했고, 황응양이 온 것은 하늘의 뜻이라고 볼 수밖에 없었다. 면사첩이 얼마나 맥을 쓸지는 두고 볼 일이었으나 좋은 징조에는 틀림이 없었다.

이제 정주에 좌정한 조정은 전후의 응급 복구를 계획할 단계라고 생각했다.

제일 급한 것이 백성들을 먹이고 다가오는 봄에 씨를 뿌리도록 하는 일이었다. 특히 적의 치하에 들어간 지역의 백성들은 지난해에 농사를 짓지 못했고, 지어도 대개는 적에게 뺏기고 굶어 죽는 경우가 허다하였다. 이들 지역에서 적이 물러가면 적이 들어오지 않은 지역에서 구호곡과 종곡을 보내야 하였다.

평안도는 함경도로, 전라도는 경상도로, 충청도는 강원도로……. 각각 육로 또는 뱃길로 실어 나르도록 계획을 마련하였다.

"힘을 내라. 봉산(鳳山)까지만 가면 산다!"

8일 밤 평양성을 탈출한 고니시 유키나가군의 장교들은 이리저리 말을 달리면서 병사들을 달래기도 하고, 때로는 마상에서 채찍을 내리치기도 했다.

"굼벵이냐, 사람이냐?"

그러나 도보로 행군하는 병사들의 걸음이 말 탄 장교들과 같을 수는 없었다. 병사들은 더욱 겁에 질리고 장교들은 초조했다.

이 당시 황해도를 점령한 제3군 사령관 구로다 나가마사는 5천 병력으로 배천에 포진하고, 봉산에는 부사령관 격인 오토모 요시무네(大友義統)가 그보다 많은 6천 가까운 병력으로 북쪽에 대비하고 있었다.

봉산은 평양에서 남으로 1백60리. 오토모 요시무네는 같은 천주교의 교우로, 유키나가와 가까운 사이였다. 거기서 한숨 돌리고, 적의 움직임을 보아 가면서 싸우든지 후퇴하든지 결정하리라.

중화를 지나 황해도 접경에 들어설 무렵에는 먼동이 트기 시작했다. 여기까지는 이여송이 약속한 대로 복병도 없었고, 추격도 해오지 않았다.

그러나 황해도 땅에 들어오면서부터 사태는 달라졌다. 좌방어사(左防禦使) 이시언(李時言)이 지휘하는 조선의 관군과 크고 작은 의병 집단이 도처에 숨어 있다가 불시에 기습을 가하고는 사라졌다.

싸우면서 전진할 수밖에 없고, 갈수록 사상자는 늘어 갔다. 이들을 간수할 여력은 없고, 버리고 가는 수밖에 없었다.

9일 밤늦게 드디어 봉산성 교외에 당도했다. 그러나 누구 하나 맞아 주는 사람이 없었다.

"다 도망치고 강아지 한 마리도 없습니다."

정찰을 나갔던 척후병들이 돌아와서 보고했다. 오토모 요시무네는 명나라의 대군이 평양까지 왔다는 소식만 듣고도 혼이 나가서 어쩔 줄을 몰랐다.

"어차피 질 것이고, 지면 개죽음밖에 될 것이 무엇이냐?"

혼이 나간 것은 요시무네뿐이 아니었다. 중의에 따라 성을 버리고 수천 명의 장병들은 남으로 줄달음을 쳤다.

이들을 믿고 추위와 굶주림, 그리고 조선군의 줄기찬 공격에 대항하면서 여기까지 온 고니시 유키나가의 군사들은 땅에 주저앉았다. 최전선에 나갔던 자기들보다도 뒤에 있던 우군이 먼저 도망쳤다는 것은 형언할 수 없는 충격이었다.

노할 기력조차 없고, 절망이 있을 뿐이었다. 서울은 앞으로도 4백20리, 거기까지 간다는 것은 생각할 수 없는 일이었다.

"차라리 죽자. 죽어서 이 고통을 면하자."

많은 병사들은 죽음을 생각하고 서슴없이 내뱉었다.

"그래도 살아야 한다."

고니시 유키나가는 그들을 달래고 채찍질하여 다시 남행길을 더듬었다. 그러나 이미 생의 애착을 잃은 병사들의 눈에는 대수로운 것도 두려운 것도 없었다.

"나를 팽개쳐 두라."

그들은 무더기로 대열을 이탈하였으나 장교들도 막을 길이 없고 막을 기운도 없었다. 이탈한 자들은 대개는 조선군의 손에 죽었으나 개중에는 용케 살아남은 자들도 없지는 않았다.

민가에 들어가 손가락으로 입을 가리키고 먹을 것을 구걸하다가 그대로 그 집의 머슴으로 눌러앉은 자들도 있고, 깊은 산, 절간으로 기어들어 자비로운 스님의 비호를 받은 자들도 있었다. 어느 경우나 그들은 영원히 일본 사람을 면하고 조선 사람들 속으로 스며들었다.

남진을 계속한 자들은 다음 날인 10일 밤 용천(龍泉)에서 비로소 일본 사람들을 만났다. 구로다 나가마사 휘하의 작은 경비대였다. 평양을 떠난 후 처음으로 더운 물을 마시고, 처음으로 밥을 구경하였다.

용천에서 그들은 하룻밤을 쉬고, 경비대장 오가와(小川傳右衛門)의 안내로 배천에 있는 구로다 나가마사의 진영에 도착한 것이 1월 12일이었다.

명군도 급히 추격하는 기색은 없었다. 유키나가는 여기서 뒤에 처진 낙오병들을 기다리면서 며칠 쉬었다. 물을 끓여 때를 씻고 면도를 하고 나가마사가 주는 새 옷으로 갈아입었다. 비로소 짐승의 꼴을 면하고 사람의 모습으로 되돌아왔다.

작년 4월 처음 부산에 상륙하였을 때 고니시 유키나가의 제1군은 도합 1만 8천7백 명이었다. 이번 평양전투가 시작되기 전에는 그동안의 전사자와 병사자를 빼고 1만 5천 명이었다. 그러던 것이 이 배천에서 마지막으로 점검한 결과 살아남은 인원은 6천6백여 명에 지나지 않았다.

실로 참담한 패전이었다.

고니시 유키나가가 평양에서 보낸 첫 번째 급보가 서울의 일본군 본영에 당도한 것은 그가 배천에 당도한 1월 12일이었다. 그로부터 암담한 소식은 시시각각으로 잇따라 들어왔다.

심유경과 고니시 유키나가의 평화회담에 희망을 버리지 못하고 있던 일본 사람들은 비로소 사태를 똑바로 보게 되었다. 심유경에게 농락을 당한 것이다.

서울에는 작년 7월 일본에서 건너온 도요토미 히데요시의 3장관(三長官 : 奉行), 즉 이시다 미쓰나리(石田三成), 마시타 나가모리(增田長盛), 오타니 요시쓰구(大谷吉繼)가 그대로 눌러앉아 있었다. 이들은 히데요시를 대신하여 점령군의 정책을 수립하고, 군사행정을 지도하고, 고니시 유키나가의 평화회담을 뒷받침하여 왔다.

서울·평양 간 대로변의 요소요소에 흩어져 있는 현재의 병력배치를 그대로 두면 남하하는 명나라의 대군에게 각개격파를 당할 수밖에 없었다. 서울에서 결전을 벌이기로 하고, 그들은 서울 이북에 있는 모든 일본군에 철수령을 내렸다. 이에 따라 배천에 있던 제3군 사령관 구로다 나가마사와 개성에 있던 제6군 사령관 고바야카와 다카카게는 전군을 이끌고 서울을 향하여 이동하기 시작했다. 한편 배천까지 도망쳐 왔던 고니시 유키나가는 이들보다 한발 앞서 서울로 올라와 한강변 용산에 진을 쳤다.

    동시에 멀리 함경도에도 급사가 달려가 가토 기요마사에게 철수명령을 전달했다.

일본군의 서울 집결

평양, 개성, 황해도 지방과 김화(金化), 금성(金城) 등 강원도 북부 지역에서 철수한 부대들은 연속부절로 서울에 들어와 도성 안팎에 포진하였다. 참으로 기묘한 행렬, 일본 군대라기보다 조선의 남사당패거리 같은 행색이었다.

일본 옷을 제대로 입은 병사는 드물고, 적어도 한두 가지씩은 조선 입성을 걸치고 있었다. 그것도 남자들의 도포, 중치막, 바지, 저고리, 미투리, 버선, 토시뿐만 아니라 여자들의 치마, 속옷, 장옷, 남바위에서 중들의 장삼에 이르기까지 형형색색이었다. 추위를 이기지 못해 겨울 동안 조선 사람들로부터 뺏은 것들이었다.

이 기묘한 군상의 마지막 집단이 서울에 당도한 것은 1월 22일이었다. 이로써 서울의 일본군은 총병력이 5만 명에 이르렀는데 이것은 조선군 3천 기를 포함하여 4만 3천 명을 이끌고 남하하는 이여송의 병력보다 7천 명이 더 많은 숫자였다.

그러나 이때 항간에 떠도는 소문으로는 이여송의 병력은 20만에서 1백만에 이르기까지 갖가지여서 종잡을 수 없었다. 그런데 서울의 일본군 본영에서는 최종적으로 이것을 50만으로 단정을 내렸다.

그럴 만한 내력이 있었다. 이여송은 평양성에 들어와서 한숨 돌리자 평안도도순찰사 이원익을 불렀다.

"이 평양에서 서울에 이르기까지 소문을 좌악 퍼뜨릴 일이 있는데 중국 사람으로는 안 되고 조선 사람들이라야 할 수 있을 것이오."

"말씀해 보시지요."

"이 이여송이 50만 대군을 이끌고 남하한다, 이렇게 소문을 퍼뜨려 달란 말이오."

"……."

"적은 겁을 먹을 것이고, 조선 사람들은 힘을 얻을 것이오."

이원익의 부하들은 그날부터 남으로 달리면서 가는 곳마다 '명군 50만'을 속삭였다. 이원익은 사람의 입만 동원한 것이 아니라 붓도 놀렸다.

> 갖가지 풍문이 있으나 명군은 더도 덜도 안 되는 50만이니 그리 알라.

남쪽의 관가에 보내는 공문마다 한 구절 적어 넣었다.

소문은 일본군의 귀에도 들어가고, 많은 공문 중에서 한두 장은 그들의 손에 압수되게 마련이었다. 일본군은 적을 50만으로 단정하지 않을 수 없었다.

50만 대군. 열 배도 넘는 이 적을 무슨 수로 물리칠 것인가. 그들은 머리가 아찔했다.

  1월 11일 평양을 떠난 이여백의 명군 선봉은 9일 후인 20일, 전날 일본군이 철수한 개성에 입성하였다. 평양에서 개성은 4백 리. 전후 10일간의 행군이었으니 하루 평균 40리를 전진한 셈이었다.
  전투를 한 것도 아니고, 단순한 행군이었다. 보병으로도 느리기 이를 데 없는데 더구나 기병으로서는 말도 안 되는 행군 속도였다. 질풍같이 서울로 달려가서 적을 밟아 버린다던 이여송의 구상과는 거리가 멀었다.
  류성룡의 장담과는 달리 식량의 보급이 따르지 못했기 때문이었다. 흩어졌던 황해도의 백성들을 불러 모으고, 조선의 보병과 사명대사의 승병들까지 동원하였으나 발로 걷는 사람들이 말을 타고 달리는 병사들을 따라잡을 길은 없었다.
  조선 사람들은 명군의 식량뿐만 아니라 그들의 말먹이까지 등에 지고 걸어야 했다. 숨은 턱에 닿고 땀은 쏟아지고, 하루 40리도 벅찬 길이었다.
  "꺼우쨔쭝(狗雜種 : 사람과 개의 혼혈)!"
  명군 병사들은 욕설을 퍼붓고 때로는 회초리로 내리치기도 했으나 그 이상 어쩔 도리가 없었다.
  개성에 들어온 명군은 다음 날 임진강까지 남하하여 강변에 포진하였다. 벌써 봄 날씨가 완연하여 임진강의 얼음은 반이나 녹고 여기저기 강물이 출렁이고 있었다. 명군 선봉과 동행한 류성룡, 이덕형 등은 인부들을 동원하여 이 강에 부교(浮橋)를 놓기 시작했다. 굵은 칡넝쿨을 찍어다 여러 갈래로 강을 가로지르고, 그 위에 버들가지와 마른 잡초를 빽빽이 까는 작업이었다.
  그동안에도 남하하던 명군은 잇따라 개성에 들어오고, 23일에는 이여송이 마지막 부대를 이끌고 개성에 당도했다. 다음 날 그는 장수들을 불러 술자리를 베풀고 서울을 칠 계책을 토의하였다. 먼 길을 와서 피곤하니 서서히 전진하자는 신중론도 있었으나 웃음거리밖에 되지 않았다.

"왜놈들의 무엇이 두려운가?"

평양에서 서울까지 5백80리를 싸우지도 않고, 일사천리로 도망친 왜놈들은 이미 그들의 안중에 없었다. 밀어붙이면 썩은 짚단같이 무너질 것이다.

"왜놈들을 죽여라!"

"사라미도모오 고로세(조선놈들을 죽여라)!"

이여송이 개성에서 장수들과 서울을 칠 계책을 의논하던 1월 24일, 서울에서는 채 날이 밝기도 전에 거리마다 골목마다, 외치고 울부짖고 ― 대살육전이 벌어졌다.

작년 5월 서울이 적의 수중으로 들어가기 전에 많은 백성들은 서울을 빠져 시골로 피란을 떠났다. 그러나 적의 점령이 하루 이틀에 끝나지 않고 장기화되자 생활의 터전을 잃은 백성들은 살 길을 찾아 자기 고장으로 돌아오지 않을 수 없었다.

사람이 있어야 부역을 시킬 수도 있고, 물자도 통할 수 있는지라 적은 오히려 이를 장려하였다. 적의 첩지(帖紙 : 신분증)를 받은 사람은 성문의 출입도 자유롭고, 마음대로 장사를 할 수도 있었다. 서울거리는 차츰 예전 모습을 되찾아 갔다.

많은 백성들은 그날그날 끼니를 이어가는 것만도 힘에 겹고 딴 생각을 할 겨를이 없었다. 그러나 인간세상 어디나 그렇듯이 적에게 아첨하고 그들의 앞잡이로 나서는 축도 없지 않았다. 고자질로 동포를 팔아 쌀 몇 되 얻어먹고 이를 쑤시는 백성도 있고, 적을 인도하여 근교의 왕릉을 파헤치는 전직 관노(官奴)들도 있었다.

반면에 적정을 탐지하여 성 밖의 우군에게 알리고, 혹은 구석진 골목에서 적을 때려누이는 용감한 백성들도 드물지 않았다. 적은 이 같은 사람들을 잡으면 운종가(雲從街 : 종로)의 종루(鐘樓) 앞이나 남대문 밖에서 많은 백성들을 모아 놓고 불에 태워 죽이곤 했다. 그리고는 백골을 치우지 않고 그대로 쌓아 두고, 지나가는 사람들의 구경거리로 삼았다.

이 같은 의로운 사람들과 연결된 것이 양주목사 고언백(高彦伯)과 의병장 김천일이었다. 고언백은 유격전의 명수로 서울 일대에 출몰하면서 적을 괴롭히고, 김천일은 강화도에 본거를 두고 배로 한강 하류 김포(金浦), 양천(陽川) 등지까지 와서 적을 치고 재빨리 사라지곤 했다.

도성의 백성들에게 우군이 평양을 점령하고 남하한다는 소식과 아울러 고언백, 김천일로부터 전갈이 왔다.

우리 군사들이 서울을 포위하면 안에서 일어나라. 안팎으로 협격하여 일거에 서울을 수복하자.

용기를 얻은 백성들은 고언백이 은밀히 들여보낸 별장 박수인(朴秀仁)을 중심으로 수천 명이 뭉쳤다. 성안과 성 밖에 포진한 적진의 수에 따라 수십 개의 크고 작은 부대를 편성하고, 부대마다 장수는 자기들끼리 선출하였다.

위에서 분부만 떨어지면 야간에 각기 담당한 적진을 기습하되 식량과 무기, 그중에서도 특히 화약을 간수한 창고에 불을 지르기로 되어 있었다. 적의 조총을 무력화하자는 것이었다. 도끼, 식칼, 몽둥이 등 무기를 갖추고 북에서 우군이 오기를 손꼽아 기다렸다. 그러나 5일이 지나고 10일이 지나도 우군은 오지 않았다.

이여송 장군을 맞으러 개성으로 떠나는 길이니 며칠만 더 기다리라.

마지막으로 고언백의 쪽지가 오고는 연락도 끊기고 알아볼 길도 없었다. 초조하게 소식을 기다리고 있던 차에 오늘 첫새벽부터 개미 떼처럼 성내에 퍼진 일본군은 조선 사람이 사는 집은 이 잡듯이 모조리 에워싸고 결판을 냈다. 밀고가 들어갔다는 말도 있고, 무슨 문서가 발각되었다는 말도 있고, 영문은 알 수 없었다.

그들은 조선 사람이라면 여자만 빼고 남자는 노인이건 젖먹이건 불문곡직하고 창으로 찌르고 칼로 내리치고 짓밟아 버렸다. 사람만 없앤 것이 아니라 집도 불을 질러 태워 버리고야 물러갔다. 전쟁 초기에 궁궐과 관청들이 불탄 데 이어 이때 성내의 민가들이 거의 전부 불에 타 없어지니 조선 왕조 2백 년의 서울은 황량한 잿더미로 화하고 말았다.

몇몇 용감한 청년들은 이판사판으로 적진에 뛰어들어 불을 지르고는 오지 않는 이여송을 원망하면서 하나같이 적의 칼을 받고 죽어 갔다.

이 난장판에 간혹 여자 옷으로 갈아입고 살아남은 사람도 없지는 않았으나 어떻든 서울의 남자는 씨가 말랐다는 소문이 나돌 지경이었다.[12]

1월 25일. 양주목사 고언백군 수백 명을 선두로, 임진강을 건넌 사대수·조승훈 휘하 명군 3천 기는 파주(坡州 : 문산)에서 일단 정지하고, 벽제관(碧蹄館)까지 척후를 보냈으나 적은 한 명도 보이지 않았다.

다음 날 그들은 다시 남하하여 벽제관에 포진하고 이여송의 지시를 기다렸다.

소식을 들은 이여송은 뒤따라 도착한 남병(南兵)들을 수비대로 남기고 개성을 떠나 임진강에 당도했다. 대포를 실은 수레들은 부교를 건너고, 기병들은 말을 탄 채 여울을 거쳐 파주 고을로 들어왔다.

　서울의 일본군은 명군의 공격을 앞두고 의견이 둘로 갈라졌다. 나가 야전으로 맞서자. 아니다, 성문을 굳게 닫고 농성전으로 대항하자.
　"말이 농성전이지 50만 대군에 포위되어 보라. 보급이 끊기고 본국과의 연락마저 두절되어 고군(孤軍)이 될 것이 뻔하지 않은가. 자멸할 수밖에 없을 것이다. 차라리 죽든 살든 나가 싸워서 결판을 내자."
　제6군 사령관 고바야카와 다카카게의 주장이 통하여 농성 아닌 야전으로 결말이 났다. 이에 따라 총 5만 병력 중 다카카게 휘하 2만으로 전군(前軍), 총사령관 우키타 히데이에 휘하 2만으로 후군(後軍)을 편성하고, 나머지 1만 명으로 도성을 지키게 하였는데 이들은 북에서 도망쳐 온 고니시 유키나가, 오토모 요시무네 등의 패잔병들이었다.

1월 27일.
　"가서 서울의 적정을 살피고 오라."
　먼동이 트자 파주의 이여송으로부터 전갈이 왔다. 사대수, 조승훈은 고언백과 함께 3천 기를 이끌고 벽제관을 떠나 남으로 달리기 시작했다. 산과 들에 안개가 짙게 깔린 날씨였다. 선두를 가는 고언백군 수백 명은 달리면서도 사방을 응시하고 조그만 그림자에도 신경을 곤두세웠다.
　여석현(礪石峴)을 지나 영서역(迎曙驛 : 녹번동)에 이르자 안개 속에 고개를 올라오던 적과 별안간 마주쳤다. 병법에서 말하는 조우전(遭遇戰)이었다.
　오랫동안 서울 주변에서 일본군과 싸운 고언백은 백전연마의 유능한 지휘관이었다. 그는 즉시 휘하 수백 기와 함께 적중으로 뛰어들어 미처 정신을 차리지 못하는 적병들을 치고 무찔렀다. 조우전의 요결은 선수를 써서 적의 기세를 꺾는 데 있었다.

뒤에서 머뭇거리던 사대수, 조승훈도 이 기운을 타고 공격에 가세하여 적을 고개 아래로 밀어붙이고 짓밟았다. 적은 보병 2천5백 명, 불의에 공격을 받은 그들은 6백여 구의 시체를 남기고 남으로 도망쳐 버렸다.

파주에서 보고를 받은 명군 장수들은 서로 마주 보고 의미 있는 미소를 지었다. 왜놈들, 정말 별것도 아니다.

"가자."

이여송이 말에 올라 채찍을 내리치자 아우 이여백 이하 친병 1천 명도 일제히 말에 뛰어올랐다. 어쩌면 오늘 안으로 서울까지 쳐들어갈 수도 있을 것이다.

그들은 가벼운 마음으로 말을 달리기 시작했다.

뒤에 남은 병사들도 말에 안장을 얹고, 수레에 대포를 싣고 — 떠날 준비를 서둘렀다.

벽제관 전투

파주에서 남으로 35리, 고양군으로 들어서는 경계에 나지막한 고개가 있는데 혜음령(惠陰嶺)이라고 부른다.

"헉!"

혜음령 마루를 달리던 이여송은 탔던 말이 넘어지면서 자신도 땅에 떨어져 모로 쓰러졌다. 뒤에 따라오던 부하들이 말에서 뛰어내리고, 달려오고, 안아 일으키고 ― 작지 않은 소동이 벌어졌다.

왼쪽 관자놀이에 약간 찰과상을 입었을 뿐 상처는 대단치 않았다. 따라온 의원들도 고약을 붙이는 것보다 그대로 두는 것이 낫겠다고 했다. 이여송은 다시 말에 오르기는 했으나 도무지 기분이 내키지 않았다. 싸움터에 나선 지 20여 년에 이런 일은 처음이었다. 상처는 별것이 아니라고 해도 조짐이 불길했다.

오늘은 차라리 파주로 돌아가서 쉬는 것이 낫지 않을까. 말고삐를 잡은 채 생각 중인데 남에서 달려오는 조선 사람이 있었다.

"너는 누구냐?"

실없이 부아가 동해서 고함을 지르자 사나이는 말에서 뛰어내려 두 손을 마주 잡았다.

"조선국 양주목사 겸 경기도방어사 고언백 장군의 군관이올시다."

길쭉한 대답에 이여송은 저절로 웃음이 나왔다.

순변사 이빈에게 보고하러 가는 길이라고 했다. 이때 이빈뿐만 아니라 류성룡, 유홍, 김명원, 이덕형 등 일선에 나온 조선 고관들은 모두 파주까지 와 있었다.

이여송은 군관에게 전황을 물었다. 지금쯤 적어도 무악재는 넘었으리라고 생각했는데 뜻밖의 대답이 돌아왔다.

"벽제관까지 후퇴했습니다."

"후퇴는 왜 했느냐?"

"적의 대군이 성을 나와 북으로 몰려오기 때문에 일시 후퇴한 것으로 알고 있습니다."

"대군이라면 얼마나 된다더냐?"

"그것까지는 모르겠습니다."

마음은 여전히 개운치 않았으나 이것은 좋은 소식이었다. 어떻든 벽제관까지는 가보아야겠다. 그는 말고삐를 틀어 다시 남으로 달리기 시작했다.

적이 도성에서 항전한다면 평양의 경우와 마찬가지로 성내에 병력을 집결하고, 성벽을 방패로 싸울 것이다 ― 이것이 이여송의 판단이었다. 정신이 나가지 않은 이상 보병이 성을 버리고 야외에 나와 기병과 맞선다는 것은 생각할 수 없는 일이었다.

그런데 적은 성을 나왔다고 한다. 사실이라면 서울은 이미 뺏은 것이나 다름이 없었다.

영서역에서 후퇴하여 지금 벽제관에서 그를 기다리고 있는 사대수나 조승훈의 생각도 마찬가지였다.

그들은 영서역에서 적을 물리치고 조반을 들고 있는데 홍제원까지 정찰을 나갔던 고언백이 돌아왔다.

"적의 대군이 북상 중이오."

딱히 셈할 수는 없으나 무악재를 넘어 홍제원 골짜기로 밀려드는 일본군은 적어도 5천 명은 될 것이고, 그 뒤에 얼마나 더 계속되는지는 알 수 없다고 했다.

"섣불리 건드려서 도로 성안에 들어가면 큰일이오."

사대수의 의견에 조승훈이 맞장구를 쳤다.

"그렇소. 나오는 대로 내버려 둬야 하오."

마음 놓고 나오게 하기 위해서는 멀리 후퇴하여 자리를 비워 주어야 했다. 서울에서 벽제관은 40여 리, 그쯤 후퇴하면 넉넉하리라. 이리하여 그들은 적을 끌어내기 위해서 벽제관까지 물러섰다.

그러나 일본군의 생각은 달랐다.

영서역의 패보에 접하자 서대문 밖에 포진하고 있던 고바야카와 다카카게의 전군 2만이 우선 출동하고, 우키타 히데이에의 후군 2만이 그 뒤를 이었다. 도합 4만. 적을 도중에서 맞아 어느 골짜기에 몰아넣고 사방에서 공격하여 일망타진하리라.

그들은 홍제원 골짜기를 생각했다. 그러나 적은 홍제원까지 오지 않고 북으로 물러갔다.

일본군은 이들 후퇴하는 명군과는 거리를 두고, 될수록 그들의 눈에 뜨이지 않도록 전진하여 여석현 일대 숲 속에 전개하였다. 여석현은 서울에서 30리, 북으로 10리 남짓 가면 벽제관이었다.

"말이 신통치 않아서."
"조선에 무슨 신통한 말이 있겠습니까."
오정 못미처 벽제관에 당도하여 대청에 좌정한 이여송은 장수들로부터 몇 마디 위로의 말씀을 들었다. 조선 왕이 보냈다는 그 허약한 말이 나동그라지는 바람에 하마터면 큰일이 날 뻔했다. 중국 말로 갈아타라는 것이 중론이었다.
"제 말을 타시지요."
사대수가 제의했다. 순백마로, 자기의 취미에도 맞는지라 이여송은 두말없이 승낙하고 적정을 물었다.
그러나 적의 선봉이 여석현까지 왔다는 사실 외에는 별로 아는 것이 없었다.
"여석현에는 몇 명이나 왔소?"
"기백 명, 아무리 많아도 1천 명은 넘지 않을 것입니다."
조승훈은 대수롭지 않게 대답했다. 여석현에서 도성에 이르는 요소요소에 병력을 배치하여 명군의 진격을 저지하자는 것이 적의 의도 같다고 자기의 의견도 첨부했다.
"우리 기병으로 밀고 내려가면 각개격파로 짓이길 수 있을 것이고, 폭풍 앞에 잡초나 다름이 없을 것입니다."
그는 이렇게 결론을 맺었다.
점심을 마치고 이여송은 전군에 집합을 명했다. 자기의 친병 1천에 사대수, 조승훈 등의 3천, 도합 4천 기였다.
집합이 끝나자 이여송은 고언백을 불렀다.

"길을 인도하시오."

"뒤를 이어 오시는 분들이 도착하신 연후에 진격하시지요."

아우 이여백, 이여매 등은 그를 따라왔으나 양원, 장세작 등이 지휘하는 주력 부대는 아직 오지 않았다. 대포 등 중무기를 끌고 오느라고 걸음이 더딜 수밖에 없었다. 그들이 오면 대병력으로 진격하자는 것이 고언백의 주장이었으나 이여송은 엉뚱한 소리를 했다.

"진격이 아니라 적의 선봉이 나타났다는 여석현까지 바람이나 쏘이고 오자는 것이오."

"네……."

"좀 움직여야 소화도 될 것이 아니오?"

그 자신 아직도 아침의 불길한 조짐이 머리를 떠나지 않았다. 이런 날 싸울 생각은 없고, 말한 그대로 바람이나 쏘이자는 기분이었다. 보병을 우습게 보는 기병의 심리가 발동하고 있었다. 더구나 기백 명이라는 적 보병은 있으나 마나 한 미물들이었다.

그러나 4천 기나 움직이면 분명히 진격이요, 적이 낮잠을 자거나 도망을 치지 않는 이상 충돌이 벌어질 것은 자명한 일이었다. 고언백이 이상한 얼굴을 하자 이여송은 한마디 더 했다.

"바람을 쏘인다는 것이 이상하면 정찰을 나간다고 생각하시오."

병법에는 위력 정찰이라고 해서, 강력한 부대로 적정을 살피러 나가는 일도 흔히 있었다. 그러나 총사령관이 정찰을 나간다는 것은 고금에 없는 일이었다.

사람은 마음에 상처를 입으면 생각하는 방식도 묘하게 뒤틀리는가 보다. 아침에 말에서 떨어진 충격이 아직도 가시지 않은 모양이다. 고언백은 더 이상 말하지 않았다.

도열한 군사들을 훑어보면서 이여송은 더욱 희한한 소리를 했다.

"바람을 쏘이러 가는데 갑옷에 투구는 무겁지 않소? 벗어요."

이리하여 이들 4천 명은 경무장에 갑옷마저 벗어 버리고 말에 올랐다.

벽제관에서 남으로 10리는 양쪽에 나지막한 야산들이 서 있는 골짜기로, 길은 그 중앙을 남북으로 달리고 길 양편에는 논[畓]들이 있어 겨울 동안 얼었던 얼음이 녹아 진창을 이루고 있었다. 이여송의 기병들은 진창에 빠질세라 그다지 넓지 않은 길을 조심조심 말을 몰았다.

일단 여석현에 포진하였던 다카카게는 양쪽 야산의 오솔길을 타고 은밀히 일부 병력을 북으로 이동하여 휘하의 총 2만 병력으로 골짜기를 동·서·남 삼면으로 포위하는 태세를 정비하였다. 넓은 대목이라야 7백여 보, 좁은 대목은 그 반밖에 안 되는 골짜기였다. 적이 들어오기만 하면 어디나 조총으로 요리할 수 있는 거리였다.

그런데 명군의 대부대가 떠들썩하고 길을 따라 내려왔다. 놀러가는 사람들이지 싸우러 가는 사람들 같지 않았다. 무슨 속임수는 아닐까? 의심하면서도 숲 속의 일본군은 숨을 죽이고 다카카게의 신호를 기다렸다.

양지바른 언덕에는 새싹이 돋아 오르고 햇살도 제법 따스했다. 병사들 중에는 압록강 너머 고향 요동의 무서운 추위를 생각하고 이렇게 주고받는 축도 있었다.

"전쟁이 끝나면 이대로 여기서 눌러 살았으면 좋겠다."

"조선 색시를 맞아들이고."

적은 10리 밖에 있고, 날씨는 화창하고, 거리낄 것은 아무것도 없었다.

별안간 멀리 전방에서 총소리가 울렸다. 선두가 여석현에 닿았을 무렵이었다. 그러나 적은 기백 명이라니 곧 진압될 것이다. 말을 멈춰 세우는 순간 이 산, 저 산, 사방에서 총성이 울리고 차츰 콩 볶듯이 다급해졌다.

길을 가던 인마는 아우성과 함께 사방으로 흩어져 뛰다가 진창에 빠져 허우적거리고, 쓰러지고, 걷잡을 수 없는 혼란이 일어났다. 북새통에 물러가려야 물러갈 길이 없고, 전후좌우 어디서나 적의 총알이 날아왔다.

적은 주로 말을 쏘았다. 덩치가 큰 말들은 열에 아홉은 쓰러지고, 말이 쓰러지면 탔던 사람도 함께 쓰러지게 마련이었다. 일본 보병들은 말을 잃고 엉기적거리는 이들에게 돌격을 되풀이하여 장검으로 결판을 냈다. 궁지에 몰린 명군은 사생결단으로 싸웠으나 활과 단검 외에는 가진 것이 없고, 일본군의 적수는 못 되었다.

행렬 중간을 전진하던 이여송은 사방에서 울리는 적의 총성을 듣고야 비로소 물세를 알아차렸다. 북과 호각을 울리고 후퇴를 명령했으나 산천을 진동하는 총성에 가려 들리지도 않고, 이미 질서를 잃고 우왕좌왕하는 병사들을 수습할 길은 없었다.

그러나 그는 역시 능숙한 장수였다. 연거푸 활을 쏘아 숲 속에서 총을 겨누는 적의 조총수들을 쓰러뜨리고, 칼을 들어 몰려오는 적병들을 수없이 내리쳤다. 그러면서 주위의 병사들을 독려하여 한 걸음 두 걸음 북으로 후퇴를 거듭하였다.

고막을 찢는 총성과 함께 탔던 말이 앞발을 쳐들고 곤두섰다가 그대로 나무토막같이 나동그라지고, 이여송도 미끄러져 땅에 떨어졌다. 오늘 두 번째로 당하는 변고였다.

다시 일어서는 순간 5, 6명의 적이 다가들고, 그중 금빛 갑옷을 입은 적장(井上角五郎兵衛)이 장창을 겨누고 달려오는 것이 크게 안막으로 들어왔다.

이여송은 눈을 감았다. 이제 죽는 것이다. 45세, 아깝지마는 할 수 없었다.

그 순간 사자같이 말을 달려 와서 중간에 끼어든 무사가 있었다. 그의 난도질에 다가들던 적병들은 차례로 쓰러졌으나 그 자신도 정통으로 가슴에 적탄을 맞고 말에서 떨어져 즉사하였다. 같은 요동의 철령(鐵嶺) 사람으로 전부터 이여송을 측근에서 모셔온 군관 이유승(李有昇)이었다.

이 틈에 이여백, 이여매 등 여송의 아우들과 참모 이영, 그리고 수십 명의 병사들이 달려와서 겹겹으로 이여송을 에워쌌다. 여매가 활을 들어 갑옷의 적장을 쏘아 넘어뜨리니 이여송은 비로소 사지에서 벗어난 느낌이었다.

"수습할 길은 없습니다. 빨리 빠져나가셔야 합니다."

그들은 이여송을 죽은 이유승의 말에 태웠다. 그러고는 몰려드는 적을 칼과 창으로 내지르고 활로를 개척하면서 벽제관을 거쳐 북으로 혜음령을 넘어 파주 방향으로 줄달음을 쳤다.

일본군은 혜음령까지 추격하여 왔으나 멀리 남하하는 명군의 대부대를 보고는 발길을 되돌렸다. 그들도 기력이 다하여 이 대군과 싸울 용기는 나지 않았다.

명군 제독의 도망

"군을 돌려요."

혜음령을 넘어 북으로 달리던 이여송은 남하하던 양원 등 장수들과 마주치자 내뱉듯이 한마디 던졌다. 진흙투성이 찢어진 옷에 살기등등한 두 눈, 묻지 않아도 그들은 짐작이 갔다.

2만 기의 명군의 주력부대는 서울을 50리 앞두고, 혜음령 기슭에서 발길을 돌려 오던 길을 다시 북으로 움직이기 시작했다.

어두워서 파주에 당도한 이여송은 장막에 들어서자 소주 몇 잔 마시고는 침상에 몸을 내던지고 사람도 만나지 않고, 밖에 나오지도 않았다. 생각할수록 기가 막히고 앞이 캄캄했다.

벽제관전투는 약 네 시간 [自午至申] 에 걸친 싸움이었다. 별로 길다고 할 수 없는 이 시간에 이여송 휘하 4천 명의 병사들과 그들이 탔던 말들은 거의 전멸했다.

원래 이여송은 야전에 능한 장수로 그가 생각하는 야전에는 두 가지 형태가 있었다. 하나는 대륙 북방의 넓은 사막이나 벌판에서 벌어진 몽고족과의 싸움이었다. 피차 다 같이 기병집단으로 먼 거리에서 활을 쏘면서 접근하다가 가까운 거리에 이르면 칼이나 창으로 결판을 내는 전법이었다. 어려운 고비도 있었으나 항상 적을 밀어붙였고, 한 번도 진 일이 없었다.

또 하나는 강남(江南) 지방에 퍼져 사는 묘족(苗族)과의 싸움이었다. 이들 사회에는 말이 없고 모두 보병들이었다. 기병집단이 들이닥치면 활이나 몇 번 당기다가 도망치게 마련이었고, 쫓아가 짓밟는 것은 토끼떼를 사냥하는 정도의 수고면 족하였다.

이여송은 보병을 주축으로 하는 일본군이 성을 나왔다는 소식을 듣고 묘족과의 싸움을 연상했다. 땅 위를 아장거리다가 명군의 기병들에게 짓밟혀 없어질 일본 보병들. 싸움은 길어야 하루면 끝날 것이고 내일은 서울로 들어가는 것이다.

그러나 벽제관의 야전은 전혀 판세가 달랐다. 우선 조선에는 중국과는 달리 넓은 사막도 벌판도 없고, 어디 가나 산들이었다.

일본군은 이들 산에 숨어 있었다. 적의 모습도 보기 전에 총알부터 날아왔고, 사람이고 말이고 걷잡을 수 없이 죽어 갔다.

쫓아갈 수도 없었다. 경사진 산, 바위나 나무를 의지하고 총을 쏘는 그들에게 말을 몰고 접근할 수도 없고, 접근하면 지세가 불리한 데다가 크게 노출되어 적의 총알받이가 되기 십상이었다. 그저 우왕좌왕하다가 섬멸되고 말았다.

야전에 자신을 잃었다.

그렇다고 공성(攻城)에 자신이 있는 것도 아니었다.

명군이 각종 대포를 끌고 온 것은 일본군이 점령한 성을 치는 것이 주목적이었다. 그리하여 우선 평양전투에서 시범해 보았으나 기대한 성과는 올리지 못했다.

날릴 수 있는 돌이나 쇳덩이 [鐵丸], 또는 활촉의 크기에 한계가 있고, 성에 접근할수록 위력은 더했으나 접근하는 데도 한계가 있었다. 조총의 사정거리 이내로 들어가면 적의 조총이 불을 뿜고 포의 사부(射夫 : 射手)들이 연거푸 쓰러졌다.

자연히 조총의 사정거리 밖에서 쏠 수밖에 없었고 따라서 효과는 신통치 못했다. 나무로 지은 문루 정도는 부서졌으나 큰 돌로 쌓은 성벽은 끄떡도 하지 않았고, 철갑을 입힌 성문도 뚫지 못했다. 용감한 장병들이 사다리를 놓고 적병과 싸우면서 성벽을 기어오르는 옛날 전법을 그대로 쓰는 수밖에 없었다.

다행히 적이 도망쳐 주는 바람에 평양성은 탈환했으나 앞으로도 적이 도망친다는 보장은 없었다.

이제 야전이고 공성이고 다 자신을 잃었다. 남은 방법이 있다면 철군하여 본국으로 돌아가는 일이었다. 그렇다고 자기 마음대로 될 일도 아니었다. 밤이 깊어 그는 장수들을 불러들였다.

"금후의 방책을 논합시다."

입 밖에는 내지 않았으나 그들도 자기와 같은 생각이었고, 방책이 있을 수 없었다. 무거운 침묵이 흐른 끝에 제3군 사령관 장세작이 입을 열었다.

"큰 계책은 다음에 생각하기로 하고, 우선 눈앞에 다가온 위험은 미리 막아야 하지 않겠습니까?"

"눈앞에 다가온 위험이란 무엇이오?"

"우리는 지금 임진강을 등지고 있습니다. 지금이라도 적이 몰려오면 우리는 이 강으로 밀릴 수밖에 없고, 그렇게 되면 벽제관에서 당한 참변을 또 한 번 당하게 될 것입니다."

양원, 이여백 등 다른 장수들도 동조했다.

"그렇습니다. 병법에도 강은 앞에 해야 하고, 등에 지는 것은 제일 좋지 못한 형국이라고 했습니다."

"날이 새면 임진강을 건넙시다."

이여송은 단을 내리고, 물러가는 장수들 중에서 장세작 한 사람을 남으라고 했다.

"내, 판단이 서지 않는데 장군의 솔직한 의견을 들려주시오."

"솔직히 말씀드려서 이것은 아주 잘못된 전쟁, 애당초 개입해서는 안 될 전쟁이었습니다."

단둘이 마주 앉자 장세작은 거침없이 나왔다.

"그렇다고 지금 와서 전쟁을 못하겠다고 할 수도 없고, 어떻게 하면 좋겠소?"

"조정에 글을 올리시지요."

"어떻게 말이오?"

"드러내 놓고 못하겠다고 하실 수야 있겠습니까마는 알아듣도록 말을 돌려 보시지요."

이여송은 그 밤으로 황제에게 딱한 사정을 호소하는 글을 지어 급사를 북경으로 띄웠다.

이튿날은 1월 28일. 새벽부터 파주 고을에는 파다하게 소문이 퍼졌다 – 중국군이 북으로 도망친다.

이미 일부 병력은 임진강을 향해 움직이고 있었다. 남으로 서울을 향해 가야 할 군대가 거꾸로 북쪽을 향한다? 조선 사람들로서는 나라의 흥망이 걸린 큰 변고가 아닐 수 없었다.

"이럴 수가 있소?"

놀란 류성룡은 같은 민가에 머물고 있던 우의정 유홍을 깨웠다. 왕세자 광해군을 수행 중이던 유홍은 명군의 입국을 앞두고 작년 11월, 황해·강원·경기 삼도도체찰사(三道都體察使)로 임명되어 강화도로 건너갔다가 명군이 남으로 진격하자 개성에서 합류하였다.

평안도도체찰사로 있던 류성룡도 멀지 않아 국토의 남단까지 수복할 것을 예상하고, 평양이 수복된 직후 충청·경상·전라 삼도도체찰사로 직책이 바뀌었다.

두 사람은 도원수 김명원, 순변사 이빈을 대동하고 이여송을 그의 장막으로 찾았다.

"무슨 일이오?"

네 사람이 나란히 서서 적지 않은 시간을 기다린 끝에 이여송이 장막 밖으로 나오고, 다른 장수들이 그 좌우에 늘어섰다.

"어제 벽제관에서는 수고가 많으셨습니다. 그러나 이기고 지는 것은 전쟁에는 항용 있는 일이 아니겠습니까? 형세를 보아 다시 진격하실 줄로 알았는데 북으로 퇴진하신다니 천만 뜻밖이올시다."

류성룡이 간곡히 퇴군을 말렸으나 이여송은 딴전을 부렸다.

"우리는 어제 적에게 막심한 피해를 주었소. 우리가 패한 것으로 알고 있는 모양인데 당치도 않은 소리요. 다만 이 파주 땅은 비가 온 끝에 어디나 진창이라 군대가 머물기는 합당한 곳이 못 되오. 강을 건너 동파(東坡)에서 잠시 군사들을 쉬게 한 연후에 다시 진격하자는 것이오."

요즘 비가 좀 내린 것도 사실이고, 진창이 진 것도 사실이었다. 그러나 강을 하나 건넜다고 달라질 것도 없었다. 누가 들어도 핑계인지라 유홍을 비롯한 다른 사람들도 번갈아 가며 이대로 머물러 달라고 간청했다.

말이 막힌 이여송은 사람을 시켜 장막에서 한 통의 문서를 내다 류성룡에게 넘겼다. 황제에게 올린 글의 초본이었다. 장황한 문장 중에서 특히 류성룡의 주목을 끈 것이 다음 같은 대목이었다.

> 서울에 있는 적병은 20여 만으로 중과부적이올시다(賊兵在都城者二十餘萬 衆寡不敵). (……) 신은 병이 심하온즉 청컨대 다른 사람으로 하여금 이 임무를 맡게 하소서(臣病甚 請以他人代其任).

도시 전쟁을 못하겠다는 소리였다. 류성룡은 머리가 아찔해 오는 것을 참고 항변했다.

"적이 20만이라는 것은 도무지 어불성설이고, 불과 기만이올시다."

"20만이고 기만이고 내가 어찌 알겠소? 당신네 조선 사람들이 20만이라니 20만으로 알고 있는 것이오."

이빈이 물었다.

"제독께 20만이라고 고한 조선 사람이 누구인지 알려 주시오."

이여송이 대답을 못하고 머뭇거리자 장세작이 다가와 이빈의 멱살을 잡았다.

"넌 뭐야, 응?"

"사람을 이렇게 모욕할 수 있소?"

"자기 피는 아깝고 남더러 피를 흘려 달라? 너희들은 도대체 염치없는 후레자식들이다. 눈깔이 빠지도록 모욕을 받아야 정신을 차릴까?"

발길로 차고 몽둥이로 후려쳤다.

"썩 물러가. 보기도 싫다."

네 사람은 쫓겨 나오고, 중국군은 이날 예정대로 임진강을 건너 동파로 이동하였다.

1월 29일. 동파에 머무는 줄 알았던 명군은 또 후퇴를 시작했다. 류성룡은 굴욕을 참고 이덕형과 함께 다시 이여송을 찾았다.

"이렇게 후퇴를 거듭하시면 적은 기세가 오르고, 우리는 기세가 꺾이고, 종당에는 임진강 이북도 보전하기 어려울 것입니다."

"옳은 말씀이오. 내 다시 생각하리다."

그러나 류성룡이 물러 나오자 이여송 이하 명군은 그대로 후퇴하여 개성으로 향하고, 동파에는 사대수 등이 지휘하는 기백 명만 남아 임진강을 지키는 시늉을 했다.

개성으로 물러난 후에도 마음 놓을 날이 없었다. 우선 생각지도 않던 마질(馬疾)이 퍼졌다. 며칠 사이에 명군의 군마 1만 2천 필이 무리죽음을 당하는 변괴가 일어나 온통 야단들이었다.

별안간 대군이 개성에 몰리니 식량도 문제였다. 북에서 온다던 중국의 양곡은 제대로 오지 않고, 충청·전라도에서 배로 서해를 돌아 예성강(禮成江)으로 올라오는 양곡은 감질이 날 정도로 부족하였다.

마초도 없었다. 적이 후퇴하면서 황해도 남부에서 서울에 이르는 연도의 산에 불을 지르는 바람에 풀들이 타버리고 마초를 구할 길이 막연했다. 하는 수 없이 강화도에서 마른 풀을 베어 배에 싣고 왔으나 풍족할 리가 없었다.

이래저래 신경이 곤두선 장수들은 철군하여 본국으로 돌아가자고 소동이었다. 이에 이여송은 양식을 책임진 류성룡과 호조판서 이성중(李誠中), 경기좌감사(左監司) 이정형(李廷馨)을 불러다 마당에 꿇어 엎드려 놓고 호통을 치는 촌극도 벌어졌다.

"군법을 시행하리로다!"

우리는 어쩌다 이 지경이 되었는가. 류성룡은 저도 모르게 눈물이 쏟아졌다.

명군이 개성으로 후퇴한 지 10여 일. 2월 중순에 들어 맹랑한 소문이 돌았다. 함경도의 가토 기요마사가 양덕(陽德), 맹산(孟山)을 거쳐 평양을 들이친다고 했다. 북으로 돌아갈 구실을 찾고 있던 이여송은 접반사 이덕형을 불렀다.

"평양을 잃으면 우리는 퇴로를 차단당할 것이니 가서 구하지 않을 수 없소."

이렇게 통고하고는 부총병 왕필적(王必迪) 휘하 보병 2천 명을 개성에 남기고 북으로 떠나 2월 18일 평양성으로 들어갔다.

수도 탈환은 조선의 손으로

이여송이 북으로 도망쳤다.

조선 사람들의 실망은 이만저만이 아니었다. 그가 평양의 일본군을 몰아내고 도망치는 그들을 쫓아 남으로 내려올 때에는 가슴이 뛰었다. 서울은 곧 떨어질 것이고, 늦어도 한 달 안에는 부산까지 밀고 내려가서 왜놈들을 바다에 쓸어 넣을 것이다.

그러나 서울을 눈앞에 두고 이여송은 발길을 돌렸다. 그것도 그냥 돌린 것이 아니고, 무참히 패해서 쫓겨 가는 형국이었다.

잘될 듯하던 나라의 운명은 크게 소용돌이치고 절망의 구렁으로 치닫고 있었다. 결국 망하고 마는 것이 아닐까.

작년 겨울 명군의 참전이 확실해지자 조선 조정은 수도의 탈환전에는 조선군이 앞장을 선다는 방침을 세웠다.

적에게 뺏겼던 수도로 다시 들어가는데 손님인 명군이 앞장서 피를 흘려서야 쓰겠는가, 체면이 안 선다 — 이것이 표면에 내세운 명분이었다.

그런 면도 있었다. 그러나 이면에는 더 깊은 사연이 있었다. 조승훈을 비롯하여 작년 여름 이래로 압록강을 건너 조선 땅에 출입한 명군 장병들 치고 행패를 부리지 않은 자가 없었다. 약탈은 물론, 부녀자의 강간은 당연한 일로 치부하고, 장난삼아 사람을 죽이는 일도 심심치 않게 일어났다. 백성들이 많이 모여 사는 수도 서울에서 이런 일이 벌어지면 큰 변이 아닐 수 없었다. 무슨 수를 써서라도 막아야 했다.

그러자면 조선군이 선봉에서 싸우고 선수를 쳐서 성내로 진입하여 백성들을 보호하는 길밖에 없었다. 이를 위해서 조정에서는 충청감사 허욱(許頊)과 전라감사 권율(權慄)에게 동원령을 내렸다. 다른 도(道)는 적에게 점령을 당한 형편에 그들과 맞서 싸우는 것만으로도 힘에 겹고 여력이 없었다. 결국 적이 들어오지 않았거나 들어와도 일부 지역에 그친 이들 두 도의 병력을 움직이는 수밖에 없었다.

허욱은 수군이 있는지라 서두를 것이 없었다. 겨울을 지나고 새해에 들어 공주(公州)를 떠난 허욱은 충청수영(水營)이 있는 보령(保寧)에 내려가서 수사 정걸(丁傑)이 지휘하는 대소 수십 척의 수군 함정을 이끌고 서해를 북상하다가 아산만(牙山灣)에서 충청병사 이옥(李沃) 휘하 2천 8백 명의 병력을 실었다. 이옥은 그때까지 직산(稷山)에서 죽산(竹山) 방면의 적에 대비하고 있었다.

그들은 계속 서해를 북상하여 강화도에서 대기하다가 명군이 남하한다는 소식을 듣고 한강으로 진입하여 양천(陽川)에 진을 쳤다.

작년 7월 전라도 이치에서 적을 물리친 권율은 광주목사에서 나주목사, 이어 전라감사로 승진하여 전주에서 도내를 다스리다가 출동 명령을 받았다.

북으로 전라도 경계를 벗어나면 서울까지는 도처에 적이 출몰하고 있었다. 위험한 것은 물론, 그들 몰래 은밀히 군대를 이동한다는 것은 매우 어려운 일이었다. 제일 좋은 것은 허욱과 마찬가지로 배로 서해를 북상하는 길이었다.

그의 휘하에는 전라좌수사 이순신, 우수사 이억기가 지휘하는 강력한 수군이 있었다. 그러나 이들은 남해에서 작전 중이었고, 이번에도 명군이 남하하면 부산 방면으로 출동하여 적의 퇴로를 차단하라는 명령을 받고 있었다.

그들을 불러들일 수는 없고, 병력을 호송할 수군이 없으니 육로를 택할 수밖에 없었다. 대군을 이끌고 적의 눈을 피하여 먼 길을 가자면 많은 시일이 걸릴 것이었다. 권율은 허욱보다 훨씬 앞서 작년 겨울 명령을 받자 곧 전주를 떠났다.

그는 전라병사 선거이(宣居怡), 동복현감(同福縣監) 황진(黃進), 고산현감(高山縣監) 신경희(申景禧), 승장(僧將) 처영(處英) 등과 함께 4천3백 명의 병사들을 이끌고 육로로 북상하다가 수원의 독성산성(禿城山城)에 들어가 명군이 내려오기를 기다렸다.

이 고장에서 그가 만난 것이 당시 수원부사로 있던 조경(趙儆)이었다.

조경은 전쟁 초기에 경상우도방어사로 임명되어 급히 임지로 내려가다가 김산(金山 : 김천)에서 적과 마주쳤다. 1백 명밖에 안 되는 병사들을 이끌고, 잘 싸워 한때 적을 물리쳤으나 그 자신 중상을 입었다.

부하들의 도움으로 전라도 구례에 물러가 치료하다가 경기도 연천으로 옮겨 경기감사 권징(權徵) 밑에서 군사를 담당하였다. 마침 분조를 이끌고 강원도 이천에 내려온 왕세자 광해군이 이 소식을 듣고 그를 수원부사로 임명하는 바람에 수원으로 옮기게 되었었다.

조경은 40세가 넘어 무과에 급제한 관계로 벼슬은 높지 못했고, 나이

권율의 행주산성 전투 관계 지도

도 이미 50세를 넘은 늙은 장수였다. 그러나 군사에 밝은 데다 사람됨이 성실하여 주위에는 따르는 사람들이 많았다.

권율이 독성산성에 들어오자 일본군은 틈만 있으면 이 외로운 성을 공격하여 위기에 처한 일이 한두 번이 아니었다. 그때마다 적을 배후로부터 공격하여 위기를 모면케 하여 준 것이 조경이었다. 이를 고맙게 여긴 권율은 조정에 요청하여 그를 전라도방어사로 삼았다.

명군이 남하한다는 소식이 오자 권율은 서울 근교에 전진 기지를 만들 필요가 있었다. 권율의 지시를 받고 북상하여 한강을 건넌 조경은 각방으로 지형을 살핀 결과 그가 적지로 지목한 것이 행주(幸州)의 배산(盃山), 일명 덕양산(德陽山), 지금 행주산성이 있는 야트막한 야산이었다.

보고를 받은 권율은 장수들을 거느리고 현지를 답사하였다. 그러나 그의 마음에는 들지 않았다.

"우리가 들이칠 목표는 도성이 아니오? 그 도성에서 30리나 떨어진 이런 곳에 진을 쳐서 어쩌자는 것이오?"

그는 서울 도성의 바로 턱 밑에 있는 무악재[母岳峴]에 포진하고 있다가 명군이 당도하면 제일착으로 성내에 밀고 들어갈 생각이었다.

당사자인 조경은 말이 없고, 선거이가 반대하고 나섰다. 일찍이 두만강 연변에서 이순신과 함께 이일의 막하에서 여진족의 침입을 막아 낸 40대의 총명한 장수였다.

"영감, 무악재는 적에게 너무 가깝습니다."

"가까울수록 좋지 않소?"

"병법에 군대의 움직임은 은밀하고도 은밀하여 형체조차 없는 것처럼 하라고 하였습니다(微乎微乎 至於無形)."

권율은 자신이 문관인지라 부하장수들이 병법을 논하면 배우는 자세로 귀를 기울이는 좋은 면이 있었다.

"……."

"은밀히 움직이다가 적의 의표(意表)를 찌르라는 것인데 무악재에 포진하면 적의 눈에 뜨이지 않을 도리가 없습니다."

"……."

"더구나 우리는 기천, 적은 기만 명이올시다. 거리가 가까울수록 기습을 당하면 전멸을 면하기 어려울 것입니다."

"……."

"이곳은 적과 너무 멀지도 않고, 그렇다고 너무 가깝지도 않고, 알맞은 위치에 있습니다. 병법에서도 중용을 소중히 여기고 있습니다."

듣고만 있던 권율은 황진을 돌아보았다. 이치의 전투에서 함께 싸운 용장이었다.

"현감도 같은 생각이오?"

"그렇습니다. 한 가지 더 말씀드린다면 이 산은 한강에 면해서 물자의 수송이 편하고, 만일의 경우 육로가 막히더라도 수로를 이용해서 강화도에 이를 수 있고, 나아가 호남이고 서북이고 어디든 연락이 닿을 수 있습니다."

권율은 끝으로 조경에게 물었다.

"방어사는 더 할 말이 없소?"

"여러분의 말씀이 다 합당해서 더 이상 소견이 없습니다."

"알아들었소. 이 산으로 합시다."

권율은 결론을 내렸다.

다시 수원 독성산성으로 돌아온 그들은 식량과 무기를 수습하고 북상 준비를 서둘렀다. 그런데 조정으로부터 뜻하지 않은 인사발령이 있었다.

> 동복현감 황진을 충청도 조방장으로 임명하는 터이니 즉시 임지로 부임하라.

충청감사 허욱도 문관이었다. 휘하에 믿음직한 무관이 있어야 하는데 수사 정걸은 괜찮았으나 병사 이옥은 요즘 병약한 것이 흠이었다. 서울 탈환전을 앞두고 이것을 염려한 조정의 인사였다.

권율로서는 큰 전투를 눈앞에 두고 용감한 장수를 보내고 싶지 않았으나 어쩔 도리가 없었다. 황진은 즉시 길을 떠나 양천으로 향했다.

또 하나 조정으로부터 지시가 있었다.

> 대군이 서울을 치면 적은 남으로 도주할 것이 분명한즉 도중에 복병을 매복하였다가 이들을 섬멸하라.

다시 북상을 시작한 권율은 금천(衿川 : 시흥) 관악산에 이르자 병력을 양분하여 조경 이하 2천3백 명은 자신이 지휘하고, 나머지 2천 명은 선거이의 휘하에 넣었다.

"병사는 여기 포진하고 도망치는 적을 기다리시오."

선거이는 관악산 일대에 포진하고 있다가 남태령(南泰嶺)을 넘어 남으로 후퇴하는 적을 칠 작정이었다.

계속 북상한 권율은 양천에서 잠시 허욱과 인사를 나누고 밤중에 한강의 얼음을 건너 행주 땅 배산에 당도했다.

나무가 울창할 뿐 성도 집도 아무것도 없는 야산이었다. 병사들과 함께 장막에서 그 밤을 보낸 조경은 날이 밝자 2천3백 명을 전원 동원하여 근처 산에서 벌목을 시작했다.

느지막이 장막에서 나온 권율은 주위를 둘러보고 좋은 얼굴이 아니었다. 그는 조경을 불렀다.

"이것은 무슨 짓이오?"

"급한 대로 목책이라도 두르자는 것입니다."

"목책은 왜?"

"이 외로운 고장에 적이 오면 막아 줄 것은 아무것도 없습니다. 성은 안 되더라도 목책이라도 둘러야 하지 않겠습니까?"

"얼마 안 있어 명군이 내려오면 함께 서울로 쳐들어갈 것이고, 다시는 이리로 돌아올 일도 없을 것이오. 목책은 부질없는 일이오."

"허지만 오늘이라도 적이 오면 방도가 없습니다."

"우리가 여기 있는 것을 어떻게 알고 온단 말이오?"

아마 모를 것이다. 그러나 이틀이 지나고 사흘이 지나도 모른다는 보장은 없었다. 그러나 조경은 더 말하지 않았다. 자칫 인화가 깨지면 그것은 더욱 큰일이었다.

"전투를 앞두고 쓸데없이 병사들을 괴롭히는 것은 좋은 일이 못 되오. 기진해서 싸움에 지장이 있을 것이오."

"옳은 말씀이십니다."
조경은 순순히 물러섰다.

좌의정을 지낸 정철(鄭澈)이 왕명을 받들고 강화도를 거쳐 양천 허욱의 진영에 당도했다는 기별이 왔다. 권율은 인사도 드리고 보고도 할 겸 한강을 건너갔다.

허욱은 10년 연하였으나 정철과 권율은 다 같이 50대 후반으로 가까운 사이였고, 다 같이 소문난 술고래들이었다. 오래간만에 만난 두 사람은 취하도록 마시고 쓰러졌다.

좋은 기회였다. 조경은 양천의 황진에게 연락하여 며칠이고 붙잡아두고 술을 대접하라고 일렀다. 두 사람은 마시고 쓰러지고 또 마시고, 시간 가는 줄을 몰랐다.

그 사이에 조경은 병사들을 동원하여 밤낮으로 벌목하고 밤낮으로 통나무들을 엮어 목책을 완성하였다. 알기 쉽게 목책이라고 불렀으나 굵은 통나무들을 교차로 엮은 장애물로, 병서에서 녹각(鹿角)이라고 부르는 것이었다.

이로써 야산 주위에 외성(外城)을 두른 셈이었다.

그래도 권율은 돌아오지 않았다. 조경은 다시 작업을 시작하여 녹각 안에 흙과 돌로 둑을 쌓았다. 내성(內城)이었다.

내성이 완성된 후 권율이 한강을 건너 산으로 돌아왔다.

"허허, 잘됐구만."

그는 웃고 더 이상 말이 없었다.

그들은 만반 준비를 갖추고 명군이 오기를 기다리고 있었다. 그러나 명군은 벽제관까지 왔다가 한 번 패하고는 북으로 사라지고 말았다.

이여송은 후퇴하면서 서울 주변의 조선군은 임진강 이북으로 후퇴하라, 후퇴하지 않으면 일본군의 밥이 되리라고 경고하였다.

그러나 조선군은 후퇴하지 않았다. 뿐만 아니라 이여송군과 함께 남하하였던 도원수 김명원, 순변사 이빈마저 이여송의 휘하에서 이탈하여 임진강 이남에 남았다. 또 서울 주변에서 유격전을 벌이다 이여송이 오자 그의 선봉으로 앞장서 싸우던 고언백도 같이 가자는 이여송의 청을 뿌리치고 양주의 자기 본영으로 돌아왔다.

"믿을 것은 우리 자신밖에 없다."

그들은 칼을 갈았다.

적의 길을 끊다

 이여송이 물러간 후 조선군은 먼발치로 서울을 포위하고 지구전(持久戰) 태세로 들어갔다.
 김명원과 이빈은 파주산성(坡州山城 : 적성면 구읍리)에 본영을 두고 임진강 남안에 3천 병력을 포진하였다. 권율은 행주, 허욱은 양천, 선거이는 관악산, 그리고 고언백과 이시언은 전쟁 초에 신각(申恪)이 본영을 두었던 양주 게너미[蟹踰嶺 : 의정부 서북 30리]로 들어갔다. 고언백 휘하 2천, 이시언 휘하는 1천8백 명이었다.
 이 밖에 의병장 박유인(朴惟仁), 윤선정(尹先正), 이산휘(李山輝) 등은 각각 기십 명에서 기백 명씩 이끌고 서울 서북 창릉(昌陵)·경릉(敬陵) 일대, 즉 지금의 서오릉(西五陵) 일대에 포진하였고, 좀 떨어져 한강 하류 심악산(深嶽山)에는 우성전(禹性傳)이 있었다.
 수원(水原)·안산(安山) 방면에서는 홍계남(洪季男)이 활약하였는데 그는 부친 홍언수(洪彦秀)와 함께 수원에서 의병을 일으킨 사람이었다. 부친이 전사한 후 그 공이 인정되어 이 무렵에는 경기도 조방장의 직함을 띠고 있었다.

색다른 인물로는 전쟁 초기의 경상우병사(右兵使) 조대곤(曺大坤)이 있었다. 늙고 겁이 많은 이 인물은 적이 오자 체면불고하고 도망쳐 숨기만 하여 의병장 곽재우의 조롱거리가 되었다. 파면된 후 마음을 다시 먹고 의병을 일으켜 이때 허욱이 주둔하는 양천 땅에 머물고 있었다. 금년에 67세.

전쟁은 의기로만 되는 것이 아니고 힘의 대결이었다. 힘에 겨운 모험은 어쩌다 한때 통할 수 있어도 결국은 패배의 지름길밖에 될 것이 없었다. 힘에 알맞은 전법을 고안하고 힘에 알맞게 싸우는 것이 승리로 가는 길이었다. 가열한 싸움터에서 이 이치를 터득한 조선군은 강대한 도성의 적을 정면으로 공격하는 대신 성을 봉쇄하고 유격전을 펴기로 작정하였다.

적은 성안에서만 살 수는 없었다. 갈수록 줄어드는 식량을 보충하기 위해서는 밖에 나와 약탈을 할 수밖에 없고, 땔감도 찍어 와야 하고, 말에게 먹일 풀도 베어 와야 했다. 또 여러 고을에 흩어져 있는 진영들과 연락하고, 부산을 거쳐 본국에 보고하고 지시를 받을 일도 무시로 생기게 마련이었다.

조선군은 이런 길들을 차단하는 전법으로 나왔다.

하루 이틀에 성과를 기대할 수는 없었다. 그러나 오랜 시일을 두고 괴롭히고 못 살게 굴면 적은 시름시름 앓다가 목숨이 끊어지는 병자같이 말라 죽든지 도망치든지 결말이 날 것이다.

작은 적은 치고 큰 적은 피하고, 치고는 숨고, 적으로 하여금 한

시도 마음 놓을 겨를을 주지 말라.

순변사 이빈은 여러 진영에 영을 내렸다.

이에 따라 서울로 통하는 크고 작은 모든 길목과 산과 들에는 동서남북 어디나 조선의 관군 혹은 의병들이 매복하고 있었다. 겨울이 가고 봄도 새싹이 돋아 오르는 2월에 들어서니 날씨는 제법 훈훈하고 밤에도 견딜 만했다.

성 밖으로만 나오면 적은 결코 무사할 수 없었다. 조선군은 숲 속에 숨을 죽이고 있다가도 일본군이 가까이 오면 소리 없이 불쑥 나와 칼질을 했다. 감당할 수 없는 큰 부대가 오면 숨어서 활을 쏘다가도 쫓아가면 요리조리 숲 속으로 도망치는데 낯선 고장에서 일본군은 도저히 그들을 따라잡을 수 없었다.

나무 한 그루, 풀 한 포기 베는 데도 수백 명을 동원해야 하고, 편지 한 장 전하는 데도 많은 인원을 움직일 수밖에 없었다. 병사들은 고달프고, 사상자는 늘어 가고, 먹지 못한 말들은 죽어 가고 — 서울의 일본군은 죽을 지경이었다.

이런 때 중대한 정보가 들어왔다. 경기도 죽산에 있는 적장 후쿠시마 마사노리(福島正則)가 충청도를 내리칠 기세라고 했다.

원래 적 제5군 사령관 후쿠시마 마사노리는 충청도를 점령하기로 되어 있었다. 그러나 그는 충청도의 동반부를 점령하였을 뿐 서반부에는 진출할 생각도 하지 않았고, 경기도로 올라와서 죽산에 좌정한 채 더 이상 움직일 기미를 보이지 않았다.

그에게는 그럴 만한 사연이 있었다.

마사노리의 양부(養父)는 물통이니 단무지통을 짜는 목수로, 일생 땅을 파다 죽은 히데요시의 부친과는 이부동모 형제(異父同母兄弟)였다. 그런 관계로 히데요시가 출세를 하자 마사노리는 어려서부터 히데요시의 측근에서 자랐고, 자기 앞가림은 넉넉히 하는 장수로 성장하였다.

다혈질이었다. 히데요시의 신세를 진 것은 사실이었으나 못마땅한 일이 한두 가지가 아니었다. 우선 아들이 없는 히데요시는 누님의 아들 히데쓰구(秀次)를 양자로 삼아 자기의 후계자로 지명하고, 관백이라는 일본 최고의 벼슬까지 물려주었다. 생김새는 인간이었으나 머리나 마음을 쓰는 것은 어김없는 짐승이었다. 똑똑한 이 마사노리에게 물려주면 어때서 그 짐승에게 물려준단 말이냐.

이번 전쟁에도 히데요시는 또 묘한 짓을 했다. 총사령관 우키타 히데이에로 말하자면 정부(情婦)의 자식이 아니냐? 그것도 제대로 된 장수라면 모르겠으나 모양새부터 계집애 같은 20세의 철부지였다.

이 마사노리로 말하자면 히데요시의 통일전쟁에서 이미 여러 차례 용명을 떨친 장수인 데다 어엿한 친척, 거기다 작년에 출전할 당시만 해도 이미 32세의 장년이었다. 어째서 나를 제치고 히데이에란 말이냐?

못 참겠다. 다혈질인 데다 약간 광기마저 서린 마사노리는 싸울 생각이 없었다. 죽산에 눌러앉아 히데이에더러 보란 듯이 술을 퍼마시고 취하면 돌아가면서 두드려 부수고, 욕설이었다. 히데이에, 너만은 못 보아주겠다.

조선 측에서는 알 까닭이 없었으나 충청도의 많은 지역이 화를 면한 이면에는 마사노리의 광기와 주사가 적지 않은 몫을 했다. 그 후쿠시마 마사노리의 움직임이 심상치 않다고 했다.

충청도 병력이 모두 서울 근교에 올라와 있으니 마음만 먹으면 충청도를 휩쓸 수 있을 것이고, 그렇게 되면 전라도도 무사할 수 없었다. 허욱은 급히 수군 함정에 병력을 싣고 한강을 빠져 서해로 나갔다.

서울의 일본군은 이여송의 명군을 물리치고 기세가 올라갔다. 그러나 먹을 것이 없었다. 기세도 배가 부른 연후의 일이고, 굶주리고 보면 물거품이나 다름없이 사라지게 마련이었다.

날이 갈수록 사람은 여위고, 말들은 죽어 가고. 무슨 방책을 강구하지 않으면 앉아서 죽는 수밖에 없었다.

산이고 들이고, 어디나 숨어 있다가 모기처럼 물어뜯고 모기처럼 사라지는 조선 병사들이 탈이었다. 일일이 쫓아갈 수도 없고, 잡을 수도 없었다.

압도적인 병력을 동원하여 큼직한 적의 진영을 하나 아주 밟아서 뭉개 버리자. 본때를 보이면 나머지는 쥐구멍을 찾아 도망칠 것이다.

그들이 첫째로 노린 것이 행주산성에 포진한 권율의 진영이었다. 작년 여름 이치에서 일본군을 막아 낸 후로 조선에서는 권율을 전쟁 영웅으로 떠받든다는 소문이었다. 실제로 그 부하들은 일본군을 우습게 알고, 무시로 북악산이며 홍제원 일대에 출몰하고, 때로는 밤중에 성을 넘어 들어와서 일본군 초병을 찌르고 달아나기도 했다.

행주산성의 그 진영을 잿더미로 만들어 버리고 전쟁 영웅이라는 권율의 머리를 잘라다 남대문에 달아맨다면 그 이상 가는 본보기도 없을 것이다.

그런데 바로 한강을 사이에 두고 그 건너 양천에 허욱의 충청도 진영이 있었다. 이들은 수군까지 끌고 와서 한강을 오르내리면서 소동이었다. 행주산성을 치면 반드시 이들이 배를 타고 건너와서 합세할 것이고, 시일을 끌면 강화도를 비롯하여 다른 지역의 병력을 실어 올 염려도 있었다. 이 충청도 수군을 쳐서 우선 행주산성을 고립시키는 것이 순서였다.

밤중에 결사대를 보내 사공들을 몰살하고 배들을 뺏어 오는 것이 제일 좋고, 그것이 안 되면 불을 질러 배들을 태워 버리는 것이 그 다음이었다. 그러나 말은 쉬워도 실지로는 마음대로 될 일이 아니었다. 더구나 조선 수군은 강병들이었다.

어수룩한 조선 사람들을 잡아다 무조건 치고 밟고 윽박질렀다.

"너 충청도 인간이지? 후쿠시마 장군께서 느으 고장을 내리치기로 돼 있으니 길을 인도해라. 안 하면 죽여 버린다."

"아, 저는 충청도가 아니고 강원도올시다. 길을 모릅네다."

놓아주었다.

주정뱅이 후쿠시마 마사노리는 움직일 사람이 아니었다. 그러나 이 일을 되풀이하는 사이에 소문은 조선군 진영에까지 퍼지고, 마사노리는 어김없이 충청도를 치는 것으로 되어 버렸다.

예상대로 충청도 수군은 육지에 올라와 있던 보병까지 싣고 한강을 내려가 버렸다.

이제 기회가 왔다.

총사령관 우키타 히데이에를 비롯하여 벽제관에서 이여송을 물리친 고바야카와 다카카게, 도요토미 히데요시를 대신하여 서울에 머물고 있던 3장관(三長官 : 三奉行 : 石田三成, 增田長盛, 大谷吉繼), 평양에서 패하고 돌아온 고니시 유키나가 등 7명의 장수들이 지휘하는 도합 3만여 명, 7개 전단(戰團)을 편성하였다. 넉넉잡고 조선군을 3천 명으로 보고, 그 열 배를 움직일 계획이었다.

"전투는 얼마나 걸리겠소?"

총사령관 히데이에의 질문에 신중하기로 이름난 고바야카와 다카카게조차 이렇게 대답했다.

"한 식경 안팎이겠지요."

2월 11일. 평일처럼 서울로 정찰을 나가던 권율의 척후병 20여 명은 무악재에서 적의 복병을 만나 8, 9명이 전사하였다. 나머지 병사들은 안산(鞍山) 숲 속으로 도망쳐 들어가 숨을 죽이고 적의 동정을 살폈다.

서대문으로 나온 적병 5백 명이 양화진(楊花津)으로 통하는 길을 곧바로 전진하기 시작했다. 이윽고 또 5백 명. 도합 1천 명이 서쪽을 향해 이동하고 있었다.

권율의 척후들은 먼발치로 그들의 뒤를 밟았다. 적은 와우산(臥牛山) 못미처 서북으로 방향을 바꾸더니 성산(城山)에서 발을 멈추고 일부는 장막을 치고 나머지는 나무들을 찍어 장막 주변에 장애물을 설치하였다.

분명히 진지 구축이었다.

보고를 받은 행주산성에서는 의견이 둘로 갈라졌다.

"한강 하류의 조선군을 감시하는 초소일 것이다."

"초소로는 너무 크다. 무슨 군사 행동의 전조 같다."

초봄의 해는 짧고 이미 어둠이 깔리고 있었다. 설사 군사 행동의 전조라 하더라도 밤중에 별안간 대책이 서지 않았다. 또 적이 공격해 와도 1천 명 정도는 물리칠 힘이 있었다.

하여튼 내일 날이 밝은 다음에 적정을 알아보고 다시 생각하자. 그들은 산성 주변에 초병을 배로 늘리고 잠을 청하였다.

이튿날은 2월 12일.

동이 트기 전에 서대문을 나선 보기(步騎) 3만 명의 일본군 선봉이 행주산성 수루(戍樓: 감시 누각)에서 망을 보던 조선군 초병의 시야에 들어온 것은 그날 묘시(卯時: 오전 6시), 동녘에 해가 뜨기 직전이었다. 북소리가 다급하게 울리고, 선잠에서 놀라 깬 병사들은 저마다 무기를 들고 장대(將臺) 앞으로 달려왔다.

"어떻게 하는 것이 좋겠소?"

권율은 조경을 돌아보았다. 온 벌판을 덮고 끝없이 몰려오는 무수한 적병들(蔽野出來 不知其數) — 와도 이렇게 올 줄은 몰랐다.

조경은 적을 주시하였다. 피아의 거리는 10리, 아직 여유가 있었다.

"탈출하십시다."

앉아서 적에게 포위를 당하는 것처럼 어리석은 일도 없었다.

2천3백 명의 조선군은 서둘러 행주산성을 빠져 북동으로 달리기 시작했다. 1백 리를 가면 임진강 남안에 파주산성이 있었다.

행주산성 전투

그러나 산성을 나선 지 얼마 안 되어 전방에서 총성이 다급하게 울리고, 총알들이 귓전을 스쳐 갔다.

행주산성에서 북으로 5리 남짓, 동서와 남북으로 달리는 길이 마주치는 십자로가 있었다. 이 십자로는 행주산성에서 한강 이북의 어느 고장으로 가든 통과하지 않을 수 없는 교통의 요지였다.

조선군은, 어제 성산에 전진기지를 마련한 적 1천 명의 일부가 밤사이에 몰래 이동하여 이 십자로를 점령한 것을 모르고 있었다. 지금 총소리는 산성 주변까지 접근하여 조선군의 움직임을 감시하던 그들의 척후가 발사한 것이었다.

선두를 달리던 조경은 급히 손을 쳐들어 후퇴 신호를 보냈다.

퇴로가 막혔으니 한강 이북으로는 갈 곳이 없었다. 한강이 가로막고 있으니 이남으로 갈 수도 없고, 갈 곳이라고는 지금 나온 행주산성밖에 없었다.

조선군은 산성으로 되돌아와서 전투 준비를 서둘렀다.

발이 빠른 적의 기병들이 먼저 몰려들어 목책의 주위를 달리면서 조총으로 위협사격을 가하고, 이어 보병들이 파도같이 다가와서 산성을 에워쌌다. 한강을 면한 남쪽을 제외하고, 동서와 북쪽, 삼면이 3만 명의 인파에 포위된 이 산은 마치 사람의 바다에 떠 있는 섬을 방불케 했다.

7개 전단 3만 명의 적은 2천3백 명의 조선군에 비해서 13배를 웃도는 병력이었다. 아무리 잘 싸워도 이대로 간다면 산성은 결국 무너질 것이고 성내의 장병들은 전멸을 면치 못할 것이다.

무엇보다도 급한 것이 외부에 알리는 일이었다. 그것도 육로가 막혔으니 물길로 통하는 수밖에 없었다.

강화도에 있는 경기수사 이빈(李蘋)에게 알리면 우선 그가 도우러 올 것이고, 그를 통해 파주산성에 있는 도원수 김명원에게 알리면 길이 열릴 것이다. 도원수는 서울 주변에 포진한 장수들에게 영을 내릴 것이고, 장수들은 원군을 이끌고 달려올 것이다.

권율은 종사관 김맹복(金孟福)을 불렀다.

"급히 달곶[月串]으로 떠나시오."

글로 쓸 시간이 없었다. 권율은 구두로 몇 마디 이르고, 김맹복은 한강으로 내려가서 쪽배에 올라 노를 젓기 시작했다.

원래 경기수영(京畿水營)은 남양(南陽)에 있었으나 수사 이빈은 이 무렵 함대를 이끌고 강화도 동북 달곶에 와 있었다. 한강을 오르내리면서 서울의 적을 견제하는 것이 그 임무였다. 이빈(李蘋)은 순변사 이빈(李薲)과 같은 음이었으나 이름의 한자가 다른, 별개 인물이었다.

7개 전단으로 편성된 3만 명의 적은 차례로 파상공격을 감행하여 왔다. 한 전단이 공격하는 동안 다른 전단들은 뒤에서 쉬고, 공격하던 전단이 물러서면 다음 전단이 나오고 — 여유 있는 전법이었다.

교대로 싸우는 적과는 달리 2천3백 명밖에 안 되는 조선군은 처음부터 끝까지 계속 싸우지 않을 수 없었다.

"우리는 죽어서나 교대할까."

이런 탄식도 나왔다.

그러나 전투는 적도 우군도, 아무도 예기치 못한 양상으로 전개되었다.

들판의 공격 전단이 진격을 시작하여 일정한 거리에 이르면 그때까지 잠잠하던 산성의 조선군 진지에서는 천지를 진동하는 폭음과 함께 수박 크기의 검은 덩어리들이 허공을 날아왔다.

덩어리들은 전진하는 일본군 전단의 한가운데, 혹은 그 주변에 떨어지고, 이어 찢어지듯 날카로운 파열음과 함께 뭇 병사들이 피투성이로 쓰러지고 혹은 공중에 치솟았다 떨어졌다.

덩어리 하나에 10여 명 때로는 수십 명의 사상자가 쏟아져 나왔다. 조선군의 진천뢰(震天雷)가 터지고 무수한 철편들을 사방으로 내뿜어 적을 대량으로 살상하는 순간이었다.

"어떻게 할 것인가."

적이 생각해 낸 것이 통나무로 엮은 가마 같은 누각이었다(聚長木作高轎如樓臺). 수백 명의 병사들이 메고, 안에서는 여러 명의 사수들이 조총을 쏘면서 다가왔다. 조선군은 이번에는 강력한 파괴력을 가진 지자포(地字砲)를 쏘아 부서 버렸다.

그래도 그 사이를 뚫고 계속 전진하여 오는 일본군도 적지 않았다. 숲 속에 숨을 죽이고 있던 조선군은 적이 목책에 다가오면 불쑥 나서 화살을 퍼붓고, 혹은 발화통(發火筒)에 불을 붙여 적중에 쏟아부었다. 발화통은 수류탄 같은 무기였다.

적은 사상자만 늘어 가고 도무지 방법이 없었다.

조선군은 무기가 좋았다. 일본군은 조선군이 갖지 못한 조총을 가졌으나 조선군은 그들에게 없는 각종 대포와 진천뢰, 발화통 등 몇 가지 대량 살상무기를 가지고 있었다. 또 성내에서 대포를 손쉽게 이동할 수 있는 화차(火車：砲車)도 수십 량 있었다.

권율 휘하 조선군은 특히 장교들이 우수하였다. 그중에는 이 산성에서 전사한 조여충(趙汝忠), 김두남(金斗男)·지남(志男) 형제같이 무과에 급제한 직업군인만도 10여 명 있었고, 문관이면서도 이번 전쟁에 뛰어들어 실전으로 군사능력을 체득한 사람들도 수십 명 있었다.

그들의 지휘를 받는 병사들도 작년 7월의 이치 전투 이래 수원에서 싸우고, 서울 주변에 와서도 무시로 적과 대치하는 사이에 백전연마의 정병으로 성장하였다.

이들 장병 위에 노련한 장수 조경이 있었고, 또 그 위에 용인(用人)의 명수 권율이 있었다.

지리적인 이점도 있었다. 조선군은 고지에서 적을 내려다보고, 적은 들판에서 산 위의 조선군 진지를 쳐다보아야 했다. 뿐만 아니라 산 위의 조선군은 숲 속에 배치되어 적의 눈에 뜨이지 않는 반면 평탄한 들판의 적은 송두리째 노출되지 않을 수 없었다. 많은 일본군이 조선군의 모습조차 보지 못하고 죽어 간 것도 무리가 아니었다.

조선군은 유리한 조건을 구비하고 일본군은 불리한 조건을 구비한 싸움이었다. 그러나 아무리 유리해도 허점은 있게 마련이었다.

산성의 서북쪽은 처영 스님이 지휘하는 승병들이 지키고 있었다. 정오 조금 못미처 서풍이 불자 고바야카와 다카카게가 수천 명의 병사들과 함께 돌진하여 왔다. 그들이 저마다 안고 온 마른 풀단을 목책에 쌓고 불을 지르자 불은 바람을 타고 목책에 옮겨 붙었다.

이른 아침부터 계속된 전투에 지칠 대로 지친 승병들은 기진해서 후퇴하고 불은 목책을 할퀴고 숲에까지 옮겨붙었다. 이 통에 산성의 서북면은 걷잡을 수 없는 혼란에 빠지고 내성까지 밀리게 되었다. 산성 전체가 짓밟히는 것도 시간 문제였다.

별안간 북들이 다급하게 울리고, 조경 이하 장수들이 달려오는 가운데 숲 속에서 말 탄 권율의 모습이 나타났다.

그는 칼을 빼어 들고 후퇴하는 병사들을 내리쳤다. 순간, 뒤로만 밀리던 사람의 물결은 멈춰 서고 살기가 온 진영을 휩쓸었다.

권율이 선두에서 내닫자 조경 이하 장수들이 따르고, 멈춰 섰던 병사들이 그 뒤를 이었다. 폭풍 같은 기세로 적을 멀리 밀어낸 조선군은 다시 산성으로 돌아와 급히 나무들을 찍어 뚫어진 목책 자리에 장애물을 설치하였다.

위기는 넘겼으나 무기가 문제였다. 진천뢰도 발화통도 무진장으로 있는 것은 아니었다. 시간이 흐를수록 줄어들고 마침내 떨어졌다.

화살도 문제였다. 적은 13배, 저쪽에서 한 대 쏘면 이쪽에서는 13대를 쏘아야 아귀가 맞는 긴박한 상황이었다. 차츰 사람도 지치고 화살도 떨어져 갔다. 이제 끝장이 아닐까. 마지막 화살을 날리는 병사들의 가슴에는 절망의 싸늘한 바람이 스쳐 갔다. 그런데 기적이 일어났다. 그것은 돌이었다.

어느 병사가 던진 돌멩이가 다가오던 적병의 이마에 정통으로 들어맞고, 적병은 피를 뿌리고 고꾸라진 채 다시는 꼼짝하지 못했다.

행주산성은 유달리 돌멩이가 많은 고장이었다. 병사들은 살이 떨어진 활을 팽개치고 돌을 집어던졌다. 세상에 이렇게 간편하고 이렇게 잘

맞는 무기가 있는 줄은 미처 몰랐다. 기를 쓰고 던지는 돌에 적병들은 머리가 터지고 가슴이 부서지고 팔다리가 부러져 죽지 않으면 병신이 되어 쩔뚝거리고 물러갔다. 실로 기막힌 발견이었다.

그러나 돌도 무진장으로 있지는 않았다. 저마다 마지막 순간을 생각하고 돌멩이를 찾아 헤매는데 또 기적이 일어났다.

한강을 거슬러 올라오는 배 3척. 산성 남쪽 물가에 멈추더니 의병장 김천일이 의병 3백 명과 함께 배에서 내렸다. 뒤이어 남쪽으로 간 줄만 알았던 충청병사 정걸이 병정들을 독려하여 숱한 화살 뭉치를 배에서 부리기 시작했다.

산성의 병사들은 환성을 지르고, 감격한 권율은 두 사람의 손을 번갈아 잡고 반겼다.

"이거 어찌 된 일이오?"

한강을 거쳐 강화도 달곶 포구에 당도한 김맹복은 선창에서 배를 타려는 이빈과 그를 전송 나온 정걸, 김천일과 마주쳤다. 이빈은 도원수의 부름을 받고 임진강을 거슬러 파주로 갈 참이라고 했다.

"마침 잘됐습니다. 도원수께 고해 주십시오."

김맹복은 행주에서 일어난 일을 설명했다.

"으—ㅇ."

이빈은 정걸과 마주 보고 안색이 좋지 않았다.

권율은 수군의 도움을 기대하는 모양인데 수군의 사정이 그렇지 못했다.

배들은 오래 물속에 있으면 선재(船材)에 물이 배어 썩을 염려가 있어 가끔 뭍에 올려놓고 말리기로 되어 있었다. 또한 밑바닥에 조개와 해조 같은 것들이 달라붙어 무게를 더하여 속도가 느려지기 때문에 이런 것들도 닦아 내야 하였다.

정걸은 충청도 병력을 남으로 실어다 남양에 내리고 돌아온 길이었다. 이 기회에 두 장수는 배들을 손질하려고 모두 바닷가에 뒤집어 놓고, 닦아 내고 못질하고, 썩은 판자들을 갈아 끼고 있었다. 수군은 움직일 처지가 못 되었다.

같은 달곶에 있어 사정을 아는 김천일이 나섰다.

"3백 명을 실을 배만 변통해 주시오. 제가 가지요."

이빈은 그의 손을 잡았다.

"그렇게 해주실라오? 배는 우리 격군(格軍 : 사공)들을 동원해서 제가 움직이고 가지요."

위험에 처한 우군을 알고도 구하지 않았다면 사람의 대접을 못 받게 마련이었다. 김천일 덕분에 체면이라도 서게 되었다.

그런데 정걸이 가로막았다.

"도원수의 부름을 받았으면 가야지요. 행주에는 내가 가리다."

"지금 행주는 사지(死地)올시다. 젊은 사람이 몸을 사리고 노인장을 사지에 보내서야 쓰겠습니까."

정걸은 금년에 79세의 노인으로, 벌써 20년 전에 수사를 지낸 조선 수군의 최고원로였다. 오래전에 은퇴하여 고향 흥양(興陽 : 고흥)에서 조용히 지내다 전라좌수사 이순신의 간청에 못 이겨 작년 봄 여수로 옮겼다. 이름은 조방장이었으나 이순신은 이 대선배를 고문으로 모시고, 깍듯이 대접했다.

전쟁이 터진 후에는 이순신이 출전하고 없는 사이에 여수를 지키기도 하고, 많은 경험담으로 도움을 주다가 해전(海戰)이 고비를 넘기자 연초에 충청수사로 보령에 부임하여 왔다. 늙어서도 남달리 건장한 사람이었다.

"이 전쟁이 언제 끝날지 아득하오. 나 같은 사람은 다 산 인생이고, 젊은 사람은 목숨을 아껴서 적을 몰아내야지요."

정걸의 고집에 이빈은 예정대로 파주에 가고, 정걸 자신과 김천일은 임시로 변통한 배 3척으로 행주에 오게 되었다.

맑은 물 한 줄기에 시들던 화초가 생기를 되찾듯이 뜻하지 않은 원군에 산성의 조선군은 기운이 솟았다. 어쩐지 사람의 일이 아니고 하늘이 도와주는 것만 같았다.

반면에 일본군은 사기가 꺾이고 갈수록 사상자는 늘어갔다. 특히 안 된 것은 주요한 장수들이 잇따라 부상한 일이었다. 깃카와 히로이에(吉川廣家), 이시다 미쓰나리, 마에노 나가야스(前野長康)에 이어 총사령관 우키타 히데이에마저 어깨에 화살을 맞고 고꾸라졌다. 죽지는 않았으나 중상이었다.

해가 멀리 서해로 다가설 무렵에는 40여 척의 배들이 한강의 수면을 뒤덮고 올라왔다. 타관에 출전해도 보급은 본도(本道)에서 받기로 되어 있었다. 행주에서 전투가 벌어진 줄도 모르고, 전라도에서 무기와 식량을 싣고 오는 보급선들이었다.

그러나 적의 눈에는 원군이 오는 것으로 비칠 수밖에 없었다. 풀이 죽은 그들은 신시(申時 : 오후 4시)가 되자 숱한 사자와 부상자들을 끌고 서울을 향하여 도망치기 시작했다. 그래도 미처 수습하지 못하여 들판에 뒹구는 시체가 1백30여 구였다.

진퇴양난의 일본군

조선군으로서는 행주싸움은 처음부터 계획된 전투는 아니었다. 행주산성같이 들판에 고립된 야산에서 대적을 맞아 싸운다는 것은 전략상 백전백패의 형국이었다. 이런 이치를 알기 때문에 조선군은 당초에 탈출하려고 성을 나섰고, 뜻을 이루지 못하자 하는 수 없이 도로 들어가 싸운 전투였다. 그런데 백에 하나의 승산도 희박한 이 전투에서 크게 이겼다.

대체로 명군이 북으로 물러간 후 조선군의 태도는 눈에 보이게 달라졌다. 자기들이 물러서면 나라는 망할 수밖에 없다는 절박한 심정으로 그들은 싸움마다 결사적으로 적에게 대항하였고, 행주전투는 그 절정을 이루는 싸움이었다.

적도 놀라고, 조선군 자신도 놀라고, 지금까지 항상 고자세로 나오던 이여송도 임금에게 치하의 말씀을 드리지 않을 수 없었다.

"요즘 보니 귀국의 군사들은 참으로 잘 싸우고 있습니다. 그리하여 전라도 군사들은 마침내 대첩(大捷)을 이룩하였으니 포상을 내리시는 것이 좋겠습니다."

이여송을 물리치고 큰소리를 치던 일본군 장수들은 부하들을 보기가 민망했다. 무슨 수를 쓰든지 행주산성을 다시 쳐서 깔아뭉개야 체면이 서게 되었다.

그들은 한강으로 올라오는 수상 보급을 차단하고 산성을 포위한 다음 느긋하게 기다리기로 하였다. 양식이 떨어지면 권율은 밖으로 나오지 않을 수 없을 것이고, 나오면 야전에서 조총으로 결판을 낼 작정이었다. 포위에 앞서 일본군은 우선 한강의 봉쇄를 위해서 쪽배, 나룻배 등, 배라고 이름이 붙은 것은 모두 끌어다 용산의 서강(西江)에 집결하였다.

그러나 이것도 뜻대로 되지 않았다. 전투 3일 후인 2월 15일, 충청수사 정걸은 강화도에서 정비가 끝난 함정 50여 척을 이끌고 또다시 한강을 거슬러 올라왔다. 마침 서강을 떠나 행주로 향하던 일본군 선박 1백50척을 만나자 그 속으로 돌진하여 이를 산산조각으로 부셔 버렸다.

급보를 받은 일본군 2만 명이 용산 강변으로 몰려나와 진을 치고 기다렸다. 용산에는 전부터 세미(稅米)를 보관하는 창고, 즉 용산창(龍山倉)이 있었는데 이 당시에도 그 속에는 일본군이 각처에서 약탈하여 온 식량이 쌓여 있었다. 일본군은 무엇보다도 이것을 지켜야 했다.

상류로 올라온 정걸은 일본군이 쏘아붙이는 활과 조총은 아랑곳없이 화전(火箭)으로 용산창에 집중 사격을 퍼부었다. 그는 창고에서 연기가 일고, 이어 불길이 하늘로 치솟자 뱃머리를 돌려 멀리 하류로 사라져 갔다.

그때까지 행주산성에서 적의 동태를 지켜보던 권율은 다음 날인 2월

16일, 목책에 불을 지르고 산성을 떠나면서 부하들에게 일렀다.

"우리의 승리는 천행이었다. 천행은 한 번으로 족하고, 두 번 다시 바란다면 하늘이 노할 것이다."

북진하여 파주산성에 이르니 도원수 김명원 이하 장병들이 달려나와 반겨 주었다.

권율을 놓친 서울의 일본군은 풀이 죽었다.

"무슨 수로 파주산성을 친단 말이냐."

파주산성은 행주산성과는 댈 것도 아닌 첩첩산중이었다. 병력을 얼마나 동원해야 이길 것인가?

설령 이긴다고 하자. 그 다음에 어쩔 것이냐? 그들에게는 이미 대군을 움직여 개성이고 평양까지 반격할 여력이 없었다.

식량이 문제였다.

원래 서울과 경기도 일원은 총사령관 우키타 히데이에의 직접 담당으로, 그의 휘하는 1만 명이었다. 이 밖에 도요토미 히데요시를 대신하여 서울에 머물고 있는 이시다 마쓰나리를 비롯한 3장관의 휘하 장병이 각각 1천5, 6백 명이 있었다.

서울의 식량 계획은 이 1만 5천 명 안팎을 기준으로 수립하여 왔다. 식량은 갈수록 줄게 마련이고, 전란으로 잿더미가 된 조선에서 약탈로 보충하는 데도 한계가 있었다. 아끼고 또 아껴야 했다.

그러던 차에 명군이 압록강을 건너 평양을 치고 남으로 진격하여 왔다. 이에 황해도와 개성 지방, 그리고 강원도 북부의 우군이 철수하여 서울로 집결하는 바람에 식구가 한꺼번에 세 배도 넘는 5만여 명으로 늘어났다. 함경도에 가 있던 가토 기요마사와 나베시마 나오시게의 군대도 불원간 서울에 들어오기로 되어 있었다. 이런 형편에 용산창에 있던 양곡이 한강을 거슬러 올라온 조선 수군의 공격으로 불에 타버렸다.

 남은 식량으로는 죽으로 연명해도 앞으로 두 달, 길어도 석 달을 채우지 못할 것이다.
 식량과 마찬가지로 전시에 헤픈 것이 인명이었다. 전쟁이 일어난 지 만 10개월, 조선에 건너온 병력은 3분의 1, 즉 5만여 명이 없어졌다. 전투에서 죽고 병으로도 죽었다. 식량과 약이 부족하니 병, 그중에서도 전염병이 돌면 먹지 못해 허약한 병정들은 저항력이 없는지라 떼를 지어 죽어 갔다.
 도망병도 적지 않았다. 추위와 굶주림에 시달리다 못해 도망치는 자도 있고, 개중에는 간혹 이 전쟁에 두려움을 품는 자도 있었다. 살인, 강도, 강간 — 못할 짓이 없는 일본군. 부처님도 노할 것이고, 이들과 어울려 다니다가는 장차 어김없이 지옥에 떨어질 것이다.
 이들은 오솔길을 더듬어 해안에 나가서는 배를 훔치기도 하고, 배를 구하지 못하면 뗏목을 엮어 타고 바다로 나갔다. 도망치는 도중에 조선 백성들의 몽둥이에 맞아 죽기도 하고, 파도와 싸우다 바다에 빠져 죽는 경우도 허다했으나 용케 일본 본토에 기어오르는 자들도 적지 않았다.
 보다 못한 히데요시는 전국에 영을 내려 모든 포구와 교통의 요지에 감시초소, 그들의 말로 반쇼(番所)를 설치하여 도망병을 잡아들였다.

 이제 서울까지 밀려 왔다. 그나마 조선에서 쫓겨나지 않으려면 더 많은 식량과 더 많은 병력이 있어야 했다. 서울의 일본군 장수들은 도요토미 히데요시에게 이 딱한 사정을 호소하였다.

 나고야에 좌정한 히데요시는 연초까지만 해도 안팎으로 다가올 경사를 기다리고 있었다.

우선 소실 요도기미(淀君)가 임신하였다. 자기는 이미 58세. 어린 쓰루마쓰(鶴松)가 죽은 후 더 이상 자식복은 없다고 생각했고, 조카 히데쓰구(秀次)를 후계자로 지명하였었다. 그런데 임신이었다.

아들이면 더 바랄 것이 없고, 딸이라도 무방했다.

이 히데요시의 피를 이어받기는 마찬가지다. 사위를 양자로 들여 대를 잇게 하고 병신 같은 히데쓰구를 몰아내는 것이다.

히데요시는 작년 가을 오사카(大阪)에 돌아가서 모친의 장례를 치르고 초겨울에 다시 나고야로 돌아왔었다. 아우, 아들, 모친 — 잇따른 육친의 죽음에 속으로 울고 있었는데 잠자리에서 요도기미가 속삭였다.

"저는 집으로 돌아갈까 봐요."

나고야는 일선사령부였다. 이런 데까지 계집을 끌고 다닌다고 은근히 입방아를 찧는 인간들이 있다는 소문은 듣고 있었다. 차제에 버릇을 가르쳐야겠다.

"어떤 놈들이냐?"

"네?"

"너를 비방하는 자들 말이다."

"그게 아니구 제 몸 말이에요."

"몸이 어떻단 말이냐?"

"전하께서도…… 그만하면 알아들으실 분이…….''

히데요시는 머리가 빨리 돌기로는 일본에서 첫째지 절대로 둘째 이하는 아니었다.

"아이쿠, 너야말로 이 히데요시의 복덩어리다."

배를 만지고 엉덩이를 두드리고, 밤새 애무한 끝에 다음 날 가마에 태워 교토(京都) 남방 그의 거처인 요도 성(淀城)으로 돌려보냈다. 이름난 의사들을 붙이고 전국에 영을 내려 명약은 빠짐없이 구해 보내고, 이틀에 한 번은 편지도 쓰고, 가을이면 나올 혈육의 소식을 기다리고 있었다.

작년 겨울 평양에서 고니시 유키나가가 심유경과 언약했다는 평화의 조건도 괜찮았다. 조선에서 한강 이남을 차지하고, 중국과 무역을 다시 열게 되면 일본은 부강한 나라가 될 것이다.

그도 이제 힘의 한계를 깨닫고 있었다. 지금 형편에 그 이상 가는 조건을 바랄 수는 없었다.

자식이 생기고 평화가 오고 ― 불행만 짝을 지어다니는 것이 아니라 복도 짝을 짓는 모양이었다. 그는 더 이상 바랄 것이 없었다.

그런데 느닷없이 조선에서 급보가 왔다. 명나라의 대군이 쳐내려 온다, 식량을 보내라, 병력을 보내라.

"자네 부산으로 가야겠소."

히데요시는 처남 아사노 나가마사(淺野長政)를 불렀다. 정실 네네(寧々)의 친정 동생으로, 5장관(五長官 : 五奉行) 중의 한 사람이었다. 처남인 데다 금년에 50세의 지긋한 연배여서 남에게는 못할 소리도 터놓고 할 수 있었다.

"조선에 가 있는 우리 군대가 굶어 죽는다고 아우성이니 현지에 가보고 방책을 세워야겠소."

그는 당일로 배를 타고 부산으로 건너왔다. 직함은 감군(監軍)이었으나 하는 일은 식량 수송 사령관이었다.

처음부터 난관투성이였다. 당시 일본은 수송선과 전선의 구분이 없었다. 모두 해전에 출동하였다가 이순신의 조선 수군에 거의 전멸을 당했다.

그럭저럭 배를 구해다 부산까지 식량을 실어 와도 그것으로 끝이었다. 육로는 의병들이 막고, 바닷길은 이순신이 막고, 더 이상 운반할 도리가 없었다.

　병력의 보충도 시원치 못했다. 모리 히데모토(毛利秀元) 휘하 2만 명에게 동원령을 내리니 그것으로 그만이었다. 이 히데모토라는 자는 작년 가을 오사카로 돌아가는 길에 바다에 빠진 히데요시를 구해 준 청년 장수였다.

　히데요시가 최종적으로 일본을 통일한 것은 불과 3년 전의 일이었다. 겉으로는 복종해도 속으로 딴 생각을 품은 적대 세력이 얼마든지 있었다. 그 이상 동원하여 조선에 보내면 일본에 앉아 있는 히데요시는 무장을 해제하는 것이나 다름없고, 무장을 해제하면 무슨 일이 벌어질지 알 수 없었다.

　"내 불행히도 이런 작은 나라에 태어나서 병력이 부족하니 장차 이 일을 어찌할 것인가."

　탄식 끝에 히데요시는 성공병(成功病)이라는 것을 실감하였다. 일본을 통일하고, 그 성공에 도취한 것이 병의 시초였다. 도취해서 조선을 어쩐다, 명나라를 어쩐다고 허튼소리를 치고 요란하게 군대를 움직였다. 지금 생각하면 지랄이지 제 정신이 아니었다.

　그는 심복 구마가이 나오모리(熊谷直盛)라는 자를 불렀다.

　"너 조선에 다녀오너라."

　"네……."

　"서울에 가서 우리 장수들을 만나 보고 오너라."

　"만나서 어떻게 할까요?"

　"여기 형편을 네가 보고 들은 대로 전해라."

　"전하기만 하면 됩니까?"

　여기서 히데요시는 벌떡 일어섰다.

　"날씨가 좀 더 풀리면 나는 예정대로 조선으로 건너간다고 일러라."

그는 작년에 전쟁이 터진 직후부터 건너간다고 되풀이해 왔다. 못 갈 줄을 알면서도 이쯤에서 한번 침을 놓아야 체면이 설 것이다.

"네……."

"내가 가면 만사가 다 풀린다."

"네……."

"내가 갈 때까지는 모든 것을 장수들이 의논해서 결정하되 결정에 따르지 않고 멋대로 노는 자는 용서 없다고 전해라."

궁한 집안에 말이 많듯이 요즘 서울까지 밀린 일본군 장수들은 서로 으르렁거리고, 주먹질이 오가는 일도 없지 않다는 소문이었다. 네 탓이다. 어째서 내 탓이냐?

나오모리가 서울에 들어온 것은 행주전투 8일 후인 2월 20일이었다.

식량의 보급은 가망이 없다.

병력의 보급도 2만 이상은 안 된다.

회의석상에서 나오모리로부터 사정을 들은 15명의 장수들 중에서 이시다 미쓰나리가 제일 먼저 상을 찡그리고 발언에 나섰다. 행주산성에서 허벅지에 맞은 진천뢰의 파편 자리가 아직도 쑤시고 있었다.

"모리 히데모토가 이끌고 온다는 그 2만 명은 식량이 변통되는 부산에서 한 발짝도 움직이지 말라고 하시오."

식량이 부족한 서울에 입만 늘어나면 그만큼 굶으라는 말밖에 안 되었다. 장수들은 모두 동의했다.

다음으로 금년에 환갑으로, 제일 연배인 고바야카와 다카카게가 입을 열었다.

"식량도 병력도 보급이 안 된다면 싸움은 못하는 것이 아니겠소? 태합 전하께서는 이 점에 대해서 무어라고 하십디까?"

"특별히 그 점을 말씀하시지는 않았고, 만사 장수들께서 의논해서 결정하라고 하셨소이다."

싸울 수 없다면 남은 길은 두 가지뿐이었다. 도망치든가, 적과 화평하든가.

도망치는 것도 쉬운 일이 아니었다. 서울에서 부산에 이르는 천 리 길에는 처처에 조선의 관군과 의병들이 도사리고 앉아 칼을 갈고 있었다. 그들이 보고만 있을 것인가?

거기다 명군까지 쫓아온다면 일본군은 풍비박산이 되고 말 것이다.

탈 없이 도망치기 위해서도 화평은 반드시 필요했다. 사람들은 고니시 유키나가에게 이 일을 맡기고 흩어졌다.

심유경에게 속은 데다 평양에서 참패하고 돌아온 유키나가는 그동안 제대로 얼굴을 들지 못했고 주위의 시선도 차가웠다. 그러나 달리 맡을 사람이 없고, 그로서도 나서지 않을 수 없었다.

만나서 화평을 의논하자

화평교섭을 맡은 유키나가가 우선 생각한 것이 심유경과 다시 만나는 일이었다. 지난 일을 생각하면 괘씸하기 그지없었으나 그 외에는 달리 도리가 없었다.

심유경은 지금 어디 있는지조차 알 수 없고, 그에게 편지를 보내려면 천생 명나라 진영을 통하는 수밖에 없었다. 그런데 제일 가까운 곳이 임진강 북쪽 동파에 있는 사대수의 진영이었다.

조선 사람을 보내는 것이 안전했으나 그들은 도중에서 사라질 것이고, 편지는 전하지도 않을 것이다.

알아본즉 동파의 명군은 무시로 임진강을 건너 남으로 파주 땅 깊숙이 들어와 정찰을 하고 돌아간다고 하였다. 파주에는 조선군도 있었다. 이들의 눈을 피해서 명군과 접촉하면 되는 것이다.

유키나가는 배짱도 있고 몸도 날랜 병정 2명을 불렀다.

"한 번으로 안 되면 두 번, 두 번으로 안 되면 될 때까지 몇 번이고 해서 반드시 전하고 돌아오너라."

그는 심유경에게 가는 편지를 여러 통 건네주면서 이렇게 일렀다.

서울에서 파주에 이르는 80리는 가끔 명군의 척후나 조선군의 유격대가 나타날 뿐 사람의 그림자를 보기 어려운 무인지경이었다.

서울을 떠난 두 병정은 주위를 살피면서 북으로 말을 달렸다. 다행히 조선군의 유격대는 나타나지 않았다.

파주에서 남으로 20리, 오산(烏山 : 梧山)에 이르자 마주 오는 명군 척후들의 모습이 눈에 들어왔다. 그들은 말을 내려 숲 속을 걷기 시작했다.

명장 전세정(錢世楨)은 그의 일기《정동실기(征東實記)》에 이때의 광경을 다음같이 적고 있다.

별안간 왜놈 2명이 오산에서 말을 버리고 걸어왔다. 병사들이 쫓아가니 편지를 던지고 도망쳤다. 이렇게 하기를 두 번, 병사들이 편지를 가져다 바쳤는데 봉공(封貢)을 청하는 내용이었다.

이렇게 해서 일본 병사들은 편지를 전하고 돌아왔다.

그런데 또 장수들이 입을 놀렸다.

"고니시 유키나가로는 안심이 안 된다."

"평양에서처럼 이번에는 서울에서 당하지 않을까?"

"교섭이고 뭐고 이판사판 밀고 올라가는 것이 어떠냐?"

장수들이 서로 팔뚝질이니 그 아래 병사들도 조용하지 않았다. 서로 멱살을 잡고 발길질을 하고, 두드려 패기가 일쑤였다. 죽여 버린다! 기강이 말이 아니고 온 군중이 들썩거렸다. 그대로 두면 무슨 일이 날 것만 같았다.

2월 27일. 히데요시의 특사 구마가이 나오모리를 모신 가운데 서울에 있는 15명의 장수들은 다시 모여 갑론을박 끝에 다음과 같이 결의하였다.

1. 사사로운 감정을 버리고 일단 결정된 공의(公議)에는 절대 순종한다.
2. 식량이 없으니 부산까지 후퇴하는 데 아무도 이의를 달지 않는다. 부산에 가서 태합에게 건의하여 본국으로의 철수 여부를 결정한다(《일본전사 조선역》).

15명은 이 결의를 준수할 것을 맹세하고 서약서에 이름을 적은 다음 각기 수결을 하였다.

동요가 일단 진정되었는데 2일 후인 2월 29일, 제2군 사령관 가토 기요마사와 부사령관 격인 나베시마 나오시게가 함경도에서 돌아왔다. 작년 여름 처음으로 바다를 건너왔을 때와는 판이하게 장수들이나 병사들이나 피골이 상접하고, 옷도 남루한 것이 거렁뱅이들과 다를 것이 없었다.

더구나 1만 명이던 기요마사의 직할 부대는 5천4백여 명, 1만 2천 명이던 나오시게의 부하는 7천6백여 명. 다 같이 거의 반수로 줄어들었다.

함경도 사람들의 항전은 치열했다. 앞서 두만강까지 북상하였던 이들을 공격하여 북도의 거의 전역에서 일본군을 몰아내고 겨울 동안 잔적을 길주성(吉州城)에 고립시켰던 의병장 정문부(鄭文孚), 이붕수(李鵬壽) 등은 새해와 더불어 한층 포위망을 조여 들어갔다. 견디다 못한 적이 성을 빠져나오자 그들은 이를 추격하여 멀리 남으로 쫓아 버렸다. 다만 이 추격전에서 처음부터 북도의 의병을 주도하고, 항상 선두에서 싸우던 이봉수가 길주 남방 5리, 백탑(白塔)에서 적의 총탄을 맞고 전사하였다. 나이 45세.

싸움은 남도에서도 치열하였다.

함흥 지방에서는 갑산부사 성윤문(成允文), 함흥판관 백응상(白應祥)이 지휘하는 관군과 유응수(柳應秀), 이유일(李淮一)이 지휘하는 의병들이 작년 겨울부터 나베시마 나오시게 휘하의 적군을 공격하여 잠시도 쉴 틈을 주지 않았다.

가토 기요마사가 좌정한 안변 부근에도 별장 김우고(金友皐), 조방장 김신원(金信元)이 각각 1백 명씩 이끌고 유격전을 전개하여 적은 편할 날이 없었다.

그 위에 함경도는 땅이 척박하고 날씨가 추운 고장이었다. 자기들의 고향인 일본 규슈에서는 생각조차 못할 엄동설한(盡天盡地 永寒世界)에 떨면서 먹는 것이라고는 밥도 콩이요 국도 콩을 삶은 것뿐이었다(炊飯以大豆 汁亦煮大豆).

명나라 수도 북경에는 자기가 제일착으로 들어갈 것이라고 큰소리를 치던 가토 기요마사도 화평을 생각하지 않을 수 없었다.

작년 10월의 일이었다. 추위가 시작되자 조선군은 더욱 사납게 덤비는데 모두들 오그라들고, 동상에 걸리고 ― 도무지 이 고장에서 겨울을 날 자신이 없었다. 당시 성천(成川)에 머물고 있던 광해군의 분조에 사람을 보내 화평을 논하자고 제의했으나 조선 조정은 회답조차 보내오지 않았다.

이여송이 평양을 수복한 후 금년 2월 초 경략 송응창(宋應昌)이 풍중영(馮仲纓)이라는 자를 보내왔다.

"화평을 합시다."

이렇게 반가울 수가 없었다. 그렇다고 약점을 보여서는 될 일도 안 될 것 같아 한마디 했다.

"좋소. 앞서 우리 고니시 유키나가와 당신네 심유경이 평양에서 언약한 대로 한강 이남을 일본에 넘기시오."

"하 그런가요? 나는 금시초문인데 돌아가 우리 경략 어른의 회답을 받아 가지고 오리다."

"언제까지 오겠소?"

"내달 10일까지 오겠소."

"기다리겠소."

풍중영이 다시 오기를 기다리는데 철수령이 내렸기에 지옥에서 벗어나듯 함경도를 떠나 서울로 올라왔다.

일행 중에는 그들이 작년 7월 회령에서 잡은 임해군과 부인 허씨, 순화군과 그의 부인 황씨, 김귀영·황정욱 등 수행원과 일꾼 등, 수십 명의 조선 사람들도 있었다. 귀한 남자들은 말을 타고, 여자들은 가마를 타고, 나머지는 걸어왔다.

소문이 퍼지고, 호기심에 들뜬 일본 병사들은 길가에 몰려나와 손가락질을 하고, 입을 나불거리고 우습지도 않은데 웃었다.

"왕자라는 애들 별것도 아니구나."

"히히, 너는 내 아들이다."

어린 순화군을 가리키고 입을 씰룩거리는 자가 있는가 하면 가마 속에 파묻혀 보이지도 않는 왕자 부인들을 도마에 올리는 축도 있었다.

"고거 양귀비 같다."

"목소리는 꾀꼬리 같고."

동대문 밖까지 나온 몇몇 친지들의 마중을 받고 함께 말을 몰아 성내에 들어오는 가토 기요마사는 가슴을 폈다. 뭐니 뭐니 해도 자기만 한 전과를 올린 장수도 없었다. 왕자 2명, 이것들을 틀어잡고 있는데 앞으로 조선은 내 말을 듣지 않고 어떻게 배길 것이냐?

그는 총사령관 우키타 히데이에의 진영인 남별궁(南別宮)으로 직행하여 장수들과 인사를 나눈 다음, 앞서 그들이 서명한 서약서를 훑어보고 물었다.

"들자 하니 식량이 없어 부산까지 후퇴한다지요? 지금은 없지만 앞으로 생기면 어쩔 것이오?"

히데이에는 어쩐지 이 멧돼지 같은 사나이가 역겹고, 상대하기 어려웠다. 난처해 하는 것을 보자 그의 후견인(後見人) 격인 고바야카와 다카카게가 대신 대답하였다.

"그야 서울에 눌러앉는 것이지요."

"그렇다면 좋소이다."

기요마사가 맨 끝에 이름을 적고 수결을 하자 나베시마 나오시게도 이에 따랐다.

3월 3일. 히데요시의 특사 구마가이 나오모리가 일본으로 돌아가는 날이었다. 서울에 모여 있던 일본군 장수 17명은 그 편에 연명으로 히데요시에게 다음과 같은 편지를 보냈다.

> 황공하오나 바다를 건너 조선으로 오시는 일은 연기하여 주시기를 바라옵고,
> 1. 서울의 식량을 조사한바 잡탕죽[雜炊]을 끓여 먹으면 오는 4월 11일까지는 댈 수 있음 직합니다. 자세한 사항은 나오모리 등이 말씀드릴 것입니다.
> 2. 부산에 있는 식량을 4월 11일까지 서울로 옮긴다는 것은 도저히 불가능한 일입니다.

3. 전라도와 경상도(서반부)를 치는 일은 어려운 점이 있으나 신중히 계획을 추진해 보겠습니다.
4. 이 두 도(道)를 친 연후에 해변과 강가 등 식량 수송이 편리한 고장에 튼튼한 성을 쌓을 계획입니다. 그런 다음 곡식이 여무는 계절을 택하여 또다시 진격하면 쉽게 목적을 달성할 수 있을 것입니다. 그런즉 금년에 오시는 일은 연기하시도록 거듭 요청합니다(《일본전사 조선역》).

도중에 조선군의 습격을 받고 편지를 뺏길 경우를 염려하여 이 정도로 썼고, 특히 부산으로 철수하는 일은 극비 사항인지라 편지에는 언급하지 않고 나오모리가 구두로 보고하여 허락을 받도록 하였다.

나오모리가 떠나고 며칠 지나도 심유경으로부터는 소식이 없었다. 어떻게 할 것인가. 세월은 가고, 식량은 줄고, 고니시 유키나가는 초조하였다.

마침 유키나가의 본영은 용산의 군자감(軍資監), 지금의 원효로 한강변에 있었다. 갑갑한 김에 강변에서 바람을 쏘이는데 멀리 한강을 거슬러 올라오는 조선배 2척이 눈에 들어왔다. 강화도의 조선 수군이 보낸 순시선들이었다. 이들은 때로 서울 가까이까지 드나들면서 일본군이 눈에 들어오기만 하면 활이나 포를 쏘아붙이곤 하였다.

그 편을 이용해서 조선 측에 우리 의사를 전달할 수는 없을까. 그러나 이들 배에 접근하려면 일본 사람으로는 안 되고 조선 사람이라야 하는데 조선 사람 중에서도 그들이 믿을 만한 사람을 내세워야 했다.

유키나가는 일전에 함경도에서 돌아온 가토 기요마사의 진영을 찾았다.

"왜 왔소?"

기요마사는 초장부터 곱지 않게 나왔다.

"부탁이 있소."

"말해 보시오."

"조선 왕자들을 따라온 수행원들이 있지 않소? 그 사람들을 좀 빌려 주시오."

유키나가는 그들을 강변에 내세워 지나가는 순시선에 접근시킬 계획을 털어놓았다. 저쪽에서 알 만한 사람들이고, 더구나 왕자들의 소식은 온 나라가 궁금해 할 터이니 반드시 접근해 올 것이다.

듣고만 있던 기요마사가 다가앉았다.

"당신 머리가 좋소. 그런데 어쩌다 그 심유경인가 하는 사기꾼한테 넘어갔소?"

"……."

"그 심가는 당신보다 머리가 더 좋은가 부구만."

"……."

"하여튼 빌려 드리지요. 이대로 굶어 죽으나 또 한 번 속아서 죽으나 무엇이 다르겠소?"

유키나가는 수모를 참고 수행원 중에서 몇 사람 골라 데리고 돌아왔다.

만나서 화평을 의논합시다.

중 겐소에게 부탁하여 조선국 예조대인(禮曹大人)과 충청병사 정걸 앞으로 가는 편지를 마련한 유키나가는 이들을 번갈아 강변으로 내보냈다.

"나는 아무개요. 전할 말이 있소."

그들은 조선 수군이 지나갈 때마다 외치면서 손도 흔들고 저고리도 벗어 빙빙 돌렸다. 그중에는 임해군의 종 장세(長世)도 있었으나 배는 아랑곳없이 그냥 지나쳤다. 나중에는 순화군의 부인 황씨의 조부 되는 황정욱이 관복으로 정장하고 강변에 나와 흰 수염을 바람에 나부꼈다.

"전 호조판서 장계군(長溪君) 황정욱 대감이시다. 배를 멈춰라."

사람들이 외치자 배는 강변으로 다가오고 수군 병사들이 내려왔다. 그들은 인사를 드리고, 편지를 받아 가지고는 말없이 노를 저어 한강을 내려가 버렸다.

임해군의 편지

초조하기는 다른 장수들도 마찬가지였고, 가토 기요마사라고 다를 리 없었다. 그러나 기요마사는 유키나가가 하는 일이 도무지 마음에 안 들었다. 칠칠치 못한 것이 날마다 강변에 사람을 늘어세워 놓고 화평을 애걸하는 그 꼴은 볼 것이 못 되었다. 약장수가 길가에서 사람이 지나갈 때마다 약을 사달라고 굽신거리는 것과 무엇이 다르냐.

일본 사람의 망신은 네가 다 시키고 있다.

방법이 없을까?

안변에 찾아왔던 풍중영이라는 사나이를 생각했다. 벼슬은 참군(參軍). 참군이 무엇을 하는 자리냐고 물었더니 송응창의 참모라고 했다.

3월 10일에 다시 안변으로 온다고 했는데 서울로 오는 바람에 연락이 끊겼다. 배불뚝이 풍중영만 찾으면 명나라와 줄이 닿을 것이고, 닿으면 이 가토 기요마사가 전면에 나서 화평교섭을 이끌고 나갈 것이다.

그는 젊은 종군승 닛신(日眞)을 불렀다. 한문에 능해서 전에 풍중영과 회담할 때 중간에 앉아 필담(筆談)으로 의사를 소통시켜 준 사나이였다.

"어떻게 하면 되겠소?"

"만나면 되지 않겠소이까?"

닛신은 아무렇지도 않게 대답했다.

"그 만나는 일을 어떻게 하면 되느냐, 이 말이오."

"쪽지를 보내면 되지요."

안변에서 약속한 3월 10일이 다가왔으니 만나서 화평을 의논합시다. 날짜와 장소를 알려 주시오.

닛신이 기요마사의 이름으로 쪽지를 써서 봉투에 넣었다.

"도중에 조선군이 방해를 하지 않을까?"

기요마사가 걱정했으나 닛신은 꾀가 많은 중이었다.

"방해를 못하도록 손을 쓰면 되지요."

기요마사는 닛신이 시키는 대로 조선의 두 왕자를 불러다 놓고 윽박질렀다.

"임해군 너, 지금부터 이 닛신 스님이 부르는 대로 편지를 써라."

오랜 시달림 끝에 혼이 나간 듯 표정조차 없어진 임해군은 붓을 들고 쓰라는 대로 써 내려갔다.

일본군은 강대한 데다가 요즘 남쪽에서 속속 증원군이 올라오는 중입니다. 날이 갈수록 더욱 강대해지고 있으니 하루 빨리 화평을 하지 않으면 조선은 결딴이 날 것이고, 대명도 좋지 않을 것입니다.

임해군이 쓴 것을 가지고 넛신이 요지를 설명하자 기요마사는 고개를 끄덕이고 한마디 덧붙였다.
"그렇게 되면 너희들은 죽는다고 써라."
기요마사의 뜻대로 임해군은 끄트머리에 몇 자 더 적었다.

　　우리는 죽을지 살지 앞날이 캄캄할 뿐입니다(死生黯晦 : 류성룡 《진사록》).

두 왕자는 차례로 서명을 했다.
"같은 것을 한 장 더 써라."
편지는 두 통이 되었다. 한 통은 조선국 장관(朝鮮國將官) 앞으로 가는 것이고, 또 한 통은 대명국 장관(大明國將官) 앞으로 가는 것이었다.
깃발도 둘을 만들었다. 하나는 임해군사(臨海君使), 또 하나는 순화군사(順和君使) ― 멀리서도 알아볼 수 있도록 넛신이 흰 광목에 붓으로 크게 쓴 것이었다.
다음 날은 3월 7일. 첫닭이 울자 임해군의 종 장세와 순화군의 종 원남(元男)이 각각 깃발을 들고 일본군 20명과 함께 마당에 대령하였다.
이들을 이끌고 길을 떠난 것이 금연희(琴連希)라는 사나이였다. 본명은 보감(甫鑑), 기요마사의 측근에서 금은(金銀)의 출납을 맡은 관계로 일본 사람들 사이에서는 긴칸(金官)으로 통하는 30대의 털보였다.
태풍에 배와 동료들을 잃고 함경도 해안까지 밀려온 일본 어부와 조선 과부 사이에 태어난 것이 보감이었다. 바다에 질린 부친은 조선 땅에 눌러앉아 심마니로 변신하여 금강산에서 백두산에 이르기까지 태산준령을 타고 산삼을 캐러 다녔다. 집이 따로 없고 그들 세 사람이 묵는 굴 속이나 나무 밑이 곧 집이었다.

부모가 돌아간 후에도 보감은 이 일을 계속하였다. 굶을 걱정은 없었으나 한 가지 안된 것은 주위의 눈총과 손가락질이었다. 왜놈은 왜땅으로 돌아가라.

반은 조선 사람이 아니냐고 대들어도 소용이 없었다. 여자는 셈수에 못 든다. 모친의 피는 없는 것으로 쳐야 하고, 부친만 쳐서 어김없는 왜놈이라고 몰아세웠다.

매도 숱하게 맞았다.

이 바람에 삼십이 넘도록 더벅머리 총각을 면치 못했다. 왜땅은 어떤 고장일까? 구박을 받을 때마다 생각하고 동경하는 처지였다.

가토 기요마사가 함경도에 들어오자 그는 산에서 내려왔다.

"나는 일본 사람이오."

그는 조선에 대해서는 지켜야 할 의리도 미련도 없었다.

기요마사로서는 그가 일본말과 조선말을 다 하니 편리해서 좋고, 조선에 앙심을 품고 있으니 배반할 염려가 없어 좋았다. 그 위에 심마니로 돌아다닌지라 함경도의 지리에는 귀신이었다.

우선 두 왕자를 모시라고 했더니 머리도 총명해서 기요마사의 뜻을 옳게 헤아리고 기대 이상으로 잘해 주었다. 그들의 일거일동을 고해바치고, 행여 무엇이 어떻다고 투덜거리기라도 하면 그 즉시로 기요마사의 귀에 들어오기로 되어 있었다. 눈치를 알아차린 왕자들은 숨을 죽이고 기를 펴지 못했다.

아무리 시험해도 의심할 여지가 없는 충신이었다. 기요마사는 순종 일본 사람보다도 더 믿음직한 이 사나이에게 돈 셈까지 맡겼다.

겉은 조선 사람, 속은 일본 사람 — 적진으로 보내는 데는 보감 이상

가는 적격자도 없었다. 다만 심부름꾼도 아니고, 왕자의 편지를 가지고 가는 사신이 성도 없는 보감으로는 모양이 좋지 않았다. 넛신 스님에게 부탁했더니 금연희라는 근사한 이름을 지어 주었다.

일행은 아직도 어둑어둑한 무악재를 넘어 북으로 말을 달렸다. 수십 명이 대오를 정제하고 당당하게 적지로 들어간 예가 역사에 또 있을까?
역시 가토 기요마사답다.
전해 들은 동료 일본 장수들은 칭송이 자자했다.
예측한 대로 도중에서 몇 번 조선군 유격대를 만났으나 다치지는 않았다. 깃발을 보고 그냥 통과시키는 경우도 있고, 왕자들의 친필 편지와 기요마사의 쪽지를 훑어보고야 통과시키는 경우도 있었다.
그러나 파주에 포진한 조선 군영에서는 사정이 달랐다.
"왜군은 더 이상 못 간다."
조선 병사들은 일행을 에워싸고, 그중 초장(哨長)이 선언했다.
"왕자 나으리들의 서신을 받들고 가는데 이럴 수 있소?"
금연희는 크게 나왔으나 초장은 막무가내였다.
"편지 한 장이 그렇게 무겁더냐? 수십 명이 몰려다니고."
"한 장이 아니고 석 장이오."
"너 말이 많구나."
초장은 주먹으로 그의 양미간을 쥐어박았다.
금연희는 하는 수 없이 일본군은 파주에 남기고 장세, 원남과 함께 조선군이 노를 젓는 나룻배로 임진강을 건너 동파로 건너갔다.
조선은 역시 법도가 엄한 나라였다. 왕자들의 사자가 왔다는 전갈에 도체찰사 류성룡이 의관을 정제하고 나와 공손히 맞아들였다.
"풍중영이란 어떤 사람이냐?"

그는 편지 석 장을 다 읽고는 이렇게 물었다. 이를 데 없이 공손하던 것이 말투부터 달라졌다.

풍중영의 내력을 설명했더니 고개를 끄덕였다.

"알았다."

"저는 두 분 나으리의 사자올시다."

항변했더니 이상한 눈으로 내려다보았다.

"두 분의 편지를 전하면 너의 일은 끝나는 것이고, 그 순간부터 너는 사자가 아니다."

"회답을 받아 가지고 두 분께 갖다 드릴 때까지는 여전히 사자가 아니겠습니까?"

"편지에 회답을 보내라는 말씀은 없다. 가토 기요마사인가 하는 자가 시키는 대로 쓰신 편지지?"

"……"

"그런 편지에 회답할 것은 없다."

"……"

"이제 돌아가라."

"명나라 진영에 가는 편지는 도로 주십시오. 제가 직접 전하겠습니다."

"네가 걱정할 일이 아니다."

"저는 이대로는 못 돌아갑니다."

류성룡은 말이 없고, 밖에서 건장한 병사 2명이 들어오더니 양쪽에서 겨드랑이를 끼고 밖으로 나왔다.

"기요마사의 진영에 못된 털보가 있다더니 바로 너로구나."

무조건 후려치고 짓밟았다.

"기요마사란 놈, 그거 요귀가 아냐? 그놈 때문에 숱한 가시나들이 괴질에 걸려 두 다리를 엉기적거리고."

기요마사의 욕도 있는 대로 퍼부었다.

괴질은 매독이었다. 아메리카 대륙에서 유럽으로 건너간 매독은 포르투갈 상인들과 함께 동양에 와서 일본에도 퍼지고, 임진왜란 때 건너온 일부 일본인이 그 균을 조선에도 옮겨 놓았다.

기요마사도 그중의 한 사람이었다.

일본에서는 바다를 건너온 병이라 하여 당창(唐瘡)이라고 불렀으나 조선에서는 정체를 몰라 그저 괴질이라고 불렀다. 그것도 기요마사에게 끌려가서 하룻밤이라도 지내고 온 여자는 어김없이 걸리는지라 기요마사를 요귀로 보는 것도 무리가 아니었다.

기요마사는 가끔 치부를 드러내 놓고 연기를 쏘이곤 했다. 수은(水銀)을 묘한 방법으로 처리해서 태우는 연기라고 했다. 그 시중도 금연희가 들었다. 그러면서도 밤이면 조선 여자를 끌어들이는 것을 거르는 일이 없었다.

많은 여자들이 목을 매거나 우물에 빠져 스스로 목숨을 끊었다.

"기요마사 대신 네놈이라도 죽여야겠다."

함경도에서 왔다는 병정은 몽둥이를 휘두르는 품이 아주 잡을 기세였다.

"두 분 나으리들의 체면을 봐서도 그래서야 쓰겠느냐."

군관이 말리지 않았으면 정말 죽을 뻔했다. 군관은 그가 다시 파주로 건너와서 일본군과 함께 떠날 때까지 옆에서 지켜 주었다.

요란하게 떠날 때와는 달리 금연희는 그날 저녁 반이나 죽어서 돌아왔다.

"원수는 열 배로 갚을 테니 두고 보라."

자초지종을 들은 기요마사는 이를 갈았다. 금연희가 반쯤 죽건 완전히 죽건 아플 것도 없었으나 류성룡이 이 가토 기요마사를 아예 무시하고, 병정놈들이 기요마사를 도마 위에 올려놓고 입방아를 찧었다는 것은 용서할 수 없는 일이었다.

창피도 했다. 보란 듯이 병정들을 대오까지 지어 보냈는데 수모만 받고 돌아왔다. 다른 장수들이 나를 어떻게 볼 것인가.

창피할수록 더욱 큰소리가 나왔다.

"이대로 앉아서 죽을 때를 기다릴 것인가!"

장수들이 모인 자리에서 그는 주먹으로 방바닥을 내리쳤다. 이쪽은 안달을 하고, 적은 감감 무소식이고 — 도리 없이 죽을 때를 기다리는 형국에 틀림이 없었다.

그러면 어떻게 하란 말인가? 장수들은 짜증을 냈다. 더 기다리건 나가 싸우건, 식량이 있어야 할 것이 아닌가.

"식량은 구하면 될 것이 아닌가?"

기요마사는 다시 한 번 주먹을 내리쳤다.

이 자리에서 결정을 본 것이 대약탈군단(大掠奪軍團)의 편성이었다. 지금까지는 기십 명 혹은 기백 명, 많아야 1천 명을 넘지 않았다. 조선놈들이 놀라 자빠질 정도로 홍수같이 밀고 나가 대대적으로 약탈을 하는 것이다.

3월 10일. 동대문으로 쏟아져 나간 1만 명의 대약탈군단은 양주, 포천, 가평을 휩쓸고 일부는 춘천에까지 이르렀다.

그들은 개미 떼처럼 흩어져 집집마다 훑고 숨길 만한 곳은 땅까지 파헤치고, 일이 끝나면 집에 불을 질러 잿더미를 만들고야 떠났다. 다행히 백성들은 미리 도망쳐 인명의 살상은 없었으나 동네들은 불길 속에 일시에 사라지고, 불은 산에 옮겨 붙어 처처에서 연기가 하늘로 치솟았다. 밤에도 불길은 쉬지 않고 산과 들을 할퀴고, 불꽃이 바람에 휘날리니 사람들은 어김없는 지옥의 겁화라고 하였다.

"어찌 이 악귀들을 살려 보낼 것인가."

밤에는 야습으로, 낮에는 복병으로, 이 약탈군단에 대항하여 싸운 것이 이시언(李時言), 고언백(高彦伯) 등의 관군과 사명대사의 승병들이었다. 그들은 이미 무기도 제대로 다루지 못하던 초기의 미숙한 농부들이나 중들이 아니고, 실전에서 단련된 유능한 전사들이었다.

전쟁으로 황폐한 땅에 식량이 있을 까닭이 없었다. 얻은 것은 약탈하는 자들의 배를 채우기에도 부족했다. 그 위에 사상자는 갈수록 늘어가고 자칫하면 서울로 돌아갈 길을 차단당할 염려마저 있었다. 그들은 3일 만에 사자와 부상자들을 들것에 메고 도성으로 돌아왔다.

화평을 구걸하는 적

끌어올 수는 없을까?

가토 기요마사가 약탈과 함께 생각한 것이 납치였다. 이쪽에서 찾아가 머리를 숙이니 저쪽은 더욱 턱을 쳐들고 희게 나오는 것이 아닌가.

또 저쪽에서 무엇을 생각하고 있는지 알 길이 없으니 이렇게 답답할 수가 없었다. 그럴 만한 인간을 하나 끌어다 족치면 저쪽의 움직임을 알 수 있을 것이고, 이 기요마사가 친히 나서 위엄을 보이면 저들도 생각이 달라질 것이다.

약탈을 나갔던 자들이 어깨를 늘어뜨리고 돌아오던 3월 12일 이른 아침, 별난 배가 한 척 한강을 거슬러 올라온다는 보고가 들어왔다.

우리는 싸울 생각은 없다. 바람을 쏘이러 오는 터이니(逍遙) 안 심하라.

백지에 큰 글씨로 이렇게 써 붙인 배가 천천히 올라오고, 그 뒤에 멀리 떨어져 수십 척의 수군이 따라오고 있었다.

요즘 와서 대체로 일본군은 찌그러들고 조선군은 기승하는 가운데도 제일 골치 아픈 것이 수군이었다. 조선 수군은 일본군을 발바닥의 때만큼도 쳐주지 않고, 한강을 오르내리기를 이웃집 드나들 듯이 하였다. 세상에 적지로 바람을 쏘이러 가는 군대가 하늘 아래 또 있을까?

고니시 유키나가가 또 임해군의 종 장세를 빌려 달라고 사람을 보냈으나 기요마사는 거절했다. 보나마나 조선 수군과 수작을 부릴 모양인데 우습게 노는 그 꼴은 더 이상 못 보겠다.

대신 그는 장세를 섬돌 밑에 불러 세웠다.

"너는 죽어야겠다."

"네?"

곰 같은 장세는 떨었다. 기요마사가 이렇게 나오면 하다못해 강아지 한 마리라도 내리쳐서 피를 보고야 말지 그저 넘어간 일이 없었다.

"너, 일전에 동파에 갔을 때 금연희가 죽도록 얻어맞는 것을 보고도 손가락 하나 까딱 안 했다지?"

기요마사는 노려보고 겁에 질린 장세는 말이 나오지 않았다.

"살 길이 하나 있다."

"네……."

"꾀서 와도 좋고, 끌어와도 좋다. 지금부터 한강에 나가 배를 타고 올라오는 너희 조선 사람을 하나 이리 잡아 오면 된다."

"대장 어른, 소인은 종이올시다."

장세는 입술에 침을 바르고 가까스로 한마디 했다.

"……."

"소인이 아무리 주먹이 세다 해도 한꺼번에 3명 이상은 감당하지 못합니다. 천생 꼬셔 와야 할 터인데 이 종의 말을 누가 듣겠습니까."

"그렇다면 죽는 수밖에 없지."

기요마사가 칼집에 손을 가져가는데 옆에 섰던 닛신이 앞을 가로막고 나섰다.

"장세를 죽여서는 안 됩니다."

"왜 안 되오?"

"장세는 임해군의 종이올시다."

"나도 알고 있소."

"장세의 말대로 꼬셔 올 수밖에 없는데 꼬셔 오자면 두 왕자의 이름을 파는 외에 도리가 없습니다."

"……."

"말로 하든 편지로 하든, 중간에서 심부름할 사람이 있어야 하는데 장세를 두고 누가 또 있겠습니까?"

"……."

"심부름도 아무나 하는 것이 아닙니다. 임해군의 종 장세가 임해군의 편지를 가지고 왔다 ― 이쯤 돼야 저쪽에서도 믿음이 갈 것이 아닙니까?"

"알아들었소."

두 사람은 방에 들어와 임해군과 순화군을 불렀다.

"너희들은 부왕(父王) 전하의 소식이 궁금하지 않으냐?"

기요마사가 전에 없이 부드럽게 나오는 바람에 임해군은 용기를 얻었다.

"궁금한 심정이야 이루 다 말할 수 없지요."

"그렇다면 진작 이야기할 것이지."

기요마사가 몇 마디 속삭이자 닛신은 즉석에서 기요마사의 이름으로 편지를 써 내려갔다.

강화도에 계신 조선국 장관 첨위(將官僉位). 두 분 왕자께서는 조정의 소식이 궁금하사 영감들을 몹시 만나고 싶어 하십니다. 몸소 오시기 어려우시면 누구라도 보내십시오. 후히 대접하고 두 분에게 면대를 시킨 연후에 반드시 돌려보낼 것입니다.

"이대로 괜찮겠소이까?"
닛신의 물음에 두 왕자는 고개를 끄덕였다. 기요마사와는 달리 그는 언제나 정중한 인물이었다.
"두 분께서도 몇 마디 적어 보내시는 것이 좋지 않겠습니까?"
임해군은 시키는 대로 백지에 만나고 싶은 사연을 몇 자 적고 붓을 놓았다.
"조선 사람들은 시를 좋아하는데 이런 때 한 수(首) 없을 수 없지요. 어떻습니까, 이 끄트머리에 한 수 적어 넣으시지요."
"글쎄요."
임해군은 내키는 대답이 아니었다. 전쟁 전까지만 해도 시라면 남보다 나을 것은 없었으나 축에 끼지 못할 정도는 아니었다. 그러나 전쟁이 터지고, 적에게 붙잡히고, 끌려다니고, 얻어맞고 ─ 황폐할 대로 황폐한 마음의 토양에서 시가 우러날 여지가 없었다.
"반드시 자기 시라야 된다는 법은 없지요."
닛신은 손바닥만 한 책을 뒤적이다 한 군데를 짚었다.
"당나라 노윤(盧綸)의 시올시다. 어떨까요?"
임해군은 붓을 움직이면서 눈물이 두 뺨을 흘러내렸다.

꿈에 본 옛집
돌아갈 날은 기약이 없고
강변에 봄은 왔건만
고향 땅, 몇이나 다시 밟을까.
(家在夢中何日到 春來江上幾人還)

장세는 편지들을 가지고 흑석리(黑石里)로 나갔다. 흑석리는 마포 나루와 서강 사이, 지금의 마포구 현석동(玄石洞)으로, 이 일대가 서해의 밀물이 치밀어 오르는 상한선이었다. 강화도의 조선 수군은 매일같이 이 밀물을 타고 흑석리까지 올라와서 일대를 살펴보고는 썰물을 타고 돌아가곤 했다.

그런 관계로 흑석리는 조선 수군과의 연락처같이 되었고, 전에 고니시 유키나가가 황정욱을 시켜 조선 측에 편지를 전한 것도 이 고장이었다. 오늘도 유키나가의 부하 5, 60명이 강변을 서성거리고 있었다.

장세에게는 일본군 감시병 10여 명이 따라붙었고, 모양을 갖추기 위해서 순화군 편에서도 안탁(安鐸)이라는 사람이 나왔다. 순화군의 장인 황혁은 안씨 성을 가진 소실을 두었는데 안탁은 그 집안이었다. 글줄이나 하고 서울의 양반 사회에서는 얼굴이 알려진 인물이었다.

사시(巳時 : 오전 11시). 강을 거슬러 올라오던 50여 척의 돛배들은 마침내 흑석리, 그들 앞으로 다가왔다.

"편지요—."

안탁도 외치고 장세도 외쳤다.

"또 편지야?"

배 위의 조선 병사들은 이빨을 드러내고 웃었다.

안탁이 앞으로 나섰다.

"나를 모르겠소? 안탁이오. 두 분 나으리들의 편지를 받들고 왔는데 이렇게 대접해서야 쓰겠소?"

배들은 강가에 다가와 닻을 내리고 장세와 안탁은 달려가서 편지를 전했다.

배에는 충청수사 정걸, 경기수사 이빈, 의병장 김천일이 타고 있었다. 강화도에 있는 수군을 총동원하여 위력을 과시함으로써 서울 이동(以東)에서 약탈을 자행하는 적을 견제하자는 것이 이번 출동의 목적이었다.

"기요마사의 술책이다."

누가 보아도 왕자들이 자의로 할 수 있는 일이 아니고 술책임이 분명했다.

그동안 받은 일본군의 편지들은 모두 동파에 있는 도체찰사 류성룡에게 보냈고, 류성룡은 조정으로 보냈다. 그러나 조정으로부터는 아무런 소식이 없었고, 따라서 현지의 장수들로서는 응대할 말이 없었다. 응대가 없으니 초조한 나머지 이런 술책을 생각해 낸 모양이다.

그러나 술책이라는 것을 알면서도 그저 넘기기에는 아까운 기회였다. 적이 후퇴하여 다시 서울에 집결한 후 이쪽에서 적진에 들어가 본 사람은 아무도 없었다. 들어가서 자기의 눈으로 직접 보는 것과 소문으로 듣는 것은 같을 수 없는데 지금이 좋은 기회가 아닐까.

적은 화평을 애걸하고 있다. 여력이 있는 자가 이렇게 나올 리는 만무하고 궁해서 머리를 숙이고 들어오는 것은 짐작이 가는 일이었다. 궁하다면 어느 정도 궁할까.

이쪽의 형편도 말이 아니었다. 조선의 농사는 풍년이 들어도 가을에 추수를 하면 다음 해 추수까지 먹기에도 빠듯하고, 평년작에는 춘궁기에 굶는 백성들이 허다하였다.

그런데 작년에는 전쟁으로 아예 농사를 짓지 못한 고장이 태반이어서 굶주림은 온 나라를 뒤덮고 있었다. 산이나 들에 나가 10리를 걸으면 굶어 죽은 백성들의 시체 두셋은 어김없이 눈에 들어오게 마련이었다.

늙은 정걸은 일전에 배로 한강변을 지나다 못 볼 광경을 보았다. 젊은 여인은 풀뿌리를 캐다 그대로 쓰러져 죽어 있고, 젖을 찾는 젖먹이는 죽은 어머니의 가슴을 더듬고.

이대로 일 년만 더 가면 조선 사람은 멸종을 하지 않을까. 이 현실을 앞에 하고 전쟁에 이긴다, 혹은 진다는 것이 무슨 의미를 갖는 것일까.

적은 지금 이 암담한 현실에서 탈출하려고 화평을 구걸하고 있다. 그들에게는 탈출하면 돌아갈 자기 땅이 있었다. 그러나 조선 사람들은 탈출할 수도 없고, 조선을 두고 따로 갈 곳도 없었다.

하루 빨리 평화가 와서 농사를 짓는 외에는 살 길이 없었다. 조정은 화평이라면 등부터 돌리고 있지마는 차제에 적중에 들어가 보고 그들의 화평이 진심이라면 무슨 방도를 강구해야 하지 않을까.

정걸의 주창으로 군관들의 의견을 물었다.

"어떻게 할 것인가."

군관들은 더욱 적극적이었다.

"적이 만나자는데 못 만날 이유가 무엇인가."

그러나 기요마사가 부른다고 장수들이 가는 것은 체신 없는 일이었다.

"허락하시면 제가 가보지요."

의병장 김천일의 군관 이신충(李藎忠)이 나섰다. 정식 직함은 수문장(守門將), 9척 거구의 늠름한 무인이었다.

"어쩌면 적의 손에 죽을 수도 있는데 그걸 알고 있는가?"

김천일의 물음에 이신충은 덤덤히 대답했다.

"알고 있습니다."

기요마사에게 보낼 답장은 김천일의 이름으로 썼다. 다른 두 사람은 국록을 받는 나라의 장수로 조정의 허락 없이 적과 접촉할 처지가 못 되었으나 김천일은 민간인의 신분으로 그런 제약은 없었다.

답장이라야 편지를 받았다, 아무개를 보낸다는 정도의 쪽지로, 서신이라기보다 신임장(信任狀) 같은 문서였다.

이신충은 이 쪽지를 가지고 장세, 안탁, 그리고 일본 병사 10여 명과 함께 큰고개[大古介 : 만리동 고개]를 넘어 기요마사의 진영으로 향했다. 그의 진영은 작년에 처음 서울에 들어왔을 때와 마찬가지로 갈월리(葛月里)에 있었다.

적중의 거인, 이신충

 혹은 창을 들고 혹은 총을 들고 길 양쪽에 늘어선 일본군보다 이신충은 머리 하나는 더 큰 거인이었다. 흰 옷자락을 바람에 나부끼며 숱한 적중을 활개를 치고 걸어오는 조선인 한 사람 — 일본군으로서는 일 년 전 이 나라에 들어온 후 처음 보는 구경거리였다.
 "인물이냐, 아니면 머리가 돌았느냐?"
 도성의 남대문에서 남으로 3리, 청파교(靑坡橋)를 지나 얼마 안 가서 시냇가 동편에 10여 채의 민가가 있었다. 지금의 후암동 일대, 가토 기요마사 휘하의 장수들이 묵고 있는 곳으로, 말하자면 적 제2군의 사령부였다. 그중 울타리 안에 은행나무가 서 있는 큰 기와집이 기요마사의 거처였다.
 1백 년도 더 되지 않았을까?
 바깥사랑채에 앉은 이신충은 열어젖힌 문으로 마당의 은행나무 거목을 바라보고 생각했다. 어느 정승이나 판서? 나무의 연륜으로 보나 집의 규모로 보나 하여튼 내력이 있는 집안이라는 것은 짐작이 갔으나 전라도 나주에서 올라온 시골 사람으로서는 알 길이 없었다.

주인은 도망가고 도둑이 들어앉아 주인 행세를 하는 이 집에 손님으로 찾아온 자기의 처지가 야릇하게 느껴졌다. 전쟁으로 집도 사람도, 그리고 나라도, 모든 것이 야릇하게 되고 말았다.

"들어갑시다."

적지 않은 시간을 기다린 끝에 30대의 침착한 중이 나타나더니 행랑채로 인도하였다. 능숙한 조선말이었다.

바닥에 붉은 융단을 깔고, 벽에 금병풍, 문에는 비단장막을 친 넓은 방, 상좌에 기요마사가 좌정하고 다음에 두 왕자가 나란히 앉아 있었다. 중이 통역하는 대로 기요마사와 인사를 나눈 다음 두 왕자에게 차례로 큰절을 마치자 임해군이 먼저 입을 열었다.

"주상 전하께서는 강녕하시고?"

"강녕하십니다."

대답하면서도 왕자들이 입고 있는 털옷이 마음에 걸렸다. 이미 3월, 봄이 한창인데 무슨 털옷일까. 더구나 그것은 조선옷이 아닌 중국옷. 거기다 털모자에 털로 만든 귀덮개까지 쓰고 있었다.

생각하고 있는데 기요마사가 끼어들었다.

"당신이 보기에 어떻소? 두 분 왕자께서는 살이 쪘소, 아니면 말랐소?"

여위고 뼈가 앙상했으나(柴毁骨立) 그렇다고 할 수는 없고, 어중간한 대답이 나왔다.

"괜찮아 보이십니다."

"내가 얼마나 후대했는지 짐작이 갈 것이오. 두 분 말씀해 보시오."

내려다보는 그의 두 눈이 번뜩이고 두 왕자는 고개를 숙였다.

"그러믄요. 후대하시다마다."

기요마사는 얼굴을 돌리고 별안간 삿대질을 했다.

"당신네는 화평을 할 것이오 말 것이오? 검으면 검다, 희면 희다, 분명하게 대답할 것이지 왜 시일만 천연하는 것이오?"

"저는 오늘 한강에서 곧바로 이리로 들어온 사람이올시다. 화평을 하고 안 하고는 조정에서 알아서 할 일이고 저는 거기 대해서 들은 바가 없소이다."

"돌아가거든 당신네 조정에 고하시오. 우리 일본 관백(關白 : 히데요시)은 여러 섬의 군대를 동원하여 머지않아 바다를 건너올 것이오. 조선을 휩쓸고 중국을 들이칠 판인데 그때 가서 후회해야 소용이 없소. 이것을 모르고 꾸물거린다? 망하려고 환장했소?"

이신충은 한강에서 여기까지 오는 사이에 눈여겨 살펴보았다. 일본군은 광대뼈가 나온 것들이 걸으나 앉으나 어깨를 늘어뜨리고 도무지 기운이 없었다. 거기다 20리 길에 죽은 말의 뼈들이 7, 8군데 흩어져 있는 것도 눈에 들어왔다. 굶주린 배를 채우기 위해서 군마까지 잡아먹었거나 먹이가 없어 말들이 굶어 죽었거나 둘 중에 하나일 것이다.

소문대로 일본군은 식량난에 허덕이고, 기요마사는 지금 허풍을 떨고 있는 것이다. 이신충은 대답하지 않았다.

기요마사가 또 언성을 높였다.

"도대체 당신네는 무얼 믿고 늑장을 부리는 거요? 믿는 바가 있는 모양인데 어디 한번 들어 봅시다."

이신충은 말을 골라가면서 신중히 대답했다.

"전선에 나와 있는 하급 군관이 자세한 것은 알 까닭이 없고, 그저 들은 바를 말씀드리지요. 벽제관 싸움이 있은 후로 명나라의 증원군이 속속 압록강을 건너오는 중인데 도합 1백만이랍니다. 거기다 복수를 하겠다고 이를 가는 조선군이 2, 30만은 되지요. 제가 보기에는 이제부터 싸우고 안 싸우고는 일본군에 달려 있는 것이 아닌가 합니다."

"일본군에 달려 있다······."

기요마사는 혼자 중얼거리고는 오래도록 말이 없었다.

예로부터 군대란 묘한 습성을 가진 집단이었다. 약한 때에는 큰소리를 치고 강한 때에는 부드럽게 나오고. 지금 다 같이 큰소리를 쳤다. 어김없이 피차 지치고 허약한 형국 ─ 기요마사는 지금 이 묘한 형국을 저울질하고 있으리라.

침묵 속에 방안에는 어둠이 깔리고 사동이 들어와 등잔에 불을 켜고 물러갔다. 이어 식사가 들어오고 술도 석 잔씩 돌아갔다. 이신충은 시장한 김에 한 그릇을 다 비웠다. 그동안에도 인사치레로 몇 마디 오갔을 뿐 아무도 말하는 사람이 없었다.

식사가 끝난 후 기요마사의 눈짓으로 젊은 중이 밖으로 나가더니 황정욱·황혁 부자와 이영(李瑛)을 불러들였다.

다시 술을 몇 잔씩 나눈 후 기요마사는 아까와는 달리 조용조용 이야기를 엮어 갔다.

"지금 급한 것은 두 나라 사이에 평화를 회복하는 일이 아니겠소? 평화가 회복돼야 여기 계신 두 분 왕자와 대감을 위시하여 그 밖의 여러분도 댁으로 돌아갈 수 있지요. 그렇지 않소이까?"

황정욱에게 묻자 그는 지친 얼굴로 끄덕였다.

"그렇지요."

"그런데 북으로 올라갔던 우리 일본군은 철수하여 남으로 내려왔고, 대체로 한강 이남에서 양군이 겨루고 있소. 이 한강 이남에서 화평이 성립되면 두 나라 사이에는 평화가 오고 여러분은 돌아갈 수 있다, 이런 이야기가 되는 것이오."

"……."

"마침 강화도에서 귀한 손님이 오셨으니 서로 의논해 보시오. 의논해서 이런 사리를 조선 측 대장에게 고하고, 대장이 한강 이남의 조선군에 영을 내려 우리 일본군과 화평을 하도록 힘써 보시오."

말을 마치자 기요마사는 일어섰다.

"나는 성내에 일이 있어 들어가 봐야겠소. 당신들끼리 터놓고 이야기하시오."

문을 나가다가 뒤에 따라붙은 중을 돌아보았다.

"스님은 남아서 시중을 드시지요."

그리고는 전송하는 이신충에게 눈길을 돌렸다.

"이 스님의 이름은 천(洒), 조선 사람이오. 사화동(沙火同)의 아우라면 짐작이 갈 것이오."

그는 대령하고 있던 말에 올라 어둠 속으로 사라졌다.

사화동이라면 진도(珍島)의 어부, 왜구들에게 붙들려 일본으로 끌려간 사람이었다. 6년 전에는 그 왜구들을 인도하여 흥양(興陽 : 고흥)을 들이친 사화동, 연전에 온 나라가 떠들썩하는 가운데 본국으로 송환되어 목을 잘린 그의 이름을 모르는 사람은 없었다. 더구나 나주와 진도, 그리고 흥양은 지척이라 이신충은 누구보다도 당시의 일을 생생히 기억하고 있었다.

"사화동의 아우가 분명하오?"

이신충의 질문에 중은 고개를 끄덕였다.

"분명하오마는 잊읍시다."

"잊다니?"

"우리는 지금 주체할 수 없는 비극 속에서 모두가 울고 있소. 다 타서 재가 되어 버린 쓰라린 추억까지 파헤쳐서 무얼 하겠소?"

"말은 그렇게 해도 당신, 우리 조정을 원망하고 있지 않소?"

"왕년에는 원망했소."

"지금은 달라졌단 말이오?"

"남을 원망하고 보내기에는 인생은 너무 소중하고 너무 짧다는 것을 깨달았소."

알아들을 만했다. 그러나 입으로는 괜찮은 소리를 하면서도 사실은 기요마사의 염탐꾼으로 뒤에 남은 것이 아닐까?

"당신은 아직도 조선 사람이오, 아니면 일본 사람이 다 된 것이오?"

"부질없는 구분이오……. 나는 이 자리에 없는 것이 좋겠군."

그는 이쪽의 마음을 읽은 듯 밖으로 나가더니 다시는 모습을 보이지 않았다.

천이 사라진 후 남은 사람들은 등잔불 밑에 앉아 각자 보고 들은 이야기를 주고받았다. 모두가 우울한 일들뿐이었다.

그동안에도 이신충은 가끔 두 왕자를 번갈아 보고 물을 듯하다가도 그만두곤 했다. 눈치를 알아차린 임해군이 먼저 말을 꺼냈다.

"우리 형제의 입성이 묘하게 보이는 모양인데 사실은 이렇게 된 것이다."

평소에 그들은 땟국이 흐르는 광목 바지저고리를 입고 있었는데 화평 이야기가 나온 후 이처럼 털로 만든 중국옷을 한 벌씩 마련해 주었다. 마련했어도 입지 않았는데 오늘 낮 기요마사가 나타나더니 입으라고 야단이었다.

"사신이 온다. 세수를 하고 털옷을 입어라."

"더워서요. 이대로 좋습니다."

"이놈의 자식들. 그 꾀죄죄한 옷을 걸치고, 내가 느으들을 박대했다고 은근히 사신에게 알리자는 것이지?"

기요마사는 호령을 하고 주먹으로 한 대씩 쥐어박았다. 형제는 매가 무서워 시키는 대로 세수를 다시 하고 털옷을 입었다.

임해군은 모자를 벗고 이마에 난 상처도 보여 주었다.

"서울로 올라오는 도중이었다. 날씨는 춥고 눈은 퍼붓고 도무지 걸을 수 있어야지."

탔던 말도 지쳐 모두들 눈 속을 엉기적거리고 걷는데 기요마사가 다가오더니 몽둥이를 휘둘렀다.

"뭐야 너는?"

늘어지게 매를 맞고 온몸이 상처투성이가 되었다. 시일이 흘렀어도 이마의 상처만은 지워지지 않고 그대로 남고 말았다는 것이다.

이신충이 물었다.

"세상 소문으로는 기요마사는 나으리들 일행을 극진히 모신다고 들었는데……."

"공연한 소리다."

흰 수염을 내리 쓰다듬던 황정욱이 그럴 듯한 해석을 내렸다.

"기요마사가 일부러 퍼뜨린 소문일 것이오. 화평을 하자는 판국인데 왕자들을 박대했다면 좋을 것은 없지요."

그리고 그는 자기가 겪은 일도 이야기했다.

"전국보(傳國寶 : 국새)가 있는 곳을 대라고 길바닥에 엎어 놓고 치고 밟는데 늙은 것이 죽을 뻔했소."

"저런……."

"내 짐작이오마는 경우에 따라서는 여기 계신 두 분 나으리들 중 한 분을 옥좌에 모시고 자기들 마음대로 좌지우지할 생각이 아니었을까……."

남병사(南兵使) 이영도 사연이 있었다. 뻣뻣하다고 남보다 곱으로 얻어맞고 죽다가 살아났다.

두 왕자는 편지를 쓴다고 먼저 자리에서 일어났다. 그들은 이 집에 방 하나씩 차지하고 각기 부인과 함께 지낸다고 했다.

밤이 깊어 기요마사가 돌아오자 남은 사람들도 자기 거처로 돌아가고 이신충은 별채에 나와 낯선 일본 사람과 함께 같은 방에서 잠자리에 들었다. 오늘 하루는 일 년과도 맞먹는 긴 시간이었다. 피곤에 지친 이신충은 곧 코를 골기 시작했다.

이튿날 조반을 마치고 앉아 있는데 안탁이 일본 병사 10여 명과 함께 찾아와서 보자기를 펼쳤다.

"이 편지들을 가지고 떠나시지요."

두 왕자의 편지, 기요마사가 이여송에게 보내는 편지, 황정욱 등이 조정에 올리는 글이 들어 있었다. 어른들에게 하직인사를 드리고 떠나가겠다고 했으나 안 된다는 대답이었다.

이신충은 보자기를 들고 안탁 일행과 함께 어제 오던 길을 다시 더듬어 흑석리로 돌아왔다. 그러나 약속한 썰물 때는 이미 지나고, 함대의 모습도 보이지 않았다.

강변을 서성거리던 일본군의 말로는 오늘도 밀물을 타고 왔다가 썰물과 함께 돌아갔다고 했다.

그날은 강변 빈집에서 쉬고 다음 날 새벽 일본군이 끌어온 쪽배로 한강을 따라 강화도로 돌아갔다.

3월 15일 사시(巳時 : 오전 11시). 수군 함대는 여느 때와 마찬가지로 밀물을 타고 한강을 거슬러 흑석리에 멈춰 섰다. 강화도로 돌아갔던 이신충이 배에서 내렸다. 장세가 또다시 일본군과 함께 두 왕자와 기요마사의 편지를 가지고 강변에서 기다리고 있었다.

이신충이 그들과 이야기를 주고받는데 하류에 낯선 배가 한 척, 황색 일산(日傘)을 걸치고 나타나더니 차츰 다가오기 시작했다.

"심유경(沈惟敬)이다!"

물가의 일본군 병사들이 외쳤다.

조선 사람들은 모르는 사이에 그들끼리 무슨 약조가 있었고, 황색 일산은 심유경이 타고 있다는 표지임이 분명했다. 어찌 된 영문일까? 배 위의 조선 장수들은 서로 마주 보았다.

조선은 모르는 비밀 접촉

"우리는 가야 하오. 당신도 함께 갑시다."

일본군 병사들은 이신충에게 재촉했다. 황색 일산을 걸친 배가 나타나면 즉시 달려가서 보고해야 한다고 하였다.

"나야 이 편지를 전하면 그만이 아니오?"

이신충은 정걸을 비롯한 강화도의 장수들이 두 왕자에게 올리는 편지를 가지고 있었다. 적에게 포로로 잡혀 고생하는 왕자들의 소재가 판명된 이상 신하 된 도리로 글로라도 문안을 드리지 않을 수 없었다. 이 때문에 이신충은 수군을 따라 다시 흑석리에 오게 되었다.

"함께 가서 심유경이 왔다는 소식을 전하면 우리 대장은 흡족해서 두 분 왕자를 또 만나게 해주실 거요."

이신충은 그들과 함께 갈월리 가토 기요마사의 진영으로 걸음을 재촉했다. 그 사이에도 심유경의 배는 물살을 가르고 다가와서 마침내 흑석리 조선 함정들 옆에 닻을 내렸다. 심유경을 비롯한 장수 3명, 병사 23명, 그리고 조선 사람 통역 1명 — 도합 27명의 일행이었다.

정걸, 이빈, 김천일 — 세 사람은 새로 나타난 심유경의 배로 옮겨 탔다.

"사 참장(謝參將)이오."

"주 유격(周遊擊)이오."

심유경은 동행한 두 장수, 사용자(謝用梓)와 주홍모(周弘謨)를 간단히 소개하였다.

"무슨 일로 이렇게 오셨지요?"

김천일이 그간에 적과 내왕한 경위, 오늘 이신충이 적진으로 들어간 사연을 설명하고 물었다.

"적이 화평을 하자니 한번 만나 보는 것이지요."

"잘될 것 같소?"

"글쎄요."

그는 되도록 말을 피하는 눈치였다.

근 한 달 전인 2월 18일, 평양으로 물러간 이여송은 난처하기 그지없었다. 일본군은 생각보다 훨씬 강력했다. 다시 진격하자니 전멸을 당할 것이 분명하고, 본국으로 물러가자니 천하의 웃음거리밖에 될 것이 없었다.

휘하의 장병들도 마찬가지였다. 벽제관에서 크게 패한 후로는 기세가 꺾이고 오로지 생각하는 것은 살아서 고향으로 돌아가는 일념뿐, 만사가 뒤죽박죽이었다.

이여송은 밤에도 잠을 이루지 못하고 술로 지새울 수밖에 없었다. 이런 때 한 가지 계책을 들고 나온 것이 제3군 사령관 장세작(張世爵)이었다.

"평양에 5천, 개성에 5천 명의 수비 병력을 남기고 돌아가면 됩니다."
"그럴까?"
"겨우 4만여 명의 병력을 이끌고 와서 수십만의 적군을 물리치고 이 나라 국토의 절반을 수복했으니 참으로 엄청난 전공이 아니겠습니까."
듣고 보니 그럴 듯한 이야기였다. 그러나 한 가지 마음에 걸리는 일이 있었다.
"도합 1만 병력을 남겨 두고 물러가자는 것인데 적이 다시 밀고 올라오면 어떻게 될까?"
"그야 밀리겠지요."
"세상에서 이 이여송을 어떻게 볼 것인가?"
"그것은 장군께서 본국으로 돌아가신 연후의 일이올시다. 장군이 안 계시니 밀렸다. 이렇게 되면 장군의 성망은 더욱 올라가면 올라갔지 털끝만치도 떨어질 까닭은 없습지요."
"이 조선은 어떻게 되고?"
"망하겠지요. 무슨 상관입니까."
이것은 장세작만의 생각이 아니었다. 무슨 상관이냐 — 전선에 나온 명군 병사들이 누구나 중얼거리는 소리였다.
장세작의 계책도 쓸 만하다. 그 외에 무슨 수가 있을 것인가. 생각 중인데 남에서 잇따라 일본군의 쪽지가 날아들었다.

화평을 논하자.
우리가 바라는 것은 봉공뿐, 그 밖에는 아무 조건도 없다.

이여송은 막혔던 가슴이 트이는 기분이었다. 도망갈 궁리를 하고 있는데 적이 도리어 살려 달라고 애걸하는 형국이었다. 하늘은 이 이여송을 버리지 않았다.

2월도 거의 갈 무렵 그는 평양을 떠나 의주로 향하였다. 당초에 요양(遼陽)에 좌정하였던 경략 송응창은 이여송군의 진격이 시작되자 그 뒤를 따라 봉황성(鳳凰城)으로 옮겼다가 요즘은 압록강을 건너 의주에 와 있었다. 이여송은 이 송응창을 만나러 가는 길이었다.

전선에서 1천 리도 더 떨어진 안전지대에 앉아 늘어지게 먹고 늘어지게 자고, 이래라저래라, 강아지 한 마리 어쩌지 못하는 주제에 전쟁은 혼자 하는 양 큰소리를 치는 송응창 — 이여송은 그가 마음에 안 들었다. 그러나 그는 황제가 임명한 경략이요 자기의 상사였다. 화평이건 전쟁이건 그를 거치지 않고 될 일이 아니었다.

"할 수 없지요."

이야기를 듣고 난 송응창은 좋은 얼굴이 아니었다. 이여송이 그를 우습게 보는 만큼이나 그도 이여송이 비위에 거슬렸다. 역사에 없는 명장이나 되는 듯이 호언장담은 도맡아 하고, 특히 평양을 수복했을 때의 그 거드름은 눈을 뜨고 보기가 민망했다는 소문이었다.

조선 조정도 덩달아 춤을 췄다. 이 송응창은 아예 없는 것으로 치부하고 이여송의 생사(生祠)를 세운다고 떠들고 돌아갔다.

그 이여송이 벽제관에서 호되게 얻어맞고 지금 어깨를 늘어뜨린 모습으로 눈앞에 나타난 것이다.

"무슨 말씀을 그렇게 하시오? 싸울 수 있는 조건을 만들어 주시오. 얼마든지 싸우리다."

가는 말이 곱지 않으니 오는 말도 고울 수 없었다. 압록강을 건너온 명군 4만 3천 명 중에서 평양과 벽제관의 전투에서 많은 사상자를 내고 병자도 적지 않아 지금까지 7천 명을 웃도는 손실을 입었다. 그런데 보충은 지지부진하여 겨우 8천 명, 그 이상은 한 명도 더 보낼 수 없다고 했다. 결국 1천 명이 더 오는 셈인데 그것으로 될 일인가.

식량도 문제였다. 요동의 미두(米豆) 8만 섬을 보낸다, 조선에서 9만 섬을 준비했다 — 염려 말라고 했었다. 그런데 그 식량은 어디 가고 전선의 병사들은 굶주림에 시달리고 있으니 어찌 된 일인가.

싸움이 벌어지면 한량없이 소비되는 것이 무기였다. 그런데 열에 하나도 보충이 되지 않으니 무엇으로 싸우란 말인가.

이여송이 조목조목 따지고 들자 송응창은 손을 내저었다.

"장군을 두고 하는 말이 아니오. 답답해서 하는 말이오."

전선의 이여송은 보채고, 북경의 조정은 천하태평이고 — 중간에 선 송응창이 답답한 것도 사실이었다.

그로서는 적의 화평 제안은 환영할 일이지 반대할 이유가 없었다.

두 사람은 곧 합의를 보았다. 다만 사람이 문제였다. 누구를 보낼 것인가.

아무리 생각해도 심유경밖에 없었다. 다만 쓸데없이 볼기를 1백 대나 친 것이 마음에 걸렸다. 말이 쉽지 1백 대를 맞고 살아남은 사람은 흔치 않았다. 그것은 사실상 죽으라는 말이나 진배없었다. 심유경은 원한을 품었을 것이다. 적과 내통하여 재간을 부리지 않을까.

위장 전술을 위해서 한때 순안(順安)까지 끌려왔던 심유경은 다시 요양으로 끌려가서 숨을 죽이고 있었다. 한 발자국 밖에 나가도 감시가 따라붙고, 상처에 고약을 갈아 붙이는 외에 할 일도 없었다.

두 사람은 개운치 않으면서도 그를 부를 수밖에 없었다.

전갈을 받고 밤낮 사흘 만에 달려온 심유경은 핏기를 잃었던 얼굴에 생기가 돌았다.

"다시 하늘을 우러러보게 해주시니 이렇게 고마울 데가 어디 있겠습니까."

무성한 수염을 움켜쥐고 납죽하게 엎드렸다.

괜찮을 듯도 싶었으나 송응창은 역시 안심이 안 되었다.

"자네 혼자보다는 말동무라도 있는 것이 좋지 않을까?"

산전수전 다 겪은 심유경은 송응창의 속을 훤히 들여다보았다.

"그러믄입쇼. 지난번에는 혼자 매사를 결정하자니 난감한 때가 한두 번이 아니었습니다. 의논할 상대가 있으면 얼마나 좋겠습니까."

송응창은 이여송과 의논하여 각기 한 사람씩 추천하기로 하였다. 반드시 감시라고 할 것까지는 없었으나 두 사람이나 함께 가면 흉측한 짓은 못할 것이었다.

송응창이 지목한 것이 사용자였다. 그는 송응창의 고향 항주(杭州)에서 멀지 않은 소흥(紹興) 출신으로, 지난번 평양전투에서 용감히 싸운 낙상지(駱尙志)와는 같은 동네에서 자란 죽마고우였다.

스스로 내각대학사(內閣大學士) 사천(謝遷)의 손자라고, 가문을 내세웠으나 딱히 아는 사람은 아무도 없었다. 과거를 볼 때마다 낙방하고 사방을 떠돌아다니다가 북경에 가서 친구 낙상지의 식객 노릇을 하였다. 장사치의 서사 노릇이라도 할 수 없을까. 여기저기 수소문하고 있던 터에 낙상지가 조선으로 나가게 되었다.

"죽을 기회 살 기회, 거지 될 기회 출세할 기회 — 모든 기회가 뒤범벅이 된 것이 전쟁이다. 함께 가보지 않겠는가."

그는 두말없이 낙상지를 따라 조선에 왔고 낙상지를 통해서 송응창과도 알게 되었다.

사용자는 떠돌이 선비였으나 글도 변변하고 풍신도 좋은 편이었다. 심유경이 선수를 쳐서 제안했다.

"마침 잘됐습니다. 칙사를 모시고 왔다면 저들도 꼼짝 못할 것입니다. 그분을 칙사라고 호칭해도 괜찮을까요?"

두 사람으로서도 반대할 이유가 없었다. 다만 칙사가 무위무관으로는 곤란하고 참장을 칭하도록 하였다. 심유경의 유격장군보다 한 단 높은 계급이었다.

이여송이 지목한 것은 유격장군 주홍모였다. 전에 선부총병(宣府總兵)으로 있을 때부터 알게 된 장수로, 이번 전쟁에는 아우 이여백 휘하에서 1천 병력을 거느리고 있었다. 이여송을 따라다니는 23명의 호위병도 그의 부하들이었다.

일본 진영으로 보낼 사절단의 구성은 끝났다.

한 가지 남은 것은 조선 조정이었다. 일을 원만하게 진행하려면 조선 대표도 한 사람쯤 끼는 것이 좋은데 조선 사람들은 화평의 '화' 자만 들어도 펄쩍 뛴다고 하였다.

"이 제독이 가다가 조선 왕을 만나 보시오. 정 안 들으면 조선을 제외하고 우리끼리 추진하는 수밖에 없지요."

평양으로 돌아오는 길에 이여송은 숙천(肅川)에서 임금 선조를 만났다. 지난 1월 중순 의주를 떠난 임금은 한때 정주(定州)에 머물렀다가 이 무렵에는 평양 서북 영유(永柔)에 와 있었다. 이여송을 만나기 위해서 일부러 숙천까지 와서 기다리는 중이었다.

"일본은 만세를 두고라도 반드시 원수를 갚아야 할 우리의 적이올시다. 죽을지언정 화평은 안 되지요(小邦臣民於倭賊 有萬世必報之讐抵死而已 不可與和)."

임금은 요지부동이었다.

명나라와 조선은 입장이 달랐다. 명나라는 조선에 들어온 일본군이 물러가면 그만이었다. 그러나 조선은 물러가는 것만으로는 안 된다고 하였다.

제일 좋은 것은 그들의 본토에 건너가서 그들이 조선에서 자행한 만큼 짓밟아 버리는 것이다. 그것이 안 되면 적어도 조선에 건너와서 못된 짓을 한 자들은 하나 남기지 않고 없애 버려야 한다는 것이 조선의 입장이었다. 이여송으로서는 조선을 제외하는 수밖에 없었다.

평양으로 돌아온 이여송은 뒤따라 당도한 심유경에게 일렀다.

"화평회담의 내용에 대해서는 일체 조선 사람들에게 말하지 말라."

심유경은 개성을 거쳐 임진강 북안의 동파에 이르자 류성룡이 만나자는 것도 갈 길이 바쁘다고 거절하였다.

이 동파에서 배에 오른 심유경 일행은 임진강을 따라 강화도 달곶까지 나왔다. 만일의 경우 조선 수군의 보호를 받을 생각이었다. 그러나 조선 수군은 서울 방면으로 출동하고 없었다. 그들은 수군의 뒤를 따라 한강을 거슬러 올라온 길이었다.

심유경과 유키나가의 재회

조선 사람들이 짐작한 대로 북쪽의 명군과 서울의 일본군 사이에는 비밀리에 연락이 있었다. 그것은 단순한 연락이라기보다 일종의 탐색전으로, 피차 믿지 못하는 적과 적 사이에서는 흔히 있을 수 있는 일이기도 하였다.

일본군은 어쩔 수 없이 화평을 제의하였으나 명군으로서는 얼른 납득하기 어려운 사정이 있었다. 바로 두 달 전인 지난 연초에 그들은 화평을 가장하고 일본 사절단을 순안으로 유인하여 오랏줄에 묶어 버렸다. 그리고는 화평이 다 된 줄 알고, 방심하고 있는 평양의 일본군을 불의에 습격하였고, 이 때문에 일본군은 참패를 당하고 평양에서 쫓겨났다.

불과 두 달 전의 이 쓰라린 경험을 잊었을 리가 없었다. 이번에는 그들이 화평을 가장하고 이쪽 사절단을 유인해다가 보복을 하고, 무슨 일을 저지르는 것이 아닐까.

더구나 일본군은 벽제관에서 크게 이겼고, 명군은 크게 패하였다. 화평이란 패자가 제안하는 것이지 승자가 들고 나오는 법이 없었다. 그런데 승자인 일본군은 거렁뱅이가 먹을 것을 동냥하는 듯이 화평을 구걸하고 있다. 이상하지 않은가.

심유경은 적진으로 들어가기 전에 그들의 진의부터 알아볼 필요가 있었다. 이를 위해서 그는 평양에 머물고 있을 때 이여송의 양해하에 밀사를 서울의 일본군 진영으로 파송하였다. 이 밀사의 통로는 동파였다.

동파에는 사대수 휘하의 명군 기백 명이 주둔하고 있었다. 이들은 무시로 임진강을 건너 파주로 내왕하였고, 때로는 수십 리 남쪽까지 내려가는 수도 있었다.

이 지역에는 순변사 이빈 휘하의 조선군이 주둔하고 있었으나 적정을 살피러 가는 척후병이라고 하면 더 이상 추궁할 수가 없었다. 심유경의 밀사는 명군 척후병으로 가장하고 서울의 고니시 유키나가 진영까지 가서 그들과 접촉하고 있었으나 당시 동파에 있던 도체찰사 류성룡조차 이 사실을 눈치채지 못하였다.

사실은 심유경뿐만 아니라 류성룡과 조석으로 어울리는 사대수도 유키나가의 진영에 연락원을 보내 그들과 통하고 있었다. 마침 연락원 중에 조선 사람의 통역이 있어 그가 귀띔해 준 덕에 류성룡은 비로소 알게 되었다.

류성룡은 사대수를 그의 진영으로 찾았다.

"도대체 어떻게 된 영문이오?"

사대수는 답변이 궁하게 되자 이여송이 자기에게 보낸 편지를 내보였다. 그중에 이런 대목이 있었다.

왜놈들은 간사한 것들이니 어찌 그 말을 다 믿겠소? 심 유격(沈

遊擊 : 심유경)이 보낸 사람이 돌아올 때까지 기다리도록 하시오.

류성룡은 손가락으로 이것을 가리키고 물었다.
"심 유격이 보낸 사람이 어디로 갔단 말이오?"
사대수는 하는 수 없이 실토를 했다.
"대감께는 말씀을 못 드렸소마는 이 제독의 분부로 우리는 이미 일본군과 접촉을 하고 있소."
류성룡은 사이를 두고 물었다.
"그렇다면 심 유격도 서울의 적진에 사람을 보냈단 말이오?"
"그렇소."
"어느 길로 갔소?"
"벽제를 거쳐 갔소."
류성룡은 자기 처소로 돌아오자 붓을 들어 조정에 글을 올렸다. 현장에 있으면서 이 중대한 사실을 모르고 있었으니 황송하기 그지없는 일이었다.

(……) 대체로 중국 장수들이 하는 일은 자세히 알 길이 없습니다. 요즘 중국인 중에 파주로 왕래하는 자가 종일 그치지 않는바 모두 적정을 탐지하러 간다고 합니다. 심 유격이 보낸 사람도 필시 이들 틈에 섞여 갔을 것입니다. 그런고로 신이 비록 이 고장에 있사오나 알지 못하였고, 이제야 비로소 알게 된 것입니다.

영유에 좌정한 임금 선조가 이 보고를 받은 것은 3월 15일, 예비 접촉으로 적의 진의를 파악한 심유경이 한강을 거슬러 흑석리에 당도할 무렵이었다.

"저런 고얀 것들이 있나."

노한 임금은 우부승지 이호민(李好閔)을 불러 앉히고 친히 류성룡에게 보내는 글을 구술하였다.

평일에 내가 믿는 것은 경이었소. 그런데 일찍이 나는 왜노(倭奴)들이 걱정되어 그 대비책을 세우도록 누누이 경에게 일렀건만 경은 걱정할 것이 없다, 과장된 헛소문이라고 하였소. 그 결과 나랏일이 이 지경이 되었소. 이 또한 운명일 것이오. 이제 경은 장수의 직책을 받고 멀리 나가 있으니 적을 쳐서 원수를 갚는 것이 경의 임무요, 그것은 내가 밤낮으로 이를 갈고 있는 바이기도 하오. 요즘 화평을 한다는 이야기가 있는데 이것은 어찌된 일이오? 차마 입 밖에 낼 수 없고, 차마 귀로 들을 수도 없는 소리들이오. 만약 경이 이런 이야기에 현혹된다면 경은 전에 이미 일을 그르쳤고, 후에 다시 일을 그르치는 것이니 무슨 면목으로 천지간에 설 것이오(旣誤於前 復誤於後 以何面目 自立於天地間乎). 무릇 화평을 논하는 자는 간사한 인간이니 반드시 먼저 머리를 베어 효수(梟首)한 연후에 나에게 알리도록 하시오(이상《선조실록》).

임금의 유서를 받든 선전관은 즉시 동파로 말을 달렸다.

같은 시각, 7백 리 남방 흑석리 뱃머리에 앉은 심유경은 이 모든 사연은 있지도 않았다는 듯이 먼 하늘을 바라보다가도 강물을 오락가락하는 송사리들을 물끄러미 지켜보곤 했다.

신시(申時: 오후 4시). 일본군 장병들이 가마와 말들을 끌고 이신충과 함께 다시 시야에 나타났다. 그중에는 검은 가사를 입은 기요마사의 종군승 닛신도 있었다.

"가토 기요마사 장군의 분부로 어른들을 모시러 왔습니다."

닛신이 물가에 다가서 외치자 심유경이 되물었다.

"고니시 유키나가가 아니고 가토 기요마사요?"

"가토 기요마사요."

잠시 생각하던 심유경은 그들과 함께 온 이신충을 손짓으로 배 안에 불러들였다.

"가토 기요마사란 어떤 인간이오?"

"포악한 인간이오."

"어떻게 포악하오?"

이신충은 적중을 내왕하면서 보고 들은 바를 그대로 이야기했다. 무엇보다도 왕자를 몽둥이로 두들겨 패서 상처를 낸 인간이라면 이 심유경쯤 목을 치고도 남을 것이다.

기왕 사람까지 보냈으니 기요마사를 만날 생각도 해보았으나 역시 안 되겠다. 미리 통해 놓은 대로 고니시 유키나가를 상대하는 수밖에 없었다.

심유경은 다시 뱃머리에 나와 물가의 닛신에게 외쳤다.

"나는 고니시 유키나가라는 사람은 알아도 가토 기요마사라는 사람은 모르오."

"전에 안변에서 풍중영을 만난 바로 그 장수요."

"우리는 천자의 어명을 받든 대장군을 모시고 왔소. 어찌 풍중영 같은 미관말직과 견준단 말이오?"

그럭저럭하는 사이에 해가 저물고 닛신은 돌아갔으나 강변에 늘어선 일본군은 움직일 기색이 없었다.

"이대로 돌아갈 수는 없고……. 나를 지켜 줄 수 없겠소?"

심유경의 요청으로 조선 수군은 밤새 그의 배를 에워싸고 움직이지 않았다.

3월 16일의 새날이 밝고 동녘에 아침 해가 솟아도 강변에서 밤을 샌 기요마사의 부하들은 돌아갈 기미를 보이지 않았다. 기병들은 실없이 이리저리 말을 달리고, 앉고 누운 보병들은 가끔 알 수 없는 소리를 내뱉는 품이 이쪽을 보고 욕설을 퍼붓는 것이 분명했다.

무슨 이변이 있는 것은 아닐까. 적병들의 태도로 보나 밤사이에 아무 소식도 보내지 않은 점으로 보나 적진에 심상치 않은 일이 일어난 것만 같았다. 자칫하면 전투가 벌어지고 우리 일행은 이 낯선 땅에서 물귀신이 되는 것은 아닐까? 심유경은 마음을 놓지 못했다.

"10리쯤 움직여서 저들을 털어 버립시다."

수군 함정들은 심유경의 요청으로 일제히 각적(角笛)을 울리고 하류로 천천히 움직이기 시작했다.

그러나 강변의 적도 배들이 움직이는 대로 하류로 따라 내려왔다. 서강에 이르자 심유경은 머리를 흔들었다.

"일은 틀렸소. 이 길로 한강을 빠져 강화도로 돌아갑시다."

늙은 정걸이 흰 수염을 강바람에 나부끼며 그를 내려다보았다.

"그것은 곤란하오."

"무슨 말씀이오?"

"적과 화평을 하고 안 하고는 내가 관여할 일이 아니오. 다만 우리 조선 수군은 지금까지 적전(敵前)에서 도망친 역사가 없소. 이 일만은 못하겠소."

심유경이 아무리 타일러도 그는 귀담아 듣지 않았다.

썰물이 시작되고, 움직일 때가 되기 전에는 누가 무어래도 움직일 수 없다고 하였다.

그동안 서울의 일본군 진영에서는 장수들이 모여 앉았으나 끝없는 입씨름으로 한밤을 지새웠다. 사고의 장본인은 가토 기요마사였다.

"적에게도 약점이 있다. 우리가 버티면 한강 이남은 내줄 것이다."

여느 장수들 못지않게 화평을 고대하던 기요마사도 막상 심유경이 오자 생각이 달라졌다. 그러나 고니시 유키나가의 계산은 그렇지 않았다.

"까다로운 조건을 내세우지 말자. 송응창의 선에서 결단을 내릴 수 있는 조건으로 우선 화평을 하고 보자."

기요마사가 반박했다.

"전에는 한강 이남을 준다고 하지 않았느냐? 어째서 꼬리에 불이라도 붙은 것처럼 서두르느냐?"

"한강 이남은 우리가 평양에 있을 때, 우리가 유리하던 때의 이야기다. 서두르지 않으면 우리는 다 굶어 죽는다."

"너같이 허약한 인간은 비켜라. 내가 나서야겠다."

새날이 밝아도 결론이 나지 않았다. 결국 해가 중천에 오른 연후에야 중의에 따라 총대장 우키타 히데이에가 선포했다 — 고니시 유키나가를 대표로 지명한다.

오정이 되자 고니시 유키나가가 중 겐소, 통역 소세준(蘇世俊)과 함께 1백 명 가까운 병사들을 거느리고 말을 달려 왔다.

"죽지 않고 살아 있었구만."

유키나가와 심유경은 오랜 친구를 대하듯 손을 맞잡고 이야기를 주고받았다. 수인사가 끝나고 다시 말에 오르려는데 기요마사의 부하 30여 명이 달려와서 심유경을 막아섰다.

고니시 유키나가만 만날 것이 아니라 나도 좀 만납시다.

그들은 기요마사의 편지를 전했다. 어깨 너머로 편지를 훑어보던 유키나가가 속삭였다.
"심술이 나서 그러는 것이니 개의할 것이 못 되오."

훗날로 합시다.

심유경은 간단히 답장을 적어 보내고, 유키나가 일행과 함께 그의 진영으로 향하였다.

삼국의 다른 처지

용산, 고니시 유키나가의 진영.

"사공이 많으면 배가 산으로 올라간다."

일본 측의 제의로 심유경과 유키나가가 단독으로 마주 앉고 필담(筆談)을 위해서 겐소 한 사람만 배석했다.

송응창의 추천으로 여기까지 온 사용자도 굳이 참견하려고 들지 않았다. 떠돌이 습성이 몸에 배어 장시간 방에 들어앉아 남과 시비를 따지는 것은 질색이었다. 게다가 그 자신, 송응창이 자기를 딸려 보낸 속셈을 모르지 않았다. 남의 앞잡이 노릇을 하는 것도 성미에 맞지 않았다.

그는 주홍모를 끌고 산보를 나왔다가 뒷산에 올라 일본 사람들이 바치는 소주잔을 기울였다.

세상살이 꿈같거늘 이러니저러니 노심초사할 것이 무엇인고(處世若

大夢 胡爲勞其生).

이태백의 문자를 안주로 차츰 취기를 더해 갔다.
"지금 압록강 연변에는 70만 대군이 와 있소. 마침 당신네가 화평을 제의했으니 망정이지 이들이 밀고 내려오면 어쩔 뻔했소."

딴 사람들이 물러가고 방안이 조용해지자 심유경이 큼직하게 나왔다. 전에는 보기 좋게 살이 찌고 윤기가 돌던 얼굴이 광대뼈가 나오고 두 눈에는 때로 살기마저 번뜩이고 있었다.

달라진 것은 심유경뿐이 아니었다. 패전과 도피행(逃避行), 거기 따른 주위의 모멸과 백안시 — 육체도 마음도 다 같이 지친 유키나가도 얼굴에 살점이라고는 별로 없었다.

깡마른 두 사나이, 심유경은 떠들고 유키나가는 그를 바라보기만 했다.
"남의 말을 듣기만 하고 응대가 없는 것은 실례가 아니오?"
심유경의 볼멘소리에 유키나가는 눈으로 그를 아래위로 훑었다.
"응대하기 전에 당신을 저울질하고 있소."
"저울질이라니?"
"믿어야 할 것인가, 믿지 말아야 할 것인가."
"……."
"당신은 우리를 속였소. 감쪽같은 속임수로 순안에서 내 부하들을 잡아 가두고 불의에 평양을 들이쳤소."
"……."
"또 속이러 왔다면 피차 이야기를 해야 무슨 소용이겠소? 우리가 납득할 수 있도록 이 일에 대한 해명부터 들어 봅시다."
"내가 우리 조정에서 시키는 대로 평양에 와서 당신네를 속였다, 이런 말씀이오?"

"그렇소."

심유경은 일어서 웃통을 벗고 다음에는 천천히 돌아서 아랫도리까지 벗어 버렸다. 겨우 아물어 붙은 상처가 빈틈없이 볼기를 뒤덮고 있었다.

"보았소?"

"보았소."

심유경은 옷을 도로 주워 입고, 자리에 앉으면서 주먹으로 탁자를 내리쳤다.

"나는 당신네와 내통했다고 이처럼 볼기를 맞고 죽다가 겨우 살아난 사람이오. 순안이고 평양이고 내 뜻이 아니었소."

유키나가와 겐소는 서로 마주 보고 할 말을 몰랐다.

"왜 대답이 없소?"

"당신은 역시 쾌남아요."

"벗었다고 쾌남아요?"

"나뿐 아니라 여기 스님도 계신데."

"자고로 의원과 스님에게는 못할 말이 없고, 못 보일 것이 없는 법이오."

"좋소. 당신을 믿겠소."

다시 이야기를 시작하려는데 바깥이 왁자지껄하더니 기요마사의 부하들이 몰려들었다.

만약 귀국할 수만 있다면 한강 이남의 어느 고장을 일본에 떼어 주어도 무방하오(倘得歸國 漢江以南 不拘何地 任意與之 : 《징비록》).

그들은 임해군과 순화군이 연명으로 쓴 편지를 심유경에게 전하고 기요마사의 쪽지도 내놓았다.

한강 이남을 넘기지 않으면 우리 태합(太閤 : 히데요시)께서는 20만 대군을 거느리고 친히 건너오시기로 되어 있으니 알아서 하시오.

유키나가의 명령으로 그의 부하들이 달려와서 이들을 끌어내고 멀리 쫓아 버릴 때까지 온 진영이 떠들썩하고, 방안에 마주 앉은 사람들도 잠자코 있는 수밖에 없었다.

가토 기요마사와 고니시 유키나가의 불화는 자기들 내부에서뿐만 아니라 적진에도 널리 알려진 사실이었다. 이대로 시일을 끌면 기요마사의 방해로 화평회담은 깨지는 것이 아닐까? 심유경은 걱정이 머리를 쳐들었다.

화평을 이루지 못하고 다시 전투가 벌어져서 많은 살상이 생긴다면 도시 자기는 설 자리가 없을 것이다. 왔다갔다, 중간에서 허풍만 떨고 다닌 그 심유경이란 자의 목을 쳐라 ─ 북경에 좌정한 황제가 한마디 하는 날은 죽는 날이다. 영화니 출세는 뒷전이고, 우선 목숨을 부지하기 위해서 이 회담은 반드시 성사를 시켜야겠다.

고니시 유키나가에게도 비슷한 걱정이 있었다.

화평을 운운하다가 이미 평양에서 많은 부하들을 잃었다. 또다시 화평에 앞장섰다가 굶어 죽기 직전에 있는 이 서울의 고군(孤軍)을 구하지 못하고 사지에 몰아넣는다면 세상에서 고니시 유키나가를 무어라고 할 것인가.

그것도 물론 큰일이었다. 그러나 이 같은 세속의 시비는 참을 수도 있었다. 참지 못할 것은 마음속 깊은 곳에서 들려오는 양심의 질책이었다.

'너는 배교자(背教者)다.'

천주교 신도인 유키나가는 처음부터 이 전쟁은 천주를 거역하는 죄악임을 알고 있었다. 알면서도 도요토미 히데요시라는 세속의 권력자가 두려워 그가 시키는 대로 앞장을 서 왔다. 기회 있을 때마다 조선에 대해서, 나중에는 명나라에 대해서 평화를 역설하고 애쓴 것도 사실이다. 그러나 대동강 이남을 어쩐다, 혹은 한강 이남을 어쩐다 — 조선으로서는 '노예의 평화'에 지나지 않는 조건, 나 고니시 유키나가도 받아들이지 못할 불장난이었다.

요즘 그는 일본군이 처한 모든 곤경은 그들 자신의 죗값, 노한 천주께서 내리신 처벌이라고 생각하게 되었다. 사람이 사람을 이렇게까지 짓밟고 어찌 무사할 수 있을 것인가.

이제 그의 안중에는 도요토미 히데요시도 없었다.

일본군은 본토로 물러가야 했다. 히데요시가 동의하면 좋고, 반대하더라도 자신의 길을 가는 수밖에 없었다. 그것이 천주의 뜻이었다.

기요마사의 부하들이 쫓겨 가고 다시 조용해지자 심유경이 물었다.

"가토 기요마사는 한강 이남을 내놓으라고 하는데 우리 분명히 하고 이야기를 시작합시다. 이 회담은 평양회담의 연장이요, 아니면 새로 시작하는 것이오?"

"평양회담을 거론하면 피차 할 말이 있을 것이고, 일이 복잡해질 것이오. 새로 시작하는 것으로 합시다."

유키나가는 대범하게 나왔다.

여기서 심유경은 송응창의 화평 조건을 제시하였다. 그것은 응창이 유키나가에게 보내는 통첩의 형식으로 되어 있었다.

    1. 마음을 깨끗이 하여 잘못을 청산하고 조선의 국토를 남김없

이 반환할 것이며(滁志湔非 盡還朝鮮故土),
2. 아울러 두 왕자와 그 신하들을 돌려보내고(倂還兩王嗣 以及陪臣等),
3. 돌아가 관백에게 고하여 명나라에 글을 올려 사죄하도록 하라(歸報關白 上章謝罪).
4. 그렇게 되면 본부(本部 : 兵部)는 즉시 어전에 아뢰어 그대들의 관백을 봉하여 일본 국왕으로 삼을 것이다(本部卽當奏題 封爾關白 爲日本國王).(송응창《경략복국요편》)

글을 훑어본 유키나가는 허탈하게 웃었다.
"여지가 없구만."
"흥정의 시작이란 언제나 그런 것이 아니겠소?"
동기는 달라도 평화라는 목표가 일치하고 보니 피차 합의에 이르는 데 많은 시간이 걸리지 않았다. 두 사람은 송응창의 조건을 기초로 합의 사항을 하나하나 정리해 나갔다.

1. 일본군은 우선 부산 방면으로 철수한다. 명군은 이를 추격하지 않음은 물론, 도중에 조선군이 공격하지 않도록 보장한다. 일본군도 철수 도중 약탈, 살인 등을 해서는 안 된다.
2. 두 왕자와 수행원들은 일본군의 서울 철수와 동시에 방면하여 조선 측에 돌려보낸다.
3. 명나라는 일본에 봉(封)뿐만 아니라 공(貢)도 허락하되 이를 의논하기 위하여 사신을 일본에 파송한다.
4. 봉공이 실현되면 일본군은 조선에서 완전히 철수하여 본국으로 돌아간다.

5. 심유경은 이 약조에 대한 본국 조정의 동의를 얻어 가지고 4월
　　　9일(일본력 8일)까지 서울로 돌아온다.

　이 무렵 명군은 앞으로 나가자니 겁이 나고, 더 이상 물러서자니 체면이 말이 아니고, 엉거주춤 세월을 허송하고 있었다. 조선의 나머지 국토는 고사하고 수도 서울을 수복하는 것만도 꿈같은 일로 생각되었다.
　그런데 적은 일거에 1천 리를 후퇴하여 부산까지 물러간다고 하였다. 놀라운 일, 기막힌 일이었다.
　용산을 떠난 심유경 일행은 흑석리까지 나온 유키나가의 전송을 받으면서 배에 올랐다. 썰물을 타고 해가 지는 서해로 항진하는 배 위에서 심유경은 자기를 호위하는 조선 수군 함정들을 돌아보고, 노을 진 먼 하늘에 눈길을 던졌다.
　"하늘은 역시 이 심유경을 잊지 않았다."
　그의 심중을 헤아린 듯 취기가 덜 가신 사용자는 옆에서 듣기 좋은 소리를 한마디 했다.
　"심 유격은 인걸이오."
　"모두가 영감께서 지휘하신 덕분이지요."
　사용자는 콧노래를 흥얼거리고, 그중에는 심유경을 치켜세우는 소리도 들려왔다.

　　중국의 10만 대군도
　　한 명의 설객만 같지 못하네.
　　(漢家十萬師 不如說舌饒)

　강변에 나와 멀리 서쪽으로 사라져 가는 심유경의 배를 바라보는 일

본군 병사들도 가슴이 뛰었다. 이제 사지를 벗어나 살 길이 열리는 것이다.

언제부터인가 일본 사람들 사이에 돌아다니는 유행어가 있었다.

"돌이 물에 뜨고 나뭇잎이 가라앉는 일은 있어도 조선 백성들이 일본에 협력하는 일은 없으리라."

이 같은 조선 사람들의 항전으로 양도(糧道)가 끊긴 그들은 '이슬 같은 목숨이 살아서 부산까지 가는 것이 간절한 소원'이었다.

도무지 이룰 수 없다고 단념하였던 그 소원이 현실로 다가왔다. 부산에서 배만 타면 저절로 고향으로 돌아가게 되는 것이다. 심유경은 중생을 제도한다는 부처님이나 진배없었다.

강화도에서 한 밤을 보낸 심유경은 개성을 거쳐 북으로 말을 달렸다. 평양에서는 이여송이, 의주에서는 송응창이 친히 맞아들이고 얼싸안기까지 했다.

"자네는 오늘의 소진(蘇秦)이요 장의(張儀)로다."

볼기를 칠 때와는 아주 딴판이었다.

중국 사람, 일본 사람들은 한결같이 기뻐 어쩔 줄 몰랐으나 조선 사람들은 그렇지 못했다.

"살인강도를 하고도 물러만 가면 그만이랴? 세상에 이런 법도 있는가."

영유를 떠난 임금 선조는 말에 채찍을 퍼부어 평양으로 달렸다.

"어찌 된 일이오?"

임금은 정색을 하고 이여송에게 따졌다.

선조 임금의 헛걸음

"제 말씀을 들어 보시오."

이여송도 유쾌한 기색이 아니었다.

"일본은 오래전부터 중국에 조공을 바치다가 가정(嘉靖) 12년(1533) 이래로 끊어지고 말았다. 다시 조공을 바치려는데 조선이 길을 막았기 때문에 쳐들어온 것이지 명군이 여기 있는 줄 알았다면 어찌 감히 동병(動兵)을 했겠느냐 — 이것이 일본 사람들의 주장이오. 그래서 심유경이 적진으로 들어갔고, 적은 조공만 허락하면 물러가겠다는 것이니 그것으로 족하지 않소이까?"

임금은 머리를 흔들었다.

"아니지요. 그것은 지금 궁지에 몰린 저들의 군색한 변명이오. 옛날 저들은 바다를 건너 절강(浙江)의 영파(寧波)로 들어갔고, 거기서 육로로 북경에 가서 조공을 바쳤소. 그런 길이 있는데 왜 조선으로 들어왔겠소? 조선을 치고 중국을 치자는 속셈이었지요. 우리 조선뿐만 아니라 명의 원수, 두 나라 공동의 원수올시다. 그냥 물러가게 해서는 안 됩니다."

"원수를 갚아야겠다, 이런 말씀이오?"

"그렇소."

"반드시 갚아야겠다면 할 수 없지요. 갚아 보시오."

이여송은 턱을 쳐들고 천장을 바라보았다.

"어찌 그렇게 말씀하시오? 우리 조선의 처지를 생각해 보셨소? 숱한 백성들이 짐승처럼 학살을 당하고, 국토는 잿더미가 되고……."

임금은 목이 메는 듯 잠시 멈췄다가 계속했다.

"그 위에 저 흉악한 왜적들은 우리 조종의 능묘를 파헤치고 백골까지 흩어 버렸소. 처지를 바꿔 생각해 보시오. 장군이라면 물러간다고 그냥 두겠소?"

임금의 두 뺨에 눈물이 흘러내렸다.

작년 초겨울부터 강화도의 의병장 김천일, 양주목사 고언백으로부터 잇따라 긴급보고가 날아들었다. 적이 태강릉(泰康陵)을 팠다, 선정릉(宣靖陵)을 짓뭉갰다. 임금 선조의 생부(生父) 덕흥대원군(德興大院君)의 무덤도 무사하지 못하다는 소식이었다.

효(孝)를 백행(百行)의 근본으로 하는 유교 국가에서 이것은 국가 대사였다. 임금은 백관을 거느리고 서울을 향하여 망배(望拜)를 올리고 대성통곡을 하면서 하늘에 맹세하였다. 내 뼈가 으스러져도 이 원수는 반드시 갚으리라.

이여송은 한결 누그러졌다.

"임금의 뜻은 잘 알겠소이다. 내 나이 금년에 45세올시다. 그런데 조선에 와서 몸 고생 마음고생을 하다 보니 머리고 수염이고 이렇게 세어 버렸소(吾年四十五 頭鬚爲白). 적을 쳐부술 생각은 임금보다 더하면 더

했지 못하지는 않소이다."

이여송은 머리와 수염을 어루만지고 말을 이었다.

"그러나 아시다시피 나도 내 마음대로 할 수 있는 것이 아니오. 나로서는 지금까지 여러 번 경략에게 진격할 것을 말씀드렸으나 경략은 화평을 하면 조선도 잘될 것이고, 걱정할 것이 없다는 대답이었소. 지금 임금의 말씀을 듣고 감동했소이다. 진격하여 적을 치도록 경략에게 다시 말씀드려 보지요."

말은 부드러웠으나 발뺌에 불과하고, 믿을 것도 기대할 것도 없었다. 고맙다고 한마디 남기고 숙소로 돌아온 임금은 멀리 해가 지는 서쪽 하늘을 바라보고 물었다.

"오늘이 며칠이지?"

도승지 심희수(沈喜壽)가 대답했다.

"3월 24일입니다."

심유경이 회담을 가지고 서울로 돌아간다는 4월 8일까지는 13일밖에 남지 않았다. 그 전에 결말을 보자면 서둘러야 했다.

이튿날 동이 트자 평양을 떠난 임금은 영유에 돌아와 짐을 꾸려 가지고 그 길로 북행길을 재촉하였다. 의주에 가서 송응창과 직접 담판할 작정이었다.

도중 숙천에서는 북에서 내려오는 애유신(艾維新)과 마주쳤다. 명나라의 호부주사(戶部主事)로 식량 운반을 감독하기 위해서 조선에 나온 사람이었다.

"경략이 왜 진격하지 않느냐고? 오묘한 계책이 있는 것이 아니겠소? 곧 진격할 터이니 두고 보시오."

얼굴을 씰룩거리는 모양새부터 아니꼬웠으나 임금은 참고 한마디 더 물었다.

"요즘 들리는 소문으로는 적과 화평을 한다는데 사실이오?"

"화평이라…… 나는 금시초문이오."

도무지 동문서답이었다.

애유신은 지난 2월 초 압록강을 건너 의주에 들어서자 조선 측 운송 책임자인 검찰사(檢察使) 김응남(金應南), 호조참판 민여경(閔汝慶), 의주목사 황진(黃璡)을 불러 놓고 무조건 몽둥이로 두들겨 팬 장본인이었다.

"운반하는 것이냐, 앉아 뭉개는 것이냐!"

김응남은 병조판서를 지내고 지중추부사(知中樞府事)의 현직을 띤 채 검찰사의 일을 보고 있었다. 명나라의 주사는 6품관, 조선으로 치면 좌랑(佐郞 : 계장)에 지나지 않는 직책이었다. 그런 것이 정2품 판서 이하 고관들을 개 패듯이 패고 돌아갔다.

"왜적에 앞서 저것부터 처치해야겠다."

소식을 듣고 달려오는 조선 병사들을, 병조판서 이항복이 길을 막고 겨우 말렸다.

"참자. 지금은 참는 것도 충성이다."

애유신은 포악한 데다 가는 곳마다 여자와 재물을 토색질해서 그를 담당한 접반사 신점(申點)도 머리를 흔들었다.

"그자는 사람도 아니다."

임금을 수행한 신하들은 속삭였다.

"이번 길은 초장부터 재수가 없다."

애유신과 하직하고 다시 북으로 달리는데 맞은편에서 달려오던 명나라 군관이 송응창의 공문을 전했다. 행주산성에서 크게 이긴 권율에게 보내는 패문(牌文 : 명령서)이었다.

적과 화평을 하고 철병하는 것(講和罷兵)은 조정의 공론이거늘 너는 무슨 연고로 지금도 적을 치는 것이냐? 차후로 다시 적을 치면 군법으로 다스릴 것이다.

권율은 행주산성에서 파주산성으로 이동한 후에도 쉬지 않고 유격전으로 적을 괴롭히고 있었다.

전쟁 중에 적을 쳤다고 군법으로 다스린다? 임금은 송응창에게 몇 자 적어 보냈다.

조정의 공론에 따라 적과 화평한다지마는 자고로 장수가 외지에 있으면 때로는 임금의 명령도 듣지 않는 경우가 있다고 하지 않았습니까(將在外 君令有所不受). 화평이고 전쟁이고 경략의 손에 달려 있으니 잘 판단하시기를 바랍니다.

평양을 떠난 지 4일, 3월 29일 아침 안주(安州)에서 청천강(淸川江)을 건너 5리쯤 갔을 무렵이었다. 북에서 내려오던 뚱뚱한 중국 사람이 말을 멈춰 세우고 마상에서 임금에게 인사를 드렸다. 이름은 왕군영(王君榮), 하간부(河間府)의 통판(通判), 즉 고을 원님의 보좌관에 지나지 않았으나 조선에 와서는 경략 송응창의 심복으로 기밀에 참여하는 위치에 있었다.

"우리 경략의 결심은 이미 섰습니다. 용병(用兵)을 하고 안 하고는 자신의 판단에 따르는 것이지 임금께서 가신다고 할 것을 안 하거나 안 할 것을 하는 일은 없을 것입니다. 가도 소용없으니 저와 함께 남으로 돌아가십시다. 또 저는 경략의 사람이니 할 말이 있으면 저한테 하시지요. 파발을 보내 즉시 경략께 전해 드리다."

"나는 꼭 경략을 만나야겠소."

임금은 듣지 않았다.

"어디 조용한 데 가서 이야기할 수 없을까요?"

왕군영은 긴급한 일로 남으로 내려가는 길이라고 했다. 그의 권유에 따라 임금의 일행은 그와 함께 오던 길을 되돌아 다시 청천강을 건넜다.

"지금 적을 치지 않으면 반드시 후회할 날이 있을 것이오."

안주 성내의 역관인 안흥관(安興館)에 좌정하자 임금이 먼저 이야기를 꺼냈다.

그러나 왕군영은 고개를 흔들었다.

"우리 천자께서는 장수들과 병사들의 목숨을 아끼시고, 중앙과 지방의 상하 관원들은 한결같이 이 원정(遠征)은 잘못된 전쟁이라는 의견입니다. 그래서 경략께서는 화평을 하고 적이 물러가면 철병하여 돌아가자는 것입니다."

"이 적을 크게들 보시는 모양인데 지칠 대로 지쳐서 맥을 쓰지 못하니 지금이야말로 쳐부술 좋은 기회지요."

"그렇지 않습니다. 일본군은 강적입니다(此賊實是勁敵). 장차 우리 명나라를 친다면 그때에는 부득이 싸우지 않을 수 없겠지마는 지금은 이 정도로 하고 철병해야지요."

아무리 이야기해도 소용이 없었다. 임금은 비로소 화평이 송응창이나 이여송만의 생각이 아니고 북경의 중국 조정도 싸울 생각이 없다는 심증을 얻었다.

그러나 화평은 이미 움직일 수 없는 기정사실로 굳어졌고, 화평에 따라 일선 지휘관들이 준수해야 할 사항들을 적은 송응창의 패문이 눈앞에 앉은 이 왕군영이라는 사나이의 품속에 들어 있는 것까지는 알 까닭이 없었다.

왕군영은 남으로 내려가고 임금은 다음 날인 4월 1일 다시 북행길에 올랐다.

임금은 아직도 희망을 버리지 못했다. 현지 책임자인 송응창이 못 싸우겠다는 바람에 일이 묘하게 된 것이고, 지금이라도 싸우겠다면 북경의 조정도 마다할 리가 없었다. 요는 송응창만 설득하면 되는 것이다.

오정 때 잠시 행진을 멈추고 길가에서 쉬는데 북에서 달려오던 승지 홍진(洪進)이 말에서 내려 어전에 엎드렸다. 앞서 송응창이 몸이 불편하다는 소식을 듣고 전의(典醫)들과 함께 문병차 의주에 갔다 돌아오는 길이었다. 그는 송응창이 하던 말을 그대로 전하였다.

이번에 일본이 잘못을 회개하고 조공을 바치겠다고 애걸하는 것은 진심인 것 같소. 4월 8일이면 저들에게 잡혔던 왕자들과 수행원들이 돌아올 것이고, 내가 보내는 관원들은 일본군을 끌고 그 나라까지 가서 관백의 항서(降書)를 받아올 것이오. 관백을 일본 국왕으로 봉하면 그들은 조선을 거치지 않고 영파를 거쳐 조공을 바치기로 되어 있소. (……) 일본은 당신네 나라로서는 물론 백세의 원수이지마는 중국의 입장으로는 버러지 같은 여러 미물 중의 하나에 불과하오. 그들이 이미 항복을 애걸하고 잘못을 뉘우치고 있으니 그 청을 들어주지 않을 수 없는 것이오(倭奴在你國則固爲百世之讐 在中國則亦是蠢蠢中一物 彼旣乞降服罪 我不可不從). (……) 일본군이 물러가고 평화가 오더라도 만일의 경우에 대비하여 우리 군사 1만 명, 적어도 5, 6천 명을 조선에 남겨 요지를 지키도록 할 것이오. 그런즉 임금께서는 조금도 걱정 마시라고 전하시오. (……)

임금은 듣기만 하고 말이 없었다. 달라진 것이 없지 않은가.

오후에 가산(嘉山)에 이르니 심유경이 민가에 머물고 있다는 보고가 들어왔다. 사람을 보냈으나 옷이 누추해서 뵙지 못하겠다는 회답이었다. 도승지 심희수가 그 집에 가서 심유경을 만났다.

"복수를 한다구요? 우리 명나라는 그런 옹졸한 일은 안 하오. 외적이 오늘 황성(皇城)을 포위했다가 내일 물러간다고 합시다. 쫓아 버리면 그만이지 복수는 없소."

"그러나 선왕의 능묘까지 파헤친 이 왜놈들은 경우가 다르오."

심희수가 항변했으나 심유경은 입가에 묘한 웃음을 띠었다.

"당신네 나라에서 기어이 복수를 하겠다면 누가 말리겠소? 해보시오."

"이것은 조선의 일이자 명나라의 일이 아니겠소? 남의 일같이 말씀하지 마시오."

심유경은 목소리를 낮추고 엉뚱한 소리를 했다.

"조선 사람은 입이 가벼워서 탈이오. 당신네와 주고받은 내용은 모두 적의 귀에 들어가는 판이라 나는 분명한 이야기를 못하겠소."

다음 날 정주(定州)에 들어오니 예조판서 윤근수(尹根壽)로부터 긴급 보고가 왔다. 그는 송응창의 접반사로 의주에 머물고 있었다.

> 송응창은 일본으로 건너갈 사신까지 지명하였습니다. 사용자(謝用梓)는 참장으로 정사(正使), 서일관(徐一貫)은 유격장군으로 부사(副使). 심유경은 부산까지만 갔다 돌아온답니다.

임금과 신하들이 보고서를 돌려 보고 있는데 영의정 최흥원이 들어섰다. 앞서 화평을 반대하고 진격을 호소하는 조정의 공문(咨文)을 가지고 의주까지 갔다가 돌아오는 길이었다. 영의정이 친히 가서 설득하면 송응창도 마음을 돌리지 않을까, 기대했으나 그렇지 않았다.

송응창은 최흥원에게 잔뜩 생색을 내고 화평의 불가피함을 역설하는 품이 달리 여지가 없더라고 했다. 그는 송응창이 하던 이야기를 그대로 적은 것을 어전에 바쳤다.

우리 명나라 조정의 공론인즉 조선에 나온 원정군이 국토의 반을 회복하였으니 군사들도 지치고 보급도 제대로 안 되는 터에 이쯤에서 철병하여 돌아가자는 것이오. 그런 공론이 나올 때마다 내가 반대하고 나섰소. 나는 조선을 안복(安復)하라는 황상(皇上)의 명령을 받았고, 조선이 믿는 것은 우리 명군이 아니겠소? 그런데 일을 마무리하지 않고 도중에 철병한다면 앞서 쌓은 공은 모두 포기하는 것이 되고 조선을 안복하는 도리도 아니지요. 오로지 조정에 글을 올려 청병청량(請兵請糧)하고 조선의 회복을 도모하였은즉 범백 계책이 모두 당신네 나라를 위한 것이었소. 만약 내 공명만 생각하고 당신네 나라야 어찌 되든 상관하지 않는다면 군사들을 이끌고 돌아가면 그만이 아니겠소? 어려운 일이 아니지요.
왜놈들이 간사하다는 것은 당신네도 이미 아는 일이오. 그런데 생각해 보시오. 당신네는 적을 한 명도 돌려보내서는 안 된다지마는 무슨 수로 10만 적군을 모조리 죽여 없앤단 말이오. 또 금년에 패해서 돌아간다고 합시다. 내년에 다시 오지 않는다는 보장이 있소? 20만 대군을 더해 가지고 오면 당신네 나라에 무슨 병마(兵馬)가 있다고 이를 감당할 것이오? 일이 터질 때마다 명군이 와서 구해 줄 것 같소? 그러고 싶어도 안 되는 것이오.
내가 도모하는 것은 사람들이 당장 속이 시원해할 일이 아니고, 길게 보아 병화(兵禍)가 계속되는 일을 해결해 버리자는 것이오. 그간에 내 나름대로 큰 계책이 있소. 지금은 당신에게 이야기하지 않겠소마는 일이 성취된 연후에는 당신네 나라 군신(君臣)들도 기묘한 계책임을 알게 될 것이오. (……)
 왜놈들이 지금 물러가겠다고 애걸하고, 조공을 청하고 있소. 진심이 아니고 속임수라면 거기 대한 대책이 있을 것이오. 진심이라면 (히데요시를) 일본 왕으로 봉하고 조공을 허락한다고 안 될 것이 무엇이오?

 송응창은 화평은 이미 다 된 것으로 치부하고 전후의 계획까지 털어놓았다.

 일본군이 부산을 떠나 완전히 철수하더라도 명군은 계속 서울, 개성, 평양에 주둔하여 경비에 임하다가 조선이 국력을 회복한 연후에 철수하여 돌아갈 것이오. 내 명나라에서 광부 몇십 명을 선발해서 당신네 임금에게 보낼 터이니 금은(金銀)을 캐서 군대를 양성하는 자금으로 쓰도록 하시오. (……)

 최홍원의 보고가 끝나도 누구 하나 입을 여는 사람은 없었다. 대세는 힘이 있는 자들이 끌고 가는 것이고, 힘이 없는 자들에게는 설 땅조차 없었다.
 침묵이 흐르는데 사용자와 서일관이 성내 신안역(新安驛)에 당도했다는 소식이 들어왔다. 가산까지 갔던 심유경도 어느 틈에 돌아왔는지 그들과 함께 역관에서 이마를 맞대고 속삭이고 있는 중이라고 했다.
 "가서 만나 보시오."
 임금은 우부승지 이호민(李好閔)을 보내 그들의 의중을 떠보았다.
 "역사를 보면 중국 사신으로 일본에 갔다 영영 돌아오지 못한 사람도 적지 않소. 더구나 히데요시는 여우나 토끼를 사냥하듯 자기 임금을 토벌한 흉물이오. 잡아 가두면 어쩔 것이오?"

이호민의 이야기에 두 사람은 이렇게 대답했다.

"살아 돌아오면 천명이고, 죽으면 늙은 어머니를 다시 못 뵙는 것이 한이지만 할 수 없는 일이지요."

사용자와 서일관은 같은 소흥(紹興) 출신으로 37세의 동갑, 어릴 때부터의 친구로 다 같이 노모를 모시고 있었다. 그중 서일관은 작년 7월 황응양(黃應暘)을 모시고 의주에 왔던 사람으로, 전쟁 중에는 사용자와 함께 동향인 낙상지의 진영에 보좌관[贊畵]으로 있었다.

그들을 뒤로하고 정주를 떠난 임금 일행은 임반관(林畔館)을 거쳐 4일에는 차련관(車輦館)에 이르렀다. 그동안에도 의주에서는 임금이 와도 소용이 없다는 전갈이 그치지 않더니 윤근수가 직접 달려왔다.

"안 가시는 것이 좋겠습니다. 체통도 안 되었고."

"나는 도대체 명나라 사람들의 속을 모르겠소. 자기 임금을 죽이고, 명나라를 들이친다고 날뛰는 히데요시를 임금으로 봉해 준다니 이게 될 말이오?"

"자기 임금을 죽이건 살리건 외국의 일은 상관하지 않는다는 것이 저들의 생각입니다."

"명나라를 들이치는 일은 어찌 생각하오?"

"일본군은 아직 명나라 땅은 건드리지 않았고, 조선에서 물러간다고 하니 명나라로서는 아플 것이 없다는 심사올시다."

"그거 참."

그래도 계속 북상하던 임금이 아주 단념한 것은 7일 곽산(郭山) 고을 운흥관(雲興館), 의주까지 2백70여 리를 남긴 지점이었다. 의주에 갔던 동부승지 구성(具宬)이 달려와서 엎드렸다.

"송응창의 이야기를 그대로 아뢰겠습니다."

임금은 여기 올 것이 없소. 돌아가도록 하시오. 당신네 공문에 장수가 밖에 있으면 임금의 명령도 듣지 않는 경우가 있다 운운했는데 무슨 연고로 나를 선동하는 것이오? 임금은 복수를 하지 못하는 것이 한인 모양인데 누구나 그런 생각은 있을 것이오.

그러나 생각해 보시오. 당초에 군비를 게을리해서 삼경(三京)을 뺏긴 것은 누구요? 당신네 나라에서 다시 전투를 하겠거든 당신네 병마로 하시오. 우리는 못하겠소. 당신네가 싸워서 이기면 내 우리 조정에 글을 올려 크게 포상할 것이고, 만약 지는 날에는 그 장수들과 진격을 주장한 자들을 다 같이 군율로 처단할 것이오. 다시 글을 보내 빨리 당신네 임금이 돌아가도록 하시오. 나는 내일 밤 이 의주를 떠나 남행길에 오를 작정인데 도중에서 마주치면 어색한 일이 벌어질 것이오. 사태가 끝난 연후에는 만날 기회도 있을 것이오마는 지금 만날 필요는 없소(《선조실록》).

적에게 보내는 최후통첩 같은 내용으로, 임금으로서는 생전 처음 당하는 모욕이었다.

"어찌 생각하오?"

임금이 좌중을 둘러보고 물었다. 우울한 침묵이 오래도록 흐른 연후에 병조판서 이항복이 머리를 조아렸다.

"신들이 어리석어서 이 같은 수모를 자초하였으니 황공하기 그지없습니다."

"아니오. 경들이 어리석은 것이 아니라 내 집착이 도를 넘은 탓이오. 만사에 집착은 금물인데……."

일행은 다음 날 발길을 돌려 남으로 움직이기 시작했다.

조선군을 막는 볼모

화평을 막으려고 임금이 북으로 달리는 동안에도 대세는 그의 소망과는 달리 반대의 방향으로 줄달음치고 있었다.

벽제관에서 크게 패하고 평양까지 후퇴하였던 이여송은 다시 대군을 거느리고 남으로 행군하고, 북에서는 부총병 유정(劉綎) 지휘하에 새로운 증원 병력 5천 명이 압록강을 건너왔다.

그러나 적과 싸우기 위한 이동이 아니고 화평을 굳히기 위한 이동, 화평을 반대하는 조선을 누르고 전쟁에 결말을 내려는 군사 이동이었다. 그들은 장수에서 말단병사들에 이르기까지 하루 속히 이 전쟁에서 손을 떼고 고국으로 돌아갈 생각 외에는 아무것도 없었다.

이여송이 개성에 도착한 것은 4월 8일 이경(二更: 밤 10시). 북상하던 임금이 송응창의 설득을 단념하고 운흥역에서 남으로 발길을 돌리던 날이었다.

"오늘은 늦었고, 내일 심유경에게 사람을 보내 서울로 들어가도록 전하시오."

이여송은 영접차 동파에서 올라온 사대수(査大受)에게 일렀다.

다음 날인 4월 9일은 심유경이 명나라의 회답을 가지고 서울의 일본군 진영으로 돌아가야 할 시한이었다. 그러나 이 시각 그는 강화도 달곶의 조선 수군 진영에서 이여송의 연락을 기다리고 있었다.

"외교는 신(信)인즉 어김없이 4월 9일까지 적진에 들어가서 이 화평을 성립시켜야 하오."

지난달 그믐께 의주를 떠날 때 송응창은 노자로 은 2백 냥까지 주면서 이렇게 당부했다. 그러나 오다가 평양에서 만난 이여송은 약간 딴 소리를 했다.

"설사 하루 이틀 늦는 한이 있더라도 내가 개성에 당도할 때까지 적진에 들어가서는 안 되오."

이여송이 걱정한 것은 서울 주변의 조선군이었다. 일본군은 떠나고 명군은 미처 도착하지 못하면 중간에 힘의 공백이 생기지 않을 수 없고, 조선군이 이 공백으로 밀고 들어가 일본군을 추격하면 전투가 재연되고 화평은 수포로 돌아갈 수밖에 없었다.

실지로 심유경이 서울의 일본 진영에 다녀온 후 명군 측에서는 적을 치지 말라고 거듭 경고하였음에도 불구하고 조선의 관군과 의병들은 더욱 기승해서 도발을 멈추지 않았다. 명군의 대부대를 전진 배치하여 이들의 도발을 차단하고, 서울의 일본군을 탈 없이 보내는 것이 화평의 선결요건이었다.

이여송도 처음부터 기일을 어길 생각은 없었으나 대군의 이동에는 예상외로 시일이 걸렸다. 또 이들을 임진강 이남, 파주·고양 일대에 전진 배치하려면 앞으로도 며칠 걸릴 전망이었다.

그렇다고 너무 시일을 끌어도 적의 의심을 사고 따라서 대사를 그르칠 염려가 있었다. 우선 심유경을 적진에 보내 그들을 안심시키고, 그와 함께 온 사용자 일행은 그대로 개성에 머무르게 하였다. 심유경으로 하여금 적의 철수 의사를 재삼 확인토록 한 연후에 보내도 늦지 않을 것이다.

다음 날은 4월 9일. 강화도의 심유경은 조반상을 앞에 하고 반주잔을 기울이고 있었다.

"제독의 분부올시다. 즉시 서울로 떠나시랍니다."

동파에서 쪽배로 바다를 건너온 사대수의 군관이 재촉했으나 심유경은 고개만 끄덕이고 대답이 없었다.

"식후 7보라고 좀 움직여 볼까……."

반주를 마치고 식사도 들 대로 든 연후에야 일어섰다.

"장군, 시각을 다투는 일이라고 들었는데……."

"알았다. 돌아가서 곧 떠난다고 여쭈어라."

흥정에 금물은 서두르는 일이다 — 그가 예전에 장사를 하면서 얻은 교훈이었다. 외교도 흥정이다. 느긋하게 앉아서 적으로 하여금 조바심으로 가슴을 태우게 하는 것도 흥정의 한 방편이었다.

그날과 다음 날을 바닷가에서 갈매기와 함께 보낸 심유경은 4월 11일 새벽 달곶 선창에서 배에 올랐다.

부산까지 후퇴하여도 무방하다.

도요토미 히데요시의 철수령이 서울의 일본군 진영에 당도한 것은 심유경이 돌아오기로 되어 있는 4월 9일(일본력 8일)이었다. 이제 심유경이 회답만 가지고 돌아오면 떠나는 것이다. 모두들 흥분했으나 9일이

가고 10일이 저물어도 그는 오지 않았다.

"또 속은 것은 아닐까?"

속여서 시일을 끌고, 결국은 굶어 죽게 하자는 술책이다 — 성급한 축은 단정하고 흥분했다. 저승에서라도 그 심유경인가 하는 털보를 만나면 잡아서 각을 뜨고야 말 것이다.

특히 교섭을 맡은 고니시 유키나가는 난처하기 이를 데 없었다. 어쩌다 하루쯤은 늦을 수도 있지 않을까. 스스로 위로하면서도 밤에는 잠을 이루지 못했다. 다음 날은 하루 종일 강변을 서성거리면서 기다렸으나 심유경은 나타나지 않았다.

기별을 보낼 방법은 얼마든지 있었다. 그런데 이틀이나 기별도 없고 오지도 않는다는 것은 범연한 일이 아니었다.

속은 것은 한 번으로 족했다. 이번에 다시 속는다면 목을 매든지 물에 빠지든지, 하여튼 고니시 유키나가로서는 세상을 대할 면목이 없었다.

그런데 약속보다 이틀 늦은 11일(일본력 10일) 대낮에 강변에서 망을 보던 초병이 달려왔다.

"심유경이 옵니다."

유키나가도 달리고 본영에 있던 수백 명의 병사들도 강변으로 달렸다. 멀리 한강을 거슬러 올라오는 배 한 척, 어김없이 전에 심유경이 타고 왔던 황색 일산을 걸친 그 배였다.

소식은 성내에 날아 들어가고, 숱한 장병들이 서대문으로 쏟아져 나와 마포 강변 흑석리로 달음박질을 쳤다.

돛배가 흐르는 강물을 거슬러 오르는 데는 한정 없이 시간이 걸리고, 그 사이에 흑석리 강가에는 갈수록 사람들이 몰려들어 심유경이 당도할 무렵에는 글자 그대로 인산인해를 이루고 있었다.

반가움을 감추지 못하고 떠들썩하는 얼굴과 얼굴들. 심유경의 귀에는 그들의 마음의 소리가 선명하게 들려왔다. 이제 살았구나.

이여송의 걱정은 기우에 불과하고, 적의 철수 의사는 진실이었다.

"잘 오셨소."

마중 나온 고니시 유키나가는 그저 반갑고 고마워서 늦은 연유에 대해서는 물을 생각도 못했다. 다만 수행원 5명을 거느렸을 뿐 함께 오기로 되어 있던 사신의 모습이 보이지 않는 것이 마음에 걸렸다.

"어찌 된 일이오?"

"조정의 절차에 시일이 걸려 며칠 늦을 것이오. 염려 말고 떠날 채비나 하시오."

그날부터 도성 안팎의 일본군은 짐을 꾸리고 떠날 채비를 서두르면서도 마음 한구석은 여전히 개운치 못했다.

일본으로 함께 간다는 사신은 정말 오는 것일까.

4일 후인 4월 15일, 충청수사 정걸(丁傑)이 지휘하는 50여 척의 조선수군이 한강을 거슬러 흑석리에 닻을 내리고, 정사 사용자, 부사 서일관이 20명의 수행원들과 함께 배에서 내려 육지로 올라왔다. 이로써 명군은 완전히 약속을 이행한 셈이었다.

"두 왕자와 부인, 그리고 수행원들을 모두 내놓으시오."

심유경이 고니시 유키나가에게 요구하였다. 그들을 인수하면 정걸의 함대에 실어 조선 임금이 있는 평안도 영유로 보낼 계획이었다. 그러나 뜻밖에도 유키나가는 거절했다.

"못하겠소."

"못하다니, 약속이 틀리지 않소!"

"지난번에 당신은 명군뿐만 아니라 조선군도 철수하는 우리 일본군을 공격하지 않도록 보장한다고 했지요?"

"했소."

"그런데 조선군은 지금도 우리를 공격하고 있소."

바로 며칠 전에도 동소문(東小門) 밖에 포진하고 있던 일본군 2천 명은 고언백군의 기습 공격을 받고 많은 사상자를 낸 끝에 성내로 쫓겨 들어왔다. 한강 이남에도 처처에 복병이 있어 연락차 부산으로 왕래하는 병사들은 무시로 쓰러지고 있었다.

유키나가는 이런 사정을 설명하고 계속했다.

"결국 조선군은 당신네 말을 안 듣는다는 것을 알았소. 그래서 우리 일본군은 자위 수단을 궁리한 끝에 두 왕자와 수행원들을 볼모로 잡고 함께 끌고 가기로 했소."

"볼모라니?"

"가는 도중에 조선군이 우리를 치면 우리는 왕자들의 목을 칠 것이오."

유키나가는 조선군으로부터 압수한 문서도 몇 장 내놓았다. 도체찰사 류성룡이 경기·충청도의 관군과 의병들에게 내린 비밀지령이었다.

> 형세를 보다가 기회를 놓치지 말고 후퇴하는 일본군을 치라(觀勢進勦 母失機會).

심유경은 대답이 궁했다.

"경략과 제독께서 거듭 영을 내렸는데도 이런 일이 생겼구만. 우리는 몰랐소. 제독께 연락하여 다시는 이런 일이 없도록 하겠소."

"그렇게 해주시오."

"왕자들은 어디까지 끌고 갈 것이오?"

"안심이 될 때까지 끌고 가는 수밖에 없지요."

"이 류성룡의 명령은 경기·충청도에 내린 것이니 이 지역을 벗어나면 안전하지 않겠소?"

"글쎄요."

"일본군이 이 지역을 벗어나 경상도로 들어가는 충주(忠州)·죽산(竹山) 선에 당도하면 방면하는 것이 어떻겠소?"

"일단 그렇게 하고 봅시다. 그러나 거기 가서도 안심이 안 되면 달리 생각할 수밖에 없을 것이오."

이튿날은 4월 16일(일본력 15일). 이른 아침부터 서울의 일본군은 철수를 시작했다. 작년 5월 2일 그들의 선봉이 여기 들어온 지 11개월 13일 만의 일이었다.

한강을 가로지른 주교(舟橋)를 건너 남으로 움직이는 그들의 행렬은 끝없이 계속되었다. 선두에는 말을 탄 왕자들과 김귀영(金貴榮), 황정욱(黃廷彧) 이하 고관들과 도보로 따르는 그들의 하인들, 가마를 탄 부인들, 말을 달리는 심유경, 사용자, 서일관 등 명나라 사신들과 그 부하들 — 교전 삼국 사람들이 뒤섞인 역사에도 보기 드문 행렬이었다.

그뿐이 아니었다. 사로잡은 남녀 악공(樂工)들을 앞세워 북, 꽹과리, 장구, 피리 등등 온갖 악기로 요란하게 풍악을 울리면서 전진하였다. 왕자들의 행차다. 알아 모시라 — 그들의 속셈은 들여다보였으나 연도에 숨어 있던 조선군은 어쩔 도리가 없었다. 만에 하나라도 왕자들에게 해가 미친다면 그것은 대역(大逆)에 해당되는 죄목이었다.

이날부터 19일까지 4일간에 걸쳐 서울에 남아 있던 일본군 5만 3천여 명은 모두 철수하여 남으로 사라져 갔다.

일본군의 마지막 부대가 서울을 떠나던 4월 19일 이른 새벽, 동파.

촛불 아래 지도를 들여다보던 류성룡은 요란한 말굽소리에 돋보기를 벗고 귀를 기울였다. 문간의 초병들과 옥신각신하는 소동에 이어 서투른 조선말이 울려왔다.

"문을 열어 해라."

"못 열어 해? 죽여 한다."

명나라 병사들이 대문을 차고 있었다.

2, 3일 전부터 이곳 명나라 사람들의 눈치가 이상하더니 어제는 그들의 군관이 포졸들을 거느리고 들이닥쳤다.

"제독의 분부다. 당신을 잡아가 한다."

오랏줄에 묶으려다 뒤따라 달려온 군관이 무어라고 속삭이더니 그대로 돌아갔다. 그것으로 그치는 줄 알았더니 결국 잡아가고야 말겠다는 것일까. 그는 일어서 옷을 챙겨 입었다.

"우리하고 같이 가 했소."

종사관 이귀(李貴)가 문을 열어 주자 군관은 대문으로 목을 들이밀고 외쳤다. 묶지는 않을 모양이었다.

"어디로 가는 것이냐?"

"가보면 알아 했소."

류성룡은 하는 수 없이 밖에 나와 말에 올랐다.

서울은 수복되었건만

이 무렵 조정에서는 전시의 편의를 고려해서 경기도를 좌우로 갈라 좌도감사 성영(成泳)은 남양(南陽)에 위치하고, 우도감사 이정형(李廷馨)은 동파에 있었다. 류성룡을 끌고 가던 명군은 마을을 벗어나 한참 달리더니 외딴 초가 앞에 멈춰 섰다. 이정형이 임시로 감영(監營 : 도청)으로 쓰고 있는 집이었다.

"빨리 빨리 나와 했소."

이정형은 황해도 연안성(延安城)을 사수하여 이름을 떨친 이정암(李廷馣)의 아우였다. 개성유수(留守)로 있다가 적이 개성에 들어오자 산에 들어가 유격전으로 적과 싸운 인물로, 그 공이 인정되어 얼마 전 감사로 승진되었다.

류성룡과 이정형이 끌려간 곳은 사대수가 본영으로 쓰고 있는 동파의 역관이었다. 대문으로 들어가다가 도원수 김명원과 마주쳤다. 그도 파주에 있다가 명군에게 끌리다시피 임진강을 건너왔다.

  방에는 사대수 외에 개성에서 조금 전에 내려왔다는 3명의 장수가 앉아 있었다. 이여송의 심복 참모 이영(李寧), 유격장군 척금(戚金)과 전세정(錢世楨).

  세 사람이 좌정하자 이영이 종이에 적은 것을 류성룡 앞에 펼쳐 놓았다.

  "송 경략의 패문이오. 읽어 보시오."

1. 일본 사람들은 이미 조공을 바칠 것을 애걸하였다. 따라서 일본군은 식량과 마초를 약탈하거나 백성을 참살하는 것을 금한다. 위반하는 자는 관례에 따라 용서 없이 사형에 처한다(日本衆倭 今旣乞貢 不許搶掠糧草斫殺人民 違者照舊勦殺不恕).
1. 일본은 이미 조공을 원하고 용서를 빌고 있으니 우리 명나라 관리들과 장병들은 오로지 본부(本部 : 兵部)의 처분에 따를 것이며 공을 탐하여 하찮은 적이라도 살육하는 자는 참형에 처한다(日本今旣乞貢求哀 我國官兵專聽本部處分 貪功殺戮零賊者斬).
1. 조선국 관리들과 장병들은 왜(倭)와는 불공대천의 원수지간이다. 다만 저들이 이미 조공을 원하고 용서를 빌고 있으니 본부가 의논하여 처분하는 것을 기다릴 것이며 보복하거나 분란을 일으키는 자는 참형에 처한다(朝鮮國官兵與倭不共戴天 但彼旣乞貢求哀 亦候本部議處 報復啓釁者斬).

  흡사 전승국의 총사령관이 교전 각국의 군대에 내리는 명령이었다. 류성룡은 다 읽고도 옆에 앉은 두 사람에게 넘기고 말이 없었다. 사실은 그로서는 이 글은 처음 대하는 것은 아니었다.

심유경이 다시 서울의 적진으로 들어간 지난 11일의 일이었다. 임진강을 건너 파주 권율(權慄)의 진영에서 군사를 의논하고 있는데 해 질 무렵 군악소리가 요란하게 울리더니 명나라의 유격 주홍모(周弘謨)가 3백여 명의 군사들을 이끌고 당도하였다.

"기패(旗牌)를 모시고 왔으니 들어와 절을 하시오."

기패는 위엄을 더하기 위해서 종이 대신 깃발에 적은 패문, 즉 명령서였다. 그때 깃발에 적힌 것이 바로 이 글이었다.

"어찌 된 기패요?"

"서울의 일본군 진영으로 들어가는 기패요."

"적진으로 들어가는 기패에 내가 왜 절을 한단 말이오?"

"조선에도 관계되는 조목이 있소."

"우리 조정은 화평에 반대요. 절은 못하겠소."

끝까지 반대하였고, 노한 주홍모는 이튿날 서울로 떠나면서 투덜거렸었다.

"두고 봅시다."

이것이 문제가 되어 명군 진영에서는 한때 류성룡을 잡아간다고 소동이 벌어졌으나 이여송이 그럭저럭 무마하였다.

"왜 말이 없소?"

이영이 정색을 하고 류성룡에게 물었다.

"그보다도 한 가지 물읍시다. 일전에 일본군 진영에 들어간 기패는 어찌 되었소? 저들이 절을 합디까?"

"하다마다. 저들의 대장 히데이에 이하 모두 절을 했고, 순순히 철수하여 오늘 저녁이면 서울 도성에는 한 명의 왜병도 남지 않을 것이오."

"그래요······."

류성룡의 맥없는 응대에 이영은 얼굴을 붉혔다.

"이 패문은 경략이 마음대로 내린 것이 아니오. 황상의 뜻을 받들고 내린 것이니 이것은 곧 황상의 명령이오. 그런데 당신은 앞서도 순종하지 않았고, 오늘 또 순종하는 기색이 없으니 어찌 된 일이오?"

"······."

"더구나 이런 사정을 알면서도 당신은 일본군을 치라고 은밀히 명령을 내렸소. 이럴 수가 있소?"

"누가 무어래도 이 적은 그냥 돌려보낼 수 없소."

류성룡이 화평에 반대하는 연유를 설명했으나 이영은 들으려고 하지 않았다.

"우리 명나라는 더 이상 싸우지 않을 것이오. 그런데 당신네 조선 백성은 거의 다 죽어 없어졌고, 농사도 폐농을 하지 않았소? 이런 형편에 조선 단독으로 어떻게 싸운다는 것이오?"

틀린 말은 아니었다. 이제 나라는 잿더미가 되었고, 요행으로 살아남은 백성들도 기진맥진하였다. 그들에게 무슨 힘이 남아 있단 말인가 ─ 류성룡은 생각이 많았다.

침묵이 흐르자 그들 중 제일 온순한 척금이 끼어들었다. 유명한 척계광(戚繼光)의 친척이라고도 하고 아들이라고도 하는 인물이었다.

"내 말을 고깝게 듣지 마시오. 조선은 2백 년 동안 정주학(程朱學)을 숭상해서 만사를 명분과 선악으로 판단하는 풍조가 있소. 그러나 인간 세상이 어디 그런가요? 이해(利害)로 저울질해야 할 때도 있고, 강약(强弱)으로 가늠해야 할 때도 있지 않소? 이번에 보니 이 점에서 일본 사람과 조선 사람은 확연히 다릅디다. 일본 사람들은 자기들이 해롭다고 판단하면 곧 물러서고, 자기들이 약하다고 생각하면 서슴없이 머리를 숙이고 달리 살 방도를 찾거든요."

"……."

"귀에 거슬리겠지마는 조선 사람들은 그 반대요. 선악이니 명분만 찾고."

옆에 앉았던 전세정도 달래듯이 부드럽게 나왔다.

"화평은 우리 천자의 뜻이오. 설사 경략이나 제독이 싸우고 싶다 하더라도 어찌 거역할 수 있겠소? 조선으로서도 이 기회에 한숨 돌리고 국력을 회복한 연후에 보복을 도모하는 것이 순서가 아니겠소? 옛날 구천(勾踐)이 참지 못할 것을 참고 와신상담하여 마침내 부차(夫差)를 쳐부순 것처럼 하시오."

류성룡이 천천히 물었다.

"지금 우리들에게 바라는 것이 무엇이오?"

"한 분은 도체찰사, 한 분은 도원수, 임진강 이남의 조선군은 두 분의 휘하에 있소. 그런즉 전군에 정전 명령을 내려 주시오."

이것은 국가의 기본 정책에 관한 문제로, 일선에 나와 있는 군사 책임자들이 마음대로 할 수 있는 일이 아니었다.

"거기 대해서는 우리 임금의 분부를 듣지 못했소. 급히 사람을 보내 여쭈어 본 후에 대답을 하리다."

자리를 함께한 명나라 장수들은 약속이라도 한 듯이 저마다 언성을 높였다.

"뭐라고? 7백 리 북쪽에 있는 임금에게 갔다 올 때까지 우리더러 기다리란 말이오?"

"촌각을 다투는 이 마당에."

"임금이라고 별수 있을 것 같소?"

류성룡이 일어섰다.

"우리들끼리 의논할 시간을 주시오."

세 사람은 밖에 나와 얼마 떨어지지 않은 느티나무 밑에 둘러앉았다.

"의견들을 말씀하시오."

류성룡은 두 사람을 번갈아 보았다.

김명원도 이정형도 정전에 찬성이었다. 같은 일선 책임자라도 류성룡은 도체찰사로 멀리 후방에 있어 직접 전투를 해본 일이 없고, 두 사람은 여러 번 적과 부딪친 경험이 있었다. 특히 유격전으로 적과 접전하여 죽을 고비도 몇 번 넘긴 이정형은 강력히 주장했다.

"적으로 하여금 한 치를 물러가게 하는 데 얼마나 피를 흘려야 하는지 아십니까? 천 리를 물러가겠다는데 왜 반대하는지 저는 알 수 없습니다."

류성룡이 대답했다.

"보복을 하자는 것이 조정의 뜻이 아니겠소?"

"간다는 적을 못 가게 하고 보복을 한다? 우리의 몇 곱절 되는 이 대적이 그저 보복을 당하고 앉아만 있을 것 같습니까? 더욱 참혹한 비극이 벌어질 것입니다."

"……."

"부산까지 물러간 연후에 보복을 하면 안 되는가요?"

문제는 조정이었다. 경서(經書)에 밝은 선비들은 많아도 군사에 밝은 전략가는 한 사람도 없었다. 한 사람이라도 있다면 외곬으로 복수를 외치는 임금을 설득하여 우선 정전에 동의하고, 복수는 다음에 생각할 것이다.

"이 감사의 말씀이 옳소. 그렇게 합시다."

세 사람은 파주에 있는 권율에게 보내는 공문을 만들어 가지고 다시 사대수의 본영으로 돌아왔다.

척 유격(戚遊擊)과 전 유격이 경략의 패문을 가지고 가는 터인즉 각처에 차례로 전달하여 준수토록 하라. 다만 왜병들이 몰려와 약탈을 일삼을 경우에는 어디서든지 이를 쳐부셔도 무방하다.

이영은 홧김에 이미 임진강을 건너 남으로 떠나간 후였고, 기다리고 있던 척금과 전세정은 고개를 끄덕였다.
"땡하오. 꼭 같은 공문을 한 통 더 만들어 주시오."
두 사람은 각기 공문을 챙기고 말에 올라 남으로 달리기 시작했다. 이로써 교전 삼국은 모두 화평에 동의한 셈이었다. 다만 류성룡과 김명원은 임금에게 글을 올려 독단을 사과하고, 대죄(待罪)하는 형식을 취하지 않을 수 없었다.
이어 오정 때에는 사대수가 휘하 병력을 이끌고 임진강을 건너가고, 신시(申時 : 오후 4시)에는 이여송이 대군을 거느리고 동파에 당도하여 사대수가 있던 역관에 좌정하였다. 명군의 선봉은 이미 벽제관까지 진출하여 언제든지 서울에 들어갈 수 있는 태세를 갖췄다는 소문이었다.

이 시각 서울의 도성 안에서는 치열한 전투가 벌어지고 있었다. 경기도방어사 겸 양주목사 고언백은 동대문으로 쳐들어오고, 순변사 이빈(李薲)과 의병장 이산휘(李山輝)는 서대문으로 밀고 들어왔다. 적의 마지막 철수부대를 협격하는 작전이었다.
적을 보내는 것은 손님을 전송하는 것과는 경우가 다르다. 털끝 하나 다치지 않고 보낸다는 것은 인사가 아니었다.
적의 후미는 가토 기요마사와 함께 함경도까지 올라갔던 나베시마 나오시게(鍋島直茂)의 부대였다. 용감하기로 손꼽히는 병사들이었으나 서로 밀고 당기고 남대문을 향해 도망치는 데 바빴다. 이 마지막 판국에 무엇 때문에 개죽음을 할 것이냐? 이 자리만 모면하면 살아서 고국으로 돌아가는 것이다.

생명의 애착이 되살아난 군대는 이미 군대가 아니었다. 혈육을 잃고 눈에 핏발이 선 조선 병사들의 말굽에 그들은 잇따라 쓰러져 갔다.

지는 해를 등지고 서대문으로 뛰어드는 1백여 명의 명군 장병들이 있었다. 유격장군 척금이 지휘하는 부대였다.

"그만둬요!"

그는 말을 달려 고언백을 막아섰다. 적장을 쫓아가던 고언백은 고삐를 틀고 숨을 돌렸다.

"우리는 명령을 못 받았소."

척금이 류성룡과 김명원의 연명으로 된 공문을 내놓았다.

"명령은 여기 있소."

조선군은 공격을 멈추고 살아남은 일본군은 남대문을 빠져 한강으로 줄달음을 쳤다.

다음 날은 4월 20일. 수만 대군을 이끌고 아침에 동파를 떠난 이여송은 오정 때에 무악재를 넘었다.

"방면한다던 왕자들은 어떻게 되었습니까?"

접반사로 옆에 따라붙은 이덕형이 말고삐를 당기고 물었다.

"조만간 돌아오겠지요."

희미한 대답이었다. 어떻게 되는 것일까?

요즘 명나라 사람들이 하는 일은 미심쩍은 대목이 하나 둘이 아니었으나 어떻든 적은 물러가고 서울은 수복되었다. 흰 광목 상하의에 광목 두건을 두르고 서대문으로 들어가는 1천여 명의 조선군 병사들의 뒤에는 명군의 행렬이 끝없이 이어졌다. 남병(南兵)은 붉은 군복, 북병(北兵)은 검은 군복 — 가슴이 설레는 광경이었다.

그러나 수복한 서울은 일 년 전에 잃은 서울, 꿈에 그리던 서울은 아니었다.

명군의 훼방

 통칭 서울 또는 한양(漢陽), 공식으로는 한성부(漢城府)라고 부르던 조선의 수도는 당시 세계를 통틀어도 손을 꼽을 만한 아름다운 도시였다.
 도성의 둘레는 40리, 그 안에 사는 인구는 10만 안팎에 지나지 않았다. 넓은 공간에 인구가 적으니 모든 면에 여유가 있었다. 광대한 면적을 차지한 왕궁이나 종묘사직, 관공서는 별문제로 하더라도 왕족의 저택은 근 3천 평, 중급 관료에서 고관대작에 이르기까지는 적어도 7백 평에서 1천여 평에 이르는 대지에 정원을 가지고 있었다. 하급 관료나 뼈대 있는 집안의 후손도 3백 평 이상, 아무리 하찮은 서민도 최소 50평 가까운 땅에 집을 짓고 살았다.
 그래도 성안의 총 호수는 1만 5, 6천에 불과하여 일부에는 전답도 남아 있고, 과수원도 있었다. 주위의 산마다 기슭에 표석(標石)을 세워 함부로 출입을 못하게 하고 초목을 아끼니 숲이 울창하고 골짜기마다 맑은 시냇물이 흘러내렸다.

이처럼 서울은 잘 계획된 도시, 철따라 꽃과 녹음, 단풍과 백설(白雪)이 찾아드는 도시, 자연이 살아서 숨 쉬는 도시였다.

성 밖도 다르지 않았다. 도성에서 10리 이내를 성저(城底)라 하였는데 인구는 6천 명 내외, 호수는 1천6백, 한성부의 관할로 하고, 성안과 결부시켜 살기 좋은 수도를 가꾸는 데 힘썼다. 동은 대체로 수유리(水踰里) 고개에서 중랑천(中浪川), 서는 마포(麻浦), 남은 한강, 북은 대조리(大棗里 : 대조동)에 이르는 구역이 이에 속하였다.

성안은 물론, 이 성저 10리 안에는 산소를 쓸 수 없고, 소나무를 베거나 나무뿌리를 캐거나 토석(土石)을 채취하는 자는 법에 따라 엄한 벌을 받았다.

이런 관계로 도성은 안팎 다 같이 자연이 잘 보존되었다. 수백 년 묵은 은행나무, 향나무, 느티나무, 떡갈나무, 백송(白松), 적송(赤松)의 거목들이 도처에 솟아 장관을 이루었는데 특히 백송은 중국 원산으로 흔히 볼 수 없는 매우 희귀한 나무였다. 또 적송 중에는 반송(盤松)이라 하여 기기묘묘한 형태로 옆으로 드러눕듯이 퍼진 것들이 많아 산수와 어울린 그 모습은 어디서나 한 폭의 그림이었다.

이와 같이 아름다운 자연, 거기 조화를 이룬 대궐과 크고 작은 기와집들, 초가일망정 조촐하고 아담하게 늘어선 민가들 — 이것이 전쟁 전의 서울이었고, 생전에 그 광경을 한번 구경하는 것이 8도 백성들의 꿈이었다.

그러나 이 꿈의 서울은 전쟁으로 황량한 폐허로 변하고 말았다. 성안의 시가지를 동서로 달린 종로 이북은 원래 수도 서울의 심장부였다. 경복궁을 비롯하여 창덕궁, 창경궁의 세 궁궐과 종묘사직, 의정부(議政府)와 육조(六曹), 성균관 등 중앙 관서와 교육 기관의 화려하던 건물들은 물론, 민가도 단 한 채를 남기지 않고 모두 타서 재만 남아 있었다.

　종로 이남은 이북 정도는 아니었으나 크게 다를 것도 없었다. 남별궁(南別宮 : 조선호텔 자리), 월산대군(月山大君)의 옛집(덕수궁) 등 적의 사령관들이 거처하던 큰 저택들이 군데군데 남아 있고, 남산 기슭에 몇 군데 민가가 옛 모습 그대로 서 있을 뿐 나머지는 모두 허허벌판으로 변해 버렸다.

　그런 속에서도 음력 4월의 태양은 사정없이 내리쪼여 죽은 인마(人馬)의 시체들이 썩는 냄새가 코를 찌르고 심심치 않게 까마귀 떼들이 날아왔다가는 병정들에게 쫓겨 가곤 했다.

　성 밖도 사정은 마찬가지였다. 동네마다 집들은 불에 타서 재만 쌓이고, 처처에 백골이 뒹굴고 있었다. 적에게 학살을 당한 남녀노소, 도성을 둘러싸고 끊임없이 계속된 접전에서 목숨을 잃은 피아 병사들의 유골이었다. 적도 지치고 우군도 지치고, 겨우 목숨을 이어 가는 처지에 죽은 자를 돌볼 겨를도 기력도 없었다.

　이런 판세에 자연이라고 무사할 리 없었다. 도성의 안팎을 막론하고 일본군은 닥치는 대로 나무를 찍어 숙소를 세우고, 불을 피워 밥을 짓고 혹은 추위를 달랬다. 남산 중턱에 왜성(倭城)을 쌓고, 도성 주변에 방어진지를 구축하는 데도 무한정으로 나무가 필요했다. 특히 노량진에 한강을 가로지르는 부교(浮橋)를 가설하고, 한강으로 오르내리는 배들을 만드는 데는 아름드리 거목이 수없이 들어갔다. 이로 해서 조선 사람들이 대를 이어 아끼고 가꾸던 자연은 형체조차 찾을 길이 없었다.

　이여송이 적의 총사령관 우키타 히데이에가 거처하던 남별궁에 좌정하는 것을 보고 밖으로 나온 이덕형은 황량한 성내의 풍경을 바라보다가 동북방 도저동(桃楮洞 : 혜화동)으로 말을 달렸다. 도저동은 전쟁 전에 부인 이씨와 함께 12세 된 장남 여규(如圭)를 위시하여 3남 1녀의 어린 것들을 거느리고 살던 동네였다.

아늑한 가정에 주위의 풍치도 좋았다. 봄철이면 시냇물을 끼고 양쪽 언덕에 만발한 복숭아의 꽃바다는 아름다운 서울 장안에서도 볼만한 풍경이었다. 그러나 닥치는 대로 도끼를 휘두른 듯 앙상한 그루터기들이 총총히 들어섰을 뿐이었다.

지난겨울 일본군이 찍어다 아궁이에 쓸어 넣었다는 소문이었다.

타다 남은 재목과 부서진 기와 조각들 ― 집도 간 곳이 없었다. 다만 허물어진 울타리 밑에 우물만 옛 모습 그대로 남아 있고, 그 옆, 바위 위에 흰 주발이 하나 놓여 있었다. 큰 시름이 있을 때면 부인 이씨가 정화수를 떠놓고 하늘에 축원하던 그 자리, 그 그릇이었다. 지난해의 가랑잎이 소복이 쌓인 채로 움직이지 않는 주발 ― 죽은 부인은 이 집을 하직하면서도 하늘에 축원을 올린 모양이었다.

작년 4월 전쟁이 터지자 이덕형은 적의 선봉장 고니시 유키나가와 담판하러 남으로 달리고, 부인 이씨는 아이들과 함께 이 집을 지키고 있었다. 그러나 길을 떠난 남편은 소식이 없고 적은 각각으로 서울로 다가들기 시작했다.

온 장안이 피란 소동으로 수라장이 되자 부인은 아이들을 데리고 시아버지 이민성(李民聖)이 현감(縣監)으로 있는 강원도 안협(安峽 : 이천시 안협면)으로 향하였다. 어른이 계시니 의지가 될 것이고, 남편도 살아 있으면 언젠가는 소식을 전해 올 것이었다.

평시에는 지나가는 나그네도 보기 어려운 외진 산골이었다. 그만큼 안전할 것도 같아 이씨 외에도 이 안협을 찾은 사람들이 적지 않았다. 돌아가신 이율곡 선생의 누님으로 이덕형 일가와도 가까이 지내던 이매창(李梅窓)도 안협으로 피란하여 왔다. 그는 어머니 신사임당을 닮아 그림에 뛰어난 여류화가였다.

그러나 안협도 안전한 곳이 못 되었다. 9월에 들어 적이 쳐들어온다는 급보가 전해지자 백암산(白岩山)에 피해 있던 이씨 부인은 절벽에 몸을 던져 스스로 목숨을 끊었다.

"내 심정은 말하지 않아도 알 것이다."

마지막으로 남긴 한마디였다. 28세. 이매창도 이때 같은 절벽에 몸을 날려 고달픈 세월을 마감하였다.

이덕형은 눈을 돌려 먼 하늘을 바라보았다. 비명에 간 아내와 이매창. 소복으로 단장한 두 여인의 모습이 번갈아 떠오르면서 주체할 수 없는 상실감에 가슴이 싸늘했다. 전쟁은 모든 것을 앗아가고 아무것도 남은 것이 없었다.

"역시 여기 있었군."

뒤에서 말굽소리와 함께 귀에 익은 목소리가 울렸다. 도체찰사 류성룡의 종사관 이귀였다.

"가세."

류성룡이 찾는다고 했다.

전쟁 전까지 이귀는 벼슬을 등지고 살아온 야인이었다. 전쟁이 터지자 소모관(召募官)이니 선유관(宣諭官)이니, 벼슬 같지도 않은 임시직으로 돌아다니다 지금은 도체찰사의 종사관으로 있었다. 그런 관계로 벼슬로는 한성판윤을 거쳐 현재 지중추(知中樞)로 있는 이덕형과는 댈 것도 못 되었으나 10대에 윤우신(尹又新) 문하에서 함께 공부한 죽마고우인 데다 이귀가 4년 연상이었다.

"류 대감께서는 무슨 일로 나를 찾으신다오?"

"글쎄."

"이 형도 모르시오?"

"가보면 알 것이오."

땅거미 지는 하늘 아래 이귀는 콧노래를 부르고 말고삐를 틀었다. 훗날 혁명을 일으켜 인조반정(仁祖反正)을 주도한 이귀는 천생 거칠 것이 없는 낙관적인 성품이었다.

남산 기슭 묵사동(墨寺洞 : 묵정동)에 있는 류성룡의 집은 다행히 화를 면해서 그대로 쓸 만했다. 길을 메우고 남하하는 명군 부대들 때문에 도중에서 지체하다 해 질 무렵에야 도성에 들어온 류성룡은 곧바로 옛집으로 들어갔다. 그는 우선 서울 주변에서 유격전으로 적과 맞서 싸운 장수들을 불러 그들의 이야기부터 들었다.

이덕형이 들어섰을 때에는 마지막으로 경기좌감사 성영이 능침을 파헤친 적의 행패에 대해서 보고하는 중이었다.

"항간에는 여러 가지 풍문이 도는 모양인데 이 일에 대해서 그간 알아본 바를 말씀드리겠습니다……."

사포서(司圃署)라고 궁중에서 소용되는 채소를 재배하는 관청이 있었다. 사건의 장본인은 거기서 일하는 종으로, 이름은 효인(孝仁)이라고 하는 사나이였다.

"나으리들, 능침에는 금은보화가 잔뜩 들어 있습니다요. 보았느냐구요? 보다마다요. 파보시고 없으면 이 효인의 두 눈을 빼시라, 이런 말씀입니다."

만나는 일본 사람마다 붙잡고 헤프게 웃었다. 금은이 나오면 자기를 모른다고는 안 할 것이고 팔자가 펼 것이다.

소문은 총사령관 우키타 히데이에의 귀에도 들어갔다.

"태합(太閤 : 히데요시) 전하에게 이 이상 가는 선물이 또 있을까?"

히데요시의 흡족한 얼굴이 눈앞에 보이는 듯했다. 조선 왕이 쓰던 금붙이, 은붙이라면 태생이 미천한 히데요시는 입이 벌어질 것이고, 나 히데이에에 대한 신임은 더욱 두터워질 것이다.

히데이에는 이 일을 최업(崔業)이라는 뚱보에게 맡겼다. 사헌부(司憲府)의 서리(書吏)로 있다가 일본군이 들어오자 그들에게 붙어 점령하의 서울에서 제법 세도를 부리는 처지였다. 일본군으로서는 글줄이나 하고 머리가 좋고, 고분고분해서 쓸모가 있었다.

최업은 조선 백성 50명을 끌어다 작업반을 조직하고, 히데이에는 보기(步騎) 50명으로 경비대를 조직하니 도합 1백 명의 도굴단이 탄생하였다. 작년 12월 중순 그들은 첫 사업으로 동대문 밖 태릉(泰陵 : 문정왕후)과 그 옆에 있는 강릉(康陵 : 명종)을 파들어 갔다.

봉분을 허는 데까지는 크게 힘이 들지 않았으나 석회벽이 나오자 이빨도 들지 않았다. 그 위에 날씨는 춥고 해는 지고 ― 어쩔 도리가 없었다.

단념한 그들은 며칠 후 태릉에서 얼마 떨어지지 않은 노원(蘆原)의 큼직한 무덤을 하나 골라잡았다. 지금의 임금 선조의 부친 덕흥대원군의 산소였다. 그러나 역시 석회벽을 뚫지 못하고 돌아갔다.

호미에 괭이, 신통치 못한 연장으로 엄동설한에 일을 벌인 것이 잘못이 아닐까? 마음을 고쳐먹은 그들은 겨울이 가고 봄이 오고도 산야가 신록으로 뒤덮인 연후에 나룻배를 타고 한강을 건넜다. 광주 송산(松山 : 강남구 삼성동)의 선릉(宣陵 : 성종)과 정릉(靖陵 : 중종)이 목표였다.

이번에는 곡괭이, 지렛대 등 전에 없던 묵직한 연장도 갖출 대로 갖췄다.

성공이었다. 마침내 석회벽을 부순 그들은 관을 들어내다 뚜껑을 열었다. 그러나 질그릇과 놋그릇이 몇 점 나왔을 뿐 금은보화는 없었다. 화가 치민 일본군은 효인을 엎어 놓고 늘어지게 볼기를 쳤다. 왜 거짓말을 했소까?

그리고는 시신을 걷어차고 관을 밟아 뭉개고 불을 질렀다.

여기까지 이야기한 성영은 손바닥으로 얼굴의 땀을 훔치고 말을 이었다.

"급보를 받고 현장에 달려간즉 저들은 이미 물러간 후였습니다. 그런데 황공하옵게도 선릉에는 재만 조금 남았을 뿐 시신이고 관이고 아무것도 없었습니다. 정릉에는……."

그는 목소리를 낮추고 속삭였다. 텅 빈 구덩이에 벌거벗은 시체를 하나 걸쳐 놓았는데 아무래도 중종 임금이 아닌 엉뚱한 시체 같더라고 했다. 중종은 체구가 그다지 크지 않고, 오래도록 앓아서 돌아가실 때에는 바짝 말랐다고 들었는데 이것은 비대한 거인의 시체였다.

"복수를 해야 한다!"

온 나라를 들쑤시고, 아름다운 수도 서울을 잿더미로 만들고, 숱한 인명을 살상한 데다 왕릉까지 이 지경으로 만든 왜놈들은 철천의 원수였다. 그 위에 돌려보낸다던 두 왕자마저 그냥 끌고 도망간 왜놈들. 장수들은 이를 갈고, 온건하기로 이름난 류성룡도 맞장구를 치지 않을 수 없었다.

"그냥 둘 수 없지요."

복수를 하자면 이여송의 협력이 필요하고, 협력을 얻자면 그의 접반사인 이덕형이 나서 주어야 했다. 이덕형은 류성룡이 자신을 부른 연유를 알 만했다.

저녁에 류성룡은 이덕형을 앞세우고 남별궁으로 이여송을 찾았다. 찾기는 했으나 도무지 싸울 생각이 없는 이여송, 십중팔구 거절하리라. 희망을 걸지 않았는데 뜻밖에 이여송은 쾌히 승낙했다.

"좋소. 우리 명군과 조선군이 힘을 합해서 아주 싹 쓸어버립시다. 한강을 건너갈 배를 속히 마련해 주시오."

류성룡은 밖으로 나오자 동행한 이귀에게 일렀다.

"종사관은 이 길로 마포에 나가 배를 타고 강화도에 가주시오. 정 수사(丁水使 : 정걸)와 이 수사(李水使 : 이빈)더러 수군 함정들을 이끌고 늦어도 내일 새벽 동이 트기 전까지 노량진에 대라고 하시오."

이귀는 콧노래와 함께 어둠 속으로 사라지고 류성룡은 집으로 돌아왔다. 그는 기다리고 있던 장수들에게 이여송을 만난 결과를 전하고 좌중을 둘러보았다.

"마침내 복수의 기회가 온 것이오. 그러나 명심할 일이 하나 있소. 명군은 손님, 우리는 주인이오. 그런즉 이 추격전에는 우리 조선군이 앞장을 서야 체면이 설 것이오……. 모두들 서둘러 주시오."

떠나가는 장수들 중에서 류성룡은 성영을 따로 불렀다.

"사람을 보내기는 했소마는 워낙 중대한 일이니 감사가 강화도에 가서 직접 독려해 주시오. 수군이 안 오고 따라서 명군이 한강을 못 건너면 일은 낭패가 아니겠소?"

류성룡은 콧노래를 부르는 이귀가 믿음직하지 못했다.

이날 밤 류성룡의 집을 나선 순변사 이빈(李蘋), 전라감사 권율, 평안도방어사 정희현(鄭希玄), 황해도방어사 이시언(李時言), 경기도방어사 고언백은 노량진에서 한강을 건너고, 승병장 사명대사는 승병들을 이끌고 저자도(楮子島 : 옥수동 남쪽에 있었던 한강의 섬) 방면에서 한강을 건넜다. 쪽배와 뗏목, 그것도 구하지 못한 병사들은 헤엄을 칠 수밖에 없었다. 한강 이남에 포진하고 있다가 내일 명군이 건너오면 선봉으로 진격할 태세를 갖추는 한편 남쪽으로 사람을 보내 연도의 관군과 의병들에게도 도체찰사의 영을 전했다.

도로와 교량을 파괴하고 복병을 매복하여 추격군에 호응하라.

도체찰사 류성룡의 전갈을 받은 강화도의 조선 수군은 어둠을 뚫고 한강을 거슬러 첫닭이 울 무렵에는 마포 못미처 흑석리에 당도했다. 그러나 조선 수군의 함정들은 선체가 크고 육중해서 흑석리까지가 고작이고 그 이상은 수심(水深)이 얕아 도저히 오를 수 없었다.

노량진에 배를 대라고 한 것은 수군과 한강의 실태를 알지 못하는 류성룡의 무리한 명령이었다. 수군은 명군이 노량진이 아닌 흑석리에서 한강을 건너기를 요청했다.

그러나 명군은 듣지 않았다.

"흑석리는 멀어 해서 안 되겠다."

성영은 대안을 생각했다. 수군 병사들을 동원하여 한강변에 흩어져 있는 배들을 찾는 일이었다. 그들은 우선 왜선(倭船) 50척을 찾아냈다. 저들이 서울 점령 중에 만들어 한강을 가로지르고 혹은 오르내리던 배들이었다. 거기다 짐을 실어 나르던 조선배도 4척 끌어왔다. 도합 54척, 성영의 지휘하에 노량진 나루에 집결하였다.

새날은 4월 21일. 남대문을 나선 이여백·장세작 휘하 명군 기병 1만 5천 명은 한강으로 달리기 시작했다. 추격전에는 보병은 안 되고 기병이라야 했다.

배가 작다― 명군 장수들이 트집을 잡았으나 조선의 수군 병사들은 유능했다. 말이고 사람이고 지체 없이 배에 태우고 능숙한 솜씨로 노를 저어 대안에 내리고는 다시 돌아와 또 실어 날랐다.

해가 중천에 오를 무렵에는 이미 5, 6천 기가 건너갔고, 배들은 더욱 부지런히 오가고 있었다.

이때 도성 쪽에서 급히 말을 달려오는 장수가 있었다. 작년 7월 평양을 치다가 참패하고 쫓겨 가서는 조선군 때문에 일을 그르쳤다고 모함을 하던 조승훈(祖承訓)이었다.

그가 이여백, 장세작과 머리를 맞대고 속삭이더니 휘하 장수들이 불려 갔다. 두 대장을 중심으로 한동안 공론을 하던 장수들은 흩어져 각기 자기 처소에 돌아가 부하들에게 무엇인가 지시를 내렸다.

이 순간부터 이상한 일이 벌어졌다. 남으로 진격해야 할 장세작은 급한 일이 있다고 도성으로 들어가 버리고 이여백은 나무 그늘에 드러누워 코를 골았다. 병사들은 모랫벌에 앉기도 하고 서기도 하고, 배를 타려고 하지 않았다. 왜 안 타느냐고 물으면 손을 내저었다.

"느으들은 몰라 해도 좋다."

이미 건너갔던 장병들도 한바탕 쑥덕거리더니 다시 배를 타고 이쪽으로 돌아오기 시작했다.

확인이라도 하듯 이 광경을 둘러보던 조승훈이 도성을 향해 떠난 지 얼마 안 되어 류성룡이 당도했다.

"어찌 된 일이오?"

성영에게 물었으나 성영도 내막을 몰랐다. 류성룡은 그늘의 이여백을 찾았다.

"어찌 된 일이오?"

"발에 병이 났소. 바늘로 쑥쑥 찌르듯이 아파 했소."

"침을 놔드릴까요?"

"필요 없어 했소."

손을 내저었다. 아무리 뜯어보아도 아픈 사람이 아니었다. 무슨 영문일까? 참으로 제대로 되는 일이라곤 하나 없었다.

하도 아파서 말도 탈 수 없다 — 해가 기울자 이여백은 가마에 오르고 기병들은 가마 앞뒤에 늘어섰다. 그리고 행렬은 천천히 움직여 도성으로 향했다.

날이 어두워 권율을 대동하고 도성에 들어온 류성룡은 이여송의 처소로 직행했다.

"무슨 연고로 물러섰소?"

"추격하지 말라고 송 경략(宋經略)의 명령이 왔소. 나도 내 마음대로 못하오."

"……."

"왜적은 지금 명의 사신 2명과 조선 왕자 2명을 방패로 하고 있소. 저들을 쳐부술 수 있다면 명의 사신은 죽어도 무방하오. 처부수지도 못하면서 섣불리 건드렸다가는 공연히 사신과 왕자들만 화를 당하고 소득은 아무것도 없을 것이오."

"추격을 해야 겁이 나서 붙잡고 가던 사람들을 놓아주지, 추격도 안 하는데 무엇이 두려워 놓아 보낼 것이오?"

"나는 따지고 드는 것은 질색이오. 할 테면 당신네 힘으로 하시오."

밤은 깊어가고 류성룡은 물러나는 수밖에 없었다. 추격이란 이여송의 연극이었다.

군령(軍令)을 번복하는 것은 병법에서 금기사항으로 되어 있었다.

그런데 물러가는 적을 친다, 아니다 그대로 보낸다, 그게 아니고 추격해서 복수를 한다 — 이 며칠 동안 세 번이나 번복했다. 이제 또 번복하면 어찌 영이 설 수 있을 것인가? 그의 뜻을 헤아린 권율이 나섰다.

"한강에 나가 우리 장수들의 뜻을 모아 보지요. 아마 추격에 반대할 사람은 없을 것입니다."

권율은 어둠 속을 한강으로 달리고 류성룡은 집에 돌아와 쓰러지듯 자리에 누웠다. 주체할 수 없이 피곤이 몰려오고 크게 앓을 것만 같았다.

이여송은 말과는 달리 조선군의 단독 추격도 용서하지 않았다. 이 때문에 이날 밤 한강 연변에서는 일대 소동이 벌어졌다.

강변에 늘어섰던 명군은 별안간 달려들어 방심하고 있던 순변사 이빈의 부대를 포위하고 무장해제를 하였다. 이빈은 오랏줄에 묶어 버드나무에 비끄러매고, 그의 선봉장 변양준(邊良俊)은 엎어 놓고 쇠사슬로 목을 맸다. 그리고는 땅바닥을 질질 끌고 다니는 바람에 그는 크게 다치고 피를 토하다가 인사불성이 되었다.

고언백은 남태령을 넘어가는데 사대수가 20여 기의 부하를 이끌고 뒤쫓아 왔다.

"제독의 분부다. 못 가 한다."

그들은 창을 꼬나들고 길을 막아섰다. 고언백은 부하들과 함께 발길을 돌리지 않을 수 없었다.

권율은 한강을 건너다 명군 초병들에게 붙들렸다. 그 길로 성내 남별궁, 이여송의 처소에 끌려오니 여송의 참모 이영이 발을 굴렀다.

"어째서 밤중에 몰래 강을 건너 했소?"

추격전은 흐지부지될 수밖에 없었다.

융숭한 대접

　명군의 방해로 조선군은 전면적인 추격전을 펼 수 없었다. 그러나 서울에서 부산에 이르는 9백83리 연도에는 기십 명에서 기백 명에 이르는 의병들의 작은 집단들이 도처에 깔려 있었고, 관군도 전력은 변변치 못했으나 도(道)마다 병마사 이하 조직 체계는 살아 있었다.
　이들이 일본군을 고이 보내지 않았다. 지나가는 길에 함정을 파고, 다리를 부수고, 밤이면 야영장에 몰래 접근하여 활을 쏘고 도망쳤다. 행군은 지체되고, 병사들은 지치고, 잠시도 경계를 늦출 수 없었다.
　그런 가운데서도 큰 피해를 막아 주는 유일한 방패는 두 왕자였다.
　"우습게 놀면 두 분 나으리를 잡아서 각을 뜬다!"
　여럿이 합창하듯 외치기도 하고 방을 써 붙이기도 했다. 효과가 있었다. 이 때문에 충주·죽산(竹山) 선에 닿아서도 왕자 일행은 풀려나지 못하고 계속 남으로 끌려갔다.

문경 조령(鳥嶺)을 넘은 일본군은 상주에 가토 기요마사와 그의 직할 부대를 남기고, 그 이남의 선산, 인동(仁同), 대구, 청도, 밀양 등지에 나베시마 나오시게·구로다 나가마사의 부대와 고니시 유키나가 휘하의 일부를 분산 배치하였다. 모두가 조선에 가까운 규슈(九州) 출신 병력이었다. 이로써 상주를 북방한계선으로 하고 그 이남의 경상도 땅에 눌러앉을 계획이었다.

그런데 얼마 안 가 도요토미 히데요시로부터 다음과 같은 편지가 왔다.

1. 고도(古都 : 상주)를 한계선으로 한다고 하였는데 고도까지는 식량 수송이 쉽지 않을 터인즉 훨씬 남쪽 미리야키(みりやき : 밀양)를 한계선으로 하라.
2. 적이 서쪽에서 침공해 오면 미리야키 이남도 확보하기 어려울 것이니 진주성(晉州城)을 치라.
3. 부산, 김해, 웅천(熊川) 등등 남해안 일대에 20개 내외의 견고한 성을 쌓고 영주할 계책을 세우라.
4. 준비가 되면 적국(赤國 : 전라도)을 치는 것이 어떻겠는가?

당초에 히데요시는 연전연승에 도취하여 조선을 짓밟고 중국까지 점령하여 동양 천지를 손아귀에 넣는다고 크게 외쳤다. 그러나 이제 그는 쫓던 처지에서 쫓기는 신세로 역전되었고, 그 야망도 대륙 천지에서 경상도 남해안으로 줄어들었다. 전라도에 대해서 넌지시 한마디 던진 것도 체면상 한번 해보는 소리에 지나지 않았다.

장수들은 이 편지의 행간에서 풀이 죽을 대로 죽은 히데요시의 초라한 모습을 보았고, 저마다 속으로 생각했다. 이 지긋지긋한 전쟁이 끝나고 집으로 돌아갈 날도 머지않았다.

이 지시에 따라 일본군은 상주도 포기하고 밀양 이남으로 후퇴하게 되었다.

선봉이 부산에 도착한 것은 5월 2일(일본력 1일), 전군(殿軍)을 맡았던 나베시마 나오시게의 부대가 울산(蔚山)에 들어간 것은 서울을 떠난 지 근 1개월이 되는 5월 18일이었다.

그런데 선봉이 부산에 닿자 앞서 서울에 왔던 히데요시의 측근 나오모리(熊谷直盛)가 또 바다를 건너왔다. 히데요시의 새로운 지시를 가져 왔고 이로 해서 상황은 일변했다. 이 무렵 심유경과 고니시 유키나가의 회담 결과를 처음으로 보고 받은 히데요시가 태도를 돌변하여 명나라의 공주를 일본에 보내 천황의 배필로 삼으라느니, 새삼 조선 8도 중에서 남쪽 4도를 일본에 넘기라느니, 7개 항의 강경한 요구 조건을 제시해 온 것이다.

일의 시초를 따지자면 일본군의 서울 철수는 이 회담과는 무관한 일이었고, 조선군이 보급로를 차단하는 바람에 굶어 죽게 된 일본군 장수들이 히데요시에게 철수를 청원한 결과였다.

서울에 왔던 나오모리가 장수들의 청원서를 가지고 서울을 떠난 것이 3월 3일이었다. 서울과 히데요시가 좌정한 일본의 나고야는 육로와 뱃길을 합쳐 대충 15일 거리로, 왕복에는 1개월이 걸렸다. 그런 관계로 보고도 지시도 제때에 오가지 못하는 경우가 허다하였다. 장수들의 청원서를 보고 내린 히데요시의 철수 명령이 서울에 당도한 것도 한 달이 약간 넘는 4월 8일이었다.

공교롭게 심유경과 유키나가의 회담은 그 중간에 시작되었다. 심유경이 용산에 온 것은 나오모리가 서울을 떠난 지 12일 후인 3월 15일, 돌아가 합의 내용에 송응창의 동의를 얻어 가지고 다시 용산에 나타난 것은 이미 히데요시의 철수 명령이 서울에 당도한 3일 후인 4월 11일이었다.

철수 명령을 내리고 풀이 죽었던 히데요시는 뒤늦게 회담 내용을 보고 받고 기가 되살아났다. 명나라가 또 심유경을 보내 왔다고? 오죽 급했으면 거듭거듭 사람을 보낼까. 유키나가의 보고를 보면 저들은 잘못했다고 싹싹 빈다고 했겠다. 벽제관에서는 어지간히 혼이 났던 모양이다.

빈 것을 가리자면 그것은 이쪽이지 저쪽이 아니었다. 조선 진영, 명나라 진영을 가리지 않고 글을 보내 평화를 구걸한 것은 일본군이었고, 저쪽은 배를 내미는 형국이었다. 그런데 유키나가는 거꾸로 보고했다. 히데요시의 자존심을 다치지 않고 전쟁을 평화로 전환하자면 그 길밖에 없었다.

그런데 효과가 지나쳤다. 축 늘어졌던 히데요시가 기고만장해서 엉뚱한 조건을 들고 나온 것이다. 유키나가를 중심으로 모모한 장수들이 한자리에 모여 의논했으나 신통한 계책이 떠오르지 않았다. 하여튼 직접 태합(太閤 : 히데요시)을 만나 사실대로 고하고 그 결단에 따르자.

유키나가는 나오모리를 앞세우고 급히 바다를 건너 나고야에 닻을 내리고 일 년 만에 고국 땅을 밟았다.

"명나라 사람들이 머리를 숙이고, 슬슬 긴다지?"

히데요시 막하에서 경리를 보는 부친 류사(隆佐)도, 형 조세이(如淸)도 같은 질문을 하고 희색이 만면했다. 두 사람뿐만 아니라 나고야의 본영은 온통 전승 기분으로 들떠 있었다.

"너, 정신이 있느냐?"

사실대로 이야기했더니 부친 류사는 펄쩍 뛰었다. 나고야의 이 전승 기분에 찬물을 끼얹는 자가 있다면 몰매를 맞아 죽을 것이 분명하고 히데요시로서도 그냥 있을 수 없을 것이라고 했다.

"죄는 네가 뒤집어쓸 수밖에 없고 우리 고니시 일가는 망하는 것이다."

"하여튼 태합을 뵙고 오리다."

유키나가는 낙심하는 부친을 위로하고 히데요시의 처소로 들어갔다.

"저들이 싹싹 빌었다는데 어떻게 빌더냐?"

히데요시는 얼굴을 바싹 들이대고 이빨을 드러냈다. 사실을 고하리라, 마음을 다져 먹고 왔으나 역시 히데요시의 면전에 나오니 가슴이 떨리고 자칫하면 천지개벽이라도 일어날 것만 같았다. 감히 사실을 고하지 못하고, 듣기 좋은 소리를 토해 냈다.

"죽을죄를 지었다고 수없이 머리를 조아렸습니다."

"그렇다면 이번에 온다는 사신은 나한테 사죄하고 항복하러 오는 것이냐?"

"그렇습니다."

유키나가는 또 거꾸로 보고했다. 사신들이야말로 히데요시의 항복을 받으러 오는 것이었다. 항복을 받은 연후에 일본군의 철수를 확인하고 봉공(封貢)을 의논할 참이었다.

"일전에 내가 3장관 등에게 보낸 편지 속에 저들에게 제시할 일곱 가지 조건을 적어 넣었는데 유키나가도 보았더냐?"

"보았습니다."

"어떻게 생각하노? 저들이 순순히 들을까?"

"들을 것입니다."

"얼른 부산에 돌아가서 그 사신들을 데리고 오너라."

할 말을 한마디도 못하고 물러 나왔다.

이튿날 먼동이 트자 다시 배에 오른 유키나가는 넘실거리는 바다를 바라보고 결심했다. 이대로 밀고 나가는 수밖에 없다. 밀고 나간다는 것은 계속 히데요시에게 거꾸로 보고하고 그를 속이는 일이었다. 평화의 길은 달리 없었다.

부산에 돌아온 유키나가는 5월 9일 명나라 사신 사용자(謝用梓), 서일관(徐一貫) 일행과 함께 포구에 나가 배에 올랐다. 3장관과 유키나가의 사위 소 요시토시(宗義智), 중 겐소(玄蘇)도 동행하였으나 심유경은 부산에 남았다.

이 무렵은 가토 기요마사가 아직 상주에 주둔하여 있을 때였고, 그에게 잡혀 있던 조선의 두 왕자 일행은 상주를 떠나 부산으로 압송되어 내려오는 중이었다. 상주 주변에는 조선의 관·의병들이 출몰하여 언제 기습을 당해서 뺏길지 알 수 없는 형편이었다.

조선군이 왕자들을 뺏으려고 일을 꾸민다는 소문이 꼬리를 물었다. 성패 간에 일이 터지면 평화교섭에 영향이 없을 수 없었다. 그런 경우 중간에 나서 양쪽을 무마하고 진정시킬 사람으로는 심유경 외에 달리 없었다.

명나라 측으로서도 부산에 책임 있는 사람이 한 명쯤은 있는 것이 편리했다. 일본으로 건너간 사신이 서울의 이여송, 평안도 정주(定州)의 송응창에게 보고할 일이 있을 것이고, 두 사람이 사신들에게 지시를 내릴 일도 생길 것이다. 그 중간 역할을 할 사람으로 심유경이 적격이었고, 장소는 부산이 합당했다.

이리하여 심유경은 부산에 남게 되었다.

유키나가와 사신 일행이 쓰시마와 이키(壹岐島)를 거쳐 나고야에 닻을 내린 것은 부산을 떠난 지 7일이 되는 5월 16일이었다.

대명(大明) 황제 폐하의 칙사가 왔다! 1434년 5월 명나라 선종(宣宗)의 칙사 뇌춘(雷春)이 일본에 와서 집권자 아시카가 요시노리(足利義教)를 일본 왕으로 봉하는 고명(誥命 : 사령장)과 하사품을 전한 이후 1백59년 만에 처음 맞는 성사였다. 고관대작들이 부두에 총 출동하여 맞아들이고, 그들을 대접하고 즐겁게 할 준비로 온 나고야가 흥분하고 바삐 돌아갔다.

　사용자와 서일관은 내력으로 말하자면 떠돌이 선비에 지나지 않았고, 기껏해야 송응창과 이여송이 보낸 군사사절(軍事使節)이지 황제의 칙사일 수는 없었다. 그러나 일본 측이 칙사라고 우기고, 그만큼 대접이 융숭한지라 본인들도 구태여 아니라고 나설 것도 없고 칙사로 행세하였다.

　히데요시 다음가는 실력자 도쿠가와 이에야스(德川家康)를 비롯하여 유력한 제후들이 돌아가면서 자기 저택에 모시고 밤낮으로 산해진미를 대접하고, 선물을 안기고, 그림을 보이고는 진가(眞假)를 판정해 달라, 백지를 내놓고는 글씨를 써달라고 굽신거렸다.

　예로부터 중국은 대국이요 문명국으로, 보잘것없는 일본이 우러러 섬기는 것은 당연한 일이었다. 사대사상은 동양 천지의 상식이었고, 일반 사람들의 생각으로는 그 중국을 어째 보겠다고 날뛰는 히데요시야말로 별종이요 철부지일 수밖에 없었다.

　과연 대국 사람들은 달랐다. 경망한 일본 사람들과는 달리 몸가짐부터 무게가 있고, 여유 만만한 것이 세상에 급할 것이 없는 족속이었다. 사람뿐이 아니었다. 말[馬]도 일본 말에 댈 것이 아니었다. 만리장성을 넘어 조선 땅 3천 리를 내리 달리고, 종당에는 배를 타고 일본까지 건너온 미끈한 마필들. 거기 대면 일본의 말들은 강아지와 별반 다를 것이 없었다.

　감탄의 연속이었다.

　이런 가운데 고니시 유키나가는 용의주도하게 계획을 추진하였다. 우선 히데요시의 측근에 공작해서 두 사신을 상대하는 접반사(接伴使)의 직책을 자신 외에 자기와 가까운 3장관(石田三成, 大谷吉繼, 增田長盛) 도합 4명이 도맡고 다른 사람이 끼어들 틈을 두지 않았다.

기밀이 샐 염려가 있다는 구실로 통역을 두지 않았다. 대신 심복인 겐소가 밤낮 두 사신에 따라붙어 필담으로 의사를 소통케 하였다.

히데요시의 측근에는 유키나가의 부친 류사와 형 조세이가 그림자처럼 지켜 앉아 유키나가에게 불리한 소리는 히데요시의 귀에 들어가려야 들어갈 수 없었다.

사람과 언어의 장벽은 완벽해서 이들을 거치지 않고는 아무도 명나라 사람들과 의사를 소통할 수 없었다. 히데요시는 두 사신을 사죄사(謝罪使)로 알고, 두 사신은 융숭한 대접에 히데요시가 개과천선하고 사죄하는 것으로 알았다.

네 접반사와 두 사신은 서울에서부터 여기까지 동행하였으나 주로 심유경을 상대로 하였기 때문에 친숙할 틈이 없었다. 나고야에 도착한 후 네 사람은 용암(龍岩) 선생, 유오(唯吾) 선생을 연발하고, 유리그릇을 다루듯 어루만지고, 비위를 맞췄다. 용암은 사용자, 유오는 서일관의 아호였다.

이들이 겐소를 중간에 앉히고 필담으로 주고받은 대화의 기록이 지금도 남아 있다. 그 일부를 적으면,

(……) 화친이 실현되어 마침내 일본이 대명의 속국이 되는 약조가 체결되면(遂結屬國之約) 일본을 선봉으로 북방의 오랑캐 달단(韃靼)을 치십시오. 무엇인들 대명의 손아귀에 들어오지 않겠습니까. 일본은 분골쇄신하여 대명 황제에게 보답하고자 합니다(日本粉骨碎身 欲酬大明皇帝 : 일본 접반사).

(……) 태합의 충성은 하늘에 닿고 땅에 닿을 것이오. 돌아가 천자에게 고하면 반드시 가상히 여기실 것이오(太閤之忠誠 可達之天地 歸奏天子 嘉悅必矣). 만약 달단이 분란을 일으키면 사신을 보내

귀국의 군사를 청하리다. 그러나 10년 전부터 대명에 복종하여 사방이 조용하고 천하가 태평하오(명나라 사신).

그러나 도요토미 히데요시는 단순한 인물이 아니었다. 협상의 요체는 술도 여자도 아니고 힘이라는 것을 익히 아는 인물이었다.

유키나가 등이 두 사신을 인도하여 나고야에 온 지 5일 되는 5월 21일, 그는 은밀히 신하들을 불러 놓고 속삭였다.

"진주성을 쳐야 하겠소."

그러고는 조선에 있는 일본군에게 동원령을 내리는 문서를 내놓았다. 동원 병력은 도합 12만 1천3백72명. 아무도 감히 이론을 제기할 분위기가 되지 못했다.

신하들 틈에 끼어 앉았던 유키나가는 가슴이 내려앉았다. 이렇게 되면 평화의 희망은 천 리도 더 멀어지는 것이다.

"대명 사신들이 눈치를 채지 못하도록 이 일은 꿈에도 입 밖에 내지 마시오."

히데요시의 당부를 듣고 흩어지는데 그의 명령서를 품에 간직한 구마가이 나오모리는 벌써 포구로 말을 달리고 있었다.

진주를 치는 목적

3일 후인 5월 24일, 온통 황금으로 장식된 히데요시의 처소에서는 전에 없이 거창한 연회가 베풀어졌다. 히데요시가 도쿠가와 이에야스 이하 모든 신하들이 배석한 가운데 명나라 사신들을 대접하는 자리였다.

"내 뜻은 평화에 있소."

히데요시는 멀리서 온 두 사신에게 술잔을 건네고 활짝 웃었다. 그의 웃음은 어린아이같이 천진난만하고 사람을 끄는 매력이 있었다.

술과 음식은 물론 선물도 푸짐했다. 일본 사람들이 소중히 여기는 명검(名劍)을 비롯하여 갖가지 의복에 은화(銀貨)도 각기 3백 매씩 돌아왔다. 사신들을 따라온 수행원들에게도 입이 벌어지도록 선물이 내렸고, 중간에서 필담을 맡은 겐소 스님에게까지 은화 1백 매를 하사하였다.

넓은 방안은 화려하고, 사람들은 부드럽고, 창밖으로 펼쳐진 바다는 끝없이 잔잔하고 ― 전쟁은 그림자도 찾을 길이 없고 온통 평화가 살아서 숨 쉬는 분위기였다.

연회가 끝나자 거나하게 취한 명나라 사신들은 대령하는 가마에 몸을 싣고 숙소로 향하였다.

"전쟁에 끝장을 내고 평화를 이룩했으니 세상에 태어난 보람이 있다."

그들은 가슴이 부풀었다. 돌아가면 경략 송응창은 물론, 북경에 좌정한 천자도 모른다고는 못할 것이다. 머지않아 다가올 영화가 눈앞에 아물거렸다.

명나라 사람들이 돌아가자 히데요시는 그들의 대접을 맡았던 유키나가와 3장관을 불렀다.

"내일 아침 조선으로 돌아가라."

"네······."

"3장관은 나를 대신해서 진주 공격을 독려하고, 유키나가는 사전에 진주 공격을 눈치 채지 못하도록 심유경을 잘 쓰다듬어야 한다."

그는 심유경에게 보내는 친서도 한 통 내놓았다.

'일본국 전 관백 히데요시는 대명의 사신 유격장군 심우우(沈宇愚 : 심유경) 휘하에 글을 보내노라'로 시작된 이 친서는 심유경이 평화를 위해서 몸소 평양의 일본 군영을 찾은 용기를 칭송하여 맹장(猛將)이라고 치켜세우고 이렇게 계속하였다.

(······) 서둘러 기쁜 소식을 전하고 싶어도 작년에 관백의 직책을 히데쓰구(秀次)에게 맡겼으므로 히데쓰구로 하여금 천황에게 고하도록 하는 것이 순서입니다. 내 재량으로 큰일을 결정할 수가 없는 것은 아니지만 기강을 문란케 하지 않는 것이 전통입니다. 이 점을 양해하여 주십시오. 일본 서울은 이 나고야에서 아득하게 멀리 떨어진 고장이라 대명의 사신들은 지금 여기 내 진영에 머물

고 있습니다. (……) 소식이 오는 대로 회답을 드리겠습니다. 미진한 점은 네 사신(유키나가와 3장관)이 자세히 구두로 전할 것입니다. 선물의 목록은 별지와 같습니다. 특히 장도(長刀) 10점을 보내옵는바 모두 황금을 입힌 것들입니다. 이만 줄입니다(《일본전사 조선역》).

적을 방심케 하고 그 사이에 준비를 하고는 불시에 치는 것이 히데요시의 장기였다. 이번에도 그 수법을 쓸 참이었다.
유키나가가 한동안 망설이다 물었다.
"두 왕자는 어떻게 하실 계획이십니까?"
"어떻게 하다니?"
"언제쯤 방면해서 돌려보내실 것인지……."
"내 얼마 전에 기요마사(淸正)에게 편지를 보냈는데 못 보았더냐?"
"못 보았습니다."
편지는 가고 자기는 오고, 도중에서 엇갈린 모양이었다.
"때가 오면 돌려보내라고 했다."
"네……."
"왕자들은 지금쯤 부산에 당도했을 게다. 가거든 기요마사와 의논해라. 조선 왕에게 돌려보내는 것도 해롭지 않을 것이다."
히데요시는 잠시 생각하다가 말머리를 돌렸다.
"사정이야 어떻든 우리는 서울에서 부산까지 천 리를 후퇴하였다. 적은 이기고 우리는 진 형국이다. 말하자면 적은 승자, 우리는 패자―이런 형국에서 내가 제시한 7개 조항을 관철하기는 어려울 것이다. 크게 이기고 승자의 입장에서 협상에 들어가자는 것이 내 생각이다."
"……."

네 사람은 잠자코 듣기만 했다.

"대병을 동원해서 진주를 치는 목적은 여기 있다. 이겨도 철저히 이겨야 할 터이니 진주성을 뺏으면 철저히 부수고 철저히 죽여서 자취도 남기지 마라. 그리하여 우리 말을 듣지 않으면 어떻게 된다는 것을 알게 해라."

네 사람은 하직을 고하고 물러 나왔다.

상주에서 다시 남행길에 오른 왕자 일행은 사고의 연속이었다. 말을 탄 고관들은 번갈아 말에서 내려 머리가 아니면 배를 감싸 쥐었다. 아파서 못 가겠다고 앙탈이었다.

가마를 탄 부인들도 조용하지 않았다. 멀미가 나서 죽는다고 가늘고 길게 신음소리를 마지않았다.

원래 가토 기요마사는 왕자들을 조선 측에 돌려보내는 데 반대였다. 하늘이 도와서 그들이 제 발로 굴러들어 온 것인데 헐값에 넘긴다는 것은 말이 안 되었다. 일본에 끌어다 깊숙이 가둬 두고 흥정거리를 삼으면 조선 왕은 무엇이든 이쪽의 조건을 듣지 않고는 배기지 못할 것이다.

그는 이런 사연을 적은 편지를 몰래 도요토미 히데요시에게 보냈었다. 그러나 비밀은 새고 왕자들을 일본으로 끌어간다는 소문은 당자들의 귀에도 들어갔다. 끌려가면 죽기 십상이고, 살아도 저들의 종이 되는 것은 정해 놓은 이치가 아니냐?

이래서 시작된 항변이었다. 그들을 끌고 가는 일본군 병사들이 주먹으로 몇 대 쥐어박았더니 이번에는 어서 죽이라고 대들었다. 죽였다가는 자기들의 목이 성치 못할 일이었다.

애를 먹은 끝에 밀양에 이르자 묘안이 떠올랐다. 배로 가는 것이다. 일본군은 일행을 휘몰아 배에 싣고 낙동강을 내려갔다.

이렇게 편할 수가 없었다. 그들은 콧노래를 부르고, 항변의 방도를 잃은 포로들은 숨을 죽이고 말이 없었다.

며칠 밤과 낮을 배에서 보낸 끝에 일행은 바다에 나와 다대포(多大浦)에 상륙했다. 낯선 장수가 나타나 허리를 굽신했다.

"다테 마사무네(伊達政宗)올시다."

일본에서 새로 건너온 장수라고 했다. 멋을 잔뜩 부린 20대 후반의 젊은 장수. 일행은 그의 진영에 묵게 되었다.

일본으로 가는 배가 10척이면 그중 7척은 부산포에서 떠나고 3척은 다대포에서 떠난다는 것이 바닷사람들의 상식이었다. 특히 남의 눈에 뜨이지 않게 가는 배는 10이면 10척이 다 다대포에서 나가기로 되어 있었다.

"하필 다대포냐? 쥐도 새도 모르게 왜땅으로 끌려가는구나."

왜땅에 가서 맞아 죽기 전에 자기 땅에서 굶어 죽자. 그들은 굶기 시작했다.

그래서야 쓰겠느냐고 마사무네가 타일렀으나 그들은 응대조차 없었다. 이번에는 부산에서 장수 3명이 함께 달려와서 머리를 조아렸다.

"적어도 이 여름에는 바다를 건너가지 않을 터이니 안심하고 여기 계십시오. 우리가 주선해서 그런 일이 없도록 하리다(今夏不可渡海 安心留此 吾等當周旋俾免危險)."

그러나 이 위로가 역효과를 냈다.

"여름에는 안 간다? 그러면 가을에는 간다는 말이 아니냐?"

지금까지는 어디까지나 소문이었고, 마음 한구석에는 안 갈 수도 있다는 희망이 있었다. 그러나 이렇게 되면 경우가 달랐다. 어김없는 사실이었구나. 그들은 자리에 드러누운 채 물조차 마시지 않았다.

얼마 후 뜻밖에도 가토 기요마사가 다대포에 나타났다. 뒤늦게 상주를 떠나 남으로 내려오다가 마사무네로부터 급보를 받고 휘하 부대를 앞질러 달려왔다고 했다.

"일본으로 모셔 간다는 것은 근거 없는 낭설이올시다. 저는 두 분 나으리를 부왕전하의 곁으로 돌려드리려고 여러 차례 태합 전하께 글을 올렸는데 지금에야 답장이 왔습니다."

그는 히데요시의 편지를 내보였다.

"때가 오면 두 분을 돌려보내라는 내용이올시다."

그러나 일본말로 쓴 편지를 알아볼 사람은 일행 중에 아무도 없었다. 기요마사를 따라온 젊은 중이 눈치를 알아차리고 한문으로 써보였다.

조선 왕자들이 이곳에 도착하면 서울로 돌려보내도 무방하다(朝鮮王子到此 不關送還于王京).

"그렇다면 즉시 서울로 보내 주시오."

어린 순화군이 기요마사를 빤히 쳐다보았다.

"때가 오면 보내 드린다고 하지 않았습니까. 때가 오면 말입니다."

내일도 때, 10년 후도 때, 종잡을 수 없는 소리에 왕자 일행은 입을 다물어 버렸다. 무슨 말을 해도 응대가 없자 기요마사는 일어섰다.

"이 다대포를 떠나야겠군."

그의 지시로 일행은 또다시 포구에 끌려 나가 배에 올랐다. 홧김에 정말 일본으로 가는 것이 아닐까.

한동안 공포에 질렸으나 섬들 사이로 큰 바다에 나온 배는 낙동강을 거슬러 김해(金海)에서 닻을 내렸다.

"이 고장이라면 괜찮겠지요?"

상주에서 내려온 기요마사의 부대는 처음에 동래(東萊)에 진을 쳤으나 진주 공격을 앞두고 병력의 대부분을 이리로 전진 배치해 놓고 있었다. 왕자들로서는 다대포보다는 안심이 되는 점도 있었으나 흉악한 기요마사의 손아귀로 돌아온 것이 걱정이었다.

"우리를 부산의 쓰시마 진영으로 보내 달라."

그들은 기요마사에게 요구했다. 쓰시마 사람들은 조선말을 잘해서 의사소통이 쉬웠다. 자연히 서로 마음이 통하고, 전쟁 중에도 피차 살상을 피해 왔다.

"생각해 봅시다."

전 같으면 주먹질이 아니면 몽둥이로 후려쳤을 기요마사가 요즘 태도가 달라졌다. 히데요시가 무어라고 하기는 한 모양이다.

부산과 김해 사이를 몇 차례 사람이 오간 끝에 기요마사가 친히 앞장을 섰다.

"갑시다."

동래의 본영으로 가는 길에 데려다 준다고 했다.

부산의 쓰시마 진영에 당도하니 대장 소 요시토시는 유키나가 등과 함께 일본으로 가고 없었으나 야나가와 시게노부(柳川調信)가 도중까지 마중 나와 주었다. 그것이 5월 23일이었다.

5월 25일 새벽, 나고야 포구에 나온 유키나가와 3장관은 다시 조선으로 가는 배에 올랐다. 쓰시마 도주 소 요시토시는 동행하였으나 중 겐소는 명나라의 두 사신을 접대하기 위해서 그대로 나고야에 남았다.

5월 그믐, 부산에 상륙하니 뜻밖에도 조선 왕자들이 소 요시토시의 쓰시마 진영에 와 있었다. 유키나가로서는 약속대로 이들을 돌려보내는 것이 급선무였다. 그렇지 않고는 앞으로 무슨 말을 해도 심유경은 곧이듣지 않을 것이고 평화의 길은 아주 막혀 버릴 것이다.

그렇다고 마음대로 돌려보낼 수는 없고, 장수들과 합의를 보아야 하고, 특히 기요마사의 동의를 얻지 않으면 무슨 분란을 일으킬지 알 수 없었다. 동래에 사람을 보내 그의 양해를 구했다.

"태합의 말씀도 있으니 돌려보내는 것이 어떻겠는가?"

기요마사는 턱을 쳐들고 몇 마디 했다.

"나는 그자들을 극진히 대했다. 그런데 듣자 하니 나한테 얻어맞았다느니 발로 짓밟혔다느니 말이 많은 모양이다. 단단히 다짐을 받지 않고는 못 보내겠다."

6월 2일은 총사령관 우키타 히데이에의 처소에서 장수들의 회의가 있는 날이었다. 아침 일찍 쓰시마 진영을 찾은 유키나가의 권고로 왕자 일행은 기요마사에게 각서를 보내기로 하고 황혁(黃赫)이 붓을 들었다.

두 왕자 임해군, 순화군과 두 부부인(府夫人) 및 수행관원인 장계군(長溪君 : 황정욱), 상락군(上洛君 : 김귀영), 행호군(行護軍 : 황혁), 대장 남병사(大將南兵使 : 이영) 등은 임진년 7월 24일 포로로 잡힌바 일본 대장군 계두청정(計頭淸正 : 가토 기요마사)이 입성하여 즉시 일행에 예우를 가하고, 하인들에게까지 의복과 음식을 잘 대접하였습니다.

또한 관백 전하에게 고하여 우리가 부산포에 이르자 방면하여 서울로 돌아가는 것을 허락하였습니다. 그 자비로움이 부처님 같으니 진실로 일본 전국에서도 훌륭한 인물입니다(其慈悲如佛 眞個 日本中好人也). (……) 만약 우리가 일본과 계두(計頭 : 淸正)에 대해서 허튼 소리를 하거나 조금이라도 배신하는 일이 있다면 사람이 아닙니다. 우리의 이 충정은 천지 귀신이 다 알 것입니다(若對 日本及計頭 復發雜談 少有背負之意 非人情也 天地鬼神共知之矣). 훗날 화평이 성립되면 글을 보내 우리의 정의를 표시할 것입니다.
　　　　　　　　만력 21년 6월 2일[13](《일본전사 조선역》)

　각자 수결이 끝나자 유키나가는 이 문서를 접어 가지고 일어섰다.
　"빠르면 오늘, 늦어도 내일은 서울로 떠나게 될 터이니 짐들을 꾸리시오."
　유키나가가 마당에 내려서고 이어 대문 밖으로 사라지자 지금까지 한마디 말이 없던 늙은 김귀영이 한숨을 내쉬었다.
　"우리 처지가 매우 초라하구나."
　그는 74세의 노인이었다.

일본군 총동원령

히데요시가 진주전에 동원을 명령한 12만 1천여 명은 당시 조선에 있던 일본의 육군과 수군을 합친 총병력이었다. 작년 4월 전쟁이 시작된 이후 최근까지 조선에 건너온 병력 20여만 명을 생각하면 일본군은 약 8만 명의 인원을 잃은 셈이었다.

동원한다고 하여도 전원을 일선에 투입할 수는 없었다. 일부는 후방의 요지, 특히 병참기지와 병참선을 경비하는 데 돌리지 않을 수 없고, 물자의 수송에도 적지 않은 병력이 필요하였다. 회의의 목적은 병력을 옳게 배분하여 전투와 수비를 제대로 수행하는 데 있었다.

그러나 총사령관 우키타 히데이에의 주재로 열린 회의는 오래 걸리지 않았다. 전부터 조선에 나와 있던 이름난 전략가 구로다 조스이(黑田如水)가 치밀한 계획서를 내놓았기 때문이다.

조스이는 후방의 요지인 부산, 김해, 거제도, 그리고 기장(機張)에 도합 2만 3천여 명의 수비군을 배치하고, 5천4백여 명의 수군을 가덕도(加德島)에 배치하여 조선 수군의 내습에 대비하였다.

나머지 9만여 명, 정확히 말하자면 9만 2천9백72명이 진주전에 전투 부대로 참가할 병력이었다. 성을 하나 치는 데 이처럼 많은 인원을 동원한 예는 조선이나 중국은 몰라도 일본 역사에는 일찍이 없는 일이었다.

과연 이렇게까지 기승을 부릴 필요가 있을까? 일부 장수들 사이에는 의문도 없지 않았으나, 유명한 조스이가 세운 전략이라 감히 입 밖에 내는 사람은 없었다. 긴장이 감돌고 침묵이 흐르는 가운데 유키나가는 히데이에와 기요마사를 번갈아 보았다. 히데이에는 의미 있는 눈길을 보내왔으나 기요마사는 못 본 체했다.

유키나가는 조선 사람들로부터 각서를 받자 그 길로 기요마사를 찾았다. 쳐다보지도 않다가 옆에 있던 중 닛신(日眞)이 순한문으로 된 각서를 일본말로 풀어 읽어 주자 손을 내밀었다.

"이리 줘."

산돼지 같은 것이 과히 싫은 얼굴은 아니었다. 기요마사는 불교, 그중에서도 법화종(法華宗)의 신자였다. 자기를 부처님 같다고 해놓았으니 이보다 더한 칭송은 있을 수 없었다.

"왕자들을 내놓을 거야, 안 내놓을 거야?"

"내놓고 말고가 어디 있어? 너의 사위 소 요시토시의 진영에 있잖아?"

"돌려보내는 데 훼방을 놓을 거야, 안 놓을 거야?"

"약장수, 네 재주껏 해라. 난 이제 손을 뗄란다."

유키나가는 각서를 넘겼다. 아마 가보로 간직하리라.

다음에는 히데이에도 찾았다. 그의 부친 나오이에(直家) 대부터 맺어진 인연을 생각해서인지 적어도 지금까지는 유키나가가 말해서 그가 들지 않은 일은 없었다. 그렇게 해봅시다.

두 사람만 반대하지 않으면 그 밖에는 무어라고 할 사람이 없었다. 사전에 공작을 해놓은 유키나가는 자신을 가지고 좌중을 둘러보았다.
"진주전이 시작되기 전에 조선 왕자들을 방면하는 것이 어떨까요?"
히데이에는 고개를 끄덕이고 기요마사는 잠자코 있었다. 다른 사람들은 왕자들이 어떻게 되건 흥미가 없는 얼굴이어서 그대로 통과되는 줄 알았다. 그런데 난데없이 조스이가 끼어들었다.
"진주전이 끝난 연후에 방면하지요."
좌중의 시선이 집중되는 가운데 그는 계속했다.
"지금 이 부산을 중심으로 많은 인원과 물자가 이동하고 있소. 왕자들이야 아직 어리니 괜찮다 하더라도 그들을 따라온 대신들은 세상사를 다 경험한 사람들이오. 이 모든 움직임을 모를 까닭이 없고, 방면되어 나가면 기밀이 샐 것이오. 기밀이 새면 전쟁은 못하는 것이 아니겠소?"
이치에 맞는 말이었다.
"옳은 말씀이오."
장수들은 동의하고 일어서 흩어지기 시작했다.
일은 어처구니없이 틀어지고 말았다.
그렇다고 단념할 수도 없었다. 유키나가는 다른 장수들과 마찬가지로 무기와 탄약을 정비하고 양식을 마련하는 등 출동 준비에 바쁜 나날을 보내면서도 골똘히 생각하는 시간이 길어졌다.
그가 보기에는 어차피 이것은 이길 수 없는 전쟁, 이기지도 못하면서 남에게 상처를 주고 원한만 사는 미련한 짓이었다.
진주를 친다고 대세가 달라질 것은 없고, 원한을 하나 더 보태는 것밖에 되지 않으리라. 그렇다고 명나라나 조선이 바다를 건너 일본을 칠 기세는 보이지 않고, 결국 전쟁은 승자도 패자도 없이 끝날 것이다.

유키나가는 전후의 동양 세계를 생각하고 있었다. 나라마다 평화가 있고, 나라와 나라 사이에는 무역이 성행하는 세계, 무역과 더불어 어느 고장에나 자유로이 천주의 가르침을 전파할 수 있는 세계 ─ 이런 세계에서 주역을 맡는 것이 그의 꿈이었다.

부(富)도 쌓고 천주교도 전도하고 ─ 그의 혈관에는 선대로부터 물려받은 상인의 피와 천주교 신자로서의 소망이 함께 흐르고 있었다.

주역을 맡으려면 장차 무역과 선교의 상대가 될 조선과 명나라에 대해서 원한은 하나라도 덜 사는 것이 좋고, 될 수 있으면 호감을 사두는 것이 좋았다.

여러 날을 두고 생각 중인데 히데요시의 급사가 바다를 건너왔다.

교토에서 천황의 재가가 왔으나 부사(副使) 서일관의 병이 위독하여 대명 사신 일행은 당분간 움직일 수 없게 되었다. 심유경과 대책을 의논하여 가지고 급히 돌아와 보고하라.

당초의 계획으로는 교토에서 천황의 답신이 오는 대로 명나라 사신들을 돌려보내되 그 편에 40대 중반의 나이토 히다노카미(內藤飛彈守)라는 사람이 동행하도록 되어 있었다. 그들 일행을 호송할 겸 명나라의 회답도 받아 올 생각이었다.

유키나가는 통역관 법석타(法釋打)를 대동하고 심유경을 찾았다. 법석타는 명나라에 밀항하여 공부하고 돌아온 중이었다.

유키나가로부터 설명을 들은 심유경이 물었다.

"조건은 전과 같이 봉공 이외에 다른 것은 없겠지요?"

"한 가지 난처한 것은 전에도 이야기가 나온 일이오마는, 태합이 조선을 반분하여 남쪽 4도를 일본에 넘기라고 고집하는 것이오."

"그러면 일은 안 되는 것이지요."

"그 문제는 내가 적당히 무마할 터이니 북경 조정에 고해서 봉공의 허락만 받아 주시오. 그러면 철군할 것이오."

심유경이 수염을 내리 쓰다듬었다.

"알아들었소. 그런데 무작정 앓는 사람이 낫기를 기다릴 수는 없고, 아무래도 이 심유경이 나서야 할 것 같소. 내가 그 히다노카미라는 사람을 데리고 북경에 가서 병부상서 석노야(石老爺 : 石星)를 뵙고 직접 그 말씀을 듣도록 하면 어떻겠소(携飛彈守 赴北京 直聞石老爺口中之言)?"

"좋지요."

"겸해서 지체가 높은 칙사를 인도해서 돌아오도록 하지요. 길어야 3, 4개월 걸릴 것이오(重導大官天使來者 不出三四箇月)."

"좋소. 내 일본에 돌아가 태합 전하의 승낙을 얻어 가지고 오리다."

"떵하오."

"그런데 말이오."

유키나가는 한걸음 다가앉아 목소리를 낮췄다.

"태합의 명령으로 우리 일본군은 곧 진주성을 치기로 돼 있소."

심유경은 눈을 크게 떴다.

"평화를 논하면서 이게 무슨 짓이오?"

"태합의 명령이니 부득이하오."

"……"

"진주로 향하는 일본군은 30만이오. 아마 아무도 당하지 못할 것이오. 은밀히 편지를 보내서 진주성 내의 백성들을 미리 대피토록 하시오. 성이 텅 비고 사람이 없는 것을 보면 일본군은 철병해서 돌아갈 것이오 (我日本 往晉州兵馬三十萬 恐不能當 當修書密報 令本府之民 預避其銳鋒 彼見

城空人盡 卽撤兵東回 : 《선조실록》."

항장(降將)이라면 몰라도, 그렇지 않고 교전 중인 사령관이 적에게 이처럼 기밀을 내통한다는 것은 역사에 없는 일이었다.

"사실에 틀림이 없겠지요?"

"틀림이 없소."

"진주를 치고 다음에는 전라도를 치겠지요?"

"약속하리다. 전라도는 안 칠 것이오."

대문 밖까지 배웅 나온 심유경은 유키나가의 손을 잡았다.

"앞으로 우리끼리는 터놓고 이야기합시다."

유키나가는 그 길로 포구에 나와 배로 겐카이나다를 가로질렀다.

나고야의 도요토미 히데요시는 심기가 좋지 않았다.

"나 별놈 다 보았다."

서일관은 잘 보살필 터이니 먼저 떠나라고 해도 사용자가 듣지 않는다고 했다. 더구나 아프다는 서일관은 부사, 정사는 사용자였다. 히데요시의 요구는 무리한 것은 아니었다.

"자기네 두 사람은 죽마고우라나. 살아서 함께 돌아가게 되면 더 바랄 것이 없고, 죽으면 백골이라도 안고 가야지 그저는 못 간다는 것이다."

"……."

"별놈들이 아니냐?"

"별놈들입니다."

히데요시는 코를 벌름거리고 물었다.

"그래, 심유경은 만났더냐?"

"만났습니다."

유키나가는 심유경의 제의를 설명하고 히데요시의 의견을 물었다.

"어떻게 할까요?"

"나이토 히다노카미를 데리고 간다? 그것도 나쁘지 않겠군."

나이토 히다노카미의 성명은 나이토 다다토시(內藤忠俊). 교토 서북 야기(八木)라는 고장에 아름다운 성이 있었는데 다다토시는 그 성주의 집안에 태어난 귀공자였다. 15, 6세에 영세를 받고 영세명을 '요한', 한자로는 여안(如安) 또는 여암(如庵)이라고 썼다.

그는 무사로서의 수련도 쌓고 학식도 있는 사람이었다. 성주도 될 수 있는 위치에 있었으나 혈통이 다른 형제들에게 밀려 성주까지는 되지 못하였다.

조용한 날이 흔치 않은 난세였다. 30세를 전후해서 전쟁에 패하여 집안이 망하는 신세가 되었다. 이후 각처를 떠돌아다니다 결국 같은 천주교 신자인 고니시 유키나가에게 의지하고 그를 섬기게 되었다.

사람됨이 성실해서 유키나가는 그를 신임하여 남에게 말 못할 일도 터놓고 의논하였다. 이 전쟁이 시작된 후만 하더라도 중요한 임무를 띠고 조선 현지의 유키나가와 일본에 앉아 있는 히데요시 사이를 수없이 내왕한 것이 바로 다다토시였다. 이 통에 그는 히데요시를 자주 만나게 되었고, 그의 눈에도 들었다.

다다토시는 필요에 따라 유키나가의 성인 고니시(小西)씨로 행세하여 흔히 고니시 조안(小西如安 : 如庵) 또는 고니시 히다노카미(小西飛彈守)를 자칭하였다. 조선과 명나라 사람들 사이에서는 부르기 쉽게 고니시히(小西飛)로 통한 인물이었다. 유키나가의 천거로 명나라 사신들의 호송관으로 지명되었다가 이제 그 자신 사신으로 바다를 건너게 된 셈이다.

유키나가는 물러 나오는 길에 명나라 사람들을 찾았다. 자리에 누운 서일관은 쉬지 않고 헛소리를 하는 품이 열이 대단한 모양이었다. 그러나 마당을 거니는 사용자는 천하태평이었다.

"그거 참 잘하는 일이오. 나는 한 달도 좋고 일 년도 좋고 유오(唯吾 : 서일관)가 나을 때까지 기다리지 않을 수 없소."

고니시히를 보내는 사연을 고했더니 이런 대답이 돌아왔다.

일본에서는 남녀를 막론하고 밖에서 만나면 적어도 세 번은 허리를 굽히고, 집안에서는 납죽납죽 바닥에 엎드리고, 끼니마다 산해진미에 향기로운 술이 나오고, 밤이면 '오토기(御伽)'라고 해서 미녀가 들어와 시침을 들고 ― 꿈같은 세월이었다.

본국에서는 배부른 날이 흔치 않던 이 건달 선비들은 하루라도 더 있고 싶었다. 그러나 일본 사람들은 서두르지 않는 이들의 태도에 더욱 감격해서 대명인의 대인지풍을 배워야 한다고 떠들고 돌아갔다.

고니시히는 유키나가가 시키는 대로 짐을 꾸리고 함께 갈 사람도 선발하였다. 명색이 사신인데 혼자 갈 수는 없고 수행원이 있어야 했다. 30여 명.

예물도 없을 수 없었다. 유키나가가 주선해 온 일본도와 일본식 창이며 일본 차, 남방에서 무역해 온 설탕, 후추, 직물 등 진귀한 물건들을 더미로 배에 실었다. 북경에 있는 대명 황제, 병부상서 석성, 조선에 나와 있는 경략 송응창, 제독 이여송에게 바칠 예물이었다.

"잘 다녀오너라."

밤중에 히데요시가 불러 들어갔더니 웃는 얼굴로 술을 한 잔 내리고 어깨를 두드렸다. 나오는데 유키나가의 부친 류사가 묵직한 주머니를 하나 건네주었다.

"노자로 쓰시오."

히데요시가 내린 은덩이라고 했다.

인원도 갖추고 노자와 예물도 흡족했으나 중요한 것이 하나 없었다.

사신이라면 국서(國書)가 있어야 할 터인데 이에 대해서는 말하는 사람조차 없었다. 그러나 고니시히는 나서는 성품이 아니었다. 유키나가가 받아서 챙겼겠지. 그쯤 생각하고 입 밖에 내지 않았다.

이튿날 그의 일행은 유키나가와 함께 배로 나고야를 떠나 부산으로 향하였다.

"국서는 없소?"

그 밤을 이키에서 묵을 때까지도 말이 없기에 비로소 물었더니 유키나가는 짤막하게 대답했다.

"이걸 알아야 하오. 당신은 사신이라면 사신이고, 연락원이라면 연락원이오. 이렇게 어중간한 편이 나을 것이오."

고니시히는 알아들었다. 국서를 쓴다면, 히데요시는 그 엉뚱한 요구 조건들을 나열할 것이고, 그런 국서를 가지고 북경에 갔다가는 살아 돌아오지 못할 것이다.

유키나가와 고니시히 일행이 부산에 도착한 것은 6월 22일, 전날 진주성을 포위한 9만여 명의 일본군이 본격적으로 공격을 시작한 바로 그 날이었다. 창원, 김해, 웅천(熊川) 방면에 집결해 있던 일본군은 유키나가가 일본으로 가고 없는 사이에 행동을 개시하여 함안(咸安), 반성(班城), 의령(宜寧)을 차례로 점령하고 이때 드디어 진주성에 당도하였다.

다음 날 심유경은 고니시히와 함께 북으로 떠나면서 전송 나온 유키나가의 손을 잡았다.

"궁금하실 터이니 20일에 한 번씩은 편지를 띄우리다."

사람이 탄 말과 짐을 실은 말을 합쳐 1백50필의 기마행렬. 일행을 보내고 진영으로 돌아온 유키나가는 휘하 장병들을 거느리고 진주로 말을 달렸다. 싫든 좋든 싸움터에 얼굴을 내밀지 않고는 사람의 축에 들지 못할 것이다.

김천일의 진주 사수 결의

4월 20일 서울에 입성한 명군은 추격을 주장하는 조선군을 실력으로 저지하고 자기들도 움직일 기색을 보이지 않았다. 장수들은 자하골(紫霞洞) 시냇가나 한강에 나가 들놀이, 뱃놀이로 세월을 보내고, 병사들은 고을에 퍼져 부녀자 사냥에 정신이 없었다.

4월이 가고 5월에 들어서도 여러 날이 흐른 후에야 그들은 비로소 서울을 떠나 남으로 움직이기 시작했다. 물러간 일본군의 선봉이 이미 부산에 닿을 무렵이었다.

그들은 추격이라고 불렀다. 그러나 천 리 밖으로 물러간 적의 뒤를 따르는 것은 추격일 수 없고 유람에 지나지 않았다. 실지로 그들은 자고 싶으면 자고 마시고 싶으면 마시고, 천천히 남으로 이동하였다.

그나마 이여송을 비롯한 고급 지휘관들은 조령을 넘어 문경까지 왔다가 서울로 되돌아가고, 제2급 지휘관들이 기천 명씩 거느리고 그 이

남으로 내려왔다. 진주전을 앞둔 6월 초 그들은 다음과 같이 포진하고 있었다.

    경주(慶州) 왕필적(王必迪)
    성주(星州) 유정(劉綎)
    선산(善山) 오유충(吳惟忠)
    거창(居昌) 조승훈(祖承訓)
    남원(南原) 사대수(査大受)

조선군의 도원수 김명원은 선산, 순변사 이빈은 의령(宜寧)에 좌정하고, 각처의 관군과 의병들은 이들의 막하로 모여들었다.

명군과 합세하여 부산 방면의 일본군을 먼발치로 포위하는 형국이었다.

심유경의 밀보로 이들 명군과 조선군은 일본군의 진주 공격을 사전에 알고 있었다. 알고 있었으나 믿지는 않았다. 간사한 왜놈들이 겁을 주려고 꾸민 술책이리라.

그런데 얼마 안 가 적은 진주를 목표로 정말 움직이기 시작했다. 김명원은 급히 전군에 영을 내려 의령에 집결하도록 하고 자신도 의령으로 이동하였다. 권율(權慄), 선거이(宣居怡), 이복남(李福男), 황진(黃進), 고언백(高彦伯), 최경회(崔慶會), 정명세(鄭名世), 이종인(李宗仁) 등 관군 장수들과 김천일(金千鎰), 고종후(高從厚), 곽재우(郭再祐) 등 이름 있는 의병장들이 병력을 이끌고 의령으로 달려왔다.

총 5만 명. 그러나 무엇보다도 문제는 식량이었고, 병사들은 만성적인 굶주림에 시달리고 있었다. 적이 들어오지 않은 전라도와 충청도 서반부에서는 부녀자들까지 동원하여 식량을 이고, 혹은 지고 험한 길을 더듬어 왔으나 대개 명군을 위한 것이고, 조선군에 돌아가는 것은 열에 하나도 되지 않았다.

굶주리는 5만 명이 30만을 호칭하는 적과 단독으로 싸울 형편은 못 되었다. 도원수 김명원은 성주로 달려가서 유정에게 사정했다.

"구태여 성내에 들어와 달라는 것은 아니오. 적이 성을 포위하면 외곽을 돌면서 그 배후를 위협해 주시오."

60세의 김명원이 반백의 머리를 숙이자 젊은 유정은 손을 내저었다.

"걱정 마시오."

그리고는 붓을 들어 적어 내려갔다. 가토 기요마사에게 보내는 쪽지라고 했다.

(……) 너희들이 고집을 부리면 (……) 수군 백만으로 바다를 차단할 터인즉 돌아갈 길이 막히고 식량도 떨어질 터이니 너희들은 싸우기도 전에 자멸할 것이다. (……) 잘 생각해서 후회가 없도록 하라(舡載水軍百萬 邀截海涯 斷汝歸路斷汝糧餉 不待決戰 爾將自斃 …… 三思自審 免悔噬臍).

쪽지를 받은 군관은 대문 밖으로 사라지고 유정은 큰소리를 쳤다.

"기요마사란 녀석, 겁이 나서 내뺄 터이니 안심하고 돌아가시오."

32세. 아들이라도 셋째나 넷째쯤 되는 젊은 친구 — 김명원은 잠시 바라보다가 물러났다.

적이 움직이기 시작했다는 급보를 받고 당시 경주에 와 있던 도체찰사 류성룡도 유정이 순시차 대구에 들렀다는 소식을 듣고 그에게 달려갔다.

"일이 급하오."

그러나 유정은 급할 것이 없었다.

"나도 내 마음대로 못하오(頗有掣肘 不能自由). 위에서 움직이라면 움직이고 말라면 마는 것이 내 처지란 말씀이오."

그는 이여송과 송응창에게 편지를 써 보내고 류성룡을 돌아보았다.

"좌우간 회답을 기다려 봅시다."

서울에 있던 일본군이 일거에 천 리를 후퇴하여 부산까지 밀리는 것을 보고 누구나 본국으로 돌아가는 줄 알았었다. 한 가지 유감이 있다면 버릇을 가르치지 못하고 그대로 보내는 일이었다.

도망가던 이들이 돌아서 진주를 치리라고는 아무도 생각하지 못했다. 그리하여 조정에서는 진주목사 서예원(徐禮元)을 명장 오유충의 접반관으로 임명하였다.

서예원은 술과 음식을 장만해 가지고 판관 성수경(成守璟)과 함께 급히 북행길에 올라 문경새재에서 남하하는 오유충과 마주쳤다. 이로부터 함께 남행길을 더듬어 선산에 이르렀고, 여기 군영을 설치하고 병사들의 숙소를 마련하는 일을 주선하다가 진주가 위험하다는 소식을 들었다.

가서 진주성을 지키라 — 서예원은 조정의 지시를 받고 서둘러 진주로 돌아왔다. 그러나 피란민만 몰려들고, 병정은 불과 기백 명, 식량의 비축도 없었다. 성을 지킨다는 것은 엄두도 나지 않았다.

그는 전쟁 초기에 김해부사로 있다가 전투 중에 야간도주를 한 인물이었다. 지휘관이 전투 중에 도망쳤으니 당연히 참형을 받을 죄목이었다. 그러나 졸지에 일어난 전쟁에 당황하여 제구실을 한 수령(守令)은 흔치 않고 법대로 하자면 살 사람보다 죽을 사람이 더 많았다. 처음에 법대로 시행하던 조정도 몇 명 처형하고는 모르는 체 눈을 감을 수밖에 없었다. 서예원도 그 통에 살아남은 사람이었다.

역시 도망을 쳐야겠다. 도망은 밤에 쳐야 하고 혼자서 살짝 빠져나가는 것이 제일이었다. 그는 밤을 기다렸다.

방위 책임자인 목사가 이런 형편이니 진주성에는 방위 태세라고 할 만한 것은 아무것도 없었다.

의령의 김명원은 아무리 생각해도 대책이 서지 않았다. 설불리 진주성에 들어갔다가 포위를 당하면 보급이 끊어질 것이고 오래지 않아 저절로 무너지고 말 것이다.

명군이 적의 배후를 위협하여 주면 적은 견디지 못하고 물러갈 수도 있었으나 명군의 협력은 가망이 없었다. 부산에는 그동안 일본에서 배로 실어 온 무기와 식량이 더미로 쌓여 있었다. 일본군은 이 무기와 식량으로 무한정 공격을 퍼부을 수 있을 것이다.

결국 조선군은 진주성을 버리고 남원 방면으로 후퇴하면서 적이 추격하여 오면 운봉(雲峰)의 산지대에서 이를 맞아 싸우기로 하였다. 조선 병사들은 지리에 익숙한 만큼 험한 산길로 적을 유인하여 혼란에 빠뜨리고 적이 지치면 일거에 섬멸한다는 계책이었다.

조선군의 판단으로는 진주는 적의 제1차 목표에 불과하고 전주가 궁극적인 목표였다. 전주 방위만 생각한다면 이 계책에도 일리가 있었다. 이에 따라 도원수 김명원, 순변사 이빈, 전라감사 권율, 병사 선거이, 방어사 이복남 등은 적이 함안까지 진출하자 휘하 병력을 이끌고 의령을 떠나 운봉 방면으로 향하였다.

그러나 생각이 다른 사람도 있었다. 그들의 뒤를 이어 행군하던 의병장 김천일은 갈림길에서 행군을 멈추고 뒤따라오는 장수들을 불러 모았다.

"진주는 호남으로 통하는 관문이오. 진주를 버리면 적은 거침없이 호남으로 진격할 것이고, 호남은 잿더미가 될 것이오. 생각해 보시오. 이 전란에 조선 8도에서 홀로 온전한 것은 호남이었소. 호남이 온전한 덕분에 수륙으로 인원과 물자를 공급하여 마침내 오늘날 적을 경상도 남해안까지 밀어붙이게 된 것이오. 호남은 재생의 발판이었소. 지금이라도 호남만 없으면 적은 휘파람을 불고 다시 밀고 올라갈 것이오. 폐일언하고 진주를 잃으면 호남을 잃는 것이니 사생 간에 진주를 지켜야 하오."

김천일은 금년에 57세. 전라도 나주 태생으로 외모는 보잘것없었으나 학문과 덕행이 뛰어난 선비였다. 이항(李恒)의 제자로 평생 학문에 정진하여 벼슬할 생각은 하지 않았다. 37세 되던 선조 6년, 조정에서는 경학에 밝고 행실이 바른(經明行修) 인재를 전국에 구하였다. 이때 전라도에서 천거된 것이 김천일, 경상도에서는 퇴계 선생의 제자 조목(趙穆)과 이 전쟁에 역시 의병장으로 큰 공을 세운 정인홍(鄭仁弘)이 천거되었다.

김천일은 여러 벼슬을 거쳐 전쟁이 일어나기 3년 전인 선조 22년 53세에 수원부사로 있다가 파면되었다.

수원은 서울에 가까운 관계로 양반들의 전장(田庄)이 몰려 있는 고을이었다. 이런 전장에서는 세금을 내는 일도, 부역을 나오는 일도 없었다. 그만큼 힘없는 백성들에게 부담이 가중될 수밖에 없었다. 김천일은 감히 양반들의 전장에도 일반 백성들과 마찬가지로 부역과 세금을 부과하였다. 건방지다, 조종의 법도를 무엇으로 아느냐? 서울 양반들이 들고 일어나 공격을 퍼붓고 대간(臺諫)은 공식으로 그를 탄핵하였다. 임금은 하는 수 없이 그를 파면하기에 이르렀다.

고향 나주에 돌아온 김천일은 흡사 영웅이었다. 사람들은 그의 용기를 찬양하고 그의 말이라면 순종하지 않는 것이 없었다.

전쟁이 일어나자 그는 고향에서 의병을 모집하였다. 며칠 사이에 3백 명이 몰려들었다. 그는 이들을 이끌고 북상하여 수원, 안산 등지에서 적과 싸우다 강화도로 건너갔다. 여기 본영을 설치하고, 배로 한강을 오르내리면서 서울 방면의 적과 대치하였다. 소식을 들은 조정에서는 장예원판결사(掌隷院判決事)의 벼슬에 창의사(倡義使)라는 명예 칭호를 내렸다.

이번에 남으로 내려오다 진주가 위험하다는 소식을 듣고 그는 조정에 글을 올려 진주를 사수하도록 주장하였다. 그러나 사태는 급진전하여 조정의 회답을 기다릴 여유가 없었고, 마침내 독단으로 진주성을 지키기로 결심하였다.

"옳은 말씀이오."

경상우병사 최경회가 찬동하고 충청병사 황진도 고개를 끄덕였다.

"저도 협력하리다."

두 사람은 여기 모인 장수들 중에서 직위도 제일 높고 신망도 두터운 인물들이었다.

최경회는 전라도 화순(和順) 태생으로 62세, 작년에 환갑을 지낸 노인이었다. 유명한 기대승(奇大升)의 문하에서 공부한 선비로, 뒤늦게 36세에 과거에 급제한 노력형의 인물이었다.

옥구(沃溝), 장수(長水), 무장(茂長) 등지의 현감을 거쳐 51세에 영암군수를 지내고 경상도 영해부사를 거쳐 56세에 고향 화순에서 멀지 않은 담양부사(潭陽府使)로 부임하였다.

후덕한 인물이어서 어디서나 백성들이 따랐고, 특히 영해를 떠날 때에는 백성들이 작별을 아쉬워하여 생사(生祠)를 세우기도 하였다. 담양에 온 지 3년 되는 59세의 겨울에 노모 임(林)씨가 세상을 떠나자 당시의 관습대로 벼슬을 버리고 고향에 돌아와 상을 입었다.

작년 4월 전쟁이 일어나고 이어 전라도에서 고경명, 김천일 등이 의병을 일으킬 때에도 아직 복상 중이어서 그는 이에 참여하지 못했다. 그러나 7월에 들어 고경명이 금산에서 전사했다는 소식과 아울러 그의 휘하에 있던 의병들이 흩어져 고향으로 돌아왔다.

최경회는 상복을 군복으로 갈아입고 고경명의 뒤를 이어 의병장으로 나섰다. 돌아온 패잔병들을 다시 규합하고 새로 장정들을 모아 훈련을 시작했다. 그는 글을 잘하는 선비였으나 동시에 병서에 밝고 기사(騎射)에 능한 특이한 인물이었다.

가을에 들어 부산 방면의 적이 목사 김시민(金時敏)이 지키는 진주로 향한다는 소식이 왔다. 제1차 진주전이었다. 최경회는 의병을 이끌고 경상도로 넘어가서 곽재우의 부장 심대승(沈大承) 등과 협력하여 진주성을 치는 적의 배후를 교란하였다.

작년 10월 초에 벌어진 이 전투에서 대적을 물리치고 승리를 거두는 데 으뜸가는 공을 세운 사람은 물론 김시민이었고, 다음은 최경회 등 외곽에서 싸운 장수들이었다. 그러나 김시민은 얼마 안 가 이해 12월에 세상을 떠났다.

경상우감사 김성일(金誠一)로부터 보고를 받은 조정은 금년 정월 최경회를 경상우병사로 발탁하였다. 그는 진주성에 가서 성을 지키다가 이번에 도원수 김명원의 부름을 받고 의령에 출동하였다.

황진은 전라도 남원 태생으로 이해에 44세. 유명한 황희(黃喜) 정승의 5대손이었다. 27세에 무과에 급제한 후 사신을 따라 북경에 다녀온 일도 있고, 궁중의 선전관 또는 훈련원의 하급 장교로 근무한 일도 있었다.

그러나 특기할 것은 만 5년간 두만강 연변에서 경비 임무에 종사한 일이었다. 황량한 벽지에서 무시로 쳐들어오는 여진족과 싸우는 동안 그는 많은 것을 생각했고, 무술도 연마하여 전형적인 무인으로 성장하여 갔다.

전쟁이 일어나기 얼마 전에는 통신사 황윤길(黃允吉)의 군관으로 일행과 함께 일본에 다녀왔다. 황윤길은 그의 부친 윤공(允公)과는 사촌간으로, 황진에게는 당숙이었다.

군사에 밝은 황진은 열심히 일본군의 움직임을 살피고 조선과 중국을 친다는 도요토미 히데요시의 공언은 헛말이 아니고 사실이라고 단정하였다. 정사 황윤길이 귀국하여 부산에 상륙하면서부터 적침의 위험을 강조한 이면에는 당질인 황진의 조언이 있었다.

그러나 부사 김성일은 적침은 없다고 단언하였고 조정은 이에 동조하였다. 김성일을 죽여 버리고 수군으로 적을 막도록 방도를 강구하지 않으면 나라는 망하는 수밖에 없다 — 절박한 심정으로 조정을 움직이려고 들었으나 온 집안이 말리는 바람에 뜻을 이루지 못했다. 십중팔구 일은 안 되고 화만 당할 염려가 있었다.

전쟁이 일어나자 이치의 전투를 비롯하여 많은 전투에 참전한 끝에 지난 3월 충청병사로 승진하여 오늘에 이르렀다.

우뚝 솟은 거인, 황진

"저도 합세하리다."

말수가 적은 김해부사 이종인도 나섰다. 황진과 무과 동기생으로 김천일과 같은 나주 태생이었다. 당시의 무과 출신이 대개 그렇듯이 웅장한 체구에 힘이 장사였다. 북병사(北兵使)를 지낸 전형적인 무인으로 전쟁 초기부터 이 일대에서 줄기차게 적과 싸워 온 용장이었다.

"저도 참예하리다."

고종후도 가담했다. 광주 출신으로 작년 7월 금산에서 전사한 고경명의 아들이었다. 아우 인후(因厚)와 함께 부친을 모시고 금산전투에 참가하여 부친과 아우가 전사하는 현장을 목격하였고, 그 시신을 거둔 사람이었다. 복수를 맹세하고 의병을 모집하여 스스로 복수대장이라고 칭하는 인물이었다.

충청도 조방장 정명세도 가담했다. 그는 흥양(興陽 : 고흥) 사람으로 문과에 급제한 선비였다. 충청도 해미(海美)현감으로 있다가 전쟁이 일어나자 의병장으로 나서 평택·아산 방면에서 유격전으로 적과 싸운 끝에 조방장의 특명을 받았다.

사천현감 김사종(金嗣宗 : 남원), 해남현감 위대기(魏大器 : 장흥), 의병장 민여운(閔汝雲 : 태인), 강희보(姜希輔 : 순천), 심우신(沈友信 : 영광), 임희진(任希進 : 해남), 황대중(黃大中 : 강진), 양응원(梁應源 : 곡성) 등 여러 장수들이 동조하고 나섰다. 대개 황진과 가까운 사람들이었다.

그밖에 거제현령 김준민(金俊民), 진해현감 조경형(曺慶亨), 웅천현감 허일(許鎰), 남포현감 송제(宋悌), 의병장 오유(吳宥)·이계련(李繼璉), 그리고 김천일 휘하의 의병부장(副將)으로 일찍이 만호를 지낸 장윤(張潤) 등이 이에 가세하였다.

총병력 6천여 명.

뒤늦게 달려온 의령의 의병장 곽재우가 황진을 붙잡고 말렸다.

"혹시 작년에 진주성을 지킬 수 있었으니 금년에도 지킬 수 있다고 생각하는 것은 아니오? 그때와 지금은 사정이 다르오. 그때는 성내에 무기, 식량 등 만전의 준비가 있었고, 기천 명이나마 잘 단련된 군대가 김시민 장군의 의도대로 일사불란하게 움직였소. 지금은 그렇지 못하지요. 아무런 준비가 없는 데다 군대는 졸병은 적고 장수는 많고, 명령이 백출할 염려가 있소. 또 적도 작년의 4, 5배는 될 모양이고 보급도 충분하다는데, 무슨 힘으로 이를 감당할 것이오?"

그러나 황진은 듣기만 하고 응대가 없었다.

"그런즉 성에 들어가는 것은 죽으러 가는 것이오. 영감은 알 만한 사람이 왜 이런 어리석은 일에 가담하오?"

"……."

"나와 함께 이 산야에서 유격전으로 적과 싸웁시다."

"……."

"전투의 목적은 이기는 데 있지 죽는 데 있는 것은 아니오. 나는 내 부하들을 성에 끌고 들어가서 헛되이 죽게 할 수는 없소."

"……."

"더구나 전쟁은 끝나지 않았고 앞으로 할 일이 태산 같은데 영감같이 유능한 장수를 그처럼 허망하게 잃어서야 쓰겠소?"

황진은 비로소 입을 열었다.

"영감의 말씀대로 성에 들어가면 십중팔구 죽음을 면치 못할 것이오. 아마 다른 장수들도 그것을 모르지 않을 것이오. 그러나 잘하면 진주전은 이 전쟁의 마지막 결전(決戰)이 될 수도 있을 것이오. 안팎에서 적을 협격하면 말이오."

"글쎄요. 어려울 것이오. 나는 다만 영감을 비롯해서 좋은 사람들을 숱하게 잃을 생각을 하면 가슴이 찢어지는 심정이오."

"철수가 일러도 바람에 지는 꽃은 있는 법이오. 과히 상심 마시오."

황진은 달에 올라 채찍을 내리치고 곽재우는 멀어져 가는 그의 모습을 지켜보고 오래도록 움직이지 않았다.

본진에 앞서 선봉대를 이끌고 진주성에 들어온 것은 김해부사 이종인이었다.

성내는 엄청난 피란민들, 그것도 노인과 여자들, 그리고 어린아이들로 들끓고 있었다. 젊은 장정들이라고는 어쩌다 절름발이 아니면 전쟁에 나갔다 팔이나 다리를 잃은 부상자들이 눈에 뜨일 뿐, 이런 시절에 성한 청년들이 후방에 있을 리가 없었다.

진주목사 서예원은 홀로 동헌 마당에 서서 지는 해를 바라보고 있었다.

"여기서 무얼 하시오?"

이종인이 말에서 뛰어내리면서 물었으나 대답이 없었다.

"무얼 하느냐고 물었소."

"보시는 바와 같소."

서예원은 먼 산에서 눈을 떼지 않고 돌아보지도 않았다.

"그것은 대답이 아니오."

대청에는 괴나리봇짐, 마당 한 모퉁이 버드나무에는 안장을 얹은 말이 매어 있었다. 이 인간이 또 도망칠 궁리를 하고 있구나 — 생각하면서도 이종인은 화제를 돌렸다.

"성내에 들어온 피란민은 얼마요?"

"대략 5만 3천 명 안팎이오."

"어쩌자고 이렇게 많은 인원을 받아들였소?"

6천 명의 병사들을 먹일 일만으로도 걱정이 태산 같은데 그 위에 5만 3천 명을 먹인다는 것은 감당하기 어려운 짐이었다.

그렇다고 이제 와서는 털어 버릴 수도 없는 짐이었다. 걸음이 더딘 이들 노인과 부녀자들을 성 밖으로 내몬다면 산이나 들에서 적에게 짓밟힐 수밖에 없었다. 적은 이미 지척으로 다가오고 있었다.

"받아들인 것이 아니라 막무가내로 몰려드는 것을 나더러 어쩌란 말이오?"

짜증을 내는 품이 도무지 정신은 딴 데 가 있는 말투였다. 이종인은 천천히 칼을 뺐었다.

"이쪽을 보아 주실까?"

돌아보는 서예원의 턱 밑에 칼끝을 들이댔다.

"너, 죽을 것이냐, 내가 시키는 대로 할 것이냐?"

서예원은 한 손을 내젓고 와들와들 떨었다.

"아, 이러지 마시오."

"앞장서!"

이종인은 서예원을 앞세우고 성내를 순시하였다. 지형을 살피고 병력을 배치하고 곳간에 남은 식량을 점검하고, 밤늦게까지 분주히 돌아갔다.

전라도 장수들이 단결해서 진주성을 지킨다는 소문이 퍼지자 구례에 포진하고 있던 전라도 조방장 강희열(姜希悅)이 달려오고 의병장 이잠(李潛)도 밤길을 재촉하여 진주성으로 들어왔다.

하루 간격을 두고 마침내 김천일 이하 본진이 당도하였다.

이로써 총병력 7천 명. 피란민 5만 3천 명을 합쳐 도합 6만 명이 이 진주성 내에서 적과 맞서게 되었다.

한 가지 안된 것은 곽재우가 걱정한 것처럼 제각기 독자적으로 움직이는 장수가 너무 많아 지휘계통이 서지 않는 일이었다. 가령 그중 일부의 병력 분포만 보아도 다음과 같이 세분되어 있었다.

김천일　3백 명
최경회　5백 명
황진　　7백 명
고종후　4백 명
장윤　　3백 명
이계련　1백 명
민여운　2백 명
(……).

병사들도 피차 새로 만난 사이여서 졸지에 어울리기 어렵고, 자연히 자기들끼리 몰려다니게 마련이었다. 또 관군이다 의병이다, 하는 눈에 보이지 않는 벽도 있었다.

이들은 국군 총사령관인 도원수의 통제를 이탈하여 제각기 그 장수의 의사에 따라 진주성에 들어온 부대들이었다. 누가 누구에게 명령하거나 복종할 처지가 아니었다.

장수들이 모여 의논한 결과 김천일과 최경회를 도절제(都節制), 즉 총사령관으로, 황진을 순성장(巡城將), 즉 전투사령관으로 추대하였다. 그 밖의 장수들은 각기 성문에 배정되어 교대로 지키기로 합의를 보았다. 이에 비로소 지휘계통이 서고 전투태세가 정비되어 갔다.

적은 우키타 히데이에, 가토 기요마사 등 47명의 장수들이 지휘하는 9만 2천여 명. 이들은 부산에서 진주 3백 리 길을 한결같이 외쳤다.

"원수를 갚자!"

작년 10월 진주성에 몰려왔던 일본군은 숱한 사상자를 내고 쫓겨 갔다. 그 원수를 갚는다는 것이다.

"진주목사를 잡아 죽이자!"

그들은 이렇게도 외쳤다. 이미 전사한 김시민이건 살아 있는 서예원이건 그들이 알 바가 아니었다.

소식을 들은 황진은 생각했다.

'히데요시는 역시 병(兵)을 아는 인물이다.'

군령은 복잡한 것이 금물이었다. 의문의 여지없이 간명해야 하고, 목표는 하늘의 달을 보듯 분명해야 하였다. 이리 떼같이 몰려오는 일본군은 복잡한 논리가 필요 없었다. 오직 복수심에 불타 진주목사를 잡으러 오는 것이다. 히데요시가 직접 계획했다는 이 전투는 황진이 여태까지 경험한 다른 전투와는 초장에 풍기는 분위기부터 달랐다.

6월 21일 먼발치로 진주성을 포위한 47명의 일본군 장수들은 다음 날인 22일 아침 진시(辰時 : 8시) 5백 명의 병사들을 거느리고 북쪽 비봉산(飛鳳山)에 올라 형세를 살피고 가끔 성을 가리키고 손가락질도 하였다. 성을 칠 의논을 하는 모양이었다.

성에서는 꼼짝 않고 이들의 움직임을 바라보았다.

이윽고 비봉산에서 장수들이 자취를 감추고, 적의 대군이 두 진영으로 나뉘어 동서 양면으로 성에 다가들었다.

진주성은 남쪽에 절벽, 절벽 아래는 남강이 흐르고 있었다. 이 절벽 위에 솟은 것이 촉석루(矗石樓)였다. 도절제 김천일과 최경회는 이 촉석루에 본영을 설치하였다.

성의 둘레는 4천3백여 척, 높이는 15척, 돌로 쌓은 웅장한 성이었다. 지형 관계로 성문은 동·서·북 삼면에 나 있고, 그 외곽에는 넓은 호(濠)를 파서 물을 채우고 적의 접근을 막고 있었다. 황진은 그중 동문에 위치하였다.

적은 방패를 들고, 방패가 없는 자들은 대나무를 엮어 방패로 삼고 조총을 쏘면서 전진하였다. 성 위의 조선군은 숨을 죽이고 지켜보다가도 적이 호까지 와서 주춤거리면 일제히 성가퀴에 머리를 내밀고 화살을 퍼붓고 간간이 대포를 쏘아 돌이며 쇳덩이를 날렸다.

적은 숱한 사상자를 내고 물러갔으나 1진이 물러가면 2진이 오고, 2진 다음에는 또 3진이 왔다. 그때마다 많은 피를 흘린 적은 오후가 되자 전법을 바꿨다.

조선군의 화살이 닿지 않는 거리에서 수천 명씩 교대로 조총 사격을 퍼붓는 사이에 한편에서는 연장을 든 결사대가 호의 한 모퉁이 둑을 파기 시작했다.

조선군은 이 결사대에 집중 사격을 가했다. 그러나 죽으면 죽는 대로 후속 부대가 계속 달려들어 파는 바람에 해질 무렵에는 마침내 둑이 무너지고 호에 찼던 물은 남강으로 쏟아져 들어가기 시작했다.

　용기를 얻은 적은 밤이 되자 어둠을 타고 동문에 몰려와서 통나무로 성문을 들이치고 성벽에는 수십 개의 사다리를 늘어세우고 일거에 성내로 쳐들어올 기세였다.

　황진은 성벽 위를 치달리면서 칼로 적병을 내리치고 때로는 손수 화전(火箭)을 발사하여 적의 사다리에 불을 지르고, 겁을 먹고 움츠린 병사와 마주치면 속삭였다.

　"날 봐, 조금도 무섭지 않다."

　밤하늘에 우뚝 솟은 이 거인을 보면 없던 용기도 솟게 마련이었다.

　조선군은 활과 포를 쏘고 돌을 굴리고 끓는 물을 퍼붓고 창을 휘두르고 — 있는 힘을 다해서 자정 넘어 적을 물리치고야 말았다.

　황진은 촉석루의 본영으로 김천일을 찾았다.

　"적을 막기만 하고 치지 않으면 성은 오래 지탱할 수 없습니다. 병력을 반으로 갈라 반은 성을 지키고, 반은 밖에 나가 적의 배후를 치게 하는 것이 어떻겠습니까?"

　그러나 김천일은 찬성이 아니었다.

　"다 합쳐야 7천 명밖에 안 되는 병력을 반씩 가르면 양쪽 모두 허약해서 적에게 짓밟히지 않겠소?"

　"작년에 김시민 장군은 3천8백 명으로 이 성을 지켜 냈습니다. 7천 명을 반씩 가르면 3천5백 명이니 대차가 없습니다."

　"그렇다 치고 성 밖에는 적이 구름같이 웅성거리는데 어떻게 밖으로 내보낸다는 말이오?"

　황진은 별빛이 반짝이는 남강을 가리켰다.

　"보시는 바와 같이 이 밑은 절벽, 그 아래는 강이올시다. 절벽을 타고 내려가서 강물을 따라 5리만 헤엄치면 적의 배후에 닿을 수 있습니다."

"글쎄…… 신중을 기해야 하오."

김천일은 분명히 기개 있는 선비였다. 그러나 삼군을 지휘할 장재(將材)는 아니었다.

황진은 동문 안 자기 진영으로 돌아와 해남현감 위대기를 불렀다.

"운봉에 달려가서 선병사(宣兵使)에게 고하시오. 급히 와서 적의 배후를 쳐달라고 말이오."

황진과 전라병사 선거이는 감사 권율 휘하에서 고락을 함께한 사이였다. 황진은 위대기가 절벽을 타고 내려가는 것을 보고 성벽 위에 앉아 잠시 눈을 붙였다.

끝없는 전투

밤이 가고 23일의 새날이 오자 적은 등짐으로 흙을 지어다 물이 빠진 호를 메우는 한편 활이며 조총을 총동원하여 조선군이 정신을 차리지 못하도록 맹렬한 공격을 가해 왔다.

그러나 조선군은 잘 싸웠다. 낮에 세 번 대규모 공격이 있었으나 세 번 다 물리쳤다. 밤이 되자 적은 9만 명의 병력을 2만여 명씩 4개 부대로 편성하여 함성을 지르면서 번갈아 성으로 몰려오고, 개미 떼같이 성에 달라붙었다. 조총의 총성과 병사들의 함성, 죽어 가는 비명이 뒤엉켜 천지를 뒤흔드는 생지옥을 방불케 하였다.

어두운 밤에 조선군은 겨눌 수도 없고 겨눌 필요도 없었다. 성 밑에 발 디딜 틈도 없이 퍼져 있는 사람의 바다, 활을 당기건 총을 쏘건 돌을 던지건 열에 아홉은 적병에게 맞게 마련이었다. 네 번의 공격을 네 번 다 격퇴하였고, 적은 무수한 사상자를 내고 물러섰다.

24일. 적은 지친 듯 약간의 병력 이동이 있을 뿐, 나무 그늘에 흩어져 앉기도 하고 눕기도 하고, 공격은 해오지 않았다. 성내의 조선군도 소수의 감시병만 성벽 위에 남기고 한숨 돌릴 수 있었다.

25일 새벽. 콩 볶듯 요란한 총소리에 성내의 조선 사람들은 놀라 집 밖으로 뛰쳐나왔다. 먼동이 트는 동녘 하늘 아래 동문 밖에는 전에 보지 못하던 토산(土山)이 하나 성보다 훨씬 높이 솟아오르고, 적은 그 정상 토굴에서 조총을 난사(亂射)하고 있었다. 밤사이에 몰래 쌓아 올린 모양이었다.

토산 위에서는 성내가 훤히 내려다보였다. 성벽 위에 배치된 조선군은 그대로 노출되어 사상자가 속출하고, 적은 이 틈을 이용하여 파도같이 성으로 몰려왔.

성 위의 조선군은 희생을 무릅쓰고 토산을 향해 활을 쏘아붙였으나 화살은 중간 허공에 떨어지고 적의 총알은 여전히 비 오듯 날아왔다. 조총과 활의 사정거리는 댈 것이 못 되었다.

"가서 전해라……."

동문 다락에서 전투를 지휘하던 황진은 전령들을 모아 놓고 속삭이듯 계속했다.

"저마다 동편에 방벽을 쌓으라고 말이다."

성을 지키는 병사들은 토산에서 날아오는 적탄을 막기 위해서 각자 동편에 방벽을 만들라는 것이다.

전령들이 사처로 달렸다. 이윽고 크고 작은 돌들을 이고 지고, 혹은 안은 병사들과 남녀노소 백성들이 성벽으로 모여들고, 성 위의 병사들은 이를 받아 각자 동편에 돌무지를 쌓아 올렸다. 한편에서는 성 밖에 몰려온 적을 막고, 한편에서는 돌을 나르고, 쌓고 — 그러는 가운데서도 호통과 비명 속에 많은 사람들이 피를 흘리고 쓰러졌다.

마침내 돌무지 방벽은 모양을 갖추고 토산에서 날아오는 적탄도 전같이 맥을 쓰지 못했다.

측면의 염려가 없어지자 조선군은 맹렬한 반격에 나섰고, 적은 또 숱한 시체를 남기고 물러갔다.

해가 지자 황진은 동문에서 조금 떨어진 광장에 백성들을 모아 놓고 밤하늘을 배경으로 성 밖에 우뚝 솟은 적의 토산을 가리켰다.

"저것을 없애려면 이 자리에 저 같은 토산을 쌓는 수밖에 없겠소. 우리 함께 쌓아 봅시다."

백성들은 미리 일러둔 대로 도끼, 호미, 괭이, 삼태기 등 제각기 손에 잡히는 연장을 들고 왔고, 지게를 지고 온 사람도 적지 않았다. 그들은 장교들의 지휘하에 패를 갈라 흙을 파오고 통나무를 찍어 오고, 혹은 돌을 굴려 오고, 분주히 움직이기 시작했다.

어둠 속에서 유난히 몸집이 육중한 사나이가 말없이 큼지막한 돌을 잔등에 지어 나르고 있었다. 시간이 흐름에 따라 차츰 이 말없는 장사가 사람들의 눈길을 끌고 화제에 올랐다. 장사라도 보통 장사가 아니다.

"너 어디 사는 누구냐?"

장교가 불러 세우고 물었다. 사나이는 지고 온 돌을 내려놓고 손바닥으로 얼굴의 땀을 훔치면서도 대답이 없었다.

"물었으면 대꾸가 있어야지."

장교는 들었던 회초리로 그의 어깨를 내리쳤다. 순간, 쳐다보는 얼굴은 어김없는 황진이었다.

"이거……."

장교는 말을 잇지 못했으나 황진은 돌아서면서 속삭였다.

"괜찮다."

그는 계속 돌을 날랐다. 전립(戰笠)이며 융복(戎服 : 군복)을 벗어던지고 백성들 틈에 끼어 등짐으로 돌을 나르는 병마절도사. 전해 들은 백성들은 일찍이 들어 보지도 못한 감격스러운 일에 눈물을 머금고 저마다 힘을 내어 초저녁에 시작한 토산 공사는 밤사이에 끝을 맺었다(進 盡脫衣笠 親自負石 城中男女 感激涕泣 竭力助築 一夜而畢 :《선조실록》).

26일의 첫닭이 울자 황진은 토산 정상에 현자총통(玄字銃筒)을 설치하고 손수 성 밖 적의 토산 진지를 향해 불을 댕기기 시작했다. 현자총통에서 차대전(次大箭)을 발사할 경우 사정거리는 2천 보, 즉 2킬로미터 반도 넘었고, 조총의 사정거리는 그 10분의 1도 안 되었다.

황진은 포술(砲術)에 능한 장수였다. 연거푸 날리는 차대전이며 화전에 토산의 적진에는 흙먼지가 하늘에 치솟고 불이 일고 비명과 함께 적병들이 피를 토하고 곤두박질했다.

성내에서는 떠나갈 듯이 환성이 터지고 사방에 울려 퍼졌다.

쫓겨 간 적은 나무궤짝에 소의 생가죽을 씌우고 그 속에 숨어 성으로 접근하여 왔다. 피를 철철 흘리는 수십 개의 움직이는 생가죽 — 화살도 안 들어가고 총알도 통하지 않았다. 조선군은 대포를 쏘아 부서 버리고, 성 밑으로 다가오면 큰 돌로 내리쳐 산산조각을 냈다.

적은 또 동문 밖에 쌍기둥을 세우고 그 위에 판잣집을 지었다. 적에게 헛수고를 시키는 것도 해로운 일이 아니기에 조선군은 못 보는 척했다. 다 된 연후에 조총을 실어 올리면 현자총통 한 방으로 쓸어버리리라.

그러나 적은 총을 쏘지 않고 마른 홰에 기름을 묻혀 불을 붙이고는 수없이 바람에 날려 성내에 던졌다. 이 통에 동문 안에 있던 초가집들이 수십 채 불타는 소동이 벌어졌다. 성내에 혼란이 일어난 것을 본 적은 성중에 시문(矢文)을 보내 항복을 권했으나 김천일은 한마디로 거절했다.

우리는 목숨을 걸고 싸울 뿐이다.

해가 지자 소낙비가 퍼부어 불은 꺼지고 성내는 정상을 되찾았다. 이 날도 낮에 세 번, 밤에 네 번 대접전이 있었으나 그때마다 조선군의 반격에 적은 피를 쏟고 물러섰다.

27일. 적은 동문과 서문 밖, 다섯 군데에 토산을 쌓아 올리고, 그 정상에 대나무로 덕을 맸다. 이윽고 토산마다 조총을 든 적병들이 올라가더니 덕 위에 쭈그리고 앉아 성내를 내려다보고 총을 난사하였다. 성중의 백성 3백여 명이 총을 맞고 쓰러졌으나 어제까지의 격전으로 화약이 떨어져 현자총통 등 대포는 쏠 수 없고, 활을 쏘아도 적진에 미치지 못하고 ― 속수무책이었다.

이 틈에 적은 두터운 판자를 궤짝처럼 사방에 두른 사륜차(四輪車)로 접근하여 왔다. 성 가까이 이르자 갑옷을 입은 적병 수십 명이 쏟아져 나오더니 판자로 얼굴을 가리고 전진하였다. 성 밑에 당도하자 이들은 판자를 버리고 큼직한 철추(鐵錐)로 성벽을 부수기 시작했다.

김해부사 이종인은 군중에서 제일가는 역사(力士)였다. 허공을 날듯이 성벽에서 뛰어내리더니 성난 사자같이 창을 휘둘렀다. 잇따라 5명을 쓰러뜨리자 나머지 적병들은 연장이며 무기를 팽개치고 도망쳐 버렸다.

수백 보 떨어져 대기하고 있던 적이 활이며 조총을 쏘면서 구름같이 몰려오기 시작했다. 수천인지 수만인지 분간이 가지 않는 많은 인원이었다. 이종인은 성 위에서 내려뜨린 밧줄을 타고 재빨리 성벽 위로 기어올랐다.

용기를 얻은 조선군은 짚단이며 겨릅단에 기름을 부어 훨훨 타는 불길을 수없이 적중에 내리 던졌다. 뜻하지 않은 화공(火攻)에 숱한 적병이 타고 나머지는 물러갔다. 이날 밤 적은 야음을 타고 북문을 기습 공격하였으나 이것도 이종인 부대가 격퇴하였다.

28일은 운명의 날이었다. 이날도 전투는 아침부터 하루 종일 계속되었고, 조선군은 소수 병력으로 잘 막아 내어 해질 무렵 적은 많은 시체를 남기고 물러갔다.

전투를 지휘하던 순성장 황진은 한숨 돌리고 성벽 위를 돌았다. 성 밑에는 적의 시체들이 즐비하게 뒹굴고 있었다. 그는 특히 시체들이 더미로 쌓여 있는 대목에 발을 멈추고 뒤따르던 장윤을 돌아보았다.

"1천 구도 넘겠소."

순간, 요란한 총소리가 울리고, 총알이 날아오고, 총알은 황진의 왼쪽 이마를 뚫고 — 그는 쓰러지면서 그대로 운명하였다. 모든 것이 눈 깜짝할 사이에 일어난 일, 시체들 속에 섞여 있던 적병이 저지른 일이었다.

황진은 명장이었다. 그의 웃는 얼굴을 보면 사신(死神)이 춤추는 싸움터에서도 사람들은 마음의 평화를 얻을 수 있었고, 그의 모습을 성벽 위에 보기만 해도 저절로 용기가 솟았다. 그는 진주성을 버티고 선 기둥이었다.

황진의 죽음은 온 성내에 슬픔과 실망, 공포의 바람을 몰고 왔다. 동시에 긴장이 풀리고 여태까지 잊었던 피곤이 한꺼번에 몰려왔다. 용감하던 진주성은 이제 김이 빠지고 생기를 잃기 시작했다.

그런 속에서도 시간은 흐르고 밤이 찾아들었다. 전투 중에 사령관의 자리는 한시도 비울 수 없다 하여 김천일은 진주목사 서예원을 황진의 후임으로 순성장에 임명하였다.

경상우병사 최경회는 성이 포위된 지 8일, 이날 밤 처음으로 집에 들렀다.

"장수(長水)까지는 2백 리라……."

그는 냉수를 한 사발 들이켜고 소실 논개(論介)를 바라보았다. 갓 스물, 죽기는 아까운 나이였다. 고향 장수로 돌려보낼 길은 없을까? 그러나 아무리 생각해도 죽음으로 뒤덮인 이 진주성을 빠져나갈 길은 없었다.

작년 겨울 제1차 진주전이 끝난 후 부하들을 이끌고 산음(山陰 : 산청)을 거쳐 장수에 머물고 있을 때였다.

"너는 오늘부터 딴 일을 말고 어른을 모셔라."

밖에서 들리는 장수현감의 당부 소리에 이어 방으로 들어온 것이 논개였다. 이 고을의 관기(官妓), 앳되고도 총명한 얼굴이었다.

최경회는 이 아름다운 여인에게 정을 쏟았고, 인생의 밑바닥에서 정이 그립던 논개도 기생이 아니라 사람으로 대해 주는 이 어른이 고맙기 이를 데 없었다. 얼마 안 되어 최경회의 요청으로 논개는 관기의 신분을 면하고 그의 소실로 들어앉았다.

금년 봄 경상우병사의 직첩을 받고 경상도로 넘어올 때 논개도 함께 길을 떠났다. 원래 경상도 우병영(右兵營)의 위치는 창원(昌原)이었으나 적의 점령하에 있기 때문에 임시로 진주에 좌정하여 오늘에 이르렀다.

화평교섭이 진행되고, 적이 남으로 철수하고, 머지않아 평화가 오리라고 생각했었다. 그런데 이 분란이었다.

"네 고향 장수로 돌아가라."

적의 공격이 임박했다는 소식이 오자 최경회는 데리고 갈 사람과 마필까지 준비했으나 논개는 미소로 대답했다.

"저는 여기가 좋아요."

타일러도 듣지 않았다. 논개로서는 최경회를 만남으로써 세상이 달라졌다. 인간세상을 산에 비한다면 뱀이며 온갖 독충이 우글거리는 기슭의 진텅에서 허우적거리다 최경회의 등에 업혀 일약 정상에 날아오른 셈이었다. 맑은 하늘은 끝이 없고 산과 들은 아름답고 사람들도 예전같이 각박하지 않고 너그러웠다. 전과는 달리 인생은 살아 볼 만했다.

고달픈 추억으로 충만한 장수로 돌아가서 어쩔 것이냐? 만에 하나 최경회 장군이 이 진주에서 전사라도 하는 날이면 갈 데가 없었다. 또다시 관기로 돌아가 인생의 진털을 헤매게 될 것이다.

차라리 정상에서 최 장군과 함께 깨끗이 사라지리라.

적이 진주로 몰려오자 논개는 다른 백성들과 함께 병사들의 밥을 짓고, 옷을 꿰매고 때로는 돌을 굴리고 땅을 파서 삼태기로 흙을 날랐다. 6월의 찌는 햇볕에 검게 그을린 얼굴은 맑은 눈만 그대로 반짝일 뿐 어김없는 농부(農婦)였다.

"내 실수였다."

논개를 바라보던 최경회가 혼잣말같이 중얼거렸다.

"네?"

"젊은 너를 이 싸움판에 끌어들인 것이 실수였고, 미리 내보내지 못한 것이 또한 실수였다."

일전에 억지로라도 장수로 돌려보낼 것을 시기를 놓쳤다는 회한이 가슴을 쳤다.

"제가 원해서 이리로 왔고, 제가 원해서 여기 남은 걸요."

"사실대로 얘기해야겠다. 내일이 아니면 모레, 하여튼 이 성은 2, 3일을 넘기지 못하고 적에게 짓밟힐 것이다. 그런데 너를 살릴 길이 막연하다."

황진의 죽음으로 조선군은 기가 꺾였다. 그 위에 잘못된 일이 하나 있었다. 황진의 후임으로 서예원이 임명된 일이었다.

"벼슬의 서열로 쳐서 황진 다음은 서예원이오."

최경회가 반대하자 김천일은 이렇게 대답했다. 어려운 시기에는 작은 입씨름도 큰 불씨로 번지는 경우가 있는지라 더 이상 말하지 않았다. 장수의 자질은 고사하고 유난히 겁이 많은 서예원. 진주성은 그로 해서 종말을 맞을 것이다.

"괜찮아요. 저는 모든 것을 하늘에 맡기고 있어요."

논개는 덤덤하게 대답했다. 최경회는 일어서 그의 어깨에 한 손을 얹었다.

"그렇지. 아마 네 판단이 하늘의 판단일 게다."

대문을 나서 어둠 속으로 사라지는 최경회의 눈에 눈물이 핑 돌았다. 다시는 이 집에 돌아오는 일도 논개를 보는 일도 없으리라.

주註

1. 남궁제는 훗날 도체찰사 류성룡의 휘하에서 진휼관(賑恤官)으로 많은 활약을 하였다.
2. 연안성의 조선군 병력에 대해서는 기록에 따라 숫자가 다르다. 그러나 현장에서 전투를 지휘한 이정암의 《해서결의록(海西結義錄)》과 《행년일기(行年日記)》를 비교 검토하면 대체적인 윤곽은 드러난다. 즉, 장응기의 휘하가 5백여 명, 송덕윤 휘하가 3백여 명, 김다정 휘하가 수십 명, 민인로 휘하가 수십 명이라고 했으니 9백 명 안팎으로 보아야 할 것이다.
3. 적의 병력에 대해서는 역시 이정암의 저서인 《서정일록(西征日錄)》에는 4천여 명이라 하였는데 《행년일기》에서는 이를 수정하고 있다. 즉, 처음에는 4천 명으로 알았으나 후에 알고 보니 6천여 명이었다고 기록하고 있다.
4. 유숭인 일행은 다음 날, 남강 건너편에서 전사하였다.
5. 이해 여름 전시의 편의상 경상도를 좌우도(左右道)로 갈랐었다.
6. 김시민은 전투가 끝난 후 성을 순시하던 중, 적의 시체들 중에 숨어 있던 적병의 총격을 받고 부상하였다는 설도 있다. 이것은 《인물고(人物考)》의 기록에 의한 것으로 사실과 다르다. 《선조실록》 임진 25년 12월 신묘(辛卯)조에 실린 김성일의 장계에 분명하듯이 그는 전투 중에 부상하였다. 안동 김씨의 가전(家傳)에 의하면 그는 끝내 소생하지 못하고 그해 12월 26일 세상을 떠났다.
7. 원래 보바이와 아들 승은은 힘이 다하여 9월 14일 자진해서 이여송(李如松)에게 항복하였고, 이여송은 승은에게 상까지 내렸었다. 그런데 영하성 내에는 이들의 휘하에 있던 몽고인들이 아직도 많이 남아 있었다. 중국 사람들은 이들이 작당하여 다시 일을 꾸미지 않을까 의심하였다. 17일 아침 중국 사람들은 인사차 나온 승은을 체포하고 군대를 동원하여 보바이의 집을 포위 공격하였다. 보바이는 3백여 명의 부하들과 함께 항전하여 밤이 되어도 굴하지 않았다. 이에 이여송은 보바이 한 사람을 빼고 다른 사람은 항복하면 다 살려 준다고 이간책을 썼다. 이때 보바이는 누각(樓閣)에서 전투를 지휘하고 있다가 부하들이 어둠 속으로 흩어져 도망치는 것을 보고 더 이상 어쩔 수 없음을 알았다. 그는 측근에 있던 남녀를 목 졸라 죽이고 자신은 누각에 불을 지르고 그 속에서 분신자살하였다(《兩朝平攘錄》).

8. 승은 이하 이여송에게 포로로 잡혀 온 사람들은 한 달 후인 그해 11월 책형(磔刑)을 받고 죽었다. 책형은 십자가 같은 나무틀에 사지와 몸뚱이를 묶어 놓고 창으로 양쪽 겨드랑이를 찔러 죽이는 형벌이다.
9. 명나라와 여진 지역의 경계선에는 무순관 외에도 많은 관문이 있었다. 그중 주요한 것으로 개원(開原) 동북방에 진북관(鎭北關), 동남방에 광순관(廣順關)이 있었다. 이들 관문에서는 정기적으로 시장이 열렸고, 이때 서로 물자를 교역하였다.
10. 양곡뿐만 아니라 우마(牛馬), 은(銀)을 거둬들이는 데도 이 방법을 썼고, 적의 머리를 베어 오는 사람에게도 같은 방법으로 포상을 했다.
11. 이와 관련하여 당시의 기록에는 다음과 같이 적혀 있다.
    이여송의 평양전투에서 그들이 벤 머리의 절반은 조선 백성들이었고, 불에 태우거나 물에 쓸어 넣은 1만여 명은 모두 조선 사람들이었다(李如松平壤之役 所斬首級 半皆朝鮮之民 焚溺萬餘盡皆朝鮮之民 : 《선조실록》).
12. 이날의 참변으로 서울에서는 대를 이을 남자가 없는 집이 허다하였고, 훗날 해마다 1월 24일이 오면 집집이 제사를 지내고 통곡을 하니 그 소리가 애절하기 이를 데 없었다(《선조실록》).
13. 원문은 일본 구마모토(熊本) 혼묘지(本妙寺) 소장.

7년전쟁
4권 비밀과 거짓말

초판 1쇄 발행 2012년 7월 10일
초판 4쇄 발행 2020년 8월 28일

지은이 김성한
펴낸이 노미영

펴낸곳 산천재
등록 2012. 4. 19.
주소 서울시 마포구 와우산로 48, 로하스타워 707호 (상수동)
전화 02-523-3123 팩스 02-523-3187
이메일 magobooks@naver.com

ISBN 978-89-90496-64-5 04810
ⓒ 남궁연, 2012